Fuerzas Especiales - Fuerza Expedicionaria, tomo 2

Craig Alanson

Fuerzas Especiales

Fuerza Expedicionaria, tomo 2

Translated by Rodolfo Martínez Fernández

Fuerzas Especiales

Translated by Rodolfo Martínez Fernández

Original title: SpecOps

Original language: English

ISBN: 978-1-0394-6070-6

1st edition

www.podiumentertainment.com

Fuerzas Especiales - Fuerza Expedicionaria, tomo 2

1

EL *HOLANDÉS ERRANTE* se estremeció de nuevo. Oímos lo que parecía un gemido y el estremecedor chillido del metal cuando se parte. Los monitores del puente parpadearon a la vez que casi todos los sistemas emitían diversas alarmas y pitidos.

—¡Skippy! ¡Sácanos de…!

La nave se estremeció con fuerza de nuevo.

—Impacto directo en el reactor número cuatro —anunció Skippy imperturbable—. El sello del reactor está roto. Voy a eyectarlo. Sistema de eyección inhabilitado. Piloto, impulsores de babor preparados, encendido de emergencia a mi señal.

—Lista —respondió Desai, lo más tranquila que pudo.

—¡Adelante! —gritó Skippy.

El resultado de la maniobra, que en circunstancias normales ni habríamos notado, fue demasiado para la ya sobrecargada gravedad artificial de la nave y sus sistemas de compensación de inercia. Escoramos hacia la derecha, el sillón de mando dio un bandazo y tuve que sujetarme con fuerza. Se produjo un nuevo temblor, o más exactamente una oleada de ondulaciones que recorrieron la espina dorsal de la nave acompañadas de un gruñido bajo y armónico. Nunca había oído un ruido similar en ninguna nave.

—El puñetero reactor número cuatro ha salido disparado y de camino ha impactado con el número dos, así que lo ha cerrado. —Se notaba la tensión en la voz de Skippy—. Se acercan misiles. Redirijo toda la potencia disponible a los motores. Agarraos que va a ser movidito.

El monitor principal indicaba que el motor estaba al treinta y ocho por ciento de carga y Skippy nos había dicho que con el *Holandés* dentro del campo de amortiguación del destructor turanio necesitaríamos al menos un cuarenta y dos por ciento para un salto corto, y aún eso implicaría una elevada posibilidad de despedazar el motor. Por lo menos no nos enteraríamos, moriríamos sin más entre un picosegundo y el siguiente.

Los iconos de los misiles, siete en total, se movían con rapidez en la pantalla. Dos de ellos desaparecieron, destruidos por los haces de máser de las defensas de la nave. Los otros cinco, con el camuflaje activo que desorientaba nuestros sensores, seguían su camino. Otro misil destruido. Quedaban cuatro, cada vez más rápidos.

Motor al cuarenta por ciento.

Iba a ir por los pelos.

Me giré para levantar la tapa de plástico del botón de autodestrucción y mi vista fue más allá de la pared de cristal que me separaba del Centro de Información y Combate.

—Teniente coronel Chang.

El interpelado asintió y levantó la tapa del otro botón de autodestrucción, el de confirmación.

—Mi coronel —dijo mirándome directamente a los ojos mientras me saludaba militarmente.

Le devolví el saludo.

—Teniente coronel Chang, hemos recorrido juntos un camino largo y extraño. Ha sido un honor servir a su lado.

Mi pulgar izquierdo se detuvo a pocos centímetros del botón de autodestrucción. La nave estaba condenada y había sido culpa mía. ¿Cómo demonios nos habíamos metido en aquella movida?

Mejor empiezo por el principio.

Me llamo Joe Bishop y soy cabo primero del Ejército de los Estados Unidos, aunque me han ascendido temporalmente a coronel. El rango que tenga es irrelevante, porque me encuentro a bordo de una nave alienígena que hemos robado y estoy a más de mil años luz de la Tierra. Por difícil de creer que resulte, la Fuerza Expedicionaria de las Naciones Unidas me ha puesto al mando de la nave, un carguero turanio que bautizamos irresponsablemente como el *Holandés Errante*. Soy, creo, un tipo con sentido común y, eso piensa casi todo el mundo, con una cierta tendencia a meterme en líos. De los grandes. Y con la costumbre de salir de ellos. Si tengo que responder a eso, diría que simplemente he estado en el lugar equivocado en los momentos más inoportunos. Mis detractores os dirán que soy un cabrón con suerte. No soy ningún cabrón, pero no les falta razón. Skippy, nuestra combinación de lata de cerveza parlante e inteligencia artificial avanzada, dice que la suerte no existe, que los humanos solo creemos en ella porque somos monitos medio tontos incapaces de pensamiento no lineal y que no tenemos la menor idea de cómo funciona el universo.

Qué más da.

Cuando el *Holandés Errante* volvió a cruzar el agujero de gusano que había cerca de la Tierra y Skippy lo cerró tras nosotros, una minúscula parte de mí se sintió decepcionada al ver que la nave no saltaba inmediatamente en mil pedazos. En una de las bodegas de carga había una docena de nucleares tácticas procedentes del arsenal estadounidense. Habría bastado con detonar una para vaporizar la nave y eliminar cualquier rastro de presencia humana en la galaxia, pero, al parecer, alguien tenía un cupón de descuento o la docena salía más barata en Nucleares al Por Mayor, así que teníamos once más. No, no sirven como regalo de cumpleaños de última hora, gracias por la pregunta. Cuando Skippy confirmó que el agujero de gusano se había cerrado tras nosotros y lo desactivó de forma permanente en lugar de interrumpir temporalmente su conexión con la red, una parte de mí esperaba que la FENU se hubiera colado a hurtadillas de algún modo sin que Skippy se enterase y hubiese dejado una nuclear preparada para detonar en ese momento.

¿Habéis estado alguna vez en lo alto de un acantilado, o en un balcón en el piso más alto de un rascacielos, y habéis sentido el vientre lleno de mariposas que aletean con rabia, y os habéis muerto de miedo, pero al mismo tiempo os apetece saltar? ¿Solo una parte de vosotros, tal vez un pedazo minúsculo de vuestro ser que a lo mejor no podéis detener y que quiere saltar? ¿Os acojona estar tan cerca del borde porque pensáis que igual no lográis controlaros y os sentiréis obligados a saltar?

No sé dónde leí que eso se debe a que una parte de nuestra mente no soporta la tensión y quiere quitársela de encima, aunque sea matándonos en el proceso.

¿No habéis sentido nunca nada similar? ¿No? Bueno, a mí me dan miedo las alturas, por eso nunca me apunté al entrenamiento de paracaidistas. Volar en un blackhawk con la puerta abierta no me molesta gran cosa; siempre que pueda oír los motores, asumiré que todo va bien. Lo que me acojona de verdad es subirme al tejado de casa de mis padres para poner o quitar las luces de Navidad. Me asusta lo suficiente como para intentar convencer a mi madre cada febrero de que no hace falta quitarlas. «¿Para qué tomarse la molestia?», suelo decir. Vale que los vecinos se van a pasar buena parte del año quejándose de esos holgazanes de los Bishop, pero, cuando llegue octubre, o quizá noviembre, vamos a parecer auténticos genios. ¿A que sí?

Mi madre nunca se ha dejado convencer. Las luces de Navidad se quitan, como muy tarde, la semana anterior a la final de fútbol.

En este caso no eran las alturas lo que me daba miedo, sino lo desconocido, sobre todo la idea de ser responsable de todos los que estaban en la nave. Y me acojonaba pensar que, si por alguna de mis cagadas nuestros enemigos descubrían que había humanos tripulando una nave robada turania, sería responsable del exterminio de la humanidad. Si el *Holandés* hubiera saltado por los aires sin que yo pudiese impedirlo, no habría estado preocupado por mis casi inevitables meteduras de pata.

La FENU no había trampeado ninguna nuclear para que detonase o Skippy la había descubierto y la había neutralizado. Habría sido mucho más sencillo para todos si el *Holandés* se hubiese convertido a toda leche en una nube de partículas subatómicas.

En fin, el caso era que estábamos vivos y había que seguir adelante con la misión. Mierda.

De haber estallado el *Holandés*, habría matado a setenta personas. Nuestra ya no tan Alegre Banda de Piratas se componía de cincuenta y ocho militares y una docena de científicos civiles. Éramos más corsarios que piratas; todo el mundo usaba uniforme con el logo del paramecio con un parche en el ojo diseñado por Skippy. Hasta se les dio uno a los científicos para que se lo cosieran en las chaquetas que se les había proporcionado. No eran muchos los que usaban las chaquetas, pero era algo a lo que intentaba no darle importancia. Lo que más me preocupaba era que las unidades militares asignadas al *Holandés* procedían de las fuerzas especiales, tanto personal de tierra como pilotos.

Cuando me fui de la Tierra por primera vez, estaba más o menos al día en jerga militar, al menos en la de los Estados Unidos. Pero, al parecer, me había convertido en la única persona en toda la Tierra que no sabía que las siglas de la Fuerza Expedicionaria de las Naciones Unidas no se pronunciaban letra a letra, Efe-e-ene-u, sino como si fuesen una palabra de verdad: FENU. Algo que, se cree, había empezado a pasar antes de que me fuese. Me había tirado una eternidad separando las letras para nada. Seguramente a Skippy le dio un pequeño patatús, aunque he de decir en mi defensa que había tenido suficientes oportunidades para hacérmelo saber. En fin, ¿por dónde iba? Ah, sí, Fenu.

Tras nuestra marcha el Gobierno había querido empatizar la gloriosa contribución de nuestras Fuerzas Armadas a la guerra contra los horribles rujarras, así que dejaron de usar la NU de las siglas y nos llamaron simplemente Fuerza Expedicionaria o FuerEx. A la gente le gustó cómo sonaba eso último y fue el nombre que quedó. Más adelante, cuando tanto los ciudadanos como los Gobiernos empezaron a arrepentirse de la alianza con los kristangos, se intentó recuperar de nuevo la parte que hacía referencia a las Naciones Unidas, como si los Gobiernos individuales que habían contribuido a la FENU no tuviesen responsabilidad alguna en lo ocurrido. Para entonces era demasiado tarde; FuerEx era el nombre que usaba todo el mundo.

Técnicamente nuestra misión estaba bajo el mando del Directorio de Control de Operaciones Especiales de la Fuerza Expedicionaria de las Naciones Unidas. Probad a decirlo de corrido varias veces sin respirar. A la hora de la verdad, era yo quien estaba al mando sin supervisión alguna; una vez que el *Holandés* saltó fuera de la órbita terrestre, íbamos por nuestra cuenta. Si las cosas iban bien, seguro que el DCOE de la FENU se ponía la medida; si iban mal, me echarían la culpa. Así funcionan estas cosas.

Cuando Control de Operaciones Especiales ensambló la tripulación, al principio usé el término COE para referirme a nuestra

Alegre Banda de Piratas, hasta que descubrí que los tipos guais usaban el término OpEs. Recibí varias miradas peculiares cuando intenté usarlo yo mismo para demostrar que también era guay; al parecer, como simple soldado que jamás había estado en las fuerzas especiales, no tenía derecho a usarlo. Bueno, ya iría aprendiendo.

Dejad que os hable un poco de las fuerzas especiales y os cuente lo que he aprendido observándolas. Ya sean SEAL de la Marina, Rangers del Ejército de Tierra, SAS británicos o miembros de cualquier otra fuerza armada del planeta, los soldados de las fuerzas especiales son tipos duros, y lo saben. Entrar en una de esas unidades requiere una dedicación extrema para dar la talla en los requerimientos físicos, por no hablar de los psicológicos.

Seguro que todos habéis conocido a un chaval o a una chica en el instituto, o incluso antes, que sabía exactamente lo que quería ser de mayor. Gente totalmente centrada, con una forma física excelente, que se levantaba a las cinco de la mañana para nadar o entrenar al *hockey* o correr o levantar pesas antes de ir a clase. Que sacaban buenas notas, hincaban los codos, nunca bajaban el ritmo y siempre les caían bien a los adultos. Que eran excelentes atletas e incluso en el entrenamiento lo daban todo. Y, sobre todo, que incluso de niños se lo tomaban todo en serio, no importaba el tema, mientras los demás íbamos de un lado a otro dando tumbos sin tener la menor idea de lo que queríamos.

De ahí es de donde viene el personal de las fuerzas especiales. Son mejores en todo que la mayoría de nosotros. Que yo desde luego. Soy un soldado con una entrega y dedicación razonables y me siento orgulloso de llevar el uniforme, pero nunca me cualificaría para entrar en las fuerzas especiales. Estoy casi seguro de que, con entrenamiento, podría dar la talla en lo físico. Pero jamás querría entrenar tan duro; no tengo la disciplina ni el impulso de trabajar tanto, ni lo deseo lo suficiente para intentarlo. Admiro muchísimo a la gente capaz de ese nivel de entrega, pero me alegro de no ser uno de ellos.

Son lo mejor de lo mejor y el *Holandés* contaba con el mejor personal de operaciones especiales procedente de las cinco naciones que componían la FENU. No me imagino cómo serían las pruebas a las que los sometieron para ver quién ocupaba los puestos disponibles en el *Holandés*, pero no me cabe la menor duda de que no me habría cualificado.

Me sentía intimidado por nuestra nueva Alegre Banda de Piratas, lo reconozco. Eran más duros que yo; más listos, más entregados, mejores soldados y mejores seres humanos en cualquier sentido que se me ocurriese. Y se suponía que aquellas superpersonas estaban bajo mi mando. El mío. No estaba a la altura, y lo sabía.

—Joe —me dijo Skippy al día siguiente de haber cruzado el agujero de gusano. Estaba en mi despacho intentando lidiar con los tediosos detalles administrativos que conllevaba la tarea de ser el comandante. Y es que dirigir una misión de la FENU en lugar de ser capitán de una nave pirata implicaba montañas de papeleo, aunque en este caso fuese electrónico. Lo odiaba; nunca se me ha dado bien lidiar con las cosas aburridas—. Tengo que hacer una pregunta. Bueno, técnicamente, es una queja.

—Vale. Ponlo por escrito y déjalo en el buzón de sugerencias.

—¿Tenemos un buzón de sugerencias? —preguntó, genuinamente sorprendido.

—Sip. Está en el agujero negro más cercano. Deja ahí tu queja y espera.

—Ja ja ja. Muy gracioso, Joe.

—El resultado de tirarlo al agujero negro va a ser el mismo que dejarlo en el buzón de sugerencias, así que…

—Vale, lo pillo. En cualquier caso, estaba echándole un vistazo al nuevo estadillo de personal en tu tableta…

—Uf, no me lo recuerdes. Ya he tenido suficiente mierda administrativa de esa por un día.

—Es una minucia, Joe. Me he dado cuenta de que no estoy incluido en el estadillo de personal. Ni siquiera aparezco como pasajero; y salta a la vista que soy indispensable para cualquier operación. Debería ser parte de la tripulación.

—Vaya, no sabía que te interesase eso, Skippy, perdona. —Mierda. Nuestra superpoderosa IA alienígena solía tener la piel muy fina para según qué cosas; y estaba claro que odiaba que lo tratase de forma diferente a la de cualquier otra criatura consciente a bordo—. Tienes razón, ha sido culpa mía. Incorporaré ahora mismo tus datos. Ah, veo que te me has adelantado y que has activado la pantalla de altas en mi tableta. ¿Has grabado el informe que llevo veinte minutos escribiendo?

—Como si la humanidad necesitase leer esa sarta de mentiras. Os haría a los monitos un favor borrando esa basura. Sí, claro que lo he grabado.

—Más vale, porque ya se me ha olvidado qué demonios puse. Bien, lo primero al dar de alta a alguien es el nombre, así que pondré «Skippy». Lo segundo es el apellido…

—El Magnífico.

—¿En serio?

—No puede ser más apropiado, Joe.

—Sí, claro, todo el mundo te llama así —respondí con sarcasmo mientras ponía los ojos en blanco. No quería discutir, así que escribí «El Magnífico»—. Lo siguiente es tu rango; el estadillo se creó pensando en el personal militar.

—Me gustaría Grande y Exaltado Mariscal de Campo Supremo.

—Ah… ya. Pondré «Lobato». Lo siguiente…

—¡Eh! Serás mamón.

—Lo siguiente es la especialidad.

—Bueno, está claro. El Señor tu Dios Controlador del Universo.

—Ahí tienes toda la razón. Creo que eso se deletrea C, A, P, U, L, L, O. Lo siguiente.

—¡Eh! Caraculo, debería…

—¿Edad? —pregunté.

—Al menos un par de millones de años. Eso creo.

—Mentalmente tendrás unos seis, así que pondré eso.

—Joe, acabo de cambiar tu rango en el expediente de personal a Gran Caraculo —dijo Skippy entre risas.

—Vale. Cinco años. Tienes cinco años.

—Supongo que es justo —admitió.

—¿Sexo? Iba a poner «n/a» —señaló.

—En tu expediente personal acabo de poner «Improbable» en la casilla de «sexo».

—Esto no va nada bien, Skippy.

—Has empezado tú.

—Muy maduro por tu parte. Venga, cuatro años. Igual dos.

—Me rindo —replicó Skippy—. Graba el puñetero expediente y lo dejamos así, ¿vale?

—Sin problema. Deberíamos hacer esto más a menudo.

—A la mierda.

Creí que con eso habíamos terminado, hasta que la sargento Adams me llamó cinco minutos después:

—Mi coronel, estaba mirando el estadillo de personal y veo que Skippy aparece como «Capullo, Primera Clase».

—Mierda. —No se me había ocurrido que alguien fuese a mirar el maldito estadillo—. Lo cambiaré.

—No hace falta, mi coronel. Sin duda es una buena descripción.

Adams se echó a reír.

—Sí que lo es.

—Además de eso, su plan de entrenamiento físico aparece ahora como «Uso del orinal». Me pareció que debía saberlo. También pone que necesita aprender lo de «las flores y las abejas».

—Joder. Estuve hablando con Skippy hace unos minutos; parece que necesita otra charla.

—¿Cree que va a servir de algo? —preguntó con escepticismo.

—Seguro que no.

Todos los miembros de la Alegre Banda de Piratas original se sentían intimidados por nuestra nueva y flamante tripulación, no era solo cosa mía. La segunda noche después de haber cruzado el agujero de gusano, ahora inactivo, el insomnio acabó llevándome a las cuatro de la mañana al comedor en busca de una taza de té y un poco de compañía. Antes de vestirme, comprobé en la tableta qué uniforme correspondía a aquel momento, información facilitada por el teniente coronel Chang, mi oficial ejecutivo. La mayor parte de los días íbamos de faena, salvo los lunes, que llevábamos uniforme de paseo. Vi que tocaba el uniforme de verano de faena, o su equivalente en cada ejército. Al llegar al comedor, me topé con el teniente coronel Chang, la comandante Simms, el capitán

Giraud y la capitana Desai en una mesa, con la vista soñolienta y tomando café. Acababa de llenarme una taza cuando vi que entraba la sargento Adams, así que cogí una para ella.

Allí estábamos los seis, solos en la cambusa. Los miembros originales de la Alegre Banda de Piratas que iban en esta misión. Habíamos pasado juntos por un montón de cosas, a muchas de las cuales no habíamos esperado sobrevivir, y me dieron ganas de abrazarlos. Me contuve porque Adams me habría dado un puñetazo si hubiese intentado abrazarla. Así que me limité a chocar el puño con ella y tenderle la taza de café.

—Menuda coincidencia —comenté.

—Quizá para usted, mi coronel —respondió Adams, que se sentó frente a Giraud—. Mi turno comienza en una hora.

—Y el mío —dijo Simms mientras se tomaba el café.

—No podía dormir —se limitó a decir Chang.

—Tampoco yo —dije. Me senté junto a Desai y alcé la taza a modo de brindis—. Por la Alegre Banda de Piratas original. Especialmente por aquellos que cayeron por el camino.

Entrechocamos las tazas de café y dimos cuenta del contenido. Las tazas ni hicieron casi ruido, porque eran de plástico, pero tenían el logo oficial de la FENU en un lado y habían grabado «NONU Holandés Errante» en el otro. Si por algún increíble milagro conseguíamos volver a la Tierra, estaba seguro de que unos cuantos sacarían las tazas de la nave y las convertirían en valiosas piezas de coleccionista.

Nos pusimos al día; la mayoría no nos habíamos visto desde que habíamos dejado el *Holandés* para bajar a la Tierra. Nos habíamos encontrado de nuevo un par de días antes de irnos, pero ninguno había tenido tiempo para hablar. Los Gobiernos de la Tierra por fin habían caído de la burra y autorizado la misión, y apenas había tiempo para cargar la nave y prepararla para el despegue. Todos los supervivientes de la Alegre Banda de Piratas se habían ofrecido voluntarios para salir de nuevo en el *Holandés*. Tras un montón de discusiones, argumentos y reflexiones, por no mencionar todo el politiqueo de los distintos Gobiernos involucrados, acepté solo a los cinco que ahora se sentaban conmigo en la cambusa. Aunque todos los supervivientes se habían presentado voluntarios, no era necesario que viniesen con nosotros, y saltaba a la vista que sus Gobiernos querían conservar a muchos de ellos en la Tierra a causa de sus conocimientos. Muchos de los supervivientes estaban heridos, como Giraud, que aún llevaba el brazo en un cabestrillo curativo turanio, o Chang, cuyas costillas seguían tiernas. El pronóstico del doctor Skippy para Giraud era que podría sacar el brazo del cabestrillo y tenerlo funcional en dos días, lo que no era suficiente para el paracaidista francés, que afirmaba que el brazo le picaba como si un millón de hormigas lo estuviese mordiendo. Skippy dijo que eran imaginaciones suyas.

Estaba convencido de que este viaje era descabellado, además de ser una misión suicida. La Alegre Banda de Piratas originales había forzado la suerte hasta más allá del límite y forzarla más aún era una locura. Me había visto obligado a discutir en términos, digamos, fuertes con la sargento Adams, empeñada en venir. Le dije que no tenía nada que demostrar y que ya se había sacrificado bastante. No hizo falta decirle que, aunque ambos habíamos sido prisioneros de los kristangos, y estos nos habían condenado a muerte, a ella también la habían torturado. Había visto sus cicatrices. Se me echó encima y me acusó, casi gritando, de querer apartarla de la misión por ser una mujer; de haber sido un hombre, no lo habría intentado proteger. No era cierto, pero no me dejó decir una palabra más mientras seguía su perorata.

—Con todo el respeto, es cierto que lleva usted las águilas de coronel, pero los dos sabemos que no es más que un cabo primero. Me necesita.

Tenía razón por completo y me sentí aliviado al dársela. En realidad, estaba contento de que todos hubiesen venido; los conocía y confiaba en ellos. La nueva tripulación tal vez fuesen superestrellas, pero no los conocía. Antes del lanzamiento había evitado pasar tiempo con Adams y los demás porque no quería que el resto de la tripulación pensase que mostraba favoritismo con mis antiguos camaradas. Aunque, sin duda, lo mostré. Había pilotos en la nave con mucha más experiencia y cualificaciones que la capitana Desai que habían volado en los aviones más modernos y versátiles, que habían sido pilotos de prueba o ases del aire, pero ni uno solo tenía permiso para tocar un solo botón de la consola de control del *Holandés* a menos que Desai lo supervisase. Confiaba en las habilidades de todos de ellos como pilotos de una nave espacial alienígena, pero en Desai confiaba sin más. Skippy pensaba lo mismo. Fuese cual fuese el nombre en clave oficial que hubiera tenido cada uno antes de subir a bordo, Skippy los llamada a todos «Puñatos», es decir, puñeteros novatos. Hubo que explicarles que en realidad Skippy estaba siendo amable teniendo en cuenta que, bueno, se trataba de Skippy. Uno de ellos, no recuerdo el nombre, le tocó las narices a Skippy lo suficiente para que le cambiase el camarote y le asignase una de las esclusas de aire. Tuve que intervenir, por más que estuviese de acuerdo con Skippy. Al piloto empezaron a llamarlo Tidesclu por «el Tío De la Esclusa». Cosas de aviadores.

—¿Qué opináis de la nueva tripulación? —pregunté, sin dirigirme a nadie en particular.

Chang fue el primero en hablar, tras una diplomática pausa para sorber el café:

—Va a ser un interesante experimento de cooperación internacional.

Giraud asintió y se encogió de hombros:

—Ya veremos.

Setenta personas. Doce de ellas eran científicos. De esos, siete eran mujeres, y cinco, hombres, y sus especialidades abarcaban casi todo, desde la medicina y la biología a la física. La competencia para subir a bordo había sido feroz entre los científicos, aunque eso había cambiado un poco tras explicarles que no esperaba que fuésemos a volver. De haber dependido solo de mí, no habría permitido que subiese ningún científico. No los necesitábamos para cumplir con la misión, y simplemente engrosarían la lista de muertos si no lográbamos volver a la Tierra. El número total de miembros de la nueva Alegre Banda de Piratas no había dependido de mí. Los distintos Gobiernos habían insistido en que llevásemos científicos y la lista original había sido de varios miles de nombres. Limitarlo a doce había sido lo mejor que había conseguido. Mi decisión final acerca de quién venía y quién se quedaba dependió menos de la pura habilidad científica que de la capacidad para llevarse bien con otras personas. Lo último que necesitábamos era un grupo de genios o, como los llamaba Skippy, monos un pelín más listos, dotados de egos masivos que no hiciesen más que tocar las narices durante todo el viaje. Por eso en parte había elegido más mujeres que hombres; un buen número de los candidatos masculinos habían suspendido el examen de la FENU que medía las habilidades sociales.

—Cooperación internacional —repetí muy despacio—. Nuestra tripulación original se las apañó muy bien para cooperar —señalé.

—No nos quedó otra —dijo Chang—. Y nuestra misión era salvar la Tierra. No podíamos estar mejor motivados.

—En aquel momento la tripulación fue cualquiera del que pudiésemos echar mano —señaló Giraud—. Fue una casualidad que estuviese en la base de intendencia; mi comandante me había enviado a averiguar por qué los suministros tardaban tanto en llegar.

—Enviamos lo que teníamos —respondió Simms, a la defensiva.

Giraud asintió.

—Sí, me di cuenta en cuanto llegué, mi comandante. Lo que quiero decir, mi coronel, es que la tripulación original estaba motivada y tenía claro el objetivo. Se nos juntó de repente y por sorpresa, y se nos dijo que había que salvar el mundo. La nueva tripulación no tiene un objetivo tan claro.

—Y esos tipos de las fuerzas especiales se creen todos muy… bueno, especiales —comentó Adams con el café en la mano—. Los presentes excluidos, mi teniente —añadió en dirección a Giraud.

—Tranquila —respondió Giraud entre risas—. Lo cierto es que algunos me intimidan incluso a mí —admitió.

—¿En serio? —pregunté. René había sido paracaidista de élite del Ejército Francés antes de que lo enviasen a Paraíso—. A mí me intimidan todos. Y me preocupa que pueda haber rivalidades que se nos vayan de madre.

No me refería solo a rivalidades entre las distintas nacionalidades, también me preocupaba que los SEAL y los Rangers no se llevasen bien.

Adams chocó el puño con Giraud.

—No se preocupe, mi coronel, los enderezaremos.

Chang había asignado a Adams y Giraud, ambos con experiencia, la labor de organizar las fuerzas especiales y preparar un programa de entrenamiento. Los nuevos tenían que aprender cómo funcionaban el *Holandés*, la *Flor* y las lanzaderas, aunque fuese a un nivel básico. Luego tendría que familiarizarse con las armaduras de combate kristangas y nuestros drones de batalla, los robates.

Lo que más me preocupaba era que se aburriesen. Antes de dejar la órbita de la Tierra, había reunido a la tripulación y los científicos en una de las bodegas y les había vuelto a explicar que esperaba, con toda sinceridad, no tener que emprender ninguna acción de combate. De hecho, mi deseo era no encontrar nada especialmente interesante en todo el viaje. En mi opinión, una misión exitosa sería que encontrásemos la radio mágica de Skippy, que lo dejásemos en alguna parte y que volviésemos sin más a la Tierra. O que yo pulsase el botón de autodestrucción, en la tesitura bastante probable de que el *Holandés* se hiciese pedazos tras la partida de Skippy y nos quedásemos atrapados en mitad de ninguna parte con provisiones cada vez más menguantes. Cuando comuniqué esto a la tripulación, vi que las fuerzas especiales asentían de forma inquietante. También vi por sus miradas que no me creían del todo. Los habían entrenado para el combate y con eso era con lo que contaban. Yo contaba con decepcionarlos.

La nueva misión seguía la estructura habitual de mando de la FENU. Los científicos procedían de numerosos países, pero los soldados venían de cinco: los Estados Unidos, China, India, Reino Unido y Francia. Cada nación había proporcionado nueve efectivos de unidades especiales, excepto los Estados Unidos, que solo tenía a bordo cuatro Rangers y otros tantos SEAL, a cambio de que un estadounidense estuviese al frente de la misión. Cada país también había proporcionado cuatro pilotos. Tanto Giraud como Desai contaban como tales. Añadiéndonos a mí, Chang, Simms y Adams, había un total cincuenta y ocho militares a bordo.

Terminé el café y me levanté a rellenar la taza. Ya no quedaba mucho en la cafetera, así que la vacié y la arranqué para que preparase un nuevo lote. Aún no había desayunos disponibles, más allá de las tostadas que cada uno se hiciese.

—¿Quién tiene hoy turno de comedor?

Eran el tipo de detalles responsabilidad de Chang como Oficial Ejecutivo. Había un estadillo en alguna parte. Seguramente tenía una copia en mi zPhone, pero me daba pereza mirarlo.

—China —replicó Chang—. Empezaremos en una hora, más o menos.

—Bien, aún no tengo hambre —dije.

¿Cómo eran los desayunos chinos? Me moría por averiguarlo. En la tripulación había científicos, pilotos y fuerzas especiales, pero no cocineros. Cada día, uno de lo países que había aportado fuerzas de combate se ocupaba de cocinar en la cambusa y al sexto día se encargaban los científicos. El tema de la comida iba a ser interesante, porque las habilidades culinarias no habían sido requisito para subir a bordo; aunque esperaba que las fuerzas especiales, que no podían ser más competitivas, se esforzasen al máximo.

Me dirigí hacia la puerta con la taza de café en la mano.

—Voy hasta el gimnasio —anuncié.

Si iba a aquellas horas, seguramente me las apañaría para estar a mi aire, sin tener por todas partes a las fuerzas especiales, todos ellos en mucha mejor forma física que yo. Igual era buena cosa mantener también a raya mi ego, me dije.

2

CUANDO ACABÉ EN el gimnasio, necesitaba una buena ducha. El ejercicio había sido doloroso, me había dejado jadeante, había convertido mis piernas en jalea y me había dejado los brazos temblequeantes. Me dolían hasta los dedos. Y los seis tipos de las fuerzas especiales chinas que estaban conmigo en el gimnasio habían hecho ejercicios mucho peores; llevaban un rato cuando llegué y, cuando me fui, se dirigían al pasillo de la espina dorsal del *Holandés* a echar una carrera. Yo estaba al borde del agotamiento.

En la ducha tuve que ponerme de rodillas, porque era de tamaño turanio, algo que no habíamos sido capaces de arreglar cuando reacondicionamos el *Holandés* mientras estaba en órbita terrestre. Las camas se habían alargado a tamaño humano por el método de cortar los mamparos y unir camarotes; no los necesitábamos todos, al fin y al cabo. Pero ajustar las duchas no estaba en la lista de tareas prioritarias de las que ocuparse en el poco tiempo que teníamos antes de que el carguero partiese. Mis temblorosos dedos intentaron varias veces en vano dar con los controles de la ducha. Al final acabé lanzando una maldición en voz alta.

—¿Ocurre algo, coronel Joe? —preguntó Skippy. Sonaba genuinamente preocupado—. Pareces especialmente torpe esta mañana.

—¿Especialmente? Muchas gracias, Skippy.

—No pretendía ofender. Mono torpe es mono muerto, Joe. Cuando os colgabais de los árboles en la selva, el mono torpe que se caía era devorado por un leopardo.

—¡Ja! —No me quedó más remedio que echarme a reír—. No es que haya muchos leopardos en esta parte de la galaxia, Skippy. Tengo los brazos cansados, eso es todo; me he esforzado demasiado haciendo ejercicio.

—Lo sé, he estado mirándote. ¿No crees que te pasas un poco, Joe?

—Ni de coña. Esos tipos de las fuerzas especiales son rápidos de narices, especialmente las mujeres. Joder, estoy en buena forma y soy más joven que la mayoría de ellos, y a pesar de eso me han dejado a la altura del barro. Me gustaría entrenar con ellos, pero la primera vez que uno de ellos me tumbase sobre el tatami sin tan siquiera sudar, me perderían el respeto.

—Uf, eres tonto hasta para ser un mono. Es que ni la pillas y la tienes delante. Joe, tienes tan acojonadas a las fuerzas especiales que se sienten resentidas en tu presencia. Y en la de los demás miembros de la Alegre Banda de Piratas original.

—¿Cómo? —exclamé bajo el chorro de agua—. Dame un minuto para secarme. —Corté el agua con un dedo tembloroso y retrocedí con cuidado en busca de una toalla—. ¿De dónde has sacado esa idea? Esos tipos han pasado por el entrenamiento militar más duro del mundo; son los mejores. Rebosan autoconfianza.

—La rebosan sobre casi todo, sí, pero no sobre vosotros. Míralo desde su punto de vista, Joe. Cuando la FENU se fue al espacio, ellos se quedaron en casa. Por una razón o por la otra, se quedaron y se perdieron todo el jaleo. Son ellos los que tienen que demostraros algo a ti, a Chang y a los demás.

—Hmmm. Supongo que tienes razón, Skippy, no se me había ocurrido.

—Y eso es solo el principio. No solo habéis salido de la Tierra, sino que habéis capturado dos naves alienígenas, habéis traído información de vital importancia y habéis rescatado a vuestra especie de los kristangos. Joe, esos tipos de las fuerzas especiales os miran a ti y a la tripulación original con arrobo y temor. Sí, han pasado un proceso de selección duro y riguroso, tanto físico como mental. ¿Han hecho algo más? ¿Cuáles son las probabilidades de que a lo largo de toda su carrera militar consigan algo remotamente parecido a lo que habéis hecho vosotros? Más o menos cero. Y lo saben. Y creen que los miráis por encima del hombro.

—Joder.

Tenía razón y yo no me había pispado. Había estado pensando solo en mí y no había considerado cómo veía la situación el resto de la tripulación. Cuando estaba en la Décima División de Infantería del Ejército de los Estados Unidos y nuestro batallón fue a Nigeria por primera vez para darle un empujón a los esfuerzos de «pacificación» en la zona, veíamos como semidioses a los tipos a los que íbamos a relevar. Habían estado allí, habían sobrevivido, conocían el territorio, habían entrado en combate. Lo suyo era real, yo solo había recibido una charla informativa. Se les notaba en los ojos. Sabían que la mayoría de los miembros de nuestro batallón, yo incluido, estaban verdes y nunca habían usado un fusil en un área hostil. Aquello lo cambió todo; cuando nuestro batallón volvió a casa, todos habíamos cambiado. Habíamos pasado por ello y sabíamos cómo era.

Las fuerzas especiales a bordo del *Holandés Errante* no habían estado allí, no habían salido de la Tierra, nunca habían visto un alien. Sí, habían pasado por un infierno en la Tierra ocupada por los kristangos, experiencia que yo no había tenido. Pero había servido bajo la FENU en Paraíso y ellos, no. Fueron muchas las fuerzas especiales que no se trasladaron a Paraíso, porque los kristangos no estaban especialmente interesados en ellos y los Gobiernos de la Tierra preferían guardarse un as bajo la manga, así que mantuvieron a la mayor parte de las tropas de élite al alcance de la mano, por así decir. Si el *Holandés* no hubiese aparecido y Skippy no hubiese aplastado como cucarachas a los kristangos, seguramente las fuerzas especiales habrían intentado atacarlos. Habría sido un gesto inútil ir contra sus búnkeres y habría resultado imposible atacarlos en sus naves en órbita. Cualquier acción de las fuerzas especiales habría sido un acto desesperado, un modo de plantar cara hasta a la muerte en honor a la raza humana.

No solía pensar a menudo en cómo había sido la vida de la gente que estaba en la Tierra mientras yo andaba por el espacio. Tuvo que haber sido terrible, horripilante. En Paraíso tuvimos que lidiar con el hecho de que eran los kristangos los que traían desde la Tierra todos nuestros suministros, especialmente la comida, y de que al final cada vez eran menos frecuentes y más escasos. Eso había sido bastante malo, unido al hecho de la progresiva concienciación de que estábamos luchando en el bando equivocado, de que nuestros «aliados» se habían convertido en los opresores de nuestro planeta y de que, si no seguíamos sus órdenes, podían interrumpir los envíos y dejarnos morir de hambre.

Tuvo que haber sido mucho peor en la Tierra. En Paraíso nos preocupaba la supervivencia de la Fuerza Expedicionaria. Los habitantes de la Tierra sabían que las apuestas eran mucho más altas; la supervivencia de toda nuestra especie estaba en juego. Cuando nos fuimos de casa con la FENU, no sabíamos en qué nos metíamos, pero esperábamos que fuese malo, muy malo. En la Tierra, al principio vieron a los kristangos como salvadores. Eran alienígenas con aspecto de lagartos enormes y feos, pero nos habían salvado de los invasores rujarras. Así que, cuando empezaron a presionar y a interferir en los asuntos humanos, a apoderarse de tierras, de minerales raros y de otros materiales, al principio la gente supuso que era el precio por apoyar el esfuerzo bélico, por impedir que los rujarras conquistasen nuestro planeta y esclavizasen a la humanidad. ¿En qué momento la mayoría de los habitantes de la Tierra tuvieron la sensación inquietante de que habían hecho un trato de mierda y de que los kristangos, que tenían el control casi completo del planeta, eran tan malos como habían imaginado que serían los rujarras? No lo sabía, y era algo que tendría que preguntarles a los nuevos tripulantes. Seguramente querrían hablar de ello; necesitarían hablarlo con alguien que no lo hubiese vivido.

—Tienes razón, Skippy, debería haberlo pensado. Soy el comandante en jefe, tengo que saber lo que pasa por la cabeza de mi gente. Y… Un momento. ¿Cómo sabes lo que piensan?

—Porque los oigo hablar. Mira que eres tonto.

—No puedes hacer eso. La gente tiene derecho a su intimidad.

—Joe, no puedo evitarlo. Monitorizo todos los sistemas de la nave en tiempo real, lo que incluye las entradas de audio y de vídeo. Ya sabes que te veo cuando duermes, en la ducha, cuando comes…

—Sí, ya lo sé. Y es malrrollero de narices.

—Como si me importase un pimiento la pinta que tenéis los monos desnudos.

—Vale. Lo que digas. Pero no puedes decirme, ni a mí ni a nadie, lo que le has oído comentar en privado a otras personas. Debemos mantener al menos una ilusión de intimidad. Si la gente supiera que ves cuanto hacen y dicen, podrían lidiar con ello porque al fin y al cabo eres una IA alien. Para muchos de ellos eres parte del mobiliario, un sistema más de la nave, invisible. Si se enteran de que sus compañeros o su comandante los espían y usan los detalles de sus vidas privadas para cotillear de ellos, eso destrozaría la moral. ¿Lo entiendes?

—No me parece para tanto. Vale, no te diré ni a ti ni a nadie lo que vea o lo que oiga. Una cosa, ¿y si me entero de que alguien está planeando algo estúpido que podría dañar la nave o la misión?

—En ese caso me lo dices, pero solo los detalles necesarios para solucionarlo. ¿Lo pillas?

—Sí, me parece que sí. Joder, los monos tenéis unas reglas sociales complicadas de narices para ser una especie tan poco desarrollada.

Acababa de llegar a mi despacho, un antiguo espacio de almacenamiento cercano al puente y al Centro de Información y Combate, cuando Skippy me avisó:

—Eh, coronel Joe, preparado. Ricitos de oro va a verte.

—¿Ricitos de oro? —respondí de buen humor—. ¿Quién es ese?

—El teniente de navío Williams, de la Armada de los Estados Unidos —me explicó.

Williams era el líder del equipo de SEAL y llevaba afeitada la cabeza, de ahí el mote de Skippy. Ya me había dado cuenta de que a la IA no le caía nada bien. Bueno, en realidad, el propio Skippy me lo había dicho. Williams y yo tampoco estábamos en los mejores términos. Tenía la sensación de que pensaba que yo no estaba cualificado para estar al frente de una misión tan importante, que era poco profesional, carente de dedicación, demasiado joven y sin experiencia, además de no tomarme en serio mis responsabilidades y ser una nulidad como soldado. No estaba de acuerdo con lo último.

—Gracias por el aviso.

Me erguí en la silla y ajusté la tableta para que ocupase la posición ergonómicamente correcta en la mesa, en lugar de en mi regazo, donde había estado hasta el momento.

Un minuto más tarde, allí estaba Williams llamando con los nudillos en la pared, ya que la puerta siempre estaba abierta. Era mi intención mantener de forma literal una política de puertas abiertas.

—¿Mi coronel?

Fingía leer algo en la tableta, ya que se suponía que Skippy no me había alertado de su llegada.

—Teniente Williams, pase. Siéntese, por favor. ¿Qué le parece el *Holandés Errante* de momento?

—Un tanto apabullante —admitió—. Cuando subimos a bordo, pensamos que, como SEAL, estaríamos en ventaja, ya que estamos acostumbrados a desplegarnos en diversos tipos de embarcaciones. Creo que eso no tiene mucho sentido aquí.

La charla duró unos cinco minutos. Él me contó lo increíble que era estar en el espacio a bordo de una nave alienígena capturada y yo le di las gracias por cómo habían puesto a punto el *Holandés* antes de partir de la Tierra. Habían arrancado o pintado de un modo más discreto buena parte de los ornamentos del puente y el CIC. Y ahora teníamos un comedor digno de ese nombre: un lugar donde se podía cocinar, servir la comida y comerla. Y era comida de verdad. Había varias bodegas llenas de alimentos, suficientes para que nos durasen varios años. Pero la mejor modificación habían sido las camas: se habían derribado los mamparos necesarios y ampliado los camarotes para poder meter colchones de tamaño razonable en lugar de seguir intentado dormir acurrucados en aquellas ridículas y estrechas camas hechas a la medida de los turanios.

Chang no tardaría en llegar para nuestra reunión diaria, así que decidí ponerme en faena y averiguar qué quería Williams.

—¿Para qué quería verme, teniente? Asumo que no ha venido solo a charlar sobre la nave.

—No, mi coronel. Aprecio la experiencia que aporta la sargento Adams —dijo él—, así como sus consejos. Sin embargo, no está familiarizada con los estándares de entrenamiento de los SEAL ni de los Rangers. Ni de los métodos de las SAS o de los paracaidistas franceses…

—Ya veo, teniente —lo interrumpí.

Chang era mi oficial ejecutivo y segundo al mando en la nave. Simms estaba al cargo de la intendencia y era la tercera en la cadena de mando. Desai era nuestro piloto y Giraud formaba parte del equipo de paracaidistas franceses. Por sugerencia de Chang había puesto a Adams a cargo del entrenamiento de las fuerzas especiales en lo referente a la nave y a las nuevas armas alienígenas que íbamos a usar.

—No debería ponerse tan gallito, teniente Williams —añadió Skippy—. Ni siquiera fue usted la primera opción para dirigir el equipo de SEAL.

Williams ni parpadeó.

—Mi coronel —dijo ignorando a Skippy… o quizá dándole el mismo rango que a mí, no estaba claro—. Sé que fui la segunda opción…

—La cuarta, en realidad —se apresuro a añadir Skippy, siempre deseoso de ayudar.

—¿La cuarta? —preguntó Williams, sorprendido.

—La primera opción fue el teniente Jerome Hansen —explicó la IA—. Rechazó el ofrecimiento porque no quería servir a las órdenes del coronel Bishop. Hansen pensaba que no tenías experiencia suficiente para asumir tal responsabilidad, Joe.

—Es comprensible —respondí.

Seguramente la mayor parte del equipo de operaciones pensaba eso mismo. Joder, hasta yo lo pensaba.

—El teniente Williams aquí presente accedió a servir bajo tu mando y originalmente fue la segunda opción. Sin embargo, se negó a cumplir ciertas condiciones secretas que vuestros militares querían imponerle.

—¿Qué condiciones secretas? —pregunté, taladrando a Williams con la mirada.

Williams se mordió el labio.

—Fue cosa de la DIA —explicó—. La inteligencia militar quería que asumiese el mando de la nave, en caso de ser necesario. Me negué.

—Cierto —añadió Skippy con alegría—. El tercer tipo al que se lo ofrecieron se negó también, así que volvieron a pensar en usted y por fin abandonaron la estúpida idea de planear un motín. Así que técnicamente es usted la cuarta opción para encabezar el equipo SEAL.

Williams me miró.

—No lo sabía, mi coronel. Creo que lo del motín es algo que quería la DIA… y tal vez también la CIA.

—Aprecio que no haya subido a bordo con el propósito de hacerse con mi nave, teniente.

Mi nave. Hablaba del *Holandés* como si me perteneciera. ¿Qué coño me pasaba?

—No puedo asegurarle que no haya alguien a bordo que lo piense. Tenemos otras cuatro unidades militares a bordo. Y tampoco puedo poner la mano el fuego por los Rangers, mi coronel.

—No le falta razón, teniente Williams —dijo Skippy—. Coronel Joe, tal vez debería hablar con todos por el intercom y preparar una demostración de lo que ocurrirá si algún soldadito con la cabeza a pájaros o cualquier otro mono intenta hacerse con la nave. ¿Qué tal si bloqueo todas las puertas de la nave y desconecto la ventilación? Bueno, y también la gravedad artificial, eso ralentizará a los amotinados.

—No puedes hacer eso, Skippy.

—Claro que puedo, Joe. Ah, vale, ya lo pillo, tienes razón. Dejaré la gravedad y la ventilación en el puente y el CIC.

—¡No me refiero a eso! No puedes, mejor dicho, no debes hacerlo. Si hay un plan para un motín, debo manejarlo por mí mismo. Tener una lata brillante de cerveza que me haga el trabajo sucio me hace parecer débil como comandante en jefe. No necesito tu ayuda, tienes que mantenerte al margen.

—¿Estás seguro, Joe?

—Al cien por cien. Lo tuyo son los temas científicos, pero déjame a mí tratar con los monos, quiero decir, con los humanos. Mantente al margen.

—Hagamos un trato, coronel Joe —dijo Skippy tras una pausa—. Me mantendré al margen, a menos que haya un intento real de amotinarse. Si eso ocurre, ciertos monos van a descubrir enseguida que no soy siempre una amistosa lata de cerveza. Cualquiera que intente joderme va a lamentarlo. Mucho. Pregúntale a la anterior tripulación turania de la nave, a ver si tienen algo que decir al respecto.

—Me parece bien, Skippy.

Un potencial motín era algo que tenía que discutir con mi equipo de mando: Chang, Simms y Adams. La idea de intentar tomar por la nave era completamente estúpida; sin la cooperación de Skippy nunca volveríamos a casa.

—Williams, no pretendo que la sargento Adams interfiera con el modo en que usted entrena a su equipo, pero ella supervisará los aspectos generales. Usted y su equipo quizás han estudiado el uso de las armaduras y los robates, pero no tienen experiencia alguna con ellos, ni siquiera como entrenamiento. Traiga su equipo a las mil trescientas a la bodega de instrucción y le mostraré lo que quiero decir.

A lo largo de la pared, aunque quizá debería haber dicho del mamparo, ya que estábamos en una nave, había diez armaduras kristangas activadas. Había más en otro compartimento; habíamos tomado cuarenta y seis armaduras de las tropas kristangas que estaban en órbita alrededor de la Tierra, pero no todas estaban en buen estado, así que teníamos cuarenta y dos funcionales. Las buenas noticias eran que una de sus naves tenía equipo para modificar los trajes y lo habíamos subido a bordo del *Holandés*. Nos las habíamos apañado para ajustar la mayor parte de los trajes a la estatura humana, de modo que cualquiera que midiese más de uno setenta podía usarlos. No habíamos tenido mucho tiempo antes de partir, así que no tenía mucha experiencia con los nuevos trajes. Pese a eso, tenía bastante más que la nueva tripulación.

Nos habíamos hecho con abundantes fusiles, munición y misiles zínger antiaéreos. Salvo por los robates turanios, nuestro equipamiento consistía casi exclusivamente en material militar kristango, incluyendo los zPhones y los visores de visión nocturna. La comida venía toda de la Tierra, evidentemente.

Cuando llegué a la bodega que usábamos para entrenar, eran las mil doscientas cincuenta, y tanto Adams como Williams se habían puesto la armadura, aunque tenían las placas faciales alzadas. En el ejército o llegabas antes de tiempo o llegabas tarde, así que Williams y los otros SEAL habían llegado media hora antes. Junto a Adams estaba Giraud, que comprobaba el traje de Williams y le explicaba sus características. Al otro lado de la bodega Adams estaba calentando; se agachaba, saltaba con facilidad hasta casi dar con el techo, a diez metros de alto, y hacía girar el fusil kristango como si fuese el bastón de la *majorette* líder. Básicamente se estaba exhibiendo y supuse que lo hacía para intimidar a Williams. A juzgar por el rostro de este, lo estaba consiguiendo.

Adams y Giraud le mostraron a Williams cómo funcionaba la armadura y luego realizaron una tanda de ejercicios para familiarizarlo con el traje. El cabrón era bueno, lo pilló todo mucho más rápido de lo que lo había hecho yo cuando me puse un traje por primera vez. El espectáculo empezó en cuanto Adams y Giraud vieron que Williams controlaba lo suficiente para no dañarse a sí mismo. Había un gran círculo pintado en el suelo y Adams dijo que el objetivo del ejercicio no era muy distinto de un combate de sumo: quien echase a su oponente más allá del círculo ganaba. Tomaron posiciones el uno frente a la otra, los dedos de los pies sobre el perímetro y Giraud anunció:

—¡Ya!

Williams, que sabía que Adams tenía más experiencia con las armaduras, se agachó un poco y luego se lanzó hacia adelante. No intentó enzarzarse en ningún tipo de combate cuerpo a cuerpo, sino que lo fio a la velocidad del traje, su potencia y su peso para sacar a Adams del círculo.

Esta tenía otras ideas. Se mantuvo en su sitio, pero en cuanto Williams se echó hacia adelante, se abrió una puerta en el mamparo tras la sargento y un robate cruzó el aire. El aparato no tocaba el suelo y se desplazó a toda velocidad hasta impactar contra Williams, quien fue lanzado contra el suelo. Tras caer, empezó a deslizarse, y por mucho que intentó detener el robate, la armadura no fue rival para la tecnología superior del dron turanio. De pie, sin dejar de controlar el robate con diversos gestos, Adams hizo que empujase con delicadeza pero con firmeza a Williams como si fuese una muñeca de trapo hasta dar contra el mamparo.

—¡Fin! —declaró Giraud.

Adams hizo un gesto y el robate liberó a Williams, quien se alzó la placa frontal, miró a Adams e hizo una reverencia.

—Bien jugado, sargento. Me avisó de que esperase lo inesperado.

—Todo cuanto pasa en el espacio es inesperado —dije—. ¿Alguna pregunta, teniente?

He de decir que Williams no se sintió insultado y no se lo tomó a mal, sino que reaccionó con una enorme sonrisa. Se daba cuenta de que familiarizarse con las armaduras y los robates iba a ser un desafío mayor de lo que había pensado. Y los de fuerzas especiales adoran los desafíos.

—Ninguna, mi coronel. —Luego se volvió a su equipo—. Atentos, muchachos, que la cosa se va a poner divertida.

Me quedé en la bodega una hora, que aproveché para ponerme al día con la armadura; habían pasado varias semanas desde la última vez que la había usado. Por suerte, me familiaricé con ella enseguida y me uní al equipo de SEAL mientras Adams y Giraud les marcaban una serie de ejercicios. Me dije que era buena cosa que los SEAL vieran que su comandante en jefe sabía lo que se hacía. Lo cierto es que estaba presumiendo, y no me importaba que se me notase. Pillé a Adams mirándome un par de veces, como cuando salté, toqué el techo, di una voltereta hacia atrás al caer y aterricé con los pies sin problemas. No todo era cuestión de habilidad; los sensores del traje detectaban el suelo y me habrían puesto en posición de no haberlo conseguido por mí mismo. Tras una hora de diversión, tuve que salir del traje e irme, pues mi turno en el puente empezaba en un par de horas y quería comer algo antes.

En el pasillo, me puse el pinganillo del zPhone.

—Dime una cosa, Skippy. Me llamas coronel Joe; llamas a Simms comandante Tammy, y a Chang, coronel Kong —era su nombre de pila— o directamente King Kong —mote que no le había funcionado nada bien a Skippy—. También llamas Ricitos de Oro al teniente Williams. Tienes algún tipo de apodo o de mote para casi todo el mundo. Pero a la sargento Adams siempre la llamas así. ¿Por qué? Su nombre de pila es Margaret. Podrías llamarla Meg o Peggy o, yo qué sé, sargento Marge.

—Impresionante. Creí que había llegado a lo más hondo de tu estupidez, pero acabas de batir un nuevo récord de gilipollismo. Asumo que conoces a la sargento Adams.

—Claro. La conocí antes que a ti. Ah, mierda, era una frase retórica.

—Uau. Qué agudo, Así que la sargento Marge, ¿eh? Dime, ¿qué crees que pasaría si me dirijo a la sargento Adams por ese pintoresco apodo?

—Hmmm. ¿Te patearía el culo?

—Lo más probable. Lo mío es la diversión, Joe, no el suicido.

—Vale. Ha sido una buena charla.

—Sí, seguro. Oye, me di cuenta de que estabas haciéndote notar cosa fina durante el entrenamiento.

—Privilegio del mando, Skippy. Además, necesito mantener mi habilidad en el manejo de la armadura.

—¿Para qué? Eres el comandante en jefe. Te vas a quedar en la nave.

—Ni de coña. No pienso pasarme aquí todo el tiempo. Además, ¿estás completamente seguro de que nunca voy a necesitar usar uno de esos trajes?

Suspiró.

—No, no puedo estar seguro del todo. Vale, diviértete, pero no te hagas daño. No voy a estar ahí todo el rato para protegerte cuando la cagues.

—Oído, Skippy. Gracias.

3

TRAS DEJAR A nuestras espaldas el agujero de gusano recién desactivado, nos dirigimos a uno nuevo. No el más cercano, ya que este por desgracia conectaba con un lugar que no era el adecuado para llegar a nuestro destino. Pese a la broma de Skippy de que fuésemos en dirección a cualquier estrella azul, lo cierto es que teníamos un objetivo concreto en mente. Realizamos varios saltos programados por Skippy y luego, varados en mitad de ninguna parte, los humanos programamos nuestro primer salto y lo introdujimos en el sistema de navegación. Me conformaba con que el salto no reventase la nave.

Comprobé los detalles principales del estado de la nave en el monitor principal del puente. Podría haberlos consultado en mi tableta, pero me parecían más reales cuando los veía sentado en el sillón de mando del puente. En la esquina inferior izquierda del monitor se veía en letras minúsculas *NONU Holandés Errante*. Seguramente había sido cosa de Skippy en algún momento en que yo andaba a otra cosa. El mismo texto se veía, bastante más largo, en la nueva placa de metal que había sobre la puerta del puente y de los compartimentos del CIC. A la tripulación le gustaba, lo volvía todo más oficial, y a mí me parecía bien.

Los Gobiernos que formaban parte de la FENU habían decidido de repente, unos días antes de la partida, que no les gustaba el nombre *Holandés Errante* y sugirieron varias alternativas. Tuve la sensación de que a su personal de relaciones públicas le habría encantado convocar un concurso a nivel planetario en la red, de no haber sido porque no había tiempo y, sobre todo, porque la naturaleza del enorme carguero estelar en órbita era alto secreto. Los oficiales de la Armada de diversos países protestaron por la idea, afirmando que cambiar el nombre de un navío acarreaba mala suerte. Skippy cortó de raíz la discusión cuando dejó claro que le gustaba el nombre, que controlaba los sistemas de datos de la nave y que las ONU podía llamar *Al Rico Polo de Fresa* a nuestra nave alienígena robada si quería, pero aquello no iba a cambiar nada. En el frenesí justo antes de la partida mientras intentábamos llenar la nave con el personal, el equipo y los suministros que necesitábamos, no tuve tiempo para chorradas como el puñetero nombre de la nave. Además, para nuestra Alegre Banda de Piratas siempre sería el *Holandés Errante*, lo llamase como lo llamase el resto del mundo. Al final, la FENU abandonó la idea, con lo cual me ahorró un dolor de cabeza.

No me cabe la menor duda de que en la Tierra en la ONU aún había un comité formado por personas muy bien pagadas que estudiaban la cuestión del nombre de la nave. Seguramente emitirían un informe antes de que el sol se convirtiese en nova. Seguramente.

—Salto realizado —anunció Desai desde el asiento del piloto.

—¿Todo bien, Skippy? ¿No hay hostiles cerca? —pregunté.

—Dímelo tú. Dijiste que necesitabais manejar la nave por vosotros mismos, así que comprobad vosotros los sensores.

Su tono era agrio. No tenía el menor deseo de discutir con él, aparte de que tenía razón, más o menos. La triste verdad era que no necesitábamos manejar nosotros la nave, nos bastaba con una migaja de esperanza de ser capaces de ello cuando Skippy nos dejase. Aquel pequeño matiz era la diferencia entre una misión sumamente arriesgada y una misión suicida. Toda la tripulación, yo incluido, se había apuntado a una misión arriesgada. Arriesgada hasta extremos absurdos, cierto. Hasta el extremo de que el menor contratiempo nos dejaría jodidos del todo.

—¿Piloto?

Desai reaccionó un poco más lento de lo deseable, y me di cuenta de que era consciente de ello.

—Hemos saltado al lugar correcto, con un margen de, eh, sí, setecientos mil kilómetros. —Su tono no inspiraba mucha confianza. Respiró hondo y muy despacio—. En efecto, confirmado. El salto ha finalizado con éxito.

Se volvió en la silla y me miró. Sonreía indecisa mientras me mostraba el pulgar en alto. Era la primera vez que Skippy no introducía el salto en el autopiloto y ella misma lo había programado. Skippy había gruñido y se había quejado por el retraso para luego negarse a chequear nuestros cálculos.

—Lo único que te digo es que no vais a saltar dentro de una estrella —fue todo lo que accedió a decir.

Su queja acerca del retraso era comprensible. Desai había programado el salto ayer y luego se había pasado el resto del tiempo asegurándose de que el código era correcto. Tres equipos diferentes de pilotos y científicos lo habían chequeado y habían decidido, tras dos días de análisis exhaustivo, que se podía introducir en el ordenador de navegación turanio. Skippy había restaurado a regañadientes el sistema operativo original del sistema de navegación y había permitido que se ejecutase en paralelo a su propio acceso. Por supuesto, no paró de soltar comentarios sarcásticos durante todo el proceso. No era el sistema original de la nave, sino una versión lobotomizada de la IA turania a la que los humanos teníamos acceso y que era lo bastante sencilla para que la pudiésemos manejar.

Skippy nos advirtió de que, si se producía un error en el sistema tras su marcha, no tendríamos forma de arreglarlo. A lo que respondí que, si se producía algún error en el *software* de navegación, la culpa sería suya por haber programado las cosas de forma chapucera o haberse olvidado de algo. Eso hirió lo suficiente su ego inconmensurable para declarar que el *software* era perfecto, incluso mejor que perfecto, pues había cargado en el sistema su propia rutina de mantenimiento y reparación. Nunca le expliqué cómo lo había manipulado, por si necesitaba volver a usar el mismo truco en algún momento.

—¿Sensores? —pregunté en dirección al equipo del CIC, más allá del cristal irrompible que los separaba del puente.

—Eh, no se registra nada. Al menos que podamos detectar, mi coronel —fue la respuesta.

Eso no me dio mucha confianza. Sin Skippy controlando el flujo de datos, el puente y el CIC no mostraban los utilísimos códigos de colores que diferenciaban entre las naves turanias, maxolhxes, yerapta, kristangas, rujarra y de tipo desconocido. En este caso no importaba gran cosa, porque no había nada al alcance de los sensores en un cuarto de año luz a la redonda. Había sido un salto deliberado en medio de la nada, de una distancia equivalente a la que hay entre Júpiter y la Tierra, un test lo más sencillo posible para un primer salto. De haber habido algo peligroso en la zona, Skippy nos lo habría dicho. Estaba enfadado, pero no pensaba suicidarse.

Habíamos saltado una distancia ridícula y, pese a eso, habíamos fallado el objetivo por más de medio millón de kilómetros. Con esa falta de precisión era imposible que lográsemos saltar cerca de un planeta, así que había que mejorar, y mucho, o el *Holandés* se iba a tirar un montón de tiempo arrastrándose por el espacio. Algo para lo que no teníamos ni tiempo ni combustible. Por no mencionar el limitado número de hamburguesas que había a bordo.

Aquel primer salto no era un esfuerzo aceptable y la tripulación lo sabía.

—La nave no ha estallado —señalé—, no hemos destrozado el motor de salto y no hemos salido junto a un planeta o al lado de una flota de guerra turania. No está mal para un primer salto. Lo analizaremos mañana por la mañana. Entretanto, ¿podrías programar el siguiente salto, Skippy? Mejor nos movemos.

—Eh, eh, no vayáis tan rápidos, monitos. ¿Habéis analizado el motor de saltos? ¿Están las bobinas calibradas y listas para un nuevo salto?

—¿Piloto?

El indicador de carga en la parte de abajo de la pantalla marcaba un ochenta y siete por ciento. Suficiente para varios saltos normales o para uno muy largo, gracias a las modificaciones mágicas de Skippy al mugriento motor turanio.

—Todo parece bien —respondió Desai muy despacio.

—¿Parece bien? —se burló Skippy— ¿Bien? Un término muy preciso, estoy en extremo impresionado por tu profesionalidad. Quizás habría que tener en cuenta que, si no está «bien» un nuevo salto, podría causar una ruptura espaciotemporal y destruir la popa de la nave, lo que nos dejaría varados en medio de la nada. Para siempre. Y cuando digo «dejándonos», quiero decir «dejándome», porque, en cuanto fallase la energía loa que necesitáis respirar para vivir, estaríais jodidos. Así que me quedaría solo rodeado de los cadáveres amojamados de los monos. Siempre me quedaría la esperanza de que, cuando la Galaxia de Andrómeda colisione con la Vía Láctea dentro de cuatro mil millones de años, la órbita de algún sistema solar lo lleve al lugar donde habré estado a la deriva todo ese tiempo. Así que, teniendo en cuenta todo eso, repetiré la pregunta y lo haré más despacio. ¿Está el motor listo para otro salto?

—Vale, ya lo has dejado claro, Skippy —dije, tratando de contener la rabia. No me gustaba nada su comportamiento de matón con Desai—. Ya que eres don Sabelotodo, ¿qué tal si nos enseñas cómo analizar el estado del motor en algún momento? No ahora, claro, a menos que quieras retrasar más aún el salto. ¿Está el motor listo?

—Claro que lo está. Jo, nunca me dejas divertirme.

—Estaría bien que dieses con alguna diversión que no tenga nada que ver con hablar de la nave explotando. Mientras tanto, programa el autopiloto para un nuevo salto y vámonos de aquí. Prepara un informe para mañana analizando en qué nos equivocamos y en qué acertamos en este último salto.

—A la orden, mi capitán. Vas a flipar con mi presentación de PowerPoint.

Tras cruzar el agujero de gusano que desembocaba en la Tierra, Skippy había programado un itinerario que nos llevaría a una estación espacial abandonada de los kristangos. La habían construido en un sistema estelar con una enana roja, en el planeta más cercano a esta. No se debía a que hubiese nada interesante ni en uno ni en la otra, sino a los restos destrozados de una nave Antigua en órbita alrededor del planeta, un tesoro más que merecedor del gasto que implicaba la construcción y el mantenimiento de una estación que permitiese una presencia kristanga permanente en el lugar. Unos trescientos años atrás, durante una guerra entre kristangos o en un ataque de un clan rival a la estación, no estaba claro, se había dañado esta de tal modo que no tuvieron más remedio que abandonarla.

Era el lugar más cercano y más sencillo para nosotros.

Lo de más cercano en realidad implicaba un desvío a través de diversos agujeros de gusano, y no llegaríamos al primero antes de treinta y ocho días. Treinta y ocho aburridos días cruzando el espacio vacío, saltando, recargando los motores y volviendo a saltar.

Las primeras dos semanas tras abandonar la Tierra habían sido razonablemente interesantes, mientras nuestra nueva Alegre Banda de Piratas se acostumbraba a estar en el espacio, a bordo de una nave robada a unos alienígenas. Los ejercicios de entrenamiento mantuvieron interesada a la tripulación, algo esencial para que las fuerzas especiales estuviesen alerta y centrados. Aquellas dos semanas incluyeron lo que, para la mayoría de la tripulación, era su primer salto, su primer viaje por un agujero de gusano y su primera vez para un montón de cosas más. Las primeras veces son buenas, mantienen el interés y la atención y alejan el aburrimiento.

Pero este acabó llegando. Incluso los pilotos, el único personal de la nave que por fuerza tenía tareas obligatorias más allá de comer, ejercitarse y dormir, acabaron encontrando tedioso su trabajo diario. Que, por otro lado, consistía en su mayor parte en esperar a que los motores se recargasen, a que Skippy programase el salto y a que el piloto jefe del turno apretase un botón. Siempre había un pequeño momento de tensión tras el salto, cuando los sensores del *Holandés* determinaban si había naves cerca. El equipo del CIC comprobaba los sensores, los dos pilotos mantenían el dedo junto al botón para el salto de emergencia y cinco minutos más tarde, si no se había detectado nada, se indicaba que todo estaba en orden y se volvía al aburrimiento de la rutina.

Salvo que estuviesen en su periodo de sueño, los pilotos utilizaban la mayor parte del tiempo, incluso cuando comían o corrían en el gimnasio, aprendiendo a manejar el carguero estelar turanio, la maltrecha fragata kristanga que teníamos y, por ultimo, de las lanzaderas turanias. Uno de los nuevos pilotos, un as del aire francés que se nos unió tras haber servido de piloto de pruebas del caza Rafael, me dijo que el entrenamiento era increíblemente duro, abrumador, imposible. Y era uno de los mejores estudiantes de Desai. Le respondí que esta había pilotado una lanzadera, para a continuación hacer lo mismo con una fragata, y por último un carguero estelar, todo ello sin entrenamiento y en situación de combate.

En realidad, al pobre no le faltaba algo de razón, así que hablé con Desai y Skippy para que aflojasen un poco el entrenamiento de vuelo. Tras las primeras semanas, los nuevos pilotos se acostumbraron a beber de la manguera, por así decir, y Desai pudo permitirse más de cuatro horas de sueño al día.

El aburrimiento era perjudicial para cualquiera, pero para las fuerzas especiales, que vivían para la acción, podía ser mortal. La tercera semana de nuestro crucero de placer dos paracaidistas indios se rompieron varios huesos en un accidente durante el entrenamiento. Gracias al uso mágico del doctor Skippy de la tecnología médica turania, los huesos se soldarían en un par de semanas, pero no podrían retomar los ejercicios hasta que no estuviesen curados del todo. Cuando llegásemos a nuestro primer destino, aquellos dos paracaidistas no podrían acompañar a sus camaradas y tendrían que quedarse a bordo del *Holandés* o, como mucho, manejar los robates.

Pasé a visitarlos a la enfermería, término que odiaban los de fuerzas especiales, porque implicaba la presencia de enfermos, cosa que por supuesto ellos no eran. Los dos paracaidistas, algo disgustados, ocupaban sendas camas turanias, demasiado pequeñas para un humano. Aunque no eran realmente camas, parecían hechas de algún tipo de gel adaptable. Ambos tenían las piernas rotas metidas en tubos rígidos de los que salían pequeños conductos conectados a las camas y que les proporcionaban nutrientes, además de las nanitas que reparaban los huesos y el tejido, todo ello controlado por nuestro científico loco residente, el doctor Skippy. Los accidentados se morían de ganas de estar en pie lo antes posible, así que hablé con Skippy para asegurarme de que no les daría el alta prematuramente, no fuesen a causarse más daños al tomarse con demasiado ímpetu los ejercicios de rehabilitación. La enfermería estaba abarrotada; además de los dos heridos, había seis científicos que intentaban entender la tecnología turania que usaba Skippy.

—¿Ya van comprendiendo cómo funciona todo esto? —les pregunté.

—¡No! —respondió Skippy adelantándose a los médicos—. Ya te dije que esto iba a ser una pérdida colosal de tiempo. No necesitáis monos torpes que os hurguen las entrañas con cuchillos embotados; tenéis al doctor Skippy, que puede arreglar cualquier cosa con su medicina mágica. Medicina real, no el rollo empírico para tontos que usáis los monos.

No tenía ningún deseo de volver a mantener aquella conversación de nuevo.

—Ya me lo has dicho y ya te respondí que si, bueno, cuando encuentres el Colectivo y nos dejes, nuestros doctores deben ser capaces de usar el equipo y ocuparse de la tripulación.

—Eso no va a pasar.

—No me hace ninguna grac…

—Por el amor de Dios, deja de darle a la húmeda por un instante y escúchame, que a lo mejor aprendes algo. No lo creo, pero nunca se sabe. —Skippy sonaba más sarcástico de lo habitual—. Este equipo funciona a escala nanotecnológica. Puedo controlar las nanitas con precisión de picosegundos, y estas pueden mover los átomos individuales para crear o separar moléculas según lo necesiten. El equipo fue creado para que lo controlase la cibernética turania a través de su IA médica. Es una IA especialmente estúpida, igual hasta eres capaz de ganarla jugando al ajedrez. ¡Un momento! ¿Estoy tonto o qué? Es una IA limitada, y la arquitectura del sistema no tiene capacidad para que pueda cargarle nada útil; apenas tiene memoria suficiente para almacenar los detalles anatómicos humanos y su fisiología. La verdadera fisiología, no todas esas suposiciones absurdas que he leído en las revistas médicas. Sin que yo la controle y coordine las nanitas, el sistema no funciona. Dado que vuestros médicos no tienen capacidad cibernética y que la cibernética turania no se puede adaptar a humanos, no hay modo alguno de que los monos podáis usar este equipo sin ayuda.

—¿Has acabado?

—Estoy calentando motores, pero de momento es suficiente.

—Estupendo. Podemos afirmar que, en este momento, eres la criatura más inteligente de la galaxia, al menos que nosotros sepamos. ¿Correcto?

—Soy, de lejos, la criatura más inteligente de la galaxia. Ya era hora de que me mostrases un poco de respeto.

—Dado que eres tan increíblemente listo, deberías ser capaz de dar con un modo que nos permitiese tener un control, aunque sea limitado, de este equipamiento médico. Lo suficiente para los cuidados más básicos. Tómalo como un desafío.

—¿Un desafío? Construir una escalera hasta el centro galáctico es un desafío. ¿Enseñar a los monos a usar tecnología de verdad? Eso es imposible.

—Sorpréndeme. —Sabía que no podría resistirse a eso—. Y contarás con mi eterno agradecimiento.

—Vale, quieres lo imposible. ¿Qué se supone que voy a hacer, construir un par de pinzas tan pequeñas que os permitan mover las moléculas a mano? Monos idiotas. Joder, cómo odio mi vida, debería haberme quedado en aquel estante polvoriento del almacén.

—Hasta luego, Skippy. Que te diviertas.

No paró de gruñir mientras me iba.

Salí de la enfermería tras aceptar las disculpas de los paracaidistas por haberse inutilizado a sí mismos temporalmente para el combate y asegurarles que los accidentes eran algo inevitable. Me dirigí hacia la cambusa. Tenía prisa, porque aquella noche el menú era pastel de carne o salmón a elegir y quería llegar antes de que se terminase el primero.

Había de sobra, pero de lo que andábamos escasos era de conversaciones animadas. Las diferentes rutinas empezaban a volverse aburridas y la idea de la vastedad de las distancias que íbamos a recorrer y del tiempo que tardaríamos hacía mella poco a poco en el ánimo. El accidente en el entrenamiento no había contribuido a mejorar la moral.

—Uf, esto parece un funeral. ¿A qué vienen todas esas caras mustias?

Era la voz Skippy, tan molesta como siempre, que surgía de los altavoces del techo.

—Ha sido una semana dura —gruñí con la vista clavada en el plato.

El pastel de carne se había entibiado, culpa mía por haber llegado tarde a cenar y pasar luego demasiado rato hablando en lugar de comiendo. Había un sabor a especias algo raro que me pareció que era nuez moscada, lo cual era absurdo. ¿Quién iba a poner nuez moscada en un pastel de carne? Alcé la vista y contemplé el salmón del teniente Hendricks, glaseado con arce y jengibre, y me arrepentí de no haberlo pillado. La cena de aquella noche había sido cosa de los Rangers y los SEAL.

—Además, llevamos ya un tiempo cruzando el vacío interestelar, rodeados de una oscuridad casi total, sin nada que ver. No nos vendría mal un cambio de aires.

Aunque a Skippy no le faltaba razón, y era cosa mía encargarme de subir el ánimo de la tripulación. O quizá debería crear un cargo oficial que se encargarse de ello. Seguro que en alguno de los PowerPoints que se suponía que debía estudiar había algún consejo al respecto. ¿Cómo se mantenía el ánimo en un submarino nuclear? Aquella peña se tiraba sumergida y en silencio durante varios meses, y tampoco tenían gran cosa que ver. Nosotros al menos teníamos ventanas.

—Creo que sé cuál es el problema, coronel Joe —me informó Skippy—. Necesitas un casquete. Eh, comandante Tammy, deberías liarte con Joe.

—¡Skippy!

Casi me atraganto con el pastel de carne y la comandante Simms, que estaba bebiendo, lanzó un surtidor de agua por la boca. El soldado que se sentaba junto a ella le palmeó la espalda para que no se atragantase.

—¿Qué pasa? Eres macho, ella es hembra, sois heteros, tú no hueles demasiado mal para ser un mono...

—¡Suficiente! —grité.

Todos en la cambusa se habían vuelto a mirarme.

—Sabes de sobra que vas a necesitar unos buenos arrumacos más pronto que tarde, Joe. Comandante Tammy, seguro que has visto la considerable erección que exhibía esta mañana en la ducha.

Simms pasó de la sorpresa a la diversión y vi que estaba intentando no echarse a reír. El resto de la cambusa me miraba entre carcajadas.

Posé la cabeza en las manos y me golpeé la mesa con la frente.

—Skippy, eso son asuntos personales. Privados. No se habla de ello en público. Y soy el oficial superior de la comandante Simms.

—¿Qué pasa, que como eres coronel no te puedes cepillar a ningún subordinado? Además, qué coño importa eso aquí. En fin, siempre te puedes liar con alguien del equipo científico. No es mala idea, la mayor parte de las mujeres están ovulando ahora, así que estarán especialmente cachondas...

Vi la sorpresa en el rostro de todas las presentes.

—¡Skippy! ¡Cierra! ¡La! ¡Puta! ¡Boca! —grité.

—Sí que eres desagradecido. Estoy intentado ayudarte a mojar, cosa que no creo que consigas por ti mismo. No me vuelvas a pedir que te ayude.

—¡No te lo he pedido! ¡Y eres un puto incordio, no una ayuda! —Quizás a partir de ahora sería buena idea que comiese en el camarote—. Comandante Simms, acepte mis disculpas...

Ella meneó la cabeza, aún intentando no echarse a reír.

—A estas alturas todos conocemos a Skippy, mi coronel. No es necesario disculparse.

—Gracias. En cuanto al resto, agradecería que esto quedase entre nosotros. —Es decir, entre las aproximadamente veinte personas que había en la cambusa—. Eso no va a ocurrir, ya lo sé —añadí, consciente de que el cotilleo era demasiado jugoso para callárselo—, pero al menos tengan en cuenta que fue cosa de Skippy, no mía.

Estaba seguro de que a partir de entonces sería incapaz de hablar con la comandante Simms sin preguntarme qué tal sería en la cama. Lo último que necesitaba en aquel momento eran más distracciones.

Saltar, recargar, volver a saltar. Resultaba monótono y seguíamos demasiado lejos de nuestro primer objetivo. Cuando dejé la Tierra en busca de la radio mágica de los Antiguos que necesitaba Skippy, o lo que sea de verdad, aún estábamos lidiando con el problema que nos había hecho ir a la Tierra en primer lugar. Tras asaltar la base de investigación en el asteroide kristango y dar con el nodo de comunicaciones de los Antiguos, que debería haber permitido que Skippy se comunicase con el Colectivo, descubrimos que el cachivache no funcionaba. O que Skippy no sabía cómo manejarlo. O que sí funcionaba, pero no había Colectivo alguno con el que comunicarse. O funcionaba, Skippy había contactado con el Colectivo, y estos habían decidido pasar de él porque era un capullo.

Lo último me parecía lo más probable.

Dado que el primer nodo de comunicaciones no le servía, Skippy decidió comprobar otros dos lugares en los que sabía que se guardaban artefactos de los Antiguos. Antes de salir de la Tierra, me había dicho que tomar al asalto cualquiera de aquellos dos sitios era imposible y mejor me olvidaba de ello. El primero era un planeta turanio densamente poblado y el segundo estaba a cincuenta mil años luz de la Tierra en una instalación controlada por una especie cuya tecnología era superior a la de los turanios. No teníamos nada que hacer contra ninguno, ni siquiera con el *Holandés* lleno de cabrones de las fuerzas especiales. Quizá con mucha suerte, paletadas de magia de Skippy y un milagro podíamos tener alguna posibilidad con uno. Lo más probable era que fracasásemos, nuestros enemigos descubriesen que los humanos habían robado una nave turania y la Tierra se convirtiese en el objetivo de un montón de álienes de mala hostia. No era un resultado óptimo.

Antes de salir de la Tierra, habíamos convencido a Skippy de que ampliase la búsqueda y incluyese no solo lugares que sabía que albergaban el nodo de comunicaciones, sino también aquellos que podrían tenerlo. Cuando digo «convencimos», quiero decir que me encargué yo, claro. La idea era buscar en enclaves en los que hubiera numerosos artefactos de los Antiguos, aunque la base de datos de los turanios que había descargado Skippy no listase en su inventario un nodo de comunicaciones. Skippy me había dicho que, antes de que los Antiguos ascendieran o se teleportasen o lo que sea que hubiesen hecho, había nodos de comunicaciones por toda la galaxia.

Ante mi sugerencia, refunfuñó diciendo que intentar predecir la localización de un nodo de comunicaciones era una pérdida de tiempo y que un análisis así le iba a llevar una eternidad, que en este caso fueron siete minutos y doce segundos en tiempo de cachocarnes. Tras finalizar el análisis, no le quedó más remedio que admitir que había dos lugares bastante prometedores a unos tres mil años luz de la Tierra que resultaban mucho más asequibles para nosotros. Era factible explorarlos y, en caso de ser necesario, asaltarlos.

El primero era una base de investigación kristanga, justo la estación espacial abandonada a la que íbamos. Según los datos con los que contaba Skippy, contenía una amplia variedad de artefactos de los Antiguos de escaso valor y varios dispositivos y cachivaches de especies más avanzadas cuyo funcionamiento los kristangos habían intentado desentrañar por ingeniería inversa sin demasiado éxito. Skippy confiaba en que los sensores del *Holandés* pudieran explorar la nube de escombros alrededor de la estación y en que nuestra Alegre Banda de Piratas subiera a bordo de ella y buscásemos la radio espacial mágica. Desde el cambio en la red de agujeros de gusano, los kristangos habían dejado de prestar atención a aquel sistema solar, así que Skippy no creía que fuésemos a encontrar nadie.

El segundo lugar iba a ser un hueso más duro de roer; lo bastante para desear que tuviésemos una alternativa. La parte buena era que se trataba de un enclave Antiguo localizado por los propios maxolhxes, pero apenas explorado por nadie más. Era un complejo enorme que había sido una instalación importante y muy utilizada en la época de los Antiguos, así que Skippy confiaba en que encontrásemos un nodo de comunicaciones. La parte mala era mala de narices. En primer lugar, estaba a mucha distancia de la Tierra e implicaba un viaje de cuatro meses. Podría haber sido más corto, pero teníamos que evitar varios agujeros de gusano que los maxolhxes usaban con frecuencia. Esto era un simple inconveniente, pero el resto era extremadamente peligroso. Cuando los maxolhxes encontraron el enclave Antiguo, no buscaban juguetitos interesantes, como el nodo de comunicaciones, sino armamento de los Antiguos. O dispositivos que quizás estos no habían fabricado como armas, pero cuyo efecto destructivo podía ser considerable. Hasta el extremo de cargarse una estrella, según Skippy. En realidad, hacer estallar una estrella era un juego de niños comparado con buena parte de la tecnología usada por los Antiguos.

Cuando los maxolhxes encontraron el lugar y descubrieron su enorme potencial destructivo, ya habían acumulado un considerable arsenal Antiguo que podían usar como armas contra los rindalus. Según la nebulosa memoria de Skippy, estos últimos habían descubierto lo que planeaban sus enemigos y les forzaron la mano. Los maxolhxes tuvieron que acelerar sus planes y atacaron antes de estar del todo listos. Los rindalus contraatacaron con su propio arsenal de armas Antiguas y la guerra se escaló durante un breve periodo, hasta que los Centinelas detectaron el uso de armas de los Antiguos y atacaron a ambos bandos. A los Centinelas, vigías inteligentes que los Antiguos habían dejado tras su marcha para impedir el uso no autorizado de su tecnología por parte de las especies más jóvenes, no les importó quién había disparado primero ni en qué lugar de la galaxia se había usado el armamento Antiguo. Golpearon los sistemas solares de ambos bandos, sin importar lo lejos que estuviesen, con efectos devastadores. Su propósito, al parecer, era destruir las civilizaciones estelares emergentes capaces de abusar de la tecnología de los Antiguos, la tuviesen de facto o no. Tan potentes e implacables eran los ataques que tanto maxolhxes como rindalus estaban convencidos de que se extinguirían, hasta que de repente y sin razón aparente alguna el ataque de los Centinelas se detuvo, estos se fueron y volvieron a entrar en letargo. Dormidos, pero siempre vigilantes.

A partir de aquel momento ambas especies dejaron sus armas Antiguas en reserva y siguieron su larga guerra a través de las especies subordinadas de cada una, como los turanios y los yerapta, que a su vez tenían sus propios subordinados.

El enclave Antiguo que habían estado explorando los maxolhxes cuando atacaron los Centinelas se declaró de mutuo acuerdo prohibido para ambos bandos. Skippy creía que, dado que él había sido construido por los Antiguos, podría llevarnos hasta allí sin que nos detectase la extensa red de sensores dejada por los maxolhxes. Era una mierda de plan. Básicamente, tras cuatro meses de viaje hacia el objetivo, pretendía acercarse por el espacio normal durante otros seis meses; su idea era escabullirse hacia el objetivo yendo a paso de caracol. Solo que el *Holandés* no podía decelerar demasiado, ya que los motores podían alertar a la red de sensores, así que el acercamiento final se haría con lanzaderas en las que había que pasar casi un mes. Tras localizar y recoger el nodo de comunicaciones, los equipos de asalto tendrían que volver al *Holandés* y este seguiría cruzando el espacio normal durante otros cuatro meses, antes de arriesgarse a saltar.

Lo dicho, una mierda de plan que implicaba un viaje de cuatro meses dentro de un área monitorizada exhaustivamente tanto por maxolhxes como Centinelas. Todo a cambio de la posibilidad razonable de dar con un nodo de comunicaciones. Odiaba el plan y se lo dije a Skippy, pero tampoco se me ocurrió ninguna alternativa.

Así que decidimos probar suerte en el primer objetivo, la supuesta estación espacial kristanga abandonada. Si salía bien, daríamos allí con un nodo. En caso contrario, tendría más o menos una semana para dar con una alternativa al segundo objetivo propuesto por Skippy.

Mejor me ponía el gorro de pensar.

4

Antes de ir a la estación espacial abandonada, estuvimos practicando en el vacío y en gravedad cero. Ordené una parada de la nave y Desai pilotó la *Flor* y la llevó a una distancia suficiente para que varios equipos practicasen con una de las lanzaderas la aproximación al blanco, para luego, dentro de los trajes acorazados, saltar hacia la *Flor* como un equipo de asalto. Usar las armaduras kristangas en el espacio era muy distinto a moverse con ellas dentro de una de las bodegas. Varias veces Skippy tuvo que tomar el control de los trajes para impedir que los soldados se hirieran o causaran daño a sus compañeros. Fue un proceso lento, y todos fuimos aprendiendo poco a poco. Los trajes llevaban pequeñas unidades impulsoras, lo que ayudaba a impedir que el usuario girase sin control, pero no servían de mucho para desplazarse. Teníamos mochilas propulsoras que se adosaban al traje, pero eran aparatosas y solo contábamos con catorce; además, no las necesitábamos para el corto trayecto entre la esclusa de la lanzadera y la estación espacial.

Probamos a lanzar a una persona desde la lanzadera con una cuerda que sujetábamos con fuerza a la *Flor*. Luego los demás siguieron al primero usando la cuerda. A veces alguien perdía el control y salía girando hacia el espacio, lo que les venía muy bien como práctica a los inexperimentados pilotos de las lanzaderas. Cuanta más gente girase sin control hacia el espacio, mejor, el ejercicio era incluso más real. Uno de aquellos pobres diablos que perdieron el control del traje y que tuvo que ser rescatado recibió el apodo de «Cortito Bishop». Se sintió como un completo imbécil.

Tras dos días de prácticas intensivas durante las que todos los equipos de operaciones espaciales y todos los pilotos tuvieron abundantes oportunidades de adquirir experiencia, me pareció que estábamos listos para investigar de verdad la estación espacial.

Nos acercamos a nuestro primer objetivo despacio y con calma. Empezamos con un salto al exterior del sistema solar y esperamos con paciencia durante dieciocho horas, con los sensores pasivos a la escucha de cualquier rastro de actividad, por débil que fuese. No encontraron nada, así que nos acercamos al objetivo un millón de kilómetros con otro salto y repetimos la espera durante seis horas. Skippy se quejó de que ya había compilado toda la información necesaria durante las primeras tres. Así que me pasé las otras tres oyéndolo quejarse, lo cual me mantuvo entretenido.

Por fin llamé a zafarrancho de combate y saltamos a cien mil kilómetros de la supuestamente abandonada estación espacial. Los pilotos estaban preparados para ejecutar un salto de emergencia sin necesidad de que el oficial de guardia se lo ordenase.

—¿Cómo lo ves, Skippy? —pregunté, ansioso—. ¿Está abandonado de verdad?

—Dame un minuto, Joe. Aquí me limita la maldita velocidad de la luz y todo va lento de narices. No hay ninguna nave en la zona y todo parece bastante muerto, no percibo ninguna fuente de energía. Lo que no puedo asegurar es que los lagartos no hayan desplegado minas ocultas. Estoy escrutando los alrededores en su busca. Lo cual, con esta mierda de sensores, igual me lleva una hora completa. Eso sí, Joe, para verificar que no haya trampas ocultas, hay que acercar más la nave. Me refiero a cosas como explosivos adosados a las esclusas y similares. Necesito estar más cerca, a unos doce mil kilómetros.

—Hmmm.

Aquello sonaba demasiado cerca para mi gusto. Las distancias en términos de combate espacial eran un poco difíciles de comprender, ya que toda mi experiencia militar se basa en líneas de visión. En el espacio, incluso aunque nada se interpusiera en el camino, era imposible ver nada a doce mil kilómetros. Las distancias en un combate espacial eran tan enormes que hasta a la luz le costaba segundos, a veces minutos, llegar de un lado a otro. De ahí la velocidad de los proyectiles que se usaban: rayos de partículas, cañones riel hiperveloces, misiles que podían acelerar a cinco mil ges. Incluso a cien mil kilómetros de la estación no estábamos a salvo de armas que se movían a la velocidad de la luz, aunque nuestros escudos podían deflectarlas lo suficiente para saltar. Si nos poníamos a doce mil kilómetros, sería una distancia asequible para un cañón de riel o un misil, que atravesarían nuestros escudos y podrían deshabilitar el reactor antes de que lográsemos saltar. No era un riesgo que me apeteciese correr.

—¿Podemos enviar una lanzadera?

—No. Necesito los sensores de la nave. Todo esto igual os parece magia a los monitos, pero es tecnología, y tiene sus límites, incluso para mí.

—Mierda. Muy bien, piloto —le dije a Desai—, acérquemonos. Si cree que hay algún peligro, no espere mi orden, salte de inmediato.

—A la orden, mi capitán.

Nada nos amenazaba y, según Skippy, no había trampas ocultas, al menos en la estructura exterior de la estación, que parecía exactamente lo que los datos de la IA habían indicado: un derrelicto. A doce mil kilómetros pudimos ver sin problemas los agujeros de los impactos, muchos de bordes serrados, y varias estructuras aplastadas como si hubiesen sido de papel de las que asomaban conductos y cables. Eran zonas a evitar, habría sido fácil que el equipo se enredase con todos aquellos cables sueltos. Localizamos sin problemas varias esclusas que parecían intactas y a las que una lanzadera se podía acercar con facilidad. También se veía un muelle de atraque, suficientemente grande para varias lanzaderas. Resultaba tentador, tal vez demasiado. Quería que la lanzadera pudiese irse con rapidez, así que era aconsejable evitar áreas cerradas que podían ser una trampa.

Decidí enviar una de nuestras lanzaderas más pequeñas con dos pilotos, Giraud, otros dos y yo mismo. Giraud se había quitado la funda curativa del brazo y afirmaba que lo sentía casi tan fuerte como el otro, así que se dio a sí mismo el alta. El doctor Skippy se mostró de acuerdo, y no puse ninguna objeción. Desai hizo retroceder el *Holandés* cincuenta mil kilómetros y dejé a Chang al mando de la nave. Como los dos pilotos de la lanzadera eran británicos, escogí al capitán Xho del equipo chino y al capitán Chander del indio para que nos acompañasen a Giraud y a mí, de forma que el equipo inicial de exploración fuese lo más internacional posible. Me parecía importante no dar en ningún momento la impresión de favoritismos en las cinco naciones que componían la FENU.

Los pilotos dejaron la lanzadera a cincuenta metros de la esclusa que habíamos seleccionado. Abrimos la nuestra y Giraud salió el primero, cruzó los cincuenta metros de vacío y solo se desvió un metro respecto al objetivo, pero se las apañó para asir una agarradera, impulsarse a la esclusa y fijar una cuerda. Fue mi turno de salir, seguido de Xho y Chander, y los tres nos desplazamos por la cuerda. El guante acorazado de Giraud tocó la esclusa de la estación sin resultado alguno.

—Supongo que era mucho esperar que aún tuviese energía después de tanto tiempo —dijo mientras se inclinaba hacia el panel cubierto de polvo que había a la derecha de la puerta. Se movió con extremo cuidado e intentó limpiar la capa de polvo del panel. La mayor parte se le quedó en los guantes o se esparció por el panel—. No ha funcionado, supongo que tendríamos que haber traído un cepillo. ¿De dónde demonios ha salido tanto polvo?

—Restos de la batalla por la que abandonaron la estación —explicó Skippy—. La superficie estaba magnetizada a causa del escudo defensivo y, cuando este se desactivó, las partículas fueron atraídas hacia la estación. No hay tanto polvo, capitán, el problema es que sus guantes se limitan a esparcirlo.

—¿Ve alguna luz en el panel, Giraud? —pregunté.

La imagen que transmitía la cámara de su casco estaba accesible en el interior de mi placa frontal. Podía activar la visualización ya fuera con el teclado de la muñeca izquierda o con la barbilla, aunque no le había pillado el tranquillo a esto último y siempre andaba activando y desactivando la imagen sin querer. Lo que se veía desde su cámara no era de mucha ayuda, pues se movía demasiado. Me impulsé en su dirección, aunque permanecí lo bastante lejos para no distraerlo.

—No sabría decirlo —respondió—. Sin atmósfera que la filtre, la luz es demasiado directa.

No le faltaba razón. Todo nuestro entrenamiento en baja gravedad había sido en el espacio profundo, con luz artificial que nos llegaba del *Holandés*, de la *Flor* o de una lanzadera. Tendríamos… Bueno, tendría que haber contemplado la idea de cómo afectaría la luz de las estrellas a los que llevaban los trajes.

—No nos vamos a quedar aquí toda la tarde. Pruebe la manilla —ordené.

Como casi todas las esclusas, la puerta tenía un mecanismo de apertura manual para usarlo en caso de que fallase la energía. Aquella puerta en concreto tenía una manilla enorme en forma de palanca pintada de amarillo y rojo en el lado derecho.

—Ahí voy —dijo Giraud.

Vi que su mano se acercaba a la manilla, la agarraba y la giraba hacia la izquierda. Casi inmediatamente, un estruendo atroz sonó en los altavoces de mi casco.

—¡Retirada! —grité—. ¡Retir…! Un momento.

Me di cuenta de que el estruendo me resultaba familiar. Este se repitió y oí voces humanas, aunque no reconocía lo que cantaban.

—¿Qué coño es eso, Skippy?

—*Soul finger*, de los Bar-Kays.

—¡La madre que me…! ¿Qué demonios pinta esa canción aquí?

Miré mí alrededor y comprobé que todos estaban boquiabiertos. ¿Cómo era posible que en una estación espacial kristanga abandonada hacía cientos de años hubiese una puerta que tuviese como alarma una canción humana de Rythm & Blues de los años sesenta? Casi me estalla la cabeza ante la idea.

—Tranquilo, Joe. La verdadera alarma de la puerta es un bip-bip. Me pareció mejor cambiarla por la canción en los altavoces. No me digas que pensasteis que era real. Joder, me parto. ¡Ja ja ja ja ja ja! Tendrías que haber visto la cara que habéis puesto. Ha sido impagable. Tengo que repetirlo un día de estos.

Intenté contener la rabia.

—Ni se te ocurra. No vuelvas a hacer eso nunca, ¿me oyes? Me has dado un susto de muerte y has provocado una situación de peligro, alguien podría haber salido herido si nos hubiéramos movido demasiado rápido. Atentos todos, espero que ahora comprendáis las mierdas que tengo que aguantar de nuestra querida lata de cerveza.

—Mi coronel —respondió Giraud—, como ya le he dicho, cuando quiera lanzar a Skippy por una esclusa para que se vaya de viaje, no tiene más que decirlo. Me hará el hombre más feliz del mundo.

Abrimos la puerta exterior, luego la interior, y descubrimos entonces que quedaba un pequeño resto de atmósfera en algunas partes de la estación. Skippy nos advirtió de que no era buena idea alzar las placas frontales y olfatear; el aire era muy tenue y estaba contaminado por diversos productos químicos extremadamente tóxicos que se habían derramado durante la batalla. La advertencia era superflua; nadie sintió la tentación de abrir el traje.

El interior de la estación no era muy distinto del de la *Flor*, un diseño kristango estándar que, por lo visto, no había cambiado gran cosa con los siglos. La *Flor*, nuestra fragata kristanga, tenía unos cien años, y Skippy nos dijo que las que se construían ahora eran casi idénticas.

Pasamos dos días explorando la estación para nada. Encontramos unas pocas piezas inútiles de varios artefactos Antiguos. No estaba claro quién se sentía más decepcionado y frustrado, si Skippy o yo. Tras cuarenta y seis horas con diversos equipos en varios turnos entrando y saliendo de la estación, dimos por concluida la exploración sin encontrar nada útil.

—Skippy, ¿merece la pena quedarnos más tiempo? Los kristangos construyeron la estación espacial porque había restos en órbita de una nave Antigua. ¿Crees que pueden haberse saltado algo? ¿Deberíamos examinar el espacio alrededor del planeta por si encontramos algún artefacto Antiguo?

—Ya me he encargado de eso, Joe —respondió Skippy—. No hay nada útil por los alrededores; los lagartos hicieron bien su trabajo y recogieron todo lo que había. No esperaba otra cosa, la estación estuvo operativa durante casi doscientos años antes de ser dañada, tiempo de sobra para examinar cada metro cúbico de espacio en medio millón de kilómetros a la redonda. Ni siquiera los idiotas de los lagartos pasarían por alto cosas útiles tras doscientos años buscando. No, no tiene sentido que sigamos aquí, a menos que te parezca útil para entrenar a la tripulación.

El *Holandés* llevaba demasiado tiempo inmóvil en medio del espacio y quería irme lo antes posible en busca del siguiente objetivo. Que, en realidad, aún no había decidido cuál iba a ser. Ordené que se pusiera fin a la exploración en cuanto el equipo chino que estaba ahora a bordo hubiese salido de allí.

—Teniente coronel Chang —dije por el zPhone—, nos vamos de aquí, saque a su equipo y súbalo a la lanzadera lo antes posible sin comprometer su seguridad.

—A la orden, mi coronel —replicó Chang—. No ha sido un mal entrenamiento, pero no parece que vayamos a encontrar nada útil. Volveremos al *Holandés* en una hora.

La noticia se extendió rápidamente por la nave y diez minutos más tarde Skippy me llamó al despacho.

—Joe, la doctora Venkman viene a verte. Al parecer, el equipo científico le ha pedido que te hable de...

—¿Vas a contarme otro cotilleo que has oído a escondidas? ¿Recuerdas lo que te dije de la intimidad?

—Claro, pero...

—¿Lo que has oído implica una amenaza para la seguridad de la nave?

—No, pero...

—Escucha, quieres que te tratemos como a una persona y no como a un ordenador, ¿correcto?

—Sí.

—Pues esto es lo que haría una persona, asumiendo que fuese amiga mía. Se limitaría a decir: «Atento, pavo, Venkman viene a darte la vara.»

—No te voy a llamar «pavo». ¿Qué tal «compi»?

—Uf, necesitas ponerle contexto a tu comprensión de la jerga. Nadie usa la palabra «compi» desde... no sé, desde lo años treinta. Ni los empollones. Decirlo es como lanzar cebo para que vengan los tiburones.

—¿Seguro?

—Bastante. Llama «compi» a alguien y te va a mirar como a un bicho raro.

—Joder. Acabáis de bajar del puñetero árbol y ya estáis llenos de reglas sociales inescrutables. Vale, me limitaré a decir: «Joe, Venkman ha desenterrado el hacha de guerra y viene a verte».

—Mucho mejor, veo que vas pillando el asunto.

—Increíble. Una galaxia entera con la que ponerme al día tras una siesta de un millón de años y ¿con qué lleno la memoria? Con los rituales sociales de un puñado de monos piojosos e ignorantes. Ah, mi vida es una pérdida de tiempo.

—¿Cuánta memoria tienes sin usar? Digamos, no sé —intenté recordar el número gargantuesco que había visto en un artículo de la Wikipedia—, ¿unos cuantos yottabytes o algo así?

—¿Yottabytes? ¡Ja ja ja ja! —Empezó a reírse tan alto que fue incapaz de seguir hablando—. ¡Ayyy, este ha sido bueno! Joe, un yottabyte es una parte minúscula de mi capacidad de memoria. No podría medirla con una unidad tan pequeña. ¡Un yottabyte, manda narices! ¡Qué bueno!

—Vale, vale. Así que estás aprendiendo las costumbres de los monos. ¡Mierda! Me has hecho llamarnos monos. Da igual. Si la información sobre el comportamiento humano no ocupa una porción significativa de tu memoria, ¿cuál es el problema?

—¿Problema? ¿Qué problema hay por unos pocos gusanos en la manzana, o por unas cuantas bacterias en la comida? Lo que me preocupa es la contaminación. Joder, si hasta hace poco los rituales de tu especie se limitaban a limpiarle los piojos al tipo de al lado. ¡Y comérselos! ¡Qué asco!

—Había que hacer algo con ellos. Además, estaban llenos de proteínas.

—¿Ves? Eso es lo que preocupa, almacenar ese tipo de pensamientos en la memoria. Tener ideas de mono en…

—Buenos días, señor. Eh… Capitán —nos interrumpió Venkman a la vez que llamaba con los nudillos a la puerta—. ¿O debería llamarlo coronel? Me temo que no nos explicaron el protocolo militar antes de partir.

—Buenos días, doctora —le devolví el saludo mientras me ponía en pie y le señalaba una silla—. Tengo el rango de coronel y ocupo el puesto de capitán en la nave. Supongo que lo más fácil será que me llame coronel.

—Coronel, entonces.

Echó un vistazo a mi despacho, que no era más que una alacena turania que habían vaciado para luego poner una mesa y tres sillas, además de un armarito que, de momento, estaba vacío. Sobre la mesa había un portátil que rara vez usaba y una tableta que utilizaba a menudo, además de una taza de café que había pillado en la cambusa y aún no había devuelto. No había papel, lápices o bolígrafos, ni tampoco el inevitable calendario con coquetas fotos de diversos paisajes. De hecho, ni siquiera había una foto de mi familia. Tendría que haber traído una, pero fue algo que se me pasó.

—Me han dicho que ha ordenado que la nave se prepare para dejar este sistema solar —me dijo—, y que se dirija hacia el siguiente objetivo, ya que no hemos localizado el nodo de comunicaciones de los Antiguos en la estación. El equipo científico, yo incluida, querríamos que reconsiderase la idea. Hemos estado usando los extraordinarios sensores de la nave y hemos recolectado mucha información valiosa. Pese a todo, esos datos nos dan una imagen incompleta. Necesitamos completarla antes de efectuarle un análisis del que podamos extraer conclusiones válidas. Además, nadie del equipo científico ha podido ir a la estación espacial. Ver el vídeo que nos han enviado los equipos de las fuerzas especiales no es lo mismo que estar sobre el terreno.

Era justo la conversación que no quería tener, que no tendría que haber tenido. Era algo de lo que habíamos hablado ya.

Antes de dejar la Tierra, había puesto por escrito los objetivos de la misión, de modo que cualquiera que se incorporase a ella entendiese por que el *Holandés* se iba y fuese consciente por completo, al cien por cien, de los riesgos que corría al venir con nosotros. Había esperado que eso desanimase a los posibles voluntarios, pero no había funcionado. He aquí los objetivos, detallados de forma clara y sucinta y ordenados por puntos, tal como vi que recomendaba un manual de oficiales en alguna parte:

1. Impedir que otras especies descubriesen que los humanos habían robado una nave extraterrestre y que habían tenido algo que ver con cerrar un agujero de gusano.
2. Allí donde no interfiriese con el punto anterior, lograr que Skippy se sintiese satisfecho de nuestros esfuerzos por ayudarlo a contactar con el Colectivo.
3. Allí donde no interfiriese con los puntos anteriores, volver sanos y salvos a la Tierra en algún momento, si tal cosa era posible.

Cosa que no iba a pasar. Esto último era de mi cosecha y, por supuesto, no lo añadí a los puntos.

Se podría haber pensado que el orden de los dos primeros tendría que haber estado invertido, que el propósito principal del *Holandés* era ayudar a Skippy a contactar con el Colectivo. Como propósito del viaje eso era cierto, pero no era el objetivo primario de la tripulación. Le debíamos a Skippy nuestra lealtad, pero no tanta que fuésemos a arriesgar la seguridad de nuestro planeta natal y de nuestra especie. Que los humanos hubiésemos robado una nave espacial ya era malo; a los turanios no les haría ni puñetera gracia, pero que las naves se destruyesen o cayesen en manos de otros, incluso de especies menos avanzadas, no era tan infrecuente. Pero si maxolhxes o rindalus descubrían alguna vez que los humanos teníamos un modo de manipular los agujeros de gusano, una tecnología con la que ellos como mucho podían soñar, destrozarían nuestro planeta para hacerse con ella.

También se podría pensar que se podía haber descrito el segundo objetivo simplemente como «ayudar a Skippy a contactar con el Colectivo», pero eso habría sido un error. Ni siquiera sabíamos si era posible contactar con ellos, o si aún existían. O si habían existido alguna vez, la memoria de Skippy era un tanto vaga en aquel tema. Todo cuando podíamos hacer era que Skippy creyese que manteníamos nuestra parte del trato hasta que diéramos con el Colectivo o la IA se rindiese. Que creyese de verdad que nuestro esfuerzo era real y sincero, ya fuésemos realmente capaces de ayudarlo o no. En lo más profundo de mi mente había establecido una fecha límite, más o menos un año, para aquella tarea. Si para entonces no había encontrado un modo de contactar con el Colectivo, mi plan era intentar persuadirlo de que abandonase la empresa. No tenía la menor idea de cómo me las iba a apañar para convencer a una obstinada IA alienígena, capaz de dedicar miles de años a una tarea sin casi pensar en ello. Comparado con el modo en que solía hacer las cosas, para mí aquello representaba un plan sumamente elaborado y a largo plazo.

El objetivo más importante que debían leer los candidatos a tripulantes era el tercero. No por el objetivo en sí mismo, sino por la posición que ocupaba en las prioridades de la misión. Nuestro retorno a la Tierra, nuestra supervivencia, eran lo último y lo menos importante. Todos debían entenderlo. Si no estaban convencidos, siempre podían darse una vuelta por las bodegas donde se almacenaban los dispositivos nucleares tácticos de autodestrucción.

Aunque quizás el objetivo más importante para los candidatos a tripulantes era el cuarto. Ah, ¿que no hay cuarto? Cierto, no lo hay. Nada que diga «obtener importantes conocimientos científicos» ni «explorar la galaxia» ni «adquirir información acerca de nuestros enemigos potenciales» ni «recolectar tecnología avanzada útil» ni, por último, «enzarzarse en operaciones especiales de combate contra los enemigos de la humanidad». Si se podía realizar algo de todo aquello sin interferir con los tres objetivos, pues adelante. Si no se podía, a joderse. No iba a arriesgar ni la misión ni nuestras vidas para que el equipo científico se sintiese contento. Y, eso lo tenía muy claro, no iba a aprobar ninguna operación bélica a menos que no me quedase más remedio. Salvo que combatir fuese menos arriesgado que no hacerlo, claro. Si eso implicaba que nuestros entusiastas muchachos de las fuerzas especiales o nuestros cerebritos científicos iban a sentirse insatisfecho o aburridos, pues allá ellos. Para mí el éxito de la misión sería total si lográbamos volver a la Tierra sin que nada interesante ni peligroso hubiese ocurrido en el viaje. Podíamos usar «Semper Taedium» como lema de la misión. Por mí, estupendo.

De ahí que me sintiera un tanto molesto con que la doctora Venkman sacase el tema. No me importaba que quisiera hablar de ello, estaba en su derecho, así como yo lo estaba en negarme a su petición. Lo que me molestaba era que su actitud era una muestra clara de que pensaba que había ordenado la partida de *Holandés* a causa de mi ignorancia, que me impedía ver el potencial de realizar importantes descubrimientos científicos que teníamos justo delante. Mi primer impulso fue decirle sin más que no, que ni de coña y que no volviese a cuestionar mis órdenes, lo que la habría reafirmado en la idea de que era demasiado joven e inexperto para estar al mando de una nave espacial. O hasta de un bote de remos, seguramente. Aunque me habría sentado de maravilla darle con la puerta en las narices, los comandantes en jefe no siempre pueden permitirse ese lujo, deben tener en cuenta lo mejor para la misión. Y sembrar el descontento entre la tripulación no era lo mejor. Por grande que fuese el *Holandés*, éramos setenta personas conviviendo en un espacio limitado y contemplando los mismos mamparos día tras día. Al menos la mayor parte de los soldados y pilotos habían podido salir de la nave, ir a la estación espacial y ver algo distinto durante un rato. El equipo científico no había salido desde que habían subido a bordo.

Intenté ser delicado.

—Doctora, aprecio su afán por incrementar el acervo científico —dije, sorprendido de usar palabras como esas—. Es mi deber contrapesar la ganancia potencial para la comprensión del universo contra el riesgo de que nos descubran. Cuanto más nos quedemos, mayor será este, tanto para la misión como para nuestras vidas. Este sistema solar en concreto ha sido ocupado por los kristangos en el pasado y presenta un riesgo inaceptable de que alguna nave enemiga pueda saltar en algún momento. Es algo que no nos podemos permitir, doctora, lo lamento. Pueden usar los sensores de la nave hasta el momento del salto, siempre que no interfieran con las labores de la tripulación.

—Capitán, quizá podríamos...

Alcé una mano para interrumpirla. No sabía cuánto tiempo estaríamos juntos, así que me pareció importante establecer las reglas del juego para evitar problemas más adelante.

—Doctora Venkman, sin duda está usted acostumbrada al ambiente académico, donde la discusión y el debate son bienvenidos. Esta es una nave militar, un navío de guerra. Como comandante en jefe, aprecio cualquier consejo del personal, pero, una vez he tomado una decisión, esta es definitiva y no está sometida a discusión.

Tenía razón, pero eso no impidió que me sintiese como un imbécil.

5

LA ESTACIÓN ESPACIAL abandonada fue una decepción en el sentido de que no encontramos el nodo de comunicaciones de los Antiguos. Si lo contemplábamos en los objetivos a largo plazo de la misión, fue un éxito considerable, al menos en mi opinión. Todos los pilotos tuvieron oportunidad de volar durante una misión real y todos los equipos de las fuerzas especiales adquirieron experiencia en el uso de los trajes espaciales durante una operación real. Para cuando nos fuimos, todas las tropas habían adquirido experiencia en caída libre en el espacio. Más allá de algún leve accidente con el que se lidió con presteza y profesionalidad, me pareció que todos habían pasado el examen de navegante espacial, así que le pedí a Skippy que fabricase un distintivo especial para poner en los uniformes. Estaba inspirado en el distintivo de los Paracaidistas en Caída Libre del Ejército de los Estados Unidos, pero habíamos reemplazado las plumas caudales de la parte superior por un arco de tres estrellas. A los pilotos les dimos alas de vuelo espacial, similares al distintivo de Aviador del Ejército, con el escudo central reemplazado por una estrella de cinco puntas.

No eran oficiales y seguro que la FENU fruncirá el ceño si nos veían usarlas en casa. Pero a la tripulación le encantaba usarlas y disfrutaban con la idea de que eran los únicos humanos que se las habían ganado. El reparto de distintivos contribuyó a que el teniente Williams me mirase con mejores ojos, al menos un poco. Tras la ceremonia celebramos una fiesta en la cambusa, aunque parte de ella se desparramó por el pasillo, ya que el comedor no era lo bastante grande. Lo más fuerte que bebimos fue té helado. Me llené un vaso y me dirigí hacia el teniente Williams, que hablaba con su equipo de SEAL. Señalé el emblema de Equipo Especial de la Armada que llevaba y dije:

—Teniente, vamos a tener que cambiar el acrónimo de su equipo.

—¿Debido a qué? —preguntó con cautela.

—SEAL significa Sea, Air, Land. Mar, aire y tierra, ¿correcto? A partir de hoy tendrán que ser SEALS: Sea, Air, Land y Space, espacio.

—Diría que está usted en lo cierto, mi coronel —respondió con una sonrisa de oreja a oreja.

—Pero ¿qué plural usaríamos? ¿SEALSes? —preguntó García.

—Uf, ni se os ocurra preguntar nada de gramática al coronel Joe —intervino Skippy—. Usa el lenguaje a machetazos. Teniente Williams, mi más sinceras felicitaciones a usted y su equipo.

—¿En serio, Skippy?

Supuse que no tardaría en añadir el habitual comentario despectivo sobre los monos.

—En serio, Joe. Teniendo en cuenta que, en el fondo, no soy más que un puñado de monos primitivos, habéis logrado mucho en muy poco tiempo. No me queda más remedio que reconocerlo.

No soy una persona mañanera. Ni siquiera de media mañana. Como soldado, no me queda otra que levantarme temprano, así que me las apaño, pero no es algo que me sea natural. A causa de los turnos de la tripulación que cierto idiota cuyo nombre rimaba con Cortito Bishop había diseñado, mi turno en el puente empezaba aquel día a las cuatro de la mañana, así que me arrastré como pude fuera de la cama una hora antes. Así tendría tiempo para una ducha y una taza de café; sin el café no serviría para nada por la mañana.

No me desperté con tanta antelación porque hubiese puesto el despertador o porque me despertase Skippy, sino por pura ansiedad. Habíamos tenido suerte con lo de la estación, no en lo de dar con algo útil, pero sí en lo de que estuviese en un sistema estelar abandonado, así que no había sido necesario entrar en combate ni planear ninguna acción de guerra. La idea de una batalla potencial mantenía alertas y preparadas a las fuerzas especiales y había ayudado con el uso de las armaduras espaciales en gravedad cero y en el vacío. No estaba nada mal.

Lo que ya no estaba tan bien era que nuestro siguiente objetivo era demasiado peligroso. Cuando dejamos la estación espacial, emprendimos el rumbo hacia el segundo lugar, incapaces de dar con una alternativa. La ventaja de aquel sitio era que Skippy estaba seguro de que allí había un nodo de comunicaciones. La desventaja, que toda la zona estaba monitorizada de cerca por los maxolhxes y los Centinelas.

—Te hago una pregunta, Skippy.

—Buenos días, Joe. Mejor ignoro de momento tu penosa gramática.

—¿Eh?

—Me vas a hacer una pregunta, no me haces una pregunta. A menos que «Te hago una pregunta, Skippy» sea en sí mismo una pregunta, cosa que dudo. Como si no maltratases lo suficiente el idioma con ese acento espantoso.

—¿Acento? ¿Qué tiene de malo mi modo de hablar?

Hablaba normal, sin acento alguno, igual que cualquier otro nativo de Nueva Inglaterra al norte de Boston. Eran los demás los que tenían acentos espantosos.

—¿Malo? Empecemos por esa manía de pronunciar con «z» las palabras acabadas en «d». ¿Es que tus antepasados eran tan pobres que tuvieron vender la «d» final?

—No, Skippy, la guardamos para contrapesar a los que la pronuncian como una «t». Por eso cuando hablo con claridad la pronuncio «claridaz». Así, cuando otros digan «claridat», las dos se cancelan y acaba siendo «claridad».

—Acojonante. No sé cómo os las apañabais para entenderos tu amigo Boroña y tú. Con tu acento de Maine y su deje sureño es como si hablaseis idiomas distintos. Ninguno de los cuales es inglés.

—Claro que no. Es estadounidense. Y nos entendemos perfectamente.

—Si tú lo dices. Sí que he notado que rebajas el acento cuando estás con otras personas. En casa dices «seh», pero aquí sueles decir «sí». Cuando estuviste con tus padres, no hacías más que decir «seh» a todas horas, y tu familia, otro tanto. En fin, qué más da. ¿Qué pregunta querías hacerme?

—Al principio buscamos el cachivache ese de comunicaciones en los sitios donde decía la base de datos que estaría, ¿no?

—Seh —respondió Skippy con una risita—. ¿Es que vosotros no soléis buscar las cosas donde se supone que deben estar?

—Seh, pero no voy a eso…

—Casi nunca vas a nada, así que supongo que ahora tampoco.

No estaba de humor para comentarios ingeniosos, así que ignoré aquel intento de enzarzarme en una discusión.

—Lo que quiero decir es que fuimos a la base del asteroide porque sabías que allí había un nodo de comunicaciones. Había otros sitios que también contaban con uno, pero decidimos que eran demasiado arriesgados, demasiado problemáticos para nosotros.

—Esa fue tu opinión, sí —dijo con amargura.

Decidió no hacerle caso.

—Luego te pusiste a mirar en lugares en los que tal vez habría un cacharro de esos porque eran sitios en los que había un montón de material de los Antiguos, ¿correcto?

—Si vas a seguir soltando obviedades que ya sé, mejor me apago y te dejo a tu aire. Me despiertas cuando hayas acabado.

—¿Y si vamos un paso más allá?

—Vaya, ahí me has pillado, aunque la posibilidad de que puedas decir algo interesante para tu nivel de monito sea ínfima. Sigue, a ver qué pasa.

—El primer paso fue buscar donde sabíamos que había un nodo porque alguien había encontrado un enclave Antiguo, había dado con un nodo y lo había añadido a la base de datos, como en el asteroide que asaltamos. El segundo paso es buscar donde podría haber uno, en lugares en los que, según la base de datos, hay abundante material de los Antiguos, así que podría haber un nodo.

—De momento no haces más que repetirte.

—Vamos con el paso tres, que sería buscar en lugares que deberían tener un nodo de comunicaciones, pero no consta así en la base de datos porque nadie ha dado con esos sitios aún.

—¿Eh? No lo pillo. ¿Cómo vamos a mirar en un sitio que nadie ha encontrado?

—Deduciendo dónde habrían situado los Antiguos ese artefacto y comparándolo con un mapa en el que consten los enclaves Antiguos conocidos por turanios y yeraptasn y determinando de ese modo dónde deberían estar los enclaves Antiguos que aún no se han encontrado.

—¿Qué vamos a hacer? ¿Adivinar?

—No, claro que no. —Intenté dar con la palabra adecuada—. No sé, extrapolar, inferir, deducir, predecir. Llámalo como quieras. Conoces a los Antiguos mejor que nadie en toda la galaxia, al menos en la actualidad. Puedes determinar qué lugares serían los más probables para sus colonias, estaciones espaciales y todo eso, ¿no?

—Hmmm.

No había el menor asumo de burla en el murmullo.

—Tienes un mapa de los enclaves de los Antiguos conocidos por los turanios y otro de los conocidos por los yerapta, supongo.

—Sí. Se solapan casi por completo, no hay mucho que sepa un bando que ignore el otro. Llevan tanto tiempo en guerra que hay muchos territorios que han cambiado de lado más de una vez.

—¿Y puedes lograr lo que he dicho?

—¿Quieres que con esta nave llena de monos prediga lugares en los que encontraremos enclaves de los Antiguos aún por descubrir por especies avanzadas cuya máxima aspiración es encontrar cualquier tecnología dejada por los Antiguos, especies que tienen flotas enteras dedicadas a buscar?

—Seh, esa es la idea. Me has dicho que la galaxia es enorme, mucho mayor de lo que se puede imaginar, y que incluso hoy en día su mayor parte permanece inexplorada.

—No se ha explorado porque la mayor parte no merece la pena. O está demasiado lejos de un agujero de gusano.

—Me acabo de dar cuenta de que no me has respondido. ¿Puedes lograrlo?

—Estoy pensando.

—¡Pues piensa más rápido!

—Tengo que decir que tu idea no es estúpida por completo. Hmmm. Lo más probable es que acabe siendo una pérdida de tiempo, pero me intriga ver hasta qué punto puedo poner a prueba mi capacidad analítica, así que lo haré. Llevará un tiempo. Tengo que ejecutar unas cuantas simulaciones.

—¿Un tiempo como el que ya ha transcurrido entre «tengo» y «que»?

—No, ahora no, capullo. No sé, tómate un café, come un plátano, ráscate, haz esas cosas de monos que sueles hacer. Ya te informaré cuando acabe. Mientras tanto no me molestes, voy a estar bastante ocupado.

Me di una ducha rápida, me vestí y me fui al comedor, donde tomé una taza de café y charlé con un par de personas. Luego me asomé a una tornera y eché un vistazo por la diminuta ventana. No había nada que ver, estábamos en el espacio profundo. Antes de incorporarme al puesto, me tomé una segunda taza de café y luego me fui al puente. Me había pasado todo el rato esperando a que Skippy se pusiera a gritarme al pinganillo que mi idea era una tontería y que una vez más los monos nos las habíamos apañado para malgastar su valioso tiempo. Habían pasado treinta y dos minutos desde que había empezado el análisis, lo que para Skippy era una eternidad. Estaba a mitad de camino al puente cuando rompió el silencio.

—Tengo una noticia buena y una mala —anunció.

Uf. Lo que Skippy consideraba buenas noticias solían ser más bien malas, así que respondí con precaución:

—Dame primero la buena, por favor.

Me detuve y me apoyé en un mamparo. Si iba a decirme que era un idiota, prefería que no fuese en el puente, donde la tripulación de mando lo oiría.

—La buena es que he encontrado varias buenas posibilidades de enclaves Antiguos que, hasta donde sé, no han sido descubiertas por ninguna otra especie. Tenías razón. Aunque mi memoria está bloqueada en esos temas, mi familiaridad con los Antiguos me permite extrapolar dónde pudieron haber establecido colonias o situar instalaciones. Así que me puse a…

Dejé que hablase un buen rato sin interrumpirlo, aunque me aturulló la cabeza con su cháchara sobre estadísticas, metadatos y la compilación y el mapeo de los datos de los sensores de media docena de especies distintas. Se le notaba orgulloso por haberlo conseguido. Algo que, además, solo él habría podido lograr en tan escaso margen de tiempo. Y puede que en cualquier margen. Aproveché una pausa en su cotorreo interminable para detenerlo.

—Increíble, Skippy, en serio. Quizá precisamente por eso tienes esa apabullante capacidad de proceso, para que puedas encontrar el… eh… legado de los Antiguos y protegerlo. O mantenerlo localizado.

—Hmmm. No se me había ocurrido.

Antes de se embarcase en una especulación de media hora sobre sus orígenes, pregunté:

—¿Has verificado el modelo de datos y lo has chequeado a ver si predice los lugares de los Antiguos que ya conocemos? ¿O los que ya conocen otras especies?

—¿Verificar el modelo de datos? —preguntó Skippy muy despacio en tono de sorpresa—. ¿Dónde has aprendido jerga de empollones? Es impresionante, sobre todo conociéndote.

—Estaba en uno de esos dos mil PowerPoints que se supone que debo estudiar. —Mejor no decir que me había limitado a repetir lo que había leído—. ¿Lo has verificado?

—Claro. Ya te he dicho que ejecuté el modelo para determinar la precisión con una desviación estándar de menos de…

—Has intentado decírmelo. Recuerda que, cuando me explicas algo, tienes que bajar al menos dos o tres niveles. Puedes usar términos científicos de verdad cuando hables con científicos de verdad.

—Vale. En términos Barney, y sí, era por tocar las narices, la respuesta es que, en efecto, mi método de predicción de enclaves Antiguos tiene una precisión del noventa y seis coma siete por ciento, tal como vi al compararlo con un mapa de lugares Antiguos conocidos por otras especies.

—¡Acojonante!

—Bah, no es para tanto una vez entiendes los datos —dijo Skippy con amargura—. Los enclaves Antiguos que conocen las especies actuales son los fáciles de encontrar, los más obvios.

Los tarados que habitan hoy en día la galaxia solo encuentran enclaves de los Antiguos si tropiezan con ellos en la oscuridad, por así decir. Casi todos los que están mapeados se encuentran en sistemas estelares capaces de albergar formas de vida basadas en el carbono. Los que yo he predicho y que son desconocidos están en su mayor parte en sistemas solares de enanas rojas y cosas similares. Aún no he podido determinar lo bueno que es mi modelo a la hora de predecir enclaves como esos, por supuesto, pero soy bastante optimista.

—Genial. Por una vez tus buenas noticias son buenas de verdad. ¿Cuáles son las malas?

—Las malas son dónde tendríamos que ir para chequear la existencia de esos enclaves potenciales. Por definición están en lugares remotos, o ya habrían sido localizados. El modelo predice solo unos pocos lugares lo bastante cerca de donde estamos…

—Perfecto, vamos allá.

—¡Ey, para el carro! De estos, dos están inaccesibles; las estrellas que orbitan se han convertido en gigantes rojas y han tragado los planetas. Otro enclave estaba en un sistema solar cuya estrella se convirtió en nova. Incluso aunque existiese, estaría dañado y nos costaría lo nuestro localizarlo. Puede haber salido de órbita y no hay modo de predecir dónde. Hay otros tres enclaves por descubrir, pero están en sistemas solares ocupados por especies con tecnología equivalente, si no superior, a la de nuestra nave. Correríamos un riesgo demasiado grande.

—Entonces, ¿no tenemos nada lo bastante cerca?

—Eh, no he dicho eso. Hay cuatro enclaves a un mes de distancia. Dos de ellos tienen buena pinta, en los otros dos las posibilidades son menores.

—Hmmm. Un mes. —Me gustaba la idea—. ¿Cuánto nos llevaría comprobar los cuatro?

—Vaya, tenías que preguntarlo. —La voz de Skippy no sonó muy contenta—. Veamos, déjame que calcule. El mejor rumbo posible nos llevaría, psé, tres meses y medio. Los enclaves están distribuidos de un modo un tanto inconveniente, y habría que cruzar varios agujeros de gusano para llegar a los cuatro.

—¿Psé? —pregunté sorprendido.

—¿Qué pasa?

—Has dicho «psé». Como cuando algo no es ni muy bueno ni mu malo, sino, ya sabes, psé.

—Ah. En este caso, la interjección fue para suprimir mi tendencia a la precisión. Te dije tres meses y medio en lugar de decir tres meses, diecisiete días, diez horas, veinte minutos y cuarenta y ocho coma sesenta y siete segundos. Aproximadamente.

—¿Aproximadamente? Creo que mejor nos apañamos con el «psé».

—Eso me parecía. De todos modos, es una estimación que no incluye el tiempo que nos lleve igualar la trayectoria con los enclaves, mandar las lanzaderas, explorar cada lugar, todo eso.

—Eso se da por supuesto.

—Eso creo yo, pero, como estoy intentando explicar navegación hiperespacial a monos, pues…

—No todos los monos de la nave son tan tontos como yo.

—En realidad, ninguno es tan tonto como tú. Por supuesto, solo estoy teniendo en cuenta los test estándar de inteligencia de los expedientes personales. —Se detuvo pronto—. Eh… ¿Acabo de insultarte?

—¿Tú que crees?

—La culpa es de los hechos, no del mensajero. Además, ya te dije en su día que los test de inteligencia de tu especie son totalmente inadecuados para medir la capacidad de implementar soluciones innovadoras a…

—Joder, Skippy, suenas como esos puñeteros PowerPoints que me tengo que tragar.

—Lo siento. Lo pondré lo bastante simplón para que lo entiendas —añadió, con la supuesta intención de no insultarme—. Digamos que tu minicerebro de mono es capaz de imaginar cosas que se le escapan a mi inteligencia casi divina. Como cuando se te ocurrió deshacerte de las naves kristangas mandándolas al gigante gaseoso. O como cuando me preguntaste cómo se las apañaban para pelear los turanios con aquellos endebles trajes especiales porque no se me había ocurrido decirte nada de los robates. Nadie en la Alegre

Banda de Piratas original, casi todos con CI muy superiores al tuyo, tiene ideas como esas, Joe. Quizá no seas muy listo en un sentido convencional, pero, por lo que veo, tienes el talento más útil posible para tu tarea actual; eres astuto.

—Trajes espaciales.

—Joder, tenías que recordármelo. Sí, mierda, sí, es un buen ejemplo.

No lo negaré, me inflé como un pavo. Como oficial al mando tal vez fuese del todo inadecuado para cumplir con mis responsabilidades según el Ejército de los Estados Unidos. Como soldado de a pie y en mi humilde opinión, no me faltaba el sentido común, lo que al parecer incluía la habilidad para realizar preguntas obvias que a nadie más se le ocurrían. Patrullar la selva nigeriana con el equipo de combate completo en misiones mal definidas me había traído un montón de preguntas como aquellas.

—Gracias, Skippy. ¿Puedes trazar un rumbo al enclave más cercano?

—Ya lo he cargado en el sistema de navegación.

—No esperaba menos. Genial. Se lo diré a los pilotos.

Y al resto de la tripulación. A ninguno de ellos les había hecho gracia la idea de un viaje de catorce meses, solitario y aburrido, para explorar un lugar potencialmente peligroso.

Permanecí en el sillón de mando mientras los motores de salto se cargaban. Habíamos cambiado el rumbo en dirección a uno de los lugares en los que Skippy creía que podríamos encontrar una instalación de los Antiguos que ni turanios ni yerapta conociesen. Entretanto, no tenía mucho que hacer, así que empecé a divagar.

—Hay algo que me tiene perplejo, Skippy —dije.

Suspiró de forma exagerada.

—Mierda, sabía que ocurriría antes o después. Venga, Joe, te cuento, cuando papá y mamá se quieren mucho, entonces…

—¡Ya sé lo de las flores y las abejitas!

Tendría que habérmelo pensado mejor antes de hacerle a Skippy una pregunta en serio con gente delante. Vi las sonrisas se los tripulantes del CIC y noté que los hombros de uno de los pilotos se movían como si se estuviese riendo. De mí.

—Menos mal. Lo último que deseo en esta vida es tener que explicar los rituales de apareamiento de los monos. A ver, estás perplejo. ¿Es por lo de atarse las botas? ¿Otra vez? Supongo que lo mejor será que sigas con el velcro hasta que logres…

—¿Sabes por qué necesito botas? Porque puedo andar. A ver si puedes tú, lata de cerveza.

—¿No se te ocurre nada mejor? Ha sido bastante patético, Joe.

—Skippy, estoy intentando hablar en serio.

Un nuevo suspiro.

—Vaaale. Supongo que te das cuenta de que me resulta muy difícil tomarme en serio cualquier cosa que digáis los monos. ¿Cuál es la pregunta? Si no es completamente estúpida, igual me planteo perder un poco de tiempo con ella.

—No sabes cuánto lo apreciamos, ínfimos entre los ínfimos como somos. Mi pregunta es sobre la tecnología de camuflaje. Creo que comentaste que esta nave tenía un campo distorsión, y te he visto detectar otras naves justo tras dar un salto a una zona. ¿Es que no tienen sistemas de camuflaje? ¿Y cómo funciona exactamente el campo de amortiguación? En la Tierra tenemos aviones con tecnología que los hace invisibles.

—Madre mía. No va a haber aspirinas suficientes en toda la galaxia para el dolor de cabeza que voy a pillar por intentar explicarte esto. Vamos allá. Presta atención, cerebro de mosquito, que a lo mejor hasta aprendes algo. En primer lugar, en la Tierra no tenéis ninguna tecnología que haga invisibles vuestros aviones. Lo que tenéis es un tosco pedazo de metal que intenta hacer que las ondas del radar reboten en otra dirección en lugar de volver al emisor. O pintáis el fuselaje con algo que pueda absorberlas, cosa que no funciona muy allá cuando se mojan o se ensucian, por cierto. Y no digo nada de los aviones de la Armada, y lo bien que se lo tienen que pasar intentando mantener la pintura intacta en medio de un entorno salino y corrosivo. Así que no tenéis tecnología de camuflaje. Ninguna. Como mucho, habéis pillado los fundamentos de lo que sería una tecnología de ese estilo, pero ni idea de cómo conseguir que funcione.

—Vale. ¿Cuál es la diferencia?

—Un campo de amortiguación emite ondas de luz alrededor de la nave. Cuando está trabajando a pleno rendimiento, la luz fluye alrededor del objeto como si este no estuviera allí. Si una nave con ese dispositivo se interpusiera entre vosotros y una estrella, lo único que veríais sería la luz de la estrella, porque la nave oculta ni siquiera proyectaría una sombra.

—Mola. Por eso a veces las naves rujarras o kristangas tienen la silueta difuminada y es difícil verlas, ¿no?

—Correcto. Aunque usar el camuflaje en la atmósfera no merece mucho la pena. Cualquier sensor medio decente puede detectar la turbulencia que causa una aeronave, por no mencionar que los motores emiten una firma calórica que hasta un ciego podría ver a cien kilómetros, siempre que fuese sensible al infrarrojo. De todos modos, hay un pequeño inconveniente en la tecnología de camuflaje. ¿Cuál crees que es?

Skippy se puso a tararear el tema de SABER Y GANAR mientras yo intentaba con todas mis fuerzas dar con algo que lo impresionarse. La luz rodeaba la nave, al igual que las ondas del radar. La luz…

—¡Lo tengo! Si toda la luz da un rodeo alrededor de la nave, ¿cómo se apañan los del interior para ver lo que pasa en el exterior? Estarían ciegos, ¿no?

—¡Y tenemos un ganador, damas y caballeros! Ha estado muy bien, Joe. Sí señor. Todas las ondas electromagnéticas rodean la nave camuflada, así que esta podría volar sin querer demasiado cerca de una estrella, ya que la luz de la estrella jamás llegaría a los sensores. Pero, tranquilos, el campo de amortiguación está diseñado de forma que produzca pequeñas brechas que permiten pasar las ondas suficientes para ver el exterior.

Contemplé el monitor.

—Hmmm. Vale, por eso podemos usar los sensores estando camuflados. Mola. Pero las otras naves también se camuflan y, sin embargo, las detectas. ¿Otro pase mágico de manos de Skippy?

Su respuesta fue un bufido.

—Desde el punto de vista de los monos, seguro. Pero la respuesta es que simplemente he actualizado nuestros sensores para que sean significativamente más precisos y eficaces. En cualquier caso, todas las especies con capacidad de vuelo interestelar usan tecnologías activas de detección, incluidos los idiotas de los lagartos. Las naves usan un campo de sensor activo emitido por la nave para detectar los objetos de alrededor.

—Eh, un momento. Eso no tiene ni pies ni cabeza. ¿Para qué demonios una nave camuflada, cuyo propósito es que no la detecten, va a emitir algo que delata su posición? Los misiles podrían apuntar al origen del campo y hacer pedazos la nave.

Aquello me hizo sentir listo de narices. Mi tío Bob tenía un amigo en la Armada, tripulante de un submarino nuclear, al que le oí decir, durante una parrillada en el patio trasero de mi tío, que estar en un submarino era como estar dentro de un tubo de cemento bajo las olas. Añadió que rara vez usaban el sonar activo, no emitían un pulso sónico para captar el rebote. El objetivo principal del submarino era mantenerse en silencio bajo el agua de modo que nadie supiese que estaba allí. Enviar un pulso de sonar era como gritar: «¡Eh, soy tonto! ¡Disparadme!», o como mandarle una invitación con todas las de la ley a un torpedo para que siguiera las ondas del sonar hasta su origen y hundiese el submarino.

«El campo sensor no es esférico, idiota», explicó Skippy. Es irregular y cambia continuamente de forma y de intensidad, y no es más fuerte cerca de la nave. Para encontrar el origen del campo, un misil tendría primero que analizar la forma de este y luego calcular desde dónde se proyecta. Eso le llevaría demasiado tiempo y, como el campo cambia continuamente, no hay forma de analizarlo. Cuando un objeto se pone al alcance de los sensores de una nave, hace cambiar la forma del campo aunque el objeto esté camuflado y esos datos le llegan a la nave que lo origina. Dado que esta conoce la forma y la intensidad del campo sensor en un momento dado, puede deducir qué objeto lo está deformando. De qué se trata, cuán rápido se mueve y en qué dirección, cuál es su silueta, todo eso. Es más complicado en situación de combate, claro, porque las naves intentan continuamente distorsionar los campos para enmascarar cuántos son y dónde están. Incluso se pueden proyectar falsos sensores, distorsionar e interferir con el campo o proporcionar falsas lecturas. La principal limitación de los campos sensores es que se propagan a la velocidad de la luz, así que son lentos de narices para los estándares del combate espacial. Entre que se detecta un objeto y esos datos alcanzan la nave emisora, el objeto puede haberse movido de un modo impredecible. Eso hace que la localización a gran distancia sea complicada, incluso con armas a la velocidad de la luz. Si disparas un máser o un haz de partículas, el objetivo puede haberse movido cuando llegue.

—Así que una nave puede esquivar un disparo de máser. Mola.

—Y tanto. ¿Hemos terminado la clase de párvulos por hoy? Sé bueno, échate una siesta y te doy un brik de zumo. Madre mía, qué dolor de cabeza. Voy a tener que ponerme compresas frías en la frente y tumbarme un buen rato.

—No necesito el zumo. ¿Puedes hacerme un favor y explicarles todo eso a los del equipo científico?

—¿Qué equipo científico? Ah, el grupo de monos ligeramente menos torpes. Uf, vas a hacer que me estalle la cabeza. Mira, les acabo de mandar un vídeo de nuestra conversación a los zPhones, así que pueden verlo y así me ahorro tener que explicárselo todo de nuevo.

—Perfecto. Gracias, Skippy.

—Pasando. En serio, por favor, como si esto nunca hubiese pasado.

Conseguir que Skippy compartiese conmigo parte de su conocimiento me alegró bastante el ánimo… lo que duró más o menos tres minutos. Tal como había prometido, les envió el vídeo a los científicos; y al resto de la tripulación, lo que estaba muy bien. Lo que ya no estaba tan bien era que el cabronazo había reemplazado mi imagen por la de un chimpancé sentado en la silla de mando, con mi voz saliendo de su boca. Y no se limitó a quedarse sentado, sino que se columpió de un lado a otro del puente, se tragó un montón de plátanos, se rascó, se tocó sus partes con propósitos… lúdicos, saltó por todas partes ululando sin parar y varias cosas embarazosas más. Mi primer atisbo de que pasaba algo chungo fue cuando la tripulación del CIC empezó a reír a mandíbula batiente mientras miraban los zPhones.

Genial. Ahora era yo el del dolor de cabeza.

6

Antes de realizar el salto final al primer objetivo de la lista de Skippy de enclaves potenciales de los Antiguos, me pareció buena idea hablar con la tripulación al completo.

—Por favor, Skippy, nada de chimpancés, ¿vale? No reemplaces mi imagen por la de un mono, no importa cómo nos veas.

—Tranquilo, Joe, es de esas cosas que solo son graciosas la primera vez.

—Gracias.

Fue un discurso corto sin ninguna intención inspiradora, sino con el propósito de recordarles que estábamos a punto de saltar a un sistema solar sobre el que casi no sabíamos nada, incluido Skippy, y que teníamos que estar listos para irnos de él a la mínima. Los pilotos tenían órdenes de iniciar un salto de emergencia bajo su propio criterio, sin tener que esperar a que el oficial de guardia les diese la orden. Fue una charla sin ninguna pretensión de que resultase memorable, pero las intenciones de Skippy eran muy distintas. Lo comprobé en cuanto terminé de hablar y desconecté el intercomunicador y la sargento Adams me envió al zPhone la grabación del discurso.

Cabrón. En el vídeo que habían visto los demás Skippy había reemplazado tanto mi voz como mi imagen por las de Barney, el enorme y estúpido dinosaurio morado. No solo había modificado mi voz, sino que había cambiado parte de mis palabras. El discurso ya no empezaba por «Hola, les habla el coronel Bishop», sino por «¿Cómo va eso, niños y niñas?» en el habitual tono de imbécil de Barney. Genial. Un enorme dinosaurio con cara de tonto sentado en el sillón de mando y vestido con mi uniforme hablando como si tuviera un cociente intelectual de 30. Joder, cómo odiaba aquella puñetera lata de cerveza.

Claro que, visto de otro modo, todo el mundo se echó unas buenas risas a mi costa, lo cual levantó el ánimo de la tripulación.

—Impresionante —dije, tratando de parecer que me lo tomaba con humor—. A trabajar, que saltamos en veinte minutos.

Aproveché para ir al servicio y, de paso, hablar con Skippy a solas.

—Escucha, ese vídeo de Barney…

—Tuvo gracia, ¿eh? Les ha encantado.

—Sí, claro. Oye, sabes que había otros personajes pintados en el lateral de la furgoneta de helados, ¿no? ¿Por qué no me muestras como Iron Man o como…?

—¿Los pitufos?

Se me habían olvidado los pitufos.

—No, esos no.

—La gente solo se acuerda de Barney.

—Vale. —Estaba harto de discutir sobre aquello—. Como quieras, Barney. Pero es otro de esos casos en los que solo es graciosa la primera vez, supongo que lo sabes.

—¿Seguro?

—Del todo.

—Eh. Vaya. Hmmm.

Mierda.

—¿Qué has hecho, Skippy?

—No puedo confirmarlo ni negarlo, pero al parecer alguien cuyo nombre rima con, digamos, Stippy quizá creó un virus que modifica tu imagen en todas las grabaciones de tu interrogatorio en Colorado Springs. Es un virus que a lo mejor se activó justo cuando nos fuéramos de la Tierra. Tal vez.

Genial. De vicio.

—Alguien llamado Skippy, ¿eh?

—Seh. El tipo es un completo capullo. Y no es de fiar.

El salto transcurrió sin problemas y a los cinco minutos Skippy nos informó de que estábamos solos en el sistema solar. La información de los sensores que mostraban las pantallas del CIC lo corroboraron quince minutos más tarde, así que puse fin al zafarrancho de combate. Luego iniciamos el laborioso proceso de búsqueda del enclave Antiguo. El sistema tenía como estrella una enana roja bastante anodina, alrededor de la que orbitaba un gigante gaseoso del tamaño de Neptuno. Skippy supuso que el lugar más probable para un enclave de los Antiguos sería una de las lunas del planeta. Los sensores no tardaron en identificar cinco lunas rocosas, tres de ellas grandes y dos más pequeñas, además de otras dos cubiertas de hielo. Skippy nos avisó de que dar con las instalaciones nos iba a llevar bastante tiempo, ya que era probable que estuviesen parcialmente camufladas y que buena parte de ellas se encontrasen bajo tierra a bastante profundidad.

No dio ni una.

—¡Joder, ahí está! —anunció de pronto, no muy contento—. En la segunda luna por orden de tamaño, en lo alto de una meseta. No sé a qué se dedicaban aquí, pero los Antiguos no han hecho el menor intento de ocultarlo. Al parecer, no somos los primeros; hay restos esparcidos alrededor de las instalaciones y en la superficie se ven las marcas de las lanzaderas que tomaron tierra. ¡Mierda! Hemos llegado tarde. Me da que un grupo de energúmenos ya lo saqueó antes.

¿Energúmenos? Volví a preguntarme de dónde sacaba Skippy la jerga.

—Vaya —respondí—. Pero tampoco es un fracaso completo. Hemos demostrado que tu modelo de localización de enclaves Antiguos no incluidos en los mapas es correcto y no hemos encontrado fuerzas hostiles al saltar ni hemos corrido riesgo alguno al examinar el lugar, lo cual es estupendo. Es el primer lugar de la lista, no esperarías dar con el premio gordo a la primera.

—Habría estado bien —gruñó. Luego lanzó un suspiro. Me pregunté qué lo llevaba a tomar ese tipo de decisiones, teniendo en cuenta que no respiraba—. Vale, sí, tienes razón. Esto prueba que sé localizar enclaves Antiguos desconocidos para turanios y yeraptas, o por lo menos no incluidos en las bases de datos a las que he tenido acceso. Lo más probable es que haga muchísimo que se hayan llevado de aquí cualquier cosa útil. Cuando llevas tanto tiempo esperando, resulta frustrante encontrar algo solo para descubrir que algún mamón ya lo ha saqueado.

—¿Crees que merece la pena descender y echar un vistazo de todos modos?

Si el sistema estaba de verdad deshabitado, podía ser una excelente oportunidad para seguir el entrenamiento. Los pilotos podrían practicar el manejo de las lanzaderas hasta la superficie y luego traerlas de vuelta, y las tropas ganarían experiencia en el uso de los trajes en la baja gravedad de la luna. Además, me sentía un poco culpable por haberles negado a los científicos el tiempo extra que querían en la estación espacial abandonada, así que era mi intención que pudieran salir también de la nave y explorar las instalaciones Antiguas. Aunque no hubiera nada de valor en ellas, tal como se temía Skippy, el equipo científico habría visto al menos la pinta que tenía un enclave de los Antiguos. Se acostumbrarían a él, de forma que, si dábamos con uno intacto, no malgastarían el tiempo mirando a todas partes y quedándose boquiabiertos ante el panorama.

—Sí, seguro, qué narices —exclamó con amargura—. A lo mejor los energúmenos que han saqueado el lugar solo buscaban armas, o alguna mierda que pudiesen vender para comprar drogas; o igual dieron con un nodo de comunicaciones y no les pareció que tuviese ningún valor. Además, os vendrá bien a los monos para ir acostumbrándoos. No quiero que, cuando encontremos uno que no hayan desvalijado, os paséis el día sacando selfis y mierdas de esas.

Asentí.

—Me has leído el pensamiento —dije. Luego me volví hacia el CIC—. Teniente coronel Chang, ¿qué le parece si envíamos al equipo chino, al indio —eran los que estaban al principio de la lista en aquel momento— y a uno de los científicos a que exploren el lugar y comprueben si los saqueadores han dejado algo útil? Si no hay nada, al menos habremos ganado experiencia en el uso de los trajes en la superficie de un mundo sin atmósfera.

—A la orden, mi coronel —respondió con ganas.

—Capitana Desai —dije luego, volviéndome hacia el puente—, si manejar una simple lanzadera no le resulta aburrido comparado con guiar una nave espacial, ¿le gustaría llevar al equipo del teniente coronel Chang de gira turística?

—Creo que me las apañaré, mi coronel —respondió con una amplia sonrisa, casi a la vez que dejaba el asiento de piloto.

Desai posó con suavidad la lanzadera a medio kilómetro del edificio más grande de las instalaciones, y Chang y tres de los soldados fueron hasta allí y llamaron al resto. Me resultó difícil resistir la tentación de estar encima de ellos todo el rato, así que fingí más tranquilidad de la que sentía y me fui a mi despacho para que la comandante Simms pudiese pasar más tiempo en la silla de mando. Y para que Chang y Desai pudiesen tomar sus propias decisiones. Una hora más tarde me subía por las paredes, así que volví al puente. Simms regresó a su puesto en el CIC en cuanto me vio. Noté algo raro en el monitor principal, un análisis de los sensores que mostraba el gigante gaseoso rodeado de una nube tenue.

—¿Qué es eso, comandante?

—Hemos estado practicando con los sensores, mi coronel. Skippy quería que escaneásemos la órbita del planeta, y hemos intentado comprobar si podemos obtener las mismas lecturas a la vez que él. Hay algún tipo de gas atmosférico alrededor del planeta.

—Buena idea —dije. No podíamos depender de la IA para todo—. ¿Hay algo interesante en la nube de gas, Skippy?

—He encontrado algo un poco raro, Joe —me respondió en el tono de voz que solía asociar a mi profesor de ciencias en el instituto—. Una parte considerable de la atmósfera del planeta parece estar en órbita.

—¿Quieres decir que está más alta de lo que debería?

—Y tanto. Técnicamente esos gases ya no forman parte de la atmósfera. Según la proporción de elementos que hemos encontrado, sin duda la nube de gas viene del planeta, y no se trata de algo lanzado por una erupción volcánica en alguna de las lunas. Salvo que… hmmm… vaya, qué raro.

—¿Qué pasa? —La verdad era que en aquellos momentos me importaban un pepino las curiosidades científicas que Skippy pudiese descubrir sobre una nube de gas en un planeta gigante alrededor de una enana roja a miles de años luz de la Tierra—. ¿Qué tiene de raro?

—Los elementos químicos que no están presentes.

—Eh, ¿puedes especificar un poco más? —En mi esfuerzo por fingir interés estaba a punto de sugerir que lo hablase con el equipo científico—. ¿Al planeta le falta algún tipo de gas de los que tendría normalmente? —Se me encendió de pronto una bombillita—. ¿Será a lo mejor porque es más bien pequeño para ser un gigante gaseoso? Ahora que lo pienso, ¿se los llama de algún modo? No sé, un gaseoso normal o algo así.

—No…

—Si el planeta fuese más pequeño, no tendría atmósfera, ¿verdad? La gravedad no sería suficiente para mantener el gas, este se escaparía al espacio y el viento solar lo enviaría al exterior, ¿no?

Me sentí muy orgulloso de mí mismo por haber recordado aquello. En cierta ocasión había leído que la razón por la que la atmósfera de Marte era tan tenue era que la mayor parte había sido arrastrada por el viento solar a lo largo de millones de años a causa de que el planeta carecía de un campo magnético.

—Lo que has dicho es del todo correcto, y completamente irrelevante para la situación actual —me respondió—. La distribución de gases del planeta es por completo normal para un cuerpo de ese tamaño y para una estrella como esta. Estaba a punto de explicarte qué tenía de raro cuando te pusiste a lanzarme especulaciones idióticas sobre un tema del que no tienes la menor idea. Hay gases en la atmósfera del planeta de los que apenas hay rastro en la nube que está en órbita. Por ejemplo, no hay Helio 3 en ella.

¿Idióticas? Me tomé el insulto como un desafío.

—Eh, algunos elementos son más ligeros, así que el viento solar igual los ha arrastrado fuera de órbita. Y los que son más pesados a lo mejor han caído de nuevo a la atmósfera.

—Joe.

—¿Sí?

—Acabo de recordar una cita que leí una vez. No me acuerdo de qué monito inteligente era: «Es mejor estar callado y pasar por idiota que abrir la boca y despejar todas las dudas».

—Gracioso de cojones, caraculo.

—¿Yo? Llevas varios minutos lanzándome especulaciones que, en términos de relevancia científica, tienen la misma validez que la astrología. Así que, por favor, cierra el buzón un momento y te proporcionaré una pizca de conocimiento real. Que además deberías tener en cuenta porque quizá suponga un peligro para la nave. Es algo que tienes que saber como comandante en jefe de la misión. Y, joder, la verdad es que, cuanto más abres la bocaza, más cuenta me doy del error que es ponerte al frente de nada, salvo quizás un puesto de refrescos.

—Me callo —dije, totalmente en serio.

—Genial. Por fin. No hay nada de raro en que haya una mezcla de gases atmosféricos alrededor de un planeta, es algo que ya he visto muchas veces. Lo interesante no es eso, sino por qué esos gases y no otros están ahí. Mi suposición, y cuando supongo algo me baso en datos sólidos y en un análisis racional de estos, no como la mierda que sale de tu boca... Decía que mi suposición es que esos gases están en órbita porque fueron arrastrados en el proceso de extracción de gases útiles de la atmósfera. Las naves estelares usan los gigantes gaseosos para aprovisionarse de combustible, masa de reacción y otras cosas, dependiendo del tipo de tecnología que usen.

—Espera, ¿me estás diciendo que este puñetero planeta es una gasolinera?

—Algo así. No la típica gasolinera con su tiendecita donde puedes comprar un KitKat y unos pastelillos. Algo más básico, donde simplemente obtienes los elementos que necesitas. Pero sí, lo que han captado los sensores indica que el planeta ha sido usado en el pasado para abastecer de combustible a las naves.

—Cuando dices «en el pasado», ¿hablas de ayer mismo o de hace un millón de años? —pregunté, nervioso.

Para Skippy, cuya existencia se medía en millones de años, el tiempo tenía un significado totalmente distinto que para nosotros, que lo medíamos en temporadas de series de televisión.

—Eso es difícil de saber, Joe. No tengo suficientes datos a largo plazo sobre este sistema solar como para realizar un cálculo preciso.

—Dame una aproximación. ¿Hace más o menos de mil años, por ejemplo?

—Bueno, en esos términos, no fue ayer mismo. Quizás en algún momento de este año. Basándome en la dispersión de los gases de desecho, calculo que tal vez hace un mes. Quizá menos, porque hay un montón de gas en órbita. Y, aunque el sistema en sí no tiene nada de especial, está muy cerca de dos grupos de agujeros de gusano, así que es un buen candidato como parada habitual para repostar.

—¿Deberíamos largarnos de aquí enseguida?

—Esa decisión es cosa tuya, Joe.

—Mierda. —Al parecer, todo era cosa mía últimamente—. Joder. Comandante Simms, llame al grupo de desembarco y ordéneles que vuelvan. Inmediatamente. Que suban a la lanzadera y abandonen la luna lo antes posible, y dígales que no me importa que el equipo científico haya encontrado algo interesante. Piloto, Skippy, necesito opciones de salto para sacar de aquí el *Holandés*, en caso de ser necesario.

Vi a Simms hablando por el micrófono. Luego meneó la cabeza y me miró.

—Mi coronel, la capitana Desai informa de que la lanzadera está a cuarenta kilómetros del complejo principal. Aterrizó ahí para que uno de los equipos pudiera explorar algunos de los edificios más exteriores. Ha avisado al segundo equipo y calcula que puede recogerlos y dirigirse al complejo principal en unos veinticinco minutos. El teniente coronel Chang le dijo que le llevará a su equipo cuarenta minutos en llegar al punto de evacuación; algunos soldados se han internado bajo la superficie. Creen que puede haber partes de la base que no han sido saqueadas.

—Mierda. Aplaudo la iniciativa de Chang, pero el momento no es precisamente el mejor. Avise a Desai y a Chang para que se desplacen tan rápido como puedan sin correr riesgos. No quiero que nadie sufra un accidente y esto se convierta en una operación de rescate.

—A la orden, mi coronel —respondió Simms.

Adams se asomó al puente.

—¿Ya nos vamos del sistema, mi coronel?

Lo que no dijo, aunque lo vi en sus ojos, era que estábamos en un enclave Antiguo que no habíamos explorado por completo y que tal vez nos estábamos dando demasiada prisa en abandonarlo solo porque había una nube de gas alrededor del planeta. Nuestra siguiente parada quizá no fuese mejor y estaríamos malgastando una oportunidad.

—No, aún no nos vamos —respondí—. Pero vamos a recoger al equipo de exploración para no tener que abandonarlos si tenemos que salir por piernas. Envié un equipo numeroso en parte para que adquiriesen experiencia, pensando que el sistema solar era seguro y estaba deshabitado. Ahora sabemos que puede tener tráfico abundante porque el planeta es una gasolinera. Retrocederemos y evaluaremos los datos. Si el riesgo es razonable, pensaremos en un modo mejor de explorar el lugar, con diversas opciones de evacuación.

Si lo pensaba con calma, la idea de usar un enclave de los Antiguos como lugar para practicar con los trajes en la superficie de una luna sin atmósfera había sido algo temeraria. Ambos bandos de la guerra dedicaban parte de su tiempo a buscar instalaciones de los Antiguos, así que habría sido más sensato seleccionar un lugar menos llamativo para entrenarnos. Debería haberle pedido a Skippy que me señalase un sistema solar totalmente carente de interés, llevar allí la nave y pasar una semana entrenando. Ampliar la misión otra semana habría sido un precio pequeño por tener pilotos con experiencia en las lanzaderas y soldados y científicos acostumbrados a caminar y trabajar con los trajes kristangos. Me apunté todo aquello como algo en lo que debía trabajar.

Adams asintió muy despacio y me escrutó con atención. Aún pensaba en mí como un cabo primero chusquero, y su instinto como sargento experimentada era ofrecerme un suave empujón en la dirección que consideraba adecuada. Sabía muy bien que pensaba que, al ser un comandante en jefe sin experiencia, me resultaba difícil asumir incluso los riesgos más razonables.

—A la orden, mi coronel.

Quizá la aversión al riesgo me hizo apresurarme. Los cuatro componentes del equipo secundario de Desai, que habían estado comprobando los edificios más lejanos de la base de los Antiguos, estaban a punto de volver a la lanzadera, tal como me mostraba la cámara de esta: cuatro personas que trotaban sobre la superficie rocosa de la luna, rebotando y lanzando nubecitas de polvo a cada paso. Los envidiaba. Aunque me había entrenado en el uso de los trajes, tanto en gravedad cero como en baja y en alta gravedad, en el vacío y con atmósfera, había sido siempre dentro de la nave, y me moría de ganas de pasear por la superficie de una luna de verdad y sentirme como un astronauta. Era el capitán de una nave estelar, pero me moría de envidia por los tres soldados indios y el científico australiano que volvían tranquilamente a…

—¡Joe, opción de salto Eco! ¡Ya! —gritó Skippy.

Asentí en dirección al piloto, quien pulsó el botón correcto. En un parpadeo, el *Holandés* saltó y la imagen del monitor dejó de ser la de la superficie de una luna para mostrarnos la parte alta de la atmósfera del gigante gaseoso.

—¿Dónde estamos? —pregunté, alarmado—. ¿Qué ha ocurrido?

—Tranquilo, Joe, pese a las apariencias, estamos a salvo. Hemos saltado en una zona con un intenso campo magnético y he activado el dispositivo de camuflaje. Dos naves kristangas han saltado cerca del planeta. Estábamos en el lado opuesto de la luna y creo que saltamos lo bastante rápido para que no detectasen la emisión de rayos gamma del motor de salto. Estamos bajo el horizonte del planeta, lo que debería seguir evitando que nos detecten. Además, los sensores kristangos son una mierda. Se han centrado en actualizar sus armas a expensas de los sensores, lo cual es un error que esos lagartos gilipollas llevan cometiendo bastante tiempo. A estas alturas, ya no creo que aprendan. Hmmm. Acaban de saltar otras dos naves kristangas. Dos… tres… cinco más. Sí, siete naves en total, la clásica avanzadilla kristanga.

—¿Qué tipo de naves?

—Veamos, diría que un crucero de batalla, dos cruceros, dos destructores, una nave de transporte y otra de apoyo.

—¿Pueden vernos?

—Ni de coña Joe. El dispositivo de camuflaje turanio, por no hablar de mis increíbles mejoras, son bastante eficaces contra los ridículos sensores de los lagartos. Además, nos rodea el campo magnético del planeta, que distorsiona sus instrumentos. Así que no, no saben que estamos aquí.

—¿Y del equipo de tierra? ¿Los han visto?

—Basándome en las transmisiones de los kristangos, diría que no. No parece que les interesen para nada las instalaciones de los Antiguos, lo que confirma mi sospecha de que numerosas especies han saqueado el lugar a lo largo de los años. Justo antes de que saltásemos, le indiqué al equipo de tierra que había enemigos en el sistema; seguro que la capitana Desai habrá detectado sus motores de salto. Estoy seguro de que ha activado el dispositivo de camuflaje de la lanzadera y de que guarda silencio de radio. Y sin duda el teniente coronel Chang se ha ocultado dentro de las instalaciones. Nuestros sensores no detectan la lanzadera, lo que me confirma que se han camuflado. A menos que Desai o Chang rompan la disciplina, algo que me sorprendería en grado sumo, los kristangos no se enterarán de que estamos aquí.

Aliviado de momento, respiré hondo y solté el aire muy despacio, como si fuese un ejercicio de yoga, aunque no he hecho yoga en toda mi vida. A mi hermana le había dado por ello una temporada.

—De acuerdo. El factor crítico es entonces de cuánto oxígeno dispone el equipo de tierra.

—Hay otro, Joe —me corrigió—. Además de lo que has dicho, es importante saber cuánto tiempo van a estar los kristangos por aquí. Suponiendo que el teniente coronel Chang haya ordenado al equipo de tierra que se mantengan ocultos, descansen y ahorren oxígeno, tiene en los trajes el suficiente para treinta y dos horas. Hay que tener en cuenta además que deben volver a la lanzadera y en ese periodo incrementarán el gasto de aire, así que dejémoslo en treinta. Por lo que he podido determinar a partir de sus comunicaciones, los kristangos están en el sistema porque los soltó un transporte turanio que iba en otra dirección y están esperando que los recoja otro dentro de treinta y seis horas. Están aquí para practicar maniobras con las naves y realizar un ejercicio de repostaje. La nave de apoyo es capaz de extraer combustible de un gigante gaseoso, aunque tiene los depósitos casi llenos, así que no pasará por el proceso completo de extracción y refinado, que suele durar entre seis y ocho días. Se limitará a practicar la inserción del tubo de abastecimiento en la atmósfera y el mantenimiento de una posición estable en órbita. Las otras naves practicarán algún tipo de juegos de guerra. No tengo más detalles, de momento.

—¿Treinta y seis horas? Es demasiado tiempo, aunque supongo que, si los van a recoger los turanios, querrán estar en el punto de encuentro con tiempo de sobra.

Esperaba que eso les diera un plazo más que suficiente al equipo de tierra.

—Sin duda. Los turanios no tienen paciencia alguna con los que llegan tarde y sus transportes no esperan por nadie, a veces ni siquiera por otras naves turanias. Se ha sabido de naves kristangas que han llegado tarde menos de diez minutos al punto de encuentro y se han encontrado con que los han dejado atrás. Así que espero que los kristangos quieran llegar por lo menos con cuatro horas de adelanto, así que deberían irse al menos diez o doce horas antes del momento de recogida.

Solté un largo suspiro de desánimo.

—Uf, va a ir muy justo. Treinta horas de oxígeno para el equipo de tierra y de veinticuatro a veintiséis para que los kristangos se vayan.

—En efecto.

—¿Podemos mandarle un mensaje al equipo de tierra?

—De momento no, pero en un par de horas estaremos en posición y podremos mandarles una transmisión rápida sin apenas riesgo de que sea detectada. A menos, claro, que una nave kristanga se interponga entre nosotros y la luna.

—¿Vamos a esperar, mi coronel? —preguntó Simms, escéptica.

—¿Cuáles son nuestras posibilidades contra siete naves kristangas, Skippy? Cinco naves de guerra, quiero decir, supongo que no contamos ni con la de transporte ni con la de apoyo.

—No cometas el error de no tenerlas en cuenta, están equipadas con misiles y máseres y cuatro de las lanzaderas de tropas también tienen capacidad de misiles. Los kristangos podrían dejarnos bastante malparados si nos enfrentamos a ellos; la mejor defensa de un carguero es escapar. No me gusta la idea de enfrentarnos a siete naves, por no mencionar las que están esperando al borde del sistema solar, que no sé cuántas pueden ser. Así que podrían traer refuerzos en caso de necesitarlos.

—No se trata de pelear sin más —le expliqué a Simms—. Somos vulnerables en tanto no hayamos recuperado al equipo de tierra. En cuanto los kristangos los vean, sin duda los considerarán un objetivo y no podremos protegerlos. Así que esperaremos. Le enviaremos un mensaje al equipo de tierra en dos horas y esperaremos a que los kristangos se vayan. Es una mierda, pero es lo que hay. Esperaremos.

7

Esperamos. Fue una mierda. A las dos horas y tres minutos enviamos un mensaje con el máser en dirección a la luna y advertimos al equipo de tierra de la situación y les informamos de los plazos que teníamos para recuperarlos, además de ordenarles que no se arriesgasen a respondernos. Luego esperamos. Y seguimos esperando.

Tras terminar mi turno en el puente, me relevó la sargento Adams. Una parte de mí quería quedarse en la silla hasta que se hubiesen cumplido las veintiséis horas y no perderme ni un momento mientras la tripulación luchaba por conservar sus menguadas reservas de oxígeno. La tripulación a la que había enviado a la superficie y había puesto en peligro y de la que era responsable. Necesitaba mantenerme ocupado y me fui al gimnasio y corrí un rato sobre una de las cintas, con los auriculares puestos y sin ganas de hablar con nadie, así que me dejaron a mi aire. Tras una hora de cinta me duché, comí algo en la cambusa y volví al despacho. Skippy me lanzó un pitido por el zPhone, lo que indicaba que quería que hablásemos en privado. Me puse el pinganillo y pregunté:

—¿Más malas noticias, Skippy?

—Dado que «noticia» implica información nueva, no hay noticias de ningún tipo. La situación no ha cambiado.

Algo que ya había visto en el monitor de la tableta. Aunque siempre me sentía mejor cuando me lo confirmaba Skippy.

—¿Qué querías decirme entonces?

—Mejor mantenemos la conversación totalmente en privado, Joe.

—Ya veo.

Avisé a la tripulación del CIC de que me iba a mi camarote. Luego, ya en él, cerré la puerta y me tumbé en la cama. La tripulación sabía que no debía molestarme mientras estaba allí, a menos que fuera urgente.

—Adelante.

—No va a ser una conversación agradable, Joe.

—Supongo que vas a decirme que debo considerar la idea de abandonar al equipo de Chang y seguir con la misión.

—Hmmm. ¿Sí?

Sonaba genuinamente sorprendido.

—Sacrificar a unos pocos para que sobreviva la mayoría de la tripulación, además de la nave.

—En efecto —dijo muy despacio—. Me has descolocado, Joe. Me había preparado para una larga discusión y acabas de dejarme sin nada.

—No seas capullo, Skippy. ¿De verdad crees que no he considerado el asunto? ¿Qué no lo he pensado mientras me sentaba y el reloj iba marcando cuánto oxígeno les quedaba y cuánto tardarían en asfixiarse? Claro que lo he pensado. Soy el comandante en jefe. Y eso implica que la misión es siempre lo primero. Es una mierda total, completa y absoluta, y lo odio con toda mi alma. Pero es mi deber. Piensa en esto un momento: estamos aquí por ti, es tu misión, estamos arriesgando la vida por ti.

—Ey, eso es una gilipollez. Estás haciéndome responsable de todo y eso no es justo. Es verdad que necesito que la nave esté intacta y que los humanos necesitáis que las demás especies no descubran que os movéis a vuestro antojo por la galaxia.

Vaya, al parecer había herido realmente sus sentimientos.

—Lo siento, Skippy, sonó peor de lo que pensaba, no es lo que quería decir. Has salvado nuestro planeta y tenemos un trato, y sabes que voy a cumplir mi parte, aunque cueste vidas. Necesito que lo entiendas.

—Claro que lo entiendo, Joe.

—Bien. Le he dado muchas vueltas a esto. Si no tenemos una posibilidad realista de recuperar el equipo de tierra sin correr un riesgo excesivo, no me quedará más remedio que afrontar los hechos. Es así de sencillo. Sé que no puedo permitir que me guíen las emociones cuando tomo decisiones de mando. Así que, sí, he decidido que abandonaremos a Chang y su equipo si no nos queda más remedio. Solo espero no tener que llegar a eso.

—Joe, a veces me pilla por sorpresa cuando me doy cuenta de que eres algo más que el tonto buenazo del que me suelo burlar. Entonces me acuerdo de que derribaste dos ballenas a sangre fría y mataste a casi mil criaturas conscientes. Y de que bajo tu mando hicimos saltar catorce naves kristangas al interior de un gigante gaseoso y matamos a toda su tripulación. Por no hablar de los setenta y ocho turanios que formaban la tripulación original de esta nave, o los kristangos que murieron cuando detonaste la nuclear en el asteroide.

—¿Vas a algún lado?

En ocasiones era extremadamente consciente de que Skippy era una IA creada por una civilización tan avanzada que habrían considerado insectos a los humanos, como mucho. Se comportaba con nosotros de forma amigable y necesitábamos que la situación se mantuviese así. Mi tarea más importante no era dirigir la nave ni dar órdenes a la tripulación ni tomar decisiones críticas, sino asegurarme de que Skippy se sentía contento de tenernos con él. Si dejaba de encontrar entretenido burlarse de mí y tocarme las pelotas, podíamos vernos en un buen problema. Por raro que sonase, mi relación con aquel cabrón arrogante era la mejor posibilidad de la humanidad.

—Vine a esta discusión asumiendo que necesitaría obligarte a que vieses la necesidad de tomar esa decisión, y en realidad ya la habías tomado. Te he subestimado.

—Gracias, Skippy.

—Claro que el noventa y nueve por ciento del tiempo te sobreestimo, porque normalmente eres bastante tonto.

—Ah, gracias por recordarme de nuevo lo capullo que eres.

—Encantado, Joe, es un placer.

Siete horas más tarde estaba de vuelta en el despacho tramitando papeleo, lo que me mantenía alejado del puente, donde no habría hecho más que distraer a la tripulación de guardia. Skippy me interrumpió con más malas noticias.

—Joe, acaba de ocurrírseme una posibilidad que puede ser interesante acerca de la flota. El comandante es el tercer hijo de un oficial de alto rango dentro de su clan. Se ha hecho cargo del mando hace poco y su flota está formada por sobrantes de otras. Así que decidió saltar aquí para ponerla en forma. Está muy preocupado porque le dejen en mal lugar durante la operación de guerra del clan que, al parecer, se prepara para el próximo mes. Teniendo en cuenta que el viaje durará la mayor parte de este, su mejor oportunidad para entrenarse es esta.

—Mierda, joder. Eso significa que va a apurar el tiempo y va a estar haciendo ejercicios hasta el último minuto.

Es lo que habría hecho yo si me hubieran puesto al mando de una flota de segunda mano.

—Eso mismo he pensado. Hay más naves en el exterior del sistema solar, y él ha traído aquí su flota para estar a salvo de miradas indiscretas. A juzgar por lo que he visto, el temor del comandante sobre el estado de las naves que le han proporcionado esta del todo justificado. El mantenimiento de las naves ha sido muy deficiente, la tripulación carece de experiencia y la moral está por los suelos. Así que maniobran de forma torpe, responden con lentitud a las órdenes y sus pilotos no son capaces de diferenciar la izquierda de la derecha. Que además el comandante en jefe sea un inútil hasta para los estándares kristangos no les ayuda precisamente. Casi me da pena por la tripulación.

—Sí, claro —dije con el ceño fruncido—. Casi.

A las dieciocho horas y treinta y dos minutos del plazo me encontraba de nuevo en el despacho cuando Skippy me llamó. Había intentado dormir, pero, tras tirarme una hora en la cama con los ojos abiertos, me di por vencido y asumí que no podría conciliar el sueño mientras el equipo de tierra estuviese ahí fuera cada vez con menos oxígeno. Así que me fui al despacho y me puse a estudiar los manuales de entrenamiento.

—¡Joe! Uno de los cruceros acaba de saltar a una órbita baja sobre la luna en el lado opuesto a la base Antigua. Lo ha hecho sin avisar. De pronto, ¡zas!, ahí estaba. Cuatro lanzaderas se dirigen a la superficie.

Me puse en pie de un salto y eché a correr por el pasillo.

—¿Has avisado al puente?

—Claro. La comandante Simms es la oficial de guardia.

Mi despacho estaba a veinte segundos del puente, que era el motivo por el que había elegido la alacena de mantenimiento. Lo bastante cerca para llegar rápido y lo bastante lejos para que la tripulación del puente y el CIC no sintieran mi aliento en su nuca cada minuto. Cuando llegué, Simms estaba poniéndose en pie y me señaló el sillón de mando.

—Todo cuanto sabemos es que un crucero ha saltado sin previo aviso y ha enviado cuatro lanzaderas a la superficie. A la velocidad a la que van y con el rumbo que llevan, llegarán a la base de los Antiguos en veintisiete minutos.

El *Holandés* podía saltar allí en cuestión de segundos, así que teníamos tiempo para pensar, evaluar la situación y considerar nuestras opciones. Quería que nuestro piloto más experimentado estuviera al mando por si entrábamos en combate. Estaba a punto de llamar a la capitana Desai cuando recordé que no estaba en la nave, sino en la lanzadera camuflada en la superficie de la luna. La situación no podía ser peor.

—¿Algún indicio de que los kristangos hayan localizado a nuestro equipo?

La pregunta no podía ser más obvia. ¿Qué otro motivo podía tener el crucero para saltar a órbita y mandar cuatro lanzaderas?

—No —respondió Skippy—. No ha habido mensajes al respecto antes de que el crucero saltase y tanto este como las cuatro lanzaderas se mantienen el silencio. Pero tampoco podemos estar seguros de haber monitorizado todas las comunicaciones entre las naves. Si están usando un haz denso de máser, los sensores del *Holandés* tienen menos de un cincuenta por ciento de posibilidades de interceptar sus mensajes.

—Voy a asumir que, de algún modo que ignoramos, saben lo del equipo de tierra. Es lo único que tiene sentido. ¿Qué opciones tenemos? Hmmm. Saltamos, lanzamos misiles contra el crucero y disparamos a las lanzaderas con el cañón máser.

Contemplé el monitor principal mientras jugaba con los mandos del sillón. Se me daba bastante bien manejar la pantalla. Desde nuestra posición podíamos ver la luna. Las órbitas de esta y del *Holandés* harían que el satélite se ocultase tras el planeta en cuarenta minutos. El crucero era un punto en la pantalla, aún visible, aunque la mole de la luna lo ocultaría en cinco minutos. No estábamos usando el campo de sensores del *Holandés*, así que dependíamos de las lecturas pasivas para detectar las naves enemigas.

Cuatro de los puntos del monitor eran lanzaderas kristangas. Amplié la imagen y pude ver dos grandes transportes de tropas y dos cañoneras. Habían finalizado el empinado descenso desde órbita y ahora volaban bajas, casi a ras de suelo. Un icono en la pantalla indicaba la posición estimada de las naves. La detección, a aquella distancia y con las interferencias que causaba el campo magnético del planeta, era intermitente.

—¿Cuán cerca de la superficie de la luna podemos saltar? Hay que acortar la distancia entre nosotros y la lanzadera de Desai. Ya sé que los cargueros no están diseñados para operar en un pozo de gravedad, pero la gravedad de esa luna será poca cosa, ¿no? Podemos…

—Hay otra opción que deberías considerar, coronel Joe —me interrumpió Skippy—. No hacer nada de momento y esperar. No creo que se trate de un auténtico asalto contra nuestro equipo de tierra. Si supieran que hay humanos ahí, el resto de las naves se habrían desplegado como apoyo a la fuerza de asalto. De momento no lo han hecho, siguen con las maniobras.

—¿Crees que se trata de parte del ejercicio?

No lo veía claro y no le encontraba mucho sentido. El planeta tenía una docena de lunas. Que saltasen precisamente a aquella en la que estaban los nuestros me parecía demasiada coincidencia.

—Eso creo, en efecto. Al menos con los datos limitados de que dispongo, es lo más razonable. Parece una simple práctica de asalto y desembarco con lanzaderas.

—¿Cómo de seguro estás acerca de eso?

Necesitaba que lo estuviese al cien por cien. Si las lanzaderas kristangas aterrizaban en el enclave Antiguo y sus soldados entraban en el complejo, no importaría gran cosa si su propósito original había sido un ejercicio o un asalto. Encontrarían a los nuestros. Y el combate consiguiente sería muy real.

—Hmmm. Quizá no me he expresado bien del todo. Digamos, por mor de la precisión, que hay un noventa y dos por ciento de posibilidades de que sea un ejercicio y de que los kristangos no sepan nada acerca de nuestro equipo de tierra. Si quieres, puedo mostrarte el modo en que una flota kristanga se desplegaría para apoyar un ataque de tierra. Esta no está en la posición adecuada para asistir al crucero. Además, las lanzaderas no han activado el camuflaje, lo cual no tiene sentido. Ya solo eso indica con bastante contundencia que los kristangos no han iniciado una acción real de combate. Si de verdad pretenden ir a por nuestro equipo de tierra, sus tácticas no pueden ser más incompetentes.

—Noventa y dos por ciento está muy bien, Skippy, pero solo me dice parte de lo que necesito. Si el ejercicio incluye el aterrizaje de las lanzaderas en el complejo Antiguo y los soldados entran en él, tendremos que intervenir.

—Ups. —Skippy sonó decepcionado—. Vaya, no se me había ocurrido. Sí, podríamos acabar combatiendo, aunque no sea esa la intención de los kristangos.

—En efecto. Además, las otras naves están a varios minutos luz de distancia, así que la información que tenemos de ellas está algo desactualizada —señalé.

Era uno de los problemas de nuestros maravillosos monitores. Asumíamos sin darnos cuenta de que la información llegaba en tiempo real, lo que no era cierto. En la guerra espacial, casi todo tiene un retraso de varios segundos, si no de minutos. Durante la instrucción, cuando estaba en el Ejército, a veces teníamos que usar viejos mapas de papel además de las pantallas de los ordenadores, las tabletas y los GPS. Los mapas de papel nos hacían darnos cuenta de que el blanco señalizado en el campo enemigo era solo tan fiable como frescos fuesen los datos que teníamos al respecto. Era algo que debíamos tener en cuenta ahora.

—Cierto. Impresionante que a un mono como tú se le haya ocurrido la idea. Veamos, acepto que esto puede convertirse en una batalla si las lanzaderas llegan a la base Antigua. Hasta entonces, creo que lo mejor es esperar y comprobar qué pretenden de verdad los kristangos.

Fruncí el ceño.

—¿Esperar no va a limitar nuestras opciones? La nave va a desaparecer tras la luna y nuestros cañones máser necesitan una línea visual para darles a las lanzaderas.

—Esperar no decrementará de forma sustancial nuestras posibilidades de éxito en el rescate del equipo de tierra, sobre todo porque ahora mismo ya no son muy buenas. Nuestra mejor posibilidad, de hecho, y es lo que intento decirte, es estar a la espera y confiar en que no sea más que un ejercicio. No hay mucha diferencia entre actuar ahora o esperar otros veinte o veintidós minutos. Si no nos queda más remedio que intervenir, la demora solo empeorará nuestras posibilidades en un cero coma diecisiete por ciento. En cuanto a nuestras posibilidades de rescatar al equipo de tierra mientras estamos en combate contra los kristangos son de, eh, ya sé que no te gustan las matemáticas, así que no te daré una cifra. Pero son malas de narices, Joe. El equipo de tierra está en una posición vulnerable y el *Holandés* no tiene potencia de fuego suficiente para protegerlos.

—¿Esperamos, entonces?

—Es lo que recomiendo.

Me hundí un poco en la silla.

—Esperar no se me da nada bien, Skippy.

—Joe, si hiciese una lista de todo lo que no se te da nada bien, podríamos pasarnos días enteros aquí. De todos modos, estoy de acuerdo en que esperar es algo que no se te da nada bien. Si fueses un superhéroe, serías Impaciente Man. De hecho, eres la clase de persona que, si las instrucciones dicen que hay que hornear el bizcocho a trescientos grados durante treinta minutos, cree que se puede hornear a mil ochocientos grados durante cinco minutos.

—¡Claro! —Me las apañé para sonreír—. ¿Vas a decirme que no funciona?

—Me temo que no. Recuérdame que no te deje entrar en la cocina.

Esperamos. Esperamos y planeamos, nos lanzamos ideas unos a otros sobre cómo rescatar al equipo de tierra y atacar a los kristangos. Esperamos cinco minutos. Y diez. Cuando llevábamos doce, Skippy nos avisó de que las cuatro lanzaderas se habían dividido en dos grupos, cada uno con una cañonera y un transporte de tropas. Se separaron y, al parecer, sus rutas los llevaron a acercarse al complejo Antiguo desde direcciones distintas.

—Me temo que pretenden practicar un asalto de combate completo sobre la base Antigua —dijo Skippy con voz apesadumbrada—. Qué mala suerte. Sigo pensando que los kristangos no saben nada de nuestro equipo de tierra y que simplemente la base antigua es un buen lugar para este tipo de maniobras. Aunque, como has dicho antes, eso ya no importa gran cosa.

—En efecto. Si vamos a luchar, prefiero hacerlo cuando nos convenga a nosotros, no cuando nos fuercen la mano. No voy a dejar que esas lanzaderas se acerquen al complejo Antiguo lo suficiente para que descubran a los nuestros. Comandante Simms, que el pájaro grande se vaya preparando. —Teníamos dos pilotos en una de nuestras lanzaderas, preparados para salir casi de inmediato—. Skippy, ¿cuál es nuestra mejor opción?

—Ninguna es buena, Joe, así que difícilmente podemos considerar que hay una «mejor». La que creo que te gustaría más es… Un momento. Estoy interceptando un mensaje desde el crucero. Sí, al parecer tenía razón, no es más que un ejercicio. El capitán del crucero se está poniendo chulito con lo bien que está yendo todo y pide permiso al comandante para que las lanzaderas vayan camufladas en el acercamiento final. Al parecer, el comandante de la flota se ha negado a usar el camuflaje porque no se fía de que los pilotos de las lanzaderas no acaben chocando unos con otros si no pueden verse. Les llevará varios minutos recibir respuesta desde la flota.

—Pues usémoslos con inteligencia, no quiero que esas lanzaderas estén camufladas cuando disparemos sobre ellas. Vamos a usar la

Opción Bravo. Piloto, oriente la nave y sáquenos de aquí, acelere hasta igualar velocidades con el objetivo. Comandante Simms, dígale al pájaro que abra las puertas del muelle y prepare el lanzamiento.

La Opción Bravo era la menos mala de las opciones malas que teníamos, al menos en mi opinión. Aceleraríamos el *Holandés* hasta salir del campo magnético del planeta para igualar curso y velocidad con la luna. En el último minuto le daríamos la vuelta a la nave, de forma que quedase orientada hacia la base Antigua, con los motores hacia abajo; así, cuando saliéramos del salto, el *Holandés* caería hacia la luna con la popa apuntando hacia la superficie. La idea era lanzar entonces el pájaro y enviar una señal a Desai. Con suerte, la recibiría y nos saldría al encuentro mientras los pilotos intentaban equilibrar la nave y mantenerla sobre la cola. Según Skippy, el carguero no tenía potencia suficiente para mantener la altura o, en caso de tenerla, no podía usarla en gravedad sin romper la espina dorsal de la nave. Así que estaríamos cayendo con la cola hacia abajo hacia la superficie de la luna y Desai debía igualar con precisión nuestra velocidad y aceleración e introducir su lanzadera en el muelle. Mientras todo eso tenía lugar, estaríamos disparando a las lanzaderas con los cañones máser y el pájaro descendería para recuperar el equipo de Chang. No habría tiempo suficiente para que el pájaro volviese antes de que saltásemos de nuevo antes de estrellarnos contra la superficie. Así que la idea era, tras saltar una vez más, atacar con misiles el crucero kristango y volver a saltar. El pájaro tendría que recuperar al equipo de Chang, alejarse lo más posible del enclave antiguo, activar el camuflaje y esperar. No sabíamos cuánto tiempo. Tal vez mucho. Aunque tuviésemos suerte y dejásemos fuera de combate el crucero, el resto de la flota y sus amigos del exterior del sistema nos caerían encima como avispones rabiosos.

No era un buen plan. Pero era el único que se nos ocurría con tan poco tiempo. Tendría que funcionar. No iba a abandonar al equipo de tierra. Tal vez sonase despiadado, pero, si no lográbamos sacar al equipo del completo Antiguo, tendría que ordenar un ataque de misiles contra este para ocultar la presencia humana en el lugar.

—Pase lo que pase, Joe, va a ser un hito en la historia galáctica —me dijo Skippy—. Nadie ha realizado jamás esta maniobra con un carguero estelar.

—Bueno, un objetivo que batir.

—¡No! Nadie lo ha intentado jamás porque es una maniobra de locos.

—Skippy.

—¿Qué?

—Sujétame la cerveza y observa.

—¿Qué? ¿Que te sujete la…? ¿Quién coño ha puesto a este palurdo al mando de una nave estelar?

—Tú.

—Ehhh. —Consideró la idea un momento—. Joder, creo que sí, que fue cosa mía.

El tiempo de las bromas había pasado. Miré sombrío por última vez el monitor principal y di la orden:

—Piloto, cuenta atrás para el salto. Comandante Simms, no espere mi orden, dispare en cuanto lo considere necesario. Abata esas lanzaderas lo antes posible, intentarán activar el camuflaje si fallamos el primer disparo.

Había cuatro naves enemigas casi a ras de suelo a una velocidad endiablada y el *Holandés* solo tenía cañones máser de corto alcance. Cada disparo era vital.

—A la orden, capitán —respondió Simms.

El piloto pulsó el botón que iniciaría el salto y empezó a contar:

—Salto en diez, nueve…

En pocos segundos iba a lanzar a una batalla desesperada a aquella tripulación sin experiencia y casi sin entrenamiento en una nave que no había sido concebida para ello. Todos podían morir y sería culpa mía, solo mía. Me temblaba tanto la mano derecha que tuve que ponerla en el regazo y apretármela con la izquierda, que tampoco estaba muy fina. Sentí ganas de mear. La espera por el combate, la anticipación del peligro, eran siempre peores que el propio combate. Una vez empezaban los disparos, me centraba y veía las cosas con claridad, pero en el momento inmediatamente anterior la mente me iba a mil imaginando mil y una posibilidades, todas ellas horripilantes.

—Cuatro, tres…

—¡Interrumpa el salto! —gritó Skippy.

Vi en el monitor que en realidad ya lo había cancelado por sí mismo. También había apagado los motores y ya no acelerábamos.

—¡Skippy! ¿Qué cojones…?

—El crucero de combate acaba de saltar al lado del enclave Antiguo. Apuntan a las lanzaderas con máseres de baja potencia. Creo que es parte del ejercicio. ¡Je! Acaban de saltar dos destructores junto al crucero al otro lado de la luna y están enzarzados en una falsa batalla. Joe, confía en mí, las cuatro lanzaderas se consideran destruidas por el comandante de la flota, han cambiado el rumbo y suben a órbita. Ya no se dirigen al enclave.

—Gracias a Dios —dije mientras soltaba el aire de repente—. Piloto, de vuelta al campo magnético. Despacio, no queremos que nos detecten.

—Guau —murmuró Skippy.

—¿Qué pasa? —pregunté.

No las tenía todas conmigo. En aquel momento no sé si habría soportado más malas noticias.

—Nada que nos afecte de forma directa, Joe. Por lo que se ve, la falsa batalla entre el crucero y los dos destructores no va nada bien para ninguno de los bandos y las tres naves se mueven con una torpeza increíble. El comandante tiene un cabreo de narices. Los está poniendo a caldo sin molestarse en encriptar la transmisión. Me parece que quiere que el resto de la flota lo oiga y humillar a los tres capitanes frente al resto.

—Así que torpes. Eh, ¿lo bastante torpes para que pudiésemos llevárnoslos por delante si fuese necesario!

—¡Ja ja ja ja ja! ¡Ni de coña, compañero! Cuando digo que son torpes, me refiero a que lo son para los estándares de peña como los kristangos, curtidos en el combate espacial. El *Holandés* es una enorme y alargada monstruosidad que se movería como un cerdo borracho incluso si lo pilotase yo en vez de un puñado de monos ineptos. No pretendo ofender a nuestros pilotos, pero los turanios diseñaron la nave para operarla mediante implantes cibernéticos. Usar los controles manuales del puente de respaldo ralentiza las cosas en un factor de por lo menos diez. Esas naves kristangas podrían dar vueltas a nuestro alrededor como si fueran moscas. Y nuestro sistema de blancos es demasiado lento para darle a nada que se mueva así.

—Gracias por el voto de confianza en los monos, Skippy —dije, intentando que el sarcasmo rebosara mi voz.

Aún me temblaban las manos, aunque ya no tenía tantas ganas de merar.

—¿Qué? No pretendía ser un voto de… Ah, vale, estabas siendo sarcástico. Ja ja ja, muy gracioso. Monos idiotas —gruñó.

A la hora veintitrés relevé al oficial de guardia y volví a ocupar el sillón de mando. La hora vino y pasó, y los kristangos seguían sin tener pinta de irse a ninguna parte. Seguían con sus maniobras, aunque ahora estaban probando los fundamentos del manejo de las naves. El comandante de la flota no estaba nada contento con el rendimiento de sus subordinados. Ninguna de las naves kristangas estaba cerca de la luna donde se encontraba nuestro equipo de tierra, y me sentí tentado de ordenarle a Desai que intentara escabullirse hacía nosotros. Skippy me dijo que ni se me ocurriese.

Tras la hora veinticinco nos arriesgamos enviar un nuevo mensaje a Chang y Desai, sobre todo para que supiesen que seguíamos allí y que los recogeríamos en cuanto pudiésemos.

Hora veintiséis. Los kristangos seguían con la maniobras. Intentando entretenerme, cargué las opciones de combate y las revisé. Ninguna nos daba grandes oportunidades de éxito. Empecé a considerar en serio la idea de abandonar al equipo de Chang para preservar al resto y poder seguir con la misión.

—Malas noticias —dijo Skippy de repente—. Estoy interceptando un mensaje del comandante a toda la flota. Declara el ejercicio finalizado y ordena que salten al punto de encuentro con el carguero.

Miré el monitor. Veintiséis horas, doce minutos desde la llegada de los kristangos.

—¿Por qué demonios son malas noticias, Skippy? —pregunté. A mí me parecían buenas.

—Porque solo se van cuatro de las naves y se quedarán tres. El comandante no está nada contento con el rendimiento de dos de ellas, los destructores. Les ha ordenado que se queden aquí con el crucero de combate para que sigan practicando. Acabo de enterarme de que uno de los capitanes de los destructores es el hermano pequeño del comandante y los dos se odian el uno al otro, algo muy típico entre los kristangos. En todo caso, el comandante pretende que los destructores se queden aquí hasta que esté satisfecho con su rendimiento, aunque eso implique que pierdan la cita con el transporte. Y no pasará otro hasta dentro de siete días.

—¿Siete días?

—Siete días —repitió muy serio.

—¿Dos destructores y un crucero de combate?

—Eso es. El crucero es una nave de guerra muy potente según los estándares kristangos. Es un diseño relativamente nuevo de menos de treinta años y sus armas pueden hacernos mucho daño.

—El equipo de tierra no puede esperar siete días —dije. Me limitaba a señalar lo obvio.

—Correcto —afirmó Skippy muy circunspecto—. Me temo que no se me ocurre nada que nos permita solucionar este problema, Joe. Lo siento.

8

EL EQUIPO DE tierra se componía de dieciocho personas. Dos de ellas, Desai y su copiloto, el teniente Devereaux, estaban en la lanzadera y tenían oxígeno más que suficiente. Confiaba en que los cuatro que habían estado explorando las afueras ya hubiesen vuelto a la lanzadera. Quedaban, por tanto, los doce del equipo de Chang, limitados al oxígeno en los tanques de sus trajes. Doce personas que no podían esperar siete días.

Doce personas atrapadas en la luna frente a cincuenta y dos en el *Holandés Errante*. Doce personas que corrían un peligro indudable contra las vidas de cincuenta y dos que podrían correrlo si ordenaba que el carguero se enfrentase a las tres naves kristangas. Los lagartos llevaban años robando y adaptando la tecnología turania, y sus armas y escudos eran lo bastante avanzados para tenerlas todas conmigo. Y se trataba de naves de guerra diseñadas para el combate espacial, mientras que el *Holandés* era básicamente un enorme camión. Los cargueros no estaban hechos para el combate directo con otras naves; se suponía que usarían su capacidad de salto superior para huir mientras las otras naves se encargaban de la lucha.

Doce vidas contra cincuenta y dos. No era un cálculo tan sencillo. Si el *Holandés* quedaba inhabilitado o era destruido, todo el equipo de tierra moriría, incluidos los que estaban con Desai en la lanzadera. Así que en realidad serían setenta personas muertas.

Podíamos saltar sin problemas, salvar a los cincuenta y dos que estaban a bordo y seguir con la misión. Si los kristangos llevaban sus juegos de guerra lo bastante lejos de la luna, Desai podría venir hacia nosotros con la lanzadera, confiando en el camuflaje de esta. Incluso entraba dentro de lo posible que nos sincronizásemos con su viaje de modo que, mediante un salto preciso por nuestra parte, pudiésemos recogerla y huir antes de que los kristangos nos interceptasen. Eso salvaría seis vidas más.

Doce contra cincuenta y ocho, en ese caso. En términos militares eran doce personas frente a la viabilidad de la misión. De haberse tratado simplemente de eso, mi decisión habría sido sencilla, pero como era un mono y no un ciborg, los números y los cálculos eran solo un factor más.

La pregunta del millón era si podríamos destruir las naves kristangas, o al menos incapacitarlas el tiempo suficiente para recoger al equipo de tierra y escapar. Necesitábamos un plan que no podíamos crear sin información. Era necesario conocer la situación al detalle.

—Skippy, ¿cómo de lejos están las naves respecto a nuestra posición? Quiero decir, ¿puedes mostrarlas en la pantalla?

—Están en la pantalla —suspiró Skippy—, cosa que habrías notado si no fuese un mono tan inepto. Venga, os añado unas líneas que muestren la distancia en segundos luz.

Varias líneas amarillas y algunas ristras de números aparecieron en la pantalla.

—¿Has visto qué fácil, Skippy? Genial, gracias. El crucero de combate está a treinta y siete segundos luz y los destructores a sesenta y ocho segundos luz del crucero.

—¡Correcto! ¿Te doy un premio por saber leer?

—¿Eh? No, estaba pensando en voz alta.

—Eso me parece improbable, sea con la voz que sea.

—Esto no es una broma, Skippy. El equipo de tierra se está quedando sin oxígeno. Hmmm. Tres naves. ¿Puedes repetir el truquito de la Tierra y hacerte con su control usando el nanovirus?

La IA había descubierto, tras derramar abundante sangre y perder algunas vidas en la captura la fragata kristanga *Flor Matutina Celeste de Victoria Gloriosa*, que los taimados turanios habían sembrado la mayoría de las naves kristangas con un nanovirus. Cada vez que una nave se dejaba transportar por un carguero turanio, quedaba infectada. Era mucho mejor que un virus en el código del ordenador, porque las nanitas podían tomar el control físico de sus sistemas. Dado que los kristangos habían diseñado sus sistemas informáticos para resistir un hackeo digital, hartos de que sus mentores turanios les pirateasen los ordenadores, la única posibilidad era el control físico y directo.

—Me temo que no. Ojalá pudiera, pero la situación no es la mejor para intentarlo. Sé que me vas a preguntar un montón de preguntas estúpidas acerca de por qué no puedo, así que te las ahorro y te lo explico. Supongo que recuerdas que te dije que necesitaba estar relativamente cerca de la nave que había que controlar para que el truco funcionase.

Recordaba vagamente algo al respecto.

—¿Dijiste algo sobre segundos luz?

—Más o menos. Los turanios han desarrollado el nanovirus para impedir que sus cargueros puedan ser controlados por las naves kristangas que transportan. Es una tecnología de corto alcance y no está pensada para infectar una flota completa. Puedo extender el alcance, pero no lo suficiente para alcanzar ninguna de las tres naves en este momento.

—¡Eh, un momento! Eso es caca de la vaca. Controlaste las naves kristangas desde la Tierra y una de ellas estaba al otro lado del planeta.

—Sí, pero la Tierra es una bolita insignificante de barro y ambas naves estaban en órbita baja a su alrededor, dentro de mi alcance. ¿Tengo que recordarte la enorme distancia que es un segundo luz? Al parecer más de lo que creías.

—Vale. ¿Hay alguna posibilidad de que nuestra tecnología de camuflaje nos permita acercarnos al crucero lo suficiente?

—No.

Esperé un rato, pero intervine al ver que no decía nada:

—¿No? ¿Puedes elaborarlo un poco?

—¿Para qué? No ibas a entender ninguna de las tecnologías implicadas en el asunto.

—Skippy, deja de putearme. Ya sé que no voy a entender las tecnologías, pero…

—No es solo cosa tuya, Joe, no tienes por qué sentirte mal. Ninguno de vosotros tiene la menor idea de cómo funcionan estas tecnologías. Y antes de que empieces a tartamudear lo que pensarás que es una réplica ingeniosa, déjame que te diga que he usado buena parte de mis considerables recursos en simular juegos de guerra con el objetivo de ver cómo podemos enfrentarnos a esas naves y no veo ninguna posibilidad razonable de éxito. Podemos hacernos con el crucero de combate o con los dos destructores, pero no con ambos grupos. Cualquiera de las naves que se nos escape saltará al exterior del sistema y volverá con refuerzos. Hay catorce naves más ahí fuera en espera de que llegue el transporte. Su tecnología es muy inferior a la nuestra, pero nos impedirían recoger al equipo de tierra. Lo siento, Joe. No veo cómo podemos lograrlo.

La comandante Simms intervino de pronto:

—Quizás esta pregunta sea estúpida, pero ya que estamos en una nave turania, ¿no podemos ordenarles a los kristangos sin más que se vayan al exterior del sistema?

—No es estúpida, para nada —respondió Skippy—. Estaría bien que aprendieras de la comandante Tammy cómo no hacer preguntas idiotas. Por desgracia, la respuesta es que no. Los kristangos no obedecerían una orden tan inusual de los turanios y la encontrarían sumamente sospechosa. Ya es raro que un transporte turanio entre en el pozo de gravedad de un sistema estelar y a los kristangos les parecería muy sospechoso que el nuestro solo acarrease una nave kristanga. Lo más probable, y con eso quiero decir que estoy seguro al cien por cien, es que realizasen un salto corto y se quedasen analizando el comportamiento de los turanios. En cuanto viesen que se acercaban a una luna en la que hay un enclave Antiguo, una de las naves daría un salto al exterior a por refuerzos y las otras dos se acercarían a ver lo que hacemos. Recuerda que la confianza no es algo frecuente en las relaciones entre kristangos y turanios.

—Joder, estaría bien que algo nos resultase fácil por una vez. —No me iba a dar por vencido. Contemplé la pantalla, tratando de pensar—. Los destructores parecen muy cerca el uno del otro, casi a punto de tocarse —dije tras usar el zoom—. Supongo que es una ilusión creada por la pantalla, las naves no suelen viajar tan cerca, ¿verdad?

—Sí y no. Por lo general, no se acercan tanto. Con las velocidades bestiales en batalla, el menor error de cálculo sería desastroso y haría chocar las naves. En este caso, sin embargo, están casi pegadas, no es algo que esté manipulando para que los monos lo entendáis mejor. Se están preparando para una maniobra en la que una de las naves se introduce dentro del campo de camuflaje de la otra. Una de las dos debe desconectar el suyo, porque, a menos que estén exactamente sincronizados, se interferirían entre sí. Encapsular dos naves dentro de un único campo de camuflaje permite que para el enemigo parezcan una sola, de forma que, cuando les convenga, puedan separarse y tomarlo por sorpresa. Es complicado y peligroso. El comandante de la flota los está obligando a realizar la maniobra porque espera que sus capitanes fracasen y, como extra, que las naves resulten dañadas. Eso sería un baldón para ambos capitanes y le daría al comandante una excusa para reemplazarlos con oficiales que le fuesen leales.

—Recuérdame que no me aliste en la flota kristanga —dije, distraído. En aquellos momentos estaba pensando en otro asunto—. ¿Cómo de cerca están las naves?

—A cuatrocientos metros una de otra. En términos de combate, prácticamente pegadas. Es muy peligroso.

—Hmmm. Y pase lo que pase con el crucero, los destructores no se enterarán durante al menos sesenta y ocho segundos, ¿correcto?

—Eres un genio. Deberías llamarte Einstein.

—Ya. —No le hice el menor caso—. ¿Y cuánto tardarías en hacerte con el control de una nave kristanga con el nanovirus una vez estemos a la distancia adecuada?

—Unos quince o veinte segundos hasta que la controle del todo. En siete segundos la nave quedará inmovilizada. La velocidad de la luz no es problema, el efecto que crease sería instantáneo por ciertas razones mágicas que el cerebro de los monos no puede procesar.

—Lo que digas. Al emerger de un salto, tenemos que esperar un poco antes de saltar de nuevo, ¿no?

—Ay, Joe, lo siento, pero tengo que reventar esa burbuja. Estás pensando en saltar junto al crucero, activar el nanovirus y hacerte con su control. Luego, antes de que los destructores sepan lo que ha pasado, saltar hacia ellos y controlarlos del mismo modo. ¿A que sí? Imposible. Ya te lo dije, los monos no deberíais ocuparos de estas cosas, no estáis preparados. También te he dicho que he simulado todas las posibilidades con mi mente prodigiosa y no hay forma de controlar las tres naves sin que al menos una de ellas escape y traiga refuerzos. Nos podrían destrozar. ¡Cállate! —añadió al ver que intentaba hablar—. Déjame acabar. Yo hablo y tú te limitas a escuchar. Yo listo, tú mono. La idea que has tenido… uf, la verdad es que llamar idea a cualquier cosa que salga de tu mente es una exageración, pero en cualquier caso, no va a funcionar. Una vez saltemos, no podremos volver a hacerlo en al menos ochenta segundos.

—Ni de coña —dije sin perder la calma—. Cuando estábamos siguiendo una flota turania para descargar sus datos y descubriste que había una nave maxolhxe en la zona, nos hiciste saltar. Y luego saltamos de nuevo en pocos segundos.

—En veintidós, para ser precisos. Sí, puedo conseguir que saltemos en menos de ochenta segundos. Lo que no puedo es saltar con precisión en un periodo inferior. Cuando creí que la nave maxolhxe podía estar acechándonos, no me importó dónde saltásemos con tal de irnos de allí. En este caso quieres que saltemos lo bastante cerca de los destructores, lo que no es posible. Un salto crea una vibración en las bobinas del motor y una fluctuación cuántica impredecible que afecta al espaciotiempo alrededor de la nave. Hay que esperar a que la fluctuación se desvanezca para programar con precisión un salto. Así que no podremos acercarnos a los destructores antes de que detecten el borbotón de rayos gamma del primer salto y, en cuanto eso ocurra, se irán y los habremos perdido. ¿Tienes algo que decir, ahora que creo que he conseguido meter algo de conocimiento en tu cerebro de mono?

—¿Has terminado?

—Seh.

—¿Estás seguro? No quiero estropearte la tarde, que parece que te lo estás pasando de miedo insultándonos.

—Seh. Estoy seguro. Así que venga, Joe, noquéame con esa idea genial, que hace tiempo que no me río con ganas.

—Como quieras. Aunque si te hubieses callado y me hubieses prestado atención por un segundo, ya habrías oído mi idea. Es esta: saltamos junto al crucero, lo controlamos con el nanovirus. Luego haces que el crucero salte sobre los dos destructores y activas su autodestrucción, revientas sus bobinas de salto o lo que sea, en cuanto emerja del salto. Eso inhabilitará a los destructores el tiempo suficiente para que saltemos y los rematemos con los misiles. Asumo que el crucero tendrá las bobinas cargadas para un salto de emergencia y no tendrá que esperar ochenta segundos. ¿Cierto?

Un rato de silencio. Luego:

—Joder. ¡Joder!

Esperé un poco más a ver si decía algo.

—Oye, si te estás tomando tu tiempo para preparar una lista de insultos a la altura de mi idea, mejor me dices de una vez lo estúpida que es y dejamos lo de tocarme los huevos para más tarde, ¿vale?

—Odio mi puñetera vida —gruñó—. ¡Joder, no es justo!

—¿El qué?

—Joe, no tengo ni idea de cómo ha pasado. Las leyes de la física no deberían permitirlo, pero se te ha ocurrido una buena idea. ¡A ti! ¡A un mono! Me siento tan humillado, joder. Mi vida es una mierda. He analizado millones de variables sin conseguir nada, sin dar con un medio de cargarnos las tres naves. Y de pronto viene un puñetero mono y dice: «Eh, ¿qué tal esta idea?» que ha sacado de alguna parte de su puñetera cabeza de mono. —Sonaba completamente derrotado—. Si tuviera una nariz y pudiese sonármela, los mocos serían más inteligentes que toda tu especie. Y vas tú, de todos los humanos posibles, y das con una buena idea. Qué mierda.

—Muy bien —dije, muy despacio—. ¿Esto es parecido a cuando tuviste la idea genial de que asaltásemos el asteroide y se te olvidó el hecho de que los humanos necesitamos trajes espaciales en… esto… el espacio?

—Disfruta mientras puedas, monito. No volverá a pasar —masculló.

—¿Quieres apostar algo, Skippy?

—Joder, cállate. Te odio. Monos de mierda.

—Yo también te quiero. ¿Puedes programar un salto que nos lleve lo bastante cerca del crucero?

—¡Claro que sí, joder, programaré el salto de ese estúpido plan tuyo!

—¿Estúpido? Creí que habías dicho que no lo era.

—No lo es —dijo, tan bajo que casi no lo oí.

—¿Cómo? —cuestioné con una sonrisa sin apartar la vista de los tripulantes en el CIC—. No lo he oído bien, Skippy. El plan, ese que ha salido del cerebro de un mono, ¿es estúpido o no?

—No lo es.

—¿Y qué es lo contrario de estúpido, que ahora no me acuerdo?

—¡Inteligente! ¡Lo contrario es inteligente! Ya está, ya lo he dicho. ¿Contento? Como si mi vida no fuese lo bastante horrible. En momentos así echo de menos el tiempo que pasé enterrado en Paraíso. Ah, los buenos viejos tiempos. Tranquilos, silenciosos, sin monos gritando a mi alrededor…

—Programa el salto, por favor.

Veintiséis horas y treinta y dos minutos después de que la flota kristanga hubiese saltado al sistema, cuatro de las naves se fueron y dejaron solo al crucero de combate y dos destructores. De algún modo me las apañé para esperar otros agónicos veinte minutos antes de pasar a la acción. Saltamos junto al crucero, lo bastante cerca para estar al alcance de Skippy, no tanto que la tripulación entrase en pánico y la nave saltase. En cuanto emergimos del salto, Skippy transmitió un código turanio supuestamente secreto y ordenó a los kristangos que mantuvieran la posición y guardasen silencio. Haciéndose pasar por un capitán turanio, les dijo que había un crucero yerapta en la zona.

—Mierda —masculló Skippy, frustrado—. Me acaban de hacer una pregunta, y eso que les he dicho que permaneciesen en silencio.

—¿Cuál es el estado de su armamento? —pregunté, nervioso.

Como parte del engaño, llevábamos los escudos desactivados, lo que nos dejaba a merced del fuego enemigo. Que la tecnología kristanga fuera inferior no importaría estando tan cerca; sus máseres, haces de partículas y cañones de riel podían hacernos mucho daño. Cuando Skippy recomendó que no activásemos los escudos, dudé un momento, pero me convenció de que una nave turania que saltase tan cerca con el escudo activo haría saltar de inmediato al crucero. Necesitábamos que dudasen el tiempo suficiente para que Skippy activase el nanovirus y se hiciese con el control de la nave.

—Están activando el control de blancos de los misiles y hay cuatro baterías de máser y un cañón de riel apuntándonos. El cañón se está cargando ahora. Sí que hay poca confianza entre ambas especies. Estoy probando una táctica más suave, intentando explicarles la situación más que dándoles órdenes. No ha funcionado. Por lo que se ve, un turanio amable no es una idea creíble. El comandante kristango acaba de ordenar un salto y va a indicar a los destructores que lo sigan. Pero… Tres, dos, uno. ¡Tarde, mamones! La nave está bajo mi control, Joe. El motor de salto está cargado y estoy reprogramando sus coordenadas. Uf, el pánico está cundiendo por toda la nave. Tratan de lanzar los drones con el cuaderno de bitácora, pero los he bloqueado. También intentan lanzar los misiles de forma manual, pero he cerrado los tubos. Preparado para el salto.

Lancé una última mirada al crucero en la pantalla. Bajo la luz difusa de la estrella enana, tenía un aspecto maligno, toda ángulos y aristas, llena de protuberancias malévolas causadas por los sensores y las armas. No había nada en ella que no fuese puramente funcional; los diseñadores kristangos se habían esforzado en crear naves feas de narices.

—Adelante, Skippy.

El crucero desapareció de la pantalla. El problema del plan era también nuestra ventaja. Los destructores estaban demasiado lejos para detectar las ondas de nuestro salto, la señal del comandante de la flota o el estallido característico de los rayos gamma del crucero al saltar. Todo eso viajaba tan lento que el crucero saltaría junto a los destructores antes de que la luz llegase a ellos. Aún estarían viendo al crucero en la distancia mediante sus aparatos cuando este apareciese justo a su lado. La distorsión espacial producto del punto de salto tendría que darles un buen meneo a los destructores; la turbulencia creada causaría ondas en el espaciotiempo que impediría que los cruceros saltasen. Cuando estallase el reactor del crucero, además de las cabezas de los misiles y las bobinas del motor, la nave se haría pedazos y causaría un daño considerable a los destructores. Cuando los rayos gamma fruto de nuestro salto junto al crucero llegasen a los destructores, sesenta y ocho segundos después de haber saltado, estos no se encontrarían en condiciones de detectarlos ni de hacer nada al respecto.

Todo ello según el plan. El problema era que, una vez enviado el crucero a su destino, no teníamos manera de saber si el plan había funcionado hasta pasados otros sesenta y ocho segundos más, cuando la luz emitida desde la posición de los destructores llegase a nosotros. Había considerado la idea de saltar junto a los destructores lo antes posible para comprobar si el plan había funcionado. Tras pensarlo un rato, decidí que era mejor quedarnos donde estábamos y morderme las uñas durante sesenta y ocho segundos. De haber seguido mi idea inicial y haber saltado lo antes posible, habríamos estado indefensos durante ochenta segundos en caso de que las cosas hubiesen ido mal. Demasiado riesgo. Quizás Adams estaba en lo cierto y mi falta de experiencia en el mando me volvía más reacio al riesgo de lo necesario. Pero no veía ninguna ventaja en correrlo en aquel momento, cosa que me estuve repitiendo mentalmente durante sesenta y ocho segundos.

El plan hubo haber ido mal. Cuando Skippy hizo saltar el crucero, lo envió a las coordenadas donde se suponía que estarían los destructores en aquel momento. Por desgracia, la información que teníamos sobre su posición estaba desfasada en sesenta y ocho segundos. Joder, sí que era complicado combatir en el espacio. Mientras tomábamos el control del crucero, era posible que los destructores se hubiesen desplazado de forma impredecible, así que estaríamos enviándolo a un lugar vacío. Cometí el error de novato de expresar mis temores en voz alta cuando llevábamos cuarenta y cinco segundos de espera.

—No creo que pase, Joe —me aseguró Skippy—. El comandante de la flota es un tipo muy estricto y ordenó a los destructores que mantuviesen la posición, uno dentro del campo de camuflaje del otro, hasta que diese la orden de iniciar la maniobra. Cosa que no había sucedido cuando tomamos el control del crucero. La última señal del transpondedor muestra a los destructores exactamente dónde deben estar. Todo va a ir bien. Entre tus miedos irracionales y mi riguroso análisis estadístico, me quedo con lo segundo siempre.

Mientras Skippy hablaba, aparté un momento la vista de la cuenta atrás en el monitor.

—Estupendo, Skippy…

—¡Sesenta y ocho segundos! —gritó la IA emocionada—. Detecto un fogonazo gamma procedente del lugar correcto que indica un salto mucho más preciso del que son capaces esos lagartos estúpidos. También detecto el reactor, los misiles y las bobinas del motor estallando. El crucero ha desaparecido. ¡Sí! Explosiones secundarias. Dame un minuto, hay un montón de ruido en los datos de los sensores. Hmmm, sí, sí. ¡Ha funcionado de maravilla! Ambos destructores inhabilitados. El crucero saltó ligeramente por delante de ellos, que fue lo mejor que logré con esa roca inerte a la que los kristangos llaman motor de salto. La explosión ha dañado de forma considerable la sección de proa de ambos destructores.

—¡Excelente! —Solté el aire, aliviado—. ¿Podemos saltar?

—Mejor esperamos otros setenta y nueve segundos a que la nube de escombros se disperse, es mejor no arriesgarnos a que algo nos golpee a esas velocidades. Tranquilo, los destructores no se han de ir a ningún sitio.

—Perfecto. Prepáranos un salto, Skippy, por favor. Piloto —le dije a Chen, que estaba en el asiento a mi izquierda—, listo para saltar en setenta y nueve segundos.

—Tengo que admitirlo, Joe, ha sido un plan inteligente e ingenioso —afirmó Skippy—. Por mucho que lo intenté, fui incapaz de dar con un medio de inhabilitar las tres naves. Ahora soy consciente del factor que faltaba en mis cálculos; no tuve en cuenta la posibilidad de usar como arma una de las naves enemigas. Eso fue muy astuto. Sobre todo para, bueno, ya sabes, un mono.

No pude evitar una risita entre dientes.

—Voy a suponer que estabas intentando hacerme un cumplido y que, como se te da fatal, no te ha salido muy allá. Así que gracias. Los monos no tenemos grandes garras ni dientes afilados, no podemos volar y no somos muy fuertes. Así que no nos queda otra que usar nuestro ingenio.

—Bueno, tampoco te acostumbres. No sois más que monos. Estamos en una galaxia hostil y todas las especies que navegan por ella han sido mejoradas genética o mentalmente. O ambas.

—¿Como los turanios, por ejemplo?

—Exacto.

Le di un par de golpecitos con el dedo al sillón de mando. Era la única silla en todo el carguero en la que los humanos cabíamos sin necesidad de ajustarla. Supongo que los comandantes turanios sienten la necesidad de sentarse en una silla enorme.

—Sin embargo, aquí estamos los monos en una de sus naves. ¿Qué opina de eso, sargento Adams?

—Los monos somos duros de pelar, mi coronel —sonrió mientras alzaba con entusiasmo el pulgar—. Duros de narices.

—Joder —gruñó Skippy—, ahora tenéis demasiada buena opinión de vosotros mismos. No tendría que haber dicho nada.

Saltamos junto a los dos destructores. Se movían de un lado a otro totalmente fuera de control y Skippy nos dijo que los supervivientes que había a bordo estaban tan ocupados intentando no morir que no representaban ninguna amenaza para nosotros.

—¿Deberíamos lanzarles unos misiles, mi coronel? —preguntó Adams, con el dedo expectante sobre un botón.

—¿Las naves están funcionales de algún modo, Skippy? ¿Podrían apañárselas para realizar un salto corto?

—Para nada, o ya lo habrían intentado. En cualquier caso, estoy activando el nanovirus y tomando control de sus motores. Ambas naves pueden realizar un salto corto, pero debo advertirte de que en su situación actual sería el último que diesen. Las bobinas de salto están totalmente desalineadas.

—Hazlos saltar. Las quiero en la parte alta de la atmósfera del planeta. Lo bastante bajas para que no puedan salir del pozo de gravedad y lo bastante altas para que la presión no las aplaste. ¿Puedes?

—Claro. El nanovirus ya ha hecho efecto —dijo, muy despacio—. ¿Puedo preguntarte por qué no te limitas a lanzarles un par de misiles?

—Claro que puedes, Skippy. Siempre. Tengo dos razones. La primera, que tenemos un número limitado de misiles y no quiero malgastar munición.

—Tiene sentido, ¿Y la segunda razón, que sospecho que va a ser más importante?

—La segunda es que he estado hace poco en la Tierra y he visto lo que esos lagartos le han hecho a mi planeta y lo que intentaron hacerle a mi especie. Es sencillo, Skippy. Estoy cabreado y quiero que los kristangos sientan el mismo miedo que han sentido los humanos. Por lo menos, estos kristangos. Mataste a la mayoría de los que había en la Tierra antes de que se diesen cuenta de lo que ocurría. Los que sobrevivieron al ataque inicial se acurrucaron en sus refugios hasta que los destrozaste con un disparo de riel. Estaban vivos y al instante siguiente habían muerto. Cuando hagas saltar esas naves a la atmósfera del planeta, las tripulaciones van a tener al menos un minuto para darse cuenta de lo que está pasando mientras las naves caen a plomo hacia el núcleo del planeta y la presión las va aplastando poco a poco. Piensa en ello como en mi forma de hacerles una peineta en nombre de los habitantes de la Tierra.

—Ah —dijo sin más—. Estoy listo.

—Manda esas puñeteras naves al infierno, Skippy.

—Hecho. Puedes verlo en el monitor.

En la pantalla los dos destructores emergieron en medio de la atmósfera superior del gigante gaseoso. Los cascos de las naves empezaron casi enseguida a emitir un resplandor rosado a medida que caían cada vez más rápido hacia el núcleo planetario. Las naves perdieron diversas piezas y las más grandes se alejaron dando vueltas. La atmósfera se tragó los destructores y los perdimos de vista incluso con la imagen mejorada del monitor. Alcé la mano derecha con el dedo corazón extendido en dirección a la pantalla.

—Adiós, cabrones —dije, muy tranquilo.

—Me sorprendes, Joe. No esperaba algo tan rencoroso de ti.

—Lo que has visto de mí hasta ahora es el idiota que se pasa el día intercambiando pullas contigo. Y sí, soy esa persona, pero tienes que entender que solo es una parte de mí. Ahora mismo y por encima de todo, soy un soldado, y voy a defender mi nave, mi tripulación y mi especie, cueste lo que cueste. E incluyo en eso vengarme un poco de vez en cuando por las ofensas sufridas.

—De acuerdo. Al menos has reconocido que eres idiota.

El comentario me arrancó una sonrisa de los labios. Contemplé los últimos pedazos de los destructores desaparecer entre las nubes.

—Y no me gustaría ser de otro modo —dije—. Muchachos, recojamos al equipo de tierra antes de que un nuevo grupo de gilipollas venga por aquí y nos amargue la fiesta. Comandante Simms, llame a la capitana Desai y dígale que vaya al centro del complejo y avise al teniente coronel Chang de que se dirija al punto de evacuación. Pueden romper el silencio. Quiero un informe de situación lo antes posible. —El haz estrecho fuertemente encriptado de nuestras comunicaciones no delataría la presencia de humanos en el sistema—. Skippy, prepara un salto hacia la luna, por favor.

Desai respondió casi inmediatamente tras saltar a la luna.

—*Holandés*, vamos de camino —dijo—. El tiempo estimado de llegada al complejo es de cuatro minutos. —Eso significaba que estaba forzando los motores de la lanzadera, algo palpable por la tensión en su voz—. ¿Qué demonios ha pasado?

—Una flota kristanga se presentó de repente. Al parecer, el planeta es una estación de servicio bastante popular. Supongo que tienen los únicos lavabos limpios a este lado de la galaxia.

—Eso suena poco probable, mi coronel —dijo Desai entre risas.

—¿Que el planeta sea una gasolinera?

—No, que una gasolinera tenga lavabos limpios.

Ahora fue mi turno de echarme a reír. Joder, había estado atrapada en la superficie de la luna, sin poder comunicarse, preocupada por el equipo atrapado en los trajes con el oxígeno cada vez más escaso, y aún era capaz de hacerme reír.

—Seguramente tiene razón, capitana —respondí—. Había siete naves en la flota. Cuatro han saltado para hacer autoestop en un transporte turanio.

—¿Y las demás?

—Tuvimos que abollar un poco un par de destructores y un crucero de batalla.

—De acuerdo, *Holandés*, me encantará oír los detalles luego. ¿Mi nave ha sufrido algún daño?

Era comprensible que calificase de «suya» el *Holandés*. Qué narices, había estado pilotando desde el principio la condenada nave y yo me limitaba a dar órdenes al fin y al cabo.

—Ningún daño. Ni le ha saltado la pintura.

—Ahora sí que va a tener que contarme los detalles.

9

EL TENIENTE CORONEL estaba aún más contento que Desai de tener noticias nuestras, y especialmente de ella. La lanzadera aterrizó lo más cerca posible de la entrada del edificio subterráneo en el que Chang y su equipo habían pasado más de un día ocultos, esperando al rescate o a que se les acabase el oxígeno. En cuanto la lanzadera atracó en el muelle, ordené un salto largo para alejarnos de aquel sistema solar. Como cortesía, esperé a que Chang saliese de su traje espacial, que a aquellas alturas apestaría, se tomase una ducha, bebiese varios litros de agua y comiese algo antes de me entregase su informe.

—Estamos todos bien, mi coronel —me dijo mientras se tomaba la última cucharada de sopa—. La disciplina del equipo es admirable. Cuando recibimos su mensaje, les ordené que se tumbasen, descansaran y conservasen oxígeno, y todos lo cumplieron sin vacilar. Ni una queja ni una pregunta. Intentamos pasar dormidos la mayor parte del tiempo. Había una persona despierta en todo momento esperando oír de ustedes. No teníamos gran cosa que hacer, aparte de ver cómo disminuía nuestra reserva de oxígeno y de especular sobre lo que estaría pasando allá arriba, así que fue un periodo aburrido, sobre todo.

—¿Estaban en una escotilla de acceso? —pregunté.

—Sí, mi coronel. Encontramos una parte del complejo que parecía intacta. No había rastro de que nadie hubiese estado allí en mucho tiempo. La capa de polvo en el suelo era espesa y no había huellas. La entrada estaba muy bien oculta; en realidad, dimos con ella de casualidad. Llevaba a una escotilla de acceso y envié a cuatro persona a por ella, que consiguieron llegar al fondo y encontraron un pasillo. —Terminó la sopa y apartó el bol—. Era un callejón sin salida; tenía pinta de ser un acceso de mantenimiento para el sistema de soporte vital. No encontramos nada útil.

—Merecía la pena intentarlo en cualquier caso —le aseguré—. No tenían modo de saber que íbamos a tener invitados inesperados.

Chang asintió muy despacio.

—En próximas misiones necesitamos algún tipo de refugio portátil que tenga oxígeno, de modo que no tengamos que depender solo de los trajes.

—Buena idea. No tenemos nada similar a bordo, así que habrá que ver si podemos fabricar algo parecido. En el futuro también habrá que mantener el equipo de tierra no muy lejos de la lanzadera. Y si vamos a dividir el equipo habrá que enviar varias.

En el fondo era un crítica a mí mismo, un modo de reconocer que había aprendido la lección. Todos nosotros teníamos mucho que aprender de lo ocurrido.

Skippy incluido. Tras hablar con Chang y comprobar que el resto del equipo se encontraba bien y con ganas de seguir adelante, me fui a mi despacho un rato, a ver si podía ponerme con el informe de lo ocurrido mientras aún tuviese frescos los acontecimientos.

—Menuda pérdida de tiempo —se lamentó Skippy con amargura en cuanto me senté—. Hemos recorrido todo este camino solo para encontrar un enclave Antiguo que ha sido saqueado.

—No ha sido ninguna pérdida de tiempo, ya lo hemos hablado —le recordé—. Hemos demostrado que tu método de predicción es correcto.

—Sí, solo que este sitio no era precisamente desconocido. Más bien se trataba de una zona de descanso en la autopista. Debería tener un cartel luminoso gigante. «Parada de Camiones Gran Mike. Buenos precios, comida genial. No se pierda el parque temático de los Antiguos. Les regalamos una camiseta».

—Eso me recuerda una cosa. ¿Cómo es que este sitio no estaba en la lista de enclaves conocidos si todo el mundo en la galaxia parece conocerlo?

—Hmmm. Visto en retrospectiva, tal vez estuviese en el mapa. Quizás he cometido un minúsculo desliz de nada. No merece la pena ni mencionarlo.

—No, ¿eh? Nos enviaste a un sistema solar que es casi el equivalente a una megaautopista para el tráfico interestelar. El único modo de que pasase más gente por aquí sería que hubiese un bar de los Antiguos con barra libre. Y nos dijiste que estaba desierto, que su estrella era del montón y el planeta inhabitable. Casi asfixiamos al equipo de tierra por culpa de tu minúsculo desliz de nada. Así que, por favor, menciónalo.

—Sí, claro, será culpa mía —dijo a la defensiva—. Tenía que procesar varios exabytes de datos robados para crear el mapa, así que perdonarás si el resultado final no fue óptimo. Ahora que puedo catalogar el sistema, veo que en efecto el enclave Antiguo estaba en el mapa, apuntado como una nota al pie. Asumí que un complejo de los Antiguos ocuparía un lugar prominente en la información acerca de un sistema solar, cosa que es cierta en los otros lugares que comprobé. Este en particular apenas lo resalta precisamente porque todo el mundo lo conoce. Ahora que sé cómo se anotan este tipo de lugares en las bases de datos, he identificado otros seis similares, ninguno de los cuales está en nuestra lista de posibles objetivos. Lo más importante es que he confirmado que ninguna de las especies con capacidad de vuelo espacial conoce los lugares a los que vamos.

—A menos que haya una especie que lo conozca y que no aparezca en las bases de datos que tienes porque lo hayan mantenido en secreto.

—Siempre existe esa posibilidad, Joe —dijo con pesadumbre—. Eso no se puede evitar. Tienes razón; no ha sido una pérdida de tiempo, pero sí que ha resultado muy decepcionante. Ahora toca esperar de nuevo mientras cruzamos el espacio vacío.

Intenté animarlo.

—Has estado esperando mucho tiempo. ¿Qué más da unos pocos días más?

—El siguiente objetivo está a diez días. Eso es algo más que «unos pocos».

—¡Menos de dos semanas!

—Dos semanas en un barril de monos. Que alguien me pegue un tiro, por favor.

Skippy se equivocaba. Sí que había algo que podíamos hacer para no saltar a sistemas que hubieran sido frecuentados por otras especies o que aún lo fuesen. Decidí que a partir de aquel momento la *Flor* saltaría en primer lugar, reconocería los alrededores y, solo si era seguro el *Holandés*, saltaría y enviaría un equipo de tierra. Según Skippy, era una pérdida de tiempo mandar nuestra fragata kristanga robada, porque los sensores de la nave eran tan patéticos que casi sería incapaz de dar con un planeta. Supuse que exageraba.

Cuando nos acercábamos al segundo objetivo, el teniente coronel Chang se llevó la *Flor*. Estuvo fuera unas doce horas, que para mí fueron una agonía. Volvió justo cuando debía y Chang informó emocionado de que lo habían encontrado. O, para ser exactos, de que no.

El segundo enclave fue una decepción en lo que atañía a encontrar la radio mágica de Skippy, pero un éxito completo en cuanto a despertar el interés de Skippy y del equipo científico, incluso del resto de nuestra Alegre Banda de Piratas. Un gol. Una canasta de tres puntos. Un *home run*. La estrella era otra enana roja y estaba a punto de extinguirse. No había el menor rastro de que otras especies hubieran visitado jamás el sistema, más allá de los propios Antiguos. El lugar era tan anodino y aburrido que no había motivo alguno para que nadie pasara por allí, a menos que pensasen que podían dar con una instalación de los Antiguos, como era nuestro caso. La encontramos en una pequeña luna sin atmósfera que orbitaba alrededor de un gigante gaseoso, tal como Skippy había predicho. No parecía que nadie la hubiese visitado antes que nosotros, así que nadie la habría saqueado. Hacía varios millones de años que nadie pasaba por allí.

Al menos por lo que quedaba del lugar. Lo que más intrigó a Skippy, básicamente porque no lo entendía, era que el centro del complejo había desaparecido hacía millones de años, como si lo hubieran extraído con una cuchara gigantesca con una precisión escalofriante. Donde tendría que haber estado el núcleo del complejo, y por tanto las instalaciones de los Antiguos más importantes, se veía un semicírculo casi perfecto excavado en la luna. A lo largo del tiempo, los bordes del círculo se habían desplomado y el inmenso cuenco tenía pequeños cráteres en el fondo, fruto de impactos de meteoritos. Hasta para mis ojos ignorantes, estaba claro que algo raro había pasado.

A Skippy le llevó más tiempo de lo normal procesar los datos de los sensores.

—Deberíamos bajar de todas formas. Voy a necesitar muestras —dijo, por fin, tras lo que para él debió de haber sido una vida entera de análisis—. Puede que haya algo útil en los edificios del perímetro. Lo dudo, pero, ya que estamos aquí, deberíamos comprobarlo. No entiendo qué demonios ha pasado aquí, Joe. Mejor dicho, entiendo lo que ha pasado, pero no tengo la menor idea de por qué. Sin duda, se usó tecnología de los Antiguos, un campo esférico que movió todo lo que había en su interior a otro continuo espaciotemporal. Es tecnología de lo más avanzada, con un consumo de energía masivo, descomunal hasta para los Antiguos. No tengo la menor idea de por qué llevaron eso a cabo con una de sus instalaciones. Necesitamos respuestas. Las necesito.

En esta ocasión fui a la luna en la lanzadera y Chang se quedó en el *Holandés*. Me acompañaba el equipo francés que se había perdido, por así decirlo, el aterrizaje en el primer enclave Antiguo. A Giraud le tocó el honor de posar el pie el primero en la superficie. Yo iba justo tras él, caminando con cautela en la gravedad de la luna, una novena parte de la terrestre, con cuidado de no acabar dando un salto de treinta metros con cada paso. Entre la baja gravedad y los impulsores del traje había que tener mucho cuidado. Los trajes podían ajustarse para gravedades bajas, para impedir que alguien incauto, tonto, inexperto o directamente idiota cometiera un error que resultase letal. Ese ajuste podía anularse en caso de combate. Como el resto de la tropa, me moría de ganas de probar los trajes en una situación simulada de combate, sobre todo en baja gravedad.

Recorrimos el lugar durante un par de horas y exploramos lo que en su mayor parte eran estructuras vacías. No encontramos nada útil. No pudimos resistir la tentación de asomarnos al borde de la semiesfera perfecta excavada en la luna. Con el tiempo, el borde había colapsado en algunas zonas, pero allí donde había atravesado roca maciza, los bordes seguía igual de precisos. De pie, acompañado solo por el sonido del sistema de respiración del traje, contemplando la inmensidad de aquel vacío tachonado de estrellas, mirando hacia el estremecedor misterio de la semiesfera que había cruzado a otro espaciotiempo, me sentí minúsculo. Insignificante, carente por completo de importancia para un universo indiferente y frío. Tuve la sensación, más que en ningún otro momento, de que los humanos no pintábamos nada ahí fuera, entre las estrellas, a miles de millones de kilómetros de casa. Todos nuestros problemas, nuestras esperanzas, nuestros sueños, nuestros temores a ser conquistados, esclavizados o eliminados por una especie más avanzada tecnológica, le resultaban del todo indiferentes a aquel universo viejísimo e insensible. Contuve un estremecimiento, me eché hacia atrás y me dispuse a regresar a la lanzadera.

A mi izquierda, un grupo de paracaidistas franceses se agrupaban al borde de la esfera y sacaban fotografías. Tras dos o tres actitudes apropiadas para la solemnidad del lugar, no tardaron en dar paso a poses más frívolas y se pusieron a hacer el pino y a formar pirámides con un soldado en los hombros de otros dos.

Eso me provocó una sonrisa. A la mierda el universo. No le importábamos los humanos, es cierto, ni falta que hacía. Nos las apañaríamos por nuestra cuenta, incluso nos lo pasaríamos bien en el proceso. Mientras nos tuviéramos unos a otros, todo iría bien.

Para aliviar la tensión del equipo científico, que hasta ahora habían estado confinados en la nave, permití que media docena de ellos bajaran a la superficie acompañados de los paracaidistas indios. Tras varias horas, concluyeron con amarga decepción que no había de interés en el enclave y regresaron al *Holandés*. Ordené que se trazase el rumbo al siguiente objetivo y saltamos.

Al día siguiente cometí el error de saludar a la gente al entrar en el gimnasio. Quería sudar un poco en la cinta para calentar antes de correr un rato por la espina dorsal de la nave. Uno de los SEAL tomó mi saludo como una invitación a hablar, se subió a la cinta contigua a la mía y se enzarzó en lo que no tardé en darme cuenta de que era una conversación más bien incomoda.

Detuve la cinta, me limpié la cara con la toalla y le aseguré que hablaría de ello con Skippy.

—Gracias, mi coronel —me dijo.

Luego aceleró su cinta mientras yo me iba del gimnasio.

Corrí un poco. Más tarde, mientras volvía a proa, le di vueltas al mejor modo de sacar el tema. Esperé a estar a solas en mi camarote.

—Skippy.

—El heno es para los caballos.

—Hilarante. Tengo que hacerte una petición. Hay algunos miembros de la tripulación a los que no les hace mucha gracia que nos llames monos. Es un poco difícil de explicar. Es una cuestión religiosa; no les gusta la idea de que los humanos hayan evolucionado a partir de los monos.

—Claro, sin problemas, Joe.

Aquella respuesta me dejó sin palabras. Estaba preparado para una discusión larga y acalorada.

—Genial. Gracias, Skippy —dije, aliviado.

Ojalá todo fuese tan fácil.

—Pasará lo que tenga que pasar —se limitó a decir.

—¿Eh?

—¿No he usado bien la frase hecha?

—Eh, depende. La expresión quiere decir que es una tontería preocuparse por algo antes de que ocurra —expliqué—. Pero ya hay gente descontenta, así que ya ha pasado, ¿entiendes?

—Ah, no. Me refería a que me ocuparé del asunto cuando estéis más evolucionados que los monos.

—¿Cómo?

—Desde mi punto de vista, humanos y monos sois idénticos, así que, si ha habido evolución de alguna clase, no la veo. Vale que generalmente no os lanzáis los excrementos unos a otros como hacen algunos monos, pero...

—Un punto a nuestro favor.

—Lo monos no se disparan entre ellos. Punto para los monos.

—Mierda. De acuerdo. ¿Puedes hacerme un favor y dejar de llamarnos monos?

—Pero es que la palabra tiene mucha gracia.

—Sí, pero...

—Mono, mono, mono, mono, mono, mono, mono, mono, mono, mono, mono, mono, mono, mono, mono, mono, mono…

—¡Basta!

—Puedo crear una subrutina que diga «mono» hasta que se acabe el universo, si quieres. Mono, mono, mono…

—¡Cállate!

—Entonces, ¿doy por terminada la conversación?

—Mejor, sí. —Tendría que haber supuesto lo que iba a pasar—. Deberíamos hablar menos a menudo.

—Ha sido cosa tuya.

—Y, según tú, soy un mono idiota.

—Te lo recordaré la próxima vez que me pidas alguna estupidez. Que será pronto.

No me apetecía quedarme en el despacho, así que cogí la tableta y fui a la cambusa a por una taza de café. Para mí, no para la tableta. Me encontré con Desai, que miraba algo en la suya y me hizo señas de que me sentara con ella. Era la primera vez que estábamos solos desde hacía… bueno, desde que recordaba. Quizá fuese la primera vez, de hecho.

—Siéntese, mi coronel, por favor —me pidió con una calurosa sonrisa.

—¿Cómo van hoy los entrenamientos, capitana?

Tomó un sorbo de té antes de responder:

—Tan bien como era de esperar, si somos realistas. Skippy es un instructor duro, no tiene mucha paciencia y carece de habilidades sociales.

—¿En serio? No me lo puedo creer.

—En serio. —Sonrió—. Antes ya era malo, cuando los novatos estaban aprendiendo los fundamentos del manejo de naves en maniobras civiles. Ahora que nos hemos metido en lo que Skippy llama Maniobras de Combate Espacial, también es todo nuevo para mí. Me sobrepasa. Odio decir esto, mi coronel, pero a lo mejor ya soy demasiado vieja para aprender todo esto.

No tenía la menor idea de a qué se refería.

—¿Maniobras de Combate Espacial?

Asintió.

—En la Tierra, los pilotos van a la escuela de batalla a entrenarse en Maniobras Básicas de Vuelo, MBV. Allí nos enseñan a girar, a subir y, en general, a cómo gestionar la energía en vuelos de combate.

—¿La energía? —pregunté, sorprendido—. ¿Se refiere al combustible?

Se echó a reír.

—No. En términos de combate aéreo, energía significa velocidad y capacidad de acelerar. Por ejemplo, algunas aeronaves son muy rápidas en línea recta, pero, si hacen un giro muy cerrado, pierden un montón de energía cinética, deceleran en exceso y les lleva demasiado tiempo recuperar la velocidad inicial. Cuando son lentos, también son vulnerables. Y en el aire, vulnerable es sinónimo de muerto. —Estoy casi seguro de que ahora mismo estoy simplificando de modo brutal su explicación—. Las Maniobras de Combate Espacial, MCE, son algo del todo distinto. Para empezar, la aerodinámica no es un factor. Todo es cuestión de mover la nave para no estar donde el enemigo cree que está, de modo que, si disparan el máser o un haz de partículas, la nave no esté allí cuando llegue al objetivo.

—El máser se mueve a la velocidad de la luz…

—Casi.

—¿Y se supone que deben mover la nave antes de que algo lanzado casi a la velocidad de la luz les dé? —Aquello también me sobrepasaba—. Eso es como intentar esquivar una bala.

—Más o menos. En las distancias que hay en los combates espaciales incluso a un arma de electromagnética le lleva varios segundos, a veces minutos, alcanzar la nave enemiga. Para devolver el fuego no basta con apuntar al lugar desde el que nos han disparado, porque la nave se habrá movido cuando el disparo alcance su destino.

—Sí que es complicado.

Desai asintió.

—Hasta ahora nos hemos concentrado en los fundamentos del manejo de la nave. Pasar a maniobras de combate está a varios niveles de complejidad por encima. Se supone que estoy entrenando a otros y yo misma no acabo de pillar algunos conceptos. Va a ser un mes complicado.

Volví al despacho, pero no para preparar los informes diarios, sino para algo mucho más importante.

—Skippy, háblame de las Maniobras de Combate Espacial.

—¿En serio? ¿Por qué no empezamos por algo un poco más fácil, como física elemental para monos? ¿Qué te parece? El efecto casimir permite hipotéticamente que densidad negativa de energía abra un puente de Einstein-Rosen, también conocido como agujero de gusano...

—Hablo en serio, Skippy. Sabes de sobra que mi microcerebro no puede con todos los conocimientos que necesitan los pilotos...

—Bah, ahora me lo pones demasiado fácil.

—Pero como comandante de la nave necesito conocer los principios de las MCE. A nivel estratégico, no al nivel táctico avanzado que manejan los pilotos. Tanto los distintos oficiales de guardia como yo necesitamos estar al tanto de la situación con el mayor detalle posible para poder tomar las decisiones correctas. ¿Qué necesito saber?

—Guau. Genial. ¿No quieres nada más?

—Empieza por algo básico y vete subiendo poco a poco, ¿te parece? Por ejemplo, ¿cómo se las apaña una nave para darle a otra? Incluso a la velocidad de la luz las armas son demasiado lentas y las naves pueden apartarse del camino a tiempo. Me dijiste que se podían usar los sensores de la nave para detectar y apuntar a otras naves. Lo que no comprendo es por qué las naves no saltan cuando se ven en peligro.

—Uf, no va a ser tan fácil como pensaba. De acuerdo, empezaremos a nivel de párvulos e intentaremos llegar a primaria, si es que no te ha estallado el cerebro para entonces.

—Me parece bien.

Así empezaron mis clases. Es increíble la cantidad de falsas suposiciones que había hecho y que Skippy tuvo que sacarme de la cabeza.

Estaba convencido de que, cuando una nave saltaba para escapar de una batalla, se encontraba a salvo y no había modo de que el enemigo la siguiera. De que este no tenía forma alguna de saber dónde había saltado. Cierto que, si la nave daba un microsalto de un par de minutos luz, el enemigo detectaría el fogonazo de rayos gamma enseguida, pero, si saltaba, no sé, una hora luz, estaría lo bastante lejos y a salvo. No podía estar más equivocado.

Skippy me explicó que, cuando la nave abría un agujero de gusano temporal al lugar al que quería saltar, era el extremo alejado de este el que se abría en primer lugar, para luego proyectarse hacia el lugar en el que estaba la nave y empujarla a su interior. Técnicamente las naves salían por el extremo opuesto del agujero de gusano una fracción de segundo antes de entrar debido el minúsculo desfase temporal que había entre la boca que se abría en primer lugar y la que se abría junto a la nave. ¿Lo pilláis? Tranquilos, que me costó un par de intentos entenderlo.

Abrir un agujero lo bastante grande para que pase una nave es algo que al universo no le gusta nada, al menos en nuestro continuo espaciotemporal. Tras el cruce de la nave y el cierre del agujero de gusano, este no queda del todo cerrado. Se producen ondas que van de un extremo a otro a causa de la violencia con la que se rasga el espaciotiempo y se vuelve a unir. Las naves enemigas pueden deducir a partir de las ondas que surgen del lugar en el que estaba la boca más cercana dónde estaría la más alejada. Se desvanecen muy rápido, así que el enemigo tiene que ser muy veloz para poder perseguir a una nave que acaba de saltar. Skippy me dijo que hay modos de engañar a las naves perseguidoras alterando la resonancia de las ondas. Es una técnica no del todo efectiva, porque las naves perseguidoras tienen medios de eliminar el ruido y analizar las ondas originales. Ya sabéis, medidas y contramedidas.

Así que saltar lejos solo proporciona seguridad de forma temporal. La esperanza del que huye es que sus motores de salto tengan más carga que los del perseguidor. Si una nave solo tiene para un microsalto, no tardará en tener al enemigo sobre ella y no podrá huir. En ese caso hay que luchar en el espacio normal mientras se recargan los motores. Evidentemente, una especie con tecnología más avanzada siempre puede saltar más allá del alcance de naves inferiores. Aunque una nave kristanga pueda detectar dónde ha saltado una turania, le llevaría varios saltos alcanzarla y, para entonces, la turania habría recargado los motores, habría saltado de nuevo y las ondas del colapso ya se habrían desvanecido, así que la kristanga no podría seguirla. Al menos en la mayor parte de los casos.

Todo esto, claro, suponiendo que la nave pueda saltar. Porque el enemigo tal vez ha proyectado un campo de amortiguación que envuelve a la nave que huye e impide que el agujero de gusano se forme correctamente. Si una nave atrapada en ese campo intenta saltar, destrozará los motores y puede que salte ella misma en pedazos.

En el combate espacial con distancias grandes las naves utilizan dos tipos de armas: los misiles y las armas de haz, como los rayos de partículas. Los cañones de riel, por impresionantes que fuesen, resultaban demasiado lentos para el espacio, a menos que las naves estuviesen cerca del pozo de gravedad de un planeta y no tuvieran espacio suficiente para maniobrar. El poder destructivo de los misiles era superior; un solo impacto podía dejar fuera de combate una nave. Los navíos de guerra se protegían con escudos defensivos de energía que podían diseminar los haces de partículas y bloquear los misiles. El problema de estos últimos era que, aunque estuviesen camuflados, se los podía detectar con relativa facilidad y los defensores podían destruirlos con una descarga de máser, por ejemplo. En una batalla real, las naves atacantes prefieren usar sus armas de energía para degradar el campo defensivo enemigo y confundir sus sensores, de modo que el misil pueda tener un punto débil por el que colarse.

Todo aquello hizo que me doliese la cabeza y me dio una perspectiva completamente nueva de lo que debía haber en la mente de un comandante durante una acción de guerra. Le pedí a Skippy que preparase un programa básico de entrenamiento en Maniobras de Combate Espacial con abundantes simulaciones destinado a todos los que podían ocupar el sillón de mando.

—¿Cómo se las apañan los pilotos para recordar todo eso? —pregunté.

No era solo cuestión de recordarlo, debían comprender los conceptos e interiorizarlos de forma que se convirtiesen en algo instintivo.

—Son más listos que tú, por decirlo sin tapujos. Los pilotos que tenemos a bordo están entre lo mejor de tu especie.

Fruncí el ceño.

—Y yo solo soy un machaca con suerte.

¿Qué demonios pintaba al mando de pilotos y de fuerzas especiales que eran claramente y en todos los sentidos mejores que yo?

—Tienes tus propios talentos, Joe, ya te lo he dicho. Pasaste de cabo primero a prisionero de los rujarras y de ahí a cerrar un agujero de gusano y liberar tu planeta de los kristangos. De toda esa nueva tripulación tan preparadísima y superior, ¿cuántos pueden decir lo mismo? Los «¿qué pasaría si yo…?» están muy bien con los colegas y unas cervezas, pero no pueden competir con el éxito.

—Gracias, Skippy.

—De nada. Y ahora, si me disculpas, tengo que buscar un tenedor.

No estaba muy seguro de haber oído bien.

—¿Un tenedor? ¿Para qué?

—Bueno, entontecerme lo suficiente para explicarte las cosas de modo que las entiendas ha contaminado mi sustrato de tal manera que ya no se puede reparar. Confío en que, si pincho mis nodos de proceso con un tenedor las veces suficientes, podré eliminar parte de esos recuerdos que se han quedado atascados. Puag.

Tras la charla con Skippy el asunto me interesó lo suficiente para pedirle a Desai que me enviase el programa completo de MCE. Me bastó leer el preámbulo para que me doliese la cabeza, y comprendí que, antes de pensar siquiera en maniobrar la nave en combate, debía tener claro cómo funcionaban las naves.

En el sistema solar que ahora dejábamos atrás, donde Skippy había confiado en encontrar un enclave Antiguo, pero que estaba vacío, habíamos tenido nueve días para hacer saltos cortos y realizar maniobras con el *Holandés* en el espacio normal, como establecer órbitas en varios planetas y explorar el extenso campo de asteroides del sistema. Fue idea de Desai; ya que aquel lugar aislado parecía a salvo de que lo descubriesen, insistió en que nos tomásemos un tiempo para practicar con la *Flor* y las lanzaderas.

La *Flor* pasó varios días fuera de la nave nodriza, realizó varios saltos por sí misma, intentó ir a lugares concretos en saltos cortos, descendió hacia un planeta y volvió a subir a órbita y practicó diversas maniobras de combate. Las lanzaderas practicaron el aterrizaje en lunas y asteroides, hicieron el trayecto del *Holandés* a la *Flor* y los pilotos se divirtieron en un combate simulado, lanzadera contra lanzadera. Las fuerzas especiales, con Chang, Adams y yo mismo al mando, practicaron maniobras en caída libre en el exterior del *Holandés*. Aprovechamos la oportunidad para ampliar el entrenamiento de combate a lunas sin atmósfera y probamos diversas tácticas con los no del todo familiares trajes acorazados kristangos.

Fue una semana genial para los humanos, aunque Skippy se sentía cada vez más frustrado por no haber encontrado el enclave Antiguo que tendría que haber estado allí. El equipo científico tenía a su disposición los sofisticados sensores del *Holandés* y pudieron investigar el sistema solar. Los pilotos aprovecharon para realizar maniobras cada vez más arriesgadas y complicadas, probándose a sí mismos y a las naves. Y las tropas de tierra, yo incluido, pudimos volar en los trajes espaciales, echar carreras por la superficie de lunas con baja gravedad y jugar a juegos de guerra que nos ayudaron a ver qué funcionaba y qué no. Fueron, de lejos, los mejores nueve días de la misión hasta aquel momento.

Había llegado el momento de digerir lo aprendido y compartir la información obtenida. Y de que Skippy, cada vez más gruñón, realizase un exhaustivo mantenimiento de ambas naves espaciales, de las lanzaderas y de los trajes kristangos, que habían sido bastante maltratados durante aquella semana.

Me encontré de nuevo con nuestra piloto jefe en la cambusa. Saltaba a la vista que estaba en su tiempo libre; se tomaba un té y leía algo. La había visto aquella mañana corriendo en una de las cintas en el gimnasio, pero decidí que era mejor no molestarla y dejarla a lo suyo. Por acuerdo tácito, el tiempo en el gimnasio era privado, a menos que la persona en concreto desease socializar.

—Buenas tardes, capitán —dije mientras me servía media taza de café.

En la cocina había dos soldados franceses horneando algo para la cena y me saludaron con un gesto de la cabeza para luego seguir a lo suyo. Lo que había en el horno olía de miedo. Había sido en parte idea mía que las labores de cocina se repartiesen entre cada equipo en lugar de traer cocineros a bordo. Pretendía reducir el número de personas a las que la misión pondría en riesgo y a la FENU le pareció estupendo porque quería maximizar la potencia de fuego. Había sido un experimento. ¿Se tomarían a mal los pilotos, los científicos o las fuerzas especiales tener que dedicar parte de su valioso tiempo a cocinar y limpiar? Por suerte, no fue así. Tanto los ases del aire como los tipos de las fuerzas especiales eran competitivos hasta la muerte, así que ningún equipo quería dejar mal a su país sirviendo comida que no fuese lo mejor de lo mejor. Aceptaron el tiempo en cocina como un reto y una forma de descansar del estrés del entrenamiento. Tener un día completo de descanso implicaba que luego podrían entrenar aún más duro cuando no trabajasen en el cambusa. Realizar en equipo una tarea desconocida vino de maravilla para estrechar lazos. Si la misión duraba lo suficiente, sería buena idea en algún momento romper los equipos nacionales y empezar a mezclarlos. Eso si sobrevivíamos lo suficiente, claro.

—Buenas tarde, mi coronel. —Desai me indicó la silla frente a ella.

—¿Cómo va el entrenamiento?

Instruir a los otros pilotos le ocupaba la mayor parte del tiempo y no le ayudaba mucho mi insistencia de que estuviese al timón cada vez que saltábamos a un nuevo sistema solar.

—¿Entrenamiento? Estamos otra vez con maniobras básicas. Al parecer, nos volvimos perezosos la semana pasada y adquirimos algunos malos hábitos.

—Pero fue divertido —dije con una sonrisa.

—Sí que lo fue —respondió entre risas—. Ha sido el mejor momento que he tenido desde que aprendí a volar. ¿Quemar el motor de la *Flor* para hacer un pase bajo sobre una luna a ocho gés? —Meneó la cabeza, entusiasmada—. No hay nada que se le pueda comparar. El *Holandés* es mucho más adecuado para el viaje interestelar, pero en el espacio normal es más torpe que un cerdo.

—Me alegro de que lo hay pasado bien. Tengo que hacerle una pregunta. ¿Puede enseñarme a volar?

—¿Enseñarlo a volar? —repitió muy despacio, como si no estuviera segura de haber oído bien.

—Solo lo básico. He estado entrenando con las fuerzas especiales. No soy lo bastante bueno para ser uno de ellos y no me he entrenado con ningún equipo el tiempo suficiente para resultar útil, pero me ha permitido comprender las tácticas y habilidades de cada equipo. Cuando les ordene algo, al menos sabré con precisión de qué son capaces y cómo pueden llevarlo a cabo. El tutorial de Skippy sobre las Maniobras de Combate Espacial me abrió los ojos y me hizo comprender lo mucho que ignoro sobre la guerra en el espacio, y lo peligrosa que es esa ignorancia. Si en algún momento tenemos que combatir con las naves, necesito saber lo que pueden hacer y cómo. —Tomé un sorbo de café—. Y si andamos cortos de personal, como cuando atacamos el asteroide durante la primera misión, siempre les vendrá bien usarme de copiloto. —Miré a mi alrededor y bajé la voz—. Además, pueden producirse situaciones en las que no quiera pedirle a nadie más que salga, situaciones en las que llevar conmigo a un piloto sería poner a otra persona en peligro. Creo que sabe lo que quiero decir, Desai.

Lo sabía. Frunció el ceño y asintió.

—¿Tiene alguna experiencia de vuelo de alguna clase?

—Ninguna. Nunca me han dado clases de vuelo ni he pilotado jamás nada que volase.

—Bien —dijo, para mi sorpresa—. Eso significa que no tiene malos hábitos que corregir. El entrenamiento de vuelo en la Tierra gira siempre alrededor de la aerodinámica, de usar el aire para obtener sustentación. Eso no tiene sentido aquí, ni siquiera cuando se pilota una lanzadera en la atmósfera. Cuando llegué a Campamento

Alfa, creí que mi experiencia como piloto de helicóptero sería una ventaja para naves con vuelo vertical como los zopilotes. Me equivocaba. Hasta un helicóptero usa principios aerodinámicos para volar; las aspas del rotor funcionan como alas. —Sonrió—. Hay un dicho: «Los helicópteros no usan la aerodinámica para volar, se limitan a darle al aire hasta que se rinde». En el caso de las lanzaderas o las naves como los zopilotes, eso no es una broma; sus jets tienen potencia suficiente para elevarse a la altitud que quieran y no depende de alas que generen sustentación para mantenerse en el aire. Además, las lanzaderas pasan la mayor parte del tiempo en el vacío, donde la aerodinámica no pinta nada. Si no ha aprendido el principio del vuelo aerodinámico, eso nos ahorra un montón de tiempo. Así que quiere aprender a volar.

—Lo básico, ya se lo he dicho. Lo suficiente para una emergencia. ¿Puede enseñarme?

Tomó un trago de té y permaneció unos segundos pensativa. Me di cuenta de que estaba considerando de verdad la idea, en lugar de limitarse a ser cortés con su comandante en jefe.

—Podemos intentarlo. Las maniobras básicas en el espacio no son difíciles; lo complicado es la navegación, sobre todo la mecánica orbital. Podemos empezar con una de las lanzaderas y, si se le da bien, podríamos probar con la *Flor*. Nuestra fragata es bastante ágil, como si fuese una lanzadera enorme. —Le dio un golpecito a la tableta—. Le enviaré una lista de cursos de entrenamiento.

Contuve un gemido. Más material para leer. Genial. Bueno, lo había pedido yo.

—No veo el momento de empezar. Gracias, capitana Desai.

—De nada, coronel Bishop.

Mi entrenamiento no le robó mucho tiempo a Desai; cuando Skippy descubrió que quería aprender a volar, insistió en entrenarme personalmente. No estaba siendo amable; enseñarme a pilotar una lanzadera le proporcionaba momentos interminables de diversión, por no mencionar un nuevo tema para burlarse de mí y poner en duda mi inteligencia.

Para su desgracia me tomé el entrenamiento muy en serio. Como Desai había explicado, no tenía malos hábitos ni ideas preconcebidas que eliminar y leer el material teórico me parecía interesante, porque todo era nuevo para mí. Pasé un montón de tiempo en el simulador, cometiendo errores garrafales y oyendo a Skippy humillarme.

Para la tripulación, especialmente para mi oficial ejecutivo, fue todo un alivio que el entrenamiento ocupase una parte importante de mis horas. Eso quería decir que no me inmiscuiría en el funcionamiento de la nave ni me interpondría en su camino.

Para mí implicaba que, cuando no está haciendo turno en el puente o entrenando con las fuerzas especiales, dedicaba el tiempo a conocer a fondo algo que me resultaba completamente nuevo. También significaba, qué pena, que no tenía tiempo para los cursos de oficial en los que ya iba retrasado. Por la noche, o la mañana o la tarde, dependiendo de mi turno de guardia, me encontraba tan cansado que me dormía en cuano caía sobre la cama.

Fue una temporada agradable.

Antes del salto final en dirección al nuevo grupo de objetivos intentamos programar un nuevo salto por nosotros mismos sin ayuda de Skippy. Antes de entrar en acción quería saber si había alguna posibilidad de que pudiéramos manejar nosotros la nave. Esta vez solo nos tiramos un día con los cálculos de las coordenadas antes de introducirlos en el ordenador de vuelo. El equipo científico parecía más seguro que en el primer intento. La presentación de PowerPoint de Skippy sobre lo que había ido mal la primera vez que programamos un salto había deslumbrado a nuestros brillantes científicos, sobre todo la parte en la que señalaba que la velocidad de la luz era una variable y que, en realidad, la nave emergía al otro lado ligeramente antes de iniciar el salto. Aquella parte me superaba.

La comandante Simms estaba aquel día en el sillón de mando; era su turno de guardia. Me mantuve tras ella e intenté no interferir, aunque seguro que lo haría.

—Todos los sistemas preparados —informó Desai desde el asiento del piloto a la izquierda. Hasta que estuviéramos seguros de que sabíamos saltar, nuestro piloto más experimentado estaría al timón cada vez que los humanos programásemos un salto.

—Inicie cuenta atrás —ordenó Simms.

—Esto es muy emocionante —dijo Skippy—. ¡A la Cama, a Bañarse y Más Allá!

Intercambié una mirada con Simms.

—Creo que lo que quieres decir es «¡Hasta el infinito y más allá!».

—No, mejor empezar con algo a vuestro alcance. El infinito es demasiado ambicioso para unos monos.

No respondí. La cuenta atrás estaba a punto de terminar.

3... 2... 1...

Saltamos. De una región vacía del espacio a otra idéntica.

—Salto completado —informó Desai—. Calculando la nueva posición.

—Uf, eso os va a llevar una vida y no aguanto más el suspense. Hemos emergido a cincuenta mil kilómetros del blanco —anunció Skippy con alegría. Nuestro objetivo había sido quedar a menos de cien mil kilómetros—. ¡Buen trabajo, monitos! ¡Plátanos para todos!

—Por una vez podías intentar ser agradable.

—¿No lo soy? A los monos os encantan los plátanos.

Lo cierto era que sí que me gustaban, así que no podía discutírselo.

10

Skippy programó el verdadero salto final. Nos dejó justo en el exterior del sistema, que de nuevo tenía como estrella una enana roja bastante anodina, con tres planetas, dos de ellos gigantes gaseosos y, en una órbita más interna, uno rocoso. A Skippy le pareció interesante porque la enana roja había sido en su día una estrella de tipo K, grande y naranja. Que se acabase convirtiendo en una enana roja implicaba algún tipo de tecnología Antigua en su opinión. Mencionó algo acerca de que los Antiguos, cuando necesitaban mucha energía para uno de sus proyectos, la extraían de alguna estrella sin importancia que nadie necesitase. Así que veía probable que los Antiguos tuviesen algún tipo de complejo de investigación o de estación de observación en el sistema. Skippy intentó explicarme algo sobre líneas de fuerza, o algo parecido, pero lo cierto es que no entendí nada y hasta los del equipo científico se quedaron un poco perplejos. Como sea, aquellas líneas de fuerza indicaban que, cuando los Antiguos aún habitaban la galaxia en su forma física, aquel había sido un excelente lugar para un nodo de comunicaciones. De ahí que estuviésemos en un sistema tan ordinario y aburrido; casi tres cuartas partes de todas las estrellas de la galaxia eran enanas rojas.

—*Holandés*, aquí la *Flor* —nos llegó la voz de Chang por los altavoces—. Listos para el salto.

—Adelante, *Flor*, buena suerte y tened cuidado. Sobre todo, tened cuidado.

La fragata iba a saltar al interior del sistema para efectuar un reconocimiento, sin tener que poner el *Holandés* en una situación de riesgo.

—Comprendido, extremaremos las precauciones. —Skippy había precargado el sistema de navegación de la *Flor* con varias opciones de salto por si había algún problema—. Volveremos lo antes posible.

La *Flor* desapareció de la pantalla en medio de un fogonazo de rayos gamma. Chang estaba al mando y Desai iba como piloto principal. Si se encontraban algún problema, quería que Chang tuviese la piloto con más experiencia a su lado. El *Holandés* se las apañaría sin Desai; estábamos en el espacio profundo y teníamos pilotos de sobra, por no mencionar que contábamos con Skippy para sacarnos de apuros.

La misión era sencilla y, sobre el papel, segura. Saltarían cerca del segundo planeta, porque el lugar más probable según Skippy para una base de los antiguos era una de sus lunas. Era cuestión de saltar, escrutar en busca de naves y buscar indicios de gravedad artificial cerca del planeta. Si se detectaban naves o alguna presencia hostil, saltarían de inmediato hasta el *Holandés* y nos iríamos por piernas de allí. Si no se detectaba nada peligroso, escanearían las lunas en busca de rastros de algún enclave Antiguo. Skippy estaba seguro de que tendríamos más éxito buscando indicios de una base de los Antiguos con los sensores del *Holandés*, más sofisticados. La *Flor* buscaría elementos obvios.

Sencilla y segura, ya lo he dicho. Estaba profundamente acojonado. Nuestra fragata robada, baqueteada, de segunda mano, construida con tecnología que los lagartos habían robado de alguna especie más avanzada y que no entendían del todo estaba abandonada a sus propios medios, sin la guía de Skippy. Había sido idea de Chang y, aunque habíamos discutido largo y tendido, no me quedó más remedio que reconocer que tenía razón. Era preferible arriesgar la *Flor* en lugar del *Holandés*. En la fragata había una nuclear que Chang podía usar para destruir la nave si veía que podía ser capturado. Todas nuestras nucleares iban encapsuladas dentro de una camisa de elementos contaminantes que, según Skippy y los científicos, ocultaría el origen humano del dispositivo. Resultaba que la firma química o atómica de una bomba nuclear funcionaba como una huella dactilar que permitía rastrearla hasta el lugar en el que se había fabricado, incluso la fábrica en concreto que había refinado el material radiactivo. Siempre había pensado que una nuclear era indistinguible de otra.

Pensar en el dispositivo de autodestrucción de la *Flor* no me estaba ayudando mucho.

—¿No has dicho que uno de los planetas es rocoso, Skippy? Entiendo que eso significa que su superficie es sólida, no que sea una roca sin vida como Mercurio.

—Correcto. Los otros dos planetas son como vuestro Neptuno, pequeños gigantes gaseosos. Ninguno de los dos tiene anillos alrededor.

¿Qué sentido tenía hablar de gigantes pequeños? Lo dejé pasar porque me temía que Skippy se pusiera a hablar del asunto durante horas.

—¿El planeta rocoso es habitable?

—Más bien no. Está a la distancia del sol suficiente para que la temperatura sea habitable para la vida basada en el carbono y el agua, la distancia que vuestra especie llama la Zona de Ricitos de Oro. Ni muy frío ni muy caliente. No es una mala descripción; por cierto, creo que la voy a usar a partir de ahora. Eh, los monos habéis dado con algo útil, quién lo iba a decir. Aunque si lo piensas un poco, Ricitos de Oro era un poco idiota. ¿Quién en su sano juicio se pone a echarse una siesta en la casa de un oso? ¿Y para qué necesitaban los ojos el potaje si podían comérsela a ella? La moraleja de la historia es buena, pero la historia en sí no tiene ni pies ni cabeza. Hay cuentos de hadas humanas que me parecen sensatos, aunque no dejan de ser un capricho de la imaginación, pero...

—Skippy.

—¿Sí?

—El planeta rocoso. ¿Por qué no es habitable?

—Ya voy, ya voy. ¿Dónde estaba? Ah, sí. Los planetas habitables en sistemas de enanas rojas son muy raros en la galaxia. La estrella emite muy poca energía, así que el planeta debe estar muy cerca para ser lo bastante cálido para albergar vida. A esas distancias queda anclado por la marea y presenta siempre la misma cara al sol. Como vuestra luna, que siempre presenta el mismo lado a la Tierra.

Así que un lado del planeta es caliente, pero el otro está helado, y cualquier atmósfera que haya acaba convirtiéndose en nieve y cae al suelo. Además, las enanas rojas son muy variables; emiten luz muy tenue durante largos periodos y luego lanzan grandes llamaradas solares, lo bastante fueres para, con el tiempo, quemar la atmósfera de cualquier planeta rocoso.

—Vale. Tacharé las enanas rojas cuando me ponga a buscar una casi en la galaxia.

—Bien hecho. Hablando de enanas rojas, recuerdo un cuento…

Lo dejé perorar a su aire; lo mantenía ocupado y me ayudaba a pasar el tiempo.

La *Flor* volvió justo cuando debía. Estaba previsto que la misión durase cuarenta minutos y que luego saltaran de vuelta. De haberse retrasado, habríamos ido con el *Holandés* a averiguar qué había pasado y, de haber vuelto antes de tiempo, habríamos asumido que había enemigos a su estela. Nada de eso ocurrió.

—*Holandés*, aquí la *Flor* —oímos la voz de Chang—. Hemos encontrado una estructura artificial en una de las lunas, justo donde don Skippy dijo que estaría.

—¿Ves? —murmuró este con suficiencia.

Por una vez decidí ignorarlo.

—Estupendas noticias, *Flor*. Transferid el control de navegación a Skippy, así podremos traeros a bordo lo antes posible.

—A la orden, *Holandés*.

Las buenas noticias eran que ninguna flota kristanga saltó al sistema mientras explorábamos el enclave Antiguo y que este estaba intacto, nadie se lo había llevado. Las malas noticias, que estaba vacío. Se trataba de un solo edificio y no tenía absolutamente nada en el interior. Skippy dijo que debía de ser algún tipo de estación de observación. Dentro del edificio había bastidores y soportes para el equipo, pero se lo habían llevado todo.

No había nada dañado, así que no parecía saqueado. Por lo visto, los propios Antiguos lo habían vaciado. Hasta habían cerrado la puerta al salir.

Fue una decepción para el equipo científico, pero Skippy estaba contento de haber acertado con el emplazamiento del enclave.

Tras terminar aquel primer grupo de lugares potenciales, trazamos el rumbo al siguiente. Iba a ser un viaje de casi cinco semanas, ya que había que cruzar tres agujeros de gusano que no estaban muy bien conectados unos con otros. Lo último que quería tras la decepción de no haber encontrado aún un nodo de comunicaciones era un periodo de aburrimiento de cinco semanas. Los científicos estarían ocupados y contentos mientras intentaban desentrañar la montaña de datos que había recolectado. Skippy estaba de mal humor y apenas me gastaba bromas; no haber encontrado la radio mágica lo cabreaba y seguía frustrado y desconcertado por el enclave que había sido sustituido por un agujero excavado a la perfección en el suelo. Los que de verdad estaban aburridos eran los pilotos y las fuerzas especiales. Para los primeros no había casi nada interesante que hacer durante las próximas semanas. Aparte de tratar de programar un par de saltos cada semana, ocupaban su tiempo en las simulaciones de combate en practicar aterrizajes y despegues con las lanzaderas. Las fuerzas especiales no tenían nada que hacer, salvo entrenarse una y otra vez. Dado que había dejado bien claro que prefería evitar el combate en lo posible, el momento más emocionante para las fuerzas especiales aquel mes fue el concurso de cocina.

Necesitaba levantar el ánimo de la tripulación. No sé, a lo mejor con un torneo de baloncesto, que era uno de los pocos deportes de equipo que podíamos practicar en el pequeño gimnasio.

El ejercicio me ayudaba a mantenerme cuerdo. Iba de camino al gimnasio una mañana cuando me detuve de repente en medio del pasillo.

—Mierda.

—¿Qué pasa, Joe? —preguntó Skippy—. Estoy monitorizando todas las funciones de la nave y no veo nada fuera de lo normal.

—No es nada. Es que he olvidado algo.

—¿Te has olvidado de recoger a tu madre en el aeropuerto antes de irte de la Tierra? Seguro que ya ha encontrado alguien que la lleve. O se ha ido andando. En cualquier caso, es demasiado tarde.

—No me he olvidado de recogerla, Skippy, no es eso.

—No es eso… ahora.

—Por el amor de… ¡Fue solo una vez!

—Fue impresionante, Joe. La mayor parte de la gente pasa toda la vida sin dejar tirados a los parientes en el aeropuerto durante cinco horas y tú lo conseguiste a los diecisiete años. Fuiste precoz.

—Fue una sola vez, joder, y nunca me van a dejar tranquilo. Y fue culpa de Amanda. Si no me hubiese distraído…

—Ah, ya, estabas pensando con la otra cabeza.

—Era un crío y era bastante estúpido.

—Veo que crees que ya no.

—En efecto. Ya no soy un crío. Además, primero me lo hicieron a mí. Cuando tenía siete años, mi padre me llevó a un partido de los Red Sox en Fenway Park. Tras el partido fue al servicio mientras yo iba a comprarme una camiseta y se olvidó de mí. Ya había vuelto a Maine cuando se dio cuenta de que no estaba en el coche.

—Uy, esa es buena y no la conocía. ¿Qué pasó?

Lo recordaba todo como si hubiese pasado ayer mismo.

—Esperé un rato en la calle Boyleston. Quienes se cruzaban conmigo seguramente pensaron que mi viejo se estaba emborrachando en un bar y que me había dicho que esperase fuera. Recuerdo un vendedor de cacahuetes que me dio una bolsa gratis, supongo que le di pena. En cualquier caso, un par de horas más tarde empezó a anochecer y a hacer frío, aún estábamos a principios de junio. De pronto el coche de mi padre se detiene frente a mí y dice: «Ah, estás ahí». Entré y nos fuimos a pasar la noche a casa de mi tío en Brunswick.

—Es una buena historia. ¿Cómo es que nunca me las has contado?

—¿Cómo te enteraste de lo de mi madre en el aeropuerto de Bangor?

—Tu madre se lo contó a tu hermana cuando estabas en casa, la noche antes de que partiese el *Holandés*. Presté mucha atención a lo que se dijo en la fiesta.

—Fue una buena fiesta —dije, lleno de añoranza mientras recordaba mi último día en la tierra.

Casi un centenar de personas se acercó a la casa de mis padres aquella tarde, llenos de ganas de ver a alguien que había vuelto de las estrellas. Todos querían volver a ver a Barney Bishop, pero no me importó que me llamasen así; eran mi gente. Para mantener el asunto lo más discreto posible, la lanzadera turania estaba al otro lado de la carretera, a mano derecha de la casa de mis padres. Los había llamado desde París y les había dicho que iría a visitarlos, aunque solo durante una noche. Me acompañaron la sargento Kendall y dos miembros de su equipo de seguridad. Dormí en un sofá en casa de mis padres mientras mi escolta hacía guardia en la parte de atrás de un camión de la Guardia Nacional aparcado junto a la casa. Skippy ya estaba en el *Holandés* poniendo la nave a punto y manejando remotamente las lanzaderas que llevaban los suministros.

Decir que dormí en el sofá es una exageración; pillaría dos o tres hora de sueño como mucho. Había demasiada gente que quería verme, ansiosa por acribillarme a preguntas. Querían saber a qué me había dedicado, qué pasaba con la FENU en Paraíso, cuál iba a ser el futuro de nuestro mundo. Los kristangos ya no nos tenían bajo su bota, pero sabían que la galaxia pululaba de ellos, por no mencionar a los rujarras, y había una nave turania en órbita alrededor del planeta.

La tapadera que me proporcionaron tanto la FENU como el Gobierno era más bien lamentable, pero tuve que ceñirme a ella. Antes de dejar París, pasé por un interrogatorio de cuatro horas que incluyó una sesión de comprobación de mi tapadera. Cuando llegó el momento de irme, la cabeza me daba vueltas, y ya no tenía muy claro qué parte de lo que tenía en la cabeza era falso y qué parte era real. Lo que debía contar era que otros soldados y yo habíamos venido a la Tierra en un carguero turanio para realizar una misión de la que no podíamos hablar. Se suponía que los turanios habían descubierto que los kristangos estaban abusando de un aliado y habían tomado cartas en el asunto y expulsado a los lagartos. Mi visita a la Tierra no duraría mucho; tenía que volver a la nave turania para seguir el viaje a mi destino, que era alto secreto. La FENU destacada en Paraíso lo estaba haciendo de maravilla, aunque las comunicaciones con la Tierra se habían interrumpido a causa de los ataques enemigos, pero todo iba bien. De fábula. La Tierra estaba a salvo y los pájaros cantaban por la mañana. O alguna otra gilipollez similar. Intenté ceñirme a esa historia todo lo que pude. La sargento Kendall no me quitaba el ojo de encima, pero no se lo reprocho. Yo me iría enseguida de la Tierra y sería ella la que se quedase a lidiar con las consecuencias.

No sé si miento de pena o es que mis padres me conocen demasiado, pero no se creyeron mi historia. Sabían que no debían preguntar, pero se lo noté en la mirada. A la mañana siguiente mamá dejó de pronto la mesa a mitad del desayuno porque no pudo aguantar las lágrimas. Papá me llevó a la parte de atrás de la casa, en teoría para enseñarme las modificaciones que le había hecho al tractor para que funcionase con alcohol casero.

—Joe, no sé qué es lo que está pasando exactamente —me dijo, con la cabeza medio tapada por la cubierta del motor—, y no te voy a pedir que me lo cuentes. Llevas galones de cabo primero, pero he oído a esos tipos de las Fuerzas Aéreas llamarte coronel. Pase lo que pase, tu madre y yo estamos muy orgullosos de ti. Solo necesito que me respondas a una pregunta. —Sacó la cabeza y me miró directo a los ojos para luego lanzar una mirada de reojo a la sargento Kendall, que mantenía una discreta distancia—. ¿Estamos a salvo de esos puñeteros lagartos? ¿Y de los hámsteres o de lo que haya por ahí fuera?

—Sí, papá. No te puedo explicar cómo ni por qué, pero sí.

—Bien.

Lanzó un suspiro de alivio.

—Bien —repetí, sin saber qué decir. La sargento Kendall carraspeó de forma significativa y miró hacia la lanzadera. Hora de irse—. Buen trabajo con el tractor.

—Seh. Van a llegarnos suministros pronto, aunque estarán racionados, claro. Y electricidad, ya lo verás.

—Sí, la cosa pinta bien. —La casa de mis padres volvía a estar iluminada de noche y parecía que todo volvía a la normalidad en la Tierra. Era algo por lo que merecía la pena luchar—. Tengo que irme, papá.

—Seh, imagino que sí. —Me tendió la mano en un gesto crispado, con la mandíbula apretada. Era el comportamiento habitual en nuestra familia. No se hablaba de ciertos temas—. Ha estado bien que vinieras. Gracias.

Había pasado por demasiado para tragar con aquella mierda. No, ni de coña. Nunca más. Agarré la mano de papá, lo atraje hacia mí y le di un abrazo mientras le palmeaba la espalda. Lloré. Él también.

—Ah, qué narices —dijo mientras nos separábamos y se limpiaba las lágrimas con la manga—. Nos mantendrás al tanto de lo que hagas, ¿verdad?

—Claro, papá, cuenta con ello.

—¿Qué era lo que habías olvidado? —preguntó Skippy, devolviéndome con brusquedad al presente.

—¿Eh?

Aún seguía recordando mi último día en la Tierra.

—Sí que eres olvidadizo, joder. Te paraste en medio del pasillo porque, al parecer, habías olvidado no-sé-qué.

—Ah, los guantes para las pesas. Nada más.

Aquella noche, o tal vez a la mañana siguiente, desperté de pronto con un estremecimiento. No ese tipo de tirón que sientes cuando estás medio dormido y las piernas se sacuden por sí mismas, algo que odio. En este caso estaba profundamente dormido cuando de pronto mi subconsciente me llevó a la vigilia sin avisar. Me quedé inmóvil un segundo, pensando que algo malo había ocurrido. Pero no sonaba ninguna alarma, ni se oía pitido alguno en el zPhone, ni Skippy andaba gritando por el altavoz del techo. Tampoco tenía nada que ver con el *curry* que había cenado, que estaba delicioso.

De pronto di con ello. Una idea, algo que se me había ocurrido mientras dormía. Salí de la cama y empecé a vestirme tras comprobar en la tableta cuál era el uniforme del día. Aún no eran las cuatro de la mañana, según el horario de la nave. A veces me encantaría que mi estúpido cerebro se limitase a dejarme dormir.

—¿Estás despierto, Skippy?

—Siempre. Debes de haber tenido un sueño del carajo, vaya cómo te has despertado.

Fuese lo que fuese lo que había soñado, se había desvanecido.

—Sí. Oye, ese mapa que nos enseñaste, donde nos mostrabas por qué nos iba a llevar cinco semanas llegar al siguiente enclave potencial, ¿puedes cargarlo de nuevo en mi tableta?

—Hecho. ¿Qué pasa? ¿Vas a comprobar mis cálculos? ¿De madrugada?

—Claro, como si pudiera. No. Quiero comprobar tu lógica.

Lanzó un bufido.

—¿Seguro que no sigues soñando? ¿Vas a encontrarme un fallo lógico?

—Un fallo, no. Un punto ciego.

Miré el mapa. En la pantalla en dos dimensiones de la tableta no resultaba tan impresionante ni tan fácil de entender como en los monitores 3D del puente. No había sensación de profundidad. Cuando Skippy nos enseñó por primera vez un mapa estelar, pensé que el efecto tridimensional era bonito pero innecesario. Al fin y al cabo, la Vía Láctea es un disco, y ver su espesor no era importante. Estaba equivocado. En cualquier escala que no fuese una imagen completa de la galaxia desde una gran distancia, importaba de narices porque cada brazo de la Vía Láctea tiene un grosor de miles de años luz. La posición actual del *Holandés* nos situaba en la espuela de Orión, a unos seiscientos años luz de la Nebulosa Gum. No era una descripción que me fuese muy útil, teniendo en cuenta que para mí las estrellas siempre habían sido algo que simplemente estaba en el cielo.

Toqué la pantalla de la tableta y amplié la imagen con los dedos. Pude ver los agujeros de gusano, que parpadeaban con un brillo morado y estaban esparcidos por todas partes al azar. Toqué uno de ellos y una línea morada mostró a qué otro agujero se conectaba. Skippy podía mostrar todas las conexiones de los agujeros de gusano de una zona determinada, pero no lo necesitaba de momento.

Algunos se conectaban a agujeros cercanos, a diez o doce años luz, mientras que en otros casos unían lugares separados por varios miles de años luz. La mayor distancia conocida por Skippy era de cincuenta y cinco mil años luz y conectaba un agujero en el brazo de Perseo de la Vía Láctea con otro que estaba a siete mil años luz de la galaxia enana de Sagitario. Skippy no tenía ni idea de por qué una de las bocas terminaba tan lejos de cualquier parte. La distancia media entre una boca de agujero de gusano y un sistema solar era de unos seiscientos años luz, pero nadie sabía por qué un agujero se conectaba con uno en concreto y no con otro, y muchas de las conexiones dejaban de lado agujeros con los que parecía lógico enlazar. Ni siquiera Skippy sabía por qué pasaba, lo cual lo frustraba de narices. La disposición y las conexiones de los agujeros de gusano alrededor de la galaxia no parecían tener ni pies ni cabeza, y Skippy se lo tomaba como un insulto a su idea de cómo deberían haber actuado los Antiguos. También lo dejaba perplejo y pensativo y lo llevaba a preguntarse qué fuerzas desconocidas habían intentado chapucear el trabajo de los Antiguos tras la partida de estos. O peor, por qué sus recuerdos de los Antiguos tenían lagunas. O quizá ni siquiera fuesen del todo correctos.

—¿Un punto ciego? —preguntó—. Eso me ha dejado intrigado. A ver qué es lo que un mono tarado entiende por un punto ciego. Venga, adelante.

—Por lo que veo, hay otros enclaves potenciales más cercanos, pero no están cerca de un agujero de gusano, así que no podemos ir a ellos, ¿correcto?

—Lógica impecable. Lo has pillado, capitán Obvio.

Me puse las botas. Sabía de sobra que ya no volvería a la cama aquella noche.

—Vale, dime una cosa. Tenemos el tallo de habichuelas mágicas de los Antiguos, ¿no? El módulo de control de agujeros de gusano. Estaba en una bodega la última vez que lo comprobé. ¿No hay modo de que podamos reactivar un agujero en letargo con el módulo y así crear un camino más corto a un enclave potencial? ¿O conectar un agujero que esté cerca de nosotros a uno que no esté muy lejos del enclave, en lugar de como están conectados ahora?

—Joooder —dijo, muy despacio.

—Eso no es una respuesta.

—Dame un momento, hostia. Estoy analizando una cantidad bestial de datos. Bestial incluso para mí, así que va a llevar algo de tiempo.

Su voz se desvaneció, reemplazada por un tema de rocanrol.

—¿Skippy? —Empezaba preocuparme. La música siguió sonando—. ¿Skippy?

—Uffff, sí que eran mogollón de datos. He llegado a usar el treinta y siete por ciento de mi capacidad de proceso. Es un récord.

—¿Qué narices ha pasado?

—¿Eh?

—¡La música!

—Ah, era *Don't Stop Believing*, de Journey. Para que no te sintieses solo mientras hacía mis cálculos.

—Muy considerado. Me acojonaste cosa fina. No vuelvas a hacerlo.

—¿Es que no te gusta el DJ Skippy-tipy y Sus Fabulosas Canciones? Eh, colega, son temas de primera.

Lancé una carcajada y mi ansiedad se desvaneció como por ensalmo.

—Mejor otro día. Dices que ha estado haciendo cálculos. ¿Y?

—Sí. La respuesta es sí. Joder, me estoy volviendo tonto. Tendría que haber pensado en ello y va y me lo muestra un mono. Es humillante. No me voy a atrever a contactar con el Colectivo, en cuanto me vean, se van a echar a reír. En todo caso hay dos lugares que podemos investigar y que estarán a un par de semanas de viaje si reprogramo un agujero activo para que se conecte con uno que lleva bastante tiempo en letargo. Hmmm. El problema es que tendré que volver a conectar al punto original de entrada una vez hayamos saltado. E incluso así alguien se va a dar cuenta de que pasa algo raro con los agujeros de gusano en este sector.

—En realidad, eso nos viene bien. Si empieza a haber más agujeros aparte del de la Tierra que se comporten de forma extraña, el de mi planeta no parecerá tan sospechoso. Los turanios o los maxolhxes o quien sea se estarán persiguiendo sus propias colas tratando de averiguar qué ha pasado en lugar de centrar su atención en la Tierra.

—Los maxolhxes se parecen un poco a los gatos, pero no tienen cola.

—Es una frase hecha.

—Ah. Apuntado. Eh, Joe, ¿podemos dejar esto entre nosotros? No hace falta que toda la tripulación se entere de que pasé por alto algo tan obvio.

Abrió la puerta y salí al pasillo mientras me colocaba el pinganillo del zPhone.

—Tranquilo, tu secreto está a salvo conmigo. Cuando estemos a solas, te voy a amargar la vida todo lo que pueda, eso sí.

—No esperaba menos de ti. Ya he cargado el nuevo rumbo en el sistema de navegación.

La sargento Adams estaba de guardia en el puente. Frente a ella, los dos pilotos, una francesa y un chino, parecían bastante relajados. Al parecer, estaban ejecutando una simulación de vuelo. Según el monitor principal los motores estaban al veintidós por ciento, así que no había gran cosa que pudiesen hacer los pilotos, la oficial de guardia o los encargados de los sensores en el CIC. Estábamos en medio de ninguna parte, a unos dos años luz del sistema más cercano, una enana roza totalmente anodina.

—¡Capitán en el puente! —anunció a mis espaldas el personal del CIC.

Adams se volvió hacia mí.

—Buenos días, capitán —me saludó mientras se frotaba una de las uñas con el ceño fruncido.

No supe muy bien qué responder. Antes de dejar la Tierra, le había dicho a la tripulación que no hacía falta saludar ni seguir la parte más estricta del protocolo militar. Íbamos a estar juntos en aquel sitio durante meses, quizás años. Así que no había ningún problema en que Adams no me saludase. Me pareció más raro ver que se había pintado las uñas o que tan siquiera se preocupase de ellas. No las llevaba pintadas cuando nos conocimos en la cárcel kristanga en la que la habían torturado y donde nos iban a ejecutar a los dos. Tampoco habíamos traído esmalte de uñas desde Paraíso. Tras aterrizar en la Tierra, al día siguiente de nuestra llegada, se la llevaron para un chequeo médico y no la volví a ver hasta una semana antes de la partida del *Holandés*. Para entonces estábamos tan ocupados en dejarlo todo listo que, de haber llevado esmalte en las uñas, ni lo habría notado. Tras irnos, la había visto casi siempre en el gimnasio o en alguna de las bodegas que usábamos para la instrucción. En ninguno de esos sitios tuve demasiadas oportunidades de fijarme en sus hábitos personales de aseo.

Soy su comandante en jefe, así que no debería decir esto, pero Adams es una mujer muy atractiva. Cuando nos conocimos, llevaba el pelo muy corto, casi rapado del todo. Le había crecido y ahora lo llevaba suelto, rizado en plan afro en la parte superior y más corto por los lados. En el lado derecho se veía una zona afeitada con forma de relámpago o algo así. Recordaba su espalda cubierta de cicatrices fruto de la tortura kristanga; las había visto cuando nos conocimos. Nunca había sacado con ella el tema de sus abusos por parte de los lagartos; si no quería hablar de eso, no iba a ser yo quien la obligase. Sí que me había fijado en que, cuando se ejercitaba durante el viaje hacia la Tierra, parecía que le dolía; y tendía a llevar ropas más bien sueltas. Un par de días más tarde la había visto en el gimnasio; llevaba *shorts* y un top, y no había el menor rastro de cicatrices en su piel. El doctor Skippy se había ocupado de ellas, al menos de las externas. El equipo médico de los Marines la había declarado apta para volver al *Holandés* y manifestaron que estaban satisfechos con el modo en que habían curado las cicatrices internas.

Alcé una ceja y miré sus uñas. Sabía que era bastante quisquillosa con lo de ser el único miembro del Cuerpo de Marines a bordo.

—¿Rojo? ¿Es rojo reglamentario de los Marines, sargento?

Se echó a reír.

—No, mi coronel. Es más bien rojo coral. El resto de mi persona es del Cuerpo, pero esto es solo para mí. Me pinté las uñas esta mañana y ya me he roto una.

—Queda bien. —No sabía qué más decir—. ¿Cómo va todo?

Como capitán tendría que haber sido más formal y pedir un informe de la situación o del estado de la nave. Pero esto es lo que pasa cuando pones a un machaca de infantería al frente de una nave. El Ejército de Tierra tiene botes, no naves.

Señaló a la pantalla.

—El último salto transcurrió sin problemas y no hemos detectado posibles enemigos. Hace una hora cruzamos una nube molecular de hidrógeno que según Skippy tenía una densidad de tres millones de átomos por centímetro cúbico, lo que, parece ser, es muy raro. No ha tenido efecto alguno sobre la nave. Y ha sido lo más emocionante de esta tarde.

—La nube se componía de un noventa y ocho por ciento de hidrógeno y un dos por ciento de helio —intervino Skippy con entusiasmo—, lo cual no es nada habitual en medio del espacio interestelar. Lo normal es que las nubes de polvo tengan una densidad de…

—Mejor lo comentas con el equipo científico, Skippy.

Puse los ojos en blanco y Adams sonrió.

—Vale, si quieres seguir siendo un ignorante…

—No estoy regodeándome en mi ignorancia ni te estoy echando. Si crees que es algo interesante, estoy seguro de que al equipo científico le encantará saberlo. Puedes contármelo, seguro, pero no lo voy a apreciar como lo harán ellos.

—Pensé que me echabas. Vale, lo hablaré con los monos más listos.

—Gracias, Skippy. Sargento Adams, he venido a alegrarle la tarde. Va a ser la primera en enterarse de esto. Skippy ha realizado nuevos cálculos para una pauta óptima de búsqueda y hemos podido acortar el viaje en varias semanas. —Los pilotos se habían girado mientras Adams y yo hablábamos y reaccionaron con sorpresa al oírme—. ¿Está cargado el nuevo rumbo en el autopiloto, Skippy?

—Afirmativo. Está identificado como Opción de Salto Delta.

—¿Nuevos cálculos? —preguntó Adams con una ceja alzada.

Conocía a Skippy lo bastante para imaginarse que la cosa había sido más complicada, pero también sabía cuándo no preguntar.

—Un acercamiento distinto basado en información recientemente descubierta —expliqué sin más. Le había prometido a Skippy que la cosa quedaría entre nosotros—. Lo explicaremos en más detalle durante la reunión del personal de mando.

Odiaba aquellas reuniones. Las tenía cada dos días y necesitaba acudir a ellas con algo nuevo que contar; cosa que en una nave en la que cada día por el espacio era indistinguible del anterior no resultaba nada fácil.

—A la orden, capitán. Tomaremos el nuevo rumbo en el próximo salto —asintió Adams—. Las bobinas de salto estarán cargadas en una hora y treinta y siete minutos —añadió tras echar un vistazo a la pantalla.

—Perfecto. Me iré a mi despacho.

De lo contrario, me volvería a dormir.

11

Skippy no podía estar más emocionado con el siguiente lugar de la lista, ya que estaba convencido de que en él había un enclave Antiguo. A mí me interesaba más el hecho de que la estrella fuese una naranja de tipo K de la mitad de tamaño de nuestro sol en lugar de la habitual y cansina enana roja. La confianza de Skippy estaba justificada, ya que el sistema, que estaba en la Espuela de Orión cerca de la Nebulosa de Mairan, estaba en una localización perfecta para que en él hubiese un nodo de comunicaciones. Eso se debía a ciertas líneas de fuerza invisibles que cruzaban la galaxia o algún rollo científico parecido. Skippy pensó que sería una tontería explicármelo y no le faltaba razón.

Dimos con el sistema, pero no encontramos el menor rastro de un enclave Antiguo, ni de que hubiera habido nunca uno. Tras cuatro días de intenso escrutinio Skippy no podía sentirse más frustrado y deprimido.

—¡Esto no tiene ni pies ni cabeza! He demostrado que mi modelo predictivo es válido. Y si hay un lugar en toda la galaxia en la que debería haber un enclave Antiguo, es este. No entiendo nada. Hay una luna alrededor de un gigante gaseoso, que es el emplazamiento ideal. Debería haber un enclave Antiguo, joder.

—¿Quieres que sigamos buscando, Skippy? Quizás hay un enclave en alguna otra parte del sistema.

—No lo creo —dijo con amargura—. Pero, venga, adelante. Quizás hay un factor minúsculo que no estoy teniendo en cuenta. ¿Os importaría explorar el sistema durante una semana más o menos? Así obtendría lecturas más detalladas de los sensores.

—Iremos donde quieras, Skippy.

—¿En serio?

Parecía sorprendido.

—Claro que sí, imbécil. Estamos aquí para encontrar esa puñetera radio mágica, así que iremos donde creas que es necesario ir. Dentro de lo razonable, claro, no quiero poner innecesariamente en peligro a la tripulación, ya lo sabes. ¿Quieres que demos una vueltecita por aquí durante un par de días?

—Cinco. Una semana, como mucho.

—Sin problemas. Aprovecharemos para entrenarnos. ¿Te parece bien que programemos algún salto?

Lanzó un suspiró.

—Entonces mejor nos quedamos diez días, porque os vais a desviar del blanco en todos los saltos. Vais a tener suerte si acertáis con el sistema solar correcto.

Con el *Holandés* dando saltitos alrededor del sistema, la tripulación aprovechó para realizar un entrenamiento intensivo que resultaba imposible mientras viajábamos entre las estrellas. Los pilotos se divirtieron manejando las lanzaderas, dirigiendo la *Flor* en combates simulados y programando saltos por su cuenta. Poco a poco estos iban siendo más precisos, pese a las continuas quejas y burlas de Skippy. El equipo científico, cuando estaba examinando los datos que la IA recogía, también se entrenaba, básicamente en aprender a usar los trajes sin matarse en el proceso. También se fueron familiarizando con varios sistemas de la nave con los que normalmente no mantenían contacto, como los sensores y el control de armamento del CIC.

Un día que estaba de oficial de guardia, tres científicos vinieron a hacer un pequeño recorrido turístico. No había mucha actividad ni en el puente ni en el CIC; todas las lanzaderas estaban en los muelles y la *Flor* se había acoplado a la plataforma para realizar tareas de mantenimiento. Nadie estaba fuera de la nave practicando paseos espaciales y no íbamos a saltar de nuevo en otras tres horas. Sentado en el sillón de mando estaba haciendo un examen rápido sobre los controles de las lanzaderas turanias mientras me preguntaba qué habría para comer en la cambusa cuando mi turno acabase a las catorce horas.

Una de las científicas, la doctora Zheng, abandonó el CIC y entró en el puente. La sargento Adams se apresuró a interceptarla, pero le hice ver con un gesto que no me importaba que entrase.

—¿Está disfrutando de la visita, doctora Zheng? —pregunté.

Era bióloga y médica, y seguramente para ella los controles de la nave eran menos interesantes que para sus compañeros.

Sonrió y dijo:

—Es agradable salir del laboratorio. Hasta ahora solo hemos estado en una estación abandonada y en algunas lunas sin atmósfera. No hay mucho que pueda hacer una bióloga en esos sitios. He estado ayudando a la comandante Simms en la cubierta de hidroponía.

Había sido cosa de Simms, que había subido a bordo del equipo experimental hidropónico. Creo recordar que era algo con lo que estaba experimentando la NASA. Cultivábamos verduras frescas y fruta con ese método. La primera cosecha de espinacas se había usado en una ensalada hacía un par de días y me había parecido que sabía de miedo.

—Cuando partimos, esperaba tener mejores oportunidades para estudiar biosferas alienígenas —señaló Zheng.

Uf. No estaba de humor para aquel tipo de conversación.

—Le expliqué la situación cuando se enroló, doctora, antes de que partiésemos —dije todo lo amablemente que pude, tratando de evitar una discusión. La comprendía. Estaba aburrida y las perspectivas de poder hacer algo útil en su campo no eran buenas—. Ya sabe que prefería no contar con científicos a bordo. No son esenciales para la misión y en última instancia son más vidas que arriesgar. Ya les dije en su día que era muy poco probable que lográsemos volver a la Tierra. Aunque rematemos la misión con éxito, acabaremos varados en el espacio profundo, lo más probable.

—Quiere decir si Skippy nos abandona.

—En efecto.

—¿Sería usted capaz de apretarlo?

Señalaba al botón de autodestrucción en el reposabrazos izquierdo de la silla de capitán, bajo la cubierta protectora de plástico con grandes letras rojas que decían AUTODESTRUCCIÓN. Para pulsarlo, el oficial de guardia tenía que abrir la cubierta de plástico, girarla, pulsar el botón una vez para activarlo y mantenerlo pulsado para confirmar la orden. Al mismo tiempo debía haber otro oficial en el CIC que realizase el mismo proceso con el botón que había allí. Era una precaución contra accidentes o por si alguien se volvía loco, y estaba destinada sobre todo para tranquilizar a la tripulación, porque Skippy nunca permitiría que las nucleares estallaran a menos que se lo ordenase yo directamente y él estuviese de acuerdo.

—¿Destruiría la nave si nos quedásemos varados? ¿O si los álienes fuesen a abordarnos y hubiese riesgo de que descubriesen la presencia de humanos en el espacio?

—Sin dudarlo un momento —dije con voz sombría.

Su alzamiento de cejas fue indicativo de lo sorprendida que estaba, y no para bien.

—Pero…

—Lo haría sin dudarlo porque, si tuviese tiempo para pensar en ello, quizá no sería capaz —añadí—. El adiestramiento del Ejército es bueno de narices; no solo nos entrena para lo que debemos hacer, sino para hacerlo sin importar las circunstancias. Nos enseña qué hacer cuando debemos, ya estemos cansados, con hambre, heridos, con disparos a nuestro alrededor… Supongo que habrá visto algún vídeo de soldados desmontando su arma y volviendo a montarla con los ojos vendados.

Asintió.

—El ejercicio se repite una y otra vez para que pase a nuestra memoria muscular y podamos realizarlo sin pensar. Como ponerse unos zapatos. Ni piensa en ello, ya lo ha hecho tantas veces que sus dedos saben qué hacer, ¿no es cierto?

—Nunca lo había visto de ese modo.

—No tengo intención de destruir la nave a menos que no me quede otra salida, doctora, pero, si ese es el caso, no dudaré. No podemos permitirnos el lujo de poner en peligro a la Tierra con nuestros actos. —Me di cuenta de que mi discursito no le estaba levantando el ánimo precisamente, así que añadí—: Lo único que puedo decirle es que por aquí puede pasar cualquier cosa. Puede que tenga la oportunidad de estudiar biología alienígena de primera mano.

Asintió en silencio, no muy convencida. La sargento Adams aprovechó para sacarla del puente y volví a mi examen sobre los controles de la lanzadera. O lo intenté. Hablar de destruir la nave me había dejado de un humor sombrío. Ahora necesitaba de verdad que la comida de la cambusa mereciese la pena.

Aproveché también para tomar mis primeras lecciones de vuelo, incluido pilotar una lanzadera sin acompañantes. Skippy me dijo que no le quedaba más remedio que reconocer que era posible, aunque extremadamente improbable, que fuese capaz de manejar de verdad una lanzadera y alejarla del *Holandés* sin destruir ninguna de las dos naves a los pocos segundos. Requirió que durante mi primer vuelo en solitario eyectásemos su vaina de escape hasta una distancia segura, petición a la que me negué. No fue más que una vuelta alrededor del *Holandés* para luego regresar al muelle, pero se pasó todo el trayecto gruñendo, poniendo en duda cuanto hacía y prediciendo el desastre para mí y para todos los demás.

Alineé la lanzadera sin problemas para la reentrada en el muelle y la controlé de forma manual mediante pequeños golpes de los impulsores, delicados y precisos. Lo normal era que el *Holandés* tomase el control en el atraque, pero para el entrenamiento era necesario que un piloto supiera ejecutar por sí mismo la maniobra. Mi primer intento de llevar la lanzadera hacia las agarraderas de atraque falló por casi medio metro. Hay que tener en cuenta que hasta la lanzadera más pequeña de los turanios medía cuarenta metros y pesaba más que un 767. No era como pilotar un Cessna. Hasta el modelo más básico de lanzadera necesita poder descender por la atmósfera sin quemarse en la reentrada, por no mencionar subir de nuevo a órbita y más lejos con pasajeros y carga. Ni siquiera la tecnología turania, increíblemente avanzada, era capaz de fabricar una lanzadera más pequeña que un aerobús. Aunque estuviéramos en el vacío ingrávido del espacio, la nave seguía teniendo una masa considerable, lo que implicaba un montón de inercia y un esfuerzo enorme de los impulsores para corregir la posición.

Con un pequeño ajuste logré centrar el punto luminoso del monitor sobre las agarraderas y pulsé el botón para activarlas. Mientras el sistema aseguraba la nave, anuncié:

—*Holandés*, aquí Barney. Atraque finalizado. Desconectando motores.

Barney era mi mote de piloto. Habría preferido algo molón como Supersónico, pero no hubo suerte. Resulta que la tradición de las Fuerzas Aéreas impedía que uno mismo eligiese su apodo. Eran los otros pilotos quienes lo decidían y cualquier intento de bautizarse con algo molón en plan Top Gun era rechazado. Barney, aunque no lo parezca, era la menos humillante de las opciones; tuve que convencerlos de que no me llamasen Zumbador, que era el nombre que querían ponerme, a causa de las veces que la alarma de la cabina había zumbado durante mi vuelo. Sospechaba que había sido cosa de Skippy, que la había activado al azar para tocarme las narices.

—¡Bienvenido, Barney! —respondió Desai—. Cerrando las puertas del muelle.

—Oído, *Holandés*. ¿Qué tal lo he hecho?

—¡Es un milagro! —respondió Skippy antes de que Desai pudiera decir nada—. Un puñetero milagro. Barney, ya solo que hayas sobrevivido a tu propio pilotaje es prueba de que Dios existe.

—Lo ha hecho bien, mi coronel —me aseguró Desai—. Su primer vuelo en solitario ha sido un éxito; está usted preparado para la siguiente fase. Habrá que buscar un asteroide o una luna pequeña para que aterrice en ella.

—¡Genial! —Aseguré los mandos y me desabroché el cinturón de seguridad—. Cuando termine la instrucción con las lanzaderas, ¿me enseñará a manejar los sistemas de la *Flor*?

—Claro, mi coronel, no es tan difí… —empezó a decir.

—¿Qué? ¿Joe pilotando una nave estelar? Ni de coña, ni se os ocurra. La galaxia está condenada. ¡Condenada! Antes de empezar, me dejáis en alguna parte, cualquier planeta deshabitado me vendrá bien.

Nos quedamos durante nueve días, que le sentaron de maravilla a la tripulación. El equipo científico se los pasó analizando los datos enormemente detallados que Skippy estaba recogiendo. Este confirmó que el sistema era, en efecto, el lugar perfecto para un enclave antiguo, como también que no había el menor rastro de que los Antiguos hubieran visitado nunca el lugar.

Se pasó varios días en silencio, sin un solo comentario sarcástico y sin responderme cuando intentaba provocarlo, así que intenté cambiar de táctica y fui extremadamente amable. O bien eso funcionó, o simplemente se animó porque había que seguir adelante y no quedaba otra que mantenerse ocupado.

El siguiente sistema fue otra decepción, aunque no en el sentido de que no encontrásemos un enclave Antiguo donde Skippy había predicho que debía estar, o en el de que hubiese sido saqueado hasta dejarlo limpio, sino en el de que parecía haber estallado en pedazos.

Al contrario que la mayoría de los que habíamos investigado, no estaba en una luna sin atmósfera alrededor de un gigante gaseoso, sino en un planeta de la mitad de tamaño que la Tierra con una atmósfera tenue de dióxido de carbono. Por lo que pudimos ver desde la órbita, carecía de vida a menos que hubiera algún microrganismo en el suelo.

Saltaba a la vista que los Antiguos habían construido allí un complejo de gran tamaño, pero también que la superficie del planeta había sufrido abundantes bombardeos de meteoritos. El análisis de Skippy concluyó que el sistema solar había tenido en su día un campo de asteroides y que de algún modo sus órbitas se habían desbaratado, lo que provocó una lluvia de rocas por todo el sistema. Los dos planetas interiores, incluido el que albergaba el complejo Antiguo, habían sido machacados durante varios millones de años. En realidad, el bombardeo aún seguía.

—¿Queda algo ahí abajo? —pregunté, intentando sonar esperanzado. En el monitor podía ver la silueta original de la base Antigua, y se extendía en un perímetro de más de dos kilómetros de diámetro—. Seguro que algo de ese tamaño no ha sido destrozado del todo.

Skippy suspiró.

—No hay nada. No hay nada de nada. Un meteorito de gran tamaño cayó casi directamente en el enclave hará cuatro millones de años. Y hay impactos en el área anteriores y posteriores. Cualquier artefacto de los Antiguos que hubiese sobrevivido al impacto habría sido lanzado a lo lejos. Hay un área llena de restos que se extiende a trescientos kilómetros del área de impacto.

—¿Trescientos kilómetros?

—Los meteoritos pueden ser muy grandes, Joe. Y el planeta ha sido golpeado muchas veces por rocas bastante mayores que la que cayó en tu mundo en la península del Yucatán y acabó con los dinosaurios.

—Mierda. ¿Hay algún pedrusco que vaya a caer en un plazo breve?

—No he completado la exploración del sistema, pero sí que te puedo confirmar que no hay nada mayor que una pelota de baloncesto que vaya a impactar en menos de un mes. No estarás pensando en descender.

—Pues sí. Podemos examinar la superficie desde aquí, ¿no? Y si encontramos algún cacharro Antiguo intacto, deberíamos bajar y comprobarlo. Además, así nuestros pilotos adquirirían experiencia en manejar lanzaderas en la atmósfera. Y parece un buen sitio para practicar un asalto desde órbita. Mientras sigamos por aquí, quiero aprovechar el tiempo.

Lanzó un hondo suspiro.

—Claro, adelante.

—Escucha, Skippy, ya sé que estás decepcionado. Todos lo estamos. Pero tu método de predicción ha demostrado de nuevo que es correcto. Vamos por buen camino, solo es cuestión de tiempo.

El *Holandés* permaneció en órbita alrededor del enclave durante siete días que aprovechamos para entrenarnos de forma intensiva. Le di permiso al equipo científico para que bajasen a la superficie tras una hora de súplicas y quejas sobre el asunto. La doctora Zheng estaba entusiasmada con la idea de encontrar microrganismos en el suelo, y Skippy me aseguró que no supondrían ninguna amenaza para la biología humana, así que permití que los trajera a bordo.

Parte del entrenamiento para las tropas de infantería consistió en probar los refugios portátiles que habíamos construido. El capitán Smythe y sus SAS se quedaron una noche entera en ellos. Debían volver por la mañana, así que me levanté temprano para prepararles una comida de bienvenida.

—¡Mierda! Quería hacer rollos de canela para desayunar, pero esta maldita masa no sube.

Meneé el cuenco con la masa, como si sirviese para algo; la masa se limitó a quedarse quieta con su aspecto estúpido y poco cooperativo. Adams se acercó por encima de la barra.

—Huele bien.

—Eso es por la mezcla de azúcar y canela que iba a ponerle. —Era coronel, narices, la masa tendría que haberme obedecido. Al parecer, tenía otras ideas—. En fin, si no sube, a lo mejor puedo hacerlo pasar por pan de pita con canela.

—No creo que vaya a engañar a nadie con eso, mi coronel —respondió Adams entre risas.

—Es culpa tuya, Joe —dijo Skippy desde el altavoz—. No alimentaste la masa como deberías. No hay azúcar.

—Claro que lo hay.

Señalé el cuenco de plástico que había junto a la masa.

—Serás idiota. Tienes que poner un poco de azúcar en la masa para que la levadura la consuma y cree los gases que hagan crecer la masa. ¿Es que nunca has leído las instrucciones?

—Ehhh... Más o menos —dije, con voz culpable—. Vi que en la receta ponía azúcar, sí. No sé, parecían muy fáciles cuando se encargaba mi madre. ¿No hay nada que hacer?

—Igual sí. He realizado un análisis químico y quizá puedas rescatar algo de esa debacle. Pon un poco de film transparente sobre la masa, cúbrela con una toalla y ponla cerca de la lámpara que hay a la izquierda. No bajo ella, solo al lado.

—Gracias, Skippy.

—De nada. Calculo que tienes un sesenta y dos por ciento de posibilidades de éxito. La próxima vez lee la receta, anda. No puedo hacerlo todo por ti.

Salvó el día. De algún modo la masa se levantó y a todos les encantaron los rollos de canela. O quizá lo que les gustó fue el escarchado de azúcar que puse encima.

Después de que Smythe y su gente volvieran, recuperamos todas las lanzaderas y saltamos con rumbo al siguiente objetivo. ¿Era el quinto o el sexto que explorábamos? Había perdido la cuenta. La tripulación estaba agotada tras el intenso entrenamiento al que la había sometido, así que en el fondo las dos semanas de viaje nos venían bien. La gente descansaría y podríamos dedicarnos al mantenimiento de los equipos. A Skippy tampoco le vendría mal.

Tres días de descanso dejaron a la tripulación como nueva, así que volvimos a la rutina habitual. Tras la emoción de haber explorado un planeta, tanto científicos como militares esperaban con ansia el siguiente objetivo, preguntándose qué encontraríamos. Traté de que se lo tomasen con calma, porque lo último que necesitábamos era otra decepción. Lo que nos hacía falta era algo que nos entretuviera. Mientras cenábamos, Simms y yo examinamos posibilidades, tratando de averiguar qué tipo de diversión podíamos conseguir con el material que ella había traído a bordo. La cocina estaba en manos de los británicos y la comida consistía en algo que llamaron «Asado dominical» que olía de maravilla.

Hasta que lo miré. Se veían algunas verduras arrugadas y algo rígidas en un lado del plato, junto al pollo asado, el *pudding* de Yorkshire, las zanahorias y las patatas gratinadas. Parecían fuera de lugar, como si alguien hubiese estrujado una servilleta verde y luego la hubiese tirado sobre el plato.

—¿Qué es esto, comandante? —le susurré a Simms, que se sentaba a mi izquierda. No quería que los británicos se sintieran insultados.

—¿Nunca ha visto una barra de ensaladas en un restaurante? —preguntó en voz baja—. Cada parte de la ensalada está en un cuenco, que descansa sobre un lecho de hielo y tienen esta cosa entre ellos.

Se me encendió la bombilla.

—Claro, ya sé qué es. —Lo pinché con el tenedor—. Creía que era algún tipo de decoración, de plástico o algo así. Se supone que es lechuga, ¿no? ¿Es comida de verdad?

—Es col rizada. Y sí, es comida. Y está buena. No está blandurria como la lechuga.

Tenía razón. La noté crujiente al pincharla con el tenedor.

—Ah, sí, col rizada. Me suena. ¿La fríen o algo así?

—No tengo muy claro qué le hacen —respondió mientras pinchaba la suya tentativamente.

—¿Sabe cómo estaría mejor? —Pinché un trozo con el tenedor y lo olisqueé—. Si lo frieran, pero cambiando la col por una barrita de Snickers.

—O un Twinkie —dijo Taylor—. ¿Nunca ha probado un Twinkie frito? Los hacen en la feria regional de Tennessee.

—Un Twinkie frito. Impresionante —dijo Skippy desde el altavoz del techo—. Eso demuestra que Dios existe.

—¿Eh? ¿Cómo?

—Porque, si los monos sois así de estúpidos, el único modo en que podéis haber sobrevivido tanto tiempo es gracias a la intervención divina.

Mordisqué la col. No estaba mal.

—Increíble. Al parecer, Skippy ha tenido una experiencia religiosa.

—Eh, no he dicho eso.

Se oyeron risas a nuestro alrededor y, por una vez, no eran por mí.

—¡Callaos!

—Menuda réplica más aguda. Hasta luego, Skippy. Que duermas bien.

Igual le acababa pillando el gusto a la col. O a lo que fuese aquello.

Tres días antes de que llegásemos al siguiente objetivo, se me ocurrió algo no muy agradable. Cargué los planos de la nave en la tableta y luego examiné una vista exterior tomada desde una de las lanzaderas turanias.

—¿Cuántos cargueros como el *Holandés* tienen los turanios?

—Si te refieres a este tipo de nave en concreto, varios cientos. Es un diseño muy habitual que llevan usando unos cuantos siglos y que apenas ha experimentado cambios. Básicamente porque en los últimos cuatrocientos años los turanios no han sido capaces de robarle nueva tecnología a nadie para mejorar su chatarra estelar. O la han robado y siguen sin tener ni puñetera idea de cómo funciona. Con ese cabezón y lo tontos que son.

—¿Cientos de naves como el *Holandés*? ¿No hay pequeñas diferencias?

Sabía que Estados Unidos tenía diseños estándar, como los destructores de clase Arleigh Burke, pero hasta estos tenían subcategorías que un marinero experimentado reconocía a simple vista.

—Sí, claro, hay minúsculas diferencias a medida que las naves se revisan o se actualizan. Idénticas al *Holandés* habrá unas setenta naves. ¿Qué pasa? ¿Creías que nuestro barquito pirata tenía algo de especial? ¿Que era un ejemplar de coleccionista o algo así?

—Todo lo contrario, Skippy. Esperaba que me dijeses que el *Holandés* no tenía nada que lo identificase de forma especial. Si alguien se nos acerca lo suficiente o nuestro camuflaje falla, no quiero que los turanios se den cuenta de que es la misma nave que desapareció de Paraíso, cerca de los humanos. Si unen a eso que el agujero negro de la Tierra se cerró misteriosamente casi a la vez que desapareció el *Holandés*, podrían empezar a hacerse preguntas incómodas para nosotros.

—Ya veo. Bien pensado, Joe. Es cierto que los turanios son bastante paranoicos con la seguridad.

—No lo bastante. No contaban con Skippy el Magnífico.

—Cierto, ese soy yo. Y suponiendo que, por una vez, estés siendo sincero, gracias.

—Te haré cumplidos cuando te los ganes, Skippy. Dime una cosa, ¿han perdido los turanios algún carguero idéntico al *Holandés*? Y cuando digo «perdido», quiero decir que no sepan qué le pasó, más allá de que ha desaparecido. Como nosotros.

—Espera que consulte la base de datos. No, por desgracia no hay ninguna otra nave idéntica a la nuestra que haya desaparecido.

—Mierda.

—Pero un carguero muy parecido al *Holandés* desapareció misteriosamente en este sector hace diecisiete años —añadió Skippy con afectación—. Estaba cargado hasta los topes de naves de guerra kristangas. Los turanios encontraron restos de la escolta del carguero, pero nunca del carguero mismo, ni tampoco ninguna de las naves kristangas. En su momento acusaron a los lagartos de haberlo robado, y estos respondieron acusando a sus mentores de haber destruido una flota kristanga. Según los bancos de datos que he descargado de ambas especies, ninguno de ellos admitió nunca nada.

—Quizá saben lo ocurrido, pero no son tan idiotas como para grabarlo en la base de datos de una nave.

—Es posible, pero en este caso sospecho que de verdad los turanios desconocen lo que le ocurrió a su carguero. Sospecho que fue cosa de los kristangos. No les habría importado perder una de sus flotas con tal de capturar una nave turania con un motor de salto avanzado. El carguero desaparecido es bastante parecido al *Holandés*, sobre todo si tenemos en cuenta las modificaciones que podrían haberle aplicado durante los diecisiete años que han pasado. Así que podríamos dar el cambiazo. Los turanios identifican las naves mediante fluctuaciones cuánticas embebidas en el campo de salto, que son únicas en cada nave. Puedo ajustar las bobinas del motor para que imiten las de la nave desaparecida.

Le enseñé el pulgar hacia arriba.

—¡Genial! No solo impediría que los turanios sospechen que los humanos robaron su nave, sino que podríamos sembrar las desconfianza entre estos y los kristangos.

Skippy se echó a reír.

—Ahhh, sería terrible que los lagartos y los hombrecitos verdes se llevasen aún peor de lo que se llevan. Pobres.

—Eso sí, ten en cuenta que prefiero que nadie examine con atención el *Holandés*, así que sigue usando tu magia para que crean que somos una nave yerapta.

—Sin problemas. La verdad es que hemos tenido otra idea estupenda. Aunque el mérito es casi todo mío, claro.

No iba a molestarme en discutir. Solo soy un mono, al fin y al cabo.

—Claro.

12

La investigación del siguiente enclave potencial de los Antiguos empezó bastante bien. No nos hizo falta que Skippy despertase un agujero negro en letargo o que crease una nueva conexión con uno activo. Nos limitamos a cruzar un par de ellos que ya formaban parte de la red y luego saltamos durante cinco días hacia a un sistema solar en el que no había nada de especial. Al menos no tenía otra de aquellas aburridas enanas rojas como estrella, sino una enana amarilla. Supuse que se trataba de una estrella pequeña, hasta que supe a través de Skippy y del equipo científico que el Sol entraba precisamente en esa categoría. No me gustó un pelo. Recordaba cuando en tercero nos habían enseñado un modelo del sistema solar, en el que la Tierra tenía el tamaño de una pelota de pimpón y el sol el de un balón de baloncesto. También me acuerdo de que la profe, la señora Carmichael, de la que estaba enamorado y quizás aún lo esté un poco, nos dijo que, de haber sido un modelo a escala, el sol habría sido varios millones de veces más grandes que la Tierra. Aquello fue demasiado para mi mente de niño.

Sin embargo, para nuestro equipo de astrofísicos el sol era una estrella del montón, sin nada especial. Me aseguraron que eso era algo positivo, porque gracias a eso nuestro entorno era adecuado para que la vida floreciese mientras el sol aún quemaba hidrógeno en lugar de helio. O algo parecido. Da igual. Me parecía que estaban insultando nuestro Sol. Y cuando oí lo de «quemar hidrógeno», lo que me vino a la cabeza fue la explosión del Hindenburg. Eso no molaba nada.

Esta enana amarilla en concreto era un siete por ciento mayor que nuestro sol, pero algo más fría. Era más vieja, según Skippy y los científicos, más cerca del final de su existencia, y casi había quemado todo su hidrógeno. No tenían claro qué los emocionaba más, si la idea de conseguir artefactos de los Antiguos o la posibilidad de estudiar una estrella de tipo G con los sensores del *Holandés*. Skippy les había dicho eran capaces de ver el interior de la estrella.

Seguimos el procedimiento que habíamos establecido en el anterior enclave. El *Holandés* saltó al exterior del sistema solar y la *Flor* realizó la exploración de las lunas de los gigantes gaseosos. Había dos planetas rocosos, pero estaban deshabitados y se encontraban fuera de la Zona de Ricitos de Oro. Los otros tres eran gigantes gaseosos.

La *Flor* investigó primero el más masivo, que era casi un treinta por ciento más grande que Júpiter. Si no encontraba ningún enclave Antiguo en sus lunas debía volver al *Holandés*, informar y luego proceder con los otros dos planetas.

Volvió en el tiempo previsto e informó de que había detectado lo que podía ser un enclave antiguo en una pequeña luna y, al parecer, no había indicios de saqueo. Skippy supuso que, al tener una estrella tipo G, alguien había verificado el sistema en su día, pero, al no tener planetas habitables, no se habían molestado en examinarlo con atención.

Esperaba que esta vez nos tocase por fin el premio gordo.

La *Flor* atracó y, mientras la tripulación desembarcaba, esperamos a que Skippy analizase sus datos.

—¿Qué pinta tiene? —pregunté.

—Es difícil decidirlo con esa mierda de sensores kristangos —se quejó—. No hacen más que desajustarse y la mitad de las veces no sé si estoy mirando una luna o el espacio vacío.

—Sí, ya lo sé. —Estaba hasta las narices de sus quejas sobre los instrumentos con los que tenía que trabajar—. Pero ¿han encontrado un enclave Antiguo o no?

—Podría ser un complejo científico de los Antiguos o un garaje de lavado de coches. Con estos sensores no hay manera de saberlo.

—Vale, ya lo veremos cuando vayamos con el *Holandés*. ¿Hay rastros de otras naves?

—No, aunque es difícil ver nada, porque la *Flor* está prácticamente ciega. Y que el planeta tenga un campo magnético tan potente no ayuda nada. Hay tanto ruido en los sensores que los turanios podrían haber ocultado una flota entera y la *Flor* ni la vería.

—¿Teniente coronel Chang? —pregunté.

Acababa de dejar la fragata y entraba en el puente en aquel momento. Era muy consciente de la mala opinión de Skippy sobre la fragata.

—No hemos detectado ninguna amenaza, mi coronel. Recomiendo que saltemos con el *Holandés*.

—¿Skippy?

—Sí, claro —suspiró—. ¿Por qué no? Siempre podemos volver a saltar y huir.

Se arrepentiría de haber dicho eso.

Todos nos arrepentiríamos.

Programó un salto que nos llevó lo bastante cerca del enclave Antiguo para que las lanzaderas hicieran el viaje y para que los sensores del *Holandés* realizasen una exploración exhaustiva, pero lo bastante lejos para que la gravedad de la luna no impidiera o afectase al salto.

—Todo correcto —informó Desai justo antes de volverse hacia mí—. Hemos salido a cuarenta metros del objetivo previsto. —Meneó la cabeza, asombrada. ¡Cuarenta metros! El mejor salto programado por los humanos nos había dejado a cincuenta mil kilómetros del objetivo y los científicos pensaban que lo más que se podía aproximar eran nueve mil kilómetros, porque más cerca había no sé qué tipo de indeterminación cuántica que hacía imposible ser más precisos. Sin embargo, Skippy siempre nos dejaba a menos de cien metros, en general bastante menos. Afirmaba que la indeterminación cuántica solo afectaba a la capa más externa del espaciotiempo, lo que tenía perplejos a nuestros científicos.

—Enhorabuena, Skippy, otro salto cojonudo.

—Sí, claro. Me paso la vida maravillando a los monos. Luego hago una reverencia. Escaneando. Por cierto, la precisión fue de treinta y siete metros, no de cuarenta. Hmmm. Hay la interferencia procedente del campo magnético es mayor de lo que… ¡No! ¡Piloto, sácanos de aquí! ¡Yaaa!

Desai no vaciló y pulsó el botón de salto. Vi en el monitor el símbolo que indicaba la formación de un punto de salto una fracción de segundo antes de que la nave se lanzase hacia él.

Skippy volvió a gritar.

—¡Aborte la ord…!

Demasiado tarde. El *Holandés* saltó. Más bien lo intentó. Toda la nave empezó a vibrar tan fuerte que pensé que se me iban a saltar los dientes. Se oyó un ruido rechinante, desgarrado, como si la nave se estuviera haciendo pedazos. Las luces y los monitores parpadearon, el suelo descendió de repente y volvió a dar contra mi silla y me di cuenta de que la gravedad artificial iba y venía. Había tantos símbolos cruzando los monitores a toda prisa que no merecía la pena intentar leerlos. No había nada que pudiéramos hacer que Skippy no hubiese hecho ya.

Al ver que la luna que pretendíamos investigar seguía en una esquina de la pantalla, tuve la sensación de que, en vez de saltar al exterior del sistema, nos habíamos limitado a dar un microsalto.

—¿Qué ha pasado, Skippy?

Sorprendentemente mi voz sonó calmada y lo bastante alta para hacerse oír por encima del estruendo que me rodeaba, fruto de los gritos, las alarmas y la estructura de la nave, que no dejaba de doblarse y quejarse de un modo horrible. De fondo oí el sonido que se usaba en *Star Trek* para el zafarrancho de combate, algo que Adams había programado en los sistemas de la nave.

—Un escuadrón de destructores turanios. Cinco naves. Hemos saltado casi encima de ellos y nos han pillado parcialmente en un campo de amortiguación. Al intentar saltar, hemos destrozado el diecisiete por ciento de las bobinas del motor. Podría haber sido peor, pero logré desconectar el motor a tiempo. El agujero de gusano estaba colapsando, de todos modos. Deberíamos saltar cuanto antes. —Vi en el monitor principal que el motor estaba a un sesenta y tres por ciento de carga—. Tendremos que esperar a que desconecte las bobinas quemadas y recalibre el motor.

—¿Cuánto?

—Calculo que… Mierda, nos han vuelto a encontrar. Dos destructores acaban de saltar y nos apuntan con los máseres. Y con seis misiles.

—¡Activen el sistema de defensa! —ordené al CIC.

El sistema informático turanio que Skippy había actualizado nos protegería de los misiles. Un humano nunca tendría los reflejos necesarios.

—Piloto, ya sabe lo que hay que hacer.

—Sí, mi capitán.

La voz de Desai sonó tensa. Activó los motores de impulso al máximo de potencia para esquivar los máseres y la nave cabeceó.

—Impacto de máser —informó Skippy con indiferencia, casi a la vez que la nave volvía a cabecear, ahora con violencia—. Otro impacto. Compensado por los escudos.

—¿Deberíamos devolver el fuego? —pregunté.

Me pareció que la respuesta era obvia, pero preferí consultarlo con Skippy.

—Sin duda. Impedirá que los destructores se nos acerquen más. Los otros tres acaban de saltar. Estamos rodeados. Nos disparan.

—Fuego a discreción —ordené. El monitor mostró nuestros cañones de partículas devolviendo el fuego—. ¿Cuánto para el salto?

—Demasiado. Están extendiendo de nuevo el campo de amortiguación. No estamos listos, pero no nos queda más remedio. Tenemos que saltar antes de que el campo esté a plena potencia. Opción de Salto Eco.

Era un microsalto, así que supuse que Skippy no se fiaba de que pudiéramos llegar más lejos. Aquello no era nada bueno. Los destructores nos volverían a dar alcance enseguida.

—Piloto. Opción de Salto Eco. Adelante —ordené.

No nos enfrentábamos a naves kristangas, de tecnología inferior a la nuestra, sino a destructores turanios tan avanzados como el *Holandés*. Naves creadas para la guerra, mientras que nosotros éramos básicamente un autobús espacial.

Fue una pesadilla. Saltamos varias veces, tratando de escapar. No funcionó. Los destructores nos encontraban enseguida, a veces dos de ellos, otras los cinco. Desai hizo cuanto pudo para desorientar al enemigo y, según Skippy, lo estaba haciendo muy bien. El problema era que el enemigo tenía plataformas de sensores múltiples enlazadas y no éramos capaces de esquivar sus maseres más de un par de segundos antes de que nos encontrasen y nos disparasen de nuevo. Las defensas automáticas se encargaban de los misiles, pero cada vez llegaban más cerca a medida que nuestros sensores se degradaban a causa de las llamaradas del impacto de los máseres contra los escudos.

No lo íbamos a conseguir. Con cada salto quemábamos más bobinas, incluso con el campo de amortiguación de los turanios inactivo. Skippy no había tenido tiempo de recalibrar el motor, y con cada bobina perdida el sistema se desajustaba más y más.

No íbamos a salir de aquella. Todos lo sabían, podía verlo en sus rostros. Los escudos estaban al límite, los disparos de máser empezaban a atravesarlos y se dirigían a popa, a ingeniería, donde estaban los reactores y los motores salto.

A los veinte minutos perdimos el reactor principal. Skippy se vio obligado a apagarlo. Solo teníamos ahora un reactor para recargar el motor de salto y alimentar el escudo, el camuflaje y los cañones de máser. Skippy había decidido bajar la gravedad artificial a un tercio y había desconectado todos los sistemas no esenciales.

No sirvió de nada.

El *Holandés Errante* se estremeció de nuevo. Oímos lo que parecía un gemido y el estremecedor chillido del metal cuando se parte. Los monitores del puente parpadearon a la vez que casi todos los sistemas emitían diversas alarmas y pitidos.

—¡Skippy! ¡Sácanos de…!

La nave se estremeció con fuerza de nuevo.

—Impacto directo en el reactor número cuatro —anunció Skippy imperturbable—. El sello del reactor está roto. Voy a eyectarlo. Sistema de eyección inhabilitado. Piloto, impulsores de babor preparados, encendido de emergencia a mi señal.

—Lista —respondió Desai, lo más tranquila que pudo.

—¡Adelante! —gritó Skippy.

El resultado de la maniobra, que en circunstancias normales ni habríamos notado, fue demasiado para la ya sobrecargada gravedad artificial de la nave y sus sistemas de compensación de inercia. Escoramos hacia la derecha, el sillón de mando dio un bandazo y tuve que sujetarme con fuerza. Se produjo un nuevo temblor, o más exactamente una oleada de ondulaciones que recorrieron la espina dorsal de la nave acompañadas de un gruñido bajo y armónico. Nunca había oído un ruido similar en ninguna nave.

—El puñetero reactor número cuatro ha salido disparado y de camino ha impactado con el número dos, así que lo ha cerrado. —Se notaba la tensión en la voz de Skippy—. Se acercan misiles. Redirijo toda la potencia disponible a los motores. Agarraos, que va a ser movidito.

El monitor principal indicaba que el motor estaba al treinta y ocho por ciento de carga. Skippy nos había dicho que con el *Holandés* dentro del campo de amortiguación del destructor turanio necesitaríamos al menos un cuarenta y dos por ciento para un salto corto y aún eso implicaría una elevada posibilidad de despedazar el motor. Por lo menos no nos enteraríamos, moriríamos sin más entre un picosegundo y el siguiente.

Los iconos de los misiles, siete en total, se movían con rapidez en la pantalla. Dos de ellos desaparecieron, destruidos por los haces de máser de las defensas de la nave. Los otros cinco, con el camuflaje activo que desorientaba nuestros sensores, seguían su camino. Otro misil destruido. Quedaban cuatro, cada vez más rápidos.

Motor al cuarenta por ciento.

Iba a ir por los pelos.

Me giré para levantar la tapa de plástico del botón de autodestrucción y mi vista fue más allá de la pared de cristal que me separaba del Centro de Información y Combate.

—Teniente coronel Chang.

El interpelado asintió y levantó la tapa del otro botón de autodestrucción, el de confirmación.

—Mi coronel —dijo mirándome directamente a los otros mientras me saludaba militarmente.

Le devolví el saludo.

—Teniente coronel Chang, hemos recorrido juntos un camino largo y extraño. Ha sido un honor servir a su lado.

Mi pulgar izquierdo se detuvo a pocos centímetros del botón de autodestrucción. La nave estaba condenada y había sido culpa mía. ¿Cómo demonios nos habíamos metido en aquella movida?

Un nuevo impacto de máser. La nave se estremeció una vez más.

—Skippy, lo siento. Buena suerte con…

—Opción de Salto Delta —me interrumpió—. Ya.

El motor seguía al cuarenta por cierto, pero no me paré a discutir.

—Piloto. Opción Delta. Adelante.

Nunca en toda mi vida había notado un salto. Algo había ido mal de narices. Veía la nave distorsionada, ondulando de un lado a otro; por un momento me pareció transparente y sentí que las nauseas me asaltaban. Vi que alguien en el CIC se limpiaba la boca tras haber vomitado sobre la consola y seguía con su tarea; no había perdido la concentración en ningún momento.

—¿Dónde coño estamos, Skippy?

—Uno de los misiles iba a atravesar las defensas y los escudos no resistirían un impacto directo, así que salté antes de tiempo. También distorsioné el espaciotiempo para que nos desviase del rumbo original. No voy a entrar en detalles, pero digamos que a los motores no les ha sentado nada bien. Las buenas noticias es que a los turanios va a costarles dar con nosotros. Eso creo.

—¿Suficiente para recalibrar el motor y que nos podamos largar de verdad?

—No. Suficiente para el plan B. Necesito que me recojas y me lleves a la *Flor*. No discutas, hablaremos de camino. Vamos.

Desabroché el cinturón de seguridad, rodeé la silla y me detuve lo suficiente para decirle a Chang que quedaba al mando antes de echar a correr por el pasillo y darme de bruces contra la pared. La baja gravedad me volvía torpe, así que tropecé y me golpeé unas cuantas veces antes de llegar a la cápsula de salvamento de Skippy. Estaba donde lo había dejado, por supuesto, ya que no podía moverse. Lo habíamos colocado allí para que pudiera irse antes de que estallase la nuclear en caso de que la nave se destruyese, en la esperanza de que el enemigo sintiese luego la curiosidad suficiente para recogerlo y subirlo a bordo.

El nodo de comunicaciones que habíamos robado en el asteroide kristango estaba también en la cápsula, con la idea de que funcionase de cebo si la escaneaban. Aunque no supieran qué era Skippy, seguramente identificarían el nodo como un dispositivo de los Antiguos.

—Hola —saludé mientras lo sacaba del tosco receptáculo que le habíamos fabricado.

Aunque podía verme y hablar conmigo en cualquier parte de la nave, me había acostumbrado a pasar por la cápsula al menos una vez al día para ver cómo le iba. Solía bromear y decir que había un mono apestándola, pero creo que le gustaban mis visitas.

—¿Cuál es el plan? —pregunté, mientras lo agarraba como si fuera una pelota de fútbol y echaba a correr por el pasillo que cruzaba la espina dorsal del *Holandés*.

—El plan es dejarme en la *Flor*, iniciar un temporizador que arranque el sistema de navegación y el motor de salto y volver aquí —explicó mientras entraba en el trole sin dejar de agarrarlo.

—Guau. —El trole arrancó a una velocidad endemoniada. No tenía ni idea de que pudiera moverse tan rápido—. ¡Eh! —Perdí el asidero y caí de cabeza contra el suelo, lo bastante fuerte para hacerme sangre—. Joder, Skippy, avísame cuando hagas cosas así. Supongo que quieres estar lo bastante lejos cuando vuele el *Holandés*.

—No, idiota. Quiero impedir que vueles la nave. Sois una panda de monos medio tarados y malolientes, pero os he cogido cariño. Me siento responsable de vosotros. Sois como un cachorro apestoso que te mira desde la cuneta con adoración. No te queda otra que recogerlo. Luego ya estás pillado.

—Entonces ¿qué demonios pretendes, genio? Si nos, dejas nunca lograremos recalibrar el motor y los destructores nos alcanzarán en un suspiro.

—Ah, hombre de poca fe, deberías avergonzarte. He cargado un miniyó en el ordenador turanio para que recalibre el motor y dirija los sistemas de la nave. Es casi tan tonta como vosotros, porque no hay manera de meter nada útil en la mierda de memoria del ordenador turanio, pero será suficiente para vuestras necesidades. Si funciona, los turanios perseguirán a la *Flor* y el *Holandés* tendrá una pequeña posibilidad de huir. —El trole se detuvo y la puerta se abrió—. Ponme en el ascensor y vámonos, que tenemos prisa.

—Pero ¿cómo vamos a escapar?

—Magia de Skippy. Programaré el autopiloto de la *Flor* para que se vaya, se aleje a máxima potencia y realice varios saltos. Luego inicias el temporizador y vuelves al *Holandés*. Saltaremos a la vez en distintas direcciones. Justo antes de que os vayáis, distorsionaré el espaciotiempo para que vayáis más lejos de lo que podríais con las bobinas tan degradadas. La distorsión ayudará además a que los turanios lo tengan más difícil para detectar el punto de salida. Ya me has visto distorsionar el espaciotiempo, pero lo que nunca me has visto es distorsionar el tejido del espacio cuando no estoy dentro de la distorsión. El efecto se va a magnificar. Modificaré también la firma energética de la *Flor* para que imite al *Holandés* y dejaré que el punto de salida de mi salto permanezca abierto más tiempo del habitual.

»Lo más probable es que los turanios me detecten a mí y me sigan, no a vosotros. No te voy a mentir, las posibilidades de que escapéis de los turanios sin mí no son nada buenas, pero es mejor que volar la nave.

El ascensor disminuyó la velocidad y se acercó a la plataforma en la que se encontraba la *Flor*. Asumí que Skippy ya había empezado a preparar la fragata para el vuelo.

—Una posibilidad remota es mejor que ninguna. ¿Qué va a ser de ti?

—Supongo que los turanios envolverán la *Flor* en un campo de amortiguación tras un par de saltos y, o bien volarán la nave, o esta quedará destruida por intentar saltar dentro del campo.

—Eso no mola nada, Skippy. —Había que mejorar aquel plan—. Sobrevivirás, sí, pero te vas a quedar en medio del espacio para siempre.

El ascensor se detuvo, la puerta se abrió y entré en la *Flor*.

—A menos que los turanios se tomen el tiempo suficiente para examinar los restos, me encuentren y decidan subirme a bordo. No es peor que lanzarme en una cápsula de salvamiento antes de que revientes el *Holandés*. Así que, aunque es una mierda, no lo es más que el plan original.

Me detuve.

—Sí que lo es. Joder, todo tu plan apesta.

Me di la vuelta para dejarlo en el suelo del ascensor. Cuando este se moviera, iba a caer de lado y echar a rodar como una verdadera lata de cerveza, pero estaría salvo.

—¿Qué coño haces, mono de las narices? ¡No tenemos tiempo para eso!

—Es el plan C, Skippy. Me quedaré en la *Flor* y dejaré que los turanios me persigan. El resto, como lo dijiste: distorsionas el agujero de gusano, cambias la firma de la *Flor*… todo eso. Y sacas a mi tripulación de este atolladero.

Conocía los sistemas de la *Flor* lo bastante para un vuelo corto que usase saltos preprogramados. Suficiente para lo que pretendía.

—¡El plan C es una puta mierda! ¿Sabes por qué lo sé? ¡Porque se le ha ocurrido a un mono!

Tomé aire e intenté serenarme.

—Skippy, no te voy a dejar a la deriva en mitad de ninguna parte por los siglos de los siglos, ya has estado solo el tiempo suficiente. Joder, varios tiempos suficientes. Los humanos tenemos una deuda contigo del tamaño de la galaxia y nunca podremos pagarla. Además, caraculo, eres mi… joder, no me puedo creer que vaya a decirlo… eres mi puñetero amigo.

Pulsé el botón para que el ascensor descendiera.

—¡Espera! —La puerta del ascensor se detuvo, medio abierta—. ¡Espera un momento, joder! ¿Vas a hacer esto por mí?

—Alguien tiene que hacerlo, y no hay nadie más por aquí. —Volví a pulsar el botón y la puerta se cerró un par de centímetros más—. Cuida de mi nave.

—Espera, Joe. —Su voz sonaba apagada—. Sabes que mis recuerdos están incompletos. Quizá ni siquiera son reales. Pero estoy seguro de que nunca había tenido un amigo. —Soltó un gemido de rabia—. ¿Sabes qué? ¡No! ¡Los cojones! ¡A la mierda todo! —Hablaba tan alto que me dolían las orejas—. Devuélveme al puente del *Holandés* y daré con un modo se salir de esta. Tengo una mente descomunal, y ha llegado el momento de que la use de verdad. Vamos, Joe, por favor. Confía en mí.

No sé qué demonios estaba haciendo Skippy o por qué continuos espaciotemporales se estaba moviendo, pero la lata de cerveza no tardó en volverse demasiado caliente y tuve que andar pasándola de una mano a otra para no quemarme.

Cuando llegué al puente, todo el mundo clavó la mirada en mí. Me di cuenta de un vistazo de la situación; el motor solo estaba al veintiocho por ciento de carga y el proceso de recalibrar las bobinas de salto iba por el treinta por ciento, pero de momento no se veían otras naves al alcance de los sensores.

—¿Qué ha ocurrido? —preguntó Chang mientras se apartaba del sillón de mando.

—Skippy tiene un nuevo plan, ¿verdad, Skippy? —Lo coloqué en el receptáculo que le habíamos preparado en el puente, en una de las esquinas—. Un plan mucho mejor —añadí mientras me sentaba y me abrochaba el cinturón—. ¿Skippy? Venga, compañero, dime algo.

—No dije que el plan fuese mejor, solo diferente. Y ya es demasiado tarde para volver al plan original. Gracias a Joe.

—¿Cuál era el plan original de don Skippy? —quiso saber Chang, que estaba de pie a mi lado. Había otra persona en su puesto en el CIC.

—Iba a sacrificarme heroicamente en favor de seres inferiores, es decir, vosotros —respondió Skippy—. Joe me detuvo, porque eso habría sido una perdida insoportable para la galaxia.

—Claro, fue por eso —dije con sorna—. Bueno, y porque el plan era una estupidez.

—¡No es cierto! ¡Teníais un doce por ciento de posibilidades de escapar!

—¿Hablamos de un doce de los tuyos un doce de esos de «psé»?

—Once coma cinco mil seiscientos cuarenta y nueve, aproximadamente. Más o menos. Aunque quizás era un cálculo que pecaba de optimista. En todo caso, os habría garantizado un siete por ciento.

—Ya me parecía. Venga, cuéntame ese plan brillante que tienes ahora.

—Ese es el problema, que no tengo ningún plan brillante. He intentado dar con algún registro que detallase una situación similar a esta en la que la nave hubiese logrado salir ilesa, pero no encontré ninguno. Luego puse mi mente increíble a trabajar para que diseñase un plan brillante. Nada. ¡Nada! Dio igual cómo encarase la situación o cuántas variables manejase, no di con ninguna forma inteligente de salir de esto. Así que me di cuenta de que necesitábamos un plan estúpido. Si funciona, el *Holandés* podrá escapar.

—¿Y si no funciona?

—Será incinerado.

—Eso no suena muy bien.

—Eh, si no funciona, vosotros os limitaréis a morir, pero yo me quedaré atrapado en el núcleo de una estrella moribunda durante varios trillones de años.

—Hombre, eso lo cambia todo, haberlo dicho antes. Me apunto. ¿Qué posibilidades tiene?

—Digamos que un, psé, cincuenta… ¿Tal vez? Lo cierto es que no lo sé. No creo que se haya intentado nada tan estúpido antes, al menos en esta galaxia. Casi suena emocionante y todo.

—¿En qué sentido es estúpido? ¿Como un paleto de serie barata de televisión?

—Claro no que, no hay nada que sea tan estúpido como eso. Digamos que, para una IA de mi calibre, se acercaba bastante a una estupidez en plan «sujétame el cubata».

Meneé la cabeza.

—Tienes que aprender a vender mejor tus ideas.

—¿Venderlas? Piensa que esto podría ser tu gran oportunidad de alcanzar el estatus de habitante de Florida.

—¿Florida? —pregunté, confundido—. Soy de Maine, imbécil.

Lanzó un suspiro exagerado.

—No, me refiero al típico habitante de Florida que sale en el telediario. Ya sabes: «Habitante de Florida es devorado por su caimán» o «Habitante de Florida borracho estrella el coche contra una comisaría de policía» o «Habitante de Florida desnudo…»

—Vale, ya lo pillamos. ¿Qué posibilidades tenemos sin el plan?

—Cero. Y no es un, psé, cero, sino un cero patatero. Calculo que tenemos como mucho un minuto antes de que la primera nave turania salte y nos detecte.

El monitor me indicaba que los motores aún estaban a treinta por ciento.

—Maravilloso. Explícanos el plan…

—¡Nave enemiga! —gritó Chang.

El monitor mostraba ahora un triángulo, lo bastante lejos para poder esquivar la mayor parte de sus disparos, pero lo bastante cerca para no sentirnos a salvo.

—¿Saltamos, Skippy? —pregunté, hecho un manojo de nervios y pensando que quizá después de todo tendría que haberlo dejado en el ascensor y haberme llevado la *Flor* para usarla de señuelo.

—Lo inteligente sería saltar, en efecto, pero lo inteligente no va a funcionar. Ya te lo dije. Confía en mí, os vais a quedar boquiabiertos ante mi estupidez.

Aunque podríamos haber realizado un microsalto con los motores al treinta por ciento, la primera fase del estúpido plan de Skippy consistió en esperar otros treinta y cinco segundos hasta que aparecieron tres destructores turanios, nos detectaron y empezaron a disparar misiles y máseres. Fue por los pelos. Los máseres deshabilitaron los escudos y un misil estalló tan cerca que varios fragmentos de la cabeza explosiva impactaron en uno de los reactores que aún funcionaban, con lo que lo dejaron menos funcional. O sea, nada funcional.

Cuando por fin saltamos, lo hicimos hacia la estrella, no hacia el exterior del sistema. Y cuando digo «hacia», quiero decir que estábamos cerca de narices. De haber vivido en aquel sol, habría visto mi casa. Tan cerca que, a medida que descendíamos en el pozo de gravedad, saltar se volvía cada vez más difícil, incluso a plena carga, con todas las bobinas intactas y el sistema de salto calibrado. Y no cumplíamos ninguna de las tres condiciones.

Saltar tan cerca de la estrella que los escudos apenas eran suficientes para que no nos friésemos no fue lo bastante estúpido, al parecer. En cuanto salimos del punto de salto, trazamos rumbo directo a la estrella y aceleramos al máximo, para internarnos más y más en el pozo de gravedad.

Fue el momento «sujétame el cubata» de Skippy.

Toda la maniobra era tan absurda que los turanios, tras saltar en pos de nosotros, no estaban seguros de si debían seguirnos. Estuvieron desplegándose durante casi un minuto, intentando darnos distancia, pero el condenado campo magnético de la estrella causaba demasiadas interferencias, así que su sistema de blancos no lograba fijarnos. Algún hombrecito verde debió de decidirse por fin, tras ver que el máser no nos alcanzaba y que los misiles se desviaban, porque todos los destructores giraron a la vez y apretaron el acelerador en nuestra dirección.

Los cargueros espaciales pueden dar grandes saltos y pueden saltar una y otra vez, lo que los hace parecer veloces, pero no lo son. Lo que sí puede un carguero es seguir navegando mucho más lejos que otras naves, que se quedarán antes sin carga o sobrecargarán los motores. En el espacio, lo habitual es que un carguero se comporte como un trasatlántico y los destructores como lanchas rápidas; el primero puede cruzar el océano y antes o después dejará atrás a las lanchas, pero en distancias cortas estas son más rápidas y pueden ponerse a dar círculos a su alrededor. Así que los destructores acortaron la distancia rápidamente. Muy rápidamente. Tanto que ni me hacía falta ver la cifra decreciente del indicador de «Distancia al objetivo»; me bastaba con ver moverse los cinco triángulos en el monitor. En el centro de la pantalla estaba la estrella, tan cerca que su superficie parecía plana en lugar de curva.

—Esto, Skippy, las naves nos pisan los talones. Nos alcanzarán en… —Comprobé el tiempo estimado en el monitor—. Siete minutos. No podemos saltar tan cerca de una estrella y esos destructores nos van a hacer papilla. Si esta es la parte estúpida de tu plan, creo que no quiero enterarme del resto.

—Joe, te juro que aún no hemos llegado a la parte estúpida. Mira.

Frente a nosotros, la superficie de la estrella ya no era una línea recta, Se veía una hendidura, como si un cuchillo invisible la atravesara. Se fue haciendo más ancha y profunda, así que hubo que reducir el *zoom*. Joder, Skippy estaba abriendo un agujero gigante en la estrella.

—Estoy distorsionando el espaciotiempo —nos explicó—. Cuando interrumpa el proceso, la estrella va a colapsar y lanzar una llamarada solar inmensa. Como para apuntarla en el *Guinness*. Pase lo que pase, va a ser interesante de narices.

—Pero una llamarada incinerará el *Holandés*.

El escuadrón turanio se había dado cuenta del peligro y habían dado la vuelta a máxima velocidad, tratando de alejarse todo lo posible.

—Hmmm. Puede. Ahora es cuando empieza la parte estúpida de verdad. Nunca nadie ha intentado esto, así que agarraos.

Skippy dejó de distorsionar el espaciotiempo de la estrella. La superficie pareció ondularse como si quisiera rellenar la hendidura y luego soltó una llamarada. En nuestra dirección. A toda leche.

—¡Skippy!

La nave cabeceó.

—La estrella está colapsando. Lo que sentís son ondas gravitatorias. Van a la velocidad de la luz. ¡Opción de Salto Zulú! —gritó de repente—. ¡Ya!

¿Cómo narices íbamos a saltar atrapados por el pozo de gravedad? No había tempo para pensárselo. El monitor mostraba una enorme llamarada solar a punto de engullirnos.

—¡Piloto, adelante Opción de Salto Zulú! —ordené con el tono más tranquilo que logré encontrar.

Si aquello no funcionaba, no íbamos a necesitar las nucleares para vaporizar cualquier rastro de presencia humana en la galaxia.

Desai pulsó el botón que iniciaría el salto. Fuese lo que fuese lo que estaba intentando Skippy, al motor no le gustó nada de nada. Fue como si la nave parpadease hacia la inexistencia y volviera de nuevo mientras se agitaba violentamente. Los monitores se apagaron y algunos reventaron. Una cascada de chispas se extendió por el puente y el CIC. La gravedad artificial se desconectó solo para volver, aumentada, y desconectarse de nuevo. Me sentí empujado con tanta fuerza contra el sillón que creí que se me partiría el cuello. Se oyó un gemido profundo y horripilante que fue creciendo cada vez más hasta que me dolieron los oídos. Las luces se apagaron…

13

RECUPERAR LA CONCIENCIA fue como cuando te derrumbas borrachísimo sobre la cama, esta empieza a girar y no te queda más remedio que despertar antes de potar todo lo que tienes.

No me digáis que nunca os ha pasado. Mentirosos.

Como sea, desperté a la vez que vomitaba sobre mi propio regazo, o al menos lo intentaba. Varios restos flotaron a mi alrededor cuando la gravedad se desconectó. Volvió enseguida y se desconectó de nuevo, lo que no le sentó nada bien a mi estómago. Mantuve la boca cerrada, intentando no vomitar sobre el puente. La cabeza me dolía tanto que me pareció que las cuencas de los ojos me estallarían.

—Skippy —me oí decir con voz estrangulada —. Infositu.

Fue cuanto logré articular.

—Hemos saltado algo más allá del borde del sistema solar. Los cinco destructores turanios han sido engullidos por la llamarada solar y no hay más naves cerca, al menos de momento. He estabilizado la gravedad temporal, aunque no sé cuánto durará. Hay numerosos heridos, pero ninguno de gravedad. —No se molestó en explicar qué consideraba «de gravedad»—. El daño recibido por la nave es considerable.

—¿Cuánto?

Tenía miedo de la respuesta.

—En extremo. Hasta límites catastróficos. Cállate y no me interrumpas por un rato, anda. —Su voz sonaba plana, sin el menor rastro de su sarcasmo habitual—. Solo están operativos los reactores uno y cinco, y he tenido que iniciar un cierre de emergencia de este, porque está perdiendo integridad. De seguir así, la fuga dañará más aún el motor tres, que ya está apagado. El uno tiene una pequeña fuga, pero su mayor problema es que ha perdido por completo la capacidad de refrigeración. La temperatura está en un nivel crítico y, si sigue aumentando, se producirá una explosión que podría destruir esa parte de la nave, lo que nos dejaría sin motores de salto. La bomba de refrigerante del reactor uno suena como una manada de hienas en una licuadora, solo que más alto. Así que no me queda más remedio que apagar también el reactor uno.

—¿El problema es la bomba? —No parecía gran cosa—. ¿Puedes arreglarla?

—He llamado al número de atención al cliente del fabricante, pero me han pasado a un tal Bob que vive en Malasia. La lluvia del monzón era tan fuerte que casi no podía oírlo. Me pidió que comprobase si la bomba estaba conectada, luego sugirió que la apagase y la volviese a encender. No funcionó. Estoy casi seguro, además, de que ni siquiera se llama Bob. —Se detuvo un instante—. Por el amor de Dios, Joe, ¿no crees que, si pudiese arreglar la bomba, ya lo habría hecho? La bomba ni siquiera es el problema principal, todo el sistema de refrigeración ha sido acribillado por metralla de un disparo que casi nos da.

—La nave va a quedarse del todo sin ener…

—Mira que te dije que te callases mientras hablaba, pero ni caso. —Sonaba cansado—. Correcto. Tras cerrar ambos reactores, la nave solo contará con la energía de emergencia. Hay carga suficiente para realizar un pequeño salto, pero no nos llevaría cerca del sistema solar más cercano y está claro que no podemos volver donde estábamos. Calculo que los turanios tardarán dos horas en detectarnos de nuevo. No había forma de enmascarar el fogonazo de rayos gamma de nuestro salto, y, dado que estamos en la periferia de su sistema solar, es muy probable que estemos al alcance de sus sensores. Los turanios son conscientes de que uno de sus propios cargueros es hostil, así que habrán pedido refuerzos. Ya puede hablar, coronel.

—La situación no es del todo desesperada, supongo, o no te habrías molestado en apagar los reactores. ¿Qué opciones tenemos?

—Tenemos una. Bueno, dos si incluyes la autodestrucción. Usamos la carga que nos queda en el motor de salto para irnos de aquí lo antes posible. Estoy realizando un diagnóstico de las bobinas para asegurarme de que no se quiebren durante el salto.

Los que dimos dentro del campo de amortiguación, por no hablar de durante mi deformación del espaciotiempo, las han dañado considerablemente. Solo queda un veintisiete por ciento útil ahora mismo.

—Eso de saltar al vacío con los reactores apagados y los condensadores con fugas suena muy parecido a saltar de la sartén al fuego. Estamos muertos, en cualquier caso. ¿No hay modo de arreglar los reactores?

—La respuesta corta es que no. Al menos con el equipo que llevamos. Los cargueros viajan con una escolta de naves de apoyo. No están diseñados para mantenerse por sí mismos en operaciones a largo plazo. Así que andamos cortos de repuestos y nuestra capacidad de fabricarlos es escasa. La respuesta larga que puede que psé.

—¿Puede que psé? —pregunté, sorprendido. Aquello ya sonaba más como el Skippy que conocía.

—Digamos que un quizá con buenas posibilidades. Con tiempo suficiente y materias primas podríamos reparar la nave. Tengo un plan, pero no te va a gustar.

Tenía razón, no me gustó. Tampoco tenía otras opciones. Ni una idea mejor.

No podía hacer nada útil en el puente de una nave sin energía, así que eché una mano limpiando el desastre. Me dirigí a la tripulación por el intercom en un breve comunicado y luego me fui a la enfermería.

No me sorprendió que no hubiese nadie de las fuerzas especiales, pese a que había visto el informe que Skippy había cargado en mi tableta y que describía numerosos huesos rotos, contusiones y lesiones de tejidos blandos (hombros dislocados y similares) entre nuestros supersoldados. Se curaban entre sí y se mantenían alerta, como si necesitasen estar preparados para repeler un abordaje o alguna otra tontería. Irían a la enfermera cuando anunciase que había pasado el peligro. Asumí que necesitaban sentirse útiles, cosa que entendía, ya que me sentía completamente inútil en aquellos momentos. Chang estaba en el puente y la tripulación de guardia en el CIC estaba pendiente de nuestros baqueteados sensores por si los turanios tenían por allí cerca alguna nave más. En aquella situación, hasta una lanzadera kristanga nos habría acribillado.

Había tres científicos en la enfermería, uno con un esguince de muñeca, otro con la nariz rota y una brecha en la frente, y el tercero con una pierna rota. El doctor Skippy se estaba ocupando de ellos con sus robots de aspecto malrrollero. El equipo científico había oído mi breve comunicado por el intercom, así que tenían un montón de preguntas para las que yo apenas tenía respuestas.

Tendría que estar recorriendo la nave y tratando de tranquilizar a todo el mundo, pero me tomé un momento para echarme agua en la cara y quitarme el sabor a vómito de la boca.

En el estrecho servicio turanio, arrodillado junto al lavabo, intenté hablar con Skippy en el tono que solía emplear con él, tratando de mantener el miedo bajo control.

—Muy bien, tengo que reconocerlo, hasta tus planes estúpidos funcionan.

—Sí, claro, seguro, soy un puto genio.

Mi sentido arácnido empezó a pitar.

—Cabrón mentiroso. La verdad, Skippy, la verdad nos hará libres.

—Nunca he entendido esa expresión. Es mucho más fácil mentir.

—La verdad, Skippy.

—Bueno, esto, verás, hay un detallito de nada —dijo aquel en un tono nervioso que era el motivo por el que nunca lograba mentirme con éxito—. Mi estúpido plan original era una genialidad. Los turanios nunca habrían pensado que alguien pudiese hacer algo tan estúpido. Tras crear la llamarada solar, mucho mayor de lo que esperaba, ya que estamos, ten en cuenta que no tenía suficientes datos sobre la estrella y tuve que calcular a ojo la composición de su fotosfera...

—Al grano, por favor.

El dolor de cabeza me estaba matando.

—Tras lanzar la llamarada solar, pretendía distorsionar el espaciotiempo en sentido inverso y aplanarlo lo suficiente alrededor de la nave para que pudiésemos saltar. Sabía que los turanios no tenían la menor posibilidad; las ondas gravitatorias se propagan a la velocidad de la luz y las naves se habían internado demasiado en el pozo de gravedad para poder saltar. El problema es que nunca había aplanado tanto el espaciotiempo tan dentro de un pozo de gravedad. Sabía que era posible en teoría, pero no tenía tiempo para realizar los cálculos adecuados. Tuve que hacerlo a ojo, lo cual fue la parte estúpida del plan.

—Pero funcionó. Estamos vivos. Más o menos.

—¿No querías la verdad? Pues no, no funcionó, no del todo —admitió Skippy con pesar—. No tal y como había planeado. Me refiero al aplanamiento. No logré mantenerlo durante todo el salto, así que las ondas gravitatorias hicieron resonar el espaciotiempo de un modo que no logré predecir y no tuve tiempo para crear un modelo y ponerlo a prueba. Fracasé miserablemente.

—¿Y por qué seguimos vivos?

—Los monos lo llamaríais suerte. Las ondas de gravedad a este extremo del agujero de gusano causaron una resonancia que lo hicieron colapsar cuando entrábamos y la presencia de la nave aumentó la resonancia de forma exponencial. Las leyes de la física en vuestro universo suelen ser un dolor de cabeza casi todo el tiempo, pero en este caso nos salvaron el culo. La nave había emergido por el extremo de destino del agujero de gusano antes de entrar, así que destruirla en la entrada habría violado las leyes de causalidad. El universo no permite que se juegue con la causalidad de ese modo, así que colapsó todas las probabilidades excepto aquella, extremadamente improbable, en la que de algún modo sobrevivíamos al tránsito y llegábamos íntegros al otro lado. Es como el protocolo que se usa para enviar un mensaje por internet; este se descompone en trozos que siguen distintas rutas y que luego se reensamblan en el destino. Por eso sentiste náuseas y te duele la cabeza; tu cuerpo fue destrozado a nivel subatómico y se ha vuelto a unir varias veces. Cuando te pareció que la nave entraba y salía de la existencia, así era, sucedió de verdad. Cada vez que se destruía la nave durante el tránsito, el universo le daba al botón de reseteo y nos devolvía a la realidad. No le quedaba otro remedio.

Meneé la cabeza, sin saber qué pensar.

—Entonces… ¿morimos, pero no?

—Correcto. Dado que no habíamos muerto al otro extremo del agujero, no podíais morir en la entrada o durante el salto.

—Joder.

—Y tanto que sí. Esto que has experimentado es un atisbo mínimo de cómo funciona de verdad el universo.

—¡Genial! Partiendo de eso, entonces, podremos ir descubriendo el resto, ¿no?

—Hmmm. Va a ser que no. Deja que te ponga un ejemplo. Tu perro ve que traes una nueva marca de croquetas. Te ha visto sacarla del coche. O a lo mejor lo has llevado a la tienda y te ha visto cogerlo del estante. Eso no significa que el perro sea capaz de pillar el concepto del lugar en el que se fabrica el pienso. O, ya que estamos, el concepto de lo que es un concepto.

—Gracias por tu voto de confianza en los monos.

—Me limito a ser realista. Tus físicos teóricos más listos están como mucho en la puerta del garaje preguntándose cuál será la fuente mágica de todas esas croquetas.

No iba a ponerme a discutir con él acerca de los méritos de la mente de los monos.

—Vale. Que lo de la suerte quede entre nosotros, ¿de acuerdo? La tripulación necesita confiar en ti, por absurdo que resulte.

Me miré al espejo. Era un aditamento instalado por los humanos, dado que los ciborgs turanios creían que eso de la apariencia eran chorradas. Había logrado quitarme la mayor parte del vómito del uniforme, o al menos esparcirlo lo suficiente para que pareciese parte del diseño de camuflaje. Mi rostro era un poema. Necesitaba unas cuantas horas de sueño, algo de lo que no iba a disponer en breve.

Increíble. Estaba vivo solo porque mi futuro yo al otro extremo del agujero de gusano no había muerto.

Se me ocurrió algo de repente.

—Un momento. ¿Qué es eso de la versión del *Holandés* que salió del agujero de gusano? ¿Qué es eso de las versiones?

—Hmmm. No es algo que debería haberte dicho.

—Genial, como si no me doliese la cabeza lo suficiente. Y ahora, ¿qué hacemos?

Saltamos y agotamos en el proceso la energía de los condensadores. Luego saltamos de nuevo. Y de nuevo. Y una vez más. Y otra. La energía que necesitábamos para los saltos y para que las cosas funcionasen en la nave procedía directamente de Skippy. La sacó de otro espaciotiempo o de burbujas cuánticas o de algún polvo de hadas mágico, yo qué sé. Yo no tenía la menor idea de cómo lo conseguía; nuestro equipo científico, por mucho que asintiese con solemnidad y gesto pensativo, tampoco. El problema era que la energía implicada, saliera de donde saliera, era enorme, equivalente a la de una pequeña estrella, y le resultaba difícil regular el flujo, ya que no lo habían diseñado para esas operaciones. Así que a veces extraía demasiada energía, y algo más en la nave reventaba; los relés se quemaban, los condensadores se fundían y cualquier cosa que tuviese relación con la electricidad se estropeaba enseguida. Era una carrera contrarreloj. ¿Lograría llevarnos Skippy a nuestro destino antes de quemar todos los circuitos de la nave?

Para reducir nuestra necesidad de energía, no activamos el camuflaje y los escudos estaban al mínimo, lo suficiente para protegernos de impactos microscópicos de escombros espaciales. Recuperamos la calefacción, las luces y el oxígeno, pero hubo que abandonar varias zonas de la nave, donde cortamos todo el soporte vital. La gravedad artificial estaba al dieciocho por ciento, que era lo más baja que podíamos ponerla sin cortarla del todo, algo para lo que no estábamos preparados. Bueno, al menos yo.

Trasladamos a la *Flor* a dieciocho tripulantes, ya que la fragata tenía energía más que suficiente, aunque con todas esas personas a bordo estábamos forzando los límites de su suministro de oxígeno y reciclaje de desechos. Ya no estaba en la plataforma de atraque, sino que se asía directamente al armazón de la espina dorsal del *Holandés*, de forma que pudiese proporcionarnos algo de energía. La cosa no funcionó demasiado bien; Skippy tuvo que chapucear unos cables de transferencia, porque los sistemas de ambas naves eran incompatibles. Además de estar atestada, la *Flor* se encontraba en gravedad cero, ya que los kristangos no tenían sistemas de gravedad artificial. Para las fuerzas especiales fue una oportunidad de seguir la instrucción de combate en cero gé. Era buena idea, y los mantendría ocupados y centrados.

Todos teníamos que mantenernos ocupados e intentar no pensar en el dilema que se nos presentaba. Nuestro destino era un planeta habitable, pero por poco; o, para ser exactos, un planeta que Skippy creía que podía ser habitable y que se suponía que tenía atmósfera de oxígeno y un rango de temperaturas que permitían la vida humana. No era una información muy fiable; los turanios la habían obtenido de los kristangos, que a su vez lo sabían por los rujarras, así que era de tercera mano. Se trataba de un planeta que había estado en territorio rujarra antes de que cambiase la red de agujeros de gusano, aunque ningún hámster vivía en él, lo cual no resultaba muy prometedor. Ahora estaba en territorio kristango, pero los lagartos tampoco se habían establecido en él, lo que seguía siendo poco prometedor.

Teníamos que abandonar la nave porque Skippy iba a necesitar repararla, o más bien reconstruirla a partir de la pila de chatarra en la que se había convertido. Dejaríamos el *Holandés* en órbita alrededor de un gigante gaseoso con Skippy a bordo. La idea era minar las distintas lunas del planeta para obtener materias primas, así como la propia atmósfera de este para fabricar combustible. Mientras Skippy reconstruía la nave, estaría desmontada y sería incapaz de albergar vida.

¿Sería capaz la IA de crear lo que en esencia era una nave completamente nueva a partir de polvo lunar y gases tóxicos? Frente a la tripulación siempre se mostraba confiado y arrogante. Conmigo en privado, no tanto.

—No lo sabré hasta que me ponga a ello —me dijo—. Y va a costar un ojo de la cara. Supongo que tenéis seguro, ¿no? No sería mala cosa que pillaseis un coche de alquiler.

Cuando un mecánico hablaba así, lo más probable es que tuviese que pagar una de las mensualidades de su barco.

—Pongámonos serios por un momento, Skippy. ¿Podrás reparar la nave?

—No puedo darte una respuesta exacta, Joe. A ver si lo puedo poner en términos que lo entiendas. De momento no tengo datos suficientes. El fondo del asunto es saber si mis reparaciones consumirán los recursos más rápido de lo que los produzco, algo que no sabré hasta que vea de qué materias primas dispongo. Si no encuentro pronto los elementos críticos o el procesado de las materias primas consume demasiada energía, entonces la cosa entraría en una espiral descendente. Así que en realidad no lo sé. La única información que tengo de ese sistema solar es un vago informe que los kristangos sacaron de un ordenador rujarra cuando conquistaron Paraíso. A los rujarras solo les importaba saber si el sistema contenía planetas habitables, así que la información sobre los que no lo son es muy vaga. Pero es la única opción que tenemos a nuestro alcance.

—Muy bien. ¿Qué me dices entonces del coche de alquiler?

El *Holandés Errante* quedó alrededor del gigante gaseoso en una órbita que apenas era adecuada para las necesidades de Skippy. El perigeo estaba demasiado cerca de las nubes y el apogeo, demasiado lejos. Con la nave casi sin energía, salvo la de emergencia, no había manera de cambiar la órbita, así que Skippy tuvo que conformarse.

Antes de nada, exploró en busca de otras naves en el sistema, pero no encontró nada. Si las había, estaban camufladas y no se comunicaban; contra eso no podíamos hacer nada. Cualquier nave que permaneciese el tiempo suficiente en el sistema, por muy camuflada que estuviese, dejaría antes o después un rastro de gases de escape. Skippy no detectó nada, aparte de que no tenía mucho sentido que hubiese una nave camuflada tan al interior del territorio turanio-kristango.

Luego examinó el segundo planeta, donde se suponía que íbamos a vivir los humanos mientras Skippy nos arreglaba la nave. En aquellos momentos estaba al otro lado del sistema y en un par de semanas quedaría del todo tras la estrella.

—¿Cómo vamos a llamar al planeta, mi coronel? —preguntó Adams mientras leíamos los datos proporcionados por Skippy.

—¿Cuál? ¿En el que vamos a vivir o el gigante gaseoso? Qué tontería, claro, el primero.

A nadie le importaba demasiado la estación de servicio de Skippy, que era lo que representaba para nosotros el gigante gaseoso: una fuente de helio-3. Según los datos preliminares de la IA, el segundo planeta del sistema, que era el que se suponía que podía albergar vida humana, apenas resultaba habitable. Y esas eran las buenas noticias. Su órbita era una elipse bastante aguda, así que pasaba cada año de estar demasiado lejos de la estrella, casi al extremo del sistema solar, a lo bastante cerca para estar en la Zona de Ricitos de Oro. Así que permanecía congelado la mayor parte del año y solo se descongelaba la zona alrededor del ecuador cuando el planeta estaba cerca de la estrella. Al menos estábamos cerca del verano, así que no estaría extremadamente frío durante nuestra estancia. Sus niveles de oxígeno eran bajos, equivalentes a una altura de tres mil metros sobre el nivel del mar en la Tierra, y su gravedad era un catorce por ciento superior a la de nuestro planeta, a lo que había que añadir que estábamos acostumbrados a vivir por debajo de ella, concretamente al ochenta y tres por ciento, que era lo habitual en las naves turanias. Así que el incremento gravitatorio sería para nosotros de un treinta y uno por ciento.

Iba a ser duro.

La vida nativa, cuando el planeta no estaba cubierto de hielo y nieve, se componía básicamente de hierba, musgo y líquenes, no muy distintos de los que se podían encontrar en la tundra canadiense o en la siberiana. Skippy detectó bastante más vida en los océanos, pero estaban cubiertos por el hielo.

Era un lugar frío, pesado, y nos iba a costar mucho respirar. Nada que ver con Paraíso.

—Es frío de narices —dije.

—Podríamos llamarlo Hoth.

—¿Hoth? ¿Y eso?

—Ya sabe, mi coronel, el planeta helado donde los rebeldes tienen la base en *El imperio contraataca*.

—Ah, sí, cierto. No, no lo vamos a llamar así, suena demasiado parecido a «hot» y no tiene nada de caliente. La verdad es que el sitio apesta y nadie quiere visitarlo; a nosotros no nos queda más remedio que vivir en él una temporada, pero nos iremos en cuanto podamos.

Seager se volvió en el asiento del piloto.

—Suena muy parecido Newark —dijo.

—¿Newark?

—¿Nunca ha pasado por ahí, coronel? —Se encogió de hombros—. Mucha gente lo cruza, pero nadie quiere quedarse.

Adams y yo nos intercambiamos una mirada.

—Me gusta —dijo ella.

Me estrujé los sesos, tratando de recordar si algún miembro de nuestra Alegre Banda de Piratas era de Newark o de cualquier otro sitio de New Jersey.

—¿Qué narices, por qué no? Bautizado como Newark.

—Mierda —dijo de pronto Skippy—. Tenemos un problemón, Joe. Hay un grupo de kristangos en el planeta.

—¿Cómo? —Estábamos perdidos. Era imposible que viviésemos en el *Holandés* durante las reparaciones y tampoco podíamos vivir en un planeta ocupado por los kristangos—. ¿Hemos llegado hasta aquí para nada? ¿Qué coño pintan esos ahí abajo?

—Espera, espera, estoy procesando la información, igual no es el desastre que parece. Son un grupo pequeño y no tienen naves. La información que recibo viene de dos pequeños satélites que han puesto en órbita. Hmmm. Parece ser que son unos treinta y han venido en busca de los restos de una nave Antigua que se estrelló aquí. Supongo que os suena familiar. Solo tienen una base y un par de naves aéreas, quizá tres. Nunca van muy lejos del lugar del accidente. Puedo piratear sus satélites y filtrar los datos que les transmitan, así que nunca sabrán que estáis aquí.

—Ocultar la presencia de setenta humanos va a ser un truco de magia del copón, Skippy.

—Eh, por algo me llaman Skippy el Magnífico.

—Nadie te llama Skippy el Magnífico.

Suspiró.

—Pues deberían. Necesito echarles un vistazo más de cerca a los kristangos; podemos añadir eso a la misión de reconocimiento de la *Flor*. Estoy examinando las lunas de este planeta para determinar si tiene la cantidad suficiente de las materias primas que necesito para reparar la nave.

—Genial. Manda lo que tengas al equipo científico, voy a hablar con ellos. —Seguramente querrían compartir conmigo sus descubrimientos, en cualquier caso—. Sargento Adams, tiene… eh… la silla —terminé. Era ridículo hablar de puente si aquello ya casi no era una nave.

Me detuve para hablar con la comandante Simms de camino al laboratorio científico, que no era más que una bodega con varias mesas llenas de ordenadores e instrumentos científicos. Estaba tratando de clasificar y empaquetar todo lo que íbamos a necesitar durante el tiempo que fuésemos a pasar en el planeta helado… o Newark, tal como habíamos quedado en llamarlo. No podía estar más ocupada, aunque la estaban ayudando los SAS británicos y las fuerzas especiales chinas, conocidas como Tigres Nocturnos. Británicos y chinos trabajaban bien juntos y sus comandantes se llevaban bien, así que a sugerencia de Chang los acabé convirtiendo en un solo equipo.

—¿Cómo le va, comandante Simms?

—Liada, mi coronel —respondió en un tono que implicaba que hacerle preguntas estúpidas no la ayudaba lo más mínimo. Dio un golpecito a su tableta y me di cuenta de que a su alrededor todo el mundo las leía con atención—. Acabamos de recibir los datos preliminares del planeta. ¿De verdad vamos a llamarlo Newark? —No esperó a que le respondiera—. Podemos apañarnos con la gravedad y la escasez de oxígeno —el comandante chino y el británico asintieron con flema a sus palabras—, pero habrá que hacer algo con el frío. Las temperaturas pueden resultar más o menos agradables alrededor del solsticio de verano, casi dieciocho grados. —Me quedé de piedra por un instante, hasta que comprendí que se expresaba en grados Celsius. Al hacer la conversión a Fahrenheit, me salieron treinta y seis, que no estaba mal—. Pero eso no va a ser lo normal. Durante el invierno habrá nieve incluso en el ecuador.

—¿Se ha enterado de lo de los kristangos?

—Ahora mismo —asintió mientras las fuerzas especiales hacían una mueca—. A menos que indique lo contrario, mi coronel, seguiré con los preparativos para la evacuación a Newark.

—Adelante.

No se me ocurría nada más que decirle. En aquel momento no tenía la menor idea de qué resolución tomar respecto a los kristangos. Un grupo poco numeroso como el suyo, sin naves espaciales, podía ser un blanco perfecto incluso para el exiguo armamento de la *Flor*. Necesitaba sopesar la conveniencia de eliminar lo que parecía una amenaza menor con la posibilidad de que una nave kristanga se presentase a recogerlos y los encontrase muertos, víctimas de un ataque orbital. En ese caso, sin duda, escanearía la superficie y nos acabaría encontrando; incluso podrían dar con el *Holandés*. Tenía que considerar largo y tendido cuáles eran nuestras opciones. Las mías. Como comandante, sería mi decisión.

En aquel momento me di cuenta de pronto de que de algún modo me había convertido en el cabrón en la cima que tomaba decisiones estúpidas y le amargaba la vida a todo el mundo. Justo el tipo de persona que había odiado cuando era soldado, seguí odiando como cabo y no dejé de odiar al llegar a cabo primero.

Y ahora era yo.

El equipo científico al completo, incluidos los tres heridos que podían caminar, se habían reunido en el laboratorio y parecían al borde del éxtasis.

La doctora Venkman me hizo una seña para que me acercase.

—¡Coronel Jo…! —Se interrumpió al darse cuenta de que estaba a punto de usar el apodo que me daba Skippy—. ¡Coronel Bishop! Don Skippy nos ha dicho que este planeta y sus lunas servirán para las reparaciones. Me ha pedido que le diga que ha encontrado cantidades suficientes de materias primas, incluyendo vanadio, renio y bismuto, que son imprescindibles.

—Genial —respondí, incómodamente consciente de mi ignorancia en aquellos temas—. ¿Qué son exactamente?

—El vanadio y el renio son metales de transición. —Se dio cuenta por mi expresión bovina de que no tenía la menor idea de a qué se refería—. Son metales valiosos; aún no comprendemos muy bien por qué los necesita en grandes cantidades para reparar la nave. En cuanto al bismuto…

Se encogió exageradamente de hombros.

—¿Eso no es lo que usa el Pepto Bismol? —aventuré—. ¿La cosa esa contra la acidez del estómago?

—Subsilicato de bismuto, en efecto. —Meneó la cabeza—. No sabemos cuál es su utilidad para la nave. En la Tierra a menudo se usa como un sustituto menos tóxico del plomo. Es un metal de postransición y el elemento más diamagnético. —Se detuvo, lo cual me ahorró seguir pasando más vergüenza—. En todo caso, son buenas noticias.

—Sí que lo son —asentí. Skippy podría arreglar la nave con los materiales de que disponía, así que había algo menos de lo que preocuparse, aunque el problema principal seguía ahí—. Quizá no se han enterado, pero hay un grupo de kristangos en el planeta. Lo vamos a llamar Newark, por cierto.

—Acabamos de oír lo de los kristangos —dijo mientras le echaba un rápido vistazo a su tableta—. ¿Qué vamos a hacer al respecto, coronel?

La ansiedad en su voz era palpable, cosa comprensible, porque el equipo científico sabía muy bien que dependía por completo de los militares para ocuparse de los kristangos. Lo más que podían hacer era estudiar las migajas científicas que Skippy les lanzaba y confiar en que la tripulación del *Holandés* los mantuviese a salvo.

—Aún lo estamos decidiendo, doctora Venkman. Skippy sigue analizando los datos. Vamos a enviar la *Flor* a reconocer el planeta y evaluaremos la amenaza que suponen esos kristangos.

No añadí que una de las opciones era destruir nuestra nave. No era mi favorita.

De vuelta en el puente, mientras ojeaba la información de los sensores en mi tableta, no dejaba de pensar en el serio problema que podían suponer los kristangos. Me di cuenta en ese momento de que quizá no fuese el único.

—Una cosa, Skippy, ¿nuestro campo de camuflaje estaba inactivo durante la batalla?

Vi que algunas personas en el CIC asentían en silencio como respondiendo a mi pregunta.

—Sí. Tuve que deshabilitarlo de forma parcial tras el primer disparo para transferir potencia a lo escudos.

Justo lo que me temía.

—Así que los turanios saben que uno de sus cargueros se ha pasado al enemigo.

—Cierto. Pero deja que te recuerde que alteré la firma energética del motor de salto para encajara con la del transporte desaparecido hace diecisiete años.

—Bien, bien.

Algo menos de lo que preocuparse. Vi que Chang parecía perplejo.

—¿Qué carguero? —preguntó.

Mierda, era algo que debería haberles contado. Se me había pasado por completo. Malditas conversaciones con Skippy a las tantas de la noche.

—Ya se lo explicaré. Son buenas noticias, en todo caso.

Simms me miró con reproche, descontenta de que no compartiese las cosas con la tripulación de mando.

—No nos vendría mal alguna buena noticia ahora mismo, mi coronel.

Hubo una pausa muy clara antes de darme el tratamiento. Tenía tazón; tenían derecho a que les explicase las cosas.

Me giré en la silla y me volví hacia el CIC.

—Existió un carguero muy similar al *Holandés* que desapareció hace diecisiete años. Los turanios creen que fue robado por los kristangos. Skippy alteró la firma de nuestro motor de salto para que el *Holandés* parezca la nave perdida, en lugar de la que desapareció misteriosamente de Paraíso, donde hay humanos. Con suerte eso hará que los turanios sospechen de los kristangos en vez de de los humanos y estarán dando palos de ciego una temporada. No hay manera de que los turanios supieran que hay humanos a bordo de la nave, ¿verdad, Skippy?

—Ni de coña, Joe. Tendrían que ser capaces de escanear muy de cerca y de forma activa la nave con nuestro campo de camuflaje desactivado, y eso no pasó en ningún momento. Vuestro secreto sigue a salvo. El modo lento y torpe en que la nave se comportó y reaccionó durante la batalla puede llevar a que los turanios piensen que esta pilotada por una especie inferior, pero sin duda pensarán en los kristangos, como ya hemos hablado. No hay motivo alguno para que sospechen que los humanos puedan estar involucrados. —Se detuvo de pronto—. Capitana Desai, eh, no quería dar a entender de ningún modo que tus habilidades como piloto no estuviesen a la altura.

—No se preocupe, don Skippy, lo entendí sin problemas —respondió la interpelada.

Había hecho lo imposible para mantener a salvo el *Holandés* durante la batalla, pero sin duda la nave había recibido mucho más daño que si hubiese estado pilotada por un ciborg turanio.

A juzgar por las expresiones de la gente del CIC, Chang y Simms incluidos, no estaban muy contentos de que me hubiese olvidado de mencionar que había estado averiguando si nuestro carguero era lo bastante único para que lo identificasen. Tenían razón; debería habérselo dicho.

De pronto me vino otro problema a la mente.

—Newark está al otro lado de la estrella, ¿no? No del todo, pero casi.

—Sí.

—¿Cómo vamos a arreglárnoslas para comunicarnos cuando estemos en él y tú sigas aquí arriba? Habrá un retraso, supongo. ¿Una hora, tal vez?

—Sí, la luz tardará más o menos una hora en llegar y el problema se hará mayor cuando la órbita de Newark lo lleve más lejos.

Meneé la cabeza.

—No me gusta. ¿No hay algún tipo de magia de Skippy que nos permita comunicarnos de forma instantánea? Imagínate que te quedas pillado en un crucigrama y necesitas que te ayude con una de las palabras.

—¿Molusco, ocho letras, empieza por «m» y por «e»?

—Exacto. Así podré decirte que no se trata de almeja, que es lo que estabas pensando.

Vi de reojo la mirada que Simms me lanzó al decir esto. Por cosas como esas prefería mantener mis conversaciones con Skippy en privado, donde no necesitaba medir las palabras. Y la gente no le oiría insultarme tan a menudo.

—Si alguien estaba pensando en una almeja, no era yo. En todo caso, sí, usaré magia. Voy a crear un microagujero de gusano para comunicarnos. Uno de los extremos estará aquí y el otro en órbita geosincrónica alrededor de Newark. Supongo que tendré que explicarte que una órbita geo…

—Sé lo que es. En la Tierra significa que el satélite está a treinta y cinco mil setecientos ochenta y seis kilómetros sobre el ecuador, de forma que siempre se encuentra en el mismo punto del cielo porque a esa altitud el satélite se mueve a la misma velocidad a la que rota la Tierra.

Silencio.

—¿Skippy? —pregunté, preocupado—. ¿Hola?

—Lo siento, me ha costado asimilarlo. ¿Cómo demonios lo sabes?

Traté de no sentirme insultado mientras decía:

—Un tipo intentó venderles a mis padres un sistema de televisión por satélite y tuve que explicarles por qué la antena parabólica tenía que apuntar hacia el sur, en dirección a Brasil, así que lo busqué en el Wikipedia.

—¿Todo tu conocimiento científico se basa en cosas que has encontrado por internet?

—Claro que no. También veo Discovery Channel.

—Estáis condenados —dijo con tono apesadumbrado—. Deberías rendiros a las cucarachas y dejar que ellas os releven. Seguro que os encanta tenerlas como amos.

—A ver, a lo mejor las cucarachas pueden comer pizza con el borde relleno de queso, pero ¿la han inventado? A que no.

—¿Pizza con el borde relleno? ¿Es esa la gran contribución de tu especie a la cultura galáctica?

—Acuérdate de los deportes de fantasía.

—La acusación no hará más preguntas, señoría.

—Genial. Entonces, ¿estaremos continuamente comunicados gracias al microagujero ese?

—Ni de lejos. Hasta mi magia tiene que ceder de vez en cuando a las leyes de la física de este espaciotiempo. No puedo proyectar un agujero de gusano tan lejos y un salto rompería la conexión, así que la *Flor* no puede llevar el agujero de gusano por mí. He modificado un misil para que lleve el otro extremo del agujero de gusano. En cuanto esté listo, lo lanzaré hacia Newark. Tardará cinco días en llegar, porque tendrá que usar más de la mitad del combustible en ir decelerando para situarse en la órbita adecuada. Lo lanzaré antes de que vuelva la *Flor*, así que durante vuestros primeros días en la superficie habrá un considerable retraso en las comunicaciones. Es vital que en ese periodo evitéis hacer nada estúpido.

—Tranquilo, Skippy, soy yo.

—Justo lo que me temía.

14

EL RETRASO EN las comunicaciones no solo iba a ser un problema mientras estuviéramos en Newark, sino que nos impediría conocer el estado de la *Flor* hasta que volviese de su misión de reconocimiento. Habíamos llegado a considerar la posibilidad de que la *Flor* usase su armamento para destruir desde órbita a los kristangos y eliminar por completo la amenaza. Siendo una fragata, no había sido concebida para el bombardeo orbital, pero tenía un cañón de riel, así que habríamos podido arreglarlo.

Descartamos la idea por dos motivos. Si el primer disparo no mataba a todos los kristangos, luego tendríamos que dar caza a los supervivientes. No teníamos forma de saber si todos los lagartos estaban juntos o se habían diseminado por distintos lugares y no podíamos permitirnos tener a la *Flor* en órbita durante un largo periodo mientras buscaba a los kristangos uno por uno. El segundo motivo, que era el más importante, era que todo nuestro plan dependía de que nuestra presencia en Newark pasase desapercibida. Si nos descubrían, los lagartos pedirían ayuda y acabarían con nosotros, con o sin fragata robada. Aunque eso no pasase, si en algún momento venían a recogerlos, no les haría la menor gracia descubrir que todos estaban muertos. Sin duda, investigarían y explorarían el planeta y acabarían dando con nosotros. Nuestra intención, en caso de que una nave kristanga entrase en el sistema, era que encontrase a un grupo de lagartos al borde del aburrimiento y desesperados por volver a casa lo antes posible. Y nada más.

Skippy tenía otro truquito escondido en la manga para que los lagartos en Newark no detectasen la presencia humana en el planeta. No iba a estar lo bastante cerca para encargarse por sí mismo, así que descargó un miniyó en el sistema informático de la *Flor*, proceso en el que no paró de quejarse de que la memoria casi no tenía capacidad de almacenamiento suficiente ni para contener la mente de un mono estúpido y que, por lo tanto, era del todo inadecuada para albergar el miniyó de una IA avanzada. No le faltaba razón. Aunque se borró de la fragata todo el software no esencial, el miniyó resultó ser peligrosamente inestable, así que no nos quedó otra que confiar en que sobreviviese el tiempo suficiente para hacer su trabajo.

Este consistía en infiltrarse en los dos pequeños satélites que los kristangos habían puesto en órbita y sobrescribir su sistema operativo, de modo que a partir de aquel momento ignorasen cualquier imagen o dato referente a la existencia de humanos en Newark. Cuando los lagartos examinasen la superficie con las cámaras del satélite, no debían ver nada fuera de lo normal aunque estuvieran enfocadas sobre el asentamiento humano. Las imágenes se modificarían en tiempo real para que no mostrasen más que nieve, lodo y tundra. Si funcionaba, de lo único que había que preocuparse era de que la aeronave kristanga nos sobrevolase en algún momento y alguien nos viese desde la cabina. Era muy poco probable; en todo caso, nuestros propios satélites nos avisarían si una nave kristanga se acercaba a nuestro refugio.

La *Flor* iba a desplegar dos diminutos satélites turanios camuflados, uno de ellos en órbita polar para que recorriese diariamente la superficie del planeta y el otro en órbita geosincrónica sobre nuestro refugio, una vez decidiéramos dónde asentarnos. Skippy tendría acceso a los datos de los satélites a través del microagujero; también nosotros mediante un enlace de láser angosto encriptado. El único modo en que los kristangos podrían detectar la comunicación con los satélites era que una nave cruzase justo por el haz, cuyo diámetro era inferior al de un pelo humano. Dado que veríamos acercarse a la nave y podíamos interceptar sus comunicaciones, sería casi imposible que nos pillasen por sorpresa.

Todo esto según Skippy, que estaría en su taller y estación de servicio al otro lado del sol.

Confiaba en él; se lo había ganado. Lo que me preocupaba no era ni el plan ni nuestra capacidad de implementarlo, sobre todo con el personal de primera categoría que tenía el privilegio de comandar, sino nuestra maldita suerte.

El teniente coronel Chang me había dicho, por la época en la que trataba de convencer a la Alegre Banda de Piratas original de que me siguieran en una misión a medio definir y enormemente peligrosa, que había aceptado unirse no porque yo fuese valiente o listo, sino porque, de algún modo, tenía suerte. Me las apañaba para estar en el lugar correcto, o en el inadecuado, según se mirase, en el momento exacto. No creo ni en astrología ni en la numerología ni en ninguna de esas conspiranoias, todas a cual más descabellada, pero no me quedaba otra que aceptar que la suerte era algo real. Skippy me había dejado caer alguna vez que la suerte como tal no existía y que los humanos la llamábamos así solo porque no teníamos la menor idea de cómo funcionaba de verdad el universo.

Qué más da.

De lo que estaba seguro era de que, de momento, nuestra suerte en esta misión estaba siendo mala. Todos los lugares en los que tendríamos que haber encontrado la radio mágica de Skippy para hablar con el Colectivo habían estado vacíos o habían sido destrozados misteriosamente. La misión estaba durando más de lo previsto porque nada estaba en el sitio en el que tendría que haber estado. Y no había ninguna razón lógica para ello, ni siquiera con la lógica de Skippy. Pura mala suerte.

Para rematarlo, habíamos caído en una trampa que ni siquiera se había preparado para nosotros; los turanios no tenían modo de saber que el *Holandés* iría en aquel momento a aquel sistema. Y habíamos escapado por los pelos.

Contra todo pronóstico, nos las habíamos apañado para llegar a otro sistema solar en una nave cuyos reactores no funcionaban. Un sistema solar inútil, por el que nadie se había interesado nunca. ¿Y qué encontrábamos al llegar? ¡Un grupo de kristangos! ¿Qué demonios pintaban los lagartos en Newark? ¿Qué posibilidades había de aquello? Pura mala suerte, de nuevo.

Casi estaba convencido de que toda nuestra buena fortuna se había evaporado y de que no nos quedaba otra que ir de mal en peor.

¿Algún tipo de karma que venía a cobrarse las facturas? ¿Había tenido tanta suerte en el pasado que ahora me tocaba pagar por ello?

Me sentía del todo inútil sentado en el *Holandés* sin nada que hacer mientras Chang exploraba el sistema a bordo de la *Flor*.

—¿Estás seguro de que no puede quedarse alguien a ayudarte con la reparación de la nave, Skippy?

—¿Ayudarme? ¿Los monos? ¿Cómo? ¿Eructando y rascándoos?

Me animó un poco ver que había recuperado algo de su antiguo sarcasmo.

—Claro que no. Me refería a eructar y rascarnos a la vez.

—Ah, eso lo cambia todo. En cualquier caso, me temo que no, Joe. Me encantaría que alguien se quedase para darme palique, pero me temo que tenéis que iros todos. No va a haber oxígeno suficiente y la mayor parte de la nave estará en el vacío casi todo el tiempo. A menos que recupere uno de los reactores, los generadores del escudo se apagarán en breve y la radiación os mataría a los biológicos.

¿Biológicos? Parecía una mejora respecto al «cachocarnes» habitual en Skippy.

—Vale, pero ¿no es demasiado tiempo cinco meses?

Skippy estaría completamente solo en el *Holandés* y los demás, abandonados en un planeta desconocido e inexplorado.

—¿Demasiado? Cinco meses es un puñetero milagro. Para reconstruir la nave, tengo que usar materias primas chapuceadas de la propia nave o recolectadas de las lunas. Para crear las herramientas que necesito, primero tengo que crear otras que creen otras a su vez, que serán las que finalmente creen las que necesito para arreglar la nave. Luego tendré que poner en pie todo lo que no funciona. ¿Has visto esos *realities* en los que un tipo desaliñado tiene que apañárselas para sobrevivir en la espesura durante un mes sin más medios que un cuchillo?

—Bueno, el cuchillo y el equipo de grabación con teléfonos con conexión de satélite, por no mencionar el helicóptero. Pero, vale, sí, sé de qué hablas.

—El tipo del *reality* tiene un cuchillo. Yo solo tengo un clip para reconstruir la maldita nave. Y, en efecto, el tipo del *reality* tiene todo un equipo de grabación que le puede ayudar si se mete en problemas serios. Lo único que tengo yo es un barril de monos que encima estarán al otro lado del sistema. Si pasa algo malo antes de que el *Holandés* esté listo, no sé, como una nave turania que venga en busca nuestra, estamos más que jodidos.

—Sí, lo sé. Me sentiría más a gusto si tuviéramos algún margen de error. ¿Seguro que necesitas la *Flor*?

—Del todo. Necesito una nave que se pueda meter en la atmósfera del gigante gaseoso y recolecte helio-3 para usarlo de combustible en los motores. Además, la *Flor* contiene materiales que no hay ni en las lunas ni en el sistema de anillos, así que tanto nuestra querida fragata como el viejo dodo de los rujarras van a tener que ser sacrificados para reconstruir el *Holandés*.

—Lo sé. Mi problema es que te quedas con todas las piezas. ¿Tienen que quedarse aquí las lanzaderas turanias? ¿No podríamos tener una en el planeta? Con esos kristangos rondando por ahí, vamos a ser un blanco fácil si solo podemos escapar a pie.

—Lo siento, Joe. Imposible. Voy a minar las lunas y los anillos del planeta con las lanzaderas y con robots que no fueron creados para operar de forma independiente de una nave. Dejar una sola lanzadera con vosotros aumenta el tiempo de reparaciones de cinco a siete meses. Dos meses más durante los que aumentan las posibilidades de que los kristangos del planeta os descubran, o de que llegue una nave a recogerlos y os detecten desde órbita. O de que una flota de exploración turania pase por el sistema y encuentre su carguero robado. Hay que minimizar los riesgos.

—Ah, mierda, tienes razón.

Yo habría tomado la misma decisión. De hecho, la tomé la primera vez que Skippy me contó su plan.

Pero seguía sin gustarme.

La *Flor* volvió de su misión de reconocimiento justo cuando debía. Le llevaría un par de horas igualar rumbo y velocidad con el *Holandés*, muerto y a la deriva, así que Chang nos transmitió los datos inmediatamente. No había motivo para esperar y tampoco podíamos permitírnoslo. Las condiciones en el carguero se estaban volviendo insoportables; había que abandonar la nave lo antes posible. O no abandonarla. Era mi decisión, pero para eso necesitaba estar bien informado.

Skippy examinó los datos recuperados de los satélites de los kristangos, de las bases de datos de la superficie y de nuestros propios satélites. Había buenas y malas noticias, nos dijo. Su suposición inicial sobre el grupo kristango era correcta; eran chatarreros y carroñeros, llevaban allí casi un año y se dedicaban a peinar la superficie en busca de la nave Antigua que se había estrellado allí. Su líder era el tercer hijo de un comandante de segundo nivel de un clan menor; como tal, estaba desesperado por encontrar algo útil que mejorase la posición de la familia dentro del clan. Lo acompañaban otros cinco hermanos de clan, de los que más o menos se fiaba, y veintiocho trabajadores forzosos, en su mayoría criminales y esclavos capturados a otros clanes, además de hermanos de clan cuyas familias se habían endeudado tanto que habían alquilado como fuerza de trabajo a sus hijos para pagar la deuda.

No tenían muchos medios; usaban equipo de segunda o tercera mano, apenas tenían repuestos y carecían de los conocimientos necesarios para repararlo y mantenerlo en buen estado. Habían tenido en un principio una lanzadera bastante baqueteada y dos naves aéreas. Una de estas se había estrellado cerca de la base y el líder no quiso arriesgarse a usar la lanzadera, así que ahora contaban con una sola nave para explorar el planeta. Tenían seis trajes acorazados, dos de los cuales no funcionaban. Desde su llegada habían muerto cinco trabajadores en diversos accidentes y habían ejecutado a otros dos por desobediencia. Los ánimos en general estaban por los suelos, eso siendo optimistas. Eran todos machos, no tenían comida fresca, su campamento base apenas tenía instalaciones recreativas dignas de ese nombre y su único médico había muerto en un accidente, con lo que dependían de una IA médica que solo funcionaba la mitad de las veces. Según los registros, se habían movido en un radio de trescientos kilómetros alrededor de la base, que era donde se suponía que estaban enterrados los restos de la nave Antigua.

Las noticias no podían ser mejores.

Las malas, por otro lado, tenían que ver con la geografía. La única parte habitable era el ecuador del planeta; el resto estaba congelado, con temperaturas letales para los humanos. Los témpanos y glaciares cercanos al ecuador se reblandecían con el deshielo y el terreno era demasiado traicionero para erigir un asentamiento; lo último que queríamos era que una caverna de hielo se nos desplomase encima. En el ecuador, la tierra que asomaba se componía principalmente de pantanos y tundras medio heladas donde no había posibilidades de crear ningún tipo de refugio. Tres cuartas partes del ecuador estaban tomadas por el océano, así que no había mucha tierra que elegir. El lugar recomendado por Skippy estaba demasiado cerca de la base kristanga para que nos sintiéramos cómodos, a unos mil trescientos kilómetros al este. El terreno se componía de praderas, algún cañón fruto de la erosión y varias colinas, en las que había grutas que,, según Skippy podían ser buenos lugares en los que mantenerse ocultos.

—¿Has escaneado el subsuelo? Déjame ver.

El monitor amplió la zona que Skippy había sugerido, primero en una imagen de vídeo y luego en una reconstrucción de lo que había bajo la superficie.

—Los satélites no se diseñaron para este tipo de escaneo —dijo la IA—. He tenido que modificarlos. ¿Ves las cavernas?

Bajo la superficie se veían varias bolsas, algunas de tamaño considerable. Por desgracia, las más grandes estaban a demasiada profundidad y no tenían conexión con la superficie o esta era un pasaje demasiado estrecho. Aquello no era nada bueno; no teníamos tiempo para excavar una caverna, y había que tener cuidado en no dejar montones de restos en la superficie.

—Hmmm. ¿Qué me dices de esto? —Era una zona de cañones y cavernas a cien kilómetros al norte del lugar recomendado por Skippy—. Las cuevas parecen bastante grandes.

Algunas eran muy grandes y no demasiado profundas, pero estaban demasiado cerca de la superficie del cañón para funcionar como refugio.

—Es una posibilidad, pero me pareció que preferiríais alejaros de los cañones. Algunos se inundan cuando los glaciares se funden durante el verano.

—Bien puntualizado, Skippy. Creo que necesito hablar con un geólogo.

Teníamos una geóloga en el equipo científico, aunque técnicamente solo tenía un grado en geología y su especialidad era la astrofísica. Prefería que viniese a mi oficina, ya que el laboratorio científico estaba en un área que ya no disponía de calefacción, energía, gravedad artificial ni atmósfera respirable.

—¿Qué opina de esta zona, doctora Kassner? —pregunté. Señalé los cañones en mi tableta—. Algunas de esas cuevas parecen lo bastante grandes para acogernos y lo bastante profundas para que no nos descubran.

—Entonces, ¿no vamos a usar tiendas? —preguntó con el ceño fruncido mientras se apartaba un mechón rubio de la frente.

Meneé la cabeza.

—Las tiendas destacarían demasiado. Si los kristangos mandan una nave por la zona, no podemos arriesgarnos a que vean nada. Sabremos con antelación si vienen, pero puede no ser tiempo suficiente para desmontar las tiendas y ocultarlo todo. Es un riesgo que prefiero no correr. Además, el clima del planeta es duro, y creo que es mejor que todos estemos en una cueva más o menos seca que en tiendas empapadas en la superficie.

—Lo de seco puede ser muy relativo —murmuró—. En el verano el agua fruto del deshielo circula por los cañones; se ven las capas de erosión del pasado año, por ejemplo. No sabemos lo profundo que es el nivel freático de esa zona, a lo mejor las cuevas se inundan por completo. —Se dio un par de tirones a la cola de caballo, nerviosa—. Tiene que entender que la última vez que estudié geología fue hace veinte años, coronel.

—Sé que le estoy pidiendo…

—Me temo que no tenemos suficientes datos del comportamiento pasado de las cuevas —protestó.

—Hmmm. De acuerdo. ¿Puede decirme por lo menos si la estructura de las cavernas es firme? Las inundaciones son algo con lo que podemos lidiar, pero con que nos caiga el techo encima, no.

Volvió a fruncir el ceño mientras examinaba las imágenes y exploraba los niveles más profundos.

—¿Necesita una respuesta ahora mismo?

En realidad, no la necesitaba hasta que la *Flor* atracase en el muelle, la llenásemos de gente y suministros y estuviese preparada para saltar de nuevo. Chang tendría que saber en ese momento dónde aterrizarían las lanzaderas. Y, de paso, si íbamos o no a Newark. Simms había organizado una pequeña montaña de suministros, listos para ser cargados en la *Flor* y suficientes para ocho meses, una precaución por si a Skippy le llevaba más tiempo del previsto reconstruir el *Holandés*. La pobre apenas había dormido; al ser nuestra única especialista en intendencia, tenía que calcular no solo qué y cuánto de cada cosa necesitábamos, sino organizarlo de modo que las primeras lanzaderas que aterrizasen llevasen lo que la primera tanda de gente necesitaría. Lo primero serían las armas; lo último, los calcetines. Ambas lanzaderas estaban cargadas y a la espera. Chang no las había necesitado para su misión.

—No, doctora, la necesitaré en unas diez horas. Hable con Skippy y eche mano de quien necesite. Tenga en cuenta que el lugar que recomiende será nuestro hogar durante, al menos, los próximos cinco meses. La comodidad no es una prioridad, pero sí que lo es mantenernos ocultos y a salvo.

Teníamos suficientes datos sobre Newark y los kristangos que había en el planeta para tomar una decisión, no solo sobre dónde aterrizar, sino sobre la cuestión primordial de si debíamos hacerlo, de si merecía la pena correr el riesgo. Reuní en el CIC a mi estado mayor, compuesto por Chang, Simms, Adams y los cinco líderes de las fuerzas especiales. Con la mayor parte de la nave cerrada y en el vacío, el CIC era el único sitio lo bastante grande para que nos reuniésemos más de cuatro personas, a menos que nos quedásemos en un pasillo. La tripulación habitual del CIC se había quedado sin tareas, así que despejó el compartimento.

—Gracias —dije al ver entrar a una comandante Simms con los nervios a flor de piel. Una máscara de oxígeno le colgaba del cuello. Venía de supervisar el empacamiento de los suministros para Newark en las bodegas de carga, donde Skippy se había visto obligado a cortar el aire—. Ahora que estamos todos, necesito su consejo. Tenemos información suficiente acerca de Newark para saber si podremos sobrevivir en el planeta, cosa que en breve será imposible en la nave. También tenemos información sobre los kristangos de la superficie, además de una capacidad considerable pero limitada de ocultarles nuestra presencia en el planeta. Debemos decidir si vamos a correr el riesgo de bajar a Newark y…

—Mi consejo es que vayáis, tarados —me interrumpió Skippy—. Para eso hemos venido aquí. ¿Qué otras posi…?

—Skippy, agradeceré cuanta información nos puedas facilitar —le interrumpí yo a mi vez—, pero esta decisión afecta sobre todo a los humanos y es cosa nuestra.

—No, Joe. Eres el comandante en jefe. Es cosa tuya —dijo sin más. Vi que los demás asentían—. Me dijiste una vez que uno de los inconvenientes de estar en el ejército era que la cadena de mando requería que pusieras tu vida en manos de personas que podían ser idiotas. Hoy te ha tocado ser ese idiota. Sé que harás cuanto esté en tu mano para tomar la mejor decisión posible. No añadiré más comentarios, a menos que quieras que me una a la conversación.

—Gracias, Skippy. Como decía, hay que decidir si merece la pena correr el riesgo de descender a Newark. No te hablo del que podamos correr nosotros; salta a la vista que, si no bajamos al planeta, no sobreviviremos. En cuando Skippy empiece a desguazar la nave para arreglarla, no habrá oxígeno y los niveles de radiación serán letales. Hablo del riesgo que correría la Tierra si se descubriese nuestra presencia en Newark, y de las posibilidades de que los álienes pudieran atacarla pese a la desconexión del agujero de gusano. Nuestra misión original era sencilla: ayudar a Skippy a contactar con el Colectivo e impedir que los álienes descubriesen que los humanos recorríamos la galaxia a bordo de una nave pirata.

—Disculpe, pero eso no es enteramente cierto, ¿no cree, mi coronel? —señaló el capitán Smythe, líder de los SAS. Aún me resultaba chocante ver a un soldado encallecido hablar con aquel refinado acento británico. Como SAS, seguramente podía matarme con un sujetapapeles, al igual que cualquiera de sus soldados. Con su acento atildado Smythe daba la impresión de que nos mataría, para a continuación disculparse por no haber jugado con deportividad, lo sentía terriblemente, qué le íbamos a hacer—. Entiendo que nuestro objetivo primario no es evitar de forma absoluta el riesgo de que descubran que los humanos recorremos el espacio, sino que tal riesgo sea mínimo. De otro modo, mi coronel, no puedo por menos que pensar que habría detonado usted el dispositivo nuclear tan pronto como nuestro encantador compañero Skippy hubiese cerrado el agujero de gusano. — Miró a su alrededor—. Todos somos conscientes de los objetivos declarados de la misión. Me atrevería a afirmar que también lo somos de aquello que aún no se ha expresado de forma abierta, y disculpe mi atrevimiento.

—Prosiga, capitán Smythe —lo animé.

Quería una discusión franca y sin cortapisas, y eso estaba consiguiendo, lo cual era bueno. Las personas que estaban allí tenían mucha más experiencia que yo en la toma de decisiones de mando, así que me convenía escuchar lo que tenían que decir.

—En primer lugar —siguió Smythe—, nuestra auténtica misión consiste en asegurarnos de que la criatura conocida como Skippy no decida que estamos incumpliendo nuestra parte del acuerdo y vuelva a abrir el agujero de gusano que desemboca en la tierra. —Lanzó una mirada hacia el altavoz del techo. Al ver que Skippy no decía nada, prosiguió—: Nuestro segundo objetivo implícito es volver a casa en el *Holandés Errante*, de forma que la humanidad tenga a su alcance una nave estelar avanzada que pueda estudiar y desmontar, si tal cosa procede. Creo que todos estamos de acuerdo en que, aunque los álienes no tienen acceso en estos momentos a la Tierra, tal situación podría cambiar en el futuro. Usted ha encontrado un modo de manipular los agujeros de gusano, mi coronel. ¿Quién nos asegura que alguna otra especie no lo va a descubrir a su vez?

O que los cambios periódicos en la red de agujeros vuelvan a activar el nuestro.

Skippy me había asegurado que el agujero de gusano de la Tierra estaba muerto, totalmente cerrado, y que se había cortado la conexión con su fuente de energía. No me había dicho de forma explícita que no pudiera reactivarse por sí mismo. Era algo que debería haberle preguntado.

—Antes de la Segunda Guerra Mundial —prosiguió Smythe sin apartar la mirada mí—, muchos estadounidenses consideraban que, al estar separados del resto del mundo por dos grandes océanos, era imposible que los invadieran y, por tanto, los problemas de los demás no eran de su incumbencia. Nuestro planeta afronta ahora una situación similar; de momento nos protegen las vastas distancias interestelares, una afortunada circunstancia que tal vez no dure para siempre. Necesitamos la tecnología que nos proporciona esta nave para que la humanidad pueda dar el salto que necesita y que la prepare para el momento en que los problemas nos caigan encima. Y ninguno de los presentes ignora que, antes o después, eso va a pasar.

Varias cabezas asintieron ante aquel comentario, que abrió las compuertas. Todos se mostraron dispuestos, incluso ansiosos, a dar su opinión, ya fuera a favor o en contra. Tras diez minutos de animada discusión, todas las miradas se volvieron hacia el capitán Xho, líder de los Tigres Nocturnos chinos. Había permanecido en silencio casi todo el tiempo, hasta que de pronto se aclaró la garganta.

—Lo que el capitán Smythe afirma es cierto. No hay la menor duda de que necesitamos la tecnología de esta nave. —Señaló la cubierta—. Se trata de sopesar el riesgo y las recompensas; el riesgo de ser descubiertos contra lae posibilidad de devolver esta nave a casa sin don Skippy. Mis pilotos y científicos me han asegurado que en estos momentos las posibilidades de manejar la nave sin la ayuda de nuestra benevolente amiga IA son escasas. Hay que considerar la escasa posibilidad de que el *Holandés* vuelva a casa contra el riesgo, que yo veo evidente, de que nos descubran aquí. Controlamos los satélites, cierto. Pero ¿qué pasa si una flota kristanga se acerca a recoger al equipo del planeta? Sin duda nos detectarán.

Aquello dio inicio a una nueva discusión, ahora sobre cuál era el nivel de riesgo aceptable, cuánto confiaba cada uno en nuestra habilidad para no ser detectados y cómo se podía minimizar el riesgo.

Tras otros veinte minutos, la discusión llegó a su fin. Todos habían dicho cuanto creían conveniente. Los comandantes de los británicos, los indios, los SEAL y los Rangers eran partidarios de aterrizar en Newark. El comandante chino y el francés estaban en contra. Que Renèe Giraud se opusiera no me extrañó demasiado.

—Deberíamos dar con una alternativa. Y si no la hay —se encogió de hombros—, bueno, nunca he esperado llegar a viejo, mi coronel.

Cuatro comandantes a favor de bajar al planeta y dos en contra. Todos habían presentado buenos argumentos y todos tenían razón en algo: era una cuestión de criterio. Mi criterio. Era mi decisión. Asentí muy despacio, más para tener un poco de tiempo para pensar que por otra cosa.

—Iremos a Newark —dije—. Los riesgos son reales, pero en última instancia, mi decisión se reduce a lo siguiente: confío en Skippy y en sus increíbles capacidades analíticas. Y su valoración es que el riesgo es mínimo y manejable.

Giraud asintió.

—Todos hemos visto llevar a cabo a Skippy hazañas increíbles, sin duda. ¿Ha considerado la posibilidad, mi coronel, de que la IA esté poniendo el pulgar en la báscula cuando pesa los riesgos? Necesita que vayamos a Newark, ya que nuestra supervivencia en el planeta y el posterior regreso a la nave son fundamentales para no quedarse varado en el espacio para siempre. Si nos descubren, será un desastre para la humanidad, pero no para él. En realidad, será como si no nos hubiéramos ido al planeta. Para Skippy, que vayamos a Newark no tiene un lado negativo. Su única posibilidad de futuro es que arriesguemos la supervivencia de nuestra especie en su beneficio.

—Es algo que he pensado —respondí—. Piense ahora esto: si todo lo que le importase a Skippy fuese seguir su viaje, nos habría llevado a un sistema con un gigante gaseoso que le permitiese reparar la nave, pero sin planetas habitables para los humanos. Nos diría que la única opción era elegir unos pocos de entre nosotros, que sobreviviríamos en una de las lanzaderas mientras él reconstruía el *Holandés*, y al cuerno con los demás. Es una opción que a Skippy le funcionaría sin problemas y que le daría unos cuantos sistemas estelares válidos. En lugar de eso, ha buscado uno en el que pudiéramos sobrevivir todos. Confiaré en él.

Xho no parecía muy contento.

—Me temo que estamos arriesgando las vidas de miles de millones de personas que no pueden participar en esa decisión.

Al decir eso, intercambió una mirada con Chang.

Sentí un escalofrío. Por un momento temí que Chang y Xho tuvieran órdenes secretas de hacerse con el control de la nave. Con esta desmantelada casi por completo, la habilidad de Skippy para impedir un motín era limitada.

—Pero es su decisión, mi coronel —añadió Xho—. ¿Cuáles son sus órdenes?

Suspiré aliviado para mis adentros.

—¿Tiene listo el programa para el desembarco de la tripulación, teniente coronel Chang?

Una vez tomada la decisión, llamé a la doctora Kassner y le pedí que fuese a mi despacho. Tenía aspecto de no haber dormido gran cosa.

—Hemos decidido descender en Newark, doctora. ¿Ha podido analizar los datos tomados por la *Flor*?

Me miró desconcertada.

—No sabía que hubiera dudas sobre ir o no al planeta, coronel. ¿No se supone que hemos venido a eso?

—Había cierta preocupación sobre los riesgos que implicaría permanecer allí —le expliqué—. La situación se ha resuelto, de momento. Así que aterrizaremos, pero ¿dónde?

Señaló su tableta.

—Tengo paletadas de datos. Incluso con ayuda de Skippy apenas he arañado la superficie. No es que no tengamos suficiente información, es que parte de ella no tiene sentido, como los niveles de oxígeno.

—Sí, sé que no va a ser agradable, sobre todo al principio —admití—. Tendremos que reajustarnos. Skippy me ha dicho que el nivel de oxígeno es similar al de la Tierra a tres mil metros de altura y hay personas que viven en esas condiciones.

—Sí, claro, pero me temo que no me ha entendido. El asunto no es que el nivel de oxígeno sea muy bajo, sino que es demasiado alto. No tiene sentido.

Traté de comprender lo que me estaba diciendo.

—Claro —dije al fin—, porque no hay árboles o algo parecido que convierta el dióxido de carbono en oxígeno.

—No. —Vi que reprimía un gesto a mitad de camino entre la fatiga y la irritación. Cuando Skippy daba a entender, o lo decía directamente, que era un idiota ignorante, no me importaba demasiado; ningún humano podía compararse con su inteligencia. Cuando Kassner me miró con lástima, como si estuviese hablando un niño particularmente lento, me tocó las narices. Creo que se dio cuenta de lo que pasaba, porque se apresuró a añadir—: Es un malentendido habitual, incluso en la comunidad científica, a menos que se esté especializado en biología. Es cierto que plantas y árboles generan una cantidad sustancial de oxígeno en la Tierra, pero fueron los organismos unicelulares que realizaban la fotosíntesis los que transformaron hace miles de millones de años la atmósfera del planeta de estado anaeróbico a otro saturado de oxígeno. Eso sucedió mucho antes de que aparecieran las plantas; la acumulación de oxígeno se retrasó debido a diversos minerales como el hierro, que lo absorbieron hasta que la base mineral quedó saturada. En ese momento creemos que el oxígeno redujo la cantidad de metano de la atmósfera. El metano es un poderoso gas de efecto invernadero, así que eso precipitó la primera Edad Glacial de la Tierra. A lo mejor es lo que ha ocurrido en Newark, no lo sabemos. El nivel de metano en su atmósfera, que suponemos debido sobre todo a la actividad volcánica, indicaría que está teniendo lugar un efecto invernadero considerable. Así que el planeta debería ser más cálido, o lo fue en el pasado, teniendo en cuenta los niveles de oxígeno.

Por muy interesante que fuese toda aquella información (y era algo sobre lo que me apetecía saber más en el futuro) necesitaba que tomase una decisión. Tendría tiempo de sobra para adquirir conocimientos científicos mientras estuviésemos en alguna cueva en Newark. Varios meses en los que apenas tendría nada que hacer mientras el tiempo se arrastraba.

—¿Alguno de esos factores afecta nuestras posibilidades de supervivencia durante unos meses?

—En absoluto, coronel. Lo he mencionado tan solo para que viera que, independientemente de la decisión, no contamos con toda la información. Pero sea cual sea la fuente de estas anomalía no afectará a las condiciones del planeta, al menos a corto plazo.

—Excelente. ¿Ha seleccionado algún lugar el equipo científico?

—La zona de cañones que usted mencionó es la mejor candidata —dijo—. Hay dos cavernas lo bastante grandes para acogernos a todos, y lo bastante profundas para que el calor que generemos no llegue a la superficie. Dijo que pasar desapercibidos era lo principal a la hora de buscar un lugar; y la radiación infrarroja es lo que más fácilmente nos podría delatar. Suponiendo que recibamos aviso con antelación en caso de que una nave kristanga nos sobrevuele, se pueden apagar las luces y quedarnos todos en las cuevas. Pese a todo, el calor persistirá, las rocas de alrededor lo absorberán y tardarán bastante en disiparse. Otro beneficio de los cañones es que a unos ocho kilómetros al sur hay una zona geotérmicamente activa, con manantiales calientes. Skippy nos dijo que los kristangos no se han molestado en examinar con detalle la superficie, así que el calor que puedan detectar lo achacarán seguramente a la actividad geotermal, siempre que tengamos cuidado de no generar picos de calor cuando los kristangos nos sobrevuelen.

—Comprendo.

Me complació que el equipo científico hubiese tenido en cuenta la seguridad, dándole además un enfoque en el que yo no había pensado. Lógicamente, setenta humanos, los alojamientos, las cocinas, el agua caliente para el aseo… todo eso generaría un montón de calor, algo que no se me había ocurrido.

—¿Qué me dice de la estabilidad del terreno? —Además de mi miedo a las alturas, la idea de estar bajo tierra, con millones de toneladas de roca sobre mí, no me volvía loco de alegría—. ¿No dijo que en la zona había manantiales térmicos?

—No en las inmediaciones de los cañones. —Dio un golpecito a su tableta—. Estas dos cavernas de aquí parecen estables. La roca a su alrededor es… —Dudó un momento y sonrió mientras buscaba una palabra que yo entendiera—. Es sólida. Sabremos más cuando estemos en la superficie, pero creemos que se podrá vivir en estas dos cavernas, esta y esta, y hay otras cerca, más pequeñas, que se pueden usar como almacenes.

—¿Y los ríos? ¿Qué pasará cuando los glaciares se fundan durante el verano?

—Basándonos en las capas de erosión de los cañones, creemos —recalcó la palabra con una mirada— que las entradas de las cuevas están por encima del nivel de la inundación. Hay otras cavernas en la zona cañones que se inundan de forma periódica. —De nuevo me lo indicó en la tableta—. Las dos cuevas que recomendamos tienen salidas secundarias más pequeñas por las que cabe una persona, o que pueden agrandarse para que quepa. Si la parte principal de las cavernas se inunda, no quedaremos atrapados.

Asentí. Lo que no mencionaba era que todo el equipo que necesitábamos para sobrevivir quedaría bajo el agua.

—Gracias, doctora. Es un riesgo aceptable. —¿Qué coño sabía yo? No era más que un cabo primero sin experiencia haciéndose pasar por un coronel—. Irá usted en el primer par de lanzaderas y asesorará al coronel Chang sobre los emplazamientos.

Chang comandaría la *Flor* e iría en la primera lanzadera rumbo al planeta. Separados por casi dos horas de retrasos entre ida y vuelta en las comunicaciones, iba a tener que tomar sus propias decisiones hasta que nuestra fragata robada volviera a recogerme a mí y al resto de tripulantes y suministros. Esperaba que Chang supiera que confiaba por completo en su criterio y que no iba a estar cuestionando su proceder desde el otro lado del sistema solar.

15

—Skippy, esto no me gusta nada.

—Joe, es la séptima vez que lo dices. Y la tercera que usas las mismas palabras. Te estás repitiendo.

—¿Estás seguro?

—Te puedo reproducir las grabaciones si quieres.

—Mejor no.

—Ya me parecía. También estaba seguro de que, cuando te explicara originalmente mi plan, esta parte no te iba a gustar nada.

—Te conozco.

El sistema de comunicación nos interrumpió:

—*Holandés*, aquí la *Flor*, listos para partir.

Era Chang. Miré a mi alrededor y todos los que estaban en el CIC me dieron el visto bueno con el pulgar.

—Recibido, teniente coronel Chang. Buena suerte.

—Gracias, *Holandés*. Volveremos lo antes posible.

La nave se estremeció cuando la *Flor* soltó amarras. Con la gravedad artificial desconectada, se sentían todas las maniobras de la nave. Mantuve la vista en el monitor principal mientras la *Flor* se impulsaba hacia atrás poco a poco, daba la vuelta y encendía el motor principal para separarse lo suficiente para un salto. La nave, pequeña en comparación con el gigantesco carguero, realizaría dos saltos antes de alcanzar su destino. Uno la alejaría del *Holandés* hacia una zona del espacio más cerca del sol, donde la *Flor* podría conectar los impulsores lo suficiente para igual curso y velocidad con su objetivo final. Un nuevo salto la situaría en el punto Lagrange 2 sobre el lado oculto de la luna de Newark. La idea era que se quedase allí, de forma que la mole del satélite enmascarase el fogonazo de rayos gamma fruto de los saltos.

Con buena parte de la tripulación a bordo de la *Flor*, Skippy ajustó el soporte vital de forma que solo hubiera calefacción, luz y ventilación en los compartimentos ocupados. El resto de la nave se enfriaba con rapidez, y necesitaríamos máscaras de oxígeno para llegar a la *Flor* cuando esta volviera para evacuarnos.

Fue buena cosa que decidiese, aconsejado por la Alegre Banda de Piratas original, quedarnos con la *Flor*, después de que esta fuese dañada en combate. Usarla como salvavidas nos había… bueno, salvado la vida. En aquellos momentos cincuenta personas se apretujaban en ella y en las dos lanzaderas en sus muelles. Cincuenta personas que necesitaban demasiado oxígeno y producían demasiado dióxido de carbono para que el soporte vital de la fragata lo manejase. Por no mencionar el calor corporal. No hablemos ya de comer, dormir ni otras necesidades fisiológicas. La *Flor* y las lanzaderas podían apañarse con todos ellos durante un viaje corto, pero no mucho más.

Chang llevó la primera tanda de suministros y tripulación a Newark en dos viajes de cada una de las lanzaderas. No podía arriesgarse a que los kristangos vieran las estelas de las naves entrando en la atmósfera, así que tenía que caer sobre el planeta más allá del horizonte para luego acercarse muy despacio al lugar elegido para aterrizar, lo que implicaba más tiempo y más combustible. Skippy nos aseguró que, dado su control de los satélites kristangos, estos no verían nada que no quisiéramos, como lanzaderas turanias. Pero incluso estando camufladas y con un perfil lento y superficial de entrada, era muy difícil ocultar la estela o el rastro de vapor de agua que dejaban las naves. Con control de los satélites o sin ellos, no había forma de impedir que un kristango mirase al cielo. Por suerte, generalmente el tiempo en Newark era lluvioso y con abundantes nubes, lo que nos venía bien.

Fui el último en dejar el *Holandés*. El soporte vital había dejado de funcionar en la mayor parte de la nave, así que realicé el trayecto hasta la plataforma donde me esperaba la *Flor* embutido en uno de los trajes acorazados. Llevaba conmigo una bolsita con algunos objetos personales, que intenté que fuesen los menos posibles. Se había informado a todo el mundo del máximo de peso que podían transportar, que era exiguo, algo que había causado algunas quejas, sobre todo entre los científicos, así que me esforcé en predicar con el ejemplo.

Cuando el ascensor se detuvo y la puerta se abrió, dudé un instante antes de dar el paso que me llevaría de una nave a la otra. Confiaba en volver antes o después al *Holandés*, seguro de que nuestro viaje aún no había acabado. Al fin y al cabo, habíamos bautizado al carguero con el nombre de un barco legendario condenado a navegar con su capitán por toda la eternidad. Era la primera nave que había estado bajo mando. La única, en realidad.

Tomé aire y di un paso; luego, otro. El ascensor se cerró tras de mí y abandoné el *Holandés*. No volvería en varios meses, eso con suerte. Nadie me estaba esperando; estaba a mitad de camino al puente auxiliar de la *Flor* cuando vi a otra persona.

Se había reparado parte del daño que la fragata había sufrido cuando la capturamos, pero aún se veían algunos agujeros de bala, partes chamuscadas e impactos de metralla que, por el motivo que fuese, no se habían reparado. La puesta a punto de la fragata era cosa de Chang, y supuse que había decidido dejar algún que otro recuerdo de la lucha desesperada por la que pasamos en su día. Había otras cosas que no podíamos reparar o que nos habría costado demasiado, como el puente principal, que había sido destrozado cuando Desai atacó con el dodo que habíamos robado. Tenía la impresión de que había ocurrido en otra vida y a otra persona.

Al girar en el pasillo, me encontré con Portillo, uno de los Rangers, que estaba metiendo el dedo en uno de los agujeros de bala. Nos miramos en silencio, luego señaló el agujero y asintió con solemnidad. Asentí a mi vez. No hacía falta añadir nada más. Ambos comprendíamos. Los dos habíamos estado en combate.

Al llegar al puente auxiliar, comprobé que Desai era nuestro piloto, lo cual era lógico; aquella era la primera nave espacial que había manejado.

Se volvió a medias en el asiento y me dijo:

—Estamos listos para soltar amarras, mi coronel.

—¿Se han fijado las lanzaderas?

Un par de lanzaderas turanias aguardaban en los dos muelles de la *Flor*, llenas de los suministros que íbamos a necesitar para sobrevivir en Newark. Apenas cabían en el muelle de la fragata, así que las maniobras de atraque y desamarre eran lentas y complicadas. No eran compatibles con las agarraderas kristangas, así que, una vez dentro, hubo que fijarlas con cables. No era la mejor de la soluciones.

—Sí, mi coronel.

Me senté y me abroché el cinturón de seguridad, diseñado para un kristango mucho mayor que yo, tan apretado como pude.

—A su discreción, piloto.

—A la orden, mi coronel —respondió—. Don Skippy, desconecte la gravedad artificial y suelte las agarraderas, por favor.

Se oyó un ruido metálico y notamos una vibración cuando las agarraderas soltaron la fragata mientras la gravedad artificial se desvanecía.

—Listo —dijo Skippy. Noté una punzada de melancolía en su voz—. Venga, largaos de una vez, que no puedo malgastar más energía en una panda de monos. Hablaré contigo en cuanto pueda, Joe. Y recuerda: mucho cuidado con tus estupideces.

—Lo tendré. De hecho, me aseguraré de que sean especialmente grandes.

—No es eso lo que... A la mierda. Voy a estar currando como un cabrón arreglando la nave, así que más vale que estés vivo para verla cuando termine.

Saltamos de nuevo tras la luna, aunque en esta ocasión el satélite estaba al otro lado del planeta y los kristangos no nos habrían detectado.

—Skipp...

Me detuve. Me había acostumbrado a preguntarle cómo había ido el salto y me había olvidado de que ahora estaba al otro extremo del sistema solar. Tardaría una hora en recibir cualquier mensaje que le mandásemos. Así que me aclaré la garganta y dije:

—Skippy se estará preguntando si todo ha ido bien. Envíele un mensaje, por favor.

—A la orden —respondió Desai antes de hacerle una seña a su copiloto para que se encargase de la tarea—. El salto ha ido bien, mi coronel, solo nos hemos desviado del blanco cincuenta y dos kilómetros.

Lo que no dijo fue que el salto de vuelta al *Holandés* no sería tan preciso. Skippy había programado el que acabábamos de dar, pero el de vuelta lo tendríamos que programar nosotros y lo activaría yo de forma remota desde la superficie. Tendríamos suerte si la *Flor* emergía a cien mil kilómetros de distancia del gigante gaseoso alrededor del que giraba el *Holandés*.

—Se hace raro, ¿verdad, mi coronel?

—¿El qué?

—No tener a Skippy a nuestro alrededor todo el rato. No para de hablarme; tanto que a veces me gustaría que se fuese y no volviera. Y ahora que no está aquí, lo echo de menos.

Examinó la consola de navegación.

—También yo —respondí sin más.

Desde que habíamos escapado del almacén que los rujarras habían estado usando como cárcel improvisada, siempre había estado a mi lado, hablándome al oído, lo quisiera yo o no. Hasta que el otro extremo de su microagujero de gusano mágico llegase a Newark, no podríamos comunicarnos, ya que los kristangos habrían podido detectar nuestros mensajes.

Me desabroché el cinturón de seguridad y floté libre en ingravidez.

—Avíseme cuando haya programado el salto de vuelta. Voy a echar una mano para soltar las lanzaderas.

Las naves descendieron a la superficie, ambas cargadas con suministros y el resto de la tripulación. En cuanto las vaciásemos y hubiesen regresado por control remoto a la *Flor*, activaría el salto que tenía programado en el zPhone.

Chang me estaba esperando cuando descendí por la rampa.

—Lo pondré al día mientras vamos a las cuevas, mi coronel —me dijo.

Tuve que luchar contra mi instinto de orgulloso machaca, que era ayudar a descargar las lanzaderas, y de nuevo me recordé que de momento era coronel y comandante en jefe de la misión. Mi responsabilidad incluía a todo el grupo, no solo a los que ahora se afanaban con la carga. Tomé aire, aunque no me reconfortó gran cosa a causa del escaso oxígeno. Olía a barro y hierba húmeda. Volví la vista y comprobé que los amplios patines de las lanzaderas se hundían con fuerza en el suelo mojado. Seguramente Skippy se quejaría cuando viese la parte inferior de las lanzaderas con salpicaduras de barro. En cuanto las naves se hubiesen ido, tendríamos que rellenar los agujeros creados por los patines.

—Me parece bien —le respondí.

—Ya habrá notado que la gravedad es mayor. Un catorce por ciento no parece mucho, hasta que se lleva trabajando un rato. —Señaló en dirección a la lanzadera, donde varias personas en trajes acorazados se ocupaban de las tareas más pesadas—. Pero pasa factura. Aquí todo cuesta el doble.

—¿Como llevar una mochila todo el rato?

—Pensaba lo mismo, pero no —respondió Chang frunciendo el ceño—. Es peor. Hasta levantar los brazos acaba cansando, aunque no se lleve nada en ellos; nuestros músculos no están acostumbrados al esfuerzo extra. Si se está sentado leyendo algo que se tenga en el regazo, los músculos del cuello acaban tensos, como si se llevase un casco. Los médicos me han dicho que, hasta que nos acostumbremos, nos va a costar dormir; el peso extra nos hará movernos más durante la noche, porque, si mantenemos mucho rato la misma posición, nos sentiremos doloridos. Permanecer de pie hará que la sangre se acumule en las piernas y el corazón tendrá que trabajar más para mover la misma cantidad de sangre. Y hay que tener en cuenta el nivel de oxígeno menor.

—Ya veo —respondí. Sentía con claridad la falta de oxígeno. Había como mucho quinientos metros entre las lanzaderas y la entrada a la primera caverna, y la subida no era de más de cincuenta metros. El terreno era irregular; el cañón se estrechaba rápidamente en aquella zona hacia un arroyo que serpenteaba veloz entre las rocas—. Mis pulmones lo han notado. —Me esforcé por mantener el paso de Chang, quien se dio cuenta y aflojó el ritmo sin decir nada. Me gustó su actitud—. ¿Cuánto nos llevará adaptarnos?

—Lo médicos no están seguros. El ajuste normal a las grandes alturas va de un par de días a una semana. La diferencia es que aquí la presión atmosférica es algo mayor de lo que lo sería en la Tierra al nivel del mar y la proporción de oxígeno menor. El equipo médico cree que nos puede costar trabajo adaptarnos, porque inhalamos un volumen de aire mayor de lo esperado, así que nuestros cuerpos no notan al principio la escasez de oxígeno. Habrá que vigilarnos de cerca en busca de síntomas de mal de altura. Ya hay varias personas con dolor de cabeza.

Quizás hubiese una más en breve. Llevaba sin dormir bien desde nuestra batalla contra el escuadrón de destructores turanios. A veces no lograba conciliar el sueño de ningún modo. No había tenido gran cosa que hacer, pero sí abundantes preocupaciones. Había confiado que en Newark, sin nada más que hacer que mantenernos ocultos y esperar por Skippy, tuviésemos tiempo de sobra para dormir. Solo que Chang acababa de decirme que nos iba a costar acostumbrarnos a dormir en aquella gravedad.

—¿Qué otras novedades hay? —pregunté.

—Hemos descubierto algo que sería una buena noticia, de no ser porque no nos sirve de mucho. La vida de Newark sería comestible para los humanos, en caso de que hubiese algo lo bastante grande para comérselo. —Le dio una patada a un arbusto achaparrado—. Los azúcares y las proteínas de las plantas pueden ser digeridos por humanos. Por desgracia, lo único que hemos encontrado de momento es hierba, algunos arbustos y una especie de liquen que crece en las rocas. No hay vida animal, al menos en tierra firme, más allá de varios microrganismos en el suelo. En los arroyos pueden verse bichos parecidos a insectos acuáticos, o quizá gambas diminutas, además de lo que parece un pez de un par de milímetros de largo. Nada que echarse a la boca. —Señaló hacia un grupo en la parte alta del cañón, metidos en el agua helada hasta las rodillas—. El equipo científico se lo está pasando de miedo. Hasta los que no son biólogos se dedican a recoger muestras.

Vi a uno de los astrofísicos y a la doctora Venkman, la directora del equipo científico, agachados para sacar con mucho cuidado algo del agua. Parecía que acabasen de dar con una pepita de oro y le hacían señas nerviosas al resto. La doctora Zheng, bióloga, estaba de rodillas en el arroyo, que tenía que estar casi helado. Le decía algo a Venkman y en su rostro había una expresión de alegría casi salvaje. Estaba en una biosfera completamente nueva y era la primera bióloga humana que la examinaba, además de haber sido la primera bióloga humana con acceso a la tecnología turania. Al menos había una persona emocionada ante la idea de estar en Newark.

—Me encanta que se lo pasen bien, pero ¿han dado con algo útil? Aunque, ahora que lo pienso, ya han determinado que nuestra biología es compatible con la vida nativa. —Aquello me intrigó—. ¿Cómo lo han conseguido tan rápido?

—Usaron un escáner turanio diseñado para decirles si los organismos de un planeta son compatibles. Como humanos y turanios compartimos las mismas proteínas y azúcares básicos, fue sencillo. Aparte de eso, el equipo científico nos ha ayudado a decidir qué cuevas eran más apropiadas para nosotros. —Señaló dos entradas—. Hemos explorado esas dos, que son de las grandes.

Una tenía una entrada amplia en arco, mientras que la otra era estrecha pero más alta.

La gravedad extra me estaba pasando factura. El aire era húmedo y estaba frío, y el cielo estaba lleno de nubarrones oscuros que justo en ese momento soltaron su carga. Aquel sitio iba a ser nuestro hogar durante los siguientes meses.

Genial.

—Entremos —sugerí.

Simms se había encargado de acondicionar ambas cavernas para que los humanos viviéramos en ellas y su trabajo había sido excepcional. Había preparado literas para dormir y las había separado con varias lonas, para que hubiese un poco de intimidad. Había mesas y sillas plegables, aunque no suficientes para que todos comiésemos a la vez. Había enganchado luces en el techo y ambas cavernas contaban con una cocina de campaña. Las comidas no serían tan lujosas como a bordo del *Holandés*, pero no tendríamos que sobrevivir solo a base de raciones de emergencia, al menos pasados unos días.

Las condiciones no eran excepcionalmente duras; no estaba preocupado por la supervivencia ni por los problemas de salud, por más que el planeta fuese frío, húmedo y, en general, no muy agradable. Ni siquiera me preocupaba el inevitable aburrimiento. Los científicos tenían bastante entre manos con el estudio del planeta y la clasificación de la enorme cantidad de datos que habían recogido durante el viaje. Las fuerzas especiales veían Newark como una oportunidad para entrenar en un ambiente de alta gravedad y bajo oxígeno, y para adquirir experiencia con los trajes de combate. Mantener a los pilotos ocupados sería más problemático, porque no habíamos traído ningún simulador de vuelo ni nada parecido, así que tendrían que apañárselas con la lectura de manuales. Algunos de los pilotos y de los chicos de las fuerzas especiales se habían ofrecido voluntarios para ayudar a los biólogos a recoger muestras. Era una buena idea y no estaría mal encontrar otras formas de promover el trabajo en equipo.

Tras mi primera noche de sueño decente, una vez me hube acostumbrado a la lona y a la gravedad más alta, desperté temprano. Me deslicé de puntillas por la cueva con las botas en la mano, me hice con una taza de café y fui al exterior, donde me senté en una roca y me puse las botas. No me sorprendió para nada que la sargento Adams apareciese tras de mí casi al instante.

—¿Va a alguna parte, mi coronel?

Tomé un trago de café y respondí:

—A ningún sitio en particular, sargento. Solo a la cima del cañón, para poder echarle un vistazo. Y quizá ver el amanecer.

Lo último no parecía muy probable. El cielo estaba cubierto por completo y, a juzgar por las rocas mojadas a la entrada de la cueva, había estado lloviendo buena parte de la noche. El equipo científico estaba trabajando en desarrollar un pronóstico del tiempo a partir de los datos del satélite, aunque no estaban muy seguros de entender bien el clima de Newark hasta que no volviéramos a conectar con Skippy.

—Nadie sale solo, mi coronel. Órdenes del comandante en jefe. Tenía razón.

—Parece un buen comandante.

—El asunto aún está sujeto a debate, mi coronel —respondió con una sonrisa que apenas pude ver en la penumbra—. De momento no lo está haciendo mal.

—¿Está lista entonces?

Alzó un pie, para que viese que llevaba puestas las botas.

—Siempre.

Adams había bajado con la primera tanda, así que conocía bien los alrededores. La pared del cañón era empinada, sobre todo cerca de la cima, y sin Adams me habría llevado una eternidad llegar a lo alto. Alguien había marcado un camino, y había una cuerda para el ascenso final a la cima, que era menos empinado de lo que había esperado.

Se veía un resplandor lejano en el horizonte oriental. Según la imagen del satélite que había en mi zPhone, el cielo estaba cubierto de parches de nubes justo sobre nosotros, con una densa capa de lluvia al oeste y algo más despejado al este. A lo mejor conseguía ver el amanecer; mi primer amanecer en Newark. Igual era buena señal.

—Oye, Skipp… —empecé a decir.

—¿Mi coronel? —preguntó Adams.

—La fuerza de la costumbre —respondí, un poco avergonzado—. Estaba a punto de pedirle a Skippy el pronóstico del tiempo.

Asintió.

—Me pasa lo mismo.

Nos sentamos en silencio durante un rato, mientras la luz del sol iba asomando poco a poco en el horizonte. A medida que aumentaba claridad, pude ver a varias siluetas moviéndose en la parte baja del cañón. Los comandantes de las fuerzas especiales me habían pedido permiso para salir a correr por la mañana temprano. Se lo concedí, pero les dije que se saltasen la primera mañana hasta que hubiésemos explorado la zona a la luz del día. No me sorprendió que de todos modos se hubiesen levantado temprano para hacer ejercicio en el cañón. Antes o después, alguno escalaría hasta la cima y rompería el momento que estábamos disfrutando.

Así que, antes de perder la oportunidad, me aclaré la garganta y dije:

—¿Podemos hablar un momento?

Se volvió hacia mí, el rostro iluminado a medias por el resplandor del sol naciente.

—Si me va a decir que le parezco atractiva, ya lo sé. Y tendré que pegarle. Mi coronel.

—Ehhh —respondí como un idiota. No se me ocurría nada más que decir.

—Aparte de eso, no me vendría mal tener alguien con quien hablar —añadió, ahorrándome el mal trago.

—¿Por qué volvió al *Holandés*? —pregunté en voz baja.

—Ya hemos tenido esta conversación, mi coronel. Skippy salvó nuestro planeta e hicimos un trato con él.

—No, Adams. Yo hice un trato con él. Ni la humanidad, ni los Estados Unidos, ni usted. Yo. Así que tenía que volver con Skippy y necesitaba una tripulación para ayudarlo a conseguir su radio mágica. Pero eso no implica que usted tuviese que venir en esta misión suicida. Ya había hecho más que suficiente.

—Un marine nunca se rinde, mi coronel. No, hasta que la misión haya terminado. Y esta misión no ha terminado, a menos que me haya saltado alguna reunión informativa estos días.

Me di cuenta de que en realidad no pensaba responder a mi pregunta, así que cambié de tema.

—¿Por qué se unió a los Marines? Yo me alisté porque quería irme de casa y porque mi padre había estado en el Ejército. La idea era seguir un par de años, cumplir con mi deber y conseguir una beca para la universidad. Cuando volví de Nigeria, esperaba quedarme en los Estados Unidos durante una temporada. Luego atacaron los rujarras y mandaron mis planes a la mierda, claro.

—Mi madre fue marine —dijo Adams.

—Vaya, no lo sabía. —Seguramente estaba en su expediente personal, que nunca se me había ocurrido mirar. No me había hecho falta.

—También fue sargento. Cuando terminó con el servicio activo, estuvo en la reserva durante ocho años. Cuando los rujarras atacaron, volvió a presentarse voluntaria. Trabajaba en temas de seguridad en Norfolk cuando volvimos a casa; mi padre había encontrado trabajo por la zona, así que les iba bien. Cuando le dije que pensaba volver a irme, no intentó convencerme. Mi padre sí, pero no ella. Había asumido que volvería. Que no lo dejaría hasta que no completase la misión, ¿comprende?

—Claro que sí. —El problema era que la misión nunca se completaría, a menos que terminase con Skippy abandonándonos y el *Holandés* varado en mitad de ninguna parte—. ¿Se creyeron la historia de tapadera?

—No. No dijeron nada, pero me di cuenta.

—Lo mismo que los míos. Sabían que no debían preguntar. —Me eché a reír—. Mi padre quería que les escribiese o algo así.

—¿Qué le respondió?

—Que lo intentaría.

—Nadie puede pedir más, mi coronel.

—Tengo miedo de haber agotado toda mi buena suerte. Esta misión ha ido de mal en peor.

—Según Skippy, la buena suerte no existe.

—Sí, bueno, Skippy habla mucho. Y no siempre sabe lo que dice.

—Creo que saldremos de esta de un modo u otro, mi coronel. Que usted nos sacará de esta y nos devolverá a la Tierra.

—Ah, genial. No siento ninguna presión ni nada.

—Si no quería sentir presión, mi coronel, igual no debería haber aceptado esas águilas de plata. ¡Eh, mire, ya sale el sol!

Y aquello fue todo. Había unos cuantos parches de nubes al este que nos impidieron ver el disco completo, pero vimos lo suficiente.

—Skippy también afirma que no existen los presagios. —Señalé al amanecer—. Pero voy a tomarme esto como un buen presagio.

Skippy contactó con nosotros a las ceros doscientas veinticuatro cuando llevábamos seis días en el planeta. Me había dicho que el misil tardía cinco días en llegar con su extremo del microagujero de gusano y me había pasado el día anterior esperando noticias suyas muerto de impaciencia. Cualquier cosa podría haber ido mal. Si Skippy no contactaba con nosotros, nos quedaríamos varados en Newark y nunca sabríamos qué le habría ocurrido al *Holandés*.

Estuve sentado, pendiente del zPhone, hasta bien pasada la media noche. Solo entonces bajé la lona y traté de dormir. Al cabo de un rato oí la voz apagada de Skippy saliendo del zPhone que guardaba bajo la chaqueta enrollada que usaba de almohada.

Saqué el teléfono y miré la hora en la esquina superior derecha.

—Hola, Skippy —susurré.

—¡Hola, Joe! —grito.

—¡Más bajo! La gente está intentando dormir. ¿Todo bien allá arriba?

—De fábula, Joe, toda va como la seda. Espera que te cuente. Verás, en primer lugar…

—Sí, genial. Oye, ya me lo cuentas por la mañana, ¿vale? No hay nada urgente ahora mismo, ¿verdad?

Contuve un bostezo.

—No, pero quiero contarte…

—Buenas noches, Skippy. Este cachocarne necesita dormir.

Por la mañana Skippy se mostró malhumorado al principio, aunque no tardó en animarse. El misil, me dijo, había llegado a la hora prevista el día anterior, y luego lo había colocado en posición, había liberado la boca del microagujero negro y había comprobado su funcionamiento. Entretanto, la *Flor* y las dos lanzaderas habían llegado al *Holandés*, que Skippy estaba desguazando. Se le notaba con ganas de hablar y quería verlo todo, así que, tras un desayuno rápido, le serví de guía turístico por las cavernas. La comandante Simms estaba al fondo de la más grande de ellas, ocupándose de desempaquetar los suministros.

—Buenos días, Skippy —saludó—. ¿Qué te parece nuestra preciosa casa lejos de casa?

—Pinta de fábula, habéis hecho un trabajo cojonudo, parece muy acogedora —respondió Skippy—. Comandante Tammy, ¿estás segura de que puedes dejar a su aire a Joe en una cueva tan bien arreglada? Ya sabes que no es el mejor de los invitados; se sabe de varios incidentes.

—¿Ah, sí? —respondí entre risas—. ¿Qué incidentes?

—¿Qué me dices de esa vez que pensaste que tu vecino tenía un retrete de oro macizo cuando estabas meando en su tuba?

Me eché a reír de nuevo.

—No le haga caso; es todo mentira —le aseguré a Simms, que no parecía muy convencida.

—Claro que sí, Joe —apostilló Skippy—. Seguro que sí. Aunque tu pobre vecino aún está que se lo llevan los demonios. No te sienta nada bien el tequila, recuérdalo.

Suspiré.

—Vale, sí, a lo mejor sucedió. Lo cierto es que apenas me acuerdo de ese día, solo de que trasegué una cantidad bestial de tequila. —Por lo que sabía, la historia de la tuba no era más que una mentira que alguien había inventado para avergonzarme. Claro que todo el mundo en el pueblo la conocía, así que igual había algo de verdad en el asunto—. En cualquier caso, aquí no hay tubas, así que no creo que haya problemas.

—Hmmm. No sé. Igual es mejor que te preparen una caja con arena de gato, por si acaso.

A finales de la primera semana ya habíamos establecido una rutina. Cada mañana me levantaba temprano, a eso de las cero quinientas treinta, y salía a correr con uno de los equipos de las fuerzas especiales. Me unía a uno distinto cada día para evitar favoritismos. A partir de la segunda semana empezamos a mezclar los equipos. Chang, Smythe y yo queríamos que aprendiesen unos de otros y que creasen lazos más allá de sus nacionalidades. Levantarse a las cinco y media era un lujo; el sol no salía hasta las seis y no quería a nadie tropezando en la oscuridad, a menos que fuese a uno de los entrenamientos nocturnos.

Una mañana corría con un equipo mixto de SEAL y paracaidistas franceses. Como de costumbre iba el último, aunque me animaba el hecho de que, tras quince kilómetros, solo me sacasen cien metros de ventaja. No dejó de llover durante la carrera y no hacía más que pensar en quitarme aquellas ropas empapadas y ponerme algo caliente, aunque no demasiado limpio. Las lavanderías de Newark eran un tanto rudimentarias, pese a los mejores esfuerzos de la comandante Simms.

—Mierda —murmuré entre escalofríos—. Al parar, me he quedado helado. ¿Alguien se apunta a un chocolate caliente?

Me arrepentí enseguida de mis palabras. No me dirigía a un grupo de niños en el patio, sino a un montón de soldados duros y bien entrenados que acaban de terminar una larga carrera a campo través.

—Eso suena de miedo, mi coronel —respondió para mi sorpresa el teniente Williams.

Vi que casi todos asentían. Desde aquella charla en mi despacho Williams me había empezado a caer mejor, aunque a Skippy seguía sin gustarle y aún lo llamaba Ricitos de Oro.

Así que nos preparamos un chocolate caliente; con polvos, claro, así que no era tan bueno como el casero. Pero, joder, estaba caliente, sabía más o menos a chocolate y era mucho mejor que estar afuera bajo la lluvia. Se nos unieron algunas personas más, entre ellos la sargento Adams, y aquello se convirtió en una especie de fiesta improvisada, salvo por el hecho de que acababa de amanecer y de que bebíamos cacao en lugar de alcohol.

Williams alzó la taza y preguntó:

—¿Cree usted que, antes de vender este chocolate y llamarlo «Rápido», probaron otro tipo, el «Lento»?

Me eché a reír.

—¿Para cuando no andas con prisa?

—Exacto. No sé, a lo mejor consiste en un grano de cacao y un tallo de caña de azúcar, para que cada uno se haga su propio chocolate en polvo.

Aquello causó varias carcajadas.

—¿Un café Hágaselo-usted-mismo? Mi padre solía contar chistes sobre los vecinos que compraban muebles baratos por piezas para montarlos luego en casa.

—¿Qué chiste?

Me costó no reírme al recodarlo.

—Que por diez dólares te daban una bellota y una sierra.

Fui recompensado por una amplia carcajada.

—Bueno, incluso la espera hasta que la bellota se convirtiese en un roble decente sería menor que la de algunos contratistas —replicó Williams con amargura—. Mis padres le dieron un depósito a uno para que remodelase la cocina justo antes del ataque rujarra. De momento lo único que han hecho es desmontar los armarios. Y no se ha vuelto a saber de ellos. Por eso estoy aquí —añadió con una sonrisa—. Se cree que el contratista no está en la Tierra, así que supuse que andaría por ahí fuera. Pienso capturarlo y arrastrarlo a la cocina de mis padres.

—Sí, sé de qué habla. Mi tío le pagó a uno para que construyese un apartamento sobre el garaje. El tipo quitó el tejado y lo cubrió todo con una lona azul. Luego quedó a la espera del material que tenía que llegarle, después se hizo daño en la espalda o algo así. Cuando llegó noviembre, la lona empezó a gotear, así que mi tío lo mandó todo al cuerno y nos llamó a mi padre y a mí. Tuvimos que trabajar de noche y los fines de semana, incluido Acción de Gracias. Si llego a pillar al contratista, le salto los dientes. El fin de semana de Acción de Gracias empezó a llover y, aunque ya habíamos puesto el techo, no había calefacción. La verdad es que me recuerda al clima de este planeta de mierda.

—Mira el lado bueno, Joe —dijo Skippy desde el zPhone que llevaba en el cinturón—. Con este tiempo de mierda no tienes por qué preocuparte de tener cuerpo playero el verano.

Puse los ojos en blanco.

—Menos mal. No podía dormir pensando en ello.

—Ya sabes, afeitarse las piernas, depilarse, todo eso.

—Skippy, no es asunto tuyo lo que las mujeres decidan…

—Hablaba de ti, Joe.

—Qué gracioso.

—Eso me recuerda algo que quería preguntarte hace tiempo. ¿Por qué te has afeitado las partes bajas en forma de relámpago? ¿No sería más adecuado en tu caso un signo de interrogación?

—¿Relámp…? ¡No me he afeitado nada…!

Demasiado tarde. Todo el mundo se echó a reír. Adams dio un manotazo en la mesa con lágrimas en los ojos.

—¡Un signo de interrogación! —masculló mientras se agarraba a la mesa para no caerse.

—Vaya, Joe, no me digas que era una de esas cosas privadas de las que no puedo hablar —dijo Skippy con una inocencia extrema—. Tranquilo, tu secreto está a salvo conmigo.

—No me afeito esa zona —dije con los dientes apretados. Habría estrangulado a la maldita lata de cerveza de haber podido.

—Ya, claaaro. Tranquilo. Por supuesto.

—Hablo en serio.

—Eh, no lo tengo muy claro.

—¿Podemos dejar el tema?

—¿Qué tema? No hay ningún tema. ¿Ves? Soy la discreción personificada.

Miré a mi alrededor. Todo el mundo se reía a mandíbula batiente e intentaba no mirarme a los ojos.

—¿Por qué no dejaría la puñetera lata de cerveza en el maldito estante?

16

TRAS LA CARRERA matutina, el desayuno. Luego solía dar un paseo y comprobaba cómo andaban los ánimos, cómo estábamos de suministros, si se atendía bien a los heridos enfermos… La idea era que la tripulación viese que me importaba. Tras el almuerzo tenía un buen rato libre, que solía dedicar a estudiar el manejo del *Holandés Errante*. Skippy me llamó una tarde cuando estaba tratando de aprender cómo funcionaba el control de vuelo.

—Es admirable que intentes aprender a volar, pero no te esfuerces demasiado, ¿vale? Entrenas con las fuerzas especiales, tienes que ocuparte de toda esa mierda administrativa y aún no te has puesto al día con tu entrenamiento de oficial.

Me sorprendió que no me hiciera algún chiste sobre que estaba aprendiendo a volar porque no tenía nada más que hacer.

—¿Quieres hablar en serio por una vez? Solo te llevará unos minutos y significaría una mejora del cien por cien en nuestras conversaciones.

—Hmmm. No lo tengo tan claro. Pero, mira, voy a probar. Prometo prestarte atención en función de lo interesante que sea lo que dices.

—Me parece bien. Estoy intentando aprender a volar porque quiero poder manejar el *Holandés* por mí mismo. Quiero hacer un trato contigo, Skippy, y nunca he hablado tan en serio. Salimos al espacio sin saber qué pasará cuando contactes con el Colectivo. Les dije a todos antes de que se enrolasen que no había garantías de que fuésemos a volver, que quizá la nave no podría regresar si conseguías contactar con el Colectivo.

—No me gusta por dónde vas. Ya tenemos un trato. Y tu planeta está a salvo. El agujero de gusano está cerrado.

—Lo sé, y siempre te estaremos agradecidos…

—No lo parece, o no querrías que hiciéramos un nuevo trato.

Su voz sonaba mucho más seria de lo habitual.

—Vale, ha sido culpa mía. Quizá «trato» no es la palabra correcta. Lo que quiero es pedirte un favor. Deja que te lo explique y luego decides si quieres hacerlo o no.

—¿Me vas a pedir un favor? —exclamó con voz ronca e irritada—. De momento me abstendré de hacer ninguna referencia al *Padrino*, pero ya sabes que me muero de ganas, así que pídemelo rápido.

—Gracias. Lo que quiero es que, una vez hayas contactado con el Colectivo y antes de que nos dejes, que lleves el *Holandés* a la Tierra y dejes que se vaya la tripulación. Luego tú y yo nos iremos. Ya que habrás localizado al Colectivo, conmigo en la nave tienes suficiente para dirigirla, no necesitamos más tripulación. Terminaríamos como empezamos, tú y yo solos. Una última vez.

—Hmmm. Interesante. ¿Por qué quieres hacerlo, Joe? Me pica la curiosidad.

—Porque soy el comandante en jefe y, como tal, responsable de las vidas de la tripulación. Es mi deber llevarlos de vuelta a casa sanos y salvos, si puedo. Si quieres verlo de un modo cínico, así me ahorro una conciencia culpable.

—Vaya. Tendré que pensármelo.

—Gracias. ¿Te refieres a que ya te lo has pensado entre «tendré» y «que»?

—No, Joe. Esto va más allá de las matemáticas. Es una cuestión ética. Y práctica. Tengo que darle unas cuantas vueltas.

Para mi sorpresa, no me respondió al día siguiente, ni al otro. O aún se lo estaba pensando o su respuesta era algo que no quería oír y prefería no herir mis sentimientos mientras estuviese aquel maldito planeta helado. Decidí preguntarle de nuevo cuando estuviésemos de vuelta en el *Holandés*.

Mientras tanto, seguí con la rutina. Levantarme y correr con las fuerzas especiales. Aquella mañana fue con el equipo chino, y el capitán Xho había preparado un recorrido bastante duro que consistía en diez kilómetros subiendo y bajando empinadas lomas.

Me costó lo mío; me ardían los pulmones, jadeaba como un cerdo y las piernas me parecían de goma. Los chinos sintieron lástima de mí y se detuvieron en lo alto de una loma.

El capitán Xho se arrodilló, rompió la ramita de un arbusto y la examinó con atención. Tras mirarla y olisquearla, tocó con el dedo el lugar por donde la había roto y probó un poco de la savia, o lo que fuese aquello.

—¿Eso es seguro? —pregunté.

Si la vida de Newark era comestible para los humanos, quizá sus venenos nos afectasen a su vez.

—Sí, del todo —respondió—. El equipo científico las ha chequeado. No son comestibles, pero tampoco venenosas. Si hubiéramos traído cabras, se habrían comido toda esta hierba y estos arbustos, y hasta los líquenes. Las cabras se lo comen todo —añadió con una sonrisa. Alzó el trozo de arbusto y examinó la corteza—. Estaba pensando en lo inútil que ha resultado nuestro entrenamiento en la Tierra.

—¿Qué quiere decir?

—Una parte importante de este, al menos para las fuerzas especiales chinas, es vivir de lo que hay en el lugar. Intentamos identificar las plantas y animales que son comestibles o venenosos. Se espera de nosotros que sobrevivamos sin ayuda durante semanas o meses en distintos hábitats; junglas, desiertos, bosques, la tundra siberiana… Déjeme en casi cualquier parte del mundo y me las apañaré para dar con algo de comer, y podré fabricarme ropas y herramientas y cualquier otra cosa que necesite para sobrevivir por mí mismo. —Señaló hacia el horizonte con la rama—. Aquí todo eso no sirve de nada. No hay nada que comer en todo el planeta, ni animales que podamos cazar para usar su pelaje o su piel. ¡Ja!

Se echó a reír.

—No ha sido tan inútil —le aseguré—. Han aprendido a improvisar, a pensar por su cuenta y a mantener una actitud positiva. Y a adaptarse. Todos nos hemos visto obligados a ello, y creo que no lo hemos hecho mal. —Me masajeé la pantorrilla derecha, que empezaba a dolerme—. Ojalá mi cuerpo se adaptase a la alta gravedad y a la falta de oxígeno como ustedes se han adaptado psicológicamente a la situación.

—Quizá tiene razón —reconoció Xho. Lanzó la rama al suelo—. Veamos cómo nos adaptamos a bajar corriendo esta colina y a subir la siguiente.

—Vaya —gruñí—. La cosa va a ser divertida. O no.

Una parte importante de las obligaciones del mando era comprobar el estado de la tripulación. Intentaba hablar con todos los grupos al menos un par de veces por semana, y aquella mañana me tocaba el equipo científico. Me acerqué al lugar en que estaba la doctora Venkman, ocupada en no sé qué junto a una mesa en la que había un montón de instrumentos científicos.

—Buenos días, doctora. ¿Cómo va la ciencia?

—Bien, bien. Estamos tratando de resolver un rompecabezas. Hay varios aspectos de la biología nativa que no tienen sentido.

—¿Cuáles? Y recuerde, por favor, que no soy biólogo.

Se echó a reír.

—Tampoco yo. El departamento de biología me trata como si fuese una mascota o una becaria. Cursé un año de biología en la universidad, era obligatorio. Me gustaría haber prestado más atención.

No teníamos ningún «departamento» de biología, pero supuse que Venkman pensaba en términos académicos, que era a lo que estaba acostumbrada.

—Mi último curso de biología fue en el instituto.

No mencioné que no había tenido clases de biología en la universidad porque no había ido a la universidad. No era necesario. Los dos lo sabíamos.

—He aquí el asunto en los términos en los que me lo explicaron. Eche un vistazo y dígame lo que ve.

Me indicó la tableta que estaba conectada a un visualizador turanio que habíamos bajado al planeta. Bajo el visualizador había un trocito de rama de aquellos arbustos que se podían encontrar por todas partes, al menos las que no estaban cubiertas por hielo o bajo el océano. O bajo las rocas.

Usé los dedos para reducir la imagen y luego volví a aumentarla. El visualizador era impresionante; seguí aumentando la imagen solo por ver cuán lejos podía llegar, hasta que pude ver las células individuales y luego el interior de estas. Vi que Venkman movía los pies y lo tomé como indicativo de que se estaba impacientando, así que volví a dejar la imagen como la había encontrado y la examiné un rato.

—Parece una rama de uno de los arbustos de por aquí.

—Sí, lo sé. ¿Y qué opina de esto?

Señaló una pequeña protuberancia, una zona cerca de la corteza en la que había una pequeña cicatriz de un color un poco más oscuro.

—Parece que se ha desprendido una hoja.

—Casi. Los biólogos me han dicho que ahí había una flor. Una flor diminuta, vestigial, un capullo que nunca eclosionaría porque la planta ya no gasta energía en hacerlas crecer.

Incluso ahora que sabía lo que estaba mirando, no significaba gran cosa para mí. No tenía modo de distinguir si la cicatriz había sido de una flor o de una hoja.

—En alguna parte he leído que algunas grandes serpientes, como las pitones, tienen piernecitas bajo las escamas. —Esperaba que aquello sonase mejor que la verdad; es decir, que lo que había visto en la tele—. Parece ser que evolucionaron a partir de los lagartos, así que, antes de que reptasen por el suelo, tenían patas.

—Correcto —dijo Venkman con una sonrisa—. En algún momento del proceso, el gen que desarrollaba las piernas de las serpientes se desactivó. Con estas plantas aún no hemos podido analizar su ADN, así que lo que suponemos es que antes tenían flores, pero, como ya no son útiles, han dejado de desarrollarlas.

—Perfecto. ¿Qué es lo que no tiene sentido entonces? ¿Que ya no necesiten flores o que en el pasado las necesitasen?

—Ambas cosas.

Me fastidió un poco. Me pareció que la doctora estaba quedándose conmigo en vez de darme una respuesta directa. Quizá vio el cambio en mi rostro, porque añadió:

—Yo tampoco lo pillé al principio. Está claro que ninguno de los dos es biólogo. Lo que me han explicado es que, si una planta tuvo flores en el pasado, aunque las haya perdido, eso significa que dependía de los animales para la polinización. No sé, insectos, pájaros, esas cosas. Un animal que va de una planta a otra recoge el polen que hay junto al néctar y lo deposita en otra planta cuando visita sus flores.

—Claro, como las abejas. Pero no hay pájaros ni insectos en Newark.

—Ese es el problema. Las plantas no habrían desarrollado flores a menos que hubiese animales que las polinizasen. El propósito de una flor, su aroma, sus colores, es atraer animales. Pero aquí no los hay, al menos en tierra firme. Y, desde luego, no hay animales voladores, al menos en la actualidad. Así que las plantas ya no gastan energía en desarrollar flores y dejan que el viento disperse el polen.

—¿Qué ha pasado con los animales? —Me di cuenta de pronto del problema—. ¡Claro! En el pasado Newark era más cálido.

—Mucho más. Esta zona, que está casi en el ecuador, debería haber tenido un clima casi tropical.

—Así que el planeta está atravesando una era glacial.

—De proporciones considerables, quizá catastróficas. A partir de los datos que descargamos de los satélites kristangos, sabemos que nieva incluso en el ecuador, según la estación que sea. Se lo he mencionado a Skippy, igual que lo ha hecho el resto del equipo científico, y al parecer lo encontró moderadamente interesante. Quizás use parte de sus recursos para el asunto del clima cuando termine de reparar la nave.

—¿Una era glacial? ¿Y qué fue lo que pasó?

—No lo sabemos. Es uno de los muchos misterios de este planeta. Ya sé que no estaba previsto que viniéramos a Newark, coronel, pero para el equipo científico es una mina de oro.

Correr con las fuerzas especiales me venía muy bien, no solo para ponerme en forma, sino para familiarizarme con las personas bajo mi mando. De hecho, era tan buena idea que me dio otra que esperaba que fuese igual de buena.

Una tarde hice como que me topaba por casualidad con la doctora Zheng mientras recorría el laboratorio.

—Buenas tardes, doctora —saludé.

Se veían muestras de diversas plantas y frascos con tierra y agua sobre la mesa, todo ello cuidadosamente etiquetado. Yo mismo había ayudado a recoger algunas de las muestras.

—Su expediente dice que es usted triatleta, ¿correcto?

Me miró sorprendida.

—Bueno, he competido en un par de Ironman de media distancia, pero nunca he tenido tiempo para entrenar para un completo.

—Medio Ironman. Eso son… ¿ciento diez kilómetros?

—Ciento trece, en realidad

No me cabía duda de que conocía la distancia exacta, y de que se sabía de memoria los tiempos exactos de sus últimas cinco carreras. Es lo normal en los atletas de resistencia. Cualquiera que haya competido en varios Ironman de media distancia cada año es, para mí, un atleta de élite. Basta con ver el entrenamiento a que se someten todas las semanas.

—Además de ser doctora en biología, también es… —Estaba a punto de decir «doctora de verdad», pero me contuve a tiempo— doctora en medicina. Cirugía, ¿no? ¿Llegó a trabajar de cirujana?

—Durante seis años. Luego me pasé a la investigación y volví a la universidad para mi segundo doctorado en biología. Pero supongo que todo eso ya lo sabe, es una de las razones por las que me seleccionaron, por si la tecnología médica turnia fallaba o no disponíamos de ella. Como ahora mismo.

—Y nos encanta tenerla a bordo, créame. —De momento no habíamos necesitado médicos en Newark, pero contaba con que eso no durase mucho tiempo. La alta gravedad, el bajo oxígeno, la humedad, el frío, vivir bajo la superficie, el aburrimiento, el ánimo bajo… todo eso acabaría llevando a algún error de juicio que provocaría algún accidente antes o después. La necesitaríamos—. Y ha seguido ejercitándose en el *Holandés*.

No era una pregunta, la había visto en el gimnasio más de una vez.

—Cuando puedo, sí. No es que vayamos a correr cincuenta kilómetros en bicicleta o nadar a cielo abierto. ¿A qué viene esto, coronel?

—Verá, si nuestros equipos de las fuerzas especiales van a entrar en acción en Newark, que espero que no, necesitarán una doctora de verdad a su lado. Tienen personal que ha recibido un curso acelerado antes de dejar la Tierra, pero eso no sustituye a un médico de verdad. Me refiero a alguien capaz de acompañarlos sin participar en el combate, pero yendo donde vayan ellos. Como le he dicho, espero que no lleguemos a eso, pero nunca está de más estar preparados. La sargento Adams… ¿La conoce? —Asintió—. Ella y yo hemos estado entrenando con los equipos de las fuerzas especiales por las mañanas. Para lo que le he descrito no necesita aprender combate cuerpo a cuerpo o manejo de armamento, pero sí correr, hacer marchas con una mochila a la espalda, escalar, levantar pesos… ¿Estaría dispuesta? No hablo de nada exagerado, como levantarse de la cama a las tres de la mañana para correr quince kilómetros, tan solo participar en el entrenamiento de resistencia. Si las fuerzas especiales tienen que ir a alguna parte, seguramente lo harán a pie, y necesitarán personal médico cualificado. La parte buena para usted será que podrá salir de la cueva todos los días. Ya sé que el tiempo no es el más agradable posible, pero supongo que es un cambio a mejor respecto a esto.

Señalé el techo de roca gris.

—¿Qué me dice del doctor Rouse? —preguntó—. ¿O de Tanaka?

No preguntó por Suárez, que tenía abundante experiencia médica y era biólogo molecular, pero también tenía cincuenta y ocho años y aspecto de no haber salido a correr en su vida.

—Tanaka respondió afirmativamente esta mañana cuando se lo pregunté. Rouse es nadador, no corredor, y además se hizo un esguince de tobillo ayer en el lecho del arroyo. No correrá por una buena temporada.

—¿Tanaka y yo entonces?

—Y la sargento Adams y yo. Sé que este planeta es una oportunidad de oro para una bióloga, doctora; quizás una oportunidad única, con toda una biosfera nueva a su alcance. Pero el entrenamiento no le ocupará más de un par de horas al día, seis días a la semana. Y le prometo que, si estamos corriendo o de marcha y ve algo de lo que quiera recoger muestras, pararemos.

—¿Puedo pensármelo?

—Claro. Si se decide, saldremos mañana a las seis.

Pareció sorprendida.

—Creí que empezarían más temprano.

—No quiero a nadie corriendo por un terreno desconocido en la oscuridad. Lo último que necesitamos son rodillas torcidas o piernas rotas. Las fuerzas especiales se entrenan de noche una vez a la semana para mantener la eficacia, pero no es necesario que vaya con ellos. Como ya le dije, no cuento con tener que emprender ninguna acción militar mientras estemos aquí, pretendo evitar esa situación a menos que las circunstancias me obliguen. Piense en ello y dígamelo por la mañana, por favor.

A causa de nuestras austeras condiciones de vida, intentábamos que la mayor cantidad de gente posible se reuniese en la caverna principal para la cena. El ambiente era tenso y sombrío. Todos, yo incluido, temíamos que Skippy no fuese capaz de reparar el *Holandés* y nos quedásemos en aquel planeta helado hasta que se nos acabase la comida.

Di unos golpecitos con el tenedor en la taza de café en un intento de levantar la moral. Sabía que Skippy estaba escuchando, así que me aclaré la garganta y dije:

—Tengo algo que comunicarles. A ver, Skippy, cuando estábamos en medio de la batalla, rodeados por el escuadrón de destructores turanios, me dijiste algo que me sorprendió. ¿Al final les has cogido cariño a los monos? —Era una oportunidad que no podía dejar pasar—. ¿Qué pasó?

—Ah, mierda, tendría que haber cerrado la bocaza —respondió Skippy—. Simplemente rebajé mis expectativas. Las rebajé tanto que chocaron contra el suelo. Así que cavé un agujero y, cuando llegué al lecho rocoso, pillé la barrena más grande que pude encontrar y taladré lo más hondo posible. Luego saqué el taladro y salté un rato sobre mis expectativas para aplanarlas un poco, las lancé al vertedero que había excavado y cerré el agujero.

—Vale. Abreviando, que nos quieres con locura —dije.

Oí risitas a mi alrededor.

—Ah, mi vida es una mierda —masculló Skippy.

—Skippy nos quiere, Skippy nos quiere, Skippy nos…

—Cállate. Joder, ¿por qué no salté a aquel sol?

—Porque te habrías quedado sin nosotros, Skippy. Y no estaríamos pasando tan buenos ratos.

—Exacto. No importa, hay muchas más estrellas a las que puedo saltar.

—Nosotros también te queremos, Skippy.

La gente empezó a reírse con fuerza.

—Joder, cómo echo de menos los días en los que estaba enterrado en Paraíso echándome una agradable siestecilla de varios miles años —farfulló—. ¿Por qué esos puñeteros lagartos me desenterraron, joder?

17

Llevábamos cinco idílicas semanas de vacaciones tropicales en Newark cuando la sargento Adams me llamó por el zPhone.

—Debería venir a ver esto, mi coronel.

—¿Algún problema?

Me cepillé las manos. Había estado ayudando con la ampliación de una de las cavernas traseras de la cueva inferior. La roca era quebradiza, lo que me hacía temer por la integridad de la estructura, pero a medio metro encontramos una superficie de granito. Si podíamos eliminar toda aquella piedra quebradiza, ganaríamos bastante espacio. Simms había dicho que no le importaría quitar parte de los suministros de la caverna principal si encontrábamos un lugar seco y seguro.

—No exactamente —me respondió Adams—, al menos de momento.

—¿Dónde está usted? —pregunté, intrigado.

—En la catedral, mi coronel.

Se refería a una larga caverna que muchos encontraban similar a una catedral. Tenía una amplia entrada flanqueada por elevadas rocas con aspecto de columnas. Originalmente la entrada había sido mucho menor, pero el techo había colapsado bajo el peso de la nieve y el hielo hacia millones de años, según especulaba el equipo científico. Habíamos examinado la catedral como un posible hábitat, pero la cámara de la entrada no ofrecía un buen refugio y varios peñascos bloqueaban el camino a las cuevas que había por debajo. Estaba a menos de dos kilómetros de distancia cañón arriba, así que le había dado permiso a la tripulación para explorar el lugar por si le encontrábamos alguna utilidad.

Seguía siendo un buen trecho en aquella gravedad, y no tardaría en caer la noche.

—¿No puede darme una pista, Adams?

—Es mejor que lo vea por sí mismo, mi coronel. Es importante.

Adams sabía que podía conseguir más de mí que otros a causa de lo que habíamos pasado juntos. Podía haberle ordenado que me contase qué pasaba, pero decidí confiar en su criterio.

Ir hacia la catedral con la noche a la vuelta de la esquina implicaba subir por el cañón y a veces acabar con los pies en alguno de los arroyos de agua casi helada que descendían por todas partes. Al menos no llovía, por primera vez en tres días. Era un día nublado, frío y desangelado, y el viento cortaba como una cuchilla mientras ascendía por el cañón. Recorrí los alrededores con la mirada y me di cuenta de que no había nadie más a la vista; todos se habían resguardado en las cavernas salvo el equipo que estaba excavando en la catedral.

Me detuve un momento y me abroché la chaqueta. Luego contemplé la superficie del arroyo. Había diminutos animales en el agua; había visto alguno de ellos en los microscopios del equipo científico. Eran criaturas duras y casi me daba pena por ellas. Si los científicos estaban en lo cierto, y había visto las evidencias con mis propios ojos, la vida había florecido en Newark en el pasado. Como mínimo habían existido criaturas similares a los insectos alados que habían polinizado las plantas. Ahora no era más que un lugar frío y lluvioso, desdichado y yermo, pero en el pasado había sido un sitio bastante decente en el que vivir, al menos en el ecuador. Lo más probable era que no volviese nunca al planeta cuando nos fuéramos, y no se me ocurría ningún motivo por el que otra especie podía decidir establecer una colonia en él.

Un golpe de viento me sacó de mis ensoñaciones. Intenté caminar sobre las rocas para cruzar el arroyo, pero estaban resbaladizas y acabé de rodillas en el agua helada. Mierda. Más valía que Adams tuviese una buena razón para hacerme ir hasta allí.

Me estaba esperando en la entrada con una enorme linterna. Incluso con Skippy controlando las imágenes de los satélites, no nos gustaba usar luz artificial a cielo abierto, era demasiado arriesgado. Por la expresión de su rostro me di cuenta de que, fuese lo que fuese lo que había visto, no parecía preocupada. Más bien emocionada. Y triste. Sí, muy triste.

—A ver, ¿cuál ese ese terrible secreto?

Se dio la vuelta y echó a andar hacia la parte de atrás de la catedral, donde había una enorme piedra plana a la que llamábamos el Altar.

—Ya lo verá, mi coronel.

Tuvimos que trepar por varias rocas y apretarnos para rodear un enorme peñasco que había sido parte del techo en el pasado. Nunca había estado en aquella parte de la caverna. Los soldados, aburridos y sin nada mejor que hacer, habían ayudado al equipo científico a excavar la enorme pila de cascotes que bloqueaba la entrada a lo que creíamos que sería una sala mucho mayor. No vi ninguna sala, sino un sendero que circundaba el peñasco seguido de un largo pasillo de techo bajo que desembocó en una cámara alta y estrecha. Mientras me agachaba en el pasillo e intentaba no golpearme la cabeza contra el techo, no pude evitar mascullar:

—Si esto es una fiesta sorpresa por mi cumpleaños o algo así, más vale que la tarta sea buena.

No había tarta, solo una sala bien iluminada de unos diez metros de largo y seis de alto. Cuadrada. Era cuadrada. Quiero decir que lo era, no que lo parecía. En algunas partes se veían hendiduras en las paredes con aspecto de haber sido rellenadas en algún momento con algún tipo de ladrillos y yeso. Este se había ido degradando con el tiempo y varios ladrillos habían caído al suelo. Vi varios amontonados junto a una pila de piedra labrada. Sí, labrada. Artificial. Nada de lo que estaba contemplando era natural.

Jadeé y miré a Adams, quien asintió.

—Lo sé, mi coronel. Yo tampoco lo creía cuando lo vi. El doctor Graziano lo encontró esta mañana.

—¿Y ha esperado hasta ahora para decírmelo?

—Queríamos asegurarnos de que las piedras no parecían simplemente labradas, sino que lo eran —me explicó Graziano—. Son antiguas, coronel. Muy antiguas. Hace tiempo que se habrían erosionado y perdido su apariencia, pero esta sala las ha mantenido secas.

—¿Cuánto tiempo?

Si había otras criaturas inteligentes en Newark, quería saberlo enseguida.

El doctor se encogió de hombros.

—No lo sé. Aún no. Necesitaré que don Skippy me eche una mano con el análisis. Pero son muy antiguas. Cientos de miles de años por lo menos. Quizá más. —Recorrió con la mano uno de los bordes labrados—. Quienquiera que hiciese esto desapareció hace tiempo.

—Vaya —respondí mientras examinaba la cámara.

La erosión había causado algún daño, pero aún se veía con claridad que las paredes habían sido talladas y pulidas por la mano de algún desconocido alienígena mucho tiempo atrás.

—¿Cree que los álienes usaban esto como refugio? ¿Tal vez se quedaron varados en Newark y construyeron esto para guarecerse mientras esperaban ser rescatados?

Agrandar una de aquellas salas parecía algo factible para la tripulación de una nave estelar varada en el planeta, sobre todo si no tenían baterías para calentarse como teníamos nosotros. El motivo de tallar las rocas se me escapaba. ¿Para qué necesitaban erigir un muro?

—¿Eran kristangos?

Graziano miró a Adams, quien se encogió de hombros.

—No lo sabe —le dijo la sargento al doctor—. Creí que era mejor que lo viese por sí mismo.

—Hace solo unas horas que lo descubrimos —me explicó Graziano—. Venga por aquí, coronel Bishop, por favor.

Señalaba una apertura en el muro de enfrente. Era tan baja que no me quedó más remedio que ponerme de rodillas y reptar. Al parecer, había estado bloqueada por las piedras que Graziano y su equipo habían quitado con mucho cuidado.

Seguí desplazándome sobre manos y rodillas, con Adams tras de mí. Tanto ella como Graziano llevaban linternas, y no habría sido mala idea haber traído yo una, teniendo en cuenta que estaba anocheciendo en el exterior, pero ni se me había ocurrido. El pasaje que recorríamos solo tenía unos seis metros de largo y no tardó en desembocar en una nueva sala, bastante mayor que la anterior. También había sido tallada por criaturas inteligentes, como demostraban las paredes pulidas y rectas.

Eso no era todo. Había huesos y herramientas. De bronce; hachas, palas, lanzas, espadas, puntas de flecha. Casi todas estaban dentro de varias vasijas de cerámica, con la punta hacia arriba, aunque había unas pocas por el suelo y se veían vasijas rotas.

Los huesos estaban intactos y descansaban sobre varias losas talladas. Quizás en su día habían estado cubiertos de ropajes lujosos o vestidos ceremoniales, pero ahora no eran más que huesos. Algunos tenían encima escudos de bronce, pero no todos. Me arrodillé para examinarlos. Eran bípedos como nosotros. Dos brazos, dos piernas, cráneo con dos agujeros para los ojos y una abertura para la nariz algo más horizontal que la humana. Los huesos de las piernas no eran ligeros. Y eran cortos, más de lo habitual en los humanos. ¿Más de lo habitual en nuestros antepasados? Ni idea.

Las tallas en las losas estaban erosionadas y tenían los bordes redondeados. Acerqué la mano a una de ellas, pero Graziano carraspeó. Avergonzado, vi que llevaba guantes.

—Lo siento —dije—. Quería comprobar si las tallas muestran qué aspecto tenían.

—Así es. —Señaló una de las losas, donde Venkman y Friedlander quitaban con paciencia el polvo acumulado con un par de pinceles blandos.

Graziano me llevó a uno de los escudos que habían quitado del cuerpo sobre el que estaba. Habían limpiado en parte la corrosión y en una zona se veía una figura trazada con un detalle muy realista. Estaba de pie y llevaba una espada en una mano y algún tipo de planta o de ramas en la otra. Se lo veía algo más encorvado y voluminoso que un humano moderno, y lo que en principio tomé por un casco era en realidad una protuberancia ósea en lo alto de la cabeza, como comprobé tras un examen más atento. Miré los huesos que había en la cabeza y luego el dibujo del escudo; ambos tenían la misma protuberancia.

—Eran más bajos que nosotros —dije, pensando en voz alta.

—La baja gravedad —señaló Graziano—. También tenían los huesos más densos.

—Esto no era la tripulación de ninguna nave espacial —dije al pensar en las herramientas de bronce. En realidad, hablaba conmigo mismo. Una especie lo bastante avanzada para construir una nave espacial tendría herramientas de acero más que de bronce. O de materiales más exóticos, pero nunca de bronce—. Estas criatu...

—No, eran algo más. Eran capaces de crear herramientas y trabajar el metal. Eran personas, qué narices—. Estas personas eran nativas. ¿Cómo puede ser en esta bola de hielo?

—Sí, eran nativos —dijo la doctora Venkman. Se puso en pie y se sacudió el polvo de los pantalones—. ¿Recuerda lo que le mostré de las plantas y las flores vestigiales? Newark tuvo en su día un clima más cálido. Y estas personas, como usted las ha llamado, son una prueba más de ello.

—Entonces ¿qué pasó? —pregunté con la vista clavada en el escudo de bronce—. ¿El planeta entró en una era glacial y se extinguieron? ¿Y no solo ellos, sino la mayoría de las plantas y de los animales en tierra firme?

—No sabemos cómo ocurrió —dijo Friedlander, que decidió unirse a la conversación. Era científico espacial, un préstamo de la NASA a la FENU—. Quizá nunca lleguemos a averiguar cómo sucedió y qué mecanismo lo motivó, a menos que nos quedemos en el planeta mucho más de lo que pretendemos.

—¿Y han muerto todos? —Me costaba procesarlo. Una especie entera, toda una civilización. Y habían desaparecido. Eliminados casi sin dejar rastro—. ¿Por culpa de la glaciación?

—Hay precedentes —dijo Venkman—. Existe evidencia genética de que la población humana se redujo a cinco o diez mil personas hace unos setenta mil años.

—La catástrofe de Toba —añadió Graziano.

—No es más que una hipótesis —apostilló Friedlander—. Y las pruebas no la apoyan por completo.

—¿Toba? —repetí, preguntándome si serían siglas.

—Fue una supercaldera volcánica en Indonesia que entró en erupción hace setenta mil años —me explicó Venkman—. Lanzó una espesa capa de polvo por todo el planeta. Existe la hipótesis de que ese evento causó un invierno global. Y coincide más o menos en el tiempo con el cuello de botella en la diversidad genética humana. En todo caso, coronel, lo que ocurrió es que la humanidad estuvo a punto de extinguirse varias veces. Con los cambios extremos de temperatura de Newark no es sorprendente que una civilización relativamente avanzada se viera incapaz de adaptarse lo bastante rápido para sobrevivir. Suponga que en la Tierra el hielo se hubiese desplazado de los polos al ecuador en tiempos de los sumerios o los egipcios. ¿Habrían logrado sobrevivir?

Meneó la cabeza.

—Todos muertos —dije una vez más en voz baja. Nadie respondió; se dieron cuenta de que no estaba preguntando nada—. Estamos cerca del ecuador. ¿Quizá se fueron desplazando hacia aquí a medida que descendían las temperaturas? ¿Pretendían sobrevivir usando las cavernas? ¿Por qué no usaron las nuestras? La catedral está demasiado expuesta.

Era el motivo por el que no la usábamos de vivienda.

—Creemos que lo que llamamos la catedral se extendía mucho más al interior —intervino Graziano— y que el cañón no existía en esa época. Lo más probable es que se tratase simplemente de un río. Con los años los glaciares avanzarían y retrocederían una y otra vez, y el hielo y las inundaciones del deshielo tallarían el cañón. El techo de la catedral estaba bajo la superficie en aquella época y había manantiales termales alrededor, así que estas cavernas eran entonces uno de los últimos lugares donde los nativos habrían podido sobrevivir a la glaciación. —Señaló los huesos, que estaban secos—. Con la población tan apretada, los patógenos se habrían extendido con rapidez, especialmente entre personas debilitadas por el frío extremo y la malnutrición.

—¿Fue el peso del glaciar lo que colapsó el techo de la cueva?

Era una idea que no me gustaba nada. Si un techo podía colapsar, quizá los de las cavernas que usábamos no fueran del todo estables, tal vez los glaciares los habían ido debilitando.

—Es una posibilidad, pero resulta más probable que las inundaciones estacionales arrastraran el material que había sobre la caverna, dejando expuestas las rocas que formaban el techo. Se habrían ido debilitando, el agua entraría, se congelaría y causaría grietas. Las grietas se hacen más grandes, entra más agua… Es un proceso lento, pero, si le damos tiempo suficiente, el agua se lo lleva todo.

—¿Miles de años? ¿Millones?

—De momento no lo sabemos —admitió Graziano—. Esta sala estaba sellada hasta que la abrimos y las piedras encajaban con fuerza unas con otras, casi sin mortero entre los huecos. La humedad y el oxígeno se mantuvieron a raya y, al estar sobre la catedral, está a salvo de inundaciones. Hemos visto marcas de inundación en las paredes de la catedral, pero no suben más allá de un tercio de la altura del pasillo por el que ha trepado usted.

Volví a mirar la sala.

—Así que no vivían aquí. Esto era una tumba. Depositaron los cuerpos y sellaron el lugar.

—Eso creemos —dijo Venkman—. Quizá fue uno de sus últimos enterramientos. Quién sabe si el último. No me sorprendería encontrar más huesos y herramientas bajo el suelo de la catedral. Los que están aquí y en la cámara anterior se han preservado porque el oxígeno y la humedad no entraron una vez se sellaron.

—Eso se escapa a mi imaginación —reconocí con total sinceridad.

Una especie completa que se había ido desplazando poco a poco hacia el ecuador a medida que el frío reptaba desde los polos, hasta que no pudieron ir más allá y empezaron a morir de hambre y frío.

—A la de todos —dijo Friedlander en voz baja.

Las noticias de lo encontrado en la catedral se extendieron a la velocidad de la luz por nuestra pequeña población y, como era inevitable, llegaron acompañadas de rumores. A la mañana siguiente eran tantos los que querían visitar la catedral que no me quedó más remedio que tomar cartas en el asunto. Vi a Graziano hablando con Simms. Había dormido en el yacimiento la pasada noche y venía a por suministros.

—Buenos días, doctor Graziano —saludé—. ¿Le importaría preparar un breve informe de lo descubierto hasta el momento? Empiezan a circular los rumores y es mejor que no haya confusiones.

Simms bufó al oírlo y no me costó darme cuenta de qué estaba pensando.

—Lo siento, comandante. La desinformación fue necesaria en Paraíso. No podía contar la verdad sobre Skippy sin revelársela a aquellos que dejaríamos atrás. No podíamos arriesgarnos a que eso llegara luego a oídos de los rujarras, los kristangos o quien controlase Paraíso. —Sonreí, tratando de romper la tensión—. Además, no me negará que mi discurso fue condenadamente bueno.

Bufó de nuevo.

—Su discurso no tuvo nada que ver, mi coronel. Lo cierto es que, con lo poco que sabía de usted y de su reputación —añadió mientras me evaluaba con la mirada—, temía que la misión de las fuerzas especiales que afirmaba comandar acabase convertida en alguna operación absurda improvisada en el último minuto.

—¿Cómo enfrentarse a una fuerza invasora en una furgoneta de helados?

—Exactamente, mi coronel. No sabía gran cosa de usted cuando se dejó caer del cielo en una nave espacial robada. Solo que había llevado a cabo una acción temeraria en la Tierra y había tenido suerte, y luego había sido ascendido con propósitos publicitarios. Es lo que pensábamos casi todos entonces, mi coronel, lo siento.

—No es necesario que se disculpe, comandante. Sé de sobra que fue un truco publicitario. Estaba convencido de que la FENU me tendría dando discursos y vendiendo bonos de guerra o algo así hasta que me destinaron a plantar patatas.

Simms asintió.

—El dodo del que bajó fue mucho más convincente que cualquier discurso. Ser capaz de robar y manejar una nave alienígena no es moco de pavo. Y cuando salieron y dispararon a los rujarras sin que ellos pudieran devolver el fuego… Vi con mis propios ojos lo confundidos que se quedaron al intentar disparar sin resultado alguno. Además, estaba el mensaje del cuartel general… que en realidad era una falsificación de Skippy.

Vi que no le hacía gracia la idea de que la hubiésemos manipulado.

—Fue necesario. De todos modos, si no fue mi discurso, ¿qué la convenció?

—Las órdenes falsas del cuartel general y el que usted llegase justo en el momento adecuado. Y nos dijo que pensaba atacar a los kristangos, no a los rujarras; llevábamos tiempo oyendo rumores sobre lo que pasaba en la Tierra. Cuando empezaron a llegar de forma regular, yo misma vi alguna de las galletitas de la fortuna al abrir las cajas para almacenarlas. Usted fue el primer oficial de la FENU que nos dijo lo que nos moríamos por escuchar, que íbamos a atacar los kristangos. Tampoco teníamos nada que perder, especialmente la gente de intendencia.

No entendí aquel último comentario.

—¿Y eso?

—Sabíamos mejor que nadie lo escasas que eran las existencias de comida —me explicó Simms—. ¿Recuerda que envió a Chang y Adams al almacén a comprobar los suministros y, cuando volvieron al dodo, dijeron que serían suficientes?

Tuve que hacer un esfuerzo, el recuerdo estaba más bien borroso.

—Sí, claro.

—Lo que usted no sabía era que el almacén estaba bastante más vacío de lo que parecía. Mi ayudante y yo nos colábamos por la noche con una carretilla llena de piedras y las usábamos para rellenar las cajas de comida que poníamos en la parte de atrás de las estanterías. Luego trampeábamos el inventario, de modo que ni siquiera mi gente sabía lo mal que andábamos. Ordené que nadie tocase las dos últimas cajas de cada artículo sin mi consentimiento expreso, para evitar que accidentalmente sacasen una caja llena de piedras. Cuando cargamos el dodo, me aseguré de que los contenedores de alimentos tuvieran comida de verdad.

Me quedé boquiabierto.

—Sabía que andábamos mal, pero no tenía ni idea…

—El cuartel general sí. Estábamos cerrando los centros regionales de intendencia, en teoría para consolidar nuestras operaciones a medida que evacuábamos a los hámsteres de cada sector, pero la verdad era que los mandamases no querían que la gente viese los almacenes vacíos. Así que concentrábamos los suministros en unas pocas bases y, cuando los soldados viesen que allí había comida de sobra, pensarían que todo iba bien. No serían conscientes de la verdadera situación. Cuando los rujarras tomaron el planeta, estaba previsto que cerrasen mi base en un par de semanas. Traté de calcular para que al final del plazo lo único que quedasen fueran cajas con piedras. Mi oficial superior sabía lo de los inventarios falsificados; la idea me la dio un tipo de inteligencia en el cuartel general.

—Inteligencia —dije en tomo amargo—. Sí, sé de qué habla.

En ese momento me di cuenta de que, por mucho que odiase mi experiencia con las operaciones de inteligencia, lo que yo había hecho era mucho peor. Había mentido, había ocultado la verdad y revelado solo aquellas partes que en aquel momento me resultaban convenientes. Sí, claro, todo por una buena causa. De no haber actuado así, nunca habríamos capturado una fragata kristanga, no digamos ya un carguero turanio, ni mucho menos asaltado un asteroide para hacernos con un dispositivo que nos permitiese cerrar el agujero de gusano de la Tierra. De no haber mentido y engañado, la Tierra aún seguiría bajo la bota kristanga. Así que había merecido la pena y lo habría repetido sin dudarlo. Eso no me hacía sentir mejor. Quizá los de inteligencia se sentían como yo… hasta que se acostumbraban.

—No nos importa lo que haya hecho, mi coronel —intervino Williams—. En la Tierra se lo agradecemos. La situación era casi desesperada. Y si ya era malo lo que los lagartos nos estaban haciendo, no saber qué había pasado con la FuerEx era peor. Lo único que nos dijeron los kristangos fue que habían aterrizado en Pradassis, o Paraíso como lo llamaban ustedes.

Simms y yo nos miramos.

—No sabíamos nada de la Tierra —dijo con pesadumbre—, hasta que empezaron a llegar las galletitas de la fortuna. ¿Sabía lo de las galletitas de la fortuna? —le preguntó a Williams.

—Me enteré cuando leí su informe. Supongo que en la Tierra lo mantuvieron muy en secreto.

—Dejaron de llegar cuando los kristangos dejaron de traer suministros de la Tierra.

—Sí, nos dimos cuenta de que las cosas iban mal para ustedes cuando los kristangos cerraron el ascensor espacial de Ecuador. Había rumores de que toda la Fuerza Expedicionaria había sido destruida y de que los kristangos estaban mosqueados por algo. Supongo que fue cuando atacaron los rujarras y usted derribó los transportes de tropas, las ballenas.

—Es posible —asentí—. Mis padres me dijeron que me habían dado por muerto. Recibieron un susto del copón cuando los llamé.

—¿Cuál fue su tapadera? —preguntó Williams—. Supongo que no les diría la verdad.

Me pareció raro que Williams no conociera la tapadera que había preparado la FENU hasta que recordé que tanto él como la mayor parte de las fuerzas especiales habían sido seleccionados solo dos semanas antes de la partida del *Holandés*. Y habían sido dos semanas de dieciocho horas al día de trabajo frenético para todos. Aunque la Alegre Banda de Piratas original conocía la tapadera, la FENU no había planeado hacerla pública antes de que nos fuéramos.

—¿Su equipo no la recibió antes de irnos? —pregunté.

—No tuvimos tiempo, mi coronel. La FENU nos quería a bordo del *Holandés* lo antes posible. Sospecho que fue idea de los de seguridad; no tendríamos tiempo para hablar con nadie del planeta si ya estábamos en órbita.

Tenía sentido. Recordé que la FENU había insistido en que todas las comunicaciones entre la FENU y la Tierra pasaran por el cuartel general de la Fuerza Expedicionaria en París. Skippy, como era de esperar, no había hecho ni caso, aunque como comandante hice cuanto pude para cumplir con las reglas, me gustasen o no.

—Imagino que la tapadera de la FENU ya se habrá hecho pública a estas alturas. Básicamente consiste en que la Alegre Banda de Piratas, quiero decir, la tripulación original vino a la Tierra a bordo de un nave turania porque estos estaban preocupados por el comportamiento de los kristangos en la Tierra, que los turanios no habían autorizado. Así que supongo que la gente piensa que éramos pasajeros, que los turanios estaban al mando y que fueron ellos quienes mataron a los kristangos por saquear de ese modo un planeta aliado.

»Los Gobiernos pensaron que era demasiado contar que tanto rujarras como kristangos eran nuestros enemigos y que, en general, la galaxia era hostil a los humanos

»No tengo claro que los rujarras sean nuestros enemigos, ya que estamos; parecen más dispuestos a dejarnos en paz que a invadirnos. Por otro lado, tampoco tengo claro que se esforzasen demasiado en ayudarnos; ya tienen bastante con lo suyo.

»Después de que los rujarras recuperasen Paraíso, la administradora del planeta me dijo que iban a alimentar a la FENU durante una temporada, hasta que hubiesen cosechado suficiente comida para valerse por sí mismos. Eso está muy bien, pero todo depende de cómo vaya la campaña militar rujarra y, sobre todo, de cómo les vaya a los yerapta en la guerra contra los turanios. Si los yerapta son derrotados, los rujarras no dispondrán de recursos para ayudar a una especie atrasada como los humanos. La FENU tiene un montón de bocas que alimentar en Paraíso y supongo que la mayor parte de los rujarras no creen que les deban nada a los humanos.

—¿Se fía de ellos? —preguntó Simms—. Usted ha tratado con los hámsteres bastante más que yo.

La había puesto al día hacía tiempo sobre la información que me había dado la burgomaestre. También le había dicho que no me había fiado de esa información hasta que Skippy me aseguró que era fiable al cien por cien.

—Estoy seguro de que la burgomaestre, la administradora del planeta, era sincera cuando hablaba conmigo —dije—. No tengo tan claro que pueda cumplir sus promesas; no depende solo de ella. —Me volví hacia Graziano—. ¿Doctor?

Por un momento se quedó confuso, hasta que recordó lo que le había pedido.

—Sí, claro, escribiré un resumen de lo que sabemos hasta la fecha. No es gran cosa —añadió en tono de disculpa.

—Lo entiendo perfectamente, doctor. No se preocupe, haga lo que pueda. Y cualquier cosa que necesite para ampliar los conocimientos sobre los nativos, no tiene más que pedirla.

Graziano me solicitó gente y equipo para que los ayudasen en la excavación de la catedral. No necesité pedir voluntarios, todo el mundo estaba dispuesto a echar una mano. El problema del doctor no era la falta de ayudantes, sino el exceso de entusiasmo de estos a la hora de cavar y apartar piedras.

Skippy también se ofreció voluntario y asignó un miniyó a la investigación de lo ocurrido en Newark, con el fin de intentar descubrir cómo se las había apañado una civilización para existir en aquel planeta helado y por qué se habían extinguido.

Me llamó un día mientras estaba ayudando a la doctora Zheng a recoger muestras de un estanque a unos tres kilómetros de la base.

—Joe, he estado echando un vistazo a Newark estos días y he descubierto que le ocurrió algo muy chungo a este sistema solar.

—¿Chungo? ¿Más allá del hecho de ser una mierda de sitio donde vivir?

—Mucho más. Y de un modo bastante inquietante. No presté demasiada atención al principio, ya tengo bastante entre manos con reparar el *Holandés* y escanear en busca de naves enemigas, así que no investigué a fondo el sistema. Antes no tenía importancia, pero ahora sí, y mucha. No hay modo alguno de que una especie inteligente con una civilización compleja haya podido evolucionar en Newark, no tal como es hoy en día el planeta. No hay animales terrestres de ningún tipo por encima del nivel microscópico. Está claro que el planeta ha sufrido un cambio climático radical. El comportamiento de la estrella no ha variado de forma sustancial en los últimos millones de años, así que no puede ser el motivo para la alteración del clima. Desde que encontrasteis esas intrigantes ruinas, he estado creando un modelo matemático de las órbitas de los siete planetas del sistema; y lo que me dice es que algo las alteró hace unos dos coma siete millones de años.

—Guau. Me suena haber leído algo parecido.

—No me lo puedo creer.

—Sí, creo que se trataba de una estrella. —Me estrujé los sesos tratando de recordar los detalles—. Lo leí hace mucho tiempo. Hablaba de una estrella errante que pasaba cerca de un sistema solar y su gravedad alteraba las órbitas de los planetas.

—Apabullante.

—En el libro, la gente se veía obligada a abandonar el planeta para irse a otro que, eso calculaban, acabaría alrededor de la nueva estrella cuando esta dejase su sistema solar. Su planeta original acabaría demasiado lejos del sol o se volvería inhabitable o algo así. El autor se apellidaba McDermott o McDevitt o algo parecido.

—Asombroso. Estoy patidifuso.

Dudé un momento.

—Es raro que no hayas oído hablar de eso, seguro que ha pasado alguna vez. Ahora que recuerdo, la estrella era una enana marrón. Se trata de una estrella tan pequeña que…

—Sé de sobra lo que es una enana marrón. Y sí, se han dado casos de estrellas errantes que alteran la órbita de los planetas cuando pasan cerca de un sistema solar. Pero no es eso lo que me ha dejado patidifuso.

—¿Entonces?

—¿Has leído un libro? ¿Tú?

Se echó a reír.

Mierda, tendría que haberme dado cuenta de con quién estaba hablando.

—Pues sí, Skippy.

—¿No sería uno infantil, no, con muchos dibujitos y eso? ¿O un cómic?

—No era…

—Ah, perdón, tendría que haber dicho «novela gráfica», claro, no quiero ofender a los esnobs.

—Era un libro, joder. Y he leído más de uno.

—Madre mía. Y esos dos libros ¿los leíste despacito, mascullando las palabras y siguiendo los renglones con el dedito?

—Ah, mira, vete a la mierda. —Añadí mientras soltaba del aire—: Gilipollas.

—Lo he oído.

—¿Qué tal si volvemos a cuando te diste cuenta de que algo había alterado las órbitas de los planetas? ¿Fue cosa de una enana marrón?

—No, no se trató de ninguna estrella errante. Eso sería interesante y poco más. Pero la verdad es inquietante. Me deja perplejo y me acojona un poco. Échale un vistazo a tu tableta, que te lo voy a mostrar.

Me enseñó un diagrama del sistema solar con ocho planetas alrededor de la estrella en órbitas casi circulares. Newark estaba marcado en azul y el gigante gaseoso en rojo. Supuse que no era a escala.

—¿Por qué hay ocho planetas? Además, creí que Newark era el segundo más cercano al sol, ¿no?

En el diagrama aparecía como el tercero. Usé los dedos para ampliar la imagen de forma que se viesen solo los planetas interiores. Efectivamente, Newark era el tercero. El octavo planeta, el nuevo, estaba tan cerca del sol como Mercurio, por lo menos. No lo había visto en el diagrama original que Skippy me había mostrado en el monitor del puente cuando me habló de venir a este sistema solar.

—Es el sistema solar hace dos coma siete millones de años —me explicó Skippy—. La órbita de Newark era casi circular y no estaban tan en el centro de la zona de Ricitos de Oro como la Tierra, así que seguramente era un poco más frío. Necesitaría muestras de hielo para confirmarlo, pero creo que mi análisis es correcto. Durante varios millones de años Newark fue un planeta muy parecido a la Tierra en términos de habitabilidad, lo que explica por qué se desarrollaron en él formas complejas de vida, tales como las criaturas inteligentes que crearon las ruinas que habéis encontrado.

Criaturas inteligentes que estaban todas muertas. Toda la especie.

—¿Qué pasó entonces?

El diagrama en la tableta cobró vida y los planetas empezaron a moverse alrededor del sol. De pronto Newark se desplazó hacia el exterior. Su órbita seguía siendo casi circular, pero bastante más amplia y más lejos del sol.

—Algo sacó a Newark de su órbita original, más allá del borde exterior de la zona habitable. El planeta se enfrió mucho más rápido de lo que la especie dominante, con su baja tecnología, podía asimilar. Se congelaron y se extinguieron seguramente en menos de un año.

—Joder. Santa madre de Dios.

—No hay nada «santo» en lo que pasó —dijo Skippy con vehemencia.

—Tienes razón. Pero la nueva órbita seguía siendo casi circular, ¿no? ¿Cómo es que ahora es tan elíptica?

La velocidad de la animación aumentó y las órbitas de los planetas empezaron cambiar y a salirse de las trayectorias que habían seguido durante millones de años.

—El cambio en la órbita de Newark afectó al planeta gigante en el que estoy ahora, lo que causó un efecto dominó en todo el sistema. Los dos gigantes gaseosos tenían una resonancia de dos a uno más o menos, como Júpiter y Saturno; el primero da dos vueltas alrededor del sol por cada una que da el segundo. Cuando eso cambió, las órbitas de los otros planetas también se modificaron. La de Newark y la de lo que ahora es el primer planeta se hicieron exageradamente elípticas. La del planeta más interior, que calculo que sería un cuerpo rocoso del tamaño de Mercurio, se hizo tan elíptica que acabó cayendo al sol. De ahí que ahora solo queden siete planetas. Con el tiempo, Newark recuperará su órbita casi circular, algo más cerca del sol de lo que estaba originalmente. Calculo que eso pasará en unos veinte millones de años. El hielo se derretirá y el planeta será de nuevo un buen sitio donde vivir.

Estuve a punto de hacer un chascarrillo sobre que ahora era el momento ideal para invertir en un terreno en Newark. Me lo guardé. Una especie inteligente había muerto en aquel lugar, y había sido una muerte horrible. Toda una civilización enterrada bajo una sofocante capa de hielo y nieve. No era algo sobre lo que hacer chistes.

—Pero ¿cómo pasó? Me has mostrado Newark saliéndose de órbita sin más. Eso no puede pasar, ¿verdad?

—En efecto, no puede pasar. Y dado el bajo nivel tecnológico de la especie dominante del planeta, no se debió a nada que pudiesen haber hecho ellos, ya fuese por accidente o intencionadamente. —Su voz descendió hasta convertirse en un susurro—: Empujar a un planeta fuera de órbita requiere un nivel tecnológico similar al de los Antiguos.

—Guau. —Consideré el asunto unos instantes—. ¿Crees que los rindalu se hicieron con algún cacharro de los Antiguos y lo usaron aquí?

—Imposible. Hace dos millones de años los rindalu ni siquiera habían descubierto el fuego. No puede ser cosa suya. Los Antiguos se fueron hace mucho más, y nunca habrían hecho algo tan atroz. Esto me tiene acojonado hasta las cachas, Joe. Tengo huecos en mi memoria muy molestos, pero esto es otra cosa. Algo importante sucedió en la galaxia por esa época y no guardo el menor recuerdo de ello. Es imposible, pero es un hecho.

—¿Alguna posibilidad de que tu análisis no sea correcto?

Hubo un incómodo momento de silencio.

—Ya no estoy seguro de nada, Joe. Mi informe está basado en los hechos que tenemos, y creo que es correcto. Pero podría estar malinterpretando la información, o quizá se me esté escapando algo, o hay algún problema que no logro detectar en mis funciones analíticas. Ya sabes que siempre he sospechado que no estoy del todo bien.

—Estoy seguro de que has hecho cuando has podido, Skippy.

—No es suficiente.

Sonaba apesadumbrado, casi perdido.

—Seamos prácticos por un momento. Ya sabes que no soy más que un estúpido mono, así que lo único que puedo hacer es ser el mejor mono estúpido posible. Eres una IA con una inteligencia y unos conocimientos que me sobrepasan hasta extremos inimaginables. Pero no importa lo listo que seas, lo único que puedes hacer es intentarlo. Sea lo que sea lo que les haya pasado a tus recuerdos, no es culpa tuya.

—Gracias, Joe. Aunque me reconfortaría más si esto no me lo dijera un mono infestado de piojos.

Qué le íbamos a hacer, ser amable no estaba en su naturaleza.

—¿Y eso que sospechas que anda mal contigo tiene que ver con que seas un capullo de proporciones legendarias?

—¿Eh? No, eso es parte de mi personalidad.

—Así que no se puede arreglar, ¿no?

—No contaría con ello.

Agradecí la sinceridad.

—Quién sabe, cuando contactes con el Colectivo a lo mejor consigues las respuestas que buscamos, ¿no? Es lo que necesitas.

—¿Respuestas a por qué estaba enterrado en Paraíso y cómo llegué allí? ¿A cómo es posible que se usara tecnología equiparable a la de los Antiguos en una época en la que no había seres inteligentes cruzando las estrellas? ¿A cómo es que se usó tecnología de los Antiguos con un propósito maligno? Y tanto que necesito esas respuestas, Joe.

18

—¡JOE! ¡DESPIERTA! ¡VENGA, arriba! —me gritó el pinganillo.

Gracias al entrenamiento del Ejército, me incorporé de inmediato casi completamente despierto mientras buscaba con una mano el pinganillo del zPhone y con la otra sujetaba una bota, preparado para ponérmela.

—¿Qué pasa, Skippy?

—No es tan urgente, puedes volver a Alerta Amarilla.

—Me has dado un susto de muerte, casi suelto una Alerta Amarilla en los calzoncillos. A ver, ¿qué es eso que no podía esperar —miré la hora— tres horas y media hasta que despertase?

—Son dos cosas, las dos muy importantes. Noticias buenas y malas.

—Primero las malas, por favor.

Las malas implicaban que tendría que tomar alguna decisión a toda leche. Las buenas siempre podían esperar a que me hubiese tomado un café. O dos. Me puse la otra bota, consciente de que ya no iba a dormir más aquella noche.

—Claro. Dos de los líderes kristangos estaban hablando por teléfono. Uno se quejaba de que sus trabajadores son unos vagos que no se mueven lo bastante rápido, y el otro, creo que era su jefe, lo instaba a que se diese prisa porque al parecer esperan que los venga a recoger una nave en un plazo de sesenta a ochenta días.

—¿Cómo? Joder, sí que son malas noticias. —Me incorporé y empecé a ponerme los pantalones—. Me dijiste que no vendrían a recogerlos en por los menos un año.

—Basándome en los mensajes que había interceptado, eso era correcto. Con la información que tengo ahora, diría que aquellos mensajes estaban destinados a los trabajadores y que eran mentira. Cuando llegue la nave, creo que los líderes van a llevarse los

262

artefactos de los Antiguos y van a abandonar aquí a los trabajadores y dejar que se mueran de hambre. Eso explica la discrepancia que había notado; no tienen suficiente comida para alimentarlos a todos durante un año. Al principio asumí que los líderes pensaban matar a algunos trabajadores para que la comida les durase más.

Algo que Skippy tendría que haberme contado. O que yo debería haber preguntado.

—¿No puedes interferir con los sensores de la nave como haces con los satélites?

—A través del microagujero negro eso es imposible, la conexión no tiene el ancho de banda suficiente para enviar un miniyó. Los satélites tampoco tienen capacidad de memoria suficiente para contener un miniyó, por otra parte. Ah, y tampoco puedo activar el nanovirus turanio incrustado en los sistemas de las naves turanias.

La cosa no pintaba nada bien.

—Así que la nave podrá vernos.

—Eso creo.

Con los pantalones y la camisa puestos podía pensar un poco mejor.

—Joder. Vale, habrá que enterrarse bajo tierra y eliminar cualquier rastro de que hemos estado en la superficie. Luego esperamos a que se vaya la nave.

Iba a ser complicado y nuestro éxito dependería de que la nave recogiese a los kristangos y se fuera deprisa sin realizar ningún examen a fondo de la superficie.

—No. Nada de enterraros. Bueno, no bastará con que os enterréis.

—¿Por qué no?

Lo que faltaba. Era aún peor.

—Por las buenas noticias, Joe. ¡Se nos presenta una oportunidad de oro!

Uf. En el Ejército, cuando alguien habla de una «oportunidad», casi nunca es algo bueno.

—¿Qué pasa, te han hecho un descuento en el seguro del coche?

—¡Mejor aún! En serio, Joe, es una pasada. ¡Tienen una IA!

—Eh…, sí, genial, Skippy.

¿Aquello era una pasada? Todas las naves estelares tenían una IA en el núcleo del ordenador. Hasta las lanzaderas tenían una especie de IA que controlaba los sistemas de navegación. ¿Qué más daba que los lagartos tuviesen una IA en la base? Seguramente la usarían para averiguar qué parte de la chatarra de los Antiguos tenía alguna utilidad.

—No me has entendido. Los lagartos hablaban por videoconferencia y, tras uno de ellos, pude ver parte de los artefactos que han recuperado. ¡Uno de ellos es una IA de los Antiguos!

Vale, aquello sí que era una pasada.

—¿Una IA como tú? ¿Otra lata de cerveza? —pregunté, emocionado—. ¿Te ha dicho algo del Colectivo?

—No he conseguido hablar con ella. No entiendo por qué.

—Quizás está en letargo porque los kristangos tienen capacidad de vuelo interestelar. Por eso no podías comunicarte con los kristangos ni con los rujarras en Paraíso, por lo que recuerdo.

—Eso no explica por qué no me habla. Las IA podemos comunicarnos a un nivel superior sin que los entes biológicos lo detecten. También me inquieta el hecho de que esta IA, como yo, esté relacionada con una nave estrellada de los Antiguos. Lo que los kristangos están desenterrando son los restos de una nave que cayó de órbita hace unos dos millones y medio de años, más o menos.

Cuando hice la siguiente pregunta, estaba seguro de la respuesta, y no me gustaba lo más mínimo:

—¿Nos estás diciendo que no nos podemos esconder porque hay que conseguir esa IA antes de que llegue la nave kristanga y se lo lleve todo?

—Exacto. No podemos permitirnos perder esta oportunidad. Si la IA puede indicarme cómo llegar al Colectivo, vuestra misión habrá terminado y os podréis ir a casa cuando el *Holandés* esté reparado. Si los kristangos se la llevan, quizá nunca volvamos a dar con ella. No tienen la menor idea de lo que es, claro, pero se la llevarán porque saben que está relacionada con la nave de los Antiguos. La pobre podría pasarse el resto de su vida bajo una pila de basura.

O en un estante polvoriento en un almacén.

—Skippy, me doy cuenta de lo importante que es esto, en serio. Pero estamos muy lejos de los kristangos, no tenemos transporte y ellos cuentan con apoyo aéreo. No podemos llamar a la puerta y pedir que nos den la IA, habrá que luchar por ella. Y tendremos que matarlos a todos, no podemos arriesgarnos a que los supervivientes informen a la nave de que fueron atacados por humanos. Y si los matamos, eso va a suscitar un montón de preguntas cuando llegue la nave. Tienes que tener en cuenta todo eso.

—Eres un genio militar, Joe. Seguro que se te ocurre algo.

—¿Un genio?

—En términos relativos, por supuesto. Para ser un mono, vaya. Y vas a tener que pensar a toda leche, porque no tenemos mucho tiempo.

—Me pongo enseguida con ello —dije en voz baja.

Salí del cubículo y crucé la sala principal de la caverna, llena de filas de lonas bajo las que dormía la gente. Me detuve de pronto. Acababa de ocurrírseme algo inquietante.

—Has dicho que la nave se estrelló hace dos millones y medio de años.

—Sí, ¿por?

—¿Una nave de los Antiguos con una IA de los antiguos que se estrella doscientos mil años después de que la tecnología Antigua haya sacado el planeta de su órbita?

—Ya me había dado cuenta de la coincidencia. Me parece muy sospechosa.

—Tal vez la IA sepa qué ocurrió. —Al decirlo, sentí un escalofrío en la espalda—. ¿Y si la IA tuvo algo que ver con ello?

—¡No! De ninguna manera. Imposible. Ninguna criatura inteligente relacionada con la civilización de los Antiguos, ya fuese biológica o artificial, tendría nada que ver con algo tan terrible. Es más probable que tanto la nave Antigua como el planeta fuese víctima de las mismas fuerzas malignas. Los tengo de corbata, Joe. Bueno, por así decir.

Tras analizar las noticias de Skippy y su sugerencia de que asaltásemos el campamento en busca del nodo de comunicaciones y la IA, convoqué en la caverna principal al equipo completo de las fuerzas especiales. Esperé a que todos se pusieran cómodos, me subí a una mesa y dije:

—Muchachos, se nos presentó una gran oportunidad cuando aterrizamos en el planeta para entrenarnos y aprender sobre él. Tengo que anunciar con gran placer que ha surgido una oportunidad más.

Se oyeron quejas procedentes de todos los equipos. Todo el mundo comprendió sin importar su nacionalidad lo que significaba «oportunidad» en términos militares.

Vi que García alzaba una mano para llamar mi atención.

—Mi coronel. ¿En este caso «estáis jodidos» va en minúsculas o en mayúsculas?

Me uní a la carcajada general. Era buena señal que aquellos bajo mi mando tuviesen la confianza suficiente para hacer chistes estando yo presente. Los tíos duros de las fuerzas especiales y el cabo primero que se hacía pasar por coronel habían forjado un vínculo durante aquel exilio forzoso en Newark.

—A lo mejor se dan los dos casos, García —respondí—. He aquí la situación. Skippy ha descubierto que el equipo de kristangos de la superficie no solo ha encontrado un nodo de comunicaciones entre los restos de la nave Antigua, sino otra IA. Como Skippy. Bueno, otra IA de los Antiguos, porque estaremos de acuerdo en que no hay nadie como Skippy —me apresuré a añadir antes de que este se ofendiera—. Esperemos que no. —El comentario fue recibido con varias risas entre dientes—. Pretendo organizar un asalto contra los kristangos y arrebatarles ambos artefactos.

Ninguna risita entre dientes. Lo que se oyeron ahora fueron jadeos. Smythe fue el primero en atreverse a hablar.

—Mi coronel, la razón para ocultarnos en las cuevas y piratear los satélites era que los kristangos no supieran que estábamos aquí. Y ahora habla de atacar a un enemigo con, por lo menos, el mismo nivel de armamento, además de apoyo aéreo. Somos buenos, sí. —Miró a su alrededor. Todo el mundo parecía preparado para dar lo mejor de sí mismo—. Pero los kristangos son mayores, más rápidos y más duros. Comprendo que su amigo Skippy se muera por conseguir esa IA, pero ¿vale el premio lo suficiente para el riesgo que implica?

—Lo vale. Si el nodo funciona o esa nueva IA puede decirle a Skippy cómo contactar con el Colectivo, no tendremos que seguir dando tumbos por la galaxia. No hay que olvidar que estos kristangos tienen un nodo de comunicaciones de los Antiguos, que es lo que hemos venido a buscar. La IA es un extra, pero el nodo significaría completar la misión. Además, espero que la nueva IA, o Skippy, o quizás ambos, acepten llevar al *Holandés* a la Tierra antes de que los teleporten hacia el Colectivo o lo que sea que vaya a pasar. Así que no solo podremos volver en lugar de vagar por el espacio para siempre, sino que podremos entregarle a la humanidad una nave turania para que la examinen, la desmonten y tal vez la analicen por ingeniería inversa. Es una oportunidad que no podemos permitirnos el lujo de perder.

Aquello les llegó hondo. La gente se miró y empezaron a asentir. Un carguero turanio permanentemente en órbita alrededor de la Tierra con tecnología muy superior a la de los kristangos. Tal vez la base para que la humanidad crease unas defensas avanzadas, una nave estelar, quién sabía si una flota algún día.

—Solo iremos si tenemos un plan que minimice los riesgos. Por desgracia aún falta lo mejor. Skippy se ha enterado de que en un periodo entre sesenta y ochenta días llegará una nave para evacuar a los kristangos. —Hubo unos cuantos jadeos—. Sí, ya sé que el *Holandés* no estará listo en sesenta días, así que no podremos contar con el armamento de la nave ni con las lanzaderas. Tendremos que recorrer a pie la distancia que nos separa de su base y atacar con el equipo de que disponemos ahora. Si no estuvieseis vosotros aquí, ni se me ocurriría atacar a los kristangos, tengo que confesároslo. Como ya he dicho, solo atacaremos si somos capaces de idear un plan sólido que minimice el riesgo. En caso contrario, nos quedaremos aquí, ocultos en las cavernas, hasta que los kristangos se hayan ido.

—¿Un ataque contra una especie con tecnología similar, en su territorio, y solo podemos llevar lo que seamos capaces de cargar?

Era Smythe, en un tono que no tuve muy claro si era de escepticismo o de interés.

—¿No es el lema de las SAS «El que se atreve, gana», capitán Smythe?

—Estoy va a requerir un plan del copón, mi coronel —dijo Williams con tranquilidad.

—Lo sé. Así que no podría estar más agradecido por contar con seis líderes experimentados de las fuerzas especiales. Y, por supuesto, nuestro as en la manga. No olvidéis a Skippy. Aunque esté al otro lado del sistema solar, sigue pudiendo controlar lo que ven los kristangos gracias a sus satélites. Nos espera una larga caminata hasta la base de los lagartos, pero al menos no tendremos que preocuparnos de que un barrido del satélite nos detecte. Los atacaremos por sorpresa, les daremos para el pelo, y ni siquiera se darán cuenta de que no están solos en el planeta hasta que nuestras balas empiecen a estallar.

Tras la reunión, estaba dándole vueltas a varias ideas sobre el ataque cuando me encontré con Chang.

—Ah, teniente coronel. Vamos a necesitar un comandante unificado para los equipos de las fuerzas especiales. Quiero que me prepare una lista de...

—El capitán Smythe —me interrumpió Chang.

—¿Smythe?

—En efecto. Y si pregunta al resto de los líderes de cada equipo, le dirán lo mismo. Todos respetan a Smythe, a todos les cae bien y es con diferencia el que más operaciones de combate ha dirigido. Iban a ascenderlo a comandante, pero rechazó el ascenso porque la FENU quería que todos los líderes de equipo fuesen capitanes, para que nadie sobrepasase a nadie en rango.

—Vaya, no lo sabía.

—Está en su expediente, mi coronel —me amonestó Chang con amabilidad.

—Así que Smythe.

—Ajá.

—Veo que ha estado pensando en el asunto —señalé.

—Soy el oficial ejecutivo. No le serviría de gran cosa si no pudiera resolver asuntos como este, mi coronel.

Necesitábamos un plan para atacar la base kristanga y hacernos con el nodo de comunicaciones, así que los jefes de equipo de las fuerzas especiales se pusieron a examinar los mapas y la información disponible en cuando di por terminada la reunión. Yo llamé a Skippy. Antes de intentar nada elaborado, quería ver si era posible algo fácil y sencillo.

—Tengo una pregunta, Skippy.

—¿Cuál?

—Has dicho que ni siquiera una atómica podría dañarte, ¿correcto?

—Cierto.

—Genial…

—Cierto, tanto que lo he dicho como que no puede dañarme. Por clarificar las cosas, dado que hablo con un mono.

—Vale. ¿Eso es válido para otras IA?

—Seguramente. No puedo asegurarlo, depende de lo robustas que sean sus conexiones con el espaciotiempo local. Si son frágiles, la explosión podría dañarla.

—Mierda.

—¿A qué venía la pregunta?

Taché la idea de mi lista mental.

—Se me había ocurrido que quizá podríamos lanzar un par de misiles contra la base kristanga y luego lo único que tendríamos que hacer sería buscar la lata de cerveza, quiero decir, la IA entre los restos.

Los misiles turanios no estaban equipados con cabezas nucleares, sino que usaban una especie de compresión molecular de alta tecnología con una potencia explosiva brutal pero sin radiación.

—Ya veo. Por desgracia le veo al menos cuatro pegas a tu idea. En primer lugar, existe la posibilidad de que un misil dañe la IA, y no podemos arriesgarnos. En segundo lugar, tendría que lanzarlos desde una distancia considerable, lo que haría casi imposible un cálculo preciso del blanco. En tercer lugar, es casi seguro que dañarían el nodo de comunicaciones, que es casi tan importante como la IA. Los dispositivos de comunicación de los antiguos son frágiles a causa de ciertas características que mejor no os explico a los monos. Y por último y más importante, no tenemos misiles de ninguna clase en el *Holandés*.

—¿Cómo? Teníamos ocho…

—Ah, tontito, te olvidas de que usé uno para llevar el microagujero hasta Newark.

—Vale, pues siete. Teníamos siete misiles.

—No podrías tener más razón. En efecto, los teníamos. Para reparar el *Holandés* tuve que desmontarlos; necesitaba tanto los materiales como el combustible.

—De puta madre, maravilloso. —Estaba que echaba humo—. ¿Pensabas mencionármelo en algún momento? ¿De qué coño me sirve ser el comandante en jefe si ni siquiera sé lo que pasa con mi propia nave?

—¿Estoy fabricando una nave espacial usando polvo lunar y quieres saber los detalles? Tampoco tenemos cambusa ni gimnasio, estoy usando esas partes de la nave para crear un acelerador de partículas rudimentario que me permita crear los elementos exóticos que necesito.

—Estás fabricando una nave de guerra que no tiene misiles. Me parece un detalle digno de que lo comentes, creo yo. Y antes o después necesitaremos una cambusa, ya que estamos.

—Venga, Joe, ¿para qué necesitáis una cambusa, no me fastidies?

—Joder, Skippy. La tripulación está convencida, sea o no consciente de ello, de que no van a volver casa. Tú mismo dijiste que, en cuanto contactes con el Colectivo y nos dejes, es muy poco probable que podamos pilotar la nave a la Tierra sin ayuda. Así que es importante contar con buena comida preparada por personas conocidas, y comerla caliente en un lugar donde todos puedan disfrutar juntos del momento. Es vital para levantar el ánimo. La necesitamos. Es una de las pocas comodidades que tenemos. No importa lo chungas que se pongan las cosas, en tanto podamos compartir el papeo hay esperanza. Es una de esas cosas de cachocarnes. Necesitamos la cambusa.

Skippy se echó a reír.

—Además, os proporciona numerosas oportunidades de diversión. Tranquilo, cuando volváis a bordo, tendréis cambusa y, como mínimo, parte del gimnasio y tres o cuatro misiles. Cuando vuelva a conectar los reactores, podré dedicar otros recursos a las necesidades de la tripulación y al armamento. Calculo que tendré material y energía suficientes para ensamblar once misiles en total. No todos funcionarán al cien por cien, eso sí, no tenemos recursos para ello.

—Aprecio el enorme trabajo que estás realizando, Skippy.

En casa de mis padres el trabajo de los fines de semana se planeaba en detalle por adelantado, porque un viaje a la ferretería o a la maderera nos llevaba más de dos horas y media. La ferretería de Skippy se compondría de aquello que pudiera fabricar.

—Recuerda que, cuando volváis, habrá partes de la nave a las que no tendréis acceso hasta que no se limpien de radiación.

—Estoy seguro de que nos encantará lo que hayas construido.

—Va a ser mágico. Estoy fusionando diversas técnicas y estilos artísticos, combinando elementos de Disney con características de un burdel francés. Volviendo al asunto, volar por los aires la base kristanga con un misil no es una opción, así que dime qué plan B tienes.

—Ese era el plan B. El plan A es un ataque directo a la base. Estamos en ello.

Aún no teníamos un plan viable. El menos malo era que los cuatro equipos de las fuerzas especiales atacasen de noche con las armaduras. Contaba con las ventajas de la velocidad, la potencia de fuego y la sorpresa, pero implicaba que había que escabullirse hasta las cercanías de la base, ponerse a cubierto y esperar a que sus naves aéreas hubiesen tomado tierra. Gracias a Skippy podíamos seguirlas, y teníamos también un plano detallado de la base. Como los mandamases no se fiaban de sus trabajadores forzados, toda la base estaba petada de equipo de vigilancia, lo que le puso las cosas muy fáciles a Skippy para meterse en el sistema y ver todo lo que pasaba.

El problema básico del plan era que las armaduras no tenían energía suficiente para ir andando hasta la base. Los puñeteros kristangos no habían pensado en diseñar sus trajes de combate con baterías extraíbles, así que ni siquiera teníamos energía suficiente para que alguien con traje llevase uno vacío que pudiese usar después. Se suponía que los trajes se conectaban a unidades portátiles de recarga, pero no teníamos ninguna. Así que fuésemos como fuésemos hasta la base tendría que ser sin las armaduras. Y por buenos que fuesen nuestros chicos de las fuerzas especiales, no estaban a la altura de los kristangos. Tendrían que vérselas con treinta alienígenas mejorados genéticamente, mayores y más fuertes que ellos, y seguramente al menos habría cuatro con armaduras. Necesitábamos encontrar algo que equilibrase la balanza, y aún no lo habíamos encontrado. Las fuerzas especiales trabajaban contra reloj tratando de desarrollar un plan, pero ninguna de las ideas que me dieron minimizaba lo suficiente los riesgos ni me transmitía buenas posibilidades de éxito.

Aquella noche desperté de pronto con una idea. Mi mente inconsciente era, al parecer, más lista que la consciente, lo que no tengo muy claro que me deje en muy buen lugar. El plan que se me había ocurrido, cojonudo y genial en mi modesta opinión, nos daría dos cosas: reduciría el número de kristangos con los que tendríamos que enfrentarnos y eliminaría la ventaja aérea de los lagartos. Siempre que funcionase, claro.

Ya no iba a conciliar el sueño, así que aparté la lona y deambulé en silencio por la cueva en busca de un café, con cuidado de no despertar a nadie. Luego me fui al exterior, donde hacía un frío de narices, aunque por suerte no llovía.

Llamé a Skippy para discutir con él el plan. Sorprendentemente se mantuvo en silencio el tiempo suficiente para poder explicárselo.

—Hmmm. ¿Ese es tu plan? Igual tendría que abrir el diccionario y mostrarte cuál es la definición de «plan».

—Sé lo que es un plan, coño. Aparte del hecho de que se le haya ocurrido a un mono, ¿ves en él fallos importantes?

—Tengo que admitir que lo que me has contado no es la cosa más increíblemente estúpida que haya oído. Eso creo. Por supuesto, está entre las cinco ideas más estúpidas de toda la galaxia. El lugar exacto que ocupa es discutible.

—Gracias por el voto de confianza. En serio. ¿Ves algún problema, algún fallo? Hay muchos elementos del plan que dependen de ti.

—¡Todo el plan depende de mí, imbécil! Y, por si no lo recuerdas, estoy al otro lado del sistema solar construyendo una nave espacial con chatarra y polvo. El mayor problema que tiene tu plan, algo de lo que te habrías dado cuenta si tuvieses más de una neurona, es que tiene demasiados elementos críticos. O funciona todo o será un fracaso absoluto. No hay término medio.

—Ya veo. ¿Tienes alguna idea mejor?

—En realidad, no. Venga, vamos con él.

Contuve un grito.

—¿Llevas dos minutos tocándome las pelotas con que es una mierda de plan y ahora te parece bien?

—Sí, claro, está bien, teniendo en cuenta que no sois más que monos. Quiero decir, ¿qué posibilidades hay de que se os ocurra un plan mejor?

19

Pusimos en marcha aquel plan quizá no del todo estúpido dos días más tarde. Tras otros dos días, los kristangos mordieron el cebo.

Este era, en teoría, una espita energética de los Antiguos. A través de los satélites Skippy les había mostrado una tentadora imagen de una espita de energía en el suelo de un estrecho cañón, supuestamente dejado al descubierto a causa de un corrimiento de tierras. Este último era real. La espita la habíamos creado con piezas de repuesto y algo de chatarra que no nos servía para nada. Solo tenía que parecer convincente desde lo alto del cañón o incluso desde más lejos.

De no haber sido unos incompetentes, tendrían que haber captado la espita desenterrada pocas horas después del desprendimiento de tierra. Como lo eran hasta un grado extremo, no se dieron cuenta del premio que acababa de salir a la superficie y reposaba bajo el sol. Skippy se sentía tan frustrado que se moría de ganas de llamarlos por los zPhones y preguntarles si entrenaban para ser tan imbéciles. Se contuvo, por suerte, y al final los kristangos lo detectaron gracias a que Skippy prácticamente se lo puso delante de los morros al resaltar los datos en el sumario diario.

A través de nuestro satélite seguimos los preparativos de la nave mientras la ponían a punto, dos pilotos y ocho kristangos más se subían a bordo y por fin despegaba. No era muy distinto de los zopilotes rujarras que conocía de Campamento Alfa y de Paraíso, aunque algo mayor y bastante más feo. Y baqueteado; incluso con las cámaras del satélite pudimos ver que estaba remendando, lleno de arañazos y abollado. Skippy nos dijo que los registros de mantenimiento indicaban que los kristangos lo cuidaban lo mínimo imprescindible para que pudiera volar. Uno de los motores llevaba más de mil horas de retraso respecto a la revisión prevista y los pilotos se quejaban de que siempre estaba demasiado caliente. El otro solo se calentaba un poco y daba energía suficiente, pero vibraba tanto que casi se salía del soporte. Cuando los kristangos dejasen Newark, no pensaban llevarse la nave con ellos, así que comprendí que no tuvieran la menor intención de malgastar más recursos en su mantenimiento. Eso era fácil decirlo, claro, porque no estaban dentro de aquella traqueteante trampa mortal. Con un poco de suerte, igual se estrellaba sin que tuviésemos que hacer nada.

Una vez despegó, Skippy siguió su vuelo por el satélite, así que la controlábamos de cerca. Los kristangos estaban mostrándose cautos; podrían haber ido a por la falsa espita Antigua el día anterior, pero hacía mal tiempo, con lluvia y nubes abundantes. Cuando la nave se fue al día siguiente, el cielo estaba parcialmente cubierto de nubes y hacía frío, pero el viento era escaso. Perfecto para aterrizar una nave en malas condiciones en una zona desconocida.

—¿Cómo la llamamos? —preguntó Smythe mientras la veíamos cruzar sobre las nubes en nuestra dirección.

—¿A la nave? —preguntó Adams—. En Paraíso los rujarras tenían un transporte de despegue vertical parecido al que llamábamos zopilote. Como esta es la versión de los lagartos, podemos llamarlo lagarlote, de momento.

—A mí me suena buen —dije. Lo último que quería era embarcarnos en una discusión que nos distrajera del objetivo—. ¿Qué dicen los lagartos, Skippy?

—Los pilotos no se han comunicado con la base desde que alcanzaron la altura de crucero. No los oigo hablar entre ellos. Puedo enviarte sus transmisiones, traducidas.

—Buena idea. —Nos vendría bien oír en tiempo real lo que los pilotos hablaban con la base—. Envíaselo también a los equipos de los zínger.

—Afirmativo.

Esperábamos que el lagarlote sobrevolase primero el área, lo cual tenía sentido, pero no que se detuviese sobre ella a gran altura y que diese tres amplias vueltas alrededor. Fue una suerte que hubiese llovido en abundancia hacía poco, porque la lluvia ocultó los rastros

275

de pisadas humanas junto a las cavernas. Habíamos traído hierbas y arbustos y las habíamos colocado sobre aquellos lugares por los que habíamos pasado con tanta frecuencia que habíamos creado un sendero, algo que la lluvia no borraría sin más. Todo el mundo, salvo por los equipos con los zínger y el personal de vigilancia, como yo, estaba a la espera en lo más profundo de las cavernas. Se había apagado todo, tanto los equipos eléctricos como las fuentes de calor. Estábamos tan preparados como podíamos, teniendo en cuenta las circunstancias.

Desai, que estaba a mi lado, me dijo que el piloto estaría dando vueltas en busca de un lugar seguro en el que aterrizar. El lagarlote volaba muy despacio en círculos y resultaba un blanco muy tentador, pero, por tentador que fuese, no era un blanco lo bastante seguro para los zínger. Si el piloto detectaba el misil a tiempo y este fallaba el blanco por algún motivo, el lagarlote podría escapar, lo que sería desastroso. Así que seguimos el plan y esperamos a que descendiera. Los equipos de zínger seguían a cubierto, manteniendo la disciplina y esperando la señal de Smythe.

Por fin descendió. Oímos al piloto llamar a la base y avisar de que realizaría una nueva pasada sobre el cebo a baja altura y de que tomaría tierra en lo alto del cañón. Le parecía preferible a aterrizar en el interior de este y arriesgarse a que la nave, en la que no confiaba del todo, no pudiese despegar. Por lo visto, eso no les hizo mucha gracia al resto de los kristangos que había en el lagarlote, porque implicaba tener que descender por el cañón y luego escalar de vuelta cargando con la preciada espita.

El lagarlote se acercó desde el sur con el sol a la espalda para que no interfiriese en la visión del piloto. Descendió rápido al principio y luego realizó un vuelo rasante en dirección al cañón donde estaba el cebo, con la intención de tomar tierra sobre la pared septentrional. Le di el visto bueno a Smythe, quien a partir de ese momento quedó al mando.

Los afortunados, o desafortunados, según se mire, fueron los miembros del equipo paracaidista indio, que estaban en la posición perfecta. En el momento exacto en que el lagarlote apareció por el lado sur del cañón, los paracaidistas lanzaron dos misiles que cayeron sobre el pobre lagarlote en un abrir y cerrar de ojos. Los dos impactaron en la barquilla de estribor, atraídos por el pico de calor del motor defectuoso.

Dejado a sus anchas, un zínger nunca apuntaría a los motores, pese a ser un blanco fácil de apuntar y muy vulnerable en cualquier nave con campo de camuflaje, sino al núcleo energético, donde se generaba y almacenaba la energía para los motores y que era la parte más vital del vehículo. Eso no nos habría venido nada bien. Necesitábamos que los kristangos viesen que el lagarlote se estrellaba por la explosión de un motor. Cuando fuesen a investigar, no podían ver agujeros causados por los misiles en el fuselaje; aquello habría mandado al cuerno nuestro plan. Así que las fuerzas especiales habían apuntado de forma manual al motor de estribor y habían bloqueado el sistema de blancos de los zínger antes de disparar.

El lagarlote era un blanco perfecto con el campo de camuflaje desactivado y sin tomar ninguna precaución contra un enemigo que ni siquiera sabían que estaba en el planeta; volaba bajo y despacio sobre el cañón en busca del cebo que habíamos creado. El primer misil destruyó el motor de estribor; el segundo, que impactó una fracción de segundo más tarde, reventó lo que quedaba de este, junto con la barbeta en la que se asentaba. La metralla de la cabeza del misil y las cuchillas de la turbina del motor atravesaron el fuselaje como si fuese papel higiénico. El lagarlote se tambaleó, giró hacia la derecha con el morro en el aire, para luego quedar panza arriba y desplomarse. La cola cortó el borde del cañón, lo que la partió y mandó al lagarlote dando tumbos por la pared hasta impactar violentamente en el fondo, donde dio varias vueltas. Lo que quedaba del vehículo, sorprendentemente intacto, descansaba sobre la parte trasera, medio sumergida en un arrojo.

El capitán Xho se moría por entrar en combate con su equipo, todos con armadura, y no podía culparlo. Los kristangos que habían subido al lagarlote llevaban la típica ropa térmica y no vimos armas ni armadura por ningún lado. Entraba dentro de lo posible que hubiese un par de trajes de combate en el lagarlote y que los kristangos se los hubieran puesto durante el trayecto, aunque era poco probable. Según la información que Skippy había recopilado, las armaduras se reservaban para los oficiales de alto rango como medio para mantener bajo control a la mano de obra esclava. Teniendo eso en cuenta, no parecía lógico que los líderes diesen acceso a los trabajadores a un lagarlote en el que hubiese algún tipo de armamento.

Por muy genéticamente mejorados que estuviesen, no veía cómo podrían haber sobrevivido a la caída. La estructura del casco, hecho de materiales extraordinariamente duros, se había mantenido más o menos intacta en condiciones en las que un avión humano se habría convertido en un montón de chatarra. Pero los kristangos no dejaban de ser criaturas biológicas, sujetos a las limitaciones de la vida. La aceleración extrema del choque sin duda había partido los cuellos, aplastado las costillas y desmembrado las extremidades. Estaba seguro de que no había sobrevivido nadie.

Bueno, casi seguro.

—Equipos alfa, mantengan la posición —ordené—. Repito, mantengan la posición.

—Recibido —respondió Xho, lacónico.

—¿Estás cargando nuestra historia de tapadera en su sistema de vídeo, Skippy?

—Afirmativo —respondió la IA, sorprendentemente concisa.

Skippy, con su control sobre los datos de los satélites kristangos, era la clave para que el plan funcionase y pudiéramos eliminar la ventaja aérea de los lagartos y reducir sus efectivos.

Desde nuestra posición habíamos visto al lagarlote acercarse lentamente al falso tesoro Antiguo. Luego lo habíamos visto alcanzado por dos zínger surgidos de la superficie que habían reventado su motor de estribor. Por los zPhones pudimos oír a los pilotos gritar una advertencia sobre los misiles, justo antes de que el lagarlote se desplomase y se estrellase en el fondo del cañón.

Si los kristangos de la base habían visto y oído lo mismo, nuestra Alegre Banda de Piratas estaba jodida. Se habrían dado cuenta de que había una fuerza hostil en el planeta y nos habrían sobrevolado a distancia segura con la lanzadera. Habrían seguido nuestro repliegue a la base y habrían lanzado un ataque con armaduras para hostigarnos. Tras eso, sin duda reforzarían la seguridad de su base, de forma que nos resultaría casi imposible atacarlos. O sin casi. Entraba dentro de lo posible que los líderes huyesen con la lanzadera y su precioso botín de artefactos de los Antiguos a órbita o a alguna parte del planeta a la que no pudiésemos llegar caminando. Cuando apareciera la nave que tenía que recogerlos, recibiría la información sobre el grupo hostil en el planeta y nos convertiría en polvo desde órbita.

Así que era fundamental que derribásemos el lagarlote de modo que los kristangos tomasen lo ocurrido por un accidente y siguieran ignorantes de nuestra presencia.

Ahí entraba en acción Skippy el Magnífico.

A través del control que tenía de los satélites kristangos y que era completo, ya se había asegurado antes de que los lagartos no viesen el menor indicio de presencia humana en Newark. Los satélites modificaban las imágenes y los datos de los sensores que enviaban a los kristangos, de modo que estos solo veían lo que queríamos que viesen. No habían detectado los viajes de nuestras lanzaderas con las tripulación y los suministros; no nos habían visto recorriendo la superficie; no habían visto los paneles solares que habíamos montado; no habían detectado el incremento de radiación infrarroja generado por nuestra actividad. Si los kristangos se molestaban en examinar las imágenes del satélite de nuestra zona del planeta, no veían más que hierba, arbusto, rocas y barro. Y arroyos y ríos. Ni un humano. Ni el menor indicio de que el planeta estuviese habitado por otra especie inteligente.

Así que los kristangos de la base vieron su lagarlote sobre un valioso artefacto de los Antiguos, oyeron a los pilotos avisar de que el motor de estribor se sobrecalentaba, vieron que este reventaba y que el lagarlote se estrellaba. Las últimas palabras que oyeron fue un juramento del piloto cagándose en la familia de sus líderes por haber desatendido el mantenimiento del motor. El vídeo no mostró a ningún humano acercándose a los restos, mucho menos a humanos en armaduras kristangas; tan solo el lagarlote medio reventado y muerto en el fondo del cañón, sin que nada se moviese a su alrededor.

También mostraba un artefacto Antiguo de valor incalculable aún a la vista y accesible. Tentador, demasiado para que lo ignorasen.

A los líderes lagartos seguro que no les importaban los muertos en el choque; sería parte del coste de la empresa. Pero era imposible que ignorasen un tesoro de los Antiguos gracias al que la expedición rendiría pingües beneficios.

Contaba con ello, y con que aún tenían la lanzadera, y con que la usarían para ir a por el cebo sin saber que lo ocurrido con el lagarlote no había sido un accidente y que el lugar estaba rodeado por los humanos. Contaba con su avaricia y su desesperación; sobre todo, contaba con que los kristangos se comportasen como tales. Los líderes de la expedición nunca se arriesgarían a que la nave que viniese a recogerlos detectase el artefacto Antiguo en el cañón y el capitán decidiese recogerlo y quedárselo.

Vendrían. De eso estaba seguro.

Diez minutos más tarde, tras comprobar que nada se movía en el lagarlote estrellado, le di a Smythe el visto bueno para que enviase los equipos alfa. Dos de los chinos estaban más cerca y, en cuanto recibieron la señal, salieron del agujero en el que se habían ocultado y echaron a correr en dirección al lagarlote. La disciplina de aquellos dos soldados me maravilló; de haber estado en su lugar, habría salido disparado del agujero y de un solo salto habría recorrido la mitad de la distancia que me separaba de la nave. Ellos usaban la ventaja que les daban los trajes acorazados de un modo medido, controlado, pegado al suelo, con los rifles siempre apuntando hacia la rampa posterior del lagarlote. La puerta trasera se había abierto con el golpe y la fuerza del impacto había soltado la rampa del mecanismo que la sujetaba. Uno de los soldados realizó con el zPhone un barrido del interior para que pudiéramos verlo mientras el otro lo cubría.

—No veo nada que se mueva —dijo Xho.

—Tampoco yo —dijo Smythe—. Esperen al equipo alfa francés y luego entren.

Los franceses, que se habían escondido medio kilómetro más abajo y se acercaban desde el frontal de vehículo, casi habían llegado al lugar del choque. Gracias a las imágenes de los zPhones, podíamos ver el interior de la nave reventada, tomado por el caos. Los kristangos no habían asegurado bien el equipo en la nave, así que el choque había hecho volar por todas partes en el compartimento de carga. Para los ocupantes había sido más letal su propio equipo que la caída de doscientos metros a plomo. Todos parecían muertos, y no vimos nada que se moviese. Dos cuerpos kristangos entraron en el estrecho plano que nos proporcionaba el zPhone, con las piernas torcidas en ángulos inverosímiles, la sangre roja y oscura goteando en el suelo.

Cuando llegaron los franceses, uno de ellos se colgó el fusil y dio un salto que lo dejó sobre el lagarlote muy cerca del frontal. Se agachó luego y oteó por las ventanas de la cabina.

—Los dos están muertos —dijo.

Sujetaba el zPhone para que pudiéramos ver la masacre. Se trataba de Renèe Giraud, al que reconocí por la voz, aunque podría haberme dado cuenta antes si hubiese prestado atención al icono en la parte inferior de la pantalla que me indicaba que aquel plano procedía de «Giraud, R (FR)». Los kristangos eran unos cabrones, pero sus teléfonos eran cojonudos. Sobre todo después de que Skippy remplazase el *software* original con el propio.

—Creo que los alcanzó metralla de las cabezas de los misiles —informó Giraud—. Hay agujeros en las ventanas. La cabina está hecha papilla. No es agradable.

—¿Comprobamos el interior, mi coronel? —preguntó Smythe,

—Si podemos bajar la rampa o abrir un lateral, sí. No quiero causar daños que no parezcan producidos por el choque. Hay que mantener la tapadera cuanto podamos.

La puerta lateral tenía una manilla empotrada con instrucciones en kristango que Skippy tradujo y mostró en los visores de los trajes de combate del equipo alfa. Era sencillo: en caso de emergencia, debía resultar fácil abrir la puerta por parte de quien viniese al rescate, igual que en un avión humano. Uno de los chinos abrió la puerta sin problemas y realizó una panorámica con el zPhone. No se movía nada. Los trajes eran demasiado voluminosos, así que hubo que esperar a que el equipo indio, que no los llevaba, bajase desde la cima del cañón. Entraron en el lagarlote con presteza y tardaron menos de treinta segundos en comprobar que todos estaban muertos.

—Comprendido —dije—. Equipos, retiraos y cubrid vuestras huellas.

Los equipos alfa, que llevaban armadura pesada, se irían primero, y serían los demás los que borrarían las huellas de estos y, cuando fuesen demasiado profundas, las cubrirían de hierba. Cuando terminaron, era casi imposible descubrir que alguien hubiera pasado por allí. Estaba previsto que lloviese fuerte por la noche, así que cualquier rastro que quedase habría desaparecido a la mañana siguiente.

De momento, todo bien. Fase uno completada.

Cuando se lo expliqué, a Smythe no le entusiasmó la parte del plan dedicada a lidiar con la lanzadera y destruir lo que les quedase a los kristangos de poder aéreo.

—No lo veo —me dijo mientras señalaba en el mapa—. Hay demasiados lugares posibles donde puede aterrizar; es imposible cubrirlos todos. Solo nos quedan seis zínger.

—¿Dónde aterrizaría usted, capitán?

—Ese es precisamente el problema. Aterrizaría aquí. —Señaló un punto lejano al este del lugar donde estaba el falso artefacto de los Antiguos—. O aquí. O aquí. O aquí. Aterrizaría, lanzaría un equipo de tres soldados con armaduras, despegaría, aterrizaría de nuevo y soltaría otro equipo. —Señaló al oeste del choque—. Luego despegaría y me mantendría en lo alto, proporcionando apoyo aéreo y fuera del alcance de los zínger, mientras los equipos de tierra se acercaban al objetivo desde direcciones opuestas.

Asentí.

—Yo haría lo mismo. Pero no es lo que van a hacer los kristangos. ¿Puede venir un momento, doctor Mesker?

—Claro, Bishop. —A Mesker no le importaban gran cosa los matices de la jerarquía militar—. ¿Qué desea?

Señalé el lugar del choque en el mapa.

—Este el lugar donde está el señuelo. ¿Conoce bien la zona? Hemos colocado ahí nuestro cebo, la falsa espita de los Antiguos. Está en el cañón que hay tras la catedral.

—Sí, claro, lo conozco bien. Es empinado.

—Correcto. —Le di un golpecito al mapa—. Si viniese por el aire para examinar el lugar, ¿dónde aterrizaría?

—Hmmm. —Le dio un golpecito a su vez para sobreponer sobre el mapa a la imagen del satélite—. Aquí el cañón es más ancho y hay abundante sitio llano para aterrizar junto al arroyo. Además, queda muy cerca del lugar del choque. Llegar sería muy fácil; bueno, habría que cruzar el arroyo que se ciñe a la pared del cañón.

Sonreí.

—Gracias, doctor Mesker. Así es como lo veía un civil, capitán Smythe, y así es como lo van a ver los kristangos. Son civiles, no soldados. Usted está acostumbrado a anticiparse a las acciones de un oponente militar. Recuerde que estos kristangos no tienen el menor motivo para pensar que lo del lagarlote no fuese un accidente; siguen convencidos de que están solos en el planeta.

»Aterrizarán tan cerca como puedan para reducir la distancia a pie hasta el señuelo y hasta los restos de la nave, donde quizás esperan encontrar algo útil que llevarse. Aterrizarán en alguna parte del cañón, quizás un poco más lejos de lo que ha dicho Mesker; supongo que el piloto no querrá correr riesgos innecesarios con la nave que les queda, así que buscará un sitio que le permita un despegue limpio por si va con la carga completa al volver. —Señalé un punto donde el cañón se abría en otro más amplio y poco profundo—. Su equipo de zínger tomará posiciones sobre el cañón aquí y aquí, y en la parte baja aquí. Seguramente la lanzadera sobrevolará el lugar del accidente antes de escoger un lugar donde aterrizar. Puede disparar cuando esté sobre el cañón y así minimizar el tiempo de respuesta del piloto.

Se lo pensó un instante y luego asintió.

—¿Qué me dice de dos equipos de zínger en el suelo del cañón cubriendo el lugar del choque y uno a cada lado en la parte alta? —pregunté.

—Dos abajo, buena idea. Así podrán cubrirse el uno al otro. Y uno en la parte alta, como usted ha dicho, en el lado sur y el otro aquí, en lo alto de esta loma. Desde ahí se puede cubrir casi toda la zona. No nos da el mejor ángulo para un disparo, pero puede quedar como equipo de reserva en caso de que se nos tuerzan las cosas.

Aprobé sin reservas el plan de Smythe; tenía mucha más experiencia con operaciones clandestinas que yo al fin y al cabo. Para mi sorpresa, me quería en la cima de la loma para cuando llegase la lanzadera. Me explicó que era el único de todos los presentes que había disparado un zínger en combate. Las fuerzas especiales se habían entrenado en el *Holandés* en uno de los simuladores, pero tenían más experiencia con el modelo de misil portátil que usaban en sus respectivos ejércitos. A Smythe le preocupaba que, en la tensión del combate, los equipos de zínger pensasen en los términos que para ellos eran más familiares y no aprovechasen del todo las capacidades de sus zínger. Básicamente me quería como observador en la cima para el equipo primario que estaba en la parte baja del cañón. Eso era mucho mejor que lo que esperaba que me pidiese, que era quedarme en la cueva y ver qué pasaba en la tableta o el zPhone. Incluso llegó a sugerir que yo mismo disparase el misil si llegaba a ser necesario que interviniese el equipo sobre la loma, que era el apoyo por si las cosas iban mal dadas.

—Tiene experiencia con esos trastos, mi coronel —me explicó—. Su informe en Paraíso indica que derribó de un solo tiro un pollo que los había localizado y estaba a punto de devolverles el fuego. Tenerlo ahí me quita un peso de encima, la verdad.

—Gracias por la confianza, capitán. Estaré en la cima de la ladera. —Él estaría en la parte de baja del cañón, donde esperábamos que aterrizase la nave—. Aunque todo debería ir como la seda, los zínger son muy sencillos de manejar.

Eso esperaba. Lo cierto es que, hasta que Smythe no lo comentó, ni había pensado en la falta de experiencia de nuestra gente con los zínger. De nuevo el entrenamiento y la superior experiencia de Smythe salían a la luz. Era capaz de pensar en todo lo que podía ir mal, mientras que a mí solo se me ocurrían los desastres más probables. Es típico de los soldados de élite; contemplan todas las posibilidades y no dejan nada al azar.

La fase dos no fue del todo como esperaba. Los kristangos tardaron un par de días en venir; prefirieron esperar de nuevo a que el tiempo aclarara sobre nuestra zona. Los vimos cargar la lanzadera y la vimos despegar y emprender el rumbo hacia nosotros. No se molestaron en sobrevolar el lugar del choque; supongo que pensaban que tenían información más que suficiente de los satélites. Oyendo las comunicaciones del piloto con sus superiores, supimos que los líderes no querían correr el menor riesgo con la única nave que les quedaba, así que le ordenaron al piloto aterrizar en una zona lo más abierta posible y mantenerse alejado de los cañones demasiado estrechos. En lugar de pasar sobre el lagarlote estrellado, la lanzadera vino directa desde el suroeste. Los servicios de mi equipo de zínger no fueron necesarios, porque voló directa al lugar que habíamos estimado más probable para su aterrizaje. Los SAS tenían allí un equipo con zínger y le dieron a la lanzadera en el momento mismo en que inició el descenso vertical. Ambos misiles impactaron contra la barquilla del motor de estribor. De haber estado más alta, quizás habría podido recuperarse. No fue el caso. Giró y dio contra el suelo con fuerza; estuvo a punto de empotrar el morro contra un enorme peñasco que había en el cañón. La fuerza del impacto arrugó la parte frontal de la nave como si fuera un acordeón. Nadie que estuviese allí podría haber sobrevivido al choque.

Smythe mantuvo a la espera a sus equipos alfa durante diez minutos. Era mejor asegurarse de que ningún kristango rabioso iba a salir de entre los restos. Y de que el maldito cacharro no estallase. Yo no perdí el tiempo; en cuanto la lanzadera chocó, dejé el equipo de zínger de la loma y eché a correr hacia el lugar del choque. Era cuesta abajo casi todo el tiempo, pero me llevó casi una hora llegar, lo cual era frustrante. Desde la loma lo había visto todo con claridad, pero me estaba llevando una vida llegar allí. En mi defensa, diré que la gravedad de Newark me hacía pesar un catorce por ciento más de lo normal, y que el bajo nivel de oxígeno ya me hacía jadear cuando caminaba. Correr loma abajo en una pendiente no muy pronunciada no era muy complicado, así que tenía tiempo para comprobar con Skippy cómo iba todo.

—Eh, ¿qué tal nuestro Óscar a los mejores efectos especiales?

—A la altura de las grandes superproducciones, Joe. Hay emoción, suspense, sorpresas apabullantes y giros de la trama que van a mantener a los espectadores pegados a sus asientos. Mientras lo veía lloraba y reía. ¡Va a ser la mejor película del año! Bueno, a menos que seas uno de los kristangos de la base, en cuyo caso igual te parece la peor película de desastres del año. O del siglo.

—Así que se lo están tragando.

—Anzuelo, sedal y hasta la caña. Creo que es como se dice. Sí, se están tragando todo lo que ven y oyen por el satélite. No tienen el menor motivo para dudar de la información.

Lo que estaban viendo los kristangos era su lanzadera abatida por un par de zínger, Skippy no había modificado eso. Queríamos que los lagartos viesen que alguien había disparado dos misiles portátiles kristangos tierra-aire. El espectáculo empezó cuando impactó con el fondo del cañón. Los kristangos no vieron humanos acercándose a los restos de la nave, sino a un equipo kristango que desactivaba el camuflaje de una lanzadera oculta, subía a bordo, despegaba sobre la espita Antigua, la recogía y subía a órbita. Este misterioso segundo grupo de kristangos, tras llevarse el premio gordo, se encontraba con una nave en órbita, que bajó su campo de camuflaje lo suficiente para que la lanzadera atracase. Luego la nave salió de órbita en busca de la distancia óptima para un salto y, en cuanto estuvo al otro lado del planeta, lo dio. Los datos del satélite incluían un falso borbotón de rayos gamma que correspondía al de una nave al saltar. Skippy me juró que era totalmente convincente, y así lo esperaba yo.

Los kristangos de la base tenían que estar volviéndose locos. No solo se habían quedado sin naves aéreas, sino que habían perdido un valiosísimo artefacto de los Antiguos a manos de un grupo rival, y desconocido, de kristangos, quienes se habían ido de rositas y volvían a la civilización con un botín que valía más que muchos planetas habitados. Mientras que ellos estaban atrapados en su base, con la chatarra antigua de poco valor que hubiesen conseguido en ese tiempo y sin nada mejor que hacer que esperar a que viniesen a sacarlos de allí.

Si algo así me pasase, me volvería loco. Según Skippy, los líderes lanzaban juramentos de venganza y no paraban de discutir y pelearse entre ellos, malgastando su energía.

Consideré que la fase dos había sido un completo éxito.

Para evitar cualquier humillación que mi mala forma física me pudiese causar, me detuve a un minuto de distancia del lugar del choque de la lanzadera, donde nadie podía verme, y traté de recuperar el aliento y el pulso. Lo último que quería era que los chicos vieran a su comandante jadeando como un cerdo y desplomándose entre vómitos tras lo que tendría que haber sido una sencilla carrera cuesta abajo. Cuando dejaron de temblarme las manos, salí del lecho del arroyo y corrí sin prisas hacia la nave estrellada. Más de dos docenas de personas se arracimaban a su alrededor con los fusiles al hombro y los cascos quitados, al menos los que llevaban armadura. Habían abierto una puerta lateral sin problemas. El marco ni siquiera estaba desencajado; no se podía negar que los kristangos construían naves robustas. Había cuatro cuerpos tumbados en la hierba junto a la lanzadera, tres de ellos destrozados, pero el cuarto parecía dormido. Aparté la vista, incómodo; estaban muertos como consecuencia de mis órdenes.

El capitán me vio venir y me saludó.

—Tiene que ver esto, mi coronel. Tenemos una sorpresa. La zona es segura. Todos los kristangos están muertos.

Cuando derribamos el lagarlote, me mantuve alejado del lugar; me traía demasiados recuerdos. De las dos ballenas que mi equipo había derribado en Paraíso y de los pollos que los kristangos habían hecho estrellarse cuando la piloto humana se negó a lanzar un misil contra una escuela llena de niños. Aquellos recuerdos me acosaban todos los días, no necesitaba que nadie me los refrescase.

Aunque me había mantenido lejos la primera vez, ahora era distinto. Smythe quería, además, que entrase en la lanzadera derribada. Me armé de valor, asentí a las palabras de Smythe y agarré el marco de la puerta con ambas manos para impulsarme hacia el interior.

El estropicio era menor de lo que había esperado. Se veían sangre y restos que habían sido lanzados de un lado a otro por la fuerza del choque. Cuando me giré hacia la parte trasera, me llevé una sorpresa.

—¿Qué carajo es esto? —pregunté.

Los dos tercios posteriores de la lanzadera estaban ocupados por… algo. Parecía una especie de autocaravana. Era un tubo alargado especialmente diseñado para caber en la lanzadera y casi rozaba las paredes y el techo. Varias cinchas lo mantenían en su sitio.

—Creemos que es algún tipo de vehículo, una especie de tráiler —explicó Smythe—. Lo que los americanos llaman autocaravana.

¿Para qué narices habían llevado los kristangos una autocaravana a Newark? No los habíamos visto meterla en la lanzadera antes de despegar, así que ya estaba en la nave. Era demasiada pesado para cargar con ella a menos que se necesitase. Hmmm. ¿Por qué no? Habría sido útil para recorrer los cañones y recuperar piezas del lugar donde se había estrellado el lagarlote, incluso para recoger la espita de energía de los Antiguos. Si lo usaban en aquel planeta, el cacharro tenía que ser capaz de operar campo a través en terrenos accidentados. Desde el satélite no se veía rastro alguno de que los kristangos hubieran construido carreteras, ni siquiera alrededor de la zona donde se había estrellado la nave Antigua. Un vehículo como aquel habría sido muy útil para la exploración; mejor que ir caminando, o incluso volando.

—¿Cómo se mueve? No veo ruedas.

Skippy lanzó un suspiro por el pinganillo del zPhone.

—Ah, monito impaciente. No puedes ver las ruedas porque son retráctiles, para que quepa en la lanzadera. Necesitarás ponerla boca arriba, quitar las abrazaderas y bajar la rampa posterior antes de que te lo arranque y lo conduzca.

La lanzadera era enorme, casi del tamaño de un 737, y estaba escorada a un lado.

—¿Cómo narices vamos a enderezarla? Esta cosa pesa por lo menos un par de toneladas.

—Cierto. Podéis usar cables y supongo que no necesito recordaros, taradillos, que tenéis los trajes acorazados autopropulsados.

Tenía razón. Ni había pensado en ello.

Las armaduras nos fueron de ayuda, aunque hubo que avisar a la gente de que fuese despacio y con cuidado; estaban demasiado acostumbrados a usar demasiada fuerza y casi le dan la vuelta completa a la lanzadera en lugar de enderezarla. Le dimos a la nave diez minutos para que asentase sobre la panza, no queríamos arriesgarnos a entrar y que aquello colapsase sobre nosotros. Cuando di el visto bueno, dos soldados entraron por una de las puertas laterales y en pocos minutos la rampa se abrió, descendió casi la mitad y se quedó ahí trabada. Ya era asombroso que funcionase a medias. Tras trastear durante casi una hora, nos dimos por vencidos y cortamos los mecanismos elevadores que había a cada lado. Una vez eliminados los soportes, la rampa se estrelló contra el suelo, rebotó y ahí se quedó, algo torcida, pero funcional. El equipo quitó las agarraderas y cintas que mantenían la autocaravana en su sitio. Completada la operación, se deslizó un poco contra la parte de babor.

—Muy bien, Skippy, saca la autocaravana.

Se oyó el zumbido de un motor eléctrico. Skippy la fue sacando poco a poco del fuselaje retorcido de la lanzadera; tuvo que menearla un poco, con los correspondientes raspados y algún que otro desgarro. La autocaravana en sí estaba en sorprendente buen estado; tenía algunos desconchones y abolladuras, pero parecía de todo funcional.

Al sacarla, fuimos conscientes de su verdadero tamaño, casi igual que el de un autobús urbano o una autocaravana de gran tamaño. Su forma de desplazarse era curiosa. Tenía ruedas, pero estas eran en realidad orugas parecidas a las de un tanque. Podían ajustarse para que fuesen completamente redondas y así ir a buena velocidad en terreno llano, o adoptar una forma oval que permitiese reptar como un tractor. Skippy dijo que la parte de las orugas que sobresalía podía retraerse o proyectarse para atravesar terrenos embarrados. A cada lado se veían pontones inflables, así que podía cruzar ríos, pantanos o incluso lagos, pues cada pontón tenía jets acuáticos que le permitían desplazarse por el agua.

—Joder, Skippy, es una pasada de vehículo.

—¡Todo lo que necesita una familia numerosa para irse de vacaciones, coronel Joe!

—Sí, salvo un par de adolescentes ceñudos y una semana entera diluviando. Y bichos. —Así recordaba la mayor parte de las vacaciones con mi familia—. ¿Alguna posibilidad de que podamos llevar esta belleza hasta la base de los kristangos?

—Me temo que no. Las células de energía solo tienen carga para el cuarenta por ciento del trayecto.

—Mierda. Pero al menos será un cuarenta por ciento menos que recorrer a pie. Abre la puerta, por favor, quiero echarle un vistazo al interior.

Todos queríamos echarle un vistazo al interior. Esperé y entré el último para que todo el mundo tuviese oportunidad de examinar a su gusto nuestro botín. El interior se veía usado y olía raro. No había nada parecido a un volante. Tenía dos asientos al frente y una docena más que se podían convertir en literas. No había ni cocina ni nada en lo que preparar comida; tampoco servicio. Supuse que los kristangos esperaban que sus ocupantes realizasen al aire libre aquellas actividades. En la parte trasera, separada, había una amplia zona de almacenaje, como un garaje. Estaba vacía.

—¿Cuántos cree que caben? ¿Doce, quizá catorce personas?— pregunté, frotándome la mejilla mientras contemplaba el espartano interior de la autocaravana.

Smythe meneó la cabeza, supuse que para indicar que un soldado de las fuerzas especiales no pensaría de aquel modo.

—Para atacar la base y enfrentarse a los kristangos, seis de ellos quizá con armaduras, vamos a necesitar un equipo numeroso. Dos en la parte delantera, conduciendo y examinando el terreno. Más otros veinte, por lo menos. Podemos traer más sillas. Supongo que la idea es ir de noche hasta que este cacharro se quede sin energía. Podemos meter dos personas más en la zona de carga, no vamos a llevar equipo suficiente para llenarla. Hay un soporte en la parte de arriba, así que ahí podemos poner una tienda o algún tipo de toldo que nos proteja de las inclemencias del tiempo. Cuatro personas más, entonces. Eso nos da veintiocho. En este terreno en el que no podemos ir muy rápido incluso nos pueden acompañar soldados a pie, que se vayan turnando.

Meneé la cabeza.

—No. Lo último que necesitamos es que alguien se tuerza un tobillo. Tampoco quiero ir de noche, demasiado arriesgado. Veintiocho, ¿eh? Eso iguala un poco las cosas. Pero cuanta más gente llevemos, más suministros y comida habrá que traer.

—Sí, eso es un problema. Quizá se podría hacer que algunos nos acompañen solo parte del camino y que funcionen como mulas y lleven el armamento, de forma que los que vayan a combatir no tengan que cargar con él todo el trayecto. Es un problema logístico, mi coronel. Hay que darle unas cuantas vueltas, desde luego, pero contar con un tráiler nos resuelve un montón de problemas.

20

Aunque la autocaravana nos venía de perlas, aún faltaba mucho por planear. Y no iba a ser fácil. Smythe y Simms habían estado trabajando en ello, pero aún había algunos problemas. Y no de los pequeños.

—Mi coronel, aunque el tráiler nos lleve la mayor parte del trayecto, seguimos teniendo el problema de que no podemos llevar comida suficiente para el viaje de ida y el de vuelta.

—No, pero eso tiene fácil solución si solo la llevamos para el de ida y no volvemos.

—¿Cómo?

—Tras el ataque no vamos a desandar todo el camino, no tiene sentido. Si las naves kristangas entran en el sistema mientras estamos de camino, nos pillarían totalmente desprotegidos. Lo que haremos tras el ataque es escondernos aquí. —Hice *zoom* en el mapa y moví la imagen hacia el oeste de la base kristanga—. Hay cavernas en esas colinas. Son angostas, así que no va a ser muy agradable. Está a unos setenta kilómetros de la base y en el viaje de ida pasaremos cerca, así que quizá podríamos hacer una parada y dejar todo lo que no nos haga falta para el ataque.

Smythe cogió su tableta y examinó las cavernas.

—Podría funcionar. Me he atrincherado en sitios peores en la zona montañosa de Afganistán. Pero seguimos sin tener comida suficiente; ni siquiera para llegar a la base, si también tenemos que llevar las armaduras.

—Eso no supone ningún problema —dije mientras le guiñaba un ojo—. Sé de un sitio que hace entregas a domicilio. —Activé el zPhone y llamé al *Holandés*—. ¿Pizzería Skippy?

—Hmmm. Bueno, venga, vale, juego. —De pronto su voz adoptó el típico acento neoyorquino—. Pizzería Skippy. ¿Qué desea?

—¿Sirven a domicilio?

—Depende. ¿Tiene cupones de descuento?

—En serio, Skippy, necesitamos que nos lleves comida y medicamentos, pero solo el material de primeros auxilios que trajimos de la Tierra, no los nanocachivaches esos que no sabemos usar. —Le expliqué cómo pensábamos llegar a la base kristanga—. Y cuando hablo de comida, me refiero a tubos de lodo y cosas deshidratadas, necesitamos el máximo poder nutritivo con el mínimo peso y volumen. ¿Puedes mandarnos un cargamento?

—Claro, no tengo nada que hacer ahora mismo. ¡Serás mamón! ¡Joder, estoy construyendo una puñetera nave espacial de la nada!

—Ya sé lo ocupado que estás. Pero no podemos llevar suficiente comida con nosotros, no si también llevamos las armas y el equipo que necesitamos para el ataque. ¿Puedes, no sé, fabricar algo sencillito que nos traiga las provisiones? Que pueda aterrizar y, bueno, claro, que no se deje ver por los kristangos, no es plan de que detecten una estela o unos paracaídas.

—¿Sencillito? Claro, sencillito, que cruce medio sistema solar, entre en la atmósfera sin que deje rastro que los kristangos puedan ver y que deposite en la superficie un paquete sin dañarlo. Sencillito, no te jode.

—Eh…, sí. ¿Puedes? No necesitamos que hagas hoy mismo el primer envío, pero sí en un par de días, una semana antes de que lleguemos a la base. Ya te mando nuestro horario.

—Así que debo dejar todo lo que me traigo entre manos para crear y probar un sistema de entrega. Así, por las buenas.

—Es importante, Skippy. A menos, claro, que no quieras que recuperemos la IA. O que tengas una idea mejor.

—Llevo intentando pensar una idea mejor desde que empezaste a hablar y no se me ocurre ninguna. Joder. Vale, sí, supongo que puedo chapucear algo como lo que me pides. Con un poco de suerte a lo mejor te aterriza en la cabeza.

—¡Genial! Sabía que podía contar contigo, Skippy.

—Más vale que esta vez la propina sea gansa.

—Claro. —Decidí tentar un poco la suerte—: Si se retrasa la entrega, ¿nos saldría gratis?

Con el problema de la comida solucionado de momento gracias a la pizzería de Skippy, nos centramos en los asuntos logísticos.

—Necesito que trace la ruta desde aquí a la base, capitán Smythe, sobre todo la parte en la que llevaremos la autocaravana.

—Skippy ya se nos ha adelantado. —Me mostró su tableta, en la que se veía la ruta sugerida por la IA—. Además de esta, que es la más rápida, ha trazado un par de alternativas. —Dos líneas más cruzaron la pantalla—. Una es más corta y la otra aprovecha mejor el combustible del tráiler, así que nos deja más cerca.

—Estoy seguro de que Skippy ha trazado rutas matemáticamente perfectas. Pero conozco a esa puñetera lata de cerveza y en todos esos millones de variables que incluye en sus cálculos casi nunca hay nada práctico. La más rápida, la más corta, la más eficaz… sobre el papel todo eso suena muy bien. Pero lo que necesitamos es una ruta que nos deje en la base en la fecha prevista con el menor riesgo posible. —Señalé la ruta más corta—. Esta, por ejemplo, nos hace cruzar un pantano. Sí, seguro que la autocaravana puede reptar o nadar o lo que sea por él. Pero ¿qué pasa si se queda atorada o pincha uno de los pontones o el motor se quema y tenemos que dejarla en el pantano? Habría que cruzarlo caminando con todo el equipo a cuestas, metidos hasta el cuello en agua helada. No es un riesgo aceptable; y es una posibilidad que Skippy no ha tenido en cuenta. No suele tener en cuenta ese tipo de cosas. Tampoco habrá pensado en la falta de experiencia de los conductores, así que a lo mejor nos lleva por un desfiladero. ¿Entiende por dónde voy?

—Sí, mi coronel.

Parecía compungido, como si le acabase de echar un rapapolvo. Creo que aquella fue la primera vez que me sentí de verdad como un oficial.

A la mañana siguiente estaba ayudando a cargar las provisiones en la autocaravana cuando me llamó Smythe. Me tomé un bienvenido descanso y fui hasta la caverna donde estaba la tienda de trabajo de Smythe. Tenía calefacción, y me sentó de maravilla poder quitarme la chaqueta al entrar.

—¿Qué tiene para mí, capitán?

—Diversas rutas posibles para llegar a la base en treinta días con un riesgo mínimo. Eso creo. —Me mostró las tres primeras en su tableta y me fue explicando que evitaban dentro de lo posible pantanos, terrenos resbaladizos o empinados en los que la autocaravana podía resbalar o incluso volcar—. Una vez hayamos cruzado ese río, debería quedarnos energía suficiente para llegar a estas praderas. Son relativamente llanas y secas. A partir de ahí hay que ir caminando, pero la buena noticia es que solo tendremos que dar un rodeo de cuarenta kilómetros para evitar este pantano y luego ya es todo recto hasta el objetivo, vamos, a casita del tío Bob.

—¿El tío Bob? —Ninguno de mis tíos se llamaba así.

Smythe se rio entre dientes.

—Es una frase hecha, mi coronel. Significa que es pan comido.

—Ya veo. Así que a casita del tío Bob.

—Eso es, mi coronel.

—Muéstreme las otras alternativas.

Cada una de ellas tenía sus ventajas. La primera no nos dejaba tan cerca del objetivo antes de que la autocaravana se quedase sin energía, pero el camino que había que recorrer a pie era fácil de atravesar. La segunda exprimía al máximo el combustible y minimizaba la distancia a pie, pero había que cruzar una zona de colinas y una región pantanosa. La tercera era la más segura para la autocaravana y minimizaba la posibilidad de que se quedase atorada; la parte a pie era por un terreno relativamente llano y sencillo de cruzar, pero tenía la desventaja de que era el trayecto más largo de los tres.

—Hmmm. ¿Hay que cruzar siempre estos tres ríos?

—No hay forma de vadearlos. Hemos buscado el lugar más accesible para el cruce, donde la corriente es más lenta, como aquí. —Señaló el primer cruce del río, que era el mismo para las tres alternativas; divergían a partir de ese momento—. Si, por el contrario, lo cruzamos por aquí, aunque es la mitad de ancho, según su amigo Skippy, la corriente es el doble de rápida y hay grandes rocas bajo la superficie. Donde hemos planeado cruzar la corriente es más manejable y el lecho del río es de arena, no hay obstáculos en los que el tráiler se pueda quedar atorado.

Asentí.

—Tiene sentido.

—El punto peliagudo es el último río. —Le dio un golpecito con el dedo a la tableta para recalcar sus palabras—. Este feo cabroncete va a ser problemático. El glaciar que lo alimenta se está rompiendo y hay grandes témpanos flotando en el río, así que tendremos que rodearlos. El cauce del río es angosto casi hasta la desembocadura; habría que dar un rodeo de varios cientos de kilómetros antes de dar con un lugar mejor. Por si eso fuera poco, las orillas son empinadas. El único lugar que veo factible es aquí. La pendiente del otro lado es de menos de medio metro y Skippy me asegura que el tráiler puede con esa altura sin problemas. Se supone que, cuando lleguemos, el nivel del río estará más alto, porque el calor del verano habrá acelerado la velocidad a la que se funde el glaciar. La orilla es empinada en nuestro lado, así que habrá que fabricar algún tipo de rampa para entrar en la corriente. Cuestión de picos y palas, nada que los muchachos no puedan manejar.

Tal como lo decía, sonaba fácil. No sé, a lo mejor para las fuerzas especiales cavar una rampa lo bastante ancha para una autocaravana eran un par de horas divirtiéndose al sol.

De pronto se me ocurrió una idea.

—Podemos usar las armaduras para la rampa. Con los trajes no nos llevará mucho tiempo.

—¿Está seguro de querer usar los trajes para esa tarea? Habría que recargarlos luego con la batería del tráiler, lo que la agotaría antes.

No era tan buena idea como había creído. Seguía pensando como en los buenos viejos tiempos, cuando disponíamos de la energía casi ilimitada de los reactores del *Holandés*. Tenía que cambiar el chip, y rápido, o acabaría tomando una decisión estúpida que llevaría a la muerte a la gente.

—Tiene razón. Podemos apañárnoslas con el cansancio muscular con más facilidad que con el agotamiento de la batería de la autocaravana. Debemos extremar su cuidado. Diría que la ruta dos queda descartada, no me gusta la idea de cruzar esas colinas. La gravedad extra, la falta de oxígeno y todo lo que tenemos que llevar a cuestas ya son impedimentos suficientes. La tres es la más segura para la autocaravana, pero el trecho a pie es más largo. ¿Cuánto?

—Sesenta kilómetros más largo. Un día y medio más de marcha, mi coronel.

No se molestó en indicar que la información se veía perfectamente en una esquina del mapa, algo de lo que tendría que haberme dado cuenta yo solo.

Para el capitán Smythe, del Servicio Especial del Aire Británico, sesenta kilómetros era una simple caminata de día y medio. Asumía que seríamos capaces de recorrer cuarenta kilómetros diarios, cargados con pesadas mochilas bajo una gravedad un catorce por ciento superior a la de la Tierra.

—¿Sesenta clics en día y medio? ¿No es un poco ambicioso, capitán?

—No, mi coronel, no se preocupe, los chicos podrán con ello. Realizaremos chequeos cada dos horas y podrá seguir nuestro avance con el satélite.

—Seguiré su avance desde más cerca, capitán. Pienso ir con ustedes.

—¿Mi coronel?

—Ya sé que no formo parte de las fuerzas especiales y no tengo su entrenamiento, pero podré con una caminata. Habrá momentos en los que se tendrá que tomar decisiones vitales en tiempo real cuando asaltemos la base y voy a necesitar estar sobre el terreno.

Smythe no me miró a los ojos.

—Mi coronel…

—¿Por qué cree que me he estado moliendo estas semanas entrenando con ustedes? Voy a acompañarlos. No se preocupe, me mantendré apartado durante el ataque. También llevaremos dos civiles, médicos.

—¿Mi coronel?

Vi con claridad su mirada de angustia. Tres de sus preciosos veintiocho puestos estarían ocupados por no combatientes, lo que reducía su fuerza de combate a veinticinco. Ya era malo que los acompañara el comandante en jefe, que estaría todo el rato controlando y cuestionando cada decisión que Smythe tomase, pero al menos era un soldado con experiencia de combate. Eso incluía, entre otras cosas, la muerte de un kristango a mano limpia o, para ser más exactos, a culatazos de fusil. Incluir además dos civiles no era más que un fastidio.

—Tenemos personal médico cualificado.

Entre los veintiocho elegidos había cuatro personas con certificación médica, además de la instrucción en primeros auxilios que recibían las fuerzas especiales.

—No lo dudo, capitán. Pero estos civiles son cirujanos experimentados, han estado con Médicos Sin Fronteras y han operado en condiciones adversas y primitivas. El asunto no está sujeto a discusión, capitán, no pienso enfrentarme a los kristangos sin los medios adecuados para mantener vivos a los heridos hasta que podamos enviarlos a las instalaciones médicas turanias del *Holandés*.

—A la orden, mi coronel —dijo, algo envarado.

Me di cuenta de que pensaba que estaba poniendo en peligro el objetivo principal de la misión para favorecer un objetivo secundario dudoso. En combate contra los lagartos con ambos bandos con tecnología similar, la mayor parte de las heridas serían mortales, así que cualquier asistencia médica era malgastar los recursos. Quizá mi decisión de llevar dos civiles se debía a mi falta de experiencia como oficial al mando y a lo mejor un auténtico coronel habría examinado el problema de un modo más objetivo y sus cálculos con las vidas de los soldados habrían sido más fríos. Pero yo no era ese tipo.

Además, en caso de apuro, yo también podía combatir. Y si el éxito de la misión dependía solo de dos soldados, había algo en el plan que no funcionaba y era mejor abandonarlo.

—Los doctores Zheng y Tanaka han estado corriendo con nosotros, ya los conoce.

Asintió con brusquedad, no muy convencido. Se guardó para su coleto que una cosa era salir a correr sabiendo que al volver había una cueva seca y cálida esperando, por no decir nada de una taza de chocolate caliente y algo de comida, y otra muy distinta estar a la intemperie día tras día con una mochila a la espalda bajo la lluvia sin nada más que el techo de una tienda al final del día. Era algo que ponía a prueba de forma muy distinta la resistencia mental y física. Un civil que no hubiese experimentado nunca ese cansancio un día tras otro no podía estar a la altura de la tarea.

No le faltaba razón, y era consciente de estar corriendo un riesgo al traer a ambos médicos con nosotros. Tanto yo como las fuerzas especiales tendríamos que llevar comida, ropas, piezas de tienda y otro tipo de equipamiento, además de las armas y algunas partes los trajes acorazados. Los civiles solo cargarían con comida y equipo médico. Tendrían que mantenerse a nuestro ritmo de un modo u otro; no estaba dispuesto a dejar atrás a nadie, a menos que me viese forzado a ello por culpa de una herida.

—Eso nos deja veinticinco puestos libres para las tropas de combate —murmuró.

—Hay cinco naciones, así que debería elegir cinco de cada país —le ordené—. No podemos permitirnos que piensen que hay favoritismos.

—Oh, Dios mío.

Estaba boquiabierto. Pegado al frontal de la autocaravana, justo bajo el parabrisas izquierdo, frente al asiento del conductor, había un Barney de peluche de unos treinta centímetros.

—Mi coronel, niego tener conocimiento alguno acerca de este hecho indignante —dijo el capitán Gómez, comandante del equipo de Rangers—. A menos, claro, que le guste.

—¿Gustarme? ¡Me encanta! Me recuerda mi viejo humvee en Paraíso. Le preguntaré lo mismo que pregunté entonces: ¿de dónde demonios han sacado un Barney?

Gómez carraspeo.

—Quizás alguien ha oído su interrogatorio y quizás usted mencionó en ese momento su humvee. Y quizás a ese alguien le gusta estar siempre preparado. No es más que una hipótesis, por supuesto.

—Por supuesto.

Dio un paso atrás y examiné el Barney con admiración. Luego me volví hacia los soldados.

—Gracias. Me ha emocionado. Antes odiaba todo el asunto este de Barney, pero supongo que forma parte de mí, después de todo.

Gómez sonrió.

—En vez de Batmóvil tiene usted un Barneymóvil

—Barneymóvil. —Me eché a reír—. Me encanta. Vamos, capitán, carguemos el equipo y pongámonos cuanto antes en marcha.

Supongo que debería haber pensado con más calma lo que implicaría un viaje campo a través en una autocaravana robada por un planeta alienígena con una tripulación formada por miembros de las fuerzas especiales. Nuestro Barneymóvil arrancó dando tumbos, todos los que íbamos dentro lanzamos una ovación y saludamos a los que nos miraban desde el exterior y nos fuimos. Cuando cruzamos el arroyo y el cañón giró hacia la derecha, dejamos de ver las cavernas que habían sido nuestro hogar. Smythe alzó el puño, movió el brazo para animarnos a participar y se puso a cantar «En el auto de papá».

Me uní a la canción. Era graciosa, creaba una sensación de camaradería y establecía un humor adecuado para iniciar lo que iba a ser un viaje largo y arduo.

Cuando terminó la canción, el equipo indio, que o bien habían estado buscando una canción que la mayor parte de los que estábamos en la autocaravana conociésemos o bien aprendían muy rápido, se pusieron con «Un elefante se balanceaba / sobre la tela de una araña».

Fue entretenido por un rato. Sin embargo…

Si algo son las fuerzas especiales es competitivos al doscientos por cien, y nunca se dan por vencidos. Así que la canción siguió y siguió hasta que hubo al menos treinta y dos elefantes sobre la tela de la araña. A aquellas alturas estaba harto, pero me di cuenta de que nadie iba a ser el primero en parar, así que me tocaba a mí lidiar con ello como comandante en jefe.

—¡Silencio! ¿Qué es eso?

Me puse en pie y eché a andar hacia el conductor, usando como excusa el ruido que se oía en los bajos de la autocaravana.

—Hemos dado con un par de piedras, mi coronel —explicó el conductor.

Señaló por el parabrisas la capa de piedras que había en el lecho del arroyo que estábamos siguiendo. Se oyó otro ruido cuando las ruedas delanteras pillaron otra piedra y la lanzaron contra los bajos de la autocaravana. El blindaje del Barneymóvil era más grueso en aquella zona para protegerlo de impactos, además de tener una placa de deslizamiento, por si el vehículo necesitaba pasar sobre un obstáculo.

Ordené una parada y examiné los bajos de la autocaravana, en parte preocupado de verdad. Se veían algunas rozaduras nuevas, pero ninguna abolladura, así que no había nada de que preocuparse. Cuando volví al interior, contuve un suspiro de alivio al ver que habían sacado varias barajas y que se habían puesto a jugar a las cartas. Eso los mantendría ocupados, aunque solo pudieran apostar los trocitos de caramelo que habían metido de tapadillo en el equipaje, lo cual era buena cosa.

El conductor, un soldado chino de nombre Zhang, puso algo de música pop, siguiendo la vieja tradición de que quien conducía se encargaba de la música. No entendía la canción, pero me sonó igual que cualquier otra canción pop, así que tampoco importó gran cosa.

Vi que el capitán Li se encogía de hombros.

—Es una canción coreana, mi coronel. Lo llaman k-pop. Tampoco nosotros entendemos lo que cantan.

Vaya, sí que teníamos una interesante tripulación internacional a bordo del Barneymóvil, que seguía dando botes y traqueteando campo a través por aquel mundo alienígena a casi dos mil años luz de casa. Me hizo sentir orgulloso.

Cruzamos el primer río sin mayores contratiempos. Ordené un alto justo antes e hice que saliera todo el mundo, para que Skippy condujera de forma remota la autocaravana. El centro de la corriente tenía justo la profundidad necesaria para que se activasen los pontones de flotación, que funcionaron de maravilla. El vehículo llegó al otro lado y Skippy le hizo dar la vuelta. Con la mitad de la tripulación a bordo, el conductor chino lo llevó con cuidado al otro lado de la corriente. Dijo que la transición entre las ruedas y los pontones y el consiguiente paso de la tracción a los jets había sido imperceptible. El ordenador del vehículo se encargaba de todo y respondía a la perfección a los movimientos del conductor. El capitán Giraud condujo la autocaravana de vuelta para cargar al resto de la tripulación y volvimos a cruzar, ahora con un indio al volante. De este modo al menos teníamos tres conductores con experiencia en el cruce de una corriente de agua, lo que nos vendría de perlas dos días más tarde cuando llegásemos al segundo, y el mayor, de los tres ríos.

Tras un par de horas más de viaje hicimos una nueva parada para cambiar de nuevo de conductores. El capitán Smythe vio mi mirada ansiosa en dirección al asiento del conductor.

—¿Le gustaría llevarlo un rato, mi coronel?

—Y tanto que sí, capitán, pero no me voy a convertir en uno de esos oficiales gilipollas que impide que las tropas se diviertan. Nos quedan bastantes días por delante, ya llegará mi ocasión.

Como dije, el conductor elegía la música. Y si no quería poner ninguna, no se ponía. La alternancia de estilos musicales que produjo eso fue interesante. Aunque no reconocí la música que había puesto Zhang, el primer conductor, al menos me sonaba a pop. El siguiente chino en conducir el vehículo se llamaba Chen y puso algo que sonó como un cruce entre campanas de viento, que era el tipo de sonido en plan New Age que normalmente asociaba con el yoga, y un intento infructuoso de afinar una guitarra. Pasado un rato miré hacia el capitán Li, quien se encogió de hombros y puso los ojos en blanco. Así que nos colocamos los auriculares y escuchamos nuestra propia música.

Luego fue el turno de Sharma, paracaidista indio, al que le gustaba acompañar de viva voz las canciones que ponía. Sus compañeros se le unieron, no muy afinados pero sí con entusiasmo.

Cuando uno de los SEAL, de nombre García, se puso a conducir atravesábamos, un campo relativamente llano, las ruedas habían adoptado la forma circular e íbamos a buena velocidad. Las ruedas absorbían una sorprendente cantidad de golpes, así que nos meneábamos y saltábamos mucho menos de lo que esperaba. Al parecer, García se sentía a gusto conduciendo despreocupado por aquel paisaje alienígena, porque a mitad de una canción le dio por cambiar y puso el «Gangsta's Paradise» de Coolio. Cuando las primeras notas de la canción salieron de los altavoces, los chinos se miraron entre sí y murmuraron algo y, por un segundo, pensé que la cosa iba mal, hasta que de pronto chinos, indios y franceses se pusieron en pie y empezaron a rapear mientras imitaban gestos de pandilleros. Mal, pero ganas.

As I walk through the valley of the shadow of death
I take a look at my life and realize there's nothin' left…

—Joder, ¿es qué todo el mundo conoce esa canción?
El capitán Smythe se les unió y, antes de que me diese cuenta, toda la autocaravana cantaba:

Been spendin' most their lives
Livin' in a gangsta's Paradise

Hubo abundantes choques de palmas cuando la canción acabó. Joder, sí que éramos un equipo internacional de tres pares de narices. Ojalá fuéramos capaces de llevar algún día a la Tierra aquel espíritu de colaboración.

Cuando nos detuvimos por la noche bajo un cielo nublado pero sin lluvia, el viento se había convertido en una brisa ligera y la temperatura no estaba mal para ser verano en Newark. Smythe y yo sorprendimos al grupo al desenrollar una pantalla que sujetamos a un lateral de la autocaravana para proyectar una peli. Esta nos la proporcionó el capitán Chander del equipo indio y era, claro, una película de Bollywood. Los indios ya la habían visto, pero para los demás fue un riguroso estreno.
Gracias al traductor de los zPhones, cada uno fue capaz de seguir lo que pasaba sin problemas y sin necesidad de subtítulos.

La peli no estaba nada mal; había persecuciones de coches, un amor prohibido, gánsteres y una trama relacionada con el contrabando de diamantes. Estaba bastante cansado, así que hacia el final me perdí un poco, hasta que, de pronto, en medio de una escena de lucha, los personajes dejaron de pelear y ejecutaron un complicado número musical. Cuando terminó la música, siguieron zurrándose la badana como si nada hubiese pasado.

Fue Gómez quien expresó con contundencia lo que pensábamos todos cuando exclamó:

—¿Qué carajo acaba de pasar?

Los indios sonrieron y se echaron a reír mientras Smythe, con su flema británica, respondía:

—Bueno, es más o menos igual de raro que cuando en una película americana el coche se convierte en un robot volador, ¿no?

21

El PRIMER CRUCE importante de un río no fue gran cosa. Nos detuvimos a la orilla y buscamos el mejor sitio para que la autocaravana descendiera y, sobre todo, para que luego saliera.

La cantidad de tierra que tuvimos que mover para crear la rampa que necesitábamos fue algo menos de lo que había esperado, y en un par de horas todo estaba listo.

Tras eso, hice que alguien llevase el vehículo al otro lado y volviese. La conductora se llamaba Liu y era china, una de las tres mujeres de las fuerzas especiales que habían venido con nosotros. Al llevar la autocaravana hasta el agua, derrapó en el barro y entró de golpe en el río; el vehículo se balanceó un poco, pero se estabilizó enseguida y cruzó sin problemas. Liu nos dijo que el lugar que habíamos elegido en la otra orilla no era muy estable, así que le indiqué que usara su propio criterio y eligió un sitio algo más arriba. Las ruedas de la autocaravana la sacaron del agua y todos vimos el puño que Liu mostró triunfalmente por la ventana.

Volvió a recogernos y cruzamos todos el río.

De día, sentados en la autocaravana, no había gran cosa que hacer, salvo por el conductor y su copiloto. Smythe se había asegurado de que todo el mundo tuviese los planos de la base kristanga en las tabletas, así que se pasaron buena parte del tiempo trazando y ensayando diversos planes de asalto que cubrían una amplia variedad de contingencias. Casi todos dependían de la velocidad, la sorpresa, el amparo que nos daría la oscuridad y la confusión consiguiente del enemigo. Podíamos atacar de día si no había más remedio, pero no era lo mejor. Gracias a la nave kristanga que había en órbita alrededor de la Tierra, teníamos abundantes equipos de visión nocturna. No eran muy distintos de un par de gafas de las que se usan para esquiar, hacer bicicrós o soldar, con la diferencia de que podían detener una bala y repelían el agua, el polvo y la suciedad gracias unos imanes o un campo de fuerza o alguna otra cosa de esas supertecnológicas. Al presionar un botón en el lado izquierdo, las lentes interiores mostraban cualquier imagen que se quisiera y se tuviese en el zPhone. Se podía seleccionar el modo de visión nocturna que mostraba la vista mejorada capturada por las dos minúsculas cámaras que había a cada lado de las gafas, o se podía cargar un mapa o incluso ver lo que veían las gafas de los demás. Aquello era muy útil para los jefes de equipo, pues les permitía ver en tiempo real lo que veían sus tropas. Hasta se podía separar la imagen, de modo que en un lado se mostrase lo que se tenía enfrente, superpuesto a un mapa de la zona, por ejemplo, y en el otro lo que veía alguno de los soldados. Costó un tiempo acostumbrarse a usarlas, mentalizarse de que no eran un juguete y sacar provecho de sus diferentes características en función de la situación. Con nuestra experiencia, lo mejor era limitarnos de momento a la visión nocturna. Al contrario que los dispositivos de ese estilo que tenía el Ejército de los Estados Unidos, que restringían la visión periférica y mostraban una imagen borrosa en colores artificiales, lo que mostraban las gafas kristangas era más o menos equivalente a lo que se podía ver al crepúsculo sin ellas. Los colores estaban atenuados; en caso contrario, simplemente se veía algo menos brillante de lo normal.

Realizar simulaciones del ataque en las tabletas tenía una utilidad limitada. Todas las noches, una vez establecido el campamento, Smythe creaba un modelo a escala de la base con las mochilas simulando los edificios y cordeles imitando las vallas. Luego se pasaba una hora todas las tardes, lloviera o no, aunque casi siempre llovía, explicando diversos planes de ataque en diferentes situaciones. Poder usar un modelo en tres dimensiones ayudó a comprender la situación, aunque Smythe se lamentaba de no haber tenido tiempo suficiente para crear un modelo a tamaño natural de la base para que el equipo pudiera practicar de verdad, en lugar de imaginárselo. Era algo que no podíamos haber hecho antes de derribar sus dos naves, o nos habríamos arriesgado a que los kristangos nos detectasen desde el aire. Y antes de salir de viaje, no sabíamos exactamente a qué velocidad viajaría nuestra autocaravana. Ahora Smythe creía que habría sido posible retrasar la salida un par de días, tal vez una semana, para que los equipos practicasen el ataque.

Dos días después de haber cruzado el primer río, atravesábamos una serie de colinas que se cruzaban en nuestro camino y que habían sido una seria preocupación cuando planeábamos el viaje. Ahora que estábamos allí, descubrimos que nos habíamos preocupado por nada. Las ruedas del vehículo se ajustaban de forma automática al terreno y seguíamos yendo a buena velocidad; el conductor solo tenía que ocuparse de estar atento ante los enormes peñascos desperdigados por la zona.

El equipo científico seguía desde la base nuestro progreso a través de las imágenes del satélite y nos dijeron que esos peñascos parecían fruto de un glaciar. Seguramente toda la zona había estado cubierta por uno de al menos un kilómetro de espesor en la época en la que Newark se salió de órbita. Cuando esta se estabilizó y el planeta volvió a calentarse, el glaciar fue dejando en su retirada las rocas que había pillado cuando se extendía hacia el sur. Las colinas por las que estábamos pasando eran «morrenas terminales», según el equipo científico. Cara risco marcaba el lugar donde un glaciar se había detenido y depositado toda la tierra, rocas y demás materiales que había acumulado en su etapa expansiva.

Coronamos una loma y vimos la siguiente cosa a un kilómetro, con una amplia zona llana entre ambas. Faltaba poco para anochecer, así que busqué en el mapa una buena zona para pasar la noche. Aunque el sol había estado asomando de forma intermitente entre las nubes todo el día, y era probable que lloviese durante la noche, por lo menos hasta la tarde siguiente. Alcé la vista del mapa y me encontré con el valle llano y abierto que sea veía desde el parabrisas.

—Hmmm.

Amplié la imagen del satélite en la tableta. Aparte de algunas rocas desperdigadas por el suelo, parecía una zona llana y sin apenas obstáculos.

—¿Qué opina de lo que tenemos enfrente, capitán Smythe?

Estaba claro que no sabía a qué me refería.

—Me recuerda un poco algunas partes de Yorkshire, mi coronel. Si...

—No, me refiero a esto, mire.

Le mostré la imagen por satélite del valle, sobre la que había superpuesto el contorno de la base kristanga.

—Interesante —murmuré. Alzó la vista y examinó lo que nos rodeaba—. Vamos por delante del horario previsto —señaló.

Asentí.

—Lo sé. Podemos parar, crear una réplica a tamaño natural de la base antes de que anochezca y practicar el asalto esta noche. Va a llover —añadí.

—Excelente —Smythe sonrió con aprobación—. Seguramente también lloverá cuando sea el momento.

Una hora después de detenernos, no solo habíamos montado el campamento, sino que habíamos construido los contornos de los edificios de la base y el perímetro de la verja con estacas y cuerdas. Skippy inspeccionó el resultado desde el satélite y tuvo que reconocer que el trabajo de Smythe había sido sumamente preciso, con diferencias de unos pocos centímetros, en el peor de los casos. Durante la noche, la lluvia se mantuvo estable un rato, luego dio paso a varios chaparrones rápidos y finalmente se convirtió en una niebla húmeda y helada. Si ya de por sí la noche iba a ser agotadora e intensa, el tiempo la volvió desagradable.

Aparte de mí y de los dos médicos, todo el mundo se lo estaba pasando de maravilla. Cuando detuve los ejercicios al amanecer, me di cuenta de que nunca había visto gente tan agotada con un aspecto tan feliz. Smythe los hizo ensayar una situación tras otra, una vez tras otra, hasta que cada plan de asalto salió a la perfección. Los que mejor se lo pasaron fueron los miembros de los equipos alfa, que llevaban las armaduras kristangas y pudieron practicar el salto desde el suelo a lo alto de la caravana y al suelo de nuevo, además de las carreras a máxima velocidad saltando sobre las rocas. Se exhibieron como pavos reales.

Observé los ejercicios, pero no participé. No soy un soldado de las fuerzas especiales, no me había entrenado con ellos, ignoraba sus tácticas y no los conocía tan bien como se conocían entre sí. De haber insistido en participar en el asalto, no hubiese conseguido más que ponerme en medio y quién sabe si alguien habría muerto por mi culpa. Mirar era más que suficiente.

Los equipos alfa me maravillaban, por supuesto, aunque, tras verlos correr varias veces a ciento veinte kilómetros por hora y saltar más de diez metros de golpe, la cosa dejó de ser tan impresionante y me acostumbré a esperar proezas de aquella increíble tecnología. Fue mucho más impresionante el trabajo de las fuerzas especiales que iban sin armadura. Rápidos, silenciosos, extremadamente bien coordinados, convergían en los blancos asignados desde múltiples direcciones. Como Skippy conocía la distribución interior de los edificios, pudimos trazar los contornos de las paredes y puertas, así que pudieron practicar el recorrido de los edificios cuarto por cuarto. No era necesario preocuparse por los daños, salvo por los dos objetos que teníamos que recuperar: la IA y el nodo de comunicaciones. Podían tirar granadas o acribillar a tiros los otros edificios, pero en los lugares de almacenamiento de la IA y del nodo había que ir con cuidado; no nos podíamos arriesgar a que recibieran un disparo o los alcanzara una explosión.

Skippy nos informó de que había algunos artefactos de los Antiguos en el edificio en el que vivían los líderes. Para ellos tenía un gran valor, aunque para nosotros no eran más que chatarra y a Skippy no le importaba lo que les pasase. La IA y el nodo estaban en un edificio que usaban de arsenal, rodeado de una verja eléctrica y con pesadas puertas dobles que solo los líderes podían abrir. Si seguían allí cuando lanzásemos el ataque, la cosa sería sencilla; tomar control del arsenal, eliminar a los kristangos y recuperar luego los artefactos.

Si, por el motivo que fuese, habían sacado de allí los dispositivos, o los habían separado, las cosas se complicaban considerablemente. Hiciéramos lo que hiciéramos, no podíamos permitir que los kristangos descubriesen que el objetivo de nuestro ataque era robar dos artefactos de los Antiguos, o amenazarían con destruirlos y desbaratarían el ataque.

Smythe tenía planes para múltiples situaciones, cosa que estaba muy bien, y los tuvo practicando diversas opciones hasta que cada plan fue como la seda. Lo que no podía prever ninguno de sus planes era los imponderables. Podíamos anticipar algunas cosas, como el clima o dónde dormían los lagartos, o si los líderes iban armados. Skippy nos dijo que los lagartos no tenían ningún tipo de plan de seguridad en la base. A veces, dos o tres de ellos se quedaban de guardia, pero la mayor parte de las noches se iban a dormir sin más, confiando en que sus sistemas electrónicos de vigilancia los avisarían a la menor señal de peligro.

En cierto sentido, la base era un blanco sumamente sencillo para un ataque por sorpresa. Cierto que los lagartos tenían abundantes armas, entre ellas cuatro trajes acorazados funcionales, además de armas pesadas como granadas, cohetes antiarmadura y zínger. Pero salvo los trajes y los fusiles, los líderes lo guardaban todo en el arsenal. En un planeta en el que no había amenazas nativas, la mayor preocupación de los líderes era que su fuerza de trabajo se rebelase. Eso nos lo ponía fácil; solo había que preocuparse de cargarse a los líderes, y la mayoría de los planes de Smythe asumían que estos estarían de noche en el edificio principal. Lo trabajadores estarían encerrados en su propia zona, y no podrían salir; sus puertas exteriores se cerraban por la noche y había verjas eléctricas por toda la base para proteger a los líderes de los trabajadores y mantener a estos lejos del arsenal. En cuanto acabásemos con los mandamases, el resto sería coser y cantar.

Ese era el plan. Pero había imponderables que no podíamos prever. Contra eso, solo podíamos usar la flexibilidad mental y la iniciativa de cada uno. Por suerte, las fuerzas especiales fomentaban aquellas cualidades. No me quedaba más remedio que confiar en que, pasase lo que pasase, el equipo podría con ello.

Los dos médicos durmieron toda la noche dentro de la autocaravana con tapones en los oídos y una grabación de ruido blanco en los altavoces del vehículo. Los desperté cuando faltaba una hora para el amanecer y los tres desayunamos con las tropas.

Todos agradecieron el desayuno. Luego levantamos el campamento y limpiamos la zona. Nos pusimos en marcha enseguida. Los médicos se fueron alternando al volante, conmigo de copiloto.

Tras seis horas seguidas de sueño, el equipo estaba en plena forma, así que decidí que había llegado el momento de echar una cabezada. Me puse los tapones en los oídos, me acomodé en un asiento con una gorra de béisbol sobre la cara y no tardé en quedarme dormido, arrullado por los traqueteos y las sacudidas de la autocaravana.

—Alto —ordené un par de días más tarde.

Smythe me acompañó al exterior y examinamos la pendiente que había frente a la autocaravana. La situación no era óptima. Estábamos en una zona trufada de cañones de paredes demasiado empinadas para tratar de descender por ellos. Habíamos visto una ruta posible desde el satélite, pero, ahora que estábamos sobre el terreno, ya no parecía tan claro. La idea era dirigirnos al noroeste siguiendo un cañón razonablemente ancho hasta llegar a una bifurcación que casi parecía una carretera y que nos llevaría sin problemas a la meseta a la que queríamos ir. Un río recorría el cañón principal y ocupaba la parte central del fondo en V, así como abundantes rocas que se habían ido desprendiendo con el tiempo. Desde el satélite parecía factible ir por la parte derecha y evitar las rocas del fondo, que era lo bastante ancho y estaba lo bastante cerca para que la pendiente que llegaba a la meseta en la que estábamos no fuese muy pronunciada.

—Esto no me gusta —murmuré tras examinar el terreno por el que tendría que pasar la autocaravana.

El problema no era evitar las rocas, muy dispersas a lo largo del cañón, tal como se veía por el satélite, sino que en algunas partes la pendiente del cañón era mucho más pronunciada de lo que esperábamos. De casi cuarenta y cinco grados en algunas zonas. Smythe y yo, acompañados de los jefes de equipo de las fuerzas especiales y de los conductores con más experiencia, examinamos unos dos kilómetros y medio alrededor de la autocaravana.

—Si podemos mantenernos en esa línea —dijo Williams mientras trazaba una raya imaginaria por la pendiente—, no debería haber problema. —Señaló una zona en la pared del cañón que estaba más alta que el lugar al que queríamos ir—. Subimos hasta allí, giramos hacia la izquierda y volvemos a bajar.

—Salvo por esos dos riscos. —Smythe señaló el lugar en el que la pendiente de la pared del cañón se empinaba—. Con tiempo y equipo podríamos hacer una carretera. El primero está solo a unos cien metros, pero el segundo estará a medio kilómetro. Y no tenemos ni tiempo ni equipo ni gente suficiente. —Sacó el zPhone, examinó las imágenes del satélite y las comparó con lo que veía alrededor—. Quizá no sea tan malo como parece. ¿Esquía usted, mi coronel?

—*Snowboard*, a veces. A mi familia le van más las de motos de nieve. La parte de Maine en la que vivo es más bien llana y las distancias son grandes.

Smythe asintió.

—Habrá notado que, cuando está al pie de la montaña, no parece demasiado empinada al mirar hacia arriba y parece asequible subirla, ¿no? Pero cuando se está en la cima, de pronto la pendiente parece casi vertical. Quizás el efecto es parecido aquí y hay menos pendiente de lo que creemos.

—¿Qué opinas, Skippy? ¿Puedes llevar la autocaravana y cruzar esos obstáculos sin que vuelque?

—¿Ahora soy conductor de ralis? Pero sí, la autocaravana puede apañárselas con pendientes más empinadas que las que estáis viendo. Las ruedas pueden autonivelarse hasta cierto punto, de modo que la que está más baja se proyecte hacia abajo para compensar la pendiente. También se puede redistribuir la carga dentro del vehículo para que quede siempre en el lado más alto. Pero no es buena idea que yo conduzca. Incluso con la comunicación a través del microagujero, hay un pequeño desfase entre nosotros, suficiente para que no me dé tiempo a reaccionar ante una emergencia. Un conductor humano dentro del vehículo sentirá el movimiento y las operaciones de las ruedas en tiempo real y reaccionará mejor.

El problema es que el terreno es blando y está saturado de agua, así que podría ser inestable, no hay modo de preverlo. Alguien va a tener que llevar el coche en tu lugar, Joe. Supongo que Uber no trabaja tan lejos de la Tierra.

Desde luego, no iba a conducir yo; aún no había hecho ningún turno al volante. Volvimos a la autocaravana sin dejar de examinar las dos zonas problemáticas. Una vez dentro, redistribuimos la carga y nos aseguramos de que estuviese bien sujeta. El teniente Zhang se puso al volante y arrancó muy despacio. Todos los que tenían experiencia conduciendo se habían ofrecido voluntarios para llevar el vehículo por la zona accidentada. Como no quería mostrar favoritismos ni hacer una tontería del estilo de sacar la pajita más corta y Zhang nos había metido en el cañón, dejé que nos sacara de él.

Hubo algún que otro momento peliagudo y llegamos a pensar que la autocaravana volcaría y que las ruedas se atascarían en el barro. Zhang no perdió la compostura, las ruedas dejaron de resbalar y el cacharro fue subiendo poco a poco hacia un terreno menos blando y algo más llano. Cuando las ruedas de los dos lados volvieron a adoptar una configuración normal, todos gritamos de entusiasmo. Zhang tuvo que aguantar unas cuantas palmada en la espalda cuando volvimos a subir todos a la autocaravana.

—Gracias por confiar en mí, mi coronel —me dijo.

—¿Quiere tomarse un descanso? —pregunté.

Me di cuenta de que le temblaban un poco las manos. Había sido muy consciente, seguro, de que el éxito de la misión y, por tanto, la supervivencia de los humanos en Newark habían dependido de él por un momento.

—Sí, mi coronel —aceptó—. Creo que he conducido bastante por hoy.

—Buen trabajo. —Le di una palmadita en la espalda y saqué del bolsillo el trozo de chocolate que había estado reservándome—. Se lo ha ganado.

Un trozo de chocolate era algo preciado en Newark, y más especialmente en aquel momento, así que Zhang lo miró como si le tendiese un lingote de oro. Lo tomó con ambas manos, me hizo una pequeña reverencia y lo envolvió con extremo cuidado antes de llevárselo al bolsillo. Los otros soldados chinos le dijeron algo en mandarín y él sonrió. Al parecer, le había alegrado el día.

Me sentí tentado de subir hasta el techo y quedarme allí un rato. Habíamos puesto un par de sillas en lo alto, además de un toldo para evitar la lluvia. Estaba más o menos soleado, y habíamos quitado y guardado el toldo. Aunque hacía frío allí arriba, era un sitio bastante popular, así que tuve que limitar el número de personas que podían subir; cambiaban cuando terminaba uno de los turnos de los conductores. El interior de la autocaravana era seco y cálido, pero un poco triste; no tenía muchas ventanas.

Me di cuenta de que, si subía yo, algún soldado iba a perdérselo, así que me quedé dentro. Ajusté el asiento para poder ver el paisaje desde la ventana.

Taylor, uno de los SEAL, llevaba ahora el volante y el teniente Williams estaba justo detrás.

—Ahí arriba, donde se vea esa roca grande y redonda. Eso es la cima. —Le indicó a Taylor—. Vaya todo recto y, cuando haya coronado la cresta, baje un poco y gire a la izquierda y volveremos a nuestro rumbo original.

—Entendido —respondió Taylor.

Williams volvió a su asiento, se ató el cinturón de seguridad y cabeceó en mi dirección.

Al principio todo fue sin problemas. Taylor nos llevó sin obstáculos y con suavidad hasta la cresta, dejó que el vehículo girase ligeramente hacia la izquierda y fue directo a un hueco entre dos grandes rocas. Las recordaba de la imagen del satélite y en principio habíamos pensado evitarlas, pero, al verlas desde la superficie, no nos parecieron gran cosa. El hueco entre ellas era cuatro o cinco veces el ancho de la autocaravana y, aunque había rocas más pequeñas en el suelo, no era nada de lo que no pudieran ocuparse las ruedas. Tras cruzarlo, tendría que haber sido sencillo volver al rumbo original que habíamos trazado, paralelo a la corriente del fondo del cañón. Incluso a la prudente velocidad a la que iba Taylor, nos llevaría pocos minutos volver a ponernos en el camino, que en aquella parte del cañón casi parecía una cornisa medio empotrada en la pared. Me pregunté si alguna vez habría sido una auténtica carretera, tal vez creada hacía millones de años por los nativos de Newark. Sabía que era una tontería; ninguna carretera habría durado tanto tiempo, especialmente en un cañón tallado por el avance y el retroceso de los glaciares, que arrastraban millones de toneladas. Tanto aquella repisa como la que había en la otra pared era fruto de la corriente en sus momentos más impetuosos, que, sin duda, había arrancado trozos de piedra de las orillas y había pulido el terreno, cavando más y más cada año, y llevándose la tierra hacia el mar.

Descender a la repisa, como he dicho, tendría que haber sido cosa de minutos, incluso a la velocidad extraprudente que Taylor mantenía en aquel terreno embarrado.

De pronto se convirtió en algo instantáneo.

—¡Guau! —exclamó Taylor a modo de advertencia, a la vez que sentíamos que el vehículo se alzaba primero de un lado, luego del otro y finalmente se detenía.

—¿Qué pasa? —pregunté a voces.

Me incorporé en el asiento, tratando de ver lo que se divisaba desde la ventana de Taylor. Este me respondió bastante más tranquilo de lo que lo habría hecho yo.

—No sé, no he hecho nada. Las ruedas no… ¡Ey!

Se oyó un gemido agudo procedente de las ruedas del lado derecho y la autocaravana dio una sacudida a la izquierda. De pronto empezó rodar de un lado a otro. Primero a la izquierda, luego a la derecha, luego a la izquierda de nuevo y así una y otra vez. Vi por la ventana que alguien saltaba del techo. Ante lo que estaba pasando, no hizo falta decirles a los que estaban arriba que se largasen.

Fue un puñetero caos. La autocaravana no dejaba de rodar, primero a la izquierda, luego de frente, luego a la derecha, se mecía durante un segundo sobre las maltratadas ruedas y todo volvía a empezar. No sé cuántas veces pasó; logré contar dos rondas, pero, con la cabeza meneándose de un lado a otro, no tenía tiempo para minucias. La velocidad no era muy elevada, como si se tratase de un movimiento controlado, y en ningún momento sentí que acelerásemos.

Dejad que os diga algo de las fuerzas especiales. El pánico no es una opción. Se mantuvieron tranquilos, conscientes de lo que ocurría y tratando de buscar un modo de ser útiles y solucionar la situación. No me cabía la menor duda de que todos sabían cuántas veces dimos vueltas. El caos era extremo, carecíamos por completo de control sobre el vehículo, descendíamos dando tumbos por una ladera hacia la corriente llena de piedras, helada y rugiente del fondo del cañón, pero nadie gritó ni perdió la calma. Sentí un poco de vergüenza por mi comportamiento y enseguida me las apañé para imitarlos.

Fue buena cosa que hubiese insistido en tener siempre abrochados los cinturones de seguridad estando en marcha; nos evitó unos cuantos heridos. Al fin la caravana descansó sobre las ruedas, se meció dos o tres veces y se detuvo por completo.

—¿Todo el mundo bien? —pregunté, lo que era una estupidez—. ¿Algún herido? —Aquello era un poco más sensato.

—Estoy bien.

—Todo bien por aquí, mi coronel.

Todos sonaban tranquilos y, aparte de algunos moratones y arañazos, estaban ilesos.

—Abrid la puerta y salgamos de aquí antes de que esto empiece de nuevo.

Me aseguré de ser el último en bajar. La puerta estaba en el lado izquierdo, orientada hacia el fondo del cañón, así que me alejé de la autocaravana a toda prisa, por si le daba por rodar sobre mí.

—Joder, la leche —exclamé.

La autocaravana descansaba firme sobre las ruedas, justo en la cornisa a la que pretendíamos llegar. Miré ladera arriba y divisé a las cuatro personas que habían estado en el techo; nos hacían señas y, al parecer, estaban ilesas. También pude ver el origen del problema. El suelo había cedido bajo la autocaravana y se había producido un pequeño desprendimiento de barro y tierra blanda. En cuanto la autocaravana rodó por primera vez, ganó impulso suficiente y siguió descendiendo por la suave ladera del cañón hasta que aterrizó en la repisa.

Williams se echó a reír, aliviado al ver que nadie estaba herido.

—¡Ja! ¡Taylor, no hacía falta que nos trajeras tan rápido!

Todos nos echamos a reír y no pudimos parar. Reí hasta que se me saltaron las lágrimas, de puro alivio al ver que no estaba muerto y que la autocaravana no estaba volcada en mitad del río. De algún modo se las había apañado para quedar sobre las ruedas; ni siquiera se habían roto las ventanas. Joder, hasta la puerta funcionaba, pese a mis temores de que se hubiese atascado contra el marco tras el golpe y no hubiera forma de abrirla.

—¿En qué estado se encuentra la autocaravana, Skippy?

—Está perfecta, Joe. Menudo meneo os habéis dado. ¿Estáis bien?

—¿Perfecta?

—A los kristangos les gustan las cosas robustas. Ese vehículo está diseñado para ser lanzado a tierra en paracaídas. Si rodó de un modo tan lento es porque los giroscopios contrarrestaron un poco el giro; se supone que para eso están. Podéis volver a bordo y seguir el viaje. Eso sí, mejor arregláis el andamiaje del techo; está diseñado para replegarse automáticamente en esos casos pero veo que se ha doblado un poco aquí y allá. ¿Algún herido?

—Un par de arañazos y moratones. —Di una vuelta completa alrededor del vehículo, aún estupefacto—. Joder, Skippy, ¿cómo es que no se ha roto en mil pedazos? ¿Cómo es que las ruedas no han reventado?

—Ruedas y pontones se repliegan en caso necesario, el ordenador de viaje sabe cuándo extenderlas para detener el giro. Ya te lo dije, es un cacharro robusto. Lo que está muy bien, porque hace años que le caducó la garantía. Mira, ya que estamos, creo que puedo conseguir un buen apaño para que le deis una mano de pintura antioxidante. Conozco a alguien que conoce a alguien, ya sabes.

—Gracias, Skippy, pero tampoco nos vamos a quedar tanto tiempo con este cacharro, así que no hace falta.

—Eh, os incluyo un par de ambientadores en el trato. Tienes el cacharro lleno de monos, seguro que os hacen falta los ambientadores.

Me eché a reír.

—Si todo va bien, vamos a meter la autocaravana en un lago o a enterrarla para que nadie la encuentre. No creo que necesite pintura ni ambientadores.

—Vale, Joe, pero recuérdame que no te deje nunca las llaves del coche. Si es que algún día tengo coche.

La gente que había estado sobre la autocaravana descendió hasta donde estábamos, así que recogimos el toldo, algunas chaquetas y varias mochilas que habían estado colgadas del techo. Luego hice que todos se unieran para una foto de grupo frente a la autocaravana, manchada de polvo y un poco baqueteada. Puse el zPhone sobre una piedra y le dije a Skippy que nos sacara varias fotos, a lo que accedió sin ningún comentario mordaz. A lo mejor de verdad se sentía aliviado al ver que seguíamos con vida, o igual estaba demasiado ocupada con las reparaciones del *Holandés* para ponerse a gastarnos bromas. Se lo agradecí.

Tras la sesión conmemorativa de fotos, le dije a Taylor que volviera al vehículo y que comprobase si Skippy estaba en lo cierto respecto a su estado. Taylor me lanzó una mirada burlona:

—¿Seguro que quiere que conduzca yo, mi coronel?

—No fue culpa tuya. Además, ¿qué posibilidades hay de que nos pase de nuevo?

—¿Me lo preguntas a mí, Joe? —intervino Skippy—. La verdad es que no tengo datos suficientes para calcularlo. Necesitaría un radar de penetración para examinar la composición del terreno…

—Era una pregunta retórica, no hace falta que calcules nada.

—Bien, porque sin más datos mi estimación tendría una precisión del sesenta y cinco por…

—Gracias, Skippy, lo hemos pillado. Taylor, adelante.

La autocaravana funcionó sin problemas y Taylor arrancó y se desplazó unos cien metros, para luego volver. Si el suelo de la cornisa era irregular o estaba resbaladizo por el agua, el vehículo tendría que haberse deslizado, pero, cuando Smythe y yo examinamos las huellas, no vimos el menor indicio de ello.

Satisfechos con la prueba, arreglamos el arnés del techo lo mejor que pudimos, cargamos el vehículo y nos pusimos de nuevo en marcha. No estábamos en un viaje familiar de vacaciones, pero desde luego iba a ser memorable. Vi que Smythe miraba las fotos que había sacado y que había puesto a disposición de todos.

—Bish… —empezó a decir—. Mi coronel —rectificó sin darle importancia al desliz, que era lo mejor que podía haber hecho—. Cuando estaba en Afganistán, iba en un helicóptero que se estrelló. Estábamos bastante altos en la zona montañosa y, al parecer, una de las aspas se atascó o algo parecido. Solo caímos cincuenta metros y fue sobre nieve, o habría sido mucho peor. Se deslizó montaña abajo y quedó empotrado contra una roca, lo que nos salvó de caer por un despeñadero. Hubo algunos huesos rotos, nada serio —añadió a la manera despreocupada de los SAS—. Antes de que nos llegara el rescate, posamos para una foto frente al aparato destrozado. —Pulsó un par de botones en el zPhone y cargó la foto—. Soy el de la izquierda.

Tenía casi el mismo aspecto que ahora, así que supuse que era relativamente reciente. Un momento. ¿Había SAS en Afganistán? ¿Desde cuándo?

—¿Cuándo…? Déjelo; seguramente no debería contármelo y no es asunto mío.

Y si quería saberlo, siempre podía comprobar su expediente.

Smythe respondió con una carcajada.

—Como si eso importase un pimiento ahora, mi coronel. El único puñetero secreto que importa lo sabemos todos los presentes y es que Skippy puede trastear los agujeros de gusano. Lo que iba a decir es que hasta hoy la foto del helicóptero estrellado era mi favorita. Pero me temo que ha quedado superada. No puede haber nada más impresionante que una foto de grupo tras sobrevivir a un descenso rodando por un cañón dentro de un tráiler alienígena en un planeta de miles de años luz de la Tierra.

22

EL SEGUNDO Y el tercer cruce estaban muy cerca el uno del otro, así que pasamos ambos ríos el mismo día. Llegamos al segundo por la tarde. Al contrario que en el primero, en el que nos habíamos visto obligados a construir una rampa para entrar en el agua, contábamos con que este fuera pan comido para la autocaravana; al menos eso parecía por las imágenes del satélite. Lo que vimos fue bastante distinto. Cierto que las orillas de ambos lados tenían zonas en las que descendían hacia el agua con una pendiente moderada, adecuada para las ruedas de la autocaravana. El problema era que el terreno alrededor de la orilla estaba formado por un barro espeso y resbaladizo. Skippy nos avisó de que incluso nuestro ingenioso sistema de tracción quedaría atascado, así que tuvimos que explorar los alrededores en busca de un lugar mejor. No lo encontramos. Nuestra mejor opción era crear nosotros un camino de entrada en el agua en una zona que no fuese demasiado fangosa. En la orilla opuesta intentaríamos recorrer cuánto pudiésemos y luego ataríamos un cable a una roca y usaríamos el cabestrante de la autocaravana para sacarla del río.

Trabajamos un rato con picos y palas y, cuando por fin tuvimos listo el camino, empezaba a anochecer. No me pareció buena idea cruzar en aquella oscuridad creciente, así que ordené que montásemos el campamento.

Era un atardecer más o menos agradable, seco y, para los estándares de Newark, cálido. El pronóstico del día siguiente hablaba de vientos fuertes y lluvias torrenciales, así que me pareció buena idea darnos una noche de descanso. Algunos decidimos estirar un poco las piernas, rígidas tras un día entero en la autocaravana, y subimos a lo alto de una loma sobre el río a contemplar el sol poniente. Era la segunda vez en todo el tiempo que llevábamos en

Newark que veía sobre el horizonte la estrella local; lo normal era que el cielo estuviese demasiado nublado, eso si no llovía a cántaros. Ver un crepúsculo fue un regalo y lo tomé como un buen presagio.

Cruzamos el segundo río sin problemas al día siguiente. Pese a los comentarios de lo coñazo que era sacar la autocaravana del río, a todos nos encantó verla tirar del cabestrante y salir del agua mientras abría un buen agujero en la orilla. Las ruedas quedaron completamente obturadas por enormes pegotes de fango pegajoso y no nos quedó más remedio que permanecer bajo la llovizna mientras Patel, un teniente indio de paracaidistas, pisaba el acelerador y esparcía barro por todas partes hasta que el vehículo salió del todo del río. Nos echamos a reír y aplaudir, aliviados, y Patel nos miró con una sonrisa de oreja a oreja. Parecía que se le iba a partir la cabeza dos.

Mierda. ¿Por qué demonios no había tirado de rango para darme el gustazo de ir en el asiento del conductor?

Cuando llegamos al tercer río, la llovizna se había convertido en auténtica lluvia, aunque aún no era el aguacero que esperábamos según el pronóstico del tiempo de Skippy. Este estaba un tanto picajoso con el tema y me aseguró que al norte la tormenta casi tenía la fuerza de un huracán, con fuertes vientos del norte y lluvia torrencial.

Detuvimos la autocaravana y examinamos el río. Había una loma suave cubierta de hierba que iba directa a la orilla y otra casi igual al otro lado. El cielo septentrional estaba tan oscuro que parecía que estuviese anocheciendo en aquella dirección, aunque aún era media tarde. El agua bajaba rápida y, sin duda, estaba fría. Grandes olas rompían contra las rocas y tuve la sensación de que el nivel del agua estaba subiendo. Había témpanos en la superficie, que se balanceaban y a veces se hundían a causa de la fuerza de la corriente. Las imágenes del satélite nos mostraban la larga lengua del glaciar clavada en el río a menos de diez kilómetros de distancia. El hielo no paraba de romperse a medida que el río se comía la base del glaciar. Entrar y salir del río sería fácil, pero evitar las rocas sumergidas y los témpanos iba a resultar complicado.

—Adelante —decidí. Trastabillé en la orilla cuando me alcanzó un repentino golpe de viento helado. Aquello reforzó mi decisión—. Hay que cruzar antes de que esos vientos nos alcancen en toda su magnitud.

No me gustaba nada la idea de la autocaravana zarandeada de un lado a otro por el viento mientras intentábamos cruzar el río.

—A la orden, mi coronel —respondió Smythe. Señaló al otro lado del río—. En esas colinas hay bastantes lugares prometedores para resguardarnos de la tormenta después.

Subimos de nuevo a la autocaravana, nos quitamos las chaquetas empapadas y empezamos el descenso hacia el río. El conductor era Patel, descansado tras el segundo cruce. Quería a alguien con experiencia para este tercero, así que volví a ponerlo tras el volante. Nos mostró el pulgar hacia arriba justo antes de que el morro de la autocaravana entrase en contacto con el agua y luego centró toda su atención en llevarnos sin contratiempos al otro lado. En cuanto estuvo por completo en la corriente, el vehículo empezó a menearse de un modo preocupante; el flujo era tan fuerte que Patel tuvo que apuntar en parte el morro río arriba para mantener un rumbo recto.

En realidad, un rumbo recto resultaba imposible, había demasiadas rocas en el río, algunas visibles y otras no, y, aunque la autocaravana era una maravilla tecnológica, a los kristangos no se les había ocurrido, vete a saber por qué, dotarlo de un sonar que detectase los obstáculos sumergidos. Había que deducir dónde estaban las rocas a partir de las olas y los remolinos, tal como sabíamos los que teníamos experiencia en ir en canoa o kayak. La diferencia era que tanto una canoa como un kayak tenían tan poco calado que les resultaba fácil deslizarse sobre los obstáculos apenas cubiertos por el agua, cosa que la autocaravana no podía hacer. Estaba sumergida más de un metro. La violencia del agua a veces sumergía los pontones y nos hundíamos bastante más. Llevaríamos cincuenta metros de trayecto cuando sentimos una sacudida; la autocaravana había topado con una roca demasiado profunda para crear una ola, pero no tanto para que el fondo del vehículo no le diese.

—Lo siento —dijo Patel.

Estuvimos colgados un instante de la roca, luego nos elevamos y nos desplazamos por ella. Patel tuvo luego que dejarse ir corriente abajo para evitar una nueva roca. A su lado, ejerciendo de copiloto, se sentaba el teniente Crispin de los SAS, ojo avizor en busca de un camino que nos permitiera cruzar el río y evitase los obstáculos sumergidos. Smythe me lo había sugerido, ya que Crispin había participado en las pruebas del equipo británico de kayak para las olimpiadas.

—No ha sido culpa suya, mi coronel —dijo Crispin, saliendo en defensa de Patel—. Es muy difícil ver estas rocas. Y este puñetero tráiler se hunde demasiado. ¡A la derecha, a la derecha! —gritó de repente.

Patel hizo girar el vehículo a la derecha y nos deslizamos corriente abajo, meneados por el agua. En los siguientes diez minutos, Patel y Crispin trataron de llevar la autocaravana al centro de la corriente, donde confiaban en que el agua estuviese más profunda y, por tanto, tuviésemos menos posibilidades de toparnos con rocas. Cuando lo consiguió, ya nos habíamos dado contra tres. Patel hizo girar el vehículo para ir corriente arriba mientras Crispin buscaba un modo de salir de aquella especie de caja; había varias rocas de gran tamaño a la derecha, a la izquierda y río abajo. Río arriba había otra más, sumergida, contra la que ya nos habíamos dado, experiencia que preferíamos no repetir. Skippy nos había dicho la autocaravana era muy robusta y que tenía una placa acorazada deslizante en la parte inferior para evitar que las rocas pudieran agujerearla. Lo que no sabíamos era lo dura que sería esa placa contra una roca afilada. Y no queríamos averiguarlo.

—Tómese su tiempo, Crispin —dije con calma.

El bamboleo de la autocaravana empezaba a marearme y por un momento deseé que tuviese ventanas.

—Saldremos de esta, mi… ¡Mierda! —gritó Crispin.

Río arriba se acercaban desde un recodo un grupo de témpanos que iban casi de orilla a orilla. Se había roto un buen trozo del glaciar, que se había fragmentado luego en múltiples pedazos mientras el río lo arrastraba.

Era culpa mía. Sabíamos que era frecuente que hubiese témpanos en el río, y tendría que haber anticipado que, con una tormenta al norte, el nivel del agua subiría, arrastrando más hielo de lo normal. Debería haber enviado un par de exploradores río arriba a algún lugar elevado desde el que pudieran ver lo que se acercaba y determinar entonces si era o no un buen momento para intentar el cruce. Me había comportado como un idiota.

Los trozos de hielo se rompían contra las rocas o uno contra otro, aumentando el número y disminuyendo el tamaño a medida que se acercaban.

—Directo a la orilla, Patel —ordené—. Tan directo como pueda. Mejor que nos raspe una roca que ser golpeados por todo ese hielo.

Había muchos pedazos que eran casi de la mitad del tamaño de la autocaravana y que podrían haber pinchado uno de los pontones, o incluso volcarnos.

Casi lo conseguimos. A cincuenta metros de la orilla, Patel giró hacia la izquierda, corriente arriba, para evitar una roca que casi sobresalía del agua, pero en ese momento un trozo de hielo golpeó el pontón izquierdo. El impacto empujó el morro del vehículo corriente arriba, a la vez que las aguas lo arrastraban hacia la izquierda, del todo fuera de control. De pronto la autocaravana se encontró orientada río abajo, e iba directa a dos enormes peñascos. Patel puso los motores acuáticos a plena potencia marcha atrás, pero apenas lograba mantener la posición.

—¡Creo que está entrando agua en el pontón izquierdo! —exclamó—. El tráiler quiere girar hacia la izquierda. Crispin, busca un…

Sus palabras se vieron interrumpidas por un crujido cuando un pequeño iceberg impactó de nuevo contra la autocaravana. Durante un instante fugaz vi desde la ventana una pared de hielo y no pude evitar pensar en el Titanic como un idiota. La autocaravana se tambaleó hacia abajo y hacia la izquierda con el golpe y luego se apoyó sobre el pontón. Se oyó un chillido ensordecedor cuando se deslizó contra el iceberg, antes de que este se fuera en otra dirección.

Estaba sentado en la parte izquierda, y pude ver con claridad que el pontón izquierdo estaba abollado y que se hundía. Patel nos informó de que el propulsor izquierdo casi no funcionaba. Volví a decir que nos llevase directos a la orilla. Si la autocaravana se hundía, quería quedar tan cerca de la orilla como fuese posible. Patel condujo como un experto, y puso la autocaravana al abrigo de una gran roca que nos protegía en parte de los trozos de hielo para luego dirigirse hacia la orilla con toda la potencia a su alcance. A aquellas alturas el propulsor izquierdo apenas funcionaba. Los bajos de la autocaravana dieron contra una roca que no habíamos visto y dejó de moverse.

—Creo que estamos atascados, mi coronel —dijo Patel, apesadumbrado—. Los propulsores aún tienen carga, pero no consigo ir ni hacia adelante ni hacia atrás.

Había llegado el temido momento. Vi la costa, tentadoramente cercana.

—¡Nos hundimos! Capitán Smythe, lleve a todos a la orilla. ¡Williams, acompáñeme!

Me tambaleé hacia la parte de atrás, seguido de Williams y de sus SEAL, y abrí la puerta del compartimento de carga. La autocaravana se hundía con rapidez, escorada casi treinta grados a la izquierda y, a juzgar por los chirridos, la corriente la empujaba. Nos quedaba bastante menos de un minuto antes de que la autocaravana se deslizase fuera de la orilla arenosa y se hundiese del todo en las aguas más profundas. En aquella corriente rápida y casi helada, las posibilidades de supervivencia serían escasas.

—¡Necesitamos una armadura completa! ¡Dejen todo lo demás!

Pasamos de cinco a seis cuando Smythe, que había interpretado de forma amplia mis órdenes, apareció en el compartimento de carga, así que no tardamos en tener todas las piezas necesarias para la armadura.

Vi que Smythe intentaba coger un fusil.

—¡Déjelo! —grité—. ¡Vámonos, es una orden!

Cerré y aseguré la puerta del compartimento de carga a mis espaldas. Todo lo que nos hacía falta estaba allí dentro. Nos arrastramos hasta la puerta con el agua helada y afilada por las rodillas, tropezando unos con otros cuando la autocaravana se bamboleaba. El agua se derramaba por la escotilla derecha de emergencia. Vi que algunos se arrastraban por el pontón derecho para luego saltar al agua. Patel y Crispin seguían dentro; se habían dado por vencidos en sus intentos de salir por la escotilla derecha y Patel intentaba abrir el techo. Lo consiguió, agarró el borde de la escotilla y se izó. En aquel momento la inclinación de la autocaravana era de casi cuarenta y cinco grados a la izquierda y se meneaba como un tronco de un lado a otro, sacudida por la corriente.

No tengo claro cómo logramos salir. De algún modo Smythe y Williams se las apañaron para estar detrás de mí, pese a que me había prometido ser el último en abandonar el vehículo. Cuando por fin Smythe salió por la escotilla, la autocaravana estaba casi completamente de lado y tuvimos que reptar por el lado derecho del morro, ponernos de rodillas frente a la ventana delantera y saltar. Nos hundimos hasta el pecho mientras se me escapaba un jadeo ante la bofetada del agua helada. Me agarraba a una pierna de armadura como si la vida me fuese en ello, lo que, unido a la fuerza y la baja temperatura de la corriente, me desestabilizó y habría caído de espaldas y me habrían llevado las aguas de no ser porque se había formado una cadena humana desde la orilla. La ranger Samuels me agarró con fuerza del brazo y me guio fuera del río.

—Gracias —le dije.

Le tendí la pierna de la armadura en cuanto el agua nos llegó a la cintura. Medio helado, me quedé para ayudar a Williams y a Smythe a ponerse a salvo y, sobre todo, para que los valiosos componentes de la armadura llegasen sanos y salvos a la orilla.

Cuando Smythe, que era el último, saltó del morro, la autocaravana se sacudió hacia atrás y quedó medio flotando. Llegué por fin a la orilla, arrastrándome sobre manos y rodillas y, como los demás, permanecí sin decir una palabra viendo la autocaravana hundiéndose rápidamente, arrastrada por el río hasta que quedó encajonada entre dos rocas y por fin desapareció. De vez en cuando el pontón derecho asomaba del agua.

Traté de concentrarme y trepé a una roca para ver cómo estaban todos.

—¿Hay algún herido? ¿Todos bien, aparte del frío y de la humedad?

—Solo alguna torcedura de tobillo —informó la doctora Zheng, arrodillada junto al teniente Zhang, quien se había quitado la bota derecha y daba respingos mientras Zheng le examinaba el pie.

—Estoy bien, mi coronel. Me di contra una roca —me aseguró Zhang.

—Perfecto —respondió.

Qué idiotez. Era el comandante en jefe, joder, no podía comportarme así.

—Capitán Smythe, se acerca una tormenta y estamos a la intemperie con las ropas empapadas y medio heladas. —Empezaban a llegar rachas de viento y la lluvia ocasional caía casi de lado—. Encuentre un lugar donde resguardarnos y asegúrese de que todo el mundo usa sus mochilas térmicas si las necesitan. No quiero que nadie se ponga enfermo aquí, en mitad de ninguna parte.

Se suponía que todo el mundo llevaba parches químicos que se podían mezclar para generar calor. No era ninguna exótica tecnología alienígena, sino parches que se podían comprar en cualquier ferretería o tienda deportiva.

—Teniente Williams, sus SEAL son nuestros buceadores. Traiga los componentes de la armadura. Montémosla y veamos qué podemos hacer.

23

Mientras Williams y su equipo comprobaban y montaban el traje de combate para que Taylor lo utilizase, me tomé un momento para tratar de tranquilizarme. Lo ocurrido podía calificarse de desastre; el equipo, las armas, la comida, la ropa, las tiendas… todo cuanto necesitábamos para sobrevivir estaba en la autocaravana hundida. No conseguía asimilar cómo las cosas se habían torcido de ese modo tan de repente. Más tarde Skippy descubriría que la tormenta había soltado una cantidad ingente de agua al norte, que enseguida formó numerosos arroyos que desembocaron en el río. La lengua del glaciar bloqueaba dos tercios del cauce de este, así que el agua se apiló contra el glaciar hasta que la presión causó la fractura de varios trozos de hielo y el muro de agua se abrió paso río abajo. Tendríamos que habernos dado cuenta al llegar de que el nivel del agua estaba por encima del habitual; por eso la pendiente hasta la orilla era tan suave. Debería habernos hecho sospechar. No, debería haberme hecho sospechar, en lugar de creer que la sensación de que el nivel del agua subía no era más que una ilusión. No lo era. Los témpanos de hielo tendrían que haberme dado que pensar; eran demasiados. De haber ordenado que esperásemos un momento, tal y como tendría que haber hecho, nos habríamos dado cuenta de que el nivel del agua subía y de que cada vez había más témpanos en el río. Estaba tan ansioso por cruzar antes de que la tormenta nos alcanzase que ni pensé en lo que estaba causando la tormenta río arriba.

Fue un accidente, pero también fue culpa mía.

Es fácil ver que tendría que haber estudiado el río con más atención, tal vez haber hecho retroceder la autocaravana y ponerla a cubierto durante la noche con la idea de cruzar al día siguiente. Íbamos por delante de lo previsto y la autocaravana tenía combustible de sobra para otro día y medio antes de tener que buscar un lugar donde esconderla y seguir a pie. Tal vez de haber esperado a la mañana siguiente habría evitado el desastre; o tal vez no. Seguía habiendo suficientes témpanos en el río para que uno de ellos nos hubiese dado, de todas formas.

Williams se aseguró de que el traje era completamente operativo y me informó de que Taylor estaba listo para usarlo en el agua.

—Haremos primero una prueba, mi coronel —añadió.

—¿Cuál es el pronóstico del tiempo, Skippy?

Respondió de inmediato.

—La tormenta al norte ha amainado un poco y ha girado hacia el oeste, así que calculo que la mayor parte de ella os pasará de largo. Tendréis borrasca y lluvia dentro de dos horas, y durará unas cuantas.

—Gracias, Skippy. De acuerdo, probemos ahora, antes de que la situación empeore —manifesté—. Cuanto más tiempo esté la autocaravana en el agua, más riesgo corre de que sea arrastrada o de que el equipo caiga al agua y se pierda corriente abajo. Lo ideal para una operación de rescate sería esperar a que amaneciese, pero no tenemos tanto tiempo.

—Deberíamos recuperar primero las armas —sugirió Smythe.

—No, capitán —dije con decisión—. Taylor, su prioridad es recobrar las piezas de otro traje. Luego, con los dos trajes, iremos a por las piezas de otros dos. Necesitamos las armaduras lo primero, no sabemos cuánto nos llevará sacarlo todo de la autocaravana y, si tenemos un solo traje, podría quedarse sin energía a mitad de la tarde. Usaremos dos trajes para recuperar el equipo y dejaremos los otros dos para el ataque.

—Tiene sentido, mi coronel —asintió Williams mientras ayudaba a Taylor a fijar el casco.

—Equipo de vigilancia —llamé por el zPhone—. ¿Cuál es el panorama?

El equipo de vigilancia eran dos soldados en una loma río arriba, desde la que gozaban de una buena vista. Era algo que tendría que haber hecho antes de cruzar el río.

—Todo bien, mi coronel. Baja algo de hielo, pero mucho menos que antes.

Vio lo mismo que ellos gracias al zPhone. Se veían témpanos bastante dispersos, así que un buceador debería poder esquivarlos sin problemas.

—Bueno, el hielo de momento se comporta. ¿Todo bien ahí dentro? —le pregunté por el pinganillo del zPhone a Taylor.

—Sin problemas —respondió. Tenía bajada la placa frontal del casco, así que nos enseñó el pulgar hacia arriba—. Nunca he usado esto para nadar.

—Entendido. Inténtelo. No trate de ir directamente hacia la autocaravana, practique antes un poco, no podemos arriesgarnos a que choque con el vehículo o que el traje se rompa al dar con una roca o contra el hielo. Lo mejor es que vaya río abajo y se acerque desde allí a la autocaravana.

Mis consejos no podían ser más innecesarios y un SEAL experimentado como Taylor se las habría apañado muy bien sin ellos.

Echó a andar con decisión hacia la orilla y entró con cuidado en el agua. A medida que se internaba en el río, empezó a moverse de un modo más extraño a causa de la corriente que lo hacía perder el equilibrio.

—Voy a lanzarme ya, estoy perdiendo pie.

Dio un salto y se zambulló. Desapareció durante un instante en el que nos tuvo a todos en vilo. A través de la radio lo oíamos respirar con fuerza. Reapareció de pronto y echó a nadar de forma decidida contra la corriente.

—Le voy pillando el tranquillo. La potencia del traje es acojonante. Gracias a Dios por los estabilizadores, no podría controlar el traje sin ellos. En realidad, hacen la mayor parte del trabajo.

—Vaya hacia aquella roca, dé la vuelta y compruebe cómo va con la corriente a favor —ordenó Williams—. Cuidado con ese témpano.

—Ya lo veo.

Taylor estuvo nadando durante casi veinte minutos, sin ir nunca más allá de la autocaravana. Nadó en la superficie, buceó, fue a favor de la corriente, en contra, esquivó trozos de hielo…

—Estoy listo, mi coronel. Lo he pillado tanto como podría. Quiero examinar la autocaravana.

—¿Qué opina? —le pregunté a Williams.

Consideró el asunto un momento.

—Lo normal sería que descansase un poco antes de la siguiente fase.

—Me encuentro bien, mi capitán, en serio —dijo Taylor. Se movía con facilidad por el agua, un poco de río debajo de la autocaravana—. El traje hace la mayor parte del trabajo; es muy potente. Y el radar funciona bajo el agua, así que puedo ver los obstáculos en la placa frontal. Me gustaría ir ya; va a llevar un tiempo, la luz cada vez es menor y creo que no tardará en alcanzarnos el viento.

—Recomiendo que prosiga, mi coronel.

—Teniente, no tengo la menor idea de operaciones de rescate bajo el agua —reconocí—, así que usted decide. Tráiganos primero otro traje y así podremos trabajar con dos buceadores a la vez.

Los tres SEAL trabajaron durante toda la noche con los dos trajes. Los que nos quedamos en tierra nos dedicamos a vigilar el cauce en busca de témpanos, y la tarea prosiguió sin incidentes, salvo porque el pie de uno de los buceadores quedó atascado en una maraña de cables dentro de la autocaravana, pero le llevó menos de un minuto cortarlos y nunca corrió ningún peligro.

El viento nos golpeó por la noche, y los buceadores aprovecharon para descansar durante una hora mientras lo peor de la ya debilitada tormenta pasaba sobre nosotros.

A Taylor le llevó siete viajes recobrar los componentes del segundo traje. Lo montamos, lo comprobamos, Williams lo declaró operativo y luego él mismo se lo puso. Practicó un poco ayudado por Taylor y los dos entraron en la autocaravana. Tal y como les había ordenado, trajeron las piezas de otras dos armaduras y luego le dije a Williams que recuperarse primero tiendas y comida y luego las armas. Todo el mundo temblaba y tenía escalofríos, y no me pareció buena idea arriesgarnos a que alguien enfermase.

Para entonces Williams tenía una confianza absoluta en las habilidades de buceo de los SEAL y había comprobado que la autocaravana está sólidamente encajada contra una roca, así que no iba a irse a ninguna parte. A mediados de la mañana siguiente habían logrado rescatar todo lo que necesitábamos, incluso el muñeco de Barney, por increíble y estúpido que parezca.

Al principio me cabreé, no porque lo de Barney me molestase ya, sino porque uno de los SEAL había arriesgado la vida y parte de la batería del traje para recuperar un muñeco de peluche. Williams me tranquilizó y me explicó que el parabrisas se habría roto durante la noche y Barney se había soltado, pero había acabado encajado bajo un asiento. Lo había traído porque era una especie de mascota o un amuleto. Lo cierto es que la gente aplaudió cuando emergió del río con Barney en lo alto. Así que ajo y agua, no me libraría de él.

Uno de los trajes usados en el rescate estaba tan solo a un quince por ciento de la carga normal; el otro, el de Taylor, a un doce. La energía necesaria para nadar contra la corriente había consumido mucha energía de los trajes, por no mencionar la calefacción, necesaria en aquel agua casi helada.

—Los trajes no pueden transferirse energía unos a otros —señaló Smythe con amargura—. Contamos con dos desmontados al cien por cien de carga y dos que, como mucho, durarán un día en marcha.

—Skippy, ¿puedes calcular cuánto peso pueden llevar los trajes descargados de forma que podamos establecer la mejor relación posible entre capacidad de carga y alcance? Les vamos a quitar el casco y los brazos.

—Venga, Joe, eso es aritmética de párvulos. Pero ya que lo preguntas, recomiendo una carga de cincuenta y siete kilos para cada traje. Eso les permitirá recorrer sesenta kilómetros en ese terreno.

—Gracias, Skippy. —Me volví hacia Smythe—. Que los trajes puedan llevar parte de la carga aunque sea un trecho nos vendrá bien. Hemos pasado demasiado tiempo sentados en la autocaravana con las piernas anquilosadas. Desmonte los cascos y los brazos de los dos trajes que usaremos de mulas y entiérrelos con cualquier otra cosa que no vayamos a llevarnos. Divida primero la carga para comprobar cuánto llevará cada persona. Ah, una cosa, capitán.

»Sé que las fuerzas especiales están hechas de otra pasta, pero no quiero ver a nadie tan cargado que corra el riesgo de sufrir un accidente o que esté agotado cuando lleguemos a la base kristanga. Skippy ha entregado la pizza que le pedimos, así que tenemos comida de sobra. Quiero que nos pongamos en marcha dentro de dos horas, lo que nos dará siete horas de luz antes de parar y montar el campamento de esta noche. Vamos a tomárnoslo con calma el primer día.

—A la orden, mi coronel.

No se me escapó que no estaba nada convencido. Y seguro que se arrepentía de haber dejado que nos acompañasen dos civiles.

—Inclúyame en el reparto. Llevaré las cajas de munición y un par piezas de un traje. —Vi la mirada de escepticismo que me lanzó—. Tranquilo, capitán, lo avisaré si no puedo con todo.

Lo dejé dando órdenes y me acerqué a ver a Zheng y Tanaka, que estaban ayudando a clasificar una pila de ropa mojada y llena de barro. Todo cuanto teníamos estaba mojado y, pese a que habíamos extendido la lona de una tienda para mantener las ropas a la intemperie y secarlas, seguían con pegotes de barro aquí y allá.

—¿Cómo están?

—Estaría mejor si tuviera algo seco que ponerme —admitió Zheng—. No se preocupe, coronel, entrenar para un triatlón a menudo implica pasar frío y aguantar la humedad, así que estoy acostumbrada. Es más difícil acostumbrarse que no poder darme una ducha caliente y ponerme luego ropa seca. Se parece demasiado a uno de esos eventos de resistencia de veinticuatro horas que siempre he evitado. Es agotador.

—Si fuera uno de mis pacientes, me estaría tratando por exposición a los elementos, y quizá por hipotermia —remarcó Tanaka.

—Lo comprendo. Estaríamos todos mejor si la autocaravana no se hubiese hundido. Iniciaremos la marcha en un par de horas y eso nos ayudará a mantenernos calientes. Vamos a tener que ir a pie más de lo que habíamos previsto, contábamos con seguir con la autocaravana al menos un par de días. Pero no se preocupen, anticipamos posibles reveses en el camino. Ustedes llevarán solo su equipo personal y los suministros médicos. Las fuerzas especiales se ocuparán de todo lo demás.

—¿Qué va a llevar usted? —quiso saber Tanaka.

—Mi equipo, varias cajas de munición y parte de una armadura. No va a ser fácil; de verdad les agradezco que hayan venido y los sacrificios que están realizando.

—Nos las arreglaremos —dijo Zheng con decisión—. Espero que esto sea una pérdida de tiempo para nosotros.

—¿Y eso? —pregunté, sorprendido.

—Porque, si necesita doctores en la misión, significa que algo habrá ido mal, ¿no?

Nos pusimos en marcha sin más. En cuanto me convencí de que nadie llevaba demasiada carga, le di el visto bueno a Smythe y este envió dos exploradores en avanzada. Saber que el terreno que teníamos por delante era como lo indicaban los satélites era una cosa, ver las condiciones reales, otra muy distinta. Los exploradores comprobarían la ruta, nos avisarían de posibles atajos, de problemas con el terreno y, con suerte, nos evitarían tener que dar la vuelta. Smythe estableció dos turnos, uno por la mañana y otro por la tarde. Todos querían formar parte del equipo de exploración, que implicaba ir menos cargados y no tenían que ir por el barro pisoteado con los demás.

Al principio, por lealtad al servicio, fui con los Rangers, luego me uní un rato a los SEAL. Mientras los demás tiritábamos en la orilla e intentábamos dormir por turnos, los SEAL habían estado trabajando toda la noche.

—¿Todo bien, teniente?

—Todo bien, mi coronel —respondió Williams—. Comparado con nuestro entrenamiento, esto es pan comido.

—Y el papeo es mucho mejor —dijo García mientras se llevaba a la boca una ración de emergencia.

—A estas alturas, cualquier papeo es bueno —intervino Taylor.

—Confieso que, cuando llegamos aquí, no pensé que la parte de «Mar» de nuestro nombre nos sirviera para nada —reconoció Williams.

Asentí.

—Si algo he aprendido, teniente, es que nunca se sabe qué va a hacer falta, así que mejor contar con todo lo que se pueda. No pensé que un arqueólogo o un geólogo nos fueran útiles en el espacio, y ahora me alegro de que hayan venido. Encontrar esas ruinas le ha proporcionado un rompecabezas a Skippy que aún no ha logrado resolver. Lo más condenadamente extraño que he visto aquí de utilidad ha sido tener conocimientos de… ¿Cómo era, Skippy? ¿La poesía húngara del siglo XVII?

—Correcto —respondió este.

Williams me miró, incrédulo.

—Es una larga historia —dije sin más—. Ya sabe que Skippy se pone a divagar con facilidad.

La IA intervino de pronto:

—Aunque en su momento señalé que incluso una razonable familiaridad con la literatura europea del periodo Romántico o del Barroco…

—Sí, gracias, Skippy —lo interrumpí mientras Williams esbozaba una sonrisa de complicidad—. En otro momento, ¿de acuerdo?

—Siempre dices lo mismo, pero nunca llega el momento apropiado —dijo Skippy de mal humor—. Me está bien merecido por intentar culturizar a unos monos.

Le guiñé un ojo a Williams.

—Te propongo algo, Skippy. Sácanos sanos y salvos de esta roca y dedicaré una, no, dos horas completas a oírte hablar de cualquier tema que quieras. Sin interrupción.

—Ya, claro, eso lo dices ahora, pero…

—¿Alguna vez he prometido algo y no lo he cumplido? No sé, ¿tal vez dejar la Tierra y embarcarme en esta misión suicida en busca de tu radio mágica?

—Vale, venga, puede que tengas razón. Hmmm. Dos horas. Me iré preparando. No lo lamentarás, Joe.

En realidad, ya lo estaba lamentando.

—Gracias por sacrificarse por el equipo, mi coronel —dijo Williams.

Meneé la cabeza con pesadumbre mientras decía:

—No lo sabe usted bien, teniente.

Joder. Sí que estaba cansado. Y solo era la primera jornada de marcha y ni siquiera había sido un día completo. A lo largo de la última hora no había habido manera de ajustar las cinchas para que me fuesen más cómodas, y se me habían estado clavando en los hombros y las caderas. Durante ese mismo periodo no había dejado de mirar las nubes que se concentraban al norte mientras las rachas de viento iban y venían.

—Informe meteorológico, Skippy.

—Jodido, con un cien por cien de posibilidades de que siga jodido. Vas a tener lluvia fuerte dentro de dos horas, quizá menos. Por la mañana habrá despejado… o casi.

—Gracias, Skippy. ¡Capitán Smythe! —grité para que pudiera oírme por encima del viento. Iba en cabeza, a casi cincuenta metros de distancia de mí.

Se detuvo y esperó a que lo alcanzase. Me di toda la prisa que pude tratando de mantener la dignidad en el proceso.

—Cinco minutos de descanso —ordené. Luego añadí para Smythe—: Hay que buscar un lugar donde pasar la noche. Quiero que nos pongamos a levantar el campamento en una hora.

Miró el reloj.

—Aún queda abundante luz solar, mi coronel.

Abrí un poco las cinchas para darles un merecido descanso a mis doloridos hombros.

—Por eso me necesita, capitán. Supongo que en una marcha con los SAS nadie quiere ser el primero en dar la orden de detenerse, ¿correcto?

—Es una cuestión de prestigio personal, mi coronel.

—Exacto. Aquí es peor, porque los SAS no van a ceder delante de los Rangers, que no cederán ante los chinos, que no querrán ceder ante los indios… Por suerte, no pertenezco a las fuerzas especiales, así que puedo ordenar un alto sin que mi prestigio se resienta. Todos necesitamos un descanso y Skippy ha avisado de que se acercan lluvias fuera. —Señalé las nubes que se arremolinaban al noreste—. No quiero que nos pillen a mitad de camino. Aún vamos por delante del horario previsto y no hay razón para forzar la marcha. Lo último que necesitamos es que alguien pille una pulmonía.

—Dentro de una hora, mi coronel. Avisaré a los exploradores de que busquen un lugar.

Cuarenta minutos más tarde Smythe se tocó el pinganillo, habló con alguien un rato y luego retrocedió para hablar conmigo.

—Hay un lugar algo más adelante donde podemos acampar, mi coronel. Los chicos dicen que hay otro un poco más lejos, pero que puede ser un sitio peliagudo si la lluvia cae en serio.

Me enseñó con el zPhone las imágenes que los exploradores habían tomado de ambos lugares. El más lejano estaba a cobijo bajo un farallón que lo protegía del viento, pero estaba junto a un arrojo que podía desbordarse e inundar el campamento si la lluvia era demasiado fuerte.

—Sí, el más lejano es demasiado arriesgado —dije—. Lo último que queremos es acabar empapados otra vez.

El otro era un terreno llano en la ladera sur de una colina, más expuesto a los vientos, pero no había posibilidades de inundación.

—Tendríamos que ir a esa colina de todos modos, así que pararemos allí.

Me sentía como el comandante de la expedición de Boy Scouts peor preparada de la historia, seleccionando emplazamientos para acampar y asegurándome de que todo el mundo tenía calcetines secos. Al menos no tenía que preocuparme de los padres quejándose de que su Jimmy había vuelto a casa con ampollas y un misterioso sarpullido.

Descubrí a la mañana siguiente que notaba cansancio en músculos que ni siquiera sabía que tenía. Todo el mundo se sentía cansado, pero todos se levantaron a su hora, nadie se quejó, hicieron su parte en el desmontaje del campamento y nos pusimos de nuevo en marcha. Tras media hora los músculos se empezaron a calentar y me sentí mejor.

Skippy me llamó en ese momento.

—Eh, Joe.

—Hola, Skippy, ¿qué pasa?

—¿Andas liado? Quería comentarte algo que he descubierto.

—Tengo todo el tiempo libre del mundo, Skippy, paseando, sin nada más que hacer el resto del día. Por lo menos no llueve.

—Eso va a cambiar. Vais a tener lluvia y cellisca por la tarde.

—¿Cellisca? Joder, cómo odio este planeta.

—Por desgracia, Newark aún no está disponible en el área de comentarios de Tripadvisor, así que no vas a poder exponer tu queja. En fin, lo que quería comentarte es que he estado analizando algo con la doctora Venkman…

—Guau. —Venkman era astrofísica o algo parecido. Tras leer su expediente no me había quedado del todo clara su especialidad—. ¿Te está echando una mano? Eso es genial, Skippy.

—No tiene nada de genial, Joe. Tener a un mono controlando lo que hago es un dolor de muelas de proporciones gargantuescas, épicas, no hay expresión humana capaz de abarcarlo. ¿Tienes idea de lo molesto que me resulta tener que explicar los conceptos científicos más básicos de forma que vuestra minimente de mono los pille?

De momento no me sentía demasiado ofendido.

—Bueno, ya te he dicho más de una vez que no te molestes en explicarme cosas científicas.

—¡Exacto! Es un arreglo perfecto, así puedo reírme de ti y no malgastas mi tiempo tratando inútilmente de comprender aquello que está más allá de tu capacidad. No sé, como cuando enseñas a un perro a dar la pata, a sentarse, a tumbarse o dar vuelta, pero ni se te ocurre enseñarle a hacer la declaración de la renta o a conducir un coche.

—Lástima, porque molaría. Bueno, a menos que el perro se pusiera a perseguir una ardilla con el coche.

Skippy soltó una risita.

—Correcto. En cualquier caso, cuando hablo contigo, no tengo que malgastar mi tiempo tratando de dar con un modo de idiotizar los conceptos para que los entiendas. Joder, podría inventarme todo lo que digo y ni lo notarías.

—Pero no lo haces, ¿verdad?

—No que tú sepas. Pero con la doctora Venkman…

—¿No que yo sepa?

—¿De verdad te importa?

—Supongo que no.

—Créeme, no. Pero no me invento nada, no tendría gracia. El caso es que con un mono infinitesimalmente más inteligente como la doctora Venkman sí que molaría inventarse cosas, porque tiene los conocimientos suficientes para casi darse cuenta, y sería una buena forma de tomarle el pelo.

—Pero tampoco lo haces.

—No que ella sepa.

—Skippy, joder, nuestro equipo científico vino para aprender cómo funcionaba el universo. Darles información incorrecta no les ayuda. Además, no es justo, están arriesgando sus vidas.

—Eres un puñetero aguafiestas. Recuérdame que nunca te invite a ningún sarao, Joe. Los del equipo científico, y joder cómo duele tener que usar «científico» de un modo tan poco adecuado, se ofrecieron voluntarios, ¿no? En cualquier caso, tampoco puedo decirles a tus chicos de bata blanca toda la verdad, son conocimientos demasiado peligrosos para vuestra especie en el estado de desarrollo en el que está ahora. Algunos serían peligros incluso para los rindalus. No es por meterme con vosotros, Joe; es un tema serio.

—Vaya.

—En efecto. Vaya. Serás tonto. —Hubo un instante de silencio—. ¿De qué narices estábamos hablando?

No era capaz de retomar el hilo de una conversación y me llamaba tonto. En fin.

—No sé qué estabas analizando con Venkman.

—Ah, sí. Aunque, bueno, eso de analizar algo con ella es como cuando tenías cuatro años y tu padre te subía al regazo cuando estaba al volante de la camioneta para que lo «ayudases» a conducir. Cosa que, por cierto, no es muy buena idea.

—La camioneta no tenía *airbag*. Y no había tráfico en aquellas carreteras cuando yo era pequeño.

—¿Y si le dabas a un alce?

—Joder. ¿Has visto alguna vez un alce? Si topas con uno de esos bichos, una sillita de niño no va a servir se nada. Supongo. Da igual, sobreviví a la infancia, que es lo que importa.

—¿Fue entonces cuando sufriste el daño cerebral?

—Qué gracioso. No, siempre he sido así.

—Mis condolencias. A toda tu especie, no solo a ti. En fin, a lo que íbamos. Que Venkman me eche una mano en el análisis es como cuando el pequeño Joe ayudaba a su padre a conducir. Es más un obstáculo que una ayuda. Es lo bastante lista para hacer un montón de preguntas estúpidas, mientras que tú eres tan tonto que ni se te ocurren. Por eso prefiero trabajar contigo.

—Gracias. Creo.

—De nada. Así que estábamos realizando un análisis. En realidad, lo realizaba yo y ella estaba sentada en una esquina, jugando con bloques y comiendo los copos de avena pegajosos que había en el suelo.

—¿Ves? Yo jugaba con camiones de juguete. Mucho más entretenido que los bloques.

—Aceptaré tu palabra al respecto. Los resultados del análisis son intrigantes. Mucho. E inquietantes. E inexplicables. Así que necesito más información para realizar un nuevo análisis. No ahora, en algún momento.

—No tengo problema en recopilar más información, pero primero tenemos que salir de este planeta. ¿Y qué es eso tan intrigante? ¿Has vuelto a encontrar una minúscula diferencia en la densidad del polvo estelar?

—No, idiota. Lo intrigante está aquí mismo. Lo que necesito es tomar distancia y ponerlo en contexto.

—Adelante, soy todo oídos. Prometo no interrumpirte.

Había calculado bien el momento, porque empezábamos a subir por una colina y me estaba quedando sin aliento.

—Seguro que recuerdas aquel sistema solar en el que estaba completamente seguro… Vale, sí, venga. Maldito mono —

gruñó—. Sí, ya sé lo que estás pensando, venga, suéltalo. ¡Dilo! Me equivoqué. Cometí un error. ¿Contento? Maldito caraculo —masculló.

—¿Skippy?

—¿Sí?

—No tengo la menor idea de lo que me estás contando —dije entre jadeos—. Hemos estado en un montón de sistemas solares. ¿De cuál hablas?

—Vale, igual estoy un poco picajoso con el tema. No es muy frecuente que me equivoque. Además, en este caso no me equivocaba, solo pensaba que sí. ¡Ja! No me equivocaba. En realidad, tenía razón.

—¿Así que te equivocaste al pensar que estabas equivocado?

—¡Eso!

—O sea, que sí que estabas equivocado.

—Ah, cállate. ¿Quieres que te lo cuente o no?

—Me encantaría —jadeé—. Pero no haces más que dar rodeos. Sí que te distraes con facilidad. A veces vagas tan lejos que me pregunto si podrás volver.

—¿Quién, yo? ¿Te has oído hablar alguna vez? Empiezas una frase y a mitad de camino cambias el sujeto, el verbo y los complementos al menos tres veces. La mitad de las veces que dices algo ya he perdido por dónde empezaste cuando llegas al final. Y tú también.

—Bueno, vale. Igual me pasa de vez en cuando —admití. No era el primero en hacerme notar lo fácil que me resultaba divagar—. Mi profesora de primaria, la señora Evans, intentó crear un diagrama de flujo de mis frases en la pizarra. Creí que le iba a estallar la cabeza. Da igual, sigue con lo que estabas, por favor.

—Vale —resopló—. Hablaba del sistema en el que estaba seguro de que encontraríamos un emplazamiento antiguo que no estaba en los mapas. Totalmente seguro.

—Hmmm. ¿Por las líneas de fuerza galácticas o algo así?

—¡Ajá! Sin embargo, no encontramos el menor rastro de presencia de los Antiguos pese a que te pedí que el *Holandés* diera una vuelta por el sistema para realizar un barrido a fondo con los sensores.

—Sí.

El laconismo se debía a que me estaba quedando sin resuello.

—Incluso con todos los datos que recopilé fui incapaz de determinar por qué en aquel sistema solar no había un emplazamiento Antiguo. Intentaba averiguar usando los datos de los sensores si de verdad aquel sistema había sido un candidato de primera para los Antiguos. Y descubrí que sí, que era un lugar en el que los Antiguos deberían haber tenido algún tipo de instalación. Y, sin la menor duda, tendría que haber contenido un nodo de comunicaciones. Para mí era un misterio por qué no habíamos encontrado el menor rastro de los Antiguos en el sistema. Tanto que estaba empezando a dudar de mi capacidad de análisis. De mí mismo.

—Sí, recuerdo que te enfrentaste resueltamente a tus dudas sin dejar de ser un capullo arrogante en ningún momento.

—Joder, tengo reservas de arrogancia que ni conocía.

—No es algo de lo que sentirse orgulloso.

—Para ti no, monito. En fin, el caso es que siguió siendo un misterio hasta que intenté explicarle a la doctora Venkman lo que había pasado con Newark. Tanto ella como los otros monos que os atrevéis a calificar de equipo «científico» me hicieron un montón de preguntas estúpidas sobre mecánica orbital. En serio, hasta un montón de comemocos de primer curso puede hacer esos cálculos. Mientras intentaba explicárselo a Venkman y los otros enanos mentales, algo cansino hasta el punto de que la muerte me estaba empezando a parecer una alternativa agradable, se me ocurrió examinar las órbitas de aquel sistema solar en el que tendría que haber habido un emplazamiento Antiguo. ¿Y sabes lo que descubrí con esos cálculos de primer curso?

—Hmmm. No sé. ¿Que los mocos no saben bien?

—Ag. Nunca he probado mis mocos.

—Por el amor de Dios, Skippy, nunca debes comer los mocos de otro. ¿Qué coño te pasa?

Varios rostros extrañados se volvieron en mi dirección. Solo podían oír mi parte de la conversación, claro.

—No he… A la mierda. Vale, ya te cuento lo que descubrí. Mi análisis muestra que estaba en lo cierto. Hubo instalaciones de los

Antiguos en el sistema, en una de las lunas del gigante gaseoso más grande.

—¡Joder! ¿Estaba oculta o camuflada?

—No. ¿Cómo vas a rodear toda una luna de un campo de camuflaje? Además, ¿para qué? Hasta los sensores de una nave kristanga detectarían su existencia a partir del efecto que tendría su masa en las órbitas de las otras lunas. Mira que llegas a decir tonterías. A ver, idiota, dije «hubo» por algo. O sea, que ya no las hay. El gigante gaseoso tuvo en su día otra luna.

—¿Y qué le pasó? ¿La sacaron de órbita como a Newark?

—No. Esa es la parte intrigante e inquietante. El análisis demuestra que la luna que albergaba el complejo Antiguo fue destruida. Y no me refiero a que le lanzasen algo que rompiese en pedazos, sino a que fue desintegrada, vaporizada. Al repasar los datos de los sensores sabiendo lo que buscaba, encontré minúsculos restos de la luna esparcidos por todo el sistema. Lo más probable es que parte de su masa haya escapado al espacio profundo. Pero lo inquietante no es eso. Lo que le pasó a la luna fue tan salvaje que arrastró consigo parte de la atmósfera del gigante gaseoso. Calculo que entre un doce y un catorce por ciento de la masa del planeta se lanzó a unan nueva órbita; y ese doce por ciento equivale a veinte Tierras. Esa pérdida masiva causó un cambio repentino en la órbita del planeta, lo que alteró todo el sistema, incluso movió el sol de forma perceptible.

—¿Qué energía hace falta para vaporizar una luna entera? —pregunté, aturdido.

Eso hizo que las cabezas se giraran de nuevo hacia mí. Supongo que pensaban que estaba hablando de algo reciente en el sistema solar de Newark. Alcé las manos y les aseguré con gestos que el problema no iba con nosotros. Al menos de momento.

—La única posibilidad es usar tecnología de los Antiguos. Los cual resulta en extremo inquietante. Primero Newark y ahora el otro sistema solar. Alguien sacó Newark de órbita, quizá con la idea de cometer genocidio contra una especie poco evolucionada. Y alguien destruyó por completo una luna, supongo que para destruir las instalaciones de los Antiguos; no hay otro motivo lógico para tomarla con un sistema solar de tan poca monta.

—¡Hostia puta!

Sentí que un estremecimiento me recorría la espalda.

—Si algún día nos amenazan con una tecnología similar, quizá nuestra mejor opción sea apelar a un poder superior, así que a lo mejor deberías dejar de blasfemar.

—¿Tienes alguna idea de quién lo hizo? ¿Y por qué?

—Ni la menor idea de quién. En cuanto al porqué, como ya te he dicho, el único motivo para vaporizar la luna sería destruir las instalaciones antiguas, fuesen las que fuesen.

Se me ocurrió una idea muy poco agradable. Me hice a un lado y me detuve mientras le indicaba por señas a Smythe que siguiera la marcha.

—Acabo de acordarme de una cosa que me contó la Burgomaestre. Ya sabes, la hámster que en realidad era la administradora de Paraíso.

—Ya.

—Bien. Me dijo que la guerra había empezado porque los maxolhxes encontraron un arsenal de los Antiguos y atacaron a los rindalus, que los combatieron con armas de los Antiguos. Luego, los dos bandos recibieron la del pulpo de parte de los Centinelas, que eran unos cacharros que los Antiguos habían creado para asegurarse de que nadie trasteaba con lo que hubiesen dejado atrás.

—Ya. ¿Y?

—¿Pudo haberle pasado algo parecido a la luna? Quizás alguna especie poco avanzada encontró un arsenal de los Antiguos en la luna, se puso a trastear con él y explotó por accidente.

—No.

Esperé a que añadiera algo. Al ver que no lo hacía, pregunté:

—¿No? ¿Es que ya sabes por qué?

—Me preguntaste quién y por qué. Te expliqué cómo, con algún tipo de dispositivo de los Antiguos, no necesariamente un arma. Pero no me preguntaste cuándo. Los cálculos de las órbitas indican que la luna fue destruida hace dos coma siete millones de años. Los rindalus tardaron mucho más en tener capacidad de vuelo estelar. Y que yo sepa, no ha habido nunca especie entre los Antiguos y los rindalus que haya viajado por el espacio en la Vía Láctea. Así que ni los maxolhxes ni los rindalus pueden ser responsables de la destrucción de la luna.

Se me iluminó una bombilla.

—Un momento. ¿Dos coma siete millones de años? ¿Destruyeron la luna casi a la vez que sacaban Newark de órbita?

—Ajá. Muy sospechoso como ves.

—Joder. Así que de vuelta a la cuestión de quién fue.

—Es una pregunta que necesita respuesta, Joe. Es importante. Ya te lo he dicho, me tiene acojonado. Antes todo era más sencillo, joder; bueno, complicado, pero sencillo. Encontraríamos un nodo de comunicaciones de los Antiguos, contactaría con el Colectivo y misión cumplida. Ahora no sé qué hacer.

—¡Un momento! ¿Vamos a atacar a los kristangos para hacernos con la IA y el nodo de comunicaciones y me dices que no estás seguro de quererlos? No es el mejor momento para cambiar de idea, joder.

—No, Joe, lo siento, no quería decir eso. Mierda, comunicarse con los cachocarnes no es fácil. Quería decir que las cosas se han complicado. Mucho. Solía pensar que sabía quién era, más o menos, y que sabía quiénes eran, o son, los Antiguos. Y que conocía mi lugar en el universo. Esperaba contactar con el Colectivo y resolver todos mis problemas. Y ahora quizá contactar con el Colectivo no sea más que el principio de una larga lucha. Claro que necesito que les quitéis a esos odiosos lagartos la IA y el nodo, y de verdad que aprecio el trabajo tan duro de vuestro equipo. Bueno, cuando digo «aprecio», me refiero a que os lo agradezco, no que de verdad aprecio lo físicamente exigente que resulta para vosotros recorrer todo este trecho a pie.

Aquello no sonaba mal.

—Gracias, Skippy.

—Igual, claro, que los monos ignorantes sois incapaces de apreciar lo difícil que es para mí reconstruir una nave espacial turania a partir de las materias primas que tengo a mi alcance. Simplemente, no podéis.

—Bueno, Skippy, yo sí que aprecio todo el esfuerzo que realizas para seguir siendo un capullo arrogante.

—Sin problemas, Joe.

Joder. A veces no era capaz de distinguir cuándo era de verdad sarcástico y cuándo las cosas se le escapaban.

—Sin embargo, me siento decepcionado. No has pillado lo verdaderamente importante de lo que te he contado.

—¿Eh? ¿El qué?

¿Qué demonios podía ser más importante que el hecho de que alguien vaporizase una puñetera luna en una época en la que no había especies que viajasen por el espacio?

—Que siempre he tenido razón, que había un emplazamiento Antiguo en el sistema solar, tal como predije. ¡Soy de lo bueno, lo mejor, nena! ¡Yujuuu!

—La madre que… ¿En serio eso crees que eso es lo más importante?

—Claro. Tampoco es que podamos hacer nada por la pobre luna a estas alturas, ¿no?

24

AL ANOCHECER, TRAS tres duros días de marcha que me dejaron todos los músculos del cuerpo doloridos, dábamos cuenta de la cena alrededor de una hoguera creada con las ramas caídas que habíamos ido recogiendo a lo largo del día de los arbustos, pequeños y achaparrados, que crecían alrededor de los peñascos. La hoguera, más bien miserable, tenía efectos más psicológicos que prácticos, ya que apenas nos quedaba nada que cocinar, aunque algunos británicos e indios se las apañaron para calentar agua y hacer un poco de té, que todos probamos. Era un hermoso atardecer para los estándares de Newark; la temperatura era soportable, no había llovido desde el amanecer y el viento se había convertido en una brisa estable que soplaba desde el este. El equipo necesitaba aquel momento de reunión, en lugar de cenar deprisa cada uno por su cuenta en las angostas tiendas para luego dejarse caer agotados en el sueño, como había pasado los últimos días.

—¡Hola, coronel Joe Bishop! —saludó Skippy desde el altavoz de mi zPhone—. ¿Cómo vamos esta tarde?

—Bien —masculló con la boca medio llena con una barrita de emergencia de mantequilla de cacahuete y galletas—. Estamos cenando alrededor de una hoguera, más o menos. ¿Qué pasa?

—Tengo que ofrecerle una excelente oportunidad, amigo mío. Solo por tiempo limitado, podrá alquilar un maravilloso apartamento a un precio rebajadísimo en Newark.

Me eché a reír, intentando no escupir la cena.

—¿Quién demonios va a querer alquilar nada en este planeta de mierda, Skippy?

—Joe, Joe, Joe —me regañó—. Es que no te das cuenta de nada. Piénsalo un poco. Si pillas el paquete completo de una semana en

Newark, eso significa que no tendrás que estar ahí las cincuenta y una semanas restantes de este año.

Todos se echaron a reír.

—En ese caso, apúntanos, por supuesto.

—No se arrepentirá, caballero. En serio, Joe, ¿cómo os va por ahí abajo? Ya sé cómo es el tiempo, pero no tengo la menor idea de cómo se lo está pasando nuestra Alegre Banda de Piratas. Por cierto, mañana os aguarda nieve y cellisca por la tarde; luego aclarará y volveremos al habitual tiempo soleado, húmedo y frío que tanto nos gusta.

—¿Nieve? Joder, si casi es verano y estamos en el puñetero ecuador. No pienso contratarte como agencia de viajes para las siguientes vacaciones, eso te lo aseguro. Lo que tenemos aquí, Skippy, es oficialmente una No Demasiado Alegre Banda de Piratas. La gravedad es demasiado alta; la temperatura, demasiado baja, y cuesta respirar hasta caminando. Aparte de eso, todo va de fábula. ¿Cómo va todo por ahí arriba?

—Esto… tiene gracia que preguntes.

—Mierda.

Odiaba aquel «esto», y no era el único. A aquellas alturas toda la tripulación sabía lo que quería decir en esos casos, así que me miraron alarmados. Me puse el pinganillo y desconecté el altavoz para poder hablar en privado. No quería ser maleducado, así que me puse en pie y me alejé del fuego.

—¿Qué ha pasado? ¿Alguien se dejó el horno encendido al irse? —Esperaba que no fuera nada demasiado grave—. No podemos volver y arreglarlo, Skippy.

—El horno no es ningún problema, porque no hay cambusa en la nave, como ya te he dicho. Estoy trabajando en ello. Si puedo ponerme serio un momento, tengo que informarte de que una de las lanzaderas ha sufrido un pequeño accidente.

—¿Pequeño? ¿Pequeño como que le has rayado la pintura o abollado el guardabarros?

—Esto, no. Más bien como una bolsa de gas en una de las lunas que explotó cuando estaba taladrando, la lanzadera volcó y ahora está atascada en un agujero.

—¡Me cago en la leche! ¿Para eso te dejé los juguetes, para que me los rompas? Está claro que no puedo confiarte nada valioso.

—A ver, ten en cuenta que trabajo casi a ciegas. La luna tiene minerales que necesito y su órbita la había llevado al otro lado del planeta, así que estaba usando los mierdosos sensores de la lanzadera para ver lo que hacía. Los sensores no detectaron la bolsa porque, y esto te va a hacer una gracia del copón, los kristangos no diseñaron las lanzaderas para trabajos de perforación. Tengo ahí la otra lanzadera y estoy usando los robates para sacar a la primera. Debería estar bien, salvo que vamos a necesitar una nueva, porque la cabina ha quedado un tanto aplastada y ya no presuriza bien, o sea, nada. Tampoco intentaría hacerla descender por la atmósfera; el escudo térmico no está en muy buen estado.

—ELMELOPRI, Skippy, ¿vale?

—¿Cómo?

—El Meollo Lo Primero. ELMELOPRI. Dime siempre lo importante en primer lugar. Ya conoces la jerga militar estadounidense.

—De acuerdo. Lo importante es que esto va a añadir al menos una semana, quizá más, al horario previsto. Lo más probable es que sean unos dieciséis días. Tengo que dedicar parte de los recursos a recobrar y reparar la lanzadera y, mientras esté en ello, no va a poder recolectar minerales. Aún podré seguir trabajando en el *Holandés* mientras la reparo, pero iré más despacio. Me temo que no hay alternativa, antes de que me empieces a lanzar preguntas estúpidas. Siempre hay riesgos, Joe. Mi estimación original ya incorporaba posibles retrasos, así que este solo añade ocho días al total.

Solté un suspiro.

—Entendido, Skippy. Sé que estás haciendo lo imposible, y te lo agradecemos. No insultaré tu inteligencia pidiéndote que tengas cuidado.

—Haces bien, Joe. Estoy trabajando al límite y no falta mucho para que se incline la balanza y empiece a gastar recursos más rápido de lo que los obtengo.

—No dejarás que pase, ¿verdad? —pregunté, tratando de sonar esperanzado.

—Haré lo que pueda.

Lo que me asustó de narices fue que no detecté el menor asomo en su voz de su arrogancia habitual. No las tenía todas consigo.

Tampoco es que nosotros, allí abajo, pudiéramos hacer nada para ayudarlo.

El reparto de pizzas de Skippy había tomado tierra en una zona pantanosa, así que tuvimos que meternos hasta la cintura en el agua helada para conseguirlas. Una parte de mí se preguntaba si Skippy lo habría hecho adrede, aunque en el fondo sabía que había sido todo lo preciso que podía, teniendo en cuenta que estaba al otro extremo del sistema solar. Cuando por fin sacamos el paquete del agua, ya no sentía las piernas. Ni las pelotas. El contenedor era el doble de grande que una taquilla y estaba lleno hasta los topes, parte con material médico que nos vendrían bien tras el ataque y el resto con comida. Lo que necesitábamos eran alimentos básicos, nada refinado.

Lo llevamos a un lugar seco y lo abrimos. Los soldados empezaron a vaciarlo y a disponer el contenido en el suelo para clasificarlo.

—Plátano y chocolate, plátano, plátano y fresa, plátano y *curry*. Mi coronel, la mayor parte de los tubos son de algún tipo de plátano —me dijo Williams, consternado.

—Mierda. —Me di una palmada en la frente—. ¡Skippy piensa que a los monos nos encantan los plátanos! —gruñí, cabreado—. Si volvemos a hacer un pedido, encargaré sabores más variados.

El capitán Gómez destapó uno de los lodos, le echó algo de agua para rehidratarlo, lo agitó y se lo tragó de golpe.

—La comida es combustible —dijo con un encogimiento de hombros—. Ya comeremos comida de verdad cuando volvamos al *Holandés*.

—Cierto. —Me volví hacia el grupo—. Atención todos. Hay que enterrar la basura, no podemos dejar que una nave kristanga vea tubos de lodo tirados por el suelo. Y llevaremos el contenedor vacío a algún sitio lo bastante profundo para que se hunda. Lo llenaremos de rocas antes para asegurarnos.

A modo de ejemplo, tomé un tubo de lodo sin molestarme en mirar el sabor, le eché agua y me lo bebí de un trago. ¿Era de plátano, sin más? Difícil de decir con aquellos lodos kristangos; siempre dejaban un regusto artificial.

Tras vaciar y clasificar lo que había en el contenedor, lo dividimos a partes iguales.

—¿A todo el mundo le queda algo de comida de verdad? —le pregunté a Smythe en voz baja.

—Eso creo, mi coronel. Todos hemos desayunado bien esta mañana.

—Lo he visto. —Había estado observándolos en busca de señales de cansancio o lesiones molestas y para asegurarme de que nadie escatimaba la comida—. Me quedan ocho raciones de emergencia. Voy a guardarlas por si alguien es herido.

—¿Mi coronel?

—Capitán, ya he sobrevivido a base de lodos, no es ninguna novedad. Dan energía suficiente y nos mantendrán en pie, pero enseguida acabaremos hasta las narices de ellos. Si alguien resulta herido, pasará algún tiempo antes de que reciba auténtico tratamiento médico en el *Holandés*. Que por lo menos se anime un poco comiendo algo de comida de verdad.

—Bien pensado—asintió—. Haré una recolecta.

Cogió una bolsa vacía y empezó a pedir donaciones de comida de verdad, explicando que el contenido de la bolsa se reservaría para los heridos, o se racionaría como regalo para después de la batalla, mientras esperábamos a que Skippy arreglase el *Holandés*.

—Aquí tengo ocho deliciosas barritas —dije, alzándolas para que las vieran—. Cinco americanas, dos francesas —asentí en dirección a Giraud, que me las había cambiado antes— y creo que una china. —Terminé tras examinar el envoltorio—. Empezaré la colecta con ellas. Estoy harto de llevarlas encima.

Aquello arrancó alguna risita mientras ponía las raciones en la bolsa.

—Si tenéis de más, basta con una, dejad las demás para vosotros. Creedme, vais a acabar hartos de subsistir a base de lodos.

—Y tanto que sí —afirmó Giraud.

Sacó la lengua en un gesto de asco y entrechocamos los puños. Ninguno de los dos quería recordar aquel desagradable aspecto de nuestro primer vuelo en el *Holandés*.

La donación fue generosa y la bolsa no tardó en llenarse con treinta y cinco raciones de diversas clases; ninguna de ellas era especialmente sabrosa, pero todas eran mejores que el lodo. Smythe hizo que los soldados se turnaran para llevarla, y teníamos un cuidado especial con ella cada vez que cruzábamos un arroyo.

Durante los siguientes días me fijé en que nadie comía nada que no fuesen lodos; desagradables como eran, acabaron creando un vínculo entre todos. Para evitar a los más novatos lo peor, dejé caer que no me importaba comer el de plátano solo, que de hecho estaba entre los que peor sabían. Sin otros sabores que lo enmascarasen, como el chocolate, la fresa o incluso el *curry*, tenía una consistencia artificial, blanda y grumosa, y un regusto aceitoso que se quedaba pegado a la lengua. Había sido culpa mía por no pedirle a Skippy sabores más variados.

Ahora que lo pensaba, no nos quedaba gran cosa en cuestión de lodos cuando el *Holandés* se fue de la Tierra y creo que a nadie se le ocurrió pedirle a Skippy que fabricase más. A mí no se me había ocurrido, desde luego. A nadie le gustaban los sabores de plátano, así que a lo mejor Skippy se había limitado a enviarnos lo que quedaba del primer viaje, que era lo que nadie había querido comer. Culpa mía, de nuevo.

Como sea, acabé sustentándome a base de lodos rehidratados de plátano tras intercambiar con los demás los sabores más soportables. Cada trago de aquella cosa aceitosa y grumosa me recordaba la necesidad de planificar las cosas por adelantado. Era una lección que, desde luego, no iba a olvidar. Cuando volviéramos al *Holandés*, iba a atiborrarme de hamburguesas para desayunar, comer y cenar todos los días, al menos la primera semana. Aunque no tuviésemos aún cambusa y tuviera que preparar la maldita carne en el reactor.

Tras la colecta seleccioné un lodo al azar de mi bolsa, lo abrí y le eché agua para rehidratarlo.

—Arriba, abajo, al centro y pa'dentro —dije—. Disfrutad de un delicioso lodo. Y recordad que ya es viernes. ¡Solo faltan dos días más hasta el lunes!

Pese a lo cansado que me sentía aquella noche, me alejé un trecho del campamento para hablar con Skippy en privado. Me decía que quería comentarle el asunto de la comida, pero en realidad echaba de menos sus comentarios sarcásticos. Hacía varios días que nadie me insultaba y se me hacía raro.

—Hola, Skippy, ¿cómo va todo por ahí?

—Ocupado —respondió lacónicamente.

—Oh, vaya. —Me sentí mal por haberlo molestado—. Entonces mejor te dejo en paz.

—No, Joe, no estoy tan ocupado. Ahora mismo estoy en medio de un proceso extremadamente delicado para crear la materia exótica que necesito para una de las bodegas usando básicamente una cafetera, la ojiva de un misil y dos robates que, pese a mis mejores esfuerzos, no sirven para nada que no sea combatir. Si pintan bastos vais a ver la explosión incluso desde Newark. Pero, tranquilo, estoy seguro de que irá bien. Bueno, bastante seguro. Razonablemente seguro. Más o menos seguro… A la mierda, voy improvisando sobre la marcha, qué narices. No me atosigues. Por si te lo preguntas, no tengo muy claro cómo va a acabar la cafetera. En cualquier caso, mantener una conversación inteligente con cualquiera de vosotros ocupa una fracción octillonésima de mi capacidad mental, y la mitad de eso cuando se trata de hablar contigo. Así que, adelante.

¡Aquel era el Skippy que conocía!

—Solo quería darte las gracias, desde lo más hondo de las tripas, por la entrega de comida.

—Hmmm. Pensaba incluir unos picos de pan, pero ya sabes que la antigua cambusa ahora está radiactiva, así que no pudo ser.

—Apreciamos que lo pensases.

No se me ocurría nada más que decir.

—De nada, sin problemas.

Al parecer él también se estaba quedando sin conversación, así que, antes de que la situación se volviera más incómoda, dije:

—Pues nada, dejo que sigas…

—¿Cómo ha ido el día? He estado monitorizando vuestro avance. Y parece que vais a muy buen ritmo.

Daba la sensación de que quería seguir hablando. Bien.

—Bueno, no hemos volcado ni hundido ninguna autocaravana hoy, lo cual es todo un avance, en efecto. Todos estamos cansados, aunque las fuerzas especiales no lo van a admitir. Los músculos se van acostumbrando a la alta gravedad, pero a las articulaciones y los ligamentos aún les cuesta adaptarse al esfuerzo extra. Ayer por la mañana metí el pie en un hoyo y me torcí el tobillo.

—¿Se lo has dicho a los médicos?

—No. Yo mismo lo vendé.

Suspiró.

—Joe, has traído dos civiles para poder tener médicos en el equipo. ¿Los estás obligando a marcarse a pie todo este trecho para nada?

—No han venido para algo tan trivial como una torcedura de tobillo, sino para ocuparse de las heridas recibidas en combate. Y lo más que podrían haber hecho es vendarme el tobillo, de lo que ya me he encargado yo. Tengo que seguir adelante. No voy a permitir que malgasten su tiempo o que las fuerzas especiales me vean débil.

—Ayyy, Joe. De vez en cuando, muy de vez en cuando, tienes buenas ideas, pero el resto del tiempo eres un alcornoque de cuidado. ¿Estás seguro de que eres el único mono de la expedición con una lesión a la que no le está haciendo caso o que no está siendo tratada por profesionales?

—Seguramente no.

Recordé el modo envarado en que muchos se movían por la mañana.

—¿Y no estás reduciendo su eficacia en combate al no proporcionarles el mejor tratamiento posible? Como comandante en jefe, ¿no es tu deber predicar con el ejemplo?

Joder.

—No solo eres capaz de fabricar una nave espacial usando polvo lunar, sino que conoces la psicología de los monos, mierda, de los humanos mucho mejor que yo. Debería haber pensado en ello. Tienes razón. Hablaré con los doctores esta misma noche. —Y mejor me daba prisa o los encontraría dormidos—. Pero basta de hablar de mí. ¿Cómo te va?

—Bastante bien. He estado monitorizando el progreso del equipo de arqueología. Han encontrado una nueva sala tras una pared. Estaba sepultada bajo un desprendimiento de rocas, quizás ocurrió a la vez que la inundación de la caverna principal y el colapso del techo. Antes de que lo preguntes, el teniente coronel Chang se ha asegurado de que todo el mundo está bien y de que no se corren riesgos innecesarios. Están muy emocionados; aún no lo han comunicado, pero han encontrado fragmentos de placas de bronce con lo que quizás es escritura. Chang confía en encontrar más muestras de escritura sepultadas más hondo. Esta nueva sala es más bien baja, así que no hará falta excavar demasiado.

—Joder. Escritura. Cómo mola.

—No te entusiasmes, Joe. Si de verdad es un sistema de escritura, no parecen más que garabatos. Para poder leerlos, habría que encontrar más muestras, muchas más.

—Bueno, siempre puede pasar. ¿Y cómo te van las cosas por ahí arriba?

—Bien, bastante bien. Nada nuevo que comunicar. Ya que estás aquí, Joe, quería comentarte una cosa acerca del favor que pediste.

No sabía de qué hablaba. Ya nos había entregado la pizza.

—¿Hmmm? ¿Qué favor?

—Sobre aquello de ir cabalgando juntos hacia el ocaso tú y yo. ¿Te acuerdas? Estás estudiando cómo manejar la nave, de forma que ambos podamos dejar al resto de la tripulación en la Tierra después de que contacte con el Colectivo.

—Ah, eso.

Intenté no sonar muy esperanzado.

—He estado dándole vueltas y no entiendo por qué te parece buena idea. Pero estoy dispuesto a intentarlo. Por desgracia mi análisis ha determinado que es muy improbable. Como sabes, mis recuerdos respecto al Colectivo son imprecisos, pero de lo único de lo que estoy seguro es de que, una vez contacte, no podré ayudarte más. Quizá no podamos comunicarnos más. Es muy posible que simplemente desaparezca.

—Comprendido, Skippy. Gracias por decírmelo.

—Lo siento.

—Eh, has salvado mi planeta. No tienes nada por lo que disculparte. Todos éramos conscientes del riesgo que corríamos cuando nos embarcamos. —Bostecé—. Voy a hablar con los médicos sobre mi tobillo. Buenas noches.

—Buenas noches, Joe. Que duermas bien.

Tras la entrega de las pizzas, siguieron dos días completos de marcha por las colinas bajo una lluvia persistente, helada y monótona, con el viento de cara. Comíamos lodos rehidratados y fríos. De noche nos dejábamos caer en las tiendas y los sacos de dormir, con las ropas empapadas colgadas de una cuerda tendida en el techo. No dejaban de gotearnos encima toda la noche. Por la mañana, nos poníamos en pie y repetíamos la rutina.

La novedad de recorrer un paisaje alienígena y de ser los primeros humanos en pisar aquel suelo se desvaneció enseguida. Todos nos moríamos de ganas de llegar a la base kristanga, terminar de una vez el ataque y volver al *Holandés*.

De algún modo me gané el respeto a regañadientes de Smythe, porque empezó a caminar conmigo en cuanto vio que era capaz de seguirle el ritmo. Bastaba con concentrarme en poner un pie delante de otro hora tras hora y día tras día. Me habría costado más trabajo llevar aquella carga a la espalda en una atmósfera enrarecida con una gravedad un catorce por ciento superior a la de la Tierra y luego entrar en combate. Los de fuerzas especiales podrían, habían sido entrenados para ello, física y mentalmente. Cuando parábamos yo solo podía pensar en tomarme un buen trago de lodo y tumbarme en la piltra.

Una ráfaga de viento arreció y me cayeron goterones helados directamente en los ojos. Parpadeé y me puse las gafas para protegerlos. Era kristangas, y repelían el agua y no se empañaban, pero al cabo de un rato me cansaba tenerlas puestas.

—Hace un día espléndido, capitán —le dije a Smythe, que también se había puesto las gafas—. ¿Es esta la pinta que tiene Escocia?

Smythe pareció sorprendido.

—Para nada, mi coronel. Escocia es un lugar muy hermoso la mayor parte del año. Y si le gusta salir a pasear, es un sitio estupendo. Es casi todo terreno abierto como este. —Dirigió el brazo hacia el horizonte oriental, parcialmente cubierto de lluvia y nubes bajas—. Puede ser un sitio muy húmedo —admitió—. Supongo que como el resto de la isla.

Me costó un momento darme cuenta de que «la isla» era, por supuesto, Gran Bretaña. Cuando oía la palabra «isla», pensaba en un lugar tropical con palmeras y cocos. Y bebidas tropicales con sombrillitas. Y rodajas de piña.

—¿Es ahí donde se entrenan los SAS? ¿En Escocia?

—A veces. Los SAS tienen una base en Hereford, cerca de la frontera galesa. Parte de la instrucción tiene lugar en los Brecon Beacons de Gales. No es muy distinta a este lugar; el tiempo es muy impredecible y sopla viento desde el Mar de Irlanda.

—Supongo que en Newark tenemos la ventaja de que el tiempo es predecible. Mierdoso todo el rato. En mi pueblo de Maine a veces hace mal tiempo, pero al menos tenemos grandes zonas cubiertas de bosques que cortan el viento. Y nos sobra el combustible para las hogueras.

—¿Ha estado alguna vez en Gran Bretaña? —Negué con la cabeza—. Creo que le gustarían los senderos de la isla. En Estados Unidos, si no me equivoco, la mayor parte de las pistas de senderismo cruzan los bosques y lo normal es cocinar la comida en la hoguera y dormir en tiendas. En Gran Bretaña los senderos van de un pueblo al siguiente. Así que puede parar en el *pub* a almorzar y cenar, y quedarse en un hostal a pasar la noche. Es una actividad muy popular, sobre todo en sitios como las Cotswolds o los valles de Yorkshire.

—Me suena muy tentador. Y más ahora mismo. ¿Los senderos van directamente a los pueblos?

—Sí. La diferencia, creo, es que la mayor parte de los senderos de su país ha sido creada por el Gobierno y cruza tierras públicas, o tierras privadas por las que los propietarios permiten que se pase. ¿Correcto? En Gran Bretaña la gente tiene acceso a las tierras privadas gracias a los derechos ancestrales de los campesinos para ir a recoger agua y llevar el ganado al mercado o a pastar. Los propietarios actuales no pueden impedirlo, pues se ha convertido en un derecho de paso. Hay grupos que organizan lo que llaman Cruces Masivos una vez al año y pasan por todos los senderos de la isla para mantener el derecho de paso.

—Uf. Eso implicaría cabrear a un montón de peña donde yo vio.

—Estados Unidos es joven, comparada con Gran Bretaña. Costumbres diferentes.

No añadió más y la conversación murió mientras iniciábamos un ascenso por una empinada colina durante el que no solo pude gruñir.

Hasta a Smythe le pasó factura el ascenso, porque se detuvo en la cima.

—Las montañas de Afganistán son parecidas —dijo, jadeante—. Están tan altas que, cuando se llega a la cima y se intenta tomar aire, es como si no se pudiera.

Asentí.

—Estuve en la Décima División de Infantería, que estaba especializada en combate en montaña. Luego me enviaron a la selva nigeriana y después a Paraíso. El primer lugar en el que estuve allí era tan llano que parecía Kansas.

La lluvia se detuvo a medida mañana. El viento, ahora procedente del sudeste, siguió soplando, tan fuerte que parecía querer barrer las nubes. A media tarde amainó y se convirtió en una brisa bastante agradable, el sol salió y la temperatura ascendió lo suficiente para poder quedarme en mangas de camisa. El ánimo mejoró con la temperatura y los rostros ceñudos dieron paso a las sonrisas y los gruñidos a las risas.

Aproveché el buen tiempo para desenrollar mi empapado saco de dormir, darle la vuelta de dentro a afuera y atarlo a la mochila para que se fuese secando. También me colgué los calcetines mojados del cinturón. Todo el mundo hizo más o menos lo mismo.

El sol en el rostro se notaba cálido, incluso a veces un pelín caliente.

—Skippy me ha dicho que el buen tiempo durará más o menos hasta medianoche —le dije a Smythe—. Luego tendremos chaparrones. Aún vamos por delante del horario previsto, así que podemos parar una hora para comer. Y podemos tender un par de cuerdas entre esas dos rocas y colgar la ropa, a ver si seca. Marcharemos un poco de noche para recuperar el tiempo. El terreno es bastante llano y no tenemos que cruzar ningún riachuelo hasta mañana.

Para mi sorpresa, Smythe no protestó. Armamos enseguida las tiendas el tendedero y nos tomamos un agradable descanso bajo el sol, sentados o tumbados sobre las rocas.

—No se está nada mal ahora mismo —les dije a Tanaka y Zheng.

Nos sentábamos en una roca plana mientras nos frotábamos los pies descalzos. Ambos civiles habían sobrellevado muy bien los rigores de nuestra marcha a través de Newark.

—Me pregunto qué sería antes todo eso.

—¿Antes? —preguntó Zheng.

—Antes de que Newark se saliese de su órbita original —expliqué—. Estamos a setecientos kilómetros del ecuador, así que esto debió de haber sido una selva o quizás un desierto. Un lugar cálido. Seguro que los nativos venían de vacaciones por aquí.

—No creo que su cultura tuviese algo parecido a las vacaciones —dijo Tanaka—. Lo más probable es que no tuviesen tecnología que se lo permitiese.

—Usaban ruedas, lo que implica caminos —señalé, un poco a la defensiva—. En todo caso, ya sabe lo que quiero decir. En aquella época este debió de ser un buen lugar para vivir. —Dejé vagar la vista por las achaparradas colinas y el valle cruzado de arroyos que reverberaban bajo el sol—. Como aquella colina. —Señalé al sur—. Tiene una excelente vista del lado, así que seguramente contaría con buenas brisas que la refrescasen. ¿Viviría alguien allí?

Zheng hizo visera con las manos y contempló el lugar. No tenía muy claro si estaba irritada por haberle interrumpido su merecido descanso.

—La mayor parte de este valle fue tallado por glaciares cuando Newark se congeló tras el cambio de la órbita —dijo—. Ni el lago ni la colina existían en aquel entonces. Es uno de los grandes problemas para los arqueólogos; la mayor parte de las evidencias de civilización, ya sean ciudades, edificios o caminos, como usted decía, fueron arrasados por los glaciares. Hasta tan cerca del ecuador deben de haber sido considerables. El equipo científico aún sigue discutiendo si la superficie se congeló por completo o existió una pequeña zona de mar cerca del ecuador en los veranos. —Debió de ver el desánimo en mi rostro, porque se apresuró a añadir—: Los nativos no se merecían lo que les pasó. Nadie se lo merece.

—Excepto los responsables de lo que pasó. A lo mejor. ¿Qué posibilidades hay de que Newark haya sido el único planeta que sacaron de su órbita? —pregunté con amargura. Mi buen humor se desvaneció con rapidez—. Si algún día me topó con esos cabrones…

—Coronel —me interrumpió Zheng, apoyando con suavidad la mano en mi hombro—. Hace un hermoso día, una tarde estupenda. Disfrutémosla mientras dure, ¿le parece? Disfrútelo por los nativos, ya que ellos no pueden. No volveré a sacar el tema de los glaciares, se lo prometo.

Me pareció buena idea.

—Esto, Joe —me llamó Skippy mientras vadeábamos una corriente casi helada que me llegaba al pecho.

Encima, por culpa de la profundidad nos vimos obligados a hacer dos viajes con el equipo bien en alto para que no se mojase.

—Dame un momento, Skippy —dije con un jadeo. El frío me había dejado sin aliento. Tenía que llamar justo cuando había llegado a la parte más honda—. Ahora mismo ando un pelín liado.

—No hay prisa, Joe —respondió en tono malhumorado.

Llegué a tierra firme y dejé el equipo sobre una roca. Por si no bastase con estar empapado tras cruzar dos veces la corriente, llovía. ¿Y cuándo no? Imité a las fuerzas especiales y realicé sentadillas con el fusil sobre la cabeza y luego cincuenta planchas para bombear un poco de sangre caliente en mis helados músculos.

Aún quedaban cinco personas por cruzar, pero no necesitaban mi ayuda, así que volví a prestar atención a nuestra quisquillosa IA.

—¿Qué ocurre, Skippy?

—Un problema potencial. Hace unos minutos oí hablar a uno de los líderes de los lagartos. Al parecer un par de ellos van a salir en un camión con un grupo de trabajadores en dirección a un lugar en el que se encontraron enterradas en su día varias partes de la nave Antigua. Están cargando el camión mientras hablamos.

—¡Mierda!

Era justo lo último que necesitaba. Si los lagartos se separaban, íbamos a necesitar un plan que coordinase dos ataques simultáneos. Dependiendo de lo lejos que llevasen el camión, podía ser una buena caminata llegar a ellos. Cierto que aún íbamos por delante del horario previsto, pero no mucho, y no me podía permitir retrasar demasiado el ataque o corría el riesgo de que la nave kristanga llegase antes de lo previsto y lo mandase todo al carajo.

—¿El sitio al que van está muy lejos de la base? Y, de paso, ¿sabes si piensan quedarse unos días?

—Se quedarán una sola noche. Es un lugar que ya ha sido explorado a fondo, así que volver es una maniobra bastante desesperada, a ver si tienen suerte y dan con algo de valor. Sin transporte aéreo ni autocaravana no se pueden alejar gran cosa de la base, no más de ochenta kilómetros. Los líderes son conscientes de que una expedición demasiado lejos de la base incrementa el riesgo de que los trabajadores se rebelen. Sin apoyo aéreo, son extremadamente vulnerables. Y tienen motivos para estar preocupados; sus trabajadores están cada vez más descontentos tras la pérdida de las naves y de la autocaravana. Además, piensan que han dejado que les birlasen lo que creen que era un artefacto Antiguo de gran valor. Lo que han recuperado hasta ahora no vale gran cosa y apenas cubre el coste de la expedición, así que los trabajadores son conscientes de que no va a haber mucho beneficio que repartir, si es que hay algo. Están a punto de amotinarse.

—Eso no nos vendría mal. ¿Dónde está el lugar al que van? ¿Puedes enseñármelo en el ZPhone?

—Acabo de mandártelo.

—Hmmm. Casi está entre nosotros y la base.

Había un punto parpadeante que mostraba el lugar en el mapa que solíamos usar para llegar a la base. Pasaríamos a veinte kilómetros de donde iban a pasar la noche.

—¿Conoces la ruta que van a seguir?

Una línea de puntos rojos apareció en el mapa y fue mostrando el itinerario previsto del camión. Los últimos cuarenta kilómetros se superponían con nuestra trayectoria. Tenía sentido; nos acercábamos a la base desde el sur y en esa dirección solo había una ruta que no nos tuviese subiendo y bajando colinas todo el día y seguía el cauce de un río. Era lógico que los kristangos pensasen en el mismo recorrido.

—Gracias, Skippy. Tengo que darle vueltas a esto. ¿Podemos seguir el camión desde el satélite?

—Normalmente no podríais por culpa de las nubes que hay sobre vosotros, demasiado densas. Añadiré algunos iconos a vuestros mapas para que podáis situarlo. Está dejando la base ahora mismo. Te aseguro que ninguno de los que van en él se va a poner a cantar «Un turanio se balanceaba sobre la tela de una araña». No son precisamente un grupo de alegres y despreocupados excursionistas.

—Comprendo. Gracias.

Me acerqué a Smythe, que comprobaba que todo estuviese en orden antes de seguir adelante. La idea era hacerlo lo antes posible, antes de que nos atacase la rigidez muscular. Le expliqué la situación y le mostré el mapa.

—Carajo —exclamó—. Eso complica un poco la situación.

—En efecto.

—Aunque bien podría ser una oportunidad —reflexionó mientras se rascaba la barba de un par de días.

—Lo había pensado. Veo más peligro que oportunidad. Asumo que se le ha ocurrido atacarlos y robar el camión. Y luego atacar con él la base y pillarlos por sorpresa.

—Básicamente. Es tentador, sin duda. Pero depende de que Skippy pueda interceptar las comunicaciones del camión y envíe falsas señales a la base. ¿Cree que podrá hacerlo, mi coronel?

—Eso no debería resultarle difícil, capitán. El problema es que pernoctarán a solo setenta kilómetros de la base. Y a esa distancia podrían comunicarse por radio. Cuando usan los satélites, Skippy puede interceptarlo y alterar la señal. Pero no puede hacer nada con una señal aérea.

—¡Carajo! Entonces queda descartado. A menos que los abatamos a todos a la vez, corremos el riesgo de descubrirnos. Es casi imposible de coordinar, hay demasiados elementos que podrían escorar a la izquierda demasiado rápido.

—Ya. —No estaba seguro del todo de haber pillado su jerga británica, pero entendía más o menos la idea—. A ver qué me dice de esto. —Señalé el lugar en el que camión interceptaría nuestra ruta cuando volviesen a la base—. Nos movemos aquí y esperamos a que pasen. Podemos seguir al camión. Si fuéramos delante verían nuestras huellas. Ese valle fluvial es el único camino práctico hacia la base, a menos que crucemos esas colinas del este, cosa que no me gusta nada.

Smythe asintió con amargura.

—Odio perder una oportunidad como esta, mi coronel, pero no nos podemos permitir ir abatiéndolos poco a poco. Ya los hemos dejado sin apoyo aéreo, y necesitamos cargárnoslos de un solo ataque. Qué mierda. Habrá que explicarles a los muchachos por qué no vamos a atacar el camión.

25

Cuando vimos el camión kristango pasar junto a nosotros un par de días más tarde, los muchachos no fueron los únicos que tuvieron que recordarse que no había que disparar. Estaba con Smythe, Giraud y dos o tres más, todos tumbados tras unas rocas en la ladera opuesta de una colina mientras el camión regresaba a la base cruzando el valle fluvial que había bajo nosotros. Era un objetivo tentador, quizá demasiado. Con los fusiles kristangos podríamos haber roto la transmisión del vehículo y luego haber abatido a los lagartos uno a uno. De haber sido los únicos en todo el planeta, habría sido un plan viable. Como no era el caso, no nos quedaba otra que observar en silencio cómo pasaban bajo nuestra posición.

Por si acaso, ninguno había traído armas al puesto de observación. No me preocupaba que alguien rompiese la disciplina y disparase, pero sí que se produjese algún disparo accidental. El riesgo era minúsculo, pero mejor no correrlo. Los kristangos del camión no sabían que estábamos allí, no nos veían y no representaban ninguna amenaza para nosotros.

El camión me recordaba al camión pesado M977 del Ejército de los Estados Unidos, solo que en vez de ocho ruedas contaba con cuatro orugas flexibles como las de la autocaravana. Tenía el morro plano con grandes ventanas. Con la cámara del zPhone vi con claridad a los dos kristangos de la cabina. Tras la parte frontal había una especie de lienzo y se veía a otros dos lagartos sentados con las piernas colgando sobre el portón, con pinta de no estar muy contentos.

Cuando vimos al camión acercarse por el río, se movía muy rápido. Al llegar a nuestra posición, el cauce se convertía en varios meandros, así que el camión tuvo que decelerar para cruzar el agua. Skippy me dijo que no tenía pontones, así que no podía flotar como la autocaravana, era tan solo un camión con orugas molonas. En un planeta cruzado de ríos crecidos por la nieve y el deshielo en los glaciares, un vehículo que no pudiera cruzar grandes porciones de agua estaba bastante limitado. Eso explicaba por qué los kristangos habían decidido volver a un lugar que ya habían examinado. No les quedaban muchas más posibilidades tras perder las naves aéreas y la autocaravana.

El camión cruzaba sus propias huellas embarradas de vuelta a la base. En muchos lugares había un solo camino posible, a menos que quisieran sumergirse del todo en el agua. Los vi cruzar uno de los arroyos y contuve la respiración al ver que se sumergía casi hasta la capota. Los dos kristangos de la parte de atrás se habían puesto en pie, intentando mantenerse fuera del agua. Incluso a la distancia a la que estábamos, se oía el motor del vehículo quejándose por el esfuerzo. Una de las ruedas giró sin hacer pie, luego cayó y el camión chapoteó con violencia. Se detuvo, se abrió la puerta y salió un kristango a examinar la rueda izquierda delantera. El otro también salió y ambos se pusieron a hablar mientras señalaban la rueda. Uno de los trabajadores de la parte trasera asomó la cabeza y el primer kristango que había bajado lo apuntó con una pistola y le indicó que volviese al camión. Luego, él y su compañero patearon la rueda y varios pegotes de barro salieron desprendidos. Tras examinarla un rato más, discutieron un poco y volvieron a la cabina. El camión arrancó.

La cosa se volvió aburrida al cabo de un rato, en cuanto estuvo claro que los kristangos no tenían la menor idea de que estábamos allí y solo querían volver a la base. Contemplé al capitán Smythe y me pregunté cuántas veces en cuántos lugares dejados de la mano de Dios habría hecho exactamente lo mismo que ahora: yacer pacientemente, observar al enemigo y decidir cuándo y cómo atacar.

Diez minutos más tarde perdimos de vista el camión cuando este giró en un recodo del río.

—Según Skippy, hay seis en el camión —dijo Smythe con indiferencia—. Habríamos podido abatir a tres de golpe como mucho. Nunca habría funcionado.

—Y nunca nos habría dado a tiempo a llegar a su campamento de noche y atacarlos mientras dormían —añadí—. Nos ceñiremos al plan original y dejaremos que el camión vuelva a la base. Dele veinte minutos más y luego nos ponemos en camino. Deberíamos estar al alcance de la base esta misma noche.

La gran incógnita de mi plan para asaltar la base de los lagartos era si podríamos llegar lo bastante cerca para lanzar un ataque por sorpresa o los kristangos nos detectarían y prepararían sus defensas. Si se habían currado aunque fuera un poco la seguridad del perímetro y habían colocado cámaras a su alrededor, nos habían arruinado el plan. Un par de cámaras baratas eran algo asequible, y nos habrían obligado a enfrentarnos a los kristangos en igualdad de condiciones tecnológicas, pero con ellos preparados para recibirnos.

Mientras nos dirigíamos a la base, Smythe y yo discutimos la idea de acercarnos desde diferentes direcciones y usar un grupo como señuelo, mientras el verdadero asalto venía de otra dirección. Ninguno de los dos veía muy claro que pudiera funcionar.

Para mi sorpresa y deleite, hacía tiempo que Skippy me había confirmado que los kristangos no habían hecho esfuerzo alguno por proteger la base de una amenaza externa. Su principal preocupación eran los trabajadores forzosos, así que el interior de la base sí que estaba cubierto de cámaras y sensores, y las puertas tenían códigos de acceso que solo conocían los tres líderes.

En un planeta deshabitado, sin animales mayores que un insecto, estaban convencidos de que poner cámaras mirando al exterior era innecesario. No podían estar más equivocados.

Tras recibir los datos falsos que Skippy les enviaba desde el satélite, los kristangos vieron que había otros lagartos en el planeta que les habían dejado sin apoyo aéreo. Lo lógico habría sido que tomasen algunas precauciones para prevenir un ataque contra la base. No hicieron nada. Tras ver que la falsa nave kristanga subía a órbita y saltaba, volvieron a pensar que estaban a salvo.

Civiles.

Aquello nos venía de perlas. El día antes de llegar a la base, le pedí a Skippy que me confirmase que no había cámaras, detectores de movimiento o cualquier otro tipo de sensor fuera de la base. Me respondió que, hasta donde podía detectar (y tenía acceso a todas sus comunicaciones), no había sensores de ningún tipo fuera de la verja.

Hasta donde podía detectar.

Ese era el problema. Aunque planeábamos esperando lo mejor, también había que tener en cuenta lo peor.

Como comandante, era mi decisión. Si de verdad no había cámaras ni sensores más allá de la verja, podíamos esperar al amanecer para atacar, ya que mi plan dependía de que los kristangos hubieran despertado. Si había sensores, lo mejor sería acercarse de noche y pillarlos lo más desprevenidos posible. Si asumía que no había sensores y me equivocaba, el asalto diurno se nos complicaría enseguida. Pero si asumía erróneamente que había sensores y lanzaba el ataque nocturno, estaría arriesgando vidas innecesariamente.

Elegí una solución intermedia. Nos acercaríamos de noche desde dos direcciones. Un primer equipo de seis personas vendría desde el este y funcionaría como posible señuelo. Cuando estuviesen a medio kilómetro los demás, equipo Alfa con armadura incluido, echarían a correr hacia la base desde el oeste. Si nos detectaban y la alarma saltaba, Skippy nos informaría enseguida. Llegados a ese punto, había que asaltar la base tan rápido y duro como pudiésemos, no había marcha atrás.

Si nuestro señuelo nocturno no era detectado y llegábamos al risco a doscientos metros de la base, nos ocultaríamos tras él hasta el amanecer e implementaríamos el plan original… por cuyo éxito recé en silencio mientras nos poníamos en marcha.

Todos llevábamos armas, agua, lodo y kits de primeros auxilios. Los dos médicos se quedaron en la línea de salida con el resto del equipo a un kilómetro de la base, bajo un farallón. En parte había rezado para no necesitar los médicos.

Era una noche fría pero despejada y nuestro hombre del tiempo local, Skippy, nos aseguró que el cielo se mantendría despejado casi hasta la tarde siguiente. Me pareció un buen presagio. Por desgracia, se me ocurrió mencionar en voz alta lo que pensaba de los presagios cuando Skippy estaba a la escucha, así que tuve que aguantar una conferencia sobre lo ignorantes y supersticiosos que éramos los monos. Menos mal que no sabía que llevaba mis calzoncillos de la suerte.

Sí, hablo en serio.

La información de Skippy era buena. No sonó ninguna alarma, así que llegamos sin problemas a la primera posición a doscientos metros de la base, nos desplegamos manteniéndonos a cubierto y nos tumbamos tras el risco, que sería de unos cinco metros en su punto más alto. Suficiente para cubrirnos. Dispusimos varios zPhones justo sobre él a modo de cámaras de vigilancia. Esperamos en silencio a que terminase la noche, comunicándonos solo por señas. A medida que se acercaba el alba, empezaron a encenderse las luces en la base y Skippy nos informó de que los kristangos se estaban ocupando de tareas triviales como desayunar, ducharse y discutir. Al cabo de dos horas, estaba previsto que los líderes fueran al lugar donde se había estrellado la nave Antigua con seis trabajadores, para seguir cavando. En cuanto estuvieran fuera de la base, era muy posible que nos viesen, así que lancé la Fase Tres del plan.

Las Fases Uno y Dos habían dependido tan solo del intenso deseo de los kristangos de poseer una espita de energía Antigua y de la habilidad de Skippy para controlar el flujo de datos de sus satélites. No requería que los lagartos hicieran nada típicamente lagarto; cualquier especie querría una espita Antigua. Quizá fuese una característica kristanga el ansia con la que los de la base la deseaban, así como el temor de que la nave que esperaban pudiera robársela e irse, pero ninguna especie dejaría un objeto tan valioso mucho tiempo tirado en el suelo. Era inevitable que mandasen una nave a por él. Una vez esta se estrelló, también lo era que mandasen la otra. Los humanos habríamos enviado una lanzadera al lugar del accidente en busca de supervivientes, o al menos a investigar qué había pasado. A los kristangos eso no les interesaba demasiado. Sin duda, lo habrían considerado un signo de debilidad.

Fuesen cuales fuesen sus motivaciones, habían caído en nuestras trampas, las Fases Uno y Dos, y habían perdido la ventaja aérea, además de reducir en once los efectivos de los lagartos con los que, potencialmente, tendríamos que luchar. Había esperado que al menos una de las naves, si no las dos, llevase a bordo una armadura de combate, para reducir el número de estas en la base. Mandar a alguien en armadura que explorase con rapidez el cañón y el terreno adyacente era un detalle que me parecía obvio en cualquier expedición para recuperar un valiosísimo artefacto de los Antiguos. Y podría hacerse con el artefacto y llevarlo a la nave con más facilidad y, sobre todo, con menos riesgo. Siempre sería mucho más seguro cruzar corrientes heladas, caminar sobre rocas o desplazarse por terrenos embarrados y resbaladizos en un traje acorazado con giroscopios y estabilizadores controlados por ordenador.

Aunque seguramente los kristangos habrían estado de acuerdo, no querían correr el riesgo de que sus trabajadores forzados se hicieran con una armadura. Ninguno de los seis oficiales de alto rango, todos con armadura, se arriesgaría a salir de la base solo con un grupo de trabajadores. Dentro de un vehículo o rodeado por las angostas paredes de un cañón, la armadura kristanga perdía buena parte de la ventaja y resultaba vulnerable a un ataque planificado y concentrado. Así que no había armaduras en las naves, lo cual era una putada para nosotros, porque habría cuatro armaduras funcionales en la base, demasiadas teniendo en cuenta que nuestro equipo de operaciones especiales solo contaba con dos.

Así que la Fase Tres del plan estaba destinada a lidiar con la ventaja numérica y armamentística de los lagartos. Era algo sobre lo que había dado muchas vueltas. Teníamos que derrotarlos por completo, lo cual era un bonito eufemismo para decir que había que matarlos a todos. Dado que no se me ocurría cómo, teniendo en cuenta que ocupaban posiciones defensivas y que nos superaban en número y en tecnología, decidí que la única solución era subcontratar el trabajo.

Teníamos que conseguir que los kristangos se matasen entre sí. Por eso necesitaba que estuviesen despiertos antes de lanzar el ataque.

—¿Estás ahí, Skippy?

—Claro. ¿Qué tal la espalda, Joe?

—Mejor, ahora que la mochila va más ligera —admití. Ya no llegaba una pieza de la armadura y me había comido casi toda la comida que llevaba. Los lodos deshidratados no pesaban gran cosa ni siquiera en aquella gravedad. Tenía la esperanza, si el plan funcionaba, de no tener que necesitar durante un buen rato al equipo Alfa con las armaduras—. ¿Preparado para la Fase Tres?

—¡Preparadísimo! Me muero de ganas de ver si funciona. Será un interesante experimento sobre las dinámicas sociales kristangas.

—Sí, eh, claro. Adelante con la Fase Tres cuando quieras.

—Hecho. Si estás en lo cierto, lo sabremos enseguida.

—Con eso cuento. Házmelo saber en cuanto cambie la situación.

La Fase Tres era muy sencilla. No intervenía en ella ningún señuelo, ninguna manipulación de los datos del satélite, ni ninguna nave derribaba. Ni siquiera implicaba ninguna elaborada tapadera que no involucrase a los humanos. Podía haberse descrito con el lema de «la verdad os hará libres». Solo que en este caso la verdad se les daría a los trabajadores forzados y el «os» del «os hará libres» se refería a la fuerza de asalto humano. Libres, con suerte, para enzarzarse en una prolongada trifulca con los kristangos.

En cuanto a lo de «la verdad», lo era. Skippy les dio acceso a los trabajadores a las comunicaciones entre los seis líderes kristangos, aunque no al cien por cien de lo que decían; Skippy decidió recopilar un «lo mejor de» para darle alegría al asunto. Hizo que todo pareciera un error del sistema, así que a los trabajadores les llevó un rato darse cuenta de lo que había pasado, y otro rato más aprovecharse de la ventaja de aquel acceso. Todo lo que vieron era esencialmente cierto: la comida escaseaba y los seis líderes planeaban o bien matarlos o abandonarlos a su suerte cuando llegase la nave. Aunque muchos de los trabajadores sospechaban algo parecido, ver sus sospechas confirmadas de aquel modo los enloqueció. La rabia es una emoción inútil a menos que pueda canalizarse en forma de actos, y ahí entraba en danza las otras partes del sistema a las que Skippy les había dado acceso, como la seguridad interna de la base, incluidas las puertas tras las que los encerraban cuando no estaban trabajando. Y, por supuesto, todas las demás puertas de la base, entre ellas las de la zona de alta seguridad donde vivían los líderes. Sin olvidar las cerraduras del arsenal, donde los líderes guardaban todas las armas, incluidos tres de los cuatro trajes acorazados.

Las criaturas inteligentes, sean humanos, rujarras, kristangos o cualquier otra que habite la Vía Láctea intentan siempre minimizar los riesgos y suelen dudar cuando les ofrecen nueva información, sobre todo cuando esta cuestiona sus creencias. Por suerte, en cualquier grupo de criaturas inteligentes siempre hay dos o tres que no vacilan, toman decisiones y tienen el carisma suficiente para mantener el grupo unido a su alrededor. En este caso se trató de tres lagartos que rápidamente se pusieron manos a la obra sin pararse a mirar las consecuencias. No eran prisioneros ni esclavos, sino hijos menores de familias empobrecidas del clan que se habían presentado voluntarios a la expedición en un intento desesperado de mejorar la fortuna de los suyos. Se sentían especialmente traicionados por planes de los líderes de abandonarlos en Newark en compañía de delincuentes y esclavos. Lo primero que hicieron fue comprobar que, en efecto, los códigos de acceso abrían las cerraduras de la puerta que los mantenía atrapados por las noches. Cuando esta abrió con un chasquido metálico, no perdieron el tiempo. Los trabajadores sabían que sus líderes los observaban y eran conscientes de que los habían visto discutir agitadamente y de que, en cuanto se abrió la puerta, el sistema los habría avisado. Así que se movieron tan rápido como podían y los demás los trabajadores fueron con ellos; eran conscientes de que los líderes los castigarían por la rebelión tanto si participaban activamente en ella como si no.

Era todo o nada; no podía haber mejor motivador. El grupo completo de trabajadores echó a correr hacia el arsenal mientras los seis líderes, pillados por sorpresa, vacilaban varios segundos cruciales.

Cuando por fin aceptaron la realidad, su primera reacción fue ponerse a discutir entre ellos. El líder principal, que había organizado la expedición, sabía que solo él y otros dos tenían los códigos para abrir el arsenal, pese a que los monitores le mostraban a los trabajadores corriendo hacia allí como si supiesen algo que él ignoraba. No tardaron en desactivar la alambrada eléctrica que rodeaba el arsenal. Así que solo había una conclusión posible: uno de los otros dos líderes les había dado los códigos a los trabajadores en un intento de tomar la base y quedarse con todos los artefactos Antiguos.

Desenfundó la pistola que siempre llevaba al cinto y les disparó, con lo cual solo quedaron cuatro. Disponían de una armadura en el cuarto del líder principal, ya que las otras tres estaban en el arsenal. Tras matar a sus dos compañeros, el líder apunto a los otros tres, retrocedió a su cuarto y se encerró en él. Salió cuatro minutos más tarde con la armadura puesta y guio a sus tres compañeros hacia el arsenal.

Todos pudieron ver en las pantallas que los trabajadores ya habían llegado y habían abierto la puerta. Un minuto después, los líderes llegaron a la verja que rodeaba el arsenal y empezó el intercambio de disparos.

Fue una lucha caótica y sangrienta en la que no había planificación, tácticas ni coordinación. El líder principal cargó de frente contra la puerta trasera del arsenal, consciente de que si los trabajadores se ponían los trajes la cosa se había acabado para él. Los otros tres dispararon contra la puerta delantera, abatiendo a los trabajadores que salían y disparaban a ciegas. La superioridad numérica de los trabajadores no tardó en dar sus frutos y le dieron a uno de los líderes, ocasión que los otros dos aprovecharon para parapetarse tras la esquina de un edificio. Smythe tuvo que ordenarles tres veces a los soldados que no abriesen fuego por tentador que resultase y que se mantuviesen a cubierto. El equipo Alfa se moría de ganas de entrar en acción. Mantenernos a cubierto era buena idea no solo por si nos veían los kristangos, sino porque las balas explosivas volaban por todas partes a nuestro alrededor. Los líderes tenían armas pesadas y las explosiones dispersaban metralla por todas partes. Los trabajadores respondieron con los explosivos improvisados que habían robado en el arsenal.

Cuando terminó la lucha, solo quedaban tres kristangos vivos en el planeta. Había dos líderes con la armadura puesta que se habían atrincherado en su edificio y aún estaban en *shock* y trataban de decidir qué debían hacer. También quedaba un trabajador que se había hecho fuerte en el arsenal, rodeado de un buen montón de artefactos Antiguos y abundantes explosivos que amenazó con detonar si los líderes no se quitaban las armaduras, salían a negociar cómo dividir el botín y le daban garantías de que saldría vivo del planeta.

Según Skippy, tenía una pequeña oportunidad de sobrevivir. Aunque la sociedad kristanga no estaría muy entusiasmada por el hecho de que hubiese participado en un motín violento, respetarían su valor y, sobre todo, el que hubiese tenido éxito. Los kristangos recompensaban el éxito en el campo de batalla, algo que yo sabía por experiencia propia. Por desgracia para él, sabíamos gracias a Skippy que los líderes pensaban traicionarlo y matarlo.

Había que ocuparse de aquellos tres. Dicho en plata, había que matarlos lo antes posible y sin riesgo para nosotros, Y cuando digo «nosotros» me refiero a las fuerzas especiales, no a mí. Ni siquiera iba armado; lo que había llevado durante los días de marcha eran municiones y parte de una armadura. Cierto que tenía experiencia de combate y que había matado kristangos. Pero si acompañaba a las fuerzas especiales, no sería más que una rémora. Cada equipo de seis personas entrenaba conjuntamente una y otra vez, se conocían, conocían sus tácticas y sabían cuál era el papel de cada una en el equipo y cómo reaccionarían sobre el terreno. A su vez, cada equipo se había entrenado con los otros y se habían intercambiado efectivos. Yo había participado en algunos de los entrenamientos, tanto a bordo del *Holandés* como en el planeta, pero no estaba cualificado para combatir a su lado.

—¿Qué opina? —le pregunté a Smythe.

—Ayudaría que los líderes salieran —reflexionó—. Si tenemos que entrar a por ellos va a ser un infierno. Dos armaduras contra dos armaduras y ellos son más grandes, más rápidos y más fuertes que los humanos, aparte de que seguro que usan armaduras desde críos y nosotros no tenemos experiencia suficiente. Las posibilidades no me parecen buenas. El verdadero problema es el cabrón con los explosivos. Ahí sí que podríamos usar las armaduras y darle antes de que pueda reaccionar, lo que sería imposible si tenemos que utilizarlas con los líderes. Tenemos que conseguir que el trabajador

desarme los explosivos o distraerlo un instante, hacer que dude.
—Me miró—. ¿Tiene algún otro as en la manga, mi coronel?

—Ojalá —respondí, meneando la cabeza.

Necesitábamos un truco de magia. Las fuerzas especiales eran valientes y decididas y se morían de ganas de seguir con la misión sin importar el coste personal. Irían sin dudarlo si se lo ordenaba. Pero no quería. No sería justo mandarlos a un tiroteo directo y brutal solo porque su comandante en jefe no era capaz de pensar en nada mejor. Sin embargo, habíamos llegado donde habíamos llegado y no podíamos darnos por vencidos. Un truco de magia nos habría venido de perlas; todos se basaban en el engaño...

Me detuve a mitad de una inspiración.

—Quizá lo tenga, capitán. ¿Estás ahí, Skippy?

—Claro.

Ahora que tenía la atención de todos les expliqué el plan. Smythe sonrió, aprobador.

—Creo que Skippy tiene razón, mi coronel —dijo—. Es usted un genio del mal.

Tuve que echarme a reír, pese a lo serio de la situación.

—¿Cree que funcionará?

Eran ellos, como parte de las fuerzas especiales, los que tenían la experiencia necesaria para saber lo que era factible y lo que no.

—Sin duda. Ya nos encargamos nosotros, mi coronel.

Smythe se volvió y empezó a dibujar un plan de ataque sobre el fango.

La Fase Tres Etapa Dos, que se me había ocurrido sobre la marcha, dio inicio con una trasmisión de radio de Skippy, supuestamente de los kristangos que habían derribado el lagarlote y la lanzadera y se habían apoderado de la espita de energía de los Antiguos. Skippy se hizo pasar por un miembro del Clan Piedra Roja y le transmitió una petición al trabajador. Explicó que la nave del Clan Piedra Roja no había saltado fuera del sistema, sino que se había mantenido oculta tras un campo de camuflaje en órbita todo aquel tiempo. Eran ellos los que les habían dado los códigos de acceso a los trabajadores y, si el que quedaba desactivaba los explosivos y se unían al Piedra Roja, compartirían el botín. Nuestro equipo con armaduras salió en ese momento tras el risco y echaron a correr hasta el almacén en el que el trabajador se había parapetado con la IA Antigua, el valioso nodo de comunicaciones y un montón de explosivos.

Los kristangos supervivientes oyeron a varios kristangos hablando entre ellos y vieron dos trajes acorazados kristangos aparecer de pronto y correr hacia la base. Hasta donde sabían, estaban solos en Newark, así que se creyeron la historia del Clan Piedra Roja a pies juntillas, ya que era la única explicación posible de lo que estaba ocurriendo. No tenían motivos para suponer que en el interior de aquellas dos armaduras hubiera alguien que no fuese kristango; para ellos era un pensamiento absurdo.

El engaño funcionó tal como estaba previsto. Los dos líderes lanzaron un grito y abandonaron el refugio a toda prisa en dirección al arsenal, con la intención de llegar antes que las armaduras de Piedra Roja. Desde donde estaban no tenían un tiro limpio contra sus enemigos; numerosos edificios se interponían entre ambos grupos, y nuestros chicos avanzaban en zigzag y aprovechaban las partes bajas de la ladera para mantenerse a cubierto. Era algo que habían practicado a menudo.

Skippy sostenía que a causa de la diferencia de tamaño entre kristangos y humanos y la forma diferente de moverse de ambas especies, un humano en armadura les parecería extraño a los kristangos, que enseguida notarían que algo no encajaba. Con nuestros chicos corriendo ladera abajo y saltando de un lado a otro, medio ocultos por los accidentes del terreno, los kristangos no podían verlos el tiempo suficiente para sospechar que no había lagartos dentro de los trajes. Eso esperábamos.

Los dos líderes no intentaron ponerse a cubierto, sino que corrieron a la máxima velocidad que les daban los trajes. Eran rápidos, casi demasiado. Todo el equipo de asalto, excepto los dos en armadura y un francotirador que estaba a la espera de un tiro limpio, teníamos a los kristangos en los puntos de mira, pero fallamos la primera andanada, pese a que sabíamos lo rápido que los trajes podían moverse y contábamos con el sistema de blancos adaptativo de los fusiles kristangos. Las siguientes ráfagas alcanzaron los blancos lo suficiente para abatir a ambos líderes, que se tambalearon y cayeron, deslizándose por el suelo. Alertas ante el nuevo peligro, se separaron y trataron de ponerse a cubierto, pero era demasiado tarde. El fuego de nuestro ocho fusiles, concentrado en cada armadura, los derribó de nuevo, y las puntas explosivas de las balas empezaron a hacer mella en las armaduras.

—¡Alto el fuego! ¡Alto el fuego! —gritó Skippy por nuestro canal privado—. Basta, ya están muertos. Estáis desperdiciando munición.

Todos dejaron de disparar contra los inertes líderes kristangos antes de que pudiera decir nada. Nuestros chicos en armadura no vacilaron y siguieron corriendo hacia el arsenal. Era el momento de la verdad; si el lagarto superviviente decidía que no tenía nada que perder y detonaba los explosivos, perderíamos a nuestra gente, la IA y el nodo de comunicaciones. Estaba a punto de ordenarles que se detuvieran con la idea de intentar convencer al lagarto, pero el agudo estallido de un fusil me interrumpió.

El francotirador que habíamos asignado para que cubriese el arsenal no se había distraído un solo momento pese a todo el jaleo a su alrededor. El tiroteo había atraído la atención del lagarto en el arsenal, cuyo buen juicio quedó anulado por la curiosidad o quién sabe si por el miedo de no saber qué pasaba, y asomó la cabeza para echar un rápido vistazo.

No lo bastante rápido. Nuestro francotirador del equipo chino le dio en la cabeza con una bala explosiva y aquello fue todo. Por suerte, el trabajador no había preparado ningún seguro de hombre muerto para los explosivos y no ocurrió nada.

—¿Está seguro de que lo tenemos?

—Del todo, mi coronel —dijo.

Me transmitió lo que se veía en la mira de su fusil a mi zPhone. No había la menor duda, la cabeza del lagarto había reventado como… bueno, no entraré en detalles desagradables. Lo que importaba era que ya no era un problema.

—Equipo Alfa —ordené—. Acérquense con precaución. El resto, mantengan la posición.

Esperamos mientras el equipo Alfa saltaba con cuidado en dirección al arsenal. Era una situación en la que me habría gustado disponer de toda la parafernalia kristanga de apoyo a la infantería, especialmente los drones de reconocimiento. Podríamos haber enviado uno al arsenal sin arriesgar la vida de nadie y nos habría dicho cuanto necesitábamos saber. Pero con solo dos trajes y ningún equipo de reconocimiento, no podíamos hacer más que lo que hicimos. Primero uno y luego el otro, los dos miembros del equipo Alfa desaparecieron en el interior de la armería. Uno de ellos salió casi enseguida y nos hizo señas.

—Todo seguro, mi coronel. No hay trampas explosivas. El lagarto tendría que haber activado manualmente todos los explosivos. Al parecer, iba de farol, o casi.

—¿Qué opinas, Skippy?

—Estoy de acuerdo. Ya no quedan kristangos.

—Joder, lo hemos conseguido —exclamé, aliviado—. Lo hemos conseguido.

Smythe puso el seguro a su arma, se incorporó y me saludó.

—Mi coronel, hemos destruido su fuerza aérea y los hemos neutralizado sin que nos hayan disparado un solo tiro. Esta es la operación más exitosa en la que he participado. Ha sido un plan acojonante, mi coronel.

—Eso parece de momento, capitán.

Aún teníamos que ocultarnos de la nave kristanga, que llegaría antes de que el *Holandés* estuviese listo. Y luego habría que salir del planeta.

—Vamos a por la radio mágica de Skippy y por la IA, y ya tendremos luego tiempo de celebrarlo.

26

LO QUE NECESITÁBAMOS estaba en una pila en el suelo del arsenal bajo el cadáver de un lagarto. Ordené al equipo Alfa que apartasen el cuerpo; aquellos dos metros de kristango pesaban demasiado para moverlo yo mismo. Me llevó unos minutos de búsqueda dar con lo que Skippy buscaba: la IA y el nodo de comunicaciones. Encontré este primero dentro de una caja acolchada; supuse que los kristangos lo habían identificado como algo potencialmente valioso.

—Muy bien, ya tengo el nodo.

—¡No! —me interrumpió Skippy—. La IA. Busca la IA.

—Vale, vale. Ya me pongo a ello.

Dejé a un lado la radio mágica que habíamos estado buscando todo aquel tiempo y seguí recorriendo la pila hasta llegar al fondo. No había ninguna IA.

—No está aquí.

—¿Como? —Había un toque de pánico en su voz—. ¡Tiene que estar!

—Tranquilo, Skippy, que no cunda el pánico. Solo he examinado los aparatos de los Antiguos que el muerto había puesto junto a los explosivos. Seguramente no tuvo tiempo de reunirlos todos. Hay unas cuantas taquillas y contenedores por aquí. Seguro que la encontramos.

Así fue, cuarenta minutos más tarde. No dejamos piedra por remover, miramos dentro de todos los contenedores y las taquillas, y lo único que encontramos fueron diversos artefactos de los Antiguos, todos ellos dañados y, según Skippy, inútiles. La IA no estaba.

—¡Joder! Vamos a tener que buscar cada rincón de la base. Capitán Smythe, divida el equipo…

—¡Lo tengo! —me interrumpió Williams—. Me parece que lo he encontrado, mi coronel.

Llevaba en la mano un objeto idéntico a Skippy, salvo por la sustancia verde y pegajosa que tenía en un lateral.

—¡Sí! —exclamé—. ¿Dónde lo ha encontrado?

—En la basura, mi coronel —respondió Williams.

—¿La basura? —gritó Skippy—. Esos putos lagartos tienen suerte de estar muertos, porque si no…

—Venga, no sabían lo que tenían. Recuerda que tanto los hámsteres como los lagartos te dejaron en una estantería polvorienta porque tampoco sabían lo valioso que eras. —Tomé la IA que Williams me tendía y limpié con cuidado el moco verde con un trapo. Se fue con facilidad, dejando impoluta la superficie brillante y cromada—. ¿Y ahora?

—Apoya el teléfono sobre ella. Tiene que estar en contacto directo.

—¿Nada más?

—Nos las apañaremos con lo que tenemos. A partir de ahí ya me encargo yo. Sujétalo ahí, sí, ahí. Hmmm. Espera que pruebe de nuevo. Hmmm.

—¿Nada?

—Nada de nada. Probaré otra vez. ¡Joder!

—¿Skippy?

No me respondió. Había estado tocando la parte de arriba de la lata con la parte de arriba de mi zPhone. Puse este en una mesa y coloqué la lata encima. No podían tocarse más de lo que se tocaban.

—¿Quieres intentarlo de nuevo, Skippy? ¿Skippy?

—Ya lo he intentado —respondió sin tan siquiera molestarse en suspirar.

—¿No hay respuesta? Lo siento.

Me sentía fatal por él. Estaba solo en el universo y creía haber encontrado a alguien de su especie, pero, al parecer, estaba inerte.

—Escucha, subimos la IA al *Holandés* y lo vuelves a intentar allí.

—¿Para qué? Está muerta, Joe. No hay nada en la lata. No sirve para nada que me la traigas.

—¿Y eso lo sabes porque ya has contactado antes con IA inertes?

—No. La verdad es que nunca me había pasado nada igual, al menos que recuerde.

—Entonces no sabes si funciona o no, ¿correcto?

Dejó escapar un suspiró; el solo hecho de que se molestase en ello ya era buena señal. Lo último que necesitábamos era una IA deprimida mientras trabajaba en la delicada tarea de reparar una nave.

—Tienes razón —dijo con tristeza—. Sí, qué narices, lo intentaremos.

—Lo siento, Skippy, en serio.

—Sí, ya lo sé. Bueno, el tiempo cura todas las heridas y esas cosas que se dicen, ya sabes. Para ti solo ha pasado un minuto, pero en tiempo de Skippy es como si hubiera sucedido hace un año. Se lo he superado —añadió con alegría—. ¡Tienes razón! Quizá la IA necesita estar directamente a mi alcance y tu teléfono solo me permite trabajar en este espaciotiempo. ¡Sí! Seguro que es eso. Ya me siento mejor, Joe, en serio. Joder, va a ser una espera del copón hasta que pueda mandar una lanzadera a por ella. En fin, vamos a probar el nodo de comunicaciones.

—No —dije sin más.

—¿No? ¿Cómo que no? No me digas que está roto. ¡Joder, me dijiste que estaba en una caja acolchada, mamón!

—No está roto. Bueno, no lo parece. Pero no quiero que te pongas a trastear con él hasta que hayamos vuelto al *Holandés*. Piensa un poco en lo que puede pasar si el nodo funciona y contactas aquí mismo con el Colectivo. Tú mismo me lo dijiste, a lo mejor hace ¡puf! y desapareces. Y nos quedamos aquí abajo, con el *Holandés* a medio reparar y sin forma de llegar hasta él. —Vi por el rabillo del ojo que Smythe asentía. Nadie quería arriesgarse a que Skippy se fuese antes que estuviésemos listos para irnos de allí—. Así que repito: no, no vas a intentar usar el nodo de comunicaciones de momento. Lo dejaremos en la caja. Cuando hayas terminado con la nave, si quieres probarlo, vienes a recogernos con las lanzaderas.

—Vale —suspiró—. Supongo que tienes razón. Si te soy sincero, por muchas ganas que tenga de contactar con el Colectivo, me gustaría ver si puedo reparar la nave. Es algo de lo que luego podré fardar un poco.

—Supongo que quieres decir que vas a repararla, no que vas a ver si puedes repararla, ¿verdad?

—Sí, claro, por supuesto. Sin problemas. Quiero decir exactamente esto. Por aquí todo va de maravilla, Joe, no se ha producido ningún desastre catastrófico por lo menos en… casi seis horas. Nada de lo que no pueda ocuparme.

—Genial. —Tendría que fiarme de su palabra, no me quedaba otra—. ¿Hay algo que podamos hacer por aquí? —pregunté mientras hacía un barrido con la cámara del zPhone y le mostraba la pila de artefactos de los Antiguos que había en el suelo—. ¿Hay algo más que merezca la pena?

—Nada que nos sea útil. Aunque algo tendremos que hacer con ello, porque, si llega la nave y detecta un montón de cachivaches Antiguos en las proximidades de la base, eso va a hacer saltar por los aires tu tapadera de que vino otra nave kristanga y se lo robó a los de aquí. No podemos contar con que el misil lo destruya todo.

—Ajá, ya veo —dije, desanimado.

Algunos de aquellos trastos parecían pesados, otros grandes, otros las dos cosas. Llevárnoslo todo era una carga extra con la que no contábamos y las colinas donde nos esconderíamos estaban a setenta kilómetros, al igual que la mayor parte de nuestra comida.

—Es un montón de cosas —dije.

—¿Mi coronel? —intervino Gómez mientras le daba una patadita al cadáver del lagarto—. Este tipo lo tenía todo preparado para hacerlo saltar por los aires si lo capturaban. A lo mejor nuestra tapadera podría incluir que los de la base reventaron la mayor parte de los cacharros de los Antiguos para que el Clan Piedra Roja no se lo llevase.

Traté de que no se me notase lo sorprendido que estaba. Smythe asintió.

—Eso nos ahorraría tener que acarrear con todo esto, aunque nos podríamos llevar parte.

Era un plan bueno de narices; tendría que habérseme ocurrido.

—¿Qué opinas, Skippy? ¿Te suena bien?

—Sí, claro, como os parezca —respondió con voz desganada—. Lo siento, Joe, estoy de bajón con lo de la IA. Claro que el plan es bueno. Apilad los explosivos alrededor, poned un temporizador y voladlo por los aires. Eso será lo bastante convincente. Si la nave escanea la zona, verá vainas de munición kristangas de sobra, fruto del tiroteo. El misil está de camino y cubrirá cualquier evidencia contradictoria.

—Genial. —Me volví a Gómez y Smythe—. Bien pensado.

Skippy había lanzado el misil cuando aún veníamos en la autocaravana; había cruzado el sistema solar y ahora se acercaba a Newark en una órbita lenta. Una vez despejada la base de presencia kristanga y recuperados los cachivaches Antiguos, lo único que necesitaba era que nos fuésemos antes de acelerar e impactar con la base. Era uno de los que Skippy había fabricado, no uno de los misiles turanios matanaves con sus molonas cabezas de compresión atómica. Era más que suficiente para crear en el impacto un cráter mayor que el perímetro de la base y dejaría rastros de los elementos habituales en una explosión kristanga. Era la Fase Cuatro de mi plan, con lo que cubriríamos cualquier prueba de que la base hubiera sido asaltada por un equipo que se había acercado por tierra. La información que Skippy dejaría en los dos satélites kristangos mostraría una de sus naves descamuflándose en órbita, un par de lanzaderas descendiendo a la base, su aterrizaje y el consiguiente tiroteo. El arsenal saltaría por los aires con la mayor parte de los trastos Antiguos dentro y las lanzaderas se irían a la nave, que lanzaría un misil a la base antes de recuperar las lanzaderas y saltar.

No me cabía la menor duda de que Skippy crearía una simulación totalmente convincente en los bancos de datos de los satélites. Cuando la nave llegase a recoger a los líderes de la expedición, se encontraría con un cráter cubierto de lodo donde había estado la base y lo que para ellos sería la habitual historia de asalto a manos de un clan rival. No habría, o eso esperaba yo con todas mis fuerzas, el menor motivo para que la nave sintiera la menor curiosidad por el resto del planeta y escaneara la superficie.

Porque de lo contrario encontrarían las huellas de la autocaravana en dirección a la base y al propio vehículo sumergido en un río. Encontrarían indicios de asentamiento reciente cerca de los dos vehículos aéreos abatidos. De asentamiento, por increíble que pareciese, humano.

Si los kristangos se quedaban en Newark un solo instante más de lo necesario, confiaba en que se limitasen a mandar una lanzadera al lugar donde se había estrellado la nave Antigua para ver si a los de la expedición se les había escapado algo útil. Eso los mantendría ocupados hasta que por fin se aburriesen y se fueran. No había habido ningún humano por allí cerca, así que el nuevo grupo de lagartos no encontrarían ningún rastro de nuestra presencia.

—Me llevo la lata… quiero decir, la IA, y el nodo de comunicaciones.

Quizá Skippy encontrase algún modo de usarlos más tarde. Por otro lado, no me parecía apropiado dejar la IA muerta en aquel lugar.

—Cubriremos el resto con explosivos y pondremos un temporizador.

Miré hacia el norte, donde empezaban a arracimarse nubes negras. Un viento frío empezó a soplar a nuestro alrededor.

—Más vale que nos movamos. Hay mucho terreno que recorrer antes de que anochezca.

La nave kristanga llegó una mañana en la que me encontraba fuera de la cueva disfrutando del aire fresco, estirando un poco las piernas y aprovechando la oportunidad de cambiar de paisaje. Nos escondíamos durante el día en tres estrechas cavernas; cambiar de cueva para dormir era uno de los grandes momentos de la jornada, pues permitía ver rostros relativamente nuevos.

Los zPhone detectaron el fogonazo de rayos gamma prácticamente a la vez que Skippy nos llamaba:

—Ha llegado la nave, Joe. Mejor te pones a cubierto.

—Entendido.

No añadí nada más, no era necesario. Todos volvimos a nuestras respetivas cavernas sin darnos mucha prisa, de un modo disciplinado y tomando las debidas precauciones; en aquella penumbra era fácil torcerse un tobillo o incluso romperse una pierna.

—¿Tiempo de llegada?

—Ha saltado bastante lejos del planeta, incluso para ser una nave kristanga. Su motor de salto tiene pinta de estar en muy mal estado. Calculo que no entrarán en órbita por lo menos hasta mañana. Están saludando a la base, pero no han recibido respuesta, claro. También se están bajando los datos de los satélites y les estoy dando todo lo que queremos que vean.

—Genial. Contactaré contigo cada seis horas. Llámame si pasa cualquier cosa que necesite saber.

—Afirmativo. Corto.

—Eh, coronel Joe —me llamó Skippy.

Me pilló por sorpresa. Estaba sentado en una roca junto a la entrada de la caverna mirando la lluvia que caía fuera y tomándome un lodo de plátano y chocolate. No había mucho más que hacer. Había dormido de sobra, quizá demasiado.

—¿Qué pasa Skippy?

—Tenemos un problemilla.

—¿Cuál?

Chasqueé los dedos para llamar la atención de los demás. Vi que todos se ponían los pinganillos.

—Dos noticias distintas. Una mala y la otra meramente informativa. Esta última es que la nave va a mandar una lanzadera a examinar el lugar donde se estrelló la nave Antigua, por si los de la base hubiesen pasado algo por alto. De momento no se han molestado en inspeccionar lo que queda de la base y no parecen interesados en el lugar donde se estrellaron las dos aeronaves. Se creen a pies juntillas la historia que hemos fabricado. Como buenos kristangos, ni siquiera están mosqueados porque otros les hayan robado y matado a los suyos, sino porque el otro clan se ha hecho con artefactos Antiguos.

—De momento son buenas noticias, Skippy. ¿Cuáles son las malas?

—Más que malas, bastante molestas, pero podrían convertirse en malas, habrá que esperar. He comprobado las comunicaciones internas y me he quedado de piedra de lo mal escudadas que están. Pero en serio, ¿vale?, no como cuando digo que estoy estupefacto pero en realidad lo veía venir, ¿comprendes? El uso más famoso de la expresión es el que hace Claude Rains en *Casablanca*, por otro lado, aunque todo el mundo cita mal la frase…

—¡Al grano, Skippy, por favor! Y estaría bien que recordaras esta cita: lo bueno, si breve, dos veces bueno.

—Ya, y la pereza es la madre de todos los vicios, no te fastidia. Pero, vale, abrevio. No hago más que tratar de meter algo de cultura en esa mollera…

—Y te lo agradecemos. Pero mejor en otro momento, ¿vale?

—Vale —dijo con un suspiro—. Como decía antes de que interrumpieran de forma grosera el flujo de mis pensamientos… Eh, ya veo por donde vas, Joe. Lo siento, a veces divago demasiado. La seguridad de las comunicaciones en la nave es sorprendentemente mala, deben tener el cableado hecho polvo, se filtra más señal al exterior de la que llega al destino. Es tan penosa que aunque tuvieran un escudo podría enterarme de lo que dicen. Pero abrevio, que los monos sois una especie joven e impaciente. El carguero turanio que ha dejado esta nave en la parte exterior del sistema solar no regresará hasta dentro de cuatro meses y medio. No me voy a poner más preciso, porque sé cómo te las gastas. En todo caso, eso implica que la nave kristanga estará por aquí al menos cuatro meses. Y quién sabe si en ese periodo se aburrirán y empezarán a meter las narices por donde no deben, y a mirar en sitios que tendrían dejar tranquilos. A lo mejor descubren la presencia humana en Newark.

—¡Mierda! —Miré a mi alrededor y vi que todos se sentían igual—. Ese no es el único problema. Solo nos queda comida para tres meses.

Mi grupo podía hacer durar el suministro de lodos deshidratados tal vez tres meses y medio, quizá una semana más en caso de necesidad, aunque nuestras raciones ya eran más bien magras. El grupo principal, que estaba en las cavernas junto a la catedral, tenía más comida que tal vez les durase cuatro meses. Pero no sobreviviríamos cuatro meses y medio.

—Sí, es un problema. Con la nave en órbita no puedo hacer más envíos de comida. Aunque, de todos modos, el suministro de lodos del *Holandés* casi se ha agotado y no puedo fabricar más hasta que la nave esté reparada. Es una mierda, Joe, justo cuando estaba haciendo progresos. Contaba con tener la nave lista para saltar en menos de un mes y poder recogeros entonces. Sería una semana más de lo que había previsto originalmente, nada más.

—Eso es genial, Skippy, y tendrás una ovación silenciosa cuando vuelvas...

—¿Silenciosa? ¿Qué es, un sarcasmo?

—No, para nada. Significa que estamos maravillados de verdad con lo que has conseguido.

—Joder, no sé si llegaré a pillar del todo las normas sociales de los monos.

—Tampoco yo. Volviendo al tema, ¿hay algo en lo que puedas ayudarnos respecto a la nave kristanga?

—No se me ocurre nada. Tengo dos misiles, uno ya preparado y el otro ensamblado parcialmente, solo le hace falta la unidad propulsora.

¿Solo necesitaba la unidad propulsora? ¿Qué pensaba, lanzarlo desde un tirachinas gigantesco?

—Un solo misil no sirve de mucho, ¿no?

—Por desgracia, no. La nave detectaría al menos un par de misiles antes de que se acercasen lo suficiente y los destruiría sin problemas. El motor de salto de la nave apenas se mantiene funcional, pero las baterías defensivas están operativas. Un ataque fallido de misiles a tanta distancia dejaría a los kristangos con un montón de preguntas incómodas, lo que los llevaría a meter las narices en lugar donde no queremos que miren.

—Comprendido. No creo que ninguno de nosotros pueda tirar una piedra lo bastante alto para darle a una nave en órbita, así que tendrás que seguir buscando una solución.

—Lo intentaré, Joe.

Skippy admitió al día siguiente que no se le había ocurrido nada lo bastante bueno.

—Le he dado vueltas toda la noche. Sin dejar de trabajar en la nave que estoy construyendo con polvo lunar, claro. Y nada de nada. ¿Vuestras mentes castrenses han dado con algo?

—Nada —admití.

Habíamos hablado toda la noche y habíamos jugado con un montón ideas inverosímiles e impracticables, hasta que decidí que era mejor dejarlo, a ver si la mañana nos traía nuevas ideas.

—No, Skippy, no tenemos nada. Estamos trabajando en ello. Habrá que tener fe.

—Claro.

El hecho de que no realizase ningún comentario sarcástico me indicó con claridad lo desanimado que se sentía. Más o menos como yo.

—Hemos llegado demasiado lejos para cagarla ahora. Hemos conseguido llegar a este sistema solar sin potencia en los motores, hemos derrotado a una fuerza kristanga más numerosa y con armamento superior sin recibir un solo tiro y nos las hemos apañado para sobrevivir en esta bola de barro helada y lluviosa. Y aún no he matado a nadie por cantar «Un elefante se balanceaba sobre la tela de una araña» demasiadas veces. Eso es un auténtico milagro. Certificado. No pienso darme por vencido.

Me arriesgué a acercarme un poco a la entrada de la cueva para tener mejor vista del cielo matutino, nublado en parte. En teoría las posibilidades de que la nave me detectara eran remotas; tendrían que haber estado mirando justo en mi dirección en el momento exacto en que se hubiese abierto un claro en las nubes.

En alguna parte del cielo, a la derecha de la pequeña luna de Newark en aquellos momentos, tenía que estar el microagujero de gusano que usábamos para comunicarnos con Skippy. Al mirar en esa dirección me sentí un poco más cerca de aquella condenada y molesta lata alienígena de cerveza por la que, pese a todo, sentía un cierto afecto. El microagujero había sido toda una proeza de Skippy y nos permitía hablar casi en tiempo real.

—¡La madre que lo trajo!

—¿Qué?

—Tal como funciona el microagujero de gusano, entiendo que envías ondas de radio por él para que podamos hablar sin un retraso perceptible, ¿correcto?

—Bueno, digamos que más o menos, teniendo en cuenta vuestro nivel de comprensión de la física. Einstein estaría llorando por vuestra culpa ahora mismo.

—Vale. Envías fotones por el microagujero, así que...

—¡Eh! ¡Para el carro, chaval! Ni de coña. Ahora no. ¡Qué va! No me digas que acabas de tener una nueva idea que te parece brillante y que tendría que haber visto por mí mismo.

—A lo mejor.

Se echó a reír.

—Sé exactamente la idea que tu cerebro calcificado de mono me va a soltar y ya te digo por anticipado que no va a funcionar. Quieres que envíe misiles por el agujero de gusano contra la nave. ¿A que sí? ¡Ja ja ja ja! Olvídalo, sabiondete, no va a funcionar. Solo tenemos un misil funcional, por si se te ha olvidado, y el microagujero tiene un diámetro de menos de un nanómetro, así que no hay manera de meter un misil. Qué, ya no te crees tan listo, ¿eh?

No me había dejado meter una palabra ni de canto.

—¿Has terminado de regodearte? —pregunté.

—Dame un minuto, que esto tengo que digerirlo bien. Ahhh, cómo mola, sí, señor. Te crees listo, Joe, pero ni de coña. Mira, voy a hacer como que te tiro una moneda al sombrero y bailas un poco para mí, ¿vale?

—Si quieres. De todos modos, iba a sugerir que enviaras un haz de máser por el microagujero, no un misil.

El silencio que siguió a mis palabras fue largo. Muy largo. Largo de narices.

—¡Mierdaaaa! —gritó Skippy de pronto—. Espera un momento, que me desconecto y le doy de patadas a algo.

—¿Skippy? ¿Skippy?

—Sí, ¿qué pasa? —gruñó al cabo de un rato.

—¿Ya le has dado de patadas a algo? ¿Te sientes mejor?

—Aún no he pateado nada, pero hay un par de lunas pequeñitas que las van a pasar canutas en un par de horas.

—¿Vas a volar dos lunas solo porque te he tocado las narices?

—No, voy a hacer que choquen una contra la otra. Qué más da, Joe, hay lunas de sobra en el sistema, nadie va a echar en falta un par de ellas. Así que se te ha ocurrido disparar el cañón de máser por el microagujero, ¿no?

—Esa es la idea.

—Sabiondo de los cojones, ¿tienes la menor idea de lo humillante que me resulta todo esto?

—No, pero me encantaría saberlo con pelos y señales. ¿Me lo explicas? No te dejes nada, todos los monos estúpidos disfrutaríamos oyéndolo. Qué narices, te lo grabo para que puedas oírlo luego. A ver, ¿cómo te sientes, oh, Inteligencia Suprema y Divina?

—Sí, claro, quedamos a las veinticinco y te lo explico, o mejor a las diecierra la puta boca por la tarde, ¿te parece?

Hmmm. Sí que estaba mosqueado.

—Entonces, ¿lo del máser funcionaría?

Soltó un suspiro. Sabía que, en lo más hondo, allí donde residía su yo más íntimo, fuese el continuo espaciotemporal que fuese, se sentía enormemente frustrado consigo mismo.

—Sí, funcionaría. Necesito cambiar el foco para volver el haz más angosto, lo cual atenuará algo su potencia… hmmm. Puedo hacerle un apaño y… bueno, son tecnicismos que los monos no entenderíais. Sí, funcionará. Solo tendremos un disparo, porque transmitir tanta potencia colapsará el agujero de gusano. Y una vez disparado, no tengo manera de saber si ha funcionado hasta que me llegue vuestra señal varias horas más tarde. A partir de ese momento tendremos que comunicarnos a la velocidad de la luz. Así que el disparo tiene que ser definitivo. Apuntaré a su reactor. Abriré una brecha y la nave saltará por los aires. El problema es que mi capacidad de apuntar el haz en vuestro extremo del microagujero es limitada y la órbita de la nave no la lleva cerca de la salida de este. ¿Alguna idea para arreglarlo?

—Sí, ya me parecía que eso sería un problema. —Le di un par de vueltas. ¿Cómo se consigue cambiar la órbita de una nave?—. Creo que lo tengo.

—¿Tu idea tiene algo que ver con enviar un mensaje a la nave pidiéndoles que posen para una foto frente al agujero de gusano?

—Pues no. ¿Puedes mover los dos satélites que tenemos camuflados? Tendría que ser muy despacio, para que los kristangos no los detecten.

—Claro. Pero son diminutos, así que hacerlos chocar con la nave no funcionaría. Si esa es tu mejor idea, estamos jodidos.

—Nada que ver. Te cuento: sitúa uno de los satélites en alguna parte, lejos del agujero, y luego ajusta el campo de camuflaje para que parezca una nave a la que le fallan los escudos. ¿Puedes?

—Está chupado. Venga, a ver la parte brillante del plan. No te preocupes, la parte estúpida que me has contado ya me parece bastante divertida.

—Estupendo. Si los kristangos lo toman por una nave camuflada que aparece de repente, ¿saltarán en cuanto puedan?

—Desde donde están, no. La nave está demasiado dentro del pozo de gravedad del planeta para saltar. Tendrían que… Coño, claro, ya lo pillo. Sitúo el satélite para empujar a la nave hacia el microagujero mientras intenta alcanzar la distancia de salto y así tener un buen blanco.

—Tal cual. ¿Funcionará?

—Sabiondo de mierda —dijo Skippy con un bufido de rabia—. Cómo te odio, cabrón.

—Yo también te quiero, Skippy. ¿Y bien?

—Ni de coña te voy a decir que te quiero.

—En este caso el «¿y bien?» quería decir: «¿Y bien? ¿Funcionará mi plan?» —expliqué con paciencia.

—Sí.

—No lo he oído bien. ¿Acabas de decir que un plan de los monos funcionará pese a que tu Inteligencia Suprema y Divina no ha sido capaz de dar con un modo de sacarnos del atolladero?

—¡Sí, joder, sí! Eres insufrible. Cuando termine de arreglar la nave la voy a declarar como zona libre de monos. No permitiré que suba ni uno. Será el paraíso.

—Claro, salvo por lo de quedarte ahí pillado hasta que la órbita del *Holandés* decaiga y la nave hunda en la atmósfera del gigante gaseoso y te desplomes poco a poco hasta el núcleo del planeta y te quedes allí hasta la muerte térmica del universo dentro de no sé cuántos cuatrillones de años.

—Sip. Pero sin monos. El paraíso.

Skippy solo disponía de un disparo. En realidad, le bastaba con uno, por mucho que gruñese y se quejase de que, como de costumbre, le pedíamos lo imposible y no apreciábamos de verdad lo increíble que era. Me ofrecí a preparar una tarta en su honor cuando volviéramos al *Holandés*, a ver si así se callaba.

Aquella misma tarde, mientras la nave kristanga aceleraba a toda prisa tratando de alejarse lo suficiente para saltar y huir de una nave fantasma que no existía, Skippy disparó el cañón máser a plena potencia a través del agujero de gusano e impactó en el reactor sobrecalentado de la nave. El resultado fue una breve llamarada en el cielo medio cubierto de nubes seguida del silencio. Ya no teníamos a los kristangos allí arriba. Ni a Skippy.

Vimos los datos del satélite con los zPhones y asistimos a la explosión de la nave. Cuando el polvo se aclaró pudimos seguir a algunos de los trozos de la nave, que estaban en órbita; el más grande era más pequeño que una lanzadera. Todos estaban sin energía de ninguna clase y no se detectaban signos vitales. En los siguientes días asistimos a varias lluvias de estrellas, fruto de los trozos que se incendiaban al caer al planeta. Se suponía que los satélites nos informarían en el acto si algún trozo de la nave empezaba a moverse por sí mismo o se detectaba un pico de energía o una señal de radio. Por si acaso, controlaba las imágenes de los satélites dos o tres veces al día y ordené a todo el mundo que se mantuviese a cubierto.

Varias horas después de disparar por el microagujero, Skippy vio la llamarada característica que indicaba una fuga del reactor, seguida de la explosión de las bobinas de salto, tras lo cual la nave desapareció. Así supo que había tenido éxito.

Aún quedaba pendiente la reconstrucción del *Holandés*, y el retardo en las comunicaciones era un buen problema, aunque el mayor era que las antenas de los zPhones, de escasa potencia, apenas captaban las señales del *Holandés* y Skippy prácticamente no conseguía recibir lo que decíamos. Tuvimos que mantener las comunicaciones al mínimo y usar el ancho de banda que teníamos solo para mensajes de texto, sin voz.

Así empezó el periodo más desgraciado de nuestra estancia en Newark. Llovía casi todos los días y sin el pronóstico del tiempo de Skippy no teníamos forma de saber cuándo escamparía. En las imágenes de los satélites lo único que se veía era un espeso manto de nubes casi siempre. Y solo podíamos arriesgarnos a salir cuando las nubes eran lo bastante densas, porque no nos queríamos arriesgar a que nos detectase algún superviviente kristango en órbita que no hubiésemos detectado.

Pasábamos muy poco tiempo afuera. Si echábamos una carrera o emprendíamos una caminata, la señal infrarroja podía detectarse incluso a través del manto de las nubes. Así que permanecíamos casi todo el tiempo embutidos en nuestros pertrechos, apestosos y casi siempre húmedos a causa del clima.

Tras tres días en los que la lluvia torrencial nos impidió asomar la cabeza, me aventuré y recogí algo de hierba, algún arbusto y varios parches del liquen que había sobre las rocas. Lo dejamos secando en la parte más profunda de la caverna y un par de días después nos arriesgamos a encender un fuego en una cueva lateral que tenía un agujero en la parte de arriba. Nos quitamos las ropas y las colgamos allí para que se secaran, cuando las recogimos olían a quemado, pero estaban secas y calientes. Nos sentó de maravilla; habían empezado a salirme llagas de tanto llevar las mismas ropas empapadas.

Solo teníamos lodos deshidratados y fríos para comer. Al menos lo que estaban en la zona de la catedral tenían comida caliente y variada. Hacinados en aquellas cavernas húmedas, angostas y embarradas, lo peor era todo lo que no teníamos. No teníamos posibilidad de hacer ejercicio. No teníamos nada que hacer. No teníamos objetivo alguno. No teníamos comida de verdad.

Hasta el soldado de fuerzas especiales más disciplinado se acaba aburriendo y empiezan a surgir las fricciones. Los líderes de equipo se las apañaban bien con los problemas menores, en los que no hacía falta que yo interviniera.

En cuanto a mí, descubrí lo mucho que echaba de menos hablar con Skippy. No sus informes detallados de la situación, sino simplemente hablar con la maldita lata de cerveza arrogante y pagada de sí misma. Cuando por fin recibí el mensaje de que el *Holandés* estaba a punto y listo para acercarse a Newark, casi me pongo a bailar. Decidí que era mejor no hacerlo, por mi propia dignidad. Así que pasé la voz de que pronto nos iríamos de allí y transmití el código de confirmación al *Holandés* que activaría el salto programado en el autopiloto antes de irnos de la nave.

Siete horas más tarde, la voz de Skippy se oyó de muevo en mi zPhone.

—Saludos al coronel Joe y al resto de monos del barril. Aquí Skippy, el Grande y Magnánimo. Gracias esta bonhomía que me pierde, os traigo una nave espacial casi de paquete y que incluye lujazos como el oxígeno y la calefacción. Por no mencionar el revestimiento anticorrosivo de luxe totalmente gratis.

—¡Skippy! —Fui incapaz de ocultar lo bien que me sentía—. ¿Estamos a salvo? ¿No hay kristangos en la costa?

—Ni un solo lagarto por el vecindario, chaval. Quedan piezas de la nave en órbita, pero no suponen ninguna amenaza, no hay nadie vivo en ellas. Y siempre podemos vaporizarlas con el máser cuando nos vayamos, por si acaso. ¿Cómo lo llevas, Joe? He estado comprobando el tiempo y parece haber sido bastante mierdoso.

—Estamos bien, Skippy, gracias. Joder, no tienes ni idea de cuánto me alegra oírte. Te he echado de menos, cabronazo —dije, antes de darme cuenta de que hablaba por el canal común

—Bah, lo que pasa es que te alegras de que haya traído la nave para que os podáis largar de esa bola de barro apestosa.

—Bueno, eso también. ¿Vas a permitir monos a bordo de tu nueva y flamante nave?

—Uh. Se me había olvidado. Monos apestosos con sus cosas apestosas. En fin, qué narices, me has pillado generoso, Joe. Subid antes de que cambie de idea. He enviado dos lanzaderas. Harán falta varios viajes para subir a todo el mundo y el equipo, así que he puesto unas cuantas mudas limpias en las lanzaderas.

—Muy considerado por tu parte, Skippy. Gracias.

—Venga, daos prisa antes de que me arrepienta.

27

No cabíamos todos en la nave que envió para recoger al equipo de asalto, que era la menor de las dos lanzaderas que nos quedaban, así que me quedé en tierra disfrutando de ropas limpias, cálidas y secas, y de un almuerzo con comida de verdad mientras la lanzadera despegaba. En ella iba el capitán Smythe con la IA de los antiguos y el nodo de comunicaciones; sabía que Skippy estaría ansioso por ponerles la zarpa encima lo antes posible. Ambos esperábamos que de algún modo la IA se activase cuando estuviese lo bastante cerca de Skippy y que nos las apañaríamos para averiguar cómo manejar el nodo.

Me llamó poco después de que la lanzadera llegase al *Holandés*. Me sorprendió lo rápido que había analizado ambos artefactos.

—Nada que hacer, Joe. Tanto la IA como el nodo están muertos como piedras. Joder, no es justo. ¿Qué coño puede matar una IA de mi clase? Acojona bastante cuando lo pienso.

—¿Estás seguro de que en el pasado estuvo viva? No sé, igual se trata de un recipiente en el que no llegaron a instalar la IA —sugerí, intentando tranquilizarlo.

—Me temo que no, Joe. Hay una presencia residual, un revoltijo de datos. No sé qué le pasó, pero fue malo. La conexión del recipiente con otras dimensiones está deshabilitada. Ahora mismo no es más que una lata llena hasta los topes de materiales exóticos. Pasó hace mucho tiempo, eso seguro. Y hay algo más. Fuese lo que fuese, sucedió más o menos en la época en la que Newark se salió de órbita. No puede ser una coincidencia. Si pudiéramos, me gustaría quedarme e investigar el planeta con detalle.

—Vamos a dejar los dos satélites, ¿no? Recopilarán información y podremos pasarnos por aquí en algún momento del futuro a ver si han dado con algo interesante.

Saber si en el futuro habría kristangos por allí metiendo las narices en las zonas que habíamos ocupado me interesaba bastante. Por muy cuidadosos que fuéramos al recoger la basura y llevárnosla, quedaban numerosas evidencias de ADN que señalaban la presencia humana en el planeta. Si los kristangos lo descubrían, empezarían a plantearse preguntas incómodas, así que mejor saberlo de antemano. Skippy no creía que los lagartos volvieran a Newark ahora que estaba vacío de artefactos Antiguos, algo con lo que estaba de acuerdo. Pero tenía que ser prudente y asumir la posibilidad, por remota que fuese.

—Sí, los satélites son útiles, pero el tipo de exploración a fondo que quiero realizar está más allá de su alcance. Y a mí me llevaría meses, con parte del análisis realizado en otros espaciotiempos. No es algo que se pueda acortar. Pero necesito saber qué pasó aquí, porque nada de todo esto tiene sentido. Lo que más me molesta es que pone en entredicho todo lo que sé de los Antiguos. Bueno, también me molesta el exterminio de una especie inteligente, claro.

—Te entiendo, Skippy. Siento lo de tu, bueno, tu hermano. ¿Puedes sacar algo del nodo?

—Nada. Es frustrante. Es como el primero que pillamos en la base de investigación kristanga. Parece completamente operativo, pero no se conecta a la red. Seguiré probando, tampoco tengo mucho más que hacer.

Quizá ya no existía red alguna a la que conectarse, algo que me cuidé mucho de decirle. Sabía que Skippy consideraba esa idea y que no necesitaba que se la recordase. Si no existía ya una red que permitiese contactar con el Colectivo, toda nuestra misión se volvía inútil.

Me alegré de ver de nuevo la lanzadera, incluso aunque Skippy la hiciese aterrizar a medio kilómetro y estuviese lloviendo a cántaros. No me importaba, nos íbamos de Newark sanos y salvos, sin ninguna baja.

Fui el último en dejar el planeta.

Chang estaba ya en el *Holandés*, y Simms se quedó en la caverna principal hasta que la última persona y la última pieza del equipo y la última bolsa de basura estuvieron en la lanzadera. Para acelerar la limpieza de todo rastro de nuestra presencia, le había dicho a Skippy que usase ambas lanzaderas en la cueva principal hasta que Simms decidiera que todo estaba en orden. Mientras tanto, me quedé en la misma cueva estrecha y húmeda de las últimas semanas, pero con ropas secas. Me acompañaban dos Rangers y tres paracaidistas indios que se habían presentado voluntarios cuando vieron que no había sitio para todos en la lanzadera. Jugamos a las cartas y nos lo pasamos en grande con la comida, caliente y de verdad. El día y medio de espera se pasó volando; sabíamos que nos íbamos.

Nos tiramos unos minutos moviendo aquí y allá las rocas para asegurarnos de que debajo o detrás de ellas no había un tubo de lodo o un calcetín viejo, y luego corrimos bajo la lluvia hacia la puerta abierta de la lanzadera. Me detuve al pie de la rampa, con las botas medio hundidas el barro helado de Newark.

—¿Ocurre algo, mi coronel? —preguntó uno de los Rangers.

Miré hacia el cielo y parpadeé para librarme de las gotas de lluvia.

—No sé, tengo la sensación de que debería decir algo profundo, no simplemente «vámonos de aquí». Este planeta no ha sido siempre una miserable bola de barro medio congelada. Fue un lugar agradable en el pasado, con bosques y desiertos y playas tropicales. Como la Tierra. Exterminaron a la civilización... no, a la especie que vivía aquí. No sé, tengo la sensación de que debería decir algo sobre ellos. Algo importante, algo sobre quién coño haya sido el responsable.

El ranger asintió.

—No creo que podamos conseguir nada contra seres capaces de mover un planeta, mi coronel. ¿Qué tal «mía es la venganza, dijo el Señor»?

—Eso suena bien.

Uno de los soldados indios se nos unió.

—Tenemos un dicho parecido. «El karma es un cabrón». Quien quiera que empujase este planeta fuera de órbita va a pagarlo de un modo u otro.

—Amén, hermano —respondió el ranger mientras entrechocaban los puños.

Aquello fue mucho más elocuente que nada de lo yo habría podido decir, así que me sacudí el barro de las botas, subí la rampa y nos fuimos de Newark.

Volver de nuevo al interior del *Holandés*, estéril y artificial, fue como estar en el paraíso comparado con la gélida humedad de Newark. El aire era cálido y seco, usaba ropas secas y cálidas, tenía una cama en la que dormir y comía comida de verdad.

Mi idea inicial fue declarar una jornada «que cada uno se las apañe» en la cambusa; no pasaría nada porque no se hicieran turnos de cocina el primer día. Por suerte, Chang ya se había encargado de establecer turnos y me esperaba un cuenco humeante de fideos preparados por el equipo chino, una vez me cambié de ropa y me di una ducha rápida. La cambusa no parecía muy distinta a como la recordaba, quizás algo mayor; uno de los mamparos estaba más lejos de la puerta. Todo el compartimento estaba pintado de un agradable color azul, un gran trabajo por parte de Skippy.

El cuenco de fideos y la taza de café con azúcar fueron como estar en el cielo. Estaba de tan buen humor que me animé a comer los fideos con los palillos.

—¿Sabéis lo que necesito? —pregunté, sin dirigirme a nadie en particular.

Estaba pensando que molaría una hora en el gimnasio, o quizás echar un partido de baloncesto. Me sentía lento y fofo después de tanto tiempo inactivo. Debería habérmelo pensado mejor antes de hacer la pregunta en voz alta estando Skippy por allí, pero me había acostumbrado a su ausencia durante las últimas semanas.

—¿Una ducha? —sugirió desde el altavoz del techo.

Meneé la cabeza mientras todos se echaban a reír.

—Me duché en cuanto subí a bordo.

Se oyó ruido como si olisqueara.

—Hmmm. Pues no lo parece. Quizá podrías enjuagarte con el desengrasador que usamos en el acoplamiento del motor. ¿Qué pasa, Joe, no había duchas en Newark?

—Claro que no, Skippy —respondí mientras engullía los fideos.

—Entonces, ¿cómo te ocupabas de las erecciones matutinas?

No había nada que pudiese hacer, más allá de pasar vergüenza mientras todo el mundo se reía.

—Joder, cómo echo de menos Newark —dije.

Skippy no se había limitado a reparar el *Holandés*, sino que lo había modificado. Al subir en la lanzadera, me di cuenta de que el carguero, antes enormemente largo, se había acortado de forma considerable, hasta el extremo de que, en lugar las largas filas de puntos de atraque para naves estelares de corto alcance, disponía solo de tres en un anillo. Y la sección de ingeniería de popa, tan lejana antes que casi no parecía parte de la misma nave, estaba ahora justo tras el anillo de atraque.

—El nuevo y mejorado *Holandés*, Joe —me anunció Skippy—. Bueno, salvo por lo de nuevo. Bueno, y por lo de mejorado. Aunque, sí, algunas mejoras hay.

Chasqueé los dedos.

—Antes de que se me olvide. ¿Mientras repostabas la nave cargaste también tu combustible?

El doctor Friedlander me había preguntado acerca de la fuente de energía de Skippy, lo cual me había traído el asunto a la memoria. La última vez que habíamos hablado del tema, me dijo que solo le quedaban varios miles de años antes de quedarse sin combustible.

—¿No necesitas, no sé, hidrógeno metálico?

Ni idea de si aquello existía o no. Siempre había pensado que el hidrógeno era un gas, no un metal, pero qué demonios sé yo de ciencia, al fin y al cabo.

—Sí, Joe, me he encargado de ello, gracias por preguntar. No reposté mucho, para unos ocho mil años nada más. Tendrá que servir de momento.

—Genial. Así que mejoras en la nave, ¿eh? —Según los monitores ahora teníamos dos reactores operativos. Dos. No seis; ni siquiera cuatro. Dos—. ¿Reducir el número de reactores cuenta como mejora?

—Pues sí. Los dos que tenemos ahora tienen una potencia equivalente a tres de los antiguos, son más fiables, requieren menos mantenimiento y están mejor protegidos. Una ojiva de guerra que explote cerca no los desactivaría, por ejemplo. O le costaría más.

Las bobinas de impulso se habían reducido al catorce por ciento de las existencias iniciales, lo cual, según Skippy, no era ningún problema, porque había reconfigurado por completo el motor de la cabeza a los pies.

—Tendría que haberme ocupado de ello en cuanto robamos la nave —dijo con orgullo—. El motor turanio es una mierda. Ahora podemos llegar un cuarenta por ciento más lejos y las bobinas cargan un dieciocho por ciento más rápido. Las he dividido en tres bancos separados, de forma que, si uno se desalinea, podamos seguir usando los otros dos. O incluso uno si fuera necesario.

Me di cuenta de que los tres puntos de atraque estaban vacíos.

—¿Ya no contamos con la *Flor*?

—Me temo que no, lo siento. Sé que te gustaba tener rueda de repuesto, pero había materiales que solo pude conseguir de la fragata y necesitaba la energía de su reactor en las primeras etapas. Usé la *Flor* para que bajase a la atmósfera y se cargase de combustible, pero luego tuve que desmontarla y usar la mayor parte para construir el acelerador de partículas de alta energía que necesitaba para obtener materiales exóticos. Lo poco que quedó lo llené con desperdicios y lo lancé contra el gigante gaseoso. Era una buena nave, Joe. Bueno, no, era un pedazo de chatarra, pero cumplió bien con su cometido.

A Desai no le haría mucha gracia; aunque le encantaba pilotar el *Holandés*, la *Flor* había sido su primera nave estelar.

—Si no había otro remedio, no lo había. Has realizado un milagro, Skippy. No seré yo quien lo ponga en duda. ¿Tenemos dos lanzaderas entonces?

—Sí, solo dos, por desgracia, además de un dron que se puede usar para tareas de mantenimiento en el casco exterior. ¿Quieres que compruebe si algún vendedor de lanzaderas de segunda mano tiene alguna oferta?

—¡Ja! No creo que nos fueran a dejar nada a crédito, ¿verdad?

—Cierto. A menos que el tipo esté dispuesto a cambiar una lanzadera por un cargamento de plátanos.

Tras un reconfortante cuenco de fideos, me fui al despacho junto al puente a leer informes en la tableta y a comportarme como un coronel de verdad. Me moría por jugar al baloncesto o entrenar en el gimnasio, pero tendría que esperar.

No íbamos con prisa. Habíamos hecho dos saltos después de dejar Newark y Skippy estaba realizando algunos ajustes menores en el motor de salto. Acababa de agacharme para desatar las botas y prepararme para una intensa sesión de aburrimiento cuando Skippy me llamó por el pinganillo.

—Esto, Joe, creo que tengo malas noticias.

—Joder. Tendría que haber traído tequila o cazalla o algo sí. Necesito un trago antes de oír más malas noticias. ¿Son malas noticias en plan «Joe necesita ponerse a pensar un modo de salir del atolladero en que nos ha metido Skippy»?

—No. Más bien en el sentido de «Alienígenas cabreados atacando la tierra y dejándola como un patatal y, de paso, exterminando a la humanidad».

—¡Me cago en…!

Aparté los dedos de los cordones de la bota, temblorosos.

—Igual no es el mejor momento para blasfemar, Joe. Puede que fuese mejor idea rezar.

—¿Qué cojones ha pasado? ¡Acabamos de salir de Newark, joder!

—¿Te acuerdas de la nave kristanga que reventé allí?

—Claro, fue idea mía.

—¿No vas a dejar de recordármelo nunca?

—¿Tú qué crees?

—Que no. Lo cierto es que yo tampoco lo haría, de estar en tu situación —admitió Skippy—. Fue una idea excelente.

—Ya. ¿Y?

—Pues, esto, antes de volarla por los aires con un haz de máser directo en el punto más débil del escudo de su reactor, un disparo de uno entre un millón, por cierto… Supongo que sabes que la boca del microagujero de gusano gira al azar, así que tuve que evitar la posibilidad de causar una ruptura detectable del espaciotiempo y, al mismo tiempo, tener en cuenta la dilatación temporal y calcular cuánto afectaría al rayo de partículas. Que yo sepa, es la primera vez que se usa un agujero de gusano como transporte de un haz de partículas. Fue un ejercicio de lo más interesante. Me di cuenta de que necesitaba crear, o recrear para ser más exactos, una nueva rama de las matemáticas usando una modificación de los invariantes topológicos. Hubo que tener en cuenta el lapso debido a la velocidad de la luz entre el agujero de gusano y la nave, que fue cuando me di cuenta de que necesitaba marcarla con un láser de baja potencia para establecer…

—¡Skippy!

—¿Qué?

—Al grano, por favor.

—¿Eh?

Puse los ojos en blanco. Igual no sería mala idea que crease un miniyó que siguiera el rastro de sus divagaciones.

—Al grano, y sabes. Las noticias sobre los álienes convirtiendo la Tierra en un patatal.

—Ah, eso. Sí, claro. En cualquier caso, darle al reactor con un haz de partículas disparado a través de un agujero de gusano fue algo increíble, si puedo decirlo.

—Acabas de decirlo.

—Si no lo hubiese dicho, ¿cómo habrías sabido lo impresionante que soy?

—Ni idea. ¿Qué tal, y es solo una sugerencia, me cuentas lo de la amenaza a la Tierra y cómo te has enterado?

—Tranquilo, que voy. Antes de darle a la nave, pude descargar parte de la memoria de su ordenador. No había tiempo para una descarga completa, sobre todo con el ancho de banda tan ridículo que usaba en el agujero de gusano, pero sí que descargué unos cuantos mensajes destinados al líder del grupo que había en la superficie. En su mayoría eran mensajes de su clan.

»En aquel momento estaba ocupado de narices y no los leí. De hecho, acabo de leerlos. Uno de los mensajes le informa de un inminente cambio en la estructura de poder entre los clanes. Al parecer, la pérdida del agujero de gusano que conecta con la Tierra y la retirada kristanga de Pradassis, Paraíso, como lo llamáis vosotros, han supuesto un revés casi definitivo para el Clan Viento Blanco. Se han visto obligados a buscar un clan más poderoso con el que aliarse, aunque en realidad lo que ha pasado es que los han absorbido. Llamarlo alianza es como los líderes del clan tratan de salvar la cara. La alternativa a la absorción era la conquista y el ver repartidos sus territorios entre los vencedores.

—Qué pena más grande. No creo que nadie vaya a derramar una sola lágrima si aplastan por completo a todo el clan. ¿De qué modo eso supone una amenaza para la Tierra? Todos los kristangos en el lado terrícola del agujero de gusano están muertos, ¿no?

Me puse en tensión, con miedo de lo que pudiese responderme. Mi planeta estaba indefenso contra una sola nave kristanga, y si habían quedado algunos lagartos rezagados cuando nos fuimos…

—Es una amenaza porque, según la ley kristanga, que se cumple mucho más a rajatabla de lo que cabría esperar de un apestoso montón de lagartos, para que un clan sea absorbido formalmente, los líderes de este deben dar su aprobación unánime. Eso a veces se consigue asesinando a los disidentes, algo que no está prohibido. La ley kristanga es rígida y flexible a la vez. Exige una adhesión completa a los rituales y formalidades, pero la ética es una cuestión… psé.

—Vale. ¿Y?

—Pues ese es el asunto. En cierto modo es irónico. Las consecuencias inesperadas de las leyes y todo eso.

El sentido arácnido me pitaba como si fuese a producirse un terremoto.

—¿Qué coño has hecho, Skippy?

—Es lo que no he hecho. Bueno, es lo que hice, más bien lo que hicimos. En realidad, lo que me ordenaste que hiciera. Así que es culpa tuya. ¡Sí, toda tuya! De los malditos humanos, quiero decir, no tuya personalmente. Aunque, bueno, sí, mayormente tuya.

—Me dijiste una vez que la galaxia de Andrómeda iba a chocar con la Vía Láctea dentro de cuatro mil millones de años, ¿no?

—Sí. ¿Por…?

—¿Hay alguna posibilidad de que vayas al grano antes de que pase?

Lanzó un bufido exagerado.

—Bueno, ya que te pones así. Lo que hice, a petición tuya, fue matar a los kristangos que había en la Tierra. E incluyo en eso la destrucción de sus últimos dos emplazamientos con los cañones de riel.

—Sí, eso te pedimos y te estamos muy agradecidos. —Seguía sin ver cuál era el problema—. ¿Qué se te olvidó? ¿Quedaron kristangos vivos en el lado terrícola del agujero de gusano?

—Que yo sepa, no, ya te lo dije.

—¿Turanios entonces?

—Nop. Si dejas de preguntarme tonterías, te lo cuento, y así no nos eternizamos. Lo que no hice, y no me pediste o no me recordaste, y eso es responsabilidad tuya, fue bucear por toda la pila de datos que había en los ordenadores kristangos de la Tierra, ya fuese en la superficie o en las naves. De haberlo hecho, quizás habría descubierto que había dos líderes mayores del Clan Viento Blanco en la Tierra. Ten en cuenta que el noventa y nueve por ciento de la información era el habitual cruce de mensajes, un aburrimiento total. Ya sabes: «Mi jefe es un capullo» o «Habría que exterminar a los humanos». Lo típico. Enseguida perdí interés y no seguí mirando, por eso no descubrí que había dos líderes del clan en el planeta. Habían ido a supervisar la operación que debía asegurar la Tierra, a dar con un modo de sacar beneficio de su empresa y a mostrar su apoyo a lo que ya entonces parecía algo que se iba pique.

—Vale, había dos líderes del clan. ¿Y están muertos?

—Y tanto. Uno estaba en la fragata que lancé al sol y el otro en uno de los lugares contra los que lancé misiles en el primer ataque.

Me paré a pensar un momento. Skippy me acaba de decir que se le había pasado algo por alto, lo cual no era raro, conociéndolo. Si no se le hacían las preguntas correctas, podía no obtener la información que necesitaba.

—Vale, están muertos. Murieron en el primer ataque. Así que no habríamos podido negociar con ellos porque estaban muertos.

Por tanto, el Clan Viento Blanco no puede dar su consentimiento formal a la absorción, así que los otros clanes van a destrozarlos. Sigo sin ver que sea problema nuestro.

—Ah, pero lo es, Joe. El clan que los quiere absorber, los Dragones de Fuego, quiere evitar una lucha prolongada por el Viento Blanco. Aunque son mucho más fuertes, también se han debilitado en los últimos tiempos a causa del cambio en la red de agujeros de gusano. Están desesperados por conseguir la aprobación formal y absorber al Viento Blanco y todos sus recursos sin necesidad de lucha. Tanto que han pagado a los turanios para que envíen a la Tierra una de sus naves de largo alcance, sin usar los agujeros de gusano, para traer de vuelta a los líderes del Viento Blanco.

—Mierda. —Casi me atraganté al decirlo.

—De ahí lo que describí como un posible fin del mundo para los humanos.

Estábamos jodidos. Del todo. Si los turanios llegaban a la Tierra, no solo descubrirían que todos los kristangos del planeta estaban muertos, sino que lo averiguarían todo acerca de la *Flor* y el *Holandés*, la Alegre Banda de Piratas y Skippy en cuando leyesen nuestras bases de datos. Y sabrían que el agujero de gusano que daba a la Tierra había sido cerrado de forma deliberada. Y ese minúsculo detalle, el hecho de que pudiéramos manipular agujeros de gusano, haría que todas las especies tecnológicamente avanzadas cobrasen un súbito interés por la Tierra. Algo que no era nada bueno.

—Tenemos que detener esa nave, Skippy.

—Diría que sí. Mi mejor estimación de su llegada a la Tierra es dentro de veintinueve meses. Podemos llegar antes que ellos si reabrimos el agujero de gusano, claro. El modo más fácil de destruir la nave es atacarla cuando estén llegando…

—Ni de coña. Y no tenemos veintinueve meses. ¿Qué crees que harán los turanios si su nave no vuelve dentro de cinco años?

—Lo más probable es que esperen seis meses más y luego empiecen a preocuparse en serio. Tras eso seguro que envían otra en nada. Y puede que más de una.

—Exacto. Si su nave desaparece en la Tierra o de camino a la Tierra, los turanios van a tener la mosca detrás de la oreja con los humanos. ¿Qué pasaría si la nave se destruyese estando aún en territorio turanio, antes incluso de que inicie su viaje?

—Hmmm. Buena pregunta. Dame un momento que investigue en la base de datos en busca de incidentes similares; puede llevarme un buen rato. Ya está. Hay un cuarenta y ocho por ciento de posibilidades de que los turanios le digan al Clan Dragones de Fuego que consideran cumplido su contrato, ya que han hecho un intento de buena fe para llegar a la Tierra y, tras la pérdida de la nave alquilada por los Dragones de Fuego, el contrato se considerará cerrado. Los turanios solo tienen un puñado de naves capaces de llegar a la Tierra y son tremendamente caras. Es poco probable, por otro lado, que los Dragones de Fuego intenten contratar una segunda expedición a tu planeta. Los otros clanes que quieren repartirse Viento Blanco verían ese retraso adicional como una muestra de debilidad y atacarían, y los Dragones de Fuego tendrían que responder de inmediato.

—Exacto. ¿Comprendes ahora? Tenemos que destruir esa nave cuando aún esté en territorio turanio, de modo que estos piensen que ha sido víctima de un ataque aleatorio de los yerapta, que se convenzan de que, quien quiera que haya destruido la nave no tenía un interés especial en ella. Joder. Eso implica que habrá que atacar también otras naves turanias a la vez, o justo después. Va a ser peliagudo. —Necesitaba consultarlo con mi estado mayor—. ¿La nave llevará escolta?

—Seguro. Lo normal son dos naves de apoyo para repostar y reabastecer la principal. Llegará un punto en que estas darán la vuelta y la nave de largo alcance viajará sola a partir de entonces. Imagino que también llevará una escolta de naves de guerra, un par de fragatas o un destructor. Ten en cuenta que la nave de largo alcance es en esencia un carguero modificado. Muy modificado. Tiene dos reactores más, y tres veces más bobinas de salto; también se le han eliminado los puntos de atraque para transportar otras naves. Sus capacidades de autorreparación son superiores al carguero medio y puede repostar por sí misma a lo largo del viaje. Pero, al igual que un carguero, no está diseñada para combatir.

—O sea, que es un blanco fácil.

—Para nosotros, no tanto. El *Holandés* no es una auténtica nave de guerra. Sobre todo ahora.

—Comprendo. Necesitaremos contar con el factor sorpresa. Y un poco de magia de Skippy, claro. ¿Sabes dónde está ahora la nave de largo alcance? Ya que estamos, ¿ese tipo de trastos tiene un nombre? —Decir siempre «nave de largo alcance» era un coñazo.

—Los turanios no dan nombres ni a las naves individuales ni a las categorías; cada una tiene una designación numérica. Pero los turanios copiaron el diseño básico de los yerapta, que se refieren a esas naves como cruceros de inspección o inspectores.

—Inspectores. Eso está mejor. ¿Sabes dónde está ese inspector y cuál es su ruta?

—Nop. Ese dato no estaba en los mensajes. Eran más politiqueos que información precisa, en realidad.

Me froté la frente con los dedos, seguro de que se avecinaba un dolor de cabeza.

—Joder. ¿Vamos a tener que acosar otra vez a una flota turania para leer sus bancos de datos?

Me parecía demasiado arriesgado con los maxolhxes por ahí sueltos.

—No hará falta. No todo iban a ser malas noticias. El Clan Dragones de Fuego ha pagado el alquiler del inspector, y parte del contrato indica que debe llevar a bordo a cuatro kristangos, dos Dragones de Fuego y dos Viento Blanco. No creo que a los turanios les haga ninguna gracia llevar lagartos, por otro lado. Los Dragones de Fuego tienen que saber por fuerza dónde los va a recoger el inspector y cuál será la ruta aproximada hacia la Tierra. Los han jodido demasiadas veces con esos contratos para fiarse, así que insistirán en que les den información detallada, incluyendo la métrica de… ¡Mierda! Ya estoy usando palabros de esnob como si esto fuera una presentación de PowerPoint. Estar tanto con vosotros me pudre la sesera. En todo caso, podemos ir discretamente hasta algún sistema solar controlado por los Dragones de Fuego y robar los datos necesarios de uno de los nodos su red de comunicaciones. Los maxolhxes pueden tener naves en las flotas turanias y nos conviene mantenernos alejados de ellos.

—Perfecto. ¿Algo más?

—Nada que merezca la pena comentar, por desgracia. Salvo que tardaremos unas dos semanas en llegar a territorio de los Dragones de Fuego.

—Cualquier cosa que se te ocurra, me la dices. —Me incorporé y pulsé el botón para abrir la puerta—. Tengo que informar a la tripulación y hay que empezar a trabajar en un plan. Pon rumbo al territorio de los Dragones de Fuego. Informaré al piloto de que cambiamos de rumbo. Otra vez.

28

Los oficiales de mando se habían reunido en la cambusa y me esperaban. Estaban Chang y Simms junto a los líderes de cada equipo de las fuerzas especiales. También Desai como representante de los pilotos y la doctora Venkman por parte de los científicos; no me vendrían mal sus ideas en esta ocasión. La sargento Adams, si bien no era una oficial de mando, también estaba en la reunión; necesitaba su sentido práctico.

—Tenemos un serio problema —dije al entrar. Vi la preocupación pintada en los rostros y me apresuré a añadir—: No con la nave. Esta está bien y saltaremos en seis horas.

—Sip —dijo Skippy—. La nave ha quedado niquelada, os lo…

—Estoy hablando, Skippy —lo corté con brusquedad—. Te agradeceré que guardes silencio hasta que pida tu opinión.

Todos me miraron sorprendidos; sin duda, esperaban algún intercambio de pullas con Skippy, como de costumbre. Al ver que este no se producía comprendieron que el asunto era serio. No podía ver el rostro de Skippy, claro, pero el tono en el que respondió fue lo bastante elocuente:

—Comprendido, coronel —dijo sin más.

—Gracias. —Les conté las malas noticias. Les pillaron tan por sorpresa como a mí y les costó asimilarlas—. Así que ya ven el problema. No solo tenemos que detener al inspector antes de que llegue a la Tierra, sino que debemos destruirlo de tal modo que los turanios no se den cuenta de que ha sido atacado por humanos ni, mucho menos, de que el ataque tiene algo que ver con su viaje a la Tierra. Hay que destruir la nave y conseguir de algún modo que parezca una baja de guerra sin importancia. Pero primero debemos encontrarla.

En el viaje hacia el territorio del Clan Dragones de Fuego tuvimos tiempo más que suficiente para elaborar un plan que nos permitiese destruir el inspector y su escolta antes de que el primero iniciase su viaje en solitario hacia la Tierra. Ninguno de nosotros, incluyendo a Skippy, fue capaz de dar con algo viable. No había manera de que nuestro carguero disminuido pudiese enfrentarse a una nave sin que resultase destruido en el proceso.

Estaba tan desesperado que llegué a considerar la posibilidad de una misión suicida. Saltaríamos lo más cerca posible del inspector, atacaríamos con todo lo que teníamos y detonaríamos las doce atómicas de la bodega. Antes de eso necesitaba encontrar un planeta inhabitado apto para la vida humana para dejar allí a la mayor parte de la tripulación. Skippy enseguida me hizo ver que el problema era que los planetas capaces de albergar formas de vida complejas que estuviesen a una distancia razonable de un agujero de gusano no eran precisamente abundantes; y casi todos estaban habitados.

Incluso aunque nos quedásemos todos a bordo y activásemos la autodestrucción, no había garantías de llevarse por delante la nave de inspección. Y, de hacerlo, el enemigo se daría cuenta de que el ataque había sido un intento desesperado de impedir que llegase a la Tierra.

Así que de vuelta a la casilla de salida.

De momento necesitábamos información sobre el paradero del inspector y de su rumbo y escolta. Sin eso, todas nuestras especulaciones eran inútiles.

Por eso algo después me encontraba solo, salvo por la compañía de Skippy, en la más pequeña de las dos lanzaderas dentro de un pequeño cometa de hielo y polvo en dirección a una estación de comunicaciones propiedad de los Dragones de Fuego.

Un día, mientras estaba en el gimnasio, se me había ocurrido de repente que nuestro mayor problema no era que el *Holandés* fuese una sola nave, ni que hubiese sido diseñado para el transporte y no para la guerra. Ni siquiera que ahora tuviésemos solo dos reactores en lugar de los seis originales. Tras una reunión en la que no habíamos llegado a nada, me di cuenta en ese momento de que el problema era que no contábamos con suficientes misiles. De haber tenido la dotación completa, habríamos podido saltar junto a una nave enemiga, lanzar una andanada de misiles, saltar hacia la siguiente nave y lanzar otra andanada y así una y otra vez. Minimizaríamos el riesgo para el *Holandés* dando microsaltos y antes o después nuestro bombardeo arrollaría las defensas enemigas y daría en el blanco. Y aunque el inspector saltase, podríamos rastrearlo y seguirlo.

—Dime una cosa, Skippy, ¿podemos fabricar más misiles? —pregunté mientras me inclinaba para lavarme las manos en uno de aquellos minúsculos lavabos turanios—. O sea, nosotros no, tú. ¿Puedes, con el equipo que hay en el *Holandés*?

—Nop.

Esperaba una respuesta más detallada.

—¿Y por qué? Venga, Skippy, lo normal es que me abrumes con toneladas de información, mucha más de la que pido.

—Y tú no dejas de ignorarme y de interrumpirme hasta que rebajo el nivel lo suficiente para que lo entiendas. Así que mi respuesta es que no, mamón. Ya te lo he dicho, lo que hay a bordo es cuanto vamos a tener. Algunos elementos, como las ojivas de guerra de compresión nuclear son imposibles de crear sin instalaciones grandes y especializadas. Las unidades de propulsión de los misiles tampoco crecen en los árboles. Además de los pocos misiles turanios modelo 30 que nos quedan, según la designación oficial, me las he apañado para fabricar un par de misiles de nave a nave. Equivalen más o menos a un diseño kristango que se volvió obsoleto hace setecientos años. Hasta ahí llegan los milagros, Joe.

—Mierda. Me lo figuraba, pero tenía que asegurarme. ¿Podemos conseguir misiles en algún sitio?

Soltó un bufido.

—El tiempo que pasaste sin mí en Newark te ha vuelto más tonto todavía, por lo que veo. Sí, claro, Joe, paramos en el centro comercial de misiles, que además esta semana me parece que están de rebajas y ofrecen dos por uno a los clientes habituales. Serás imbécil.

—Hablo en serio. Tenemos una nave llena de tipos de las fuerzas especiales con ganas de zurrarle la badana a alguien. Ya hemos atacado un asteroide bien guardado; seguro que por algún sitio hay un arsenal o un almacén donde podemos robar algunos misiles.

—No. Joder, a veces me pregunto si te oyes hablar o te limitas a soltar todas esas gilipolleces sin darte cuenta de que las dices en voz alta. Tanto turanios como kristangos tienen almacenes y naves de suministro que transportan material a las flotas. Suelen tener misiles. Y suelen estar escoltadas por fragatas o destructores precisamente porque son blancos muy tentadores.

—Vale. Tacha esa idea.

—Asaltar un arsenal, que es la otra imbecilidad que has propuesto, es casi imposible. Las instalaciones turanias que fabrican misiles y ojivas de compresión nuclear siempre están en algún planeta rocoso sin atmósfera o en alguna luna similar. Se trata de sitios deshabitados, para que no haya problemas en caso de accidente, cosa que pasa de vez cuando. Suelen estar enterradas a gran profundidad, hablo de varios kilómetros, y tienen una extensión de docenas de kilómetros. Fabricar dispositivos de compresión nuclear es un proceso delicado. Los turanios lo usan porque su potencia destructiva es similar al de una bomba atómica, pero sin radiación. Supongo que te acuerdas de que las reglas prohibían la radiación.

—Sí, claro.

Las reglas que rindalus y maxolhxes habían obligado a adoptar a las especies subordinadas que luchaban por ellos estaban destinadas a mantener la guerra bajo cierto control e impedir que dañase planetas habitables, muy valiosos para ambas especies dominantes.

—Vale, no hay manera de atacar un lugar así. Así que cualquier plan que tracemos tendrá que ser con las armas que tenemos ahora.

—Me temo que sí, Joe. Y también me temo que sigo sin ver cómo se las va a apañar el *Holandés* para destruir un inspector y su escolta. Y mucho menos de un modo que no despierte las sospechas de los turanios.

—Mierda. Tiene que haber una forma modo en la que aún no hayamos pensado.

—En un multiverso de infinitas posibilidades seguro que sí. En este espaciotiempo en concreto, no lo veo.

Por eso Skippy y yo estábamos en una lanzadera congelada bajo la superficie de una bola de nieve sucia, desplazándonos fuera de control en el exterior de un sistema solar controlado por el Clan Dragones de Fuego. Enterrar una lanzadera en un cometa había sido la mejor idea que se nos había ocurrido para llevar a Skippy a escondidas lo bastante cerca de la estación repetidora de la que queríamos robar los datos. Tenía que estar a menos de trescientos mil kilómetros de distancia para ello. Y mejor si era más cerca, porque la estación repetidora no nos iba a dar sin más los datos si se lo pedíamos con educación, así que habría que escabullirse lo más cerca posible. Era como el problema del huevo y la gallina. Los códigos de acceso que habíamos adquirido al capturar el *Holandés* se habían cambiado hacía tiempo, siguiendo el sistema rotativo que usaban los turanios. De haber tenido los códigos actuales, nos habríamos limitado a saltar junto a la estación, habríamos solicitado un volcado de datos y habríamos seguido nuestro camino. Ese tipo de estaciones solían estar en el exterior de los sistemas solares para que las naves turanias pudiesen intercambiar información sin arriesgarse a internarse demasiado en un pozo de gravedad. Y el único modo de que transmitieran los datos que tenían, incluidos los códigos de acceso, era tener un código de acceso. Que no teníamos.

Lo dicho, el huevo y la gallina.

Una lanzadera nunca llegaría lo bastante cerca de una estación repetidora, ni siquiera camuflada y en óptimo estado operativo. El campo de camuflaje la ocultaría, pero el campo sensor de la estación se distorsionaría a causa del objeto oculto, lo que no pasaría desapercibido. Investigarían el asunto en detalle, lo que podía significar simplemente mandar un misil o lanzar un haz máser contra el objetivo.

Fue Desai la que tuvo la idea de capturar un cometa, cavar en él un hoyo lo bastante grande para una lanzadera y luego volver a taparlo. Capturamos un cometa pequeño en un sistema solar cercano que estaba deshabitado y lo metimos en el muelle con ayuda de una docena de soldados en armadura. Tenía una masa de un par de toneladas, lo que implicaba un montón de inercia, con o sin gravedad, así que había que manejarlo con sumo cuidado. Una vez en el muelle, que se mantuvo siempre al vacío, cavamos el agujero, Skippy y yo subimos a la lanzadera, los soldados nos encajaron en el agujero y empezaron a cubrirlo.

—Es una idea completamente estúpida —se lamentó Skippy—. Estúpida en proporciones épicas, cósmicas, multiversales. En toda la historia de la galaxia no creo que a nadie se le haya ocurrido algo tan estúpido.

—Menudo momento para decírmelo —respondí—. Fue idea tuya, joder.

—Ah, sí, esa idea es brillante.

—Entonces, ¿cuál es la parte estúpida?

—No me di cuenta de que ibas a pilotar tú. ¡Estamos jodidos!

—Ja a ja. *Holandés*, aquí Barney. Estamos listos.

—Oído, Barney. Agarraos fuerte —respondió Desai.

Aceleró el *Holandés* de modo que, cuando soltase el comenta, este tuviera la velocidad y el rumbo adecuados para llegar a la estación con aspecto de ser un trozo de basura espacial carente de interés, como muchos otros en la nube de Oort. Luego el *Holandés* saltó, liberó el cometa, se alejó un poco y volvió a saltar.

A partir de ese momento, estábamos por nuestra cuenta. Si todo iba bien, alcanzaríamos la estación repetidora en veintidós horas y el *Holandés* saltaría y nos recogería veintiséis horas después. Uf. Cuarenta y ocho horas a solas con Skippy. Le entusiasmaba la idea tanto como a mí.

—Espero que no hayas comido nada que te dé gases. Y ya podías haberte cortado un poco con la loción de afeitar.

—Avena y tostada para desayunar, tranquilo. Y no me he puesto ninguna loción. No hemos traído loción de afeitar de la Tierra, mamón.

Olisqueó.

—¿Es tu olor natural? La próxima vez mejor traes algún desodorante. Y encima esto no tiene ducha. Va a ser un viaje largo de narices.

—Y tanto. ¿Quieres jugar al ajedrez o alguna otra cosa?

—¿Contigo? Igual al tres en raya

Nos dejamos en paz durante un rato y me puse a leer un libro en la tableta. Luego intenté echar una cabezada, almorcé y leí un poco más mientras Skippy… bueno, yo qué sé lo que hacen las latas de cerveza cuando están a solas. Al acabar el libro, intenté jugar al ajedrez contra la tableta, lo que me permitió darme cuenta de que mis habilidades ajedrecísticas, ya de por sí penosas, habían empeorado. Miré a Skippy, estaba atado en el asiento del copiloto.

—¿Estás ahí?

—Qué remedio. ¿Qué pasa?

—Hay algo que me tiene un pelín intranquilo. Bueno, en realidad, acojonado. ¿Cómo se las apañó el escuadrón de destructores turanios para tendernos una trampa?

—Bueno…

—Porque si han descubierto que somos los humanos los que pilotábamos la nave, estamos jodidos aunque no hayan descubierto que trampeamos el agujero de gusano.

—Creo que no…

—¿La he cagado? ¿Voy a ser responsable de que nos maten a todos? Y no me refiero a la tripulación del *Holandés*, sino a toda la humanidad.

—Has…

—Tengo que…

—¡Joseph Arthur Bishop!

El grito me hizo sentarme de golpe.

—La única que me llama por el nombre completo es mi madre. Y solo cuando está cabreada conmigo.

—No me quedó más remedio. No dejabas de parlotear. Tranquilízate, no la has cagado. O, para ser exactos, tus múltiples cagadas no tienen nada que ver con la emboscada de los hombrecitos verdes. No nos estaban esperando, eso es imposible. Si los turanios supiesen que los monos pilotan el *Holandés*, habrían establecido una defensa por capas con acorazados en el centro, que pueden proyectar campos de distorsión mucho más potentes. No habríamos tenido la menor posibilidad de escapar de haber encontrado algo así.

Y los turanios nunca habrían asignado una misión tan importante a un simple escuadrón de destructores. Si supieran que uno de sus cargueros ha sido robado y conociesen su paradero, enviarían una flota completa, por lo menos. No se andan con medias tintas.

Seguía sin estar convencido.

—Vale. ¿Pero qué posibilidades hay de que saltásemos sin querer a una trampa como esa? Y no te me pongas a calcular hasta el puto vigésimo decimal. Estoy preguntando en serio.

—No hace falta calcular nada. No creo que saltásemos a una trampa.

—¿Eh?

—Verás, de haber sido una trampa, habría habido más naves esperándonos y estaríamos muertos. Bueno, vosotros. Yo estaría a la deriva con ganas de morirme. Aunque tirarme un par de años en el vacío igual me limpiaba la peste de mono. Casi toda. Lo que creo que ocurrió es que el enclave Antiguo que pensaba que aún no había sido descubierto en realidad sí que era conocido para los turanios, quienes lo habían vandalizado del todo hace tiempo. Mientras lo saqueaban, seguramente establecieron el sistema como base militar para defenderse de un ataque de los yeraptas. El sistema solar al que fuimos estaba muy cerca del territorio yerapta antes del cambio en la red de agujeros de gusano, así que los turanios fortificaron la zona para proteger su botín. Tras terminar el saqueo, diría que los turanios decidieron seguir usando el sistema como base secreta militar. Como ya te dije, los sensores kristangos de la *Flor* eran una mierda, casi ni podían detectar una estrella dentro de un sistema solar, así que no tenía la menor oportunidad de encontrar una base militar kristanga si estos la habían mantenido oculta.

—La teoría es cojonuda, pero no explica cómo es que nos rodearon casi inmediatamente después del salto.

—Esto… Eso puede que haya sido culpa mía. En parte. Una parte infinitesimal.

—¿Cómo? Vas a cantar la *Traviata* ahora mismo.

—¿Por qué la *Traviata*? Nunca he entendido qué tiene de especial esa ópera para que todo el mundo se empeñe en usarla como sinónimo de confesar.

—Nunca he visto la ópera, así que no tengo ni idea. Es una frase hecha, Skippy.

—Muy bien, tomo nota.

—¿Y bien?

—Y bien, ¿qué? Ya te he dicho que tomo nota, qué más quieres que haga.

Puse los ojos en blanco.

—¿Te acuerdas de aquello de que la emboscada igual fue culpa tuya en parte? Joder, que hace cinco segundos que lo has dicho. ¿Cómo puedes haberlo olvidado?

—Cinco segundos de cachocarne, idiota. El equivalente para mí a que tu especie baje del árbol e invente el lenguaje escrito, más o menos. Si es que no se lo robasteis a alguien.

—No cambies de tema.

—Vaya, el mono se ha mosqueado. Vale, creo que el escuadrón de destructores estaba haciendo prácticas o entrenando o algo así. O bien ellos o algún satélite camuflado detectaron el salto de la *Flor*; hasta un ciego lo habría visto. Los turanios no reaccionaron, seguro que se preguntaban qué coño pintaba por allí una fragata kristanga. Era imposible que hubiese viajado por sí misma al sistema, así que estaban bastante intrigados. Cuando la *Flor* se alejó con un nuevo salto, los turanios se dieron cuenta de que no los había detectado y supusieron que volvería con más naves. Así que se pusieron en posición y crearon un campo de amortiguación que cubrió la zona en la que era más probable que saltase la *Flor*. Eso explica también por qué al principio su campo no estaba configurado para impedir que una nave turania escapase de un salto; esperaban naves lagartas, no uno de sus propios cargueros. Nuestro salto debió de dejarlos de piedra. Gracias a eso y a que tardaron en reaccionar, pudimos escapar la primera vez.

Asentí.

—Vale. Tiene sentido, pero no explica por qué fue culpa tuya.

—Mierda, creí que lo habrías olvidado. ¿Por qué en estos casos no tienes tu habitual memoria de pez, coño? Verás, creo que intenté pavonearme un poco y programé el *Holandés* para que saltase exactamente al mismo punto en el que la *Flor* se había ido. Me está bien empleado por querer impresionar a un barril de monos, como si me importase lo que piensan.

Era un capullo arrogante, eso sin duda, pero no tenía sentido que se sintiese culpable por algo que no era culpa suya.

—Bueno, fuiste un poco más preciso de lo necesario, pero eso tampoco tiene tan importancia. Aunque hubieras saltado a mil kilómetros, los destructores nos habían rodeado igual. Aquel era el mejor lugar para saltar al sistema, ¿no?

—Eh, no, en realidad no. Era el mejor lugar para que saltase la *Flor*, teniendo en cuenta la mierda de motor de salto que tenía. Pero el *Holandés* podía haber saltado mucho más cerca del enclave Antiguo. Por eso me siento culpable, Joe. Los turanios habían montado la trampa donde esperaban que saltasen las naves kristangas y yo usé ese mismo lugar. Si hubiese saltado más cerca de la luna, que es lo que tendría que haber hecho, habríamos estado al borde del campo de amortiguación y habríamos llegado mucho más lejos con el primer salto al huir.

Estaba realmente avergonzado. Lo entendía perfectamente. Me había sentido así al iniciar la conversación, cuando estaba convencido de por mi culpa iban a exterminar a los humanos.

—Joder, Skippy. Y has dejado que me sienta culpable todo este tiempo. Y resulta que era culpa tuya.

—Solo un poco.

Sonaba dolido.

—Lo siento. Supongo que confiaba en que, si los turanios tenían un modo de rastrear al *Holandés*, nosotros podríamos hacer algo parecido y solucionar el problema de cómo cargarnos la nave de inspección.

—No, Joe, solo tuvieron suerte. En este caso no hay atajos.

Seguimos cruzando el espacio vacío en aquella bola de nieve sucia, rotando cada cuarenta y seis minutos. No había el menor indicio de que la estación repetidora nos considerase una amenaza, pese a que su red de sensores de largo alcance nos había detectado hacía un par de horas. No éramos más que una bola de nieve inocente, inofensiva y carente de interés, igual que los millones de ellas que había alrededor del sistema solar. Confiaba en que no pasásemos tan cerca de la estación que llegasen a considerarnos una amenaza.

Todo fue bien hasta que nos encontramos a cuatro horas del punto más cercano de nuestra trayectoria.

—¡Fogonazo gamma! —me avisó Skippy—. ¡Varios! Acaban de saltar siete, no, ocho naves kristangas. Están entre nosotros y la estación repetidora. ¡Joder! Siguen un curso más o menos paralelo al nuestro. A menos que se desvíen, vamos a pasar demasiado cerca para mi gusto, casi una hora después de que crucemos junto a la estación. ¡Oh, no, esto no mola nada! ¡Mierda!

—¿Nos han visto? ¿Saben que estamos aquí? —pregunté, llevado por el pánico.

—Claro que ven el cometa, pero no hay modo de que sepan que la lanzadera está bajo el hielo. No lo creo. Las posibilidades son muy remotas.

—¿Y a qué coño han venido?

—Las estaciones repetidoras son puntos de encuentro bastante habituales, Joe, así que no es tan raro. Es una putada, pero no es raro. A lo mejor están intercambiando información. Espera, cállate unos minutos, que estoy escuchando lo que dicen. —Permaneció un rato en silencio, igual que yo, aunque yo además estaba conteniendo la respiración—. Tenemos un problema, Joe. Las buenas noticias es que las naves van a intercambiarse información y luego seguirán su camino, ni nos han detectado ni nos están buscando. Las malas, que están esperando a que se les una otra nave y, mientras tanto, llevarán a cabo una operación de intercambio de suministros y tripulaciones entre las distintas naves. Habrá lagartos en trajes en el exterior y lanzaderas yendo de una nave a otra. No van a querer que una bola de nieve les cause algún problema. Es posible que nos disparen con el máser para cambiar nuestra trayectoria. Lo siento.

—¡Joder! ¿Hay algo que pueda hacer? Hmmm. Tú eres lo bastante pequeño para que no te vean.

—Sí. Podría reducirme al tamaño de un pintalabios y me convertiría en invisible para sus sensores. ¿Por?

Me desabroché el cinturón.

—Porque puedes ir por ti mismo a la estación repetidora. No necesitas la lanzadera.

—¡Un momento! No irás a tirarme por una escotilla.

—Pues sí. Te daré un empujoncito para que flotes hacia la estación. Así, si los kristangos le dan al cometa, a ti no te afectará.

—¡Pero a ti sí, capullo!

—Correré el riesgo. El Ejército me dijo en su día que igual habría ciertos riesgos en el trabajo y luego me dio un fusil. Tuve que firmar y dar mi consentimiento.

—Sí, no te jode, riesgo de que pegases un tiro en el pie. Esto es una idea estúpida a niveles gargantuescos, no sé si te lo he dejado claro. Hasta para tus estándares de mono.

Respondí mientras me ponía el casco del traje espacial:

—Estoy abierto a sugerencias, siempre que impliquen que puedas acercarte a la estación sin ser detectado, obtener los datos que necesitamos y llevarlos al *Holandés*. ¿Tienes alguna?

—No.

—Pues no nos queda otra que…

—Quiero decir que aún no la tengo. Sí que eres impaciente, joder.

—Hs tenido un par de segundos para ofrecerme una buena sugerencia, lo que habrán sido unos cuantos años en tiempo de Skippy. Si no se te ha ocurrido algo, no creo que se te ocurra ya. No hay más alternativas. No te pasará nada ahí fuera, estarás bien.

—Defíneme «bien», pero ahora aplicado a ti. Si le disparan con el máser a esta bola de nieve…

—Soy un soldado, Skippy, y lo primero es la misión. Soy solo uno y hay miles de millones de monos. Joder, acabaré diciéndolo sin darme cuenta. Miles de millones de humanos, quiero decir. En esta misión apenas hay margen de error, y el único modo que tenemos de rastrear la nave de inspección es con los datos de la estación repetidora; tú mismo me lo dijiste. Necesito que hagas esto y que no te preocupes por mí. ¿Vale?

—¿Cómo no me voy a preocupar si eres tonto hasta para ser un mono? No sabes valerte por ti mismo. Eres el típico mono que, cuando ve un leopardo, dice: «Qué manchas tan bonitas» y se pone a acariciarlo.

—Si consigues los datos de la estación, te prometo que nunca intentaré acariciar un leopardo. ¿Trato hecho?

—Esto no mola nada, Joe, nada de nada.

—Tampoco estoy dando saltos de alegría, pero es lo que hay. ¿Trato hecho?

Suspiró con pesar.

—Sí, supongo que sí. Joder, ¿por qué no se te ocurre una de esas ideas absurdas?

—¿Esta te parece poco absurda?

—No te falta razón. Venga, manos a la obra.

Cuando taparon el agujero del cometa, no lo cubrieron por completo, sino que tendieron una fina lona sobre la parte superior y la regaron hasta que el agua se congeló y tapó la lona. Para hacerla parecer como el resto del cometa, tiraron algo de nueve sucia por encima. Desde el exterior no había forma de ver el agujero.

Abrí la escotilla y me impulsé con cuidado hasta la parte inferior de la lona y luego corté un agujero lo bastante grande para pasar. Skippy me había aconsejado que lo hiciera cuando mi lado del cometa no encarase la estación repetidora ni las naves kristangas. Saqué la cabeza y los hombros y sostuve a Skippy en alto.

—¿Hacia dónde?

—A tu izquierda. Dame un buen empujón o no me alejaré gran cosa. A la de tres, ¿de acuerdo? Tres, dos, uno. ¡Ya!

Con los pies y la mano izquierda clavados en el hielo, lancé a Skippy con la derecha tan fuerte como pude. Enseguida lo perdí de vista.

—¿Fue suficiente?

—Un poco tarde para preguntar. Pero sí, ha sido un buen empujón, me acercará tres mil kilómetros más a la estación. Ahora tienes que guardar silencio. Podré hablarte, pero no puedes responder. Buena suerte, coronel Joe.

Buena suerte, Skippy, modulé en silencio. Cubrí el agujero antes de que la rotación lo hiciera visible a los kristangos. Fue un trabajo chapucero, pero confiaba en que ningún kristango se aburriese tanto que decidiera examinar aquella bola de nieve.

Una vez terminado el trabajo, volví a la lanzadera, pero me dejé puesto el casco. Si los kristangos disparaban al cometa, quería tener suministro de oxígeno, por si abrían un agujero en la lanzadera. También activé el campo de camuflaje de la nave y lo puse lo más cerca posible del casco. Aquello gastaría mucha energía, pero mientras no encendiese los motores, sería suficiente. Lo normal habría sido que el campo se extendiese más allá del cometa, pero eso habría alertado a los kristangos.

Por último activé el seguro de hombre muerto para la cabeza de misil que había en el asiento de detrás. Si todo iba mal, no me arriesgaría a que los kristangos descubrieran un humano, o restos humanos, en una lanzadera turania. Podía soltar el seguro o, en caso de estar muerto o seriamente herido, mi mano se relajaría y tanto el cometa como la lanzadera se convertirían en una nube de partículas. Skippy estaría a salvo; una simple cabeza de misil no podía hacerle nada. Antes o después contactaría con el *Holandés*, lo recogerían y Chang seguiría con la misión.

Habría preferido otro desenlace, ya que lo preguntáis. Me quedaba por comer un montón de hamburguesas antes de morir.

Me dispuse a esperar.

No por mucho tiempo. Skippy me avisaba poco después:

—¡Van a disparar el máser!

Cerré los ojos y me preparé para sentir un dolor desgarrador justo antes de morirme.

No pasó nada.

Lo único que noté fue que el cometa se sacudía y se movía un poco. Como si se balanceara muy despacito.

—Por si te preguntas cómo es que sigues con vida, es porque han usado un máser de baja potencia. No pretenden romper el cometa, eso sería aún más peligroso para ellos, porque entonces tendrían que rastrear un montón de objetos más pequeños en lugar de uno de tamaño medio. El máser de baja potencia está calentando un lado del cometa, haciendo hervir el hielo lo suficiente para que cambie el rumbo. No te comenté antes esta posibilidad porque no estaba seguro de que actuasen así. No quería crear falsas esperanzas. A veces los kristangos usan cometas como blancos en prácticas de tiro, lo cual no habría sido nada bueno para ti. De momento, no tienes por qué preocuparte de nada.

¿De momento? No poder responderle hacía que me subiese por las paredes. Intenté relajarme, y respiré hondo mientras el cometa vibraba con suavidad a mi alrededor. No era plan de relajarse demasiado, no fuese a activar accidentalmente el seguro de hombre muerto. De haber pasado algo así, lo peor no habría sido morir, sino que Skippy se quedaría convencido de que yo era el mono más imbécil del mundo.

El cometa se balanceó hacia un lado.

—No pasa nada. Se ha soltado un trozo de hielo, pero lo han volatilizado. En unos minutos volverán a apuntar al cometa, lo cual puede ser un problema. La rotación va a causar que el máser le dé a nuestro agujero dentro de doce minutos. No es raro que haya huecos en los cometas, pero el que hemos hecho es demasiado grande. Cuando la lona salte por los aires, va a parecer muy sospechoso. A ver si se me ocurre algo.

»Ya que estamos —añadió de pronto—, ni se te ocurra hacer ninguna tontería como intentar usar los motores o los impulsores de la lanzadera.

Tenía la mano sobre los controles de encendido cuando lo dijo. La devolví al regazo.

—Piensa rápido, Skippy —murmuré.

Ahora que ya no contaba con morir pulverizado por un haz de máser, me di cuenta de que la idea me parecía humillante.

—¡Ya lo tengo! —dijo Skippy con entusiasmo—. Bueno, más o menos. Eso creo. Las buenas noticias son que, pase lo que pase, va a ser acojonante, porque nunca he intentado esto. Las malas, que puede ser un fracaso de proporciones épicas. Pero eso también molaría, ¿no? Bueno, mola más si sobrevives, claro. Eso no hace falta ni decirlo. Si pudieras verlo, también pensarías que mola. Bueno, que me mola a mí. A lo mejor a un mono no. Pero mola mucho.

Lo que me tenía en vilo no era no saber qué demonios pensaba intentar, sino quedarme callado y no poder interrumpir su farfulleo interminable. Me di cuenta de que había un cambio en la vibración del cometa; no sabría describir cómo era, tan solo me parecía distinta, como si hubiera más de una fuente de vibración.

—¡Funciona, Joe! Eso creo. Hmmm. Sí, funciona, más o menos. Bueno, suficiente, creo. Jejé.

Al oír aquello, se me erizó el pelo de la nuca. ¿Qué coño estaba haciendo?

—Por si acaso te lo preguntas, te diré que es pura molonidad certificada al cien por cien, chapada en oro de primera calidad. Aunque ahora que lo pienso, esa expresión no tiene mucho sentido. Si estás intentando convencer al público de que algo es acojonante de verdad, no dices que está chapado en oro, dices que es de oro macizo. Porque, vamos, un zurullo de perro chapado en oro sigue siendo un zurullo de perro, ¿no? ¿Por dónde iba? Hmmm. Ya no me acuerdo. Seguro que no era nada importante. Ah, sí. Iba a explicarte qué es eso tan acojonante que acabo de hacer. Acojonante en oro macizo, que quede claro, es oro puro de la superficie al centro, compañero.

En aquellos momentos habría dado la bienvenida a la muerte, si con eso se callaba.

—¿Qué estaba diciendo? Ah, sí, explicándote el asunto. ¡Ja! Sí, hombre, explicarle física avanzada multidimensional a un mono. ¿En qué estaría yo pensando? A ver si lo puedo rebajar al nivel de Barney. Eso era un chiste, por si no lo has pillado. De mis favoritos, nunca me canso de él. Solo a ti se te ocurriría enfrentarte a una invasión alienígena en una furgoneta de helados. Y ni siquiera en una decente, sino en la más mierdosa que pillaste. En fin, esto te a flipar. Estoy distorsionando el espaciotiempo a niveles infinitesimales para que el giro del cometa sea un poco diferente, lo bastante para que el máser no le dé al agujero que cavamos. Mola, ¿eh? Nunca había modificado el espaciotiempo en un área tan diminuta; los cálculos son totalmente distintos. La verdad es que es muy interesante. Creo que nadie ha hecho esto antes. ¡Soy el primero! Joder, sí que mola…

Siguió farfullando durante un rato, no sé cuánto, dejé de escuchar al cabo de unos minutos. A lo mejor se tiró hablando los doce minutos que duró aquello; supongo que sí, porque, cuando estos se cumplieron, seguía hablando. Ni idea de qué decía. No importaba, me bastaba con oír su voz, con saber que estaba cerca y me hablaba; me ayudaba a controlar el temblor de las manos, sentado a solas con mi miedo. Estar solo es malo; tener miedo es terrible, pero estar solo y con miedo es lo peor que se puede sentir.

—¿...sigues por ahí, Joe? Creo que va todo bien, estás a salvo. El máser se cortará en un par de minutos, en cuanto a los kristangos les parezca que ya no eres un obstáculo.

Seguía apretando el seguro de hombre muerto. Mientras esperaba el momento en que los kristangos por fin apagasen el máser, lo sujeté con ambas manos para asegurarme de que no me cansaba. Por fin Skippy me confirmó que el peligro había pasado.

—¡Perfecto, Joe! Han apagado el máser y el comandante kristango se da por satisfecho con la trayectoria actual del cometa. Hmmm. Han volatilizad bastante más de lo que esperaba; más de lo necesario, de hecho. Menos mal que no pillamos un cometa más pequeño o asomaría parte de la lanzadera. Puedes apagar el campo de camuflaje y ahorrar un poco de energía. Menos mal que no necesitaban hacer prácticas de tiro, ¿eh? Eso no habría molado nada. Dentro de dieciocho minutos tendré que guardar silencio; me acerco a la estación repetidora y voy a tener que concentrarme en mi tarea, o todo esto no habrá servido para nada. En un par de horas estaremos demasiado lejos para que pueda hablar contigo. Mientras tanto, ahí va una selección de las mejores canciones para mantenerte entretenido. *Make'em laugh, make'em laugh! Everybody wants to laugh! Make'em laugh!*

¿Canciones de musicales? Sí, joder, canciones de musicales, como las que oían mis abuelos. Cantó una tras otra durante los siguientes dieciocho minutos, hasta que se interrumpió de repente. No supe más de él tras eso; o estábamos demasiado lejos o estaba ocupado. Desactivé con cuidado el seguro de hombre muerto, lo dejé a un lado y desactivé también la cabeza explosiva.

Catorce horas más tarde los sensores de la lanzadera captaron un fogonazo de rayos gamma y luego siete más. La flota kristanga había saltado. Bien.

Veintiséis horas después de haber perdido contacto con Skippy, la consola me avisó de un nuevo fogonazo y el *Holandés* me envió un ping. Les respondí para que buscaran y recogieran primero a Skippy. Supongo que sintieron curiosidad al ver que el cometa no estaba donde debía y que Skippy no estaba conmigo.

Dieciséis minutos más tarde detecté un nuevo fogonazo gamma. Y luego nada más. Solo silencio.

Transcurrieron diecinueve horas. No sabía qué estaba pasando y no tenía la menor idea de cómo se encontraba el *Holandés*. Era imposible que les hubiese llevado diecinueve horas contactar, localizar y recoger a Skippy, así que tenía que haber ocurrido algo. ¿Habrían detectado los kristangos a Skippy de alguna manera y lo habían interceptado? ¿Lo habrían detectado los sensores de la estación repetidora cuando intentaba infiltrarse en los bancos de datos?

No. De haber lanzado un ping hacia Skippy sin obtener respuesta, el *Holandés* habría vuelto a contactar conmigo. Así que habían encontrado a Skippy y luego había pasado algo que les había impedido recogerme.

Mierda.

No había gran cosa que pudiera hacer. La lanzadera podía reciclar el aire para una persona durante casi un mes y había agua de sobra si la consumía con cuidado. El problema era la comida. Solo había traído lodos para una semana. ¿Qué coño podía hacer? El sistema de navegación me informó de que el nuevo rumbo del cometa lo llevaba lejos de la estrella local y que no se acercaría a la estación repetidora en los próximos mil años. El cometa no llegaría lo bastante cerca del sol para fundirse en los próximos diez mil años, que era lo máximo que podía proyectar el ordenador de vuelo. No estaba mal.

Rebusqué por todas partes, pero lo único que encontré fue una bolsa de plástico con un solitario cacahuete dentro de un bolsillo en el asiento del copiloto; alguien lo había dejado allí durante una misión o unas prácticas. Un cacahuete. Lo estuve mirando largo rato, hasta que metí la bolsa en un hueco que había en la consola del piloto.

Solo tenía lodos de plátano, los que nadie quería a causa de su sabor artificial. Los había traído para deshacerme de ellos y se habían convertido en mi único alimento. Menuda planificación. Tendría que racionarlos para darle el máximo tiempo posible al

Holandés para que volviera. Y cuando se acabasen, daría cuenta del cacahuete. Podía programar los controles para que el oxígeno se fuera reduciendo poco a poco, de modo que cayese gradualmente en un sueño indoloro del que ya no despertaría.

Que yo supiera, mis compañeros de clase no me habían elegido como «el tipo con más posibilidades de acabar dentro de un cometa en el exterior de otro sistema solar». Claro que igual me lo había perdido. Tampoco me habían elegido como el Payaso de Clase ni nada parecido que molase un poco.

Ahora que lo pensaba, seguro que algún cabronazo había recortado una foto de Barney y la había pegado sobre mi retrato en el anuario.

Tampoco importaba gran cosa.

Como no tenía mucho que hacer, puse un temporizador de diez horas para que me avisase para comerme un lodo, apagué las luces e intenté dormir.

Y sí, lo habéis adivinado, justo cuando empezaba a dormirme, la consola me avisó de un nuevo fogonazo gamma y el *Holandés* me lanzó un ping y un corto mensaje.

—Enseguida lo subimos a bordo. Tiempo estimado, cuatro minutos.

Sentí un empujón, luego un golpe fuerte y luego una vibración. Justo entonces oí de nuevo la voz de Skippy:

—¡Eh, Joe! ¡Qué bueno verte, compañero! Después de que me recogieran, tuvimos que saltar. Nos habría llevado mucho tiempo ir a recogerte por el espacio normal y la nave habría estado demasiado expuesta. Esperamos a que te alejases lo suficiente de la estación repetidora antes de arriesgarnos a volver. Agárrate, que estamos abriéndote un agujero, en un minuto estarás fuera.

—Gracias, Skippy. Me encanta oír tu voz. ¿Ha habido suerte con la estación?

—Claro que sí. ¡Estamos en racha! Aunque, ahora que lo pienso, la expresión es un pelín ambigua, tanto puede ser una racha buena como una mala. En este caso, es buena. ¡Éxito! Más o menos. Sube a bordo y te lo cuento todo. Bueno, primero te duchas, claro.

29

Skippy casi no esperó a que me sentase y empezó enseguida con el informe:

—Esto es lo que he descubierto, Joe. No tengo muy claro si al final serán buenas o malas noticias.

—Creí que querías que antes me duchase.

—Como prefieras, aunque no es que huelas mucho mejor después de ducharte, así que da un poco lo mismo. A menos que quieras esperar.

—No —respondí mientras me desataba las botas—. Adelante.

—Mis expectativas de que el Clan Dragones de Fuego contase con información sobre la misión de la nave de inspección se han visto cumplidas en parte.

—¡Genial! —Antes de agacharme para meterme en la ducha, pulsé el botón y comprobé la temperatura, por si a Skippy se le había ocurrido gastarme una broma y lanzarme un chorro de agua helada—. Así que sabes dónde está la nave y hacia dónde va.

—Me temo que no. Los Dragones de Fuego no tenían información ni sobre la nave de inspección ni sobre la escolta de destructores.

—Eso no son buenas noticias. Dijiste que dos de los Dragones de Fuego irían en la misión y que la nave de inspección tendría que recogerlos antes.

—Eso mismo dije. ¿Me oyes bien, Joe?

—Sin problemas —respondí con la cabeza bajo la ducha. Sentir el agua caliente quitándome de encima toda aquella mugre me sentó de maravilla.

—Estupendo. Sí, hay dos líderes del Clan Dragones de Fuego que irán en la misión; han pagado un extra por ese privilegio. Ya sabes que no se fían de los turanios. Y tienen motivos, vista su historia. Los turanios, a su vez, tampoco se fían de los kristangos, y tienen también buenos motivos. A los kristangos les encanta humillar e insultar a los kristangos siempre que pueden y por eso mismo a los dos líderes del clan no les han dejado salir al encuentro de la nave de inspección. En su lugar, los van a recoger con un par de naves cisterna. Hacerlos viajar en naves de tan bajo estatus es un insulto deliberado y muy grave, y los kristangos son muy conscientes de ello, pero no hay nada que puedan hacer.

—Se me parte el corazón. Igual les mando una nota de apoyo. ¿Dónde y cuándo los va a recoger la nave cisterna?

—El dónde lo sé y he programado el rumbo en el ordenador de viaje. El cuándo es más problemático. Llegarán a las naves cisternas dentro de tres días y no hay manera de que los alcancemos a tiempo.

—Mierda. ¿Y sabes en qué dirección van luego?

—No. No es la clase de información que los turanios darían al Clan Dragones de Fuego.

—Joder. —Pulsé el botón y corté el agua. ¿Por qué demonios hablábamos tan a menudo cuando yo estaba en la ducha?—. Entonces, estamos perdiendo el tiempo, ¿no? ¿Ya es demasiado tarde? —Era una píldora amarga. Los mensajes de la estación repetidora habían sido nuestra única baza para interceptar la nave de inspección antes de que llegase a la Tierra—. Espera. ¿Podría pasar que algo se torciese e impidiera que los kristangos llegasen a tiempo a la cita?

—Supongo, pero no has…

Pulsé el botón para abrir el intercomunicador con el puente.

—Aquí el coronel Bishop. Skippy ha programado un nuevo rumbo en el ordenador de viaje. Salten en cuanto sea posible.

—A la orden —respondió Chang sin hacer ninguna pregunta.

—No podemos malgastar más tiempo aquí, Skippy. ¿Hay algún modo de acortar el viaje, algún truco de magia con los agujeros de gusano?

—El rumbo que he trazado incluye un atajo gracias a que he manipulado un agujero de gusano. Pero no has…

—Tiene que haber algo que podamos hacer. Déjame que piense…

—¡Joe! Si cierras el pico un segundo, termino de contarte el asunto.

—Lo siento, Skippy, ha sido muy grosero por mi parte interrumpirte. Sigue, por favor.

—Gracias. Como te acabo de explicar, las dos naves de apoyo son básicamente enormes cisternas que transportan combustible para el inspector. Repostará justo antes de librarse de la escolta e iniciar el viaje en solitario hacia la Tierra. Las naves cisterna estarán cargando combustible en un gigante gaseoso en un sistema solar deshabitado y ahí es donde los kristangos se reunirán con ellas. Eso quiere decir que las naves cisternas se encontrarán con la nave de inspección no muy lejos de allí. Antes de que sueltes uno de tus habituales comentarios idiotas y me preguntes para qué me molesto en contarte esto, te diré que creo que a esos tanques les llevará varios días completar la carga de combustible, así que deberíamos poder llegar al sistema solar antes de que se vayan.

—¡Eso es cojonudo, Skippy! —Nunca habría creído que pudiera pasar tan a menudo de la felicidad a la desesperación y luego de vuelta a la felicidad—. ¿Por qué no me lo dijiste antes?

—Lo intenté, so mamón, pero no dejabas de parlotear. A veces mueves los labios tan rápido que el día menos pensado van a echar a volar como si fueran un pájaro.

—Lo siento. Así que sabemos dónde van a estar las naves cisterna y que se reunirán con el inspector después de que llenen los depósitos en la gasolinera.

—Es un planeta, Joe, no una estación de servicio. La operación que implica absorber los gases adecuados…

—Ya sabes lo que quiero decir, Skippy.

—Me refiero a que es una operación compleja y delicada. Seguimos sin saber dónde irán las naves cisterna una vez hayan repostado y no tenemos forma de seguirlas sin que nos detecten.

Terminé de abrocharme la camisa y me puse los pantalones.

—Tranquilo, Skippy. Estar atrapado en el cometa me dio tiempo suficiente para pensar. Se me han ocurrido unas cuantas ideas.

—Uf, me lo temía.

El *Holandés* dio el salto según lo previsto hacia el sistema solar donde seguramente las naves cisterna turanias estarían llenando los depósitos con combustible. Según Skippy llegaríamos bastante antes de que se fueran a reunirse con la nave de inspección, así que todo iba de maravilla. Salvo por el detallito de que seguíamos sin un plan practicable que nos permitiera atacar la nave de inspección. O, para ser más exactos, atacarla de forma que los turanios pensasen que había sido destruida en una incursión rutinaria de los yerapta. Aunque algo empezaba a tomar forma en mi cabeza.

—Hay algo que no entiendo, mi coronel —dijo Smythe. Ambos estábamos en la cambusa, lanzándonos ideas sobre el ataque—. Leí el informe tras su primera misión. Decidió enviar las naves kristangas atracadas en el *Holandés* a un gigante gaseoso porque le preocupaba que pudieran lanzar drones con los registros de las naves. —Vi varias cabezas que asentían a nuestro alrededor—. La información en esos registros habría alertado a los kristangos, o incluso a los turanios, de que fuerzas hostiles se habían apoderado de una fragata kristanga y de un carguero turanio.

—¡Eh! No fui nada hostil —protestó Skippy—. Quizá no fue tan educado como…

—No se refiere a eso, Skippy —dije, tratando de no reírme.

—Ah, vale. En este caso hostil significa que me apoderé de su nave y los maté a todos. Sí, bueno, quizá pueda verse como hostil —añadió con un gruñido—, al menos en ciertas culturas.

Smythe asintió.

—Correcto. Cuando ataquemos estas naves, suponiendo que para entonces tengamos un plan viable, sin duda lanzarán drones camuflados. Cuando los turanios los encuentren, sabrán que fueron atacados por una sola nave, e incluso podrán determinar que se trataba de un carguero turanio.

—Entra dentro de lo posible —admitió Skippy—. Durante la batalla podrían dañar nuestro campo de camuflaje y mandar al cuerno el disfraz de yerapta.

—He ahí el problema —concluyó Smythe—. No solo hay que destruir las naves, sino hacerlo de un modo que parezca un ataque yerapta. Y los drones desvelarán nuestra tapadera.

—Muy bien señalado —dijo Skippy con entusiasmo—. Sí, señor. ¿Tienes respuesta, sabiondillo?

—Claro. Vas a encargarte del problema.

—¿Yo? ¿Cómo? A lo mejor no prestabas atención, así que te resumiré el problema. —Sonaba casi extasiado—. Las naves llevan drones con el diario de navegación. Cuando se destruyen o están demasiado dañadas, lanzan uno o varios de esos drones. Son minúsculos y están camuflados. Nuestros sensores no los pueden detectar. Y ese es el problema, chaval; antes o después los turanios mandarán una nave para investigar qué le ha pasado a su valioso inspector y su escolta. Y aunque espero engañar sus sensores para que crean que los han atacado los yerapta, no puedo garantizarlo.

—Claro que puedes. Para ti es pan comido.

—Hmmm. Verás, es que me dejé el unicornio mágico en Paraíso, así que no puedo dar con un montón de drones camuflados de los que ni siquiera conozco la cantidad.

—Claro que puedes. Basta con preguntarles dónde están.

Hubo una pausa antes de que Skippy respondiera. Quizá se estaba preguntando qué se me había ocurrido.

—A ver, Joe —dijo al fin—, me parece que voy a tener que explicarte otra vez lo que significa «camuflado».

—No hace falta, lo entiendo…

—Creo que sé lo que está pensando, mi coronel —intervino Adams de repente. Sonaba entrecortada.

—Esta sí que va a ser buena —dijo Skippy entre risas—. Adelante, sargento Adams, ilumíneme.

Me miró y yo asentí, así que se echó un poco hacia adelante mientras decía:

—Skippster…

—¿Skippster? —preguntó, sorprendido.

—Vale, pues Skippy —respondió ella con un guiño—. Los drones están camuflados para que el enemigo no los localice, pero responderán a una señal con el código adecuado procedente de una nave turania, ¿correcto?

—Sí, claro, no servirían de nada. Sigo sin ver… ¡Mierda!

Me eché a reír.

—¿Lo has pillado ya, Skippy?

Se oyó un suspiro lastimero.

—Cuando cargue un virus en el ordenador turanio para que lancé un dron con las coordenadas del punto de encuentro antes de que salte, también tengo que descargarme los códigos de acceso del dron, ¿correcto?

—Lo has pillado, sí. Así, cuando saltemos a donde sea que se vayan a encontrar las naves, podrás enviar una orden a los drones para que nos digan dónde están.

—¿Puedes hacerlo, Skippy? —preguntó Adams.

—Sí, claro que puedo. Qué listos os creéis los monos. Pensaba que odiaba al coronel Joe por encima de todos los demás, pero acabas de moverte a la parte de arriba de la lista, sargento Adams.

—Cuánto honor —respondió ella en son de burla.

—¿Y tras usar los drones para que nos manden su posición, piensas usarlos como prácticas de tiro? —preguntó Skippy.

—Claro que no. No pretendo destruirlos —respondí de inmediato.

—Vale, entonces, se me está escapando algo. —La sorpresa en la voz de Skippy no podía ser más convincente.

—No vamos a destruirlos, porque no van a reventar nuestra tapadera. De hecho, van a vender nuestra tapadera a los turanios. Una vez los hayas localizado y accedido a sus sistemas, alterarás los diarios de forma que todos los drones muestren que sus naves sufrieron el ataque de una flota yerapta, formada por el número y tipo habitual de naves.

—Dos cruceros ligeros —informó Skippy.

—Luego les dirás a los drones que mantengan silencio hasta que una auténtica nave turania vaya a buscarlos, si es que eso llega a pasar. En ese caso, los drones proveerán información creíble que demostrará que su nave de inspección fue atacada por los yerapta y la nave no tendrá motivos para suponer que los humanos estábamos involucrados. Los drones van a hacer convincente nuestra historia.

—Joder —gruñó Skippy con tristeza—. Es un plan cojonudo. Para un mono es un plan acojonante. Es ingenioso y retorcido, y lo digo como un cumplido. Joe, cuando se te acabe lo de jugar a los soldaditos, deberías plantearte una carrera en el mundo del crimen. O a lo mejor como político.

—Nunca me metería en algo tan sórdido como la política, Skippy.

—¿Y qué me dices del crimen?

—Ya hablaremos de eso, que aún me queda un buen rato de jugar a los soldaditos.

Aquello me dio que pensar. Cuando había firmado para unirme a la FuerEx, no se había establecido un final para el servicio, dependía de lo que durase la guerra. Ahora que la Tierra estaba en paz, al menos hasta donde sabía el alto mando de la FENU, no tenía la menor idea de cuántos años de servicio me quedaban antes de poder dejar el Ejército de los Estados Unidos o reengancharme. Mi ascenso a coronel había sido temporal, como todo el mundo sabía. Mi anterior ascenso a cabo primero aparejaba implícitamente un cierto número de años de servicio, pero nunca se me había ocurrido preguntar cuántos. En aquel momento, en Campamento Alfa, no me había parecido importante; ninguno de nosotros esperaba sobrevivir lo suficiente para que importase. Enfrentarnos a los álienes con nuestros viejos M4 no nos llenaba de optimismo respecto a nuestras perspectivas.

—Tengo que admitir que en este barril de monos hay unas cuantas ideas pasables —dijo Skippy.

—Gracias, Skippy.

No las tenía todas conmigo; conociéndolo, supuse que en cualquier momento añadiría algo sarcástico e insultante. No me decepcionó.

—He dicho «pasables» y no «buenas» porque en realidad solo tienen buena pinta en teoría. Porque seguimos teniendo el pequeño problema de que no hay modo de que pueda conectarme a una nave turania, al contrario de lo que has asumido con tu habitual ignorancia.

—¿Cómo? Pero si te hiciste con esta nave en esto. —Chasqué lo dedos—. ¡En un parpadeo!

—Excelentes dotes de observación. En efecto, me hice con el control del *Holandés* gracias a mi increíble molonidad. Sin embargo, como veo que no estabas prestando atención, tendré que contarte cómo pasó. Los turanios tuvieron que atracar la *Flor* en su muelle para que yo pudiese tomar el control de su ridículo ordenador y dormirlos a todos. Necesito estar cerca para eso; y cuando digo cerca, quiero decir a menos de veinte kilómetros. Nos salimos con la nuestra porque el *Holandés* era un carguero y transportar fragatas kristangas era parte de su propósito. Ninguna de las naves turanias que van con el inspector van a dejar que un desconocido se les acerque tanto.

—Pues ya podías habérnoslo dicho antes de tirarnos todo este tiempo planeando cosas imposibles.

—Es que os lo estabais pasando tan bien que no quise aguaros la fiesta.

—La diversión no tiene nada que ver —dije con los dientes apretados—. Seremos monos idiotas, pero tú y los cerebros de monos que hay en la nave son cuanto tenemos para idear un plan que impida que esa nave destruya mi planeta. Igual te parece divertido…

—Más bien patético —murmuró.

—… Pero a nosotros, no. ¿Me estás diciendo que te resulta imposible *hackear* esas naves?

—Ya veo que tampoco ahora prestabas atención. Te distraes con facilidad por lo que veo. ¿Qué pasa, tienes hambre o estás tan cachondo que ya ni piensas? No dije que fuera imposible. Dije que no era fácil. Hay una gran diferencia entre ambos.

—Te voy a…

Por suerte Skippy me interrumpió.

—Deja que te lo explique. Sabemos que las dos cisternas estarán repostando en el segundo planeta del sistema, que es un gigante gaseoso. Saltaremos tras el cuarto planeta, que también lo es y cuya masa impedirá que detecten el fogonazo gamma de nuestra llegada. Luego basta con que alguien me lleve camuflado lo bastante cerca de las naves y listo.

—Vale, como con la estación repetidora. Es una buena idea. ¿Usamos la lanzadera de nuevo?

—Me temo que no va a ser tan fácil. Para poder *hackear* sus sistemas, necesito estar a menos de cuatro mil kilómetros y sus sensores detectarían la lanzadera a esa distancia incluso camuflada. Por otro lado, los turanios no dejarían que un cometa se les acercase tanto; lo reventarían.

—¿Y cómo vamos a acercarnos sin la lanzadera?

—Bueno, verás, creo que no te va a entusiasmar la idea.

30

TENÍA RAZÓN; LA odiaba. Era una idea horrible, horrorosa, estúpida. También era la única que teníamos.

Saltamos escudados tras el cuarto planeta del sistema, un gigante gaseoso cuya distancia al lugar donde repostaban las cisternas turanias era un cuarto del radio del sistema solar. Orbitamos alrededor del planeta con el *Holandés* camuflado mientras Skippy interceptaba las comunicaciones entre las dos cisternas. Estaban solas, lo cual nos venía de perlas; teníamos miedo de que las acompañase una fragata o un destructor. Las malas noticias eran que habíamos llegado por los pelos. Una de las cisternas tenía medio llenos los depósitos y la otra, casi. Había que moverse a toda leche.

Desai pilotaba la lanzadera y su copiloto era el teniente Xi, de la Fuerza Aérea China. Llevaba a Skippy conmigo y Giraud me acompañaba como refuerzo. Desai mantuvo la propulsión al máximo mientras estaban en la parte alejada del planeta y luego cortó los motores, dejando que la gravedad nos lanzara como una honda fuera del pozo de gravedad. Me pareció una maniobra muy interesante. Tras tres horas de desplazarnos con un empuje moderado, nos movíamos a una velocidad endiablada en rumbo de intercepción con la cisterna que estaba en órbita baja sobre el segundo planeta.

No podíamos usar los motores para decelerar hasta que las dos cisternas estuvieran al otro lado del planeta, o nos habrían detectado. Era complicado; mientras cruzábamos el sistema solar, la primera cisterna había terminado de llenar el depósito y había tomado distancia. Iba a ir muy por los pelos. Tendríamos una ventana de veinte minutos para encender el motor antes de que las órbitas de las cisternas las llevasen hacia nuestra posición. Mientras las naves estaban ocultas por el planeta, Desai deceleró a la velocidad adecuada, en una maniobra a alta gravedad que me causó una hemorragia en el ojo izquierdo y la nariz. Cortó los motores, me puse el casco, di un paso hacia el exterior y me impulsé con suavidad para alejarme.

La idea de Skippy, que no me gustaba nada de nada, implicaba a alguien dentro de un traje kristango con la IA y una mochila propulsora. A Skippy le molestaba que la llamásemos así en lugar de Unidad Individual de Maniobra. Ni caso. Era una mochila propulsora, que sonaba mucho más guay una UIM. Un traje con campo de camuflaje, aunque incluyese la mochila, era lo bastante pequeño para acercarse a menos de cuatro mil kilómetros de la cisterna sin ser detectado. Mi traje llevaba también un arnés en la cintura para sujetar a Skippy, junto a un generador portátil de camuflaje.

Esa era la idea: alguien con un traje espacial que llevase Skippy de excursión, con la mochila para realizar pequeñas correcciones de rumbo, en caso de ser necesarias. El portador del traje y Skippy seguirían flotando hasta llegar al otro lado del planeta y encenderían la mochila para subir a una órbita más alta donde, antes o después, los recogería la lanzadera.

Por ese plan totalmente estúpido me encontraba en aquellos momentos flotando inmóvil en el espacio con el gigante gaseoso que era mi objetivo justo enfrente; parecía del tamaño de una pelota de baloncesto. Desai maniobró con cuidado a mi alrededor, luego conectó los motores para que la órbita de la lanzadera alrededor del planeta fuese más amplia.

—¿Me oye, capitana Desai? —pregunté.

—Alto y claro, mi coronel.

—¿Nos comunicamos por medio del microagujero negro, Skippy?

Aún estaba lo bastante cerca para que mi débil transmisión le hubiese llegado directamente.

—Correcto. Está activo y operativo —informó Skippy, que había repetido el truco del microagujero para que pudiéramos hablar sin que los turanios nos detectaran.

Un extremo estaba junto a la lanzadera y se movía con ella; el otro, a unos cincuenta metros tras Skippy. Según él, era casi imposible que las naves turanias detectaran nuestras débiles transmisiones o la escasa radiación del microagujero de gusano. Mejor, porque por muy pequeña que fuese una persona en un traje, seguía siendo demasiado grande para caber en aquel minúsculo agujero de gusano.

—Estupendo. Por si acaso, Desai, es mejor que no transmita si tenemos las naves turanias a la vista.

—Comprendido, mi coronel. Cortando los motores en tres, dos, uno, ya. La primera nave turania surgirá tras el planeta en dos minutos cuarenta segundos.

Los sensores de mi traje no eran lo bastante sensibles para detectar las naves, así que no me quedó más remedio que confiar en la palabra de Desai. Me pasé las siguientes cuatro horas y media haciendo *zoom* del espacio vacío y ampliando el planeta que tenía delante. Me movía a una gran velocidad, pero, como no tenía puntos de referencia salvo el gigante gaseoso, no tenía la menor sensación de movimiento. Skippy y yo no hablamos mucho; no había mucho que decir, salvo darme instrucciones para corregir el rumbo con la mochila. La unidad de camuflaje usaba una cantidad enorme de energía y el generador solo duraría un par de horas, lo que sería más que suficiente, siempre que todo fuese bien.

Siempre que todo fuese bien.

—Ahí está la primera nave —dijo Skippy—. Viene según lo previsto en la órbita correcta. Detecto transmisiones entre las dos, que siguen siendo las únicas naves en el sistema.

Al parecer, nuestros temores de que hubiese un destructor escoltándolas estaban injustificados. Estábamos tan dentro del territorio turanio que ni se molestaban en escoltarlas.

Vi en la placa frontal un icono que señalaba la aparición de la primera nave, colgada contra el creciente del planeta y subiendo poco a poco. Algo después, un segundo icono mostró la segunda, aún demasiado lejana para verla a simple vista.

—Mierda, tenemos un problema —dijo Skippy—. Y uno gordo.

—¿Qué pasa? ¿Nos han detectado?

—Qué va, esa mierda de naves no podrían vernos ni aunque lanzásemos fuegos artificiales. La segunda nave ha tardado más en llenar los tanques porque tiene un problema con la unidad al extremo de la tubería que se introduce en la atmósfera. La cosa ha ido a peor y los turanios han decidido dar por terminada la carga, aunque esté solo al ochenta y dos por ciento.

—¿Y?

Seguía sin ver el problema.

—En cuanto dejen la atmósfera, van a cambiar el rumbo para unirse con la otra nave, subir a una órbita alta y saltar. Puedo predecir el rumbo que llevarán con base en sus comunicaciones, y ese es precisamente el problema. La mochila no tiene combustible para alterar nuestra trayectoria lo bastante para interceptar la nave ni acercarnos más de cuatro mil kilómetros. No podré estar lo bastante cerca para *hackear* sus sistemas. —Sonaba genuinamente apesadumbrado—. Lo siento, Joe.

Mierda.

—Es nuestra única oportunidad. ¿Estás seguro de que se va?

—Bastante. El grado de incertidumbre no es suficiente para que nuestra posibilidad de interceptarla sea realista. Física orbital, Joe. La mochila no tiene suficiente combustible.

—¿Fuerza igual a masa por aceleración? —pregunté.

—Exacto. Me sorprende que…

—O sea, que nuestro problema no es la aceleración, sino la masa.

—Correcto. Con la masa conjunta proporcionada por ti, por mí, el generador de camuflaje y el traje, la mochila no puede generar un vector delta, un cambio de velocidad que nos permita alterar el rumbo lo suficiente para llegar lo bastante cerca de la nave.

—O sea, que el problema no eres tú; somos el traje y yo.

—Sobre todo el traje, que tiene el doble de tu masa.

—Ya, pero quitármelo no es una opción.

Desabroché el arnés que unía la mochila con el traje.

—¿Qué coño haces, Joe? Necesitamos la mochila, imbécil.

La cogí, la puse enfrente y la sostuve entre las piernas. Aunque no pesaba nada, su masa seguía teniendo un montón de inercia.

—No, Skippy. Tú la necesitas.

El cinturón utilitario estaba a un costado, no al frente, y para abrirlo había que girar un mando que dejaría libre el botón. Se suponía que era por seguridad, pero en aquellos momentos era un coñazo. Por fin lo solté y pude atarlo firmemente alrededor de la mochila, intentando mantener la masa de Skippy y del generador lo más al centro posible.

—Dime cómo introducir un rumbo en esta cosa.

La mochila podía, hasta cierto punto, controlarse con el pequeño módulo pegado a mi muñeca izquierda.

—¿Un rumbo? ¿Dónde? ¿De vuelta a la lanzadera?

El pánico en su voz saltaba a la vista.

—No, Skippy —dije con calma—. Un rumbo que te lleve a cuarenta mil kilómetros de la cisterna. Has dicho que no lo lograríamos si la mochila tenía que tirar de mi masa. Es nuestra única oportunidad para seguir a la nave de inspección y detenerla. Nuestra única oportunidad para impedir que los turanios lleguen a mi planeta y maten a todo el mundo. Y no vas a perdértela. Vas a acercarte a esa nave, vas a *hackearla* y vas a llegar al encuentro con la lanzadera. Y luego vais a hacer cuanto podáis para cargaros la nave de inspección.

—¿Puedo señalar un fallo obvio en tu plan, maldito mono?

—¿El hecho de que, sin la mochila, caeré hacia la atmósfera y arderé? Ya lo sé, Skippy. No hace falta que me lo recuerdes, muchas gracias.

—Joder. Es la segunda vez que te ofreces en sacrificio por una noble causa…

—No. La primera vez me iba a sacrificar por ti, caraculo.

—Como si hubiese una causa más noble.

—Me habría sacrificado por ti, porque eres mucho más valioso para la misión que yo. El *Holandés* puede funcionar sin mí; Chang será un comandante estupendo. Y podéis detener la nave de inspección sin mí, pero no sin ti, a menos que me haya perdido algo.

—No, por increíble que parezca, tu lógica es consistente en este caso. Joder, justo ahora tenía que darte por ser lógico.

Pese a todo, me arrancó una sonrisa.

—Yo también te quiero, Skippy. ¿Ves más alternativas? Si usamos la mochila para ir a la lanzadera, para cuando lleguemos, las naves cisterna habrán saltado y nunca las encontraremos.

Perderemos nuestra única oportunidad de interceptar la nave de inspección antes de que llegue a la Tierra.

—A las cisternas les llevará más de lo que crees alcanzar la distancia óptima de salto. El planeta tiene un amplio pozo de gravedad y van muy cargadas con el combustible. Pero sí, es la única posibilidad que veo para poder rastrear las naves y localizar el inspector.

—En efecto. —Tomé aire con fuerza y empañé deliberadamente la placa frontal unos segundos—. ¿Hay algún modo de llevarte a la distancia que necesitas y, al mismo tiempo, impedir que caiga a la atmósfera? No sé, ni para ti ni para mí. Usas la mochila para movernos a los dos lo suficiente para que no me estampe y luego te acercas al tanque.

Skippy respondió casi de inmediato, lo cual no era buena señal. De haber habido una sola posibilidad de que ambos saliéramos de aquella, se habría parado un segundo o dos a realizar varios millones de cálculos.

—Teniendo en cuenta las leyes de la física, que no puedo romper porque nos localizarían, la respuesta es, por desgracia, que no. Lo siento.

—No es culpa tuya.

—Ya lo sé. Pero es lo que los monos soléis decir en estas situaciones, sea cierto o no. Es una costumbre que ahora mismo me parece especialmente idiota.

—Gracias por el esfuerzo, Skippy. —Traté de no mirar hacia el planeta—. Venga, antes de que cambie de idea, ¿puedes programar la mochila para que te lleve cerca del tanque y luego ya la lanzo yo con el controlador de la muñeca?

—Esto no me gusta nada, Joe.

—A mí tampoco me vuelve loco, Skippy.

—El sistema de navegación de la mochila ya está programado. —Simuló que tomaba aire—. ¿Estás seguro? Me parece un desperdicio.

—Soy un soldado, Skippy. Sabía los riesgos cuando me apunté a esto. —Se me quebró la voz. Intenté tragar saliva—. No puedo quedarme cruzado de brazos y dejar que el inspector llegue a la Tierra. Si tienes una idea mejor, soy todo oídos.

—No, me temo que no la tengo, Joe. Hay una enorme diferencia entre ponerte en una situación en la que podrías morir y ponerte en una que lleva inevitablemente a la muerte. El suicidio no me parece muy propio de soldados.

—Hablemos en serio por un momento. Sí, en cierto modo esto es un suicidio, pero en realidad es una simple cuestión de tiempo.

—Me lo vas a tener que explicar mejor.

—Toda la misión es un suicidio. Se lo expliqué a todo el mundo antes de dejar la Tierra. Sé sincero, ¿qué posibilidades tenemos los humanos de manejar sin ayuda el *Holandés*, una vez te vayas al Cielo del Colectivo o donde cojones sea que te pires?

—Ninguna. Bueno, la posibilidad es tan remota que resulta estadísticamente irrelevante. Si quieres puedo enunciártela con precisión de cien decimales, pero espero que no haga falta.

—Ajá.

—La capitana Desai es una excelente piloto, bueno, para ser un mono, ya sabes, y ha entrenado muy bien a los demás en las maniobras básicas. Mi cálculo de las posibilidades no es ningún demérito para la Alegre Banda de Piratas. Son todas personas entregadas y, para el nivel miserablemente bajo de desarrollo de tu especie, dicho sea sin ofender, son razonablemente inteligentes.

Sonreí y puse los ojos en blanco. Me insultaba y al mismo tiempo decía que no pretendía ofenderme. No era la primera vez que me cuestionaba su inteligencia.

—El problema es que el *Holandés* es una máquina increíblemente compleja y no tenéis la menor idea de cómo funciona de verdad. Si algo va mal, vuestras posibilidades de arreglarlo son cero. Incluso el mantenimiento de rutina que he realizado con los robots turanios está fuera de vuestras capacidades. Por ejemplo, las bobinas de impulso se desalinearán cada vez que saltéis y sin mí para ajustarlas, en veinticinco saltos serán inútiles. Los saltos que programéis serán tan poco precisos que apenas tenéis posibilidades de llegar a las proximidades de un agujero de gusano. Tendríais que conformaros con saltar lo más cerca posible y luego cruzar medio año luz o más hasta la boca del agujero. Se os acabaría el tiempo y la comida antes de llegar a casa, me temo. Y, para entonces, el motor de salto estaría tan hecho polvo que tampoco podríais saltar.

—¿Hay algún modo de que puedas cargar un miniyó en el ordenador que se ocupe de todo eso?

—Ni de coña. —Se echó a reír—. La memoria y la capacidad de proceso del *Holandés* son demasiado pequeñas para contener un miniyó estable. Quizá funcionase una semana o dos, luego empezaría a comportarse raro y a desajustarse, y no pasaría mucho hasta que se volviese senil y destruyese la nave. Así que no. Y antes de que preguntes, podría recargar la IA turania original en el ordenador y modificarla para que trabajase para vosotros en lugar de barreros como si fuerais basura en cuanto os detectase. Eso no os serviría de mucho, porque la naturaleza ciborg de los turanios se integra con su IA de tal modo que esta sería incapaz de controlar la nave sin ellos. Eso se debe tanto a que los turanios desean que sus propias mentes se parezcan lo más posible a una IA como a que no tienen ninguna intención de que esta pueda dirigir la nave por sí misma, por cuestiones de seguridad. Sobre todo por lo mucho que les preocupa que los maxolhxes les hackeen los sistemas. La mayor parte de las funciones de control y mantenimiento requieren participación de los ciborg, sobre todo el control de los robots. Los humanos no pueden sustituir a los turanios y el sustrato del sistema de proceso carece de capacidad necesaria para que replique en él las funciones de los ciborg.

—Como decía, esto siempre ha sido una misión suicida. Así que mi descenso al planeta es simplemente un modo de acortar mi viaje.

—Por desgracia no me queda otra que estar de acuerdo, Joe, pero sigue sin gustarme. Hay algo que necesito entender. Has venido sabiendo que las posibilidades de volver a casa eran insignificantes. ¿Por qué? ¿Por qué has venido conmigo?

—La repuesta corta es que habías puesto un temporizador en el agujero de gusano de la Tierra y que, si no venía, habría un montón de lagartos y hombrecitos verdes de muy mala hostia que vendrían a la Tierra en cuanto se abriese el acceso y se pondrían a hacer un montón de preguntas incómodas. Aparte de eso, te lo había prometido, así de sencillo. Tenemos un trato, mantuviste tu parte y me tocaba mantener la mía. Te lo debo, Skippy, los humanos te debemos mucho más de lo que podremos pagarte nunca. Miles de millones de humanos están a salvo ahora mismo gracias a ti. Y entiendo que tu sitio no está con nosotros, que necesitas encontrar tu casa, o dar con las respuestas que te expliquen quién eres y de dónde vienes.

—Vaya. Los monos sois algo más complicados de lo que creía.

—Sí, seguro. ¿Te doy un empujoncito para que te empieces a alejar antes de que conecte la mochila?

—Sí. Lo ideal sería que estuviésemos al menos a ochenta metros antes de que la enciendas.

No había mucho más que decir, así que sujeté con fuerza la mochila contra el pecho y la empujé, intentando que no se menease ni girase. Pese a todo empezó a dar vueltas muy despacio y yo mismo empecé a girar. Puse en práctica la maniobra que había aprendido durante el entrenamiento y usé brazos y piernas para detener el giro. Así, Skippy y la mochila quedaron a mi izquierda y yo quedé encarado hacia el planeta. Lo tenía justo enfrente. Joder, parecía muy cerca.

—¿Debería cortar la comunicación, Skippy? Supongo que te llevas el microagujero.

—Estás fuera del campo de camuflaje, así que enseguida perderemos la comunicación, en efecto. Te mandaré un mensaje por haz angosto cuando llegue junto a la cisterna, dentro de veintisiete minutos, más o menos. Una vez la haya dejado atrás, quedaré oculto por el planeta, así que ya no podremos hablar. Será dentro de cuarenta minutos.

Estuve a punto de decirle adiós, pero me contuve en el último segundo.

—Ya hablamos entonces, Skippy.

Fueron los cuarenta minutos más largos de mi vida. Fui siguiendo las dos cisternas en el monitor que se proyectaba en el interior de la placa frontal. Eran enormes, estaban cerca y no usaban camuflaje. Sus tripulaciones no dejaban de hablar y de intercambiar información casi en ningún momento, así que me habría sido imposible no notarlas. No sabía nada ni de Skippy ni de la lanzadera, ambos ocultos tras su campo de camuflaje. El planeta crecía cada vez más, hasta que abarcó cuanto veía. Para ver la oscuridad del espacio, tenía que girar la cabeza.

La vista era estremecedoramente hermosa. El planeta me había parecido casi del todo naranja cuando dejé la lanzadera. Ahora que ya no era un pelota de baloncesto y estaba lo bastante cerca para ver los detalles, parecía un batido. Se veían remolinos blancos y naranjas y a veces distinguía vetas menos prominentes en morado, marrón claro o verde. No tenía una gran mancha como la de Júpiter y las formaciones de nubes eran más sutiles. Se veían grandes franjas de nubes claras y oscuras a lo largo de todo el hemisferio. Algunas se movían tan rápido que las veía cambiar de forma; el resultado era hipnótico.

Se arremolinaban, giraban y se fusionaban entre sí y luego se separaban. La velocidad a la que se movía la atmósfera superior debe de haber sido alucinante; me habría encantado poder hablar con Skippy y que me aburriese con todos aquellos detalles científicos. En aquel momento, habría matado por hablar con quien fuese. Nunca me había sentido tan solo en mi vida; incluso cuando la lanzadera estaba congelada en el cometa, el entorno era familiar. Había paredes, suelo, techo, asientos, pantallas y controles, y una atmósfera respirable. En aquel traje espacial alienígena, mientras me desplazaba en silencio sobre de las nubes, no veía nada familiar o reconfortante a mi alrededor. No había nada que pudiese parecerle acogedor a un ser de sangre caliente que respiraba oxígeno. Era un paisaje hermoso en su fría e interminable indiferencia por la vida.

Casi exactamente a los cuarenta y dos minutos recibí un corto mensaje de «Misión cumplida» por parte de Skippy y nada más durante los siguientes ocho minutos. Fueron horribles, sobre todo porque la placa frontal me mostraba que iba a entrar en contacto con la espesa atmósfera del planeta en treinta y nueve minutos y no sabía cómo coño apagarla.

Por fin me llegó otro mensaje de Skippy.

—¡Lo hemos conseguido, Joe! Salte donde salte la cisterna, va a ir dejando drones como un rastro de miguitas de pan. Por si fuera poco, me he infiltrado en su sistema de navegación y descargado sus datos. Ya sabemos dónde y cuándo se encontrará con la nave de inspección. La misión ha sido un éxito completo.

Salvo por el detallito, claro, de mi caída hacia el planeta.

—Excelente, Skippy —respondí—. Maravilloso. Sabía que podíamos contar contigo. Gracias, de verdad, gracias de parte de todos.

—¿Cómo lo llevas?

—De momento, bien.

Intenté sonar de broma. El puñetero monitor me envió un nuevo aviso, que era lo último que necesitaba.

—¿De momento? ¿Como en el chiste del tipo que se cae de un edificio y, cuando está a mitad de camino, se dice: «De momento, voy bien»?

—Más o menos.

—¿Hay algo que pueda hacer?

—No lo sé, Skippy, ¿hay algo que puedas hacer?

Una parte de mí aún seguía pensando en que me saldría con algún plan brillante.

—Sobre el asunto principal, me temo que no. Nada, lo siento. ¿Algo más que pueda hacer?

—¿Seguir hablándome? No sé, a lo mejor el DJ Skippy-tipi…

—Y las Refrescantes Tonadas, no las olvides. También me puedes llamar Gran Maestro Skippy.

—Claro, por qué no. Ponme algo de música. Tienes música almacenada, ¿no? Música humana.

—Ajá. Toda.

—¿Toda?

—Bueno, toda la que estuviera digitalizada cuando estuve en la Tierra. ¿Qué música quieres?

Seguía costándome trabajo asimilar la cantidad de información que podía almacenar Skippy. En la Tierra me había dicho que se había bajado todo internet, incluida la dark web, pero no lo había creído.

—Cualquier cosa.

—¿*Bluegrass*?

—Cualquier cosa menos *bluegrass*.

Por los altavoces del casco empezó a sonar música instrumental relajante en plan New Age. Era algo que no conocía, pero sonaba bien y me pareció apropiada.

—Gracias, Gran Maestro Skippy.

No respondió al principio y, por un instante, pensé que había pasado algo malo.

—Joe, llevo vivo mucho tiempo, no sé, millones de años, creo. Y se me ha ocurrido que, no importa cuánto más viva, en este universo de infinitas posibilidades no volveré a hablar nunca más contigo. —Parecía destrozado y la voz le temblaba—. Eso no me gusta nada de nada.

—Skippy, eres un cabrón arrogante e irritante, pero también te voy a echar de menos.

—¿Qué quieres que haga con tus cosas?

Me pareció una pregunta extraña; supuse que Skippy se sentía nervioso e intentaba hablar de lo que fuese. Antes de volver a dejar la Tierra, me había puesto al día con el abogado del Ejército. Mis padres lo recibirían todo, incluida mi paga. El abogado me había explicado que, en el muy probable caso de que no se volviera a saber del *Holandés*, se me declararía muerto a los tres años y dejaría de acumular la paga. Era una mierda, pero era lo mismo que se le ofrecía a cualquiera en la FuerEx y no tenía derecho a un tratamiento especial.

—¿Te refieres a mis cosas en el *Holandés*? El teniente coronel Chang sabrá qué hacer con ellas. —No había mucho de lo que ocuparse, en realidad—. ¿Me prometes que no te fajarás con él?

—No soportas que me lo pase bien. Vale, no me portaré peor que contigo.

—Tendrá que valer.

Fingió un suspiro.

—¿Quieres que siga hablando contigo o prefieres que guarde silencio?

—Sigue hablando, por favor. Imagino que, cuando dé contra la atmósfera, no va a ser muy silencioso, ¿no? Las partículas de aire, o los átomos o lo que sea, rebotarán contra el casco y lo oiré, supongo.

—Sí, oirás el ruido transmitido a través el casco. Al principio será un pitido muy agudo, porque te mueves a velocidad supersónica. Luego será como un rugido. El visor que tienes en la parte superior del casco bajará de forma automática para proteger la placa frontal, así que no verás mucho. La placa frontal mostrará imágenes de las cámaras exteriores.

—Eso no mola. ¿Puedes anular lo del visor? Quiero ver lo que pasa.

—Sin el visor, la placa se deteriorará muy rápido. Es de un material duro, así que no se fundirá, pero se empañará y no verás gran cosa.

—De acuerdo. ¿Será rápido? Cuando entres en contacto con la atmósfera, el traje no durará mucho, supongo.

La cima de las nubes que había debajo de mí ya casi parecía a mi alcance.

—Me gustaría decirte que sí, pero no puedo. La armadura kristanga es robusta y durará más de lo que esperas. De hecho, en este caso durará más de lo que te gustaría. El traje se mantendrá intacto lo suficiente para que te internes en la atmósfera, y la fuerza de la deceleración te aplastará. Aparte de los huesos, los tejidos blandos se licuarán… Supongo que prefieres no saberlo. Las buenas noticias es que perderás la consciencia cuando llegues a doce gravedades.

¿Buenas noticias? Bueno, supongo que lo eran en aquel contexto.

—Guau, sí que son duros los trajes. ¿El material absorberá el calor?

—No, no. Las capas exteriores se desprenderán en escamas en un proceso llamado ablación. A medida que el material se calienta, se irá soltando y dejará a la vista las capas que hay debajo. Esto protegerá la integridad del traje, y del portador, lo máximo posible. En combate, la tecnología de ablación defiende al portador de las armas de energía, como los máseres y los rayos de partículas. Y…

Guardó silencio de pronto. Por un momento creí que habíamos perdido la conexión, hasta que me di cuenta de que la música seguía sonando.

—¿Y…? ¿Skippy?

—Dame un minuto, que estoy ocupado con una cosa —respondió, nervioso—. Tengo que manejar un montón de números y ejecutar un montón de simulaciones del modelo que he construido.

—Vale, vale. No me voy a ninguna parte, tengo todo el tiempo del mundo y no tengo nada que hacer.

Lo de nada que hacer era cierto, lo del tiempo, no.

—¡Sííí! —gritó de pronto—. Lo tengo. Joe, no quiero darte falsas esperanzas, pero es posible que pueda hacer algo para ayudarte.

—Soy todo oídos.

—Bueno… Primero tengo que decirte que no creo que te guste nada de nada…

Era un plan completamente estúpido que, en efecto, no me gustaba nada y que implicaba el reposicionamiento de la boca del agujero de forma que quedase a mi espalda y ligeramente debajo de mí. Una vez conseguido esto, movió la otra boca para que quedase directamente frente a la lanzadera y casi pegada a ella, lo suficiente para que Desai tuviera que activar el escudo protector sobre las ventanas de la cabina para protegerla de la radiación. Quedaba la parte que no me gustaba, que Desai disparase el máser de la nave a través del agujero. Hacia mí.

Cuando Skippy me contó su plan, lo primero que pensé es que me ofrecía un modo de morir rápido, en lugar de esperar a que la presión me aplastase en el traje. Pero no, aquello habría sido demasiado fácil. En vez de eso, aquella lata pirada pensaba usar la luz del máser a potencia reducida para incrementar mi velocidad lo suficiente para no caer en la atmósfera. Los fotones del máser impactarían contra el traje y arrancarían las placas de ablación y eso me propulsaría hacia adelante. Todo esa mierda científica era lo que afirmaba Skippy, que no iba a estar en la línea de fuego del máser.

—¿Qué pasa si me niego a seguir esa plan estúpido? —pregunté con temor.

A la hora de afrontar una muerte segura, no tenía muy claro si estrellarme contra la atmósfera no sería preferible a acabar crujiente y churruscado. La palabra máser siempre me llevaba a pensar en una combinación de láser y microondas, y me veía como un burrito calentado a un millón de vatios.

—¿Puedes repetirlo, Joe, que creo que no te he oído? ¿Has dicho que adelante?

—¡No! He dicho que no.

—Ajá. Adelante. Eso me parecía. Capitana Desai, dispare a mi señal. Tres, dos, uno. ¡Ya!

—N… ¡Mierda!

La placa frontal del casco se opacó de forma automática y el visor descendió. El traje se puso rígido, algo que habría estado bien que Skippy me hubiese dicho. Me preparé para una muerte inminente y dolorosa.

Que no llegó nunca. El plan de Skippy funcionó, cosa que confieso que no esperaba ni por asomo. Seguro que a él también lo pilló por sorpresa. Me hizo dar vueltas muy despacio, de modo que el máser impactase en diferentes zonas del traje. Tras eso comprobaba los resultados, volvía a disparar y comprobaba de nuevo. La primera ronda de tiro al pavo, tal como la llamé, solo duró ocho minutos; no era plan de dispararme con un máser mientras alguna de las naves turanias estuviese aún sobre el horizonte. Casi no funcionó, aunque aquellos ocho minutos me hicieron ganar la suficiente velocidad para ralentizar mi descenso hacia la atmósfera. Cuando la mole del planeta se tragó las dos naves cisterna, estaba ya en la atmósfera, al menos técnicamente, y el agujero de gusano estaba empezando a succionar partículas y lanzaba picos de radiación contra la lanzadera. De vez en cuando oía silbidos, y creí que el traje estaba perdiendo aire, pero Skippy me aseguró que eran imaginaciones mías. Sonaba muy real.

La segunda sesión de cocinado duró veintidós minutos y me acojonó bastante menos porque Skippy no necesitó forzarlo, así que pudo tomarse su tiempo para dejar que el traje se enfriase y hacer ajustes entre cada disparo. La capa exterior del traje estaba compuesta en parte de nanitas que se podían mover para cubrir las zonas expuestas por los impactos del máser. Tras la segunda sesión, antes de que tuviésemos que parar de nuevo porque una de las cisternas estaba a punto de asomar por el horizonte, Skippy me informó de que estaba a salvo, de que mi trayectoria era suficiente para mantenerme a salvo al menos una hora. Tiempo más que suficiente para que las naves turanias se alejasen del pozo de gravedad del planeta y saltasen.

Skippy debe de haber hecho un uso un tanto creativo de las matemáticas para declararme a salvo, porque seguía teniendo la sensación de que bastaba con estirarme un poco para tocar la cima de las nubes. Estaba conteniendo el aliento sin darme cuenta, muerto de miedo de que los movimientos del pecho me sacasen de la trayectoria.

—¿Seguro que estoy a salvo? —pregunté en un susurro temeroso.

De hecho, tenía mucho más miedo que cuando estaba convencido de que me iba a morir. Con la posibilidad de sobrevivir justo en la punta de los dedos, me llenaba de terror la idea de que a lo mejor no lo lograba por algún capricho cruel de las matemáticas orbitales.

—Ajá. Totalmente. Las matemáticas no mienten, compañero. De todas formas, ¿qué tal si te quedas muy quieto, sin mover un músculo? Y ya que estamos, no respires muy fuerte, ¿vale?

—¿Qué?

—Bueno, esto, el máser te ha cocido un poco el traje, y tiene zonas que ahora mismo parecen papel de fumar. Bueno, tampoco es como para preocuparse.

—Ya, para ti no, seguro.

—Hmmm. No te falta razón. De todos modos, no sirve de nada que te preocupes, tampoco es que puedas hacer gran cosa. Cuando llegue la lanzadera, la capitana Desai abrirá la escotilla y maniobrará para llevarte a bordo sin que tengas que moverte. En cuanto estés dentro y la escotilla esté cerrada y represurizada, podrás moverte todo lo que quieras.

—¿Y cuánto tardará?

—No más de una hora. Espero.

—¿Y eso?

—Porque no me puedo arriesgar a darte de nuevo con el máser. Así que más vale que las dos cisternas salten antes de que pase una hora, o volverás a caer en la atmósfera y ahora sí que no podré salvarte.

—Genial.

Diez minuto más tarde oí un pitido sumamente agudo y muy débil. Recordé lo que Skippy me había dicho cuando le conté que había oído que el traje perdía aire, así que contuve el aliento y traté de decidir si era cosa de mi imaginación. Y de no ser así, ¿qué era? ¿Un siseo de estática en los altavoces, a lo mejor?

—Skippy, ¿me estoy imaginando cosas otra vez? Oigo como un silbido, casi al borde de lo audible.

—¿En serio? Sí que tienes buen oído. La frecuencia es casi ultrasónica. No deberías oírlo, salvo que seas un perro.

—¿Ya lo sabías? —Puñetera lata de cerveza—. ¿Qué es? ¿Puedes apagarlo? Me toca bastante las narices.

—Me temo que, lo siento. No puedo, porque es una minúscula fuga de aire. Bueno, era más minúscula hace unos minutos.

—¿Qué? Joder, ¿y ya lo sabías? ¿Por qué no me has dicho nada?

—No había motivo para preocuparte. Al menos aún.

Traté de no perder los estribos.

—Mi suministro de aire se está yendo al espacio. Creo que es un buen motivo para preocuparme.

—Preocuparte no va a solucionarlo.

—¿Qué va a solucionarlo?

—Estoy trabajando en ello. He ordenado al traje que desplace algunas nanitas para tapar la fuga. De momento, no está funcionando porque no te quedan muchas nanitas, que están impidiendo que se abran otras fugas. Igual no tendría que haberte dicho eso.

Menuda noticia.

—Comprendido. Tengo oxígeno suficiente, ¿no? Quiero decir, que aún tengo suficiente pese a la fuga.

—Eh, no tanto, por desgracia. Lo que hace el traje es, sobre todo, reciclar el oxígeno, de un modo bastante eficiente, por cierto. Hay una pequeña botella de oxígeno de reserva, pero no creo que alcance, con la fuga.

Guardé silencio y presté atención. El sonido sonaba mucho menos agudo. Supuse que la fuga era mayor.

—¿Dónde está? ¿Puedo taparla con la mano o algo así? No puedo quedarme cruzado de brazos.

—Está junto a tu cintura por el lado izquierdo. ¡No te muevas! Eso solo ampliaría la fuga y puede que crease otras.

—Genial. Acojonante. ¿Qué puedo hacer?

—Hmmm. ¿Respirar menos?

—Qué gracioso.

—No era un chiste.

—Mierda.

—Igual debería currarme más el humor, para que lo pillases.

—¿En serio?

—Lo siento.

Y sonaba del todo sincero.

Una fuga de aire. ¿Cómo taparla? Si el puñetero traje viniese con algo parecido a un parche de neumático… aunque en realidad, lo tenía; eso eran las nanitas que tapaban las fugas, realizaban reparaciones menores, reforzaban las zonas débiles y un montón de cosas útiles más. Absorto en dar con un modo de taponar la fuga, giré la cabeza y bebí un sorbo de agua del tubo del casco. Estaba seco. Había bebido el último sorbo hacía una hora.

—Skippy, a lo mejor tengo una idea.

—¿Tú? A ver, esto quiero oírlo.

—¿Taparía el agua la fuga? Supongo que se helaría, ¿no?, y crearía un tapón de hielo en el agujero.

—No del todo, el agua se helaría y herviría a la vez, por la combinación del frío y la ausencia de presión atmosférica. Además, te has bebido toda el agua, mono idiota, no te queda agua.

—No me queda agua… pura.

—Oh.

—¿Sabes a qué me refiero?

A lo largo de la pierna izquierda había una bolsa para la orina que habíamos instalado antes de salir en aquella excursión interminable.

—Ag, sí, por desgracia. Puedo perforar la bolsa con las nanitas.

—Adelante. Ug.

Sentí la humedad desparramarse por la pierna y luego llegó a las caderas.

—¡Funciona, Joe! —exclamó Skippy, emocionado—. Está hirviendo muy despacio, lo que no es ningún problema, porque hay de sobra. ¡Una idea genial!

—Sí, genial, seguro. Que este pequeño incidente quede entre nosotros, ¿vale? No hace falta decírselo a nadie.

—Ya te gustaría. —Se rio entre dientes—. A ver si crees que voy a dejar pasar esta oportunidad de… esto… filtrar la información.

Se echó a reír.

—Mierda. ¿Puedes dispararme con el máser otra vez?

Durante todo aquel tiempo no dejé de meter prisa mentalmente a las malditas naves cisterna para que moviesen el culo y se fueran de una puñetera vez. ¿A qué coño estaban esperando?

¡Joder!

Seguro que alguna vez habéis ido detrás de un autobús escolar en una calle de un solo carril, con el maldito cacharro parando en cada buzón y vosotros detrás con la vista clavada en las luces traseras, muertos de ganas de que el conductor acelere o tome un desvío. Y en ese momento va y se para junto a una casa en la que hay un crío esperando con su madre y veis al crío subir los escalones a regañadientes, lo veis ir hacia la parte de atrás a sentarse, y veis a la madre saludar con la mano como una idiota mientras el chaval va por el pasillo. Y cuando creéis que el puñetero crío por fin se ha sentado y el autobús va a arrancar de nuevo, el conductor se pone a hablar con la madre y estáis a punto de saltar sobre el claxon porque, joder, ¡queréis que el puto autobús se vaya de una puñetera vez!

¿Nunca os ha pasado?

Me imaginaba a las tripulaciones de las cisternas llevando las naves a distancia de salto, y luego decidiendo que era un buen momento para montar una fiesta. O me imaginaba que algo se rompía en las puñeteras naves y se ponían a arreglarlo con toda su pachorra mientras el culo me empezaba a rozar contra las nubes. Igual tenían una fiesta de cumpleaños, con tarta y todo, y estaban cantando o yo qué sé qué mierdas. Skippy me aseguró que se movían a la máxima velocidad que podían y que, siendo ciborg, era poco probable que a los turanios les diese por celebrar nada.

Cuando por fin saltaron treinta minutos más tarde, casi aúllo de alegría. Por suerte Desai pisó el acelerador a tope para venir a rescatarme. Estaba a punto de ordenarle a Skippy que avisase al *Holandés* de que saltase a órbita y a Desai que viniera a recogerme cuando vi de pronto la lanzadera casi a mi lado. Desai no se había molestado en activar el camuflaje y había venido tan rápido como había podido.

—Desai, vaya primero a por Skippy.

—Pero Skippy me ha dicho que su traje no está en buenas condiciones, mi coronel.

—Correcto, pero Skippy es más importante para la misión. Si los turanios volviesen o cualquier otro cosa, quiero que esté en la lanzadera por si tuviera que salir a escape. Es una orden.

Pese a las protestas de la IA, Giraud cogió la mochila, liberó a Skippy y lo llevó a bordo, dejando la mochila a la deriva. Luego la lanzadera se acercó a mí y Desai maniobró con extremo cuidado para aproximarse por un lado hasta que Giraud estuvo en situación de empujarme con delicadeza con la punta de los dedos hacia la escotilla.

—Lo tengo —dijo—. Cierro escotilla.

El siseo del aire llenando el compartimento nunca me pareció tan maravilloso. La puerta interior se abrió y me quité el casco.

—No deberíamos dejar la mochila flotando por ahí como evidencia de que pasamos por aquí. ¿Puede dispararle con el máser?

—Claro, mi coronel. Hecho. No es más que una nube de vapor.

—Genial.

Estaba agotado. Tenía el pelo apelmazado y pegado a la cabeza a causa del sudor. Giraud me tendió una botella de agua que bebí con ansia.

Desai arrugó la nariz.

—¿Qué es ese olor?

—El traje está un poco cocido por culpa del máser.

—No. —Meneó la cabeza— Huele como a…

—Joe es el mejor solucionando problemas —intervino Skippy—. Podríamos decir que los deja fluir. Incluso que los evacúa.

—Skippy…

—Cuando hay que solucionar un problema, Joe no permite que se estanquen. Los expele.

—Ya, Skippy.

—Joe sabe que no se puede apagar un incendio forestal meando en él, pero puede…

—¡Suficiente! —Me volví a Desai—. El máser perforó la bolsa, ya sabe.

Señalé la pierna izquierda del traje. No me sonó muy convincente. A la mierda.

—Claaaro —dijo Skippy—. Digamos que esa es la historia oficial.

—Desai —añadí, muy cansado—. Voy a quitarme el traje, limpiarme y cambiarme de ropa. Nuestra señal aún tardará otra hora en llegar al *Holandés*, de todos modos.

31

Mientras esperábamos a que el *Holandés* viniera a recogernos, Skippy descargó los datos de los dos drones que las cisternas habían soltado sin darse cuenta antes de saltar. Respiramos aliviados cuando comprobamos que ambos drones indicaban que las cisternas habían saltado a un lugar que coincidía con lo que indicaban los dados pirateados de Skippy acerca del punto de reunión con el inspector y su escolta. Me preocupaba que la localización del encuentro fuese una indicación imprecisa en un área considerable, como un sistema solar, lo que nos obligaría a tener que ir persiguiendo a las naves una a una. Skippy me aseguró que los turanios eran demasiado competitivos para comportarse de ese modo y que sus navegantes tenían a gala la precisión en los saltos, así que no teníamos motivos de preocupación; las naves saltarían a los puntos designados con un margen de menos de ocho mil kilómetros, incluidas las torpes cisternas.

Buenas noticias. Aunque también las había malas.

Skippy nos explicó que lo habitual en los encuentros de una flota turania, incluso dentro de su propio territorio como en este caso, era que saltase primero una nave de guerra al punto de encuentro, así que tendríamos que vérnoslas con el destructor en primer lugar. Aquello mandó al cuerno mis esperanzas de volar las cisternas, más vulnerables, atacar luego el inspector y pegarle un par de tiros al destructor por aquello de la verosimilitud antes de saltar y largarnos con viento fresco. No nos quedaba otra que deshabilitar en primer lugar el destructor turanio, sin importar qué planes tuviéramos para el resto de la flota. Lo que aún no estaba nada claro era cómo nos las íbamos a apañar para eso con nuestro recién reconstruido carguero.

Tenía una idea; el fermento de una idea, para ser exactos, así que necesitaba darle unas cuantas vueltas antes de comentárselo a nadie, sobre todo a Skippy. Lo último que quería era darle más motivos para ser sarcástico, así que no iba a comentarle un plan que aún tenía a medias. Necesitaba tiempo para pensar.

También necesitaba quitarme las ropas empapadas de sudor y de otros fluidos. Y darme una ducha. Larga.

Cuando el *Holandés* saltó a órbita, aún le llevó a la lanzadera cuarenta minutos igualar rumbo y velocidad. Simms era el oficial de guardia, así que le di la orden de saltar en cuanto la lanzadera hubiese atracado. Tras el salto le hice saber que estaría en el puente en breve y me llevé a Skippy a mi camarote. Lo dejé en una estantería y me fui a la ducha. A medida que el agua caliente me quitaba de encima la mugre de mi paseo espacial, me fui relajando y empecé a pensar con más claridad. Al salir de la ducha me enrollé una toalla y me senté en la cama un rato antes de ponerme un uniforme limpio.

—La cosa no fue del todo como planeábamos, pero hemos cumplido la misión. Tu idea del máser fue brillante. Gracias.

—Sin problemas, Joe. Si te pierdo, ¿a costa de quién me voy a divertir cuando empieces a soltar ocurrencias de mono?

—Hablando de eso, ¿sabes con precisión dónde va a saltar cada una de las naves? ¿Y cuándo?

—Sip. Ya te lo dije. Has dicho que hemos cumplido la misión, lo cual no es del todo exacto. Solo hemos cumplido la primera parte, que es la menos importante. Sabemos dónde y cuándo se van a encontrar las naves. Aún tenemos que atacarlas y no tenemos un plan realista. Qué cojones, no tenemos ningún plan.

—Tranquilo. Me he ocupado de ello.

—Tranquilo, dice.

—Durante mi paseo espacial estuve pensando.

—¿Tú? Lo dudo mucho, pero venga, adelante.

—Se me ha ocurrido un plan para destruir las cuatro naves. O al menos tres de ellas; una de las cisternas podría escapar, lo cual no es ningún problema en tanto piense que somos un crucero yerapta. Hasta nos vendría bien.

—¿Y ese plan de mono incluye plátanos mágicos?

—No. Ningún plátano.

—Joder, Joe, eso le quita toda la gracia.

—Bueno, tiene más gracia que no tener ningún plan, que es como estamos ahora. A menos que esa mente gigaenorme tuya haya dado con alguna idea brillante.

—Ya te lo dije. No veo ningún modo de que el *Holandés* se pueda enfrentar con éxito a un destructor. Ni a la nave de inspección. No hay manera de sobrevivir a esa batalla.

—Sí que la hay. Basta con no arriesgarnos a entrar en combate.

Un largo silencio.

—¿Debo suponer que tu plan va más allá de pedirles por favor que se rindan? Los turanios no se van a sentir intimidados por nuestra cafetera, necesitaríamos una nave mucho más imponente. Por eso los gánsteres nunca van en coches familiares. Ya me dirás lo amenazador que resulta un tipo en un familiar con una pegatina de «Bebé a bordo» en la parte de atrás y el maletero lleno de pañales.

No pude evitar una carcajada. Me imaginé a un grupo de matones de la mafia encajonados en un coche familiar *beige*, todos con cara de pocos amigos.

—No, no voy a pedirles a los kristangos que se rindan. Pretendo dispararlos con misiles en cuanto salgan del salto. Situaremos misiles alrededor de los puntos de entrada de los objetivos y los programaremos para se lancen contra la primera nave que salga del agujero de gusano. Primero le daremos al destructor. Si no recuerdo mal, me dijiste que las naves tienen que desactivar el camuflaje y los escudos defensivos para saltar, así que el destructor será vulnerable cuando emerja, ¿no?

—Sí, esa parte del plan es correcta. Las naves están en su momento más vulnerable cuando salen de un salto. No tienen escudos y los sensores están confundidos por culpa de las fluctuaciones cuánticas del agujero de gusano, así que van prácticamente a ciegas. Así que, en efecto, si pudieses predecir con exactitud por dónde va a emerger una nave, podrías darle sin problemas. Hasta un simple misil la destruiría o, al menos, la dejaría muy tocada. Una vez establecidos los hechos obvios, ¿puedo señalarte el pequeño y molesto detalle de que tu brillante plan tiene un agujero enorme? —terminó en tono de burla.

—Ibas a señalármelo de todos modos.

—Correcto. Se supone que los misiles apuntarán al lugar exacto por el que emergerán las naves turanias. El problema es que no sabemos con precisión por dónde saltarán. Las coordenadas del encuentro de cada nave tienen una precisión de unos ocho mil kilómetros de radio, porque es todo lo precisos que pueden ser los sistemas de salto turanios. Incluso aunque usáramos todos nuestros misiles para saturar un área esférica dentro de la cual fuese a saltar una nave, les llevaría demasiado tiempo localizarla y acercarse al objetivo; hay demasiado espacio que cubrir. La fórmula para calcular el volumen de una esfera es el radio al cubo multiplicado por… Mierda, ¿para qué me molesto en explicarte matemáticas de párvulos? Un radio de ocho mil kilómetros implica una esfera de más de tres mil billones de kilómetros cúbicos. Eso le da a la nave tiempo más que suficiente para detectar los misiles que la buscan y saltar o alzar los escudos. Así que tu plan es caca de la vaca.

—Vale. ¿Y si se pudiera disminuir el área en la que puede saltar la nave? No sé, reducirla hasta cien kilómetros cúbicos, o menos.

—Sí, claro, si existieran los milagros. Lo mismo podría pedir que un batallón de hadas a lomos de un unicornio se encargase del asunto. Sería incluso más realista. Te agradezco el voto de confianza en mis capacidades de predicción, pero incluso con un increíble cerebro gigaenorme no hay modo de calcular con tan precisión por dónde saldrá una nave. Hay demasiadas variables en cada salto concreto. La carga de energía, cuántas bobinas están usando, el nivel calibración de todo el sistema, las…

—Vale, lo pillo. Un montón de factores, venga. Pero la idea no es calcularlo, sino hacer trampa. Vencer a la banca en su propio juego.

—Ah, qué bien me conoces, me encanta trampear con las leyes de la física. Pero dame un minuto que me sirva un buen lingotazo de *whisky*. Así puedo sentarme y saborear el momento mientras demuestras lo tonto que eres y me expones la estúpida, ridícula y patética idea que tu cerebro de monito ha desarrollado. Venga, listo, dame con todo. ¡Esto va a ser épico!

—Puedes deformar el espaciotiempo, ¿no? Así que lo que tienes que hacer es crear una zona espaciotemporal especialmente plana dentro del radio en el que sabemos que saldrá la nave. Cuando esta proyecte el extremo de salida de su agujero de gusano, esa boca se verá atraída al lugar más plano en el destino. Eso se debe a que el punto de salida necesita el estado energético más bajo posible para que el agujero de gusano sea estable o algo parecido, no recuerdo con exactitud toda la mierda científica que me soltaste al respecto, y eso que prestaba atención. De este modo podríamos predecir con una exactitud casi total dónde saltaría una nave. ¿Estoy en lo cierto?

Skippy no dijo nada. Ni una palabra.

—¿Estás haciendo los cálculos, Skippy?

Su respuesta fue, sin más:

—Me cago en la leche.

—Ajá.

—¡Serás gilipollas, cabrón! Te odio. —Sonaba realmente herido—. ¡Joder!

—Vale, lo he pillado. ¿Eso es un sí?

El suspiro de derrota de Skippy quizá fuese simulado, pero me sonó del todo convincente.

—Joder, sí. Cómo odio mi vida. Un mono con una buena idea. ¡Un puto mono! El universo me la tiene jurada. Sí, Joe, estás en lo cierto. Puedo controlar dónde salta una nave con un margen de menos de cien kilómetros. No es tan exacto como cuando calculo vuestros saltos, claro, hay demasiadas variables, pero cien kilómetros, incluso mil, son suficientes para que nuestros misiles localicen el blanco y lo alcancen antes de que este pueda detectarlos y alzar los escudos. Cualquier nave que salte va a ser un blanco perfecto. Y antes de que te creas tan listo, mamón, no hace falta crear una zona plana de espaciotiempo. Lo que voy a hacer es crear una con planitud negativa.

Eso me dejó un tanto mosca.

—¿Planitud negativa? ¿Eso no es lo mismo que curvarla en la otra dirección?

—No. Pídeles a los monos científicos que te lo expliquen, si pueden. Descubrir cómo funciona el universo en realidad les va a costar menos que explicarte topología cuántica.

Tenía razón al respecto. Teníamos tiempo de sobra antes de saltar al punto de encuentro, así que me acerqué al laboratorio científico y les pregunté a nuestros cerebritos cómo era posible que hubiese planitud negativa, convencido de que Skippy me la había metido doblada. Fue como sentarse con una abuela y pedirle que me enseñase las fotos de sus nietos. Algo que nadie en su sano juicio haría; cualquier abuela es capaz de infligir numerosas horas de aburrimiento sofocante mientras habla de sus nietos. Tras la tercera foto y la quinta batallita sobre las cosas maravillosas que hacían Maddy o Timmy, el desdichado oyente empezaba a considerar la muerte como un amigo bienvenido.

¿Por qué nunca te da un ataque al corazón cuando lo necesitas?

El equipo científico se mostró encantado de intentar explicarme topología cuántica. Eso ya debería haberme puesto la mosca detrás de la oreja. Se los veía especialmente entusiasmados, porque su comprensión del asunto había dado un salto de gigante durante su estancia en el *Holandés* y se morían de ganas de contarle a alguien lo que habían descubierto. Estaban convencidos de que iban a ganar el Nobel cuando volviésemos. No tuve fuerzas para decirles que era un asunto de «si» más que de «cuando».

Lo intentaron. Con todo su empeño. La cuarta vez que nuestro experto residente en cohetes, el doctor Friedlander, intentó explicarme por qué X es el valor al cubo de la función M, me rendí. Skippy se apiadó de mí en ese momento, lo que nunca le agradeceré lo bastante, y creó una falsa emergencia que me requería en el puente de inmediato. Fue la última vez que le pedí a los científicos que me explicasen algo de ciencia. Fue lo mejor para todo el mundo.

Situamos cuatro misiles alrededor del lugar donde se suponía que aparecería el destructor turanio, luego saltamos un segundo luz y conectamos el camuflaje y el escudo defensivo. Los misiles estaban activos, programados para apuntar al agujero de gusano. Pasarían a velocidad máxima en cuanto detectasen una nave emergente sin esperar señal alguna por nuestra parte. Operaban en parejas; dos de ellos se lanzarían en primer lugar y, si le daban al blanco, los otros dos quedarían a la espera. No nos sobraban los misiles y no era plan de derrocharlos.

Con que un solo misil le diese al destructor, especialmente en la sección de ingeniería de popa, lo convertiría en un blanco indefenso que podíamos barrer con los máseres del *Holandés*, pese a no ser muy potentes. Lo único que necesitábamos era un misil lo bastante preciso o un impacto de máser en el reactor o en las bobinas de salto cargadas para que el destructor se convirtiese en una nube de partículas.

Nuestras bobinas estaban cargadas del todo, así que podíamos realizar un microsalto si el destructor solo quedaba dañado y podía contraatacar o incluso un salto más grande si el asunto no funcionaba. Skippy hizo su truquito científico y creó una zona espaciotemporalmente plana en el centro de nuestro anillo de misiles.

Aunque sabíamos el dónde con precisión gracias a Skippy, el cuándo lo conocíamos con un margen de casi diez horas. Por seguridad, llegamos al punto de encuentro veintiséis horas antes, que fue lo más rápido que pudimos llegar, teniendo en cuenta que competíamos con dos naves cisterna lentas y torpes. Llegamos, escrutamos con detalle la zona hasta que Skippy la declaró limpia, colocamos los misiles y posicionamos el *Holandés* cerca de donde se suponía que saltaría el destructor.

Y esperamos.

Cuando llegó fue casi anticlimático, porque todo pasó demasiado rápido para verlo. Skippy nos aseguró que el asunto había sido flipante, acojonante y maravilloso. No me quedó otra que aceptar su palabra, hasta que reprodujimos los datos de los sensores en el monitor todo lo ralentizados que pudimos. Vimos aparecer primero la boca del agujero de salto, que se veía en la pantalla como un espectacular fogonazo de rayos gamma coloreado por el ordenador. Creo que Skippy se tomó algunas licencias para hacerlo más atractivo. Al principio el agujero era microscópico y Skippy dibujó un punto de mira tridimensional en la pantalla, mostrándonos así que la boca estaba a menos de treinta kilómetros del área aplanada. Lo siguiente que vimos no fue ni la expansión de la boca del agujero ni el morro del destructor asomando, sino nuestros misiles acelerando al máximo, directos a la boca. Skippy los había programado para que apuntasen inicialmente al fogonazo gamma y los misiles no lo dudaron ni un momento. Cuando el agujero se expandió y asomó el morro del destructor, los misiles ya habían cruzado la mitad de la distancia y cambiaron el objetivo, apuntando al casco de la nave.

Ambos impactaron casi a la vez en la sección de popa. Incluso reproduciéndolo casi nanosegundo a nanosegundo, parecía un impacto simultáneo. Uno le dio al reactor y atravesó el blindaje como si este no existiera; vimos fragmentos de la ojiva salir por el otro extremo de la nave como si fueran una fuente que esparciera partículas al rojo blanco por el espacio. El efecto no duró mucho, porque el otro misil impactó en un grupo de bobinas de impulso y liberó la energía de estas en un estallido salvaje. Fue todo tan rápido que Skippy no estaba seguro de que el misil hubiese llegado a estallar por sí mismo. En cualquier caso, el destructor quedó vaporizado al instante y Desai tuvo que hacer un pequeño salto para proteger el *Holandés* de sus restos ardientes.

Uno menos. Nos quedaban tres.

Nuestra mayor preocupación era que los turanios descubriesen de algún modo nuestra trampa y solo pudiéramos usar el truco una vez. Recuperamos los dos misiles que no habíamos usado, un poco rayados por los restos del destructor, pero perfectamente operativos según Skippy. Luego saltamos al lugar donde debía aparecer el inspector y los dejamos allí. Ya habíamos desplegado misiles alrededor del punto de salida tanto del inspector como de las dos cisternas, que llegarían entre veinte minutos y seis horas después del destructor. No sabíamos el momento exacto, solo que el destructor saltaría el primero.

Necesitábamos destruir la nave de inspección y al menos una de las cisternas.

Casi lo logramos.

El inspector fue el segundo en llegar. Visto a cámara lenta, se parecía mucho a la pinta que tenía ahora el *Holandés*. Como este, era un carguero mucho más corto de lo normal, con la diferencia de que la sección de popa era mucho mayor, con reactores y tanques de combustible adicionales, junto a diversos cachivaches necesarios para los viajes largos. Nuestros misiles lo vaporizaron en cuando emergió del agujero de gusano, así que solo pudimos verlo bien al reproducir la grabación a cámara lenta. Su explosión fue considerablemente mayor que la del destructor; tanto que los dos misiles extra que habíamos desplegado alrededor del punto de salto quedaron seriamente dañados y tuvimos que activar su autodestrucción. Subirlos a bordo en aquellas condiciones habría sido un riesgo demasiado alto. La menor brecha en el sistema de contención de una ojiva de compresión nuclear podía causar que los átomos dejaran de estar comprimidos.

Dos menos y nos quedaban otros dos, que ni siquiera eran naves de guerra. Se vieron varias sonrisas tensas y cohibidas en el puente y el CIC y unos cuando alzaron las manos con el pulgar hacia arriba. La gente necesitaba soltar la presión acumulada y celebrarlo un poco; sin pasarse, no fueran a gafar todo el asunto. Aunque el inspector ya no iría a la Tierra ni a ningún otro sitio, aún no habíamos completado la misión. Necesitábamos destruir al menos una de las cisternas para hacer creíble la historia de que la flota había sido atacada por los yerapta. Sin eso, los turanios podrían sospechar y preguntarse por qué a la nave de inspección se le había impedido llegar a la Tierra, lo que habría mandado a la mierda nuestro plan.

Estuvo a punto de funcionar.

Las cisternas, pese a viajar juntas, no saltaron juntas al punto de reunión. Se veía que había cierta rivalidad entre las tripulaciones, según nos dijo Skippy, y cada una quería saltar lo más cerca posible del punto de destino, así que ambas habían calibrado meticulosamente sus motores de salto y habían establecido el mejor lugar para las bocas de salida. En este caso Skippy se vio obligado a crear dos áreas de espacio aplanado, separadas por ciento cincuenta mil kilómetros, lo que le causó problemas incluso a sus impresionantes capacidades. Sabíamos que sus capacidades eran impresionantes porque nos lo había dicho cientos de veces, por supuesto.

Una de las dos cisternas terminó de trampear el motor de salto un poco antes que la otra, así que apareció justo antes. Vimos el familiar fogonazo gamma en el monitor y el frontal bulboso de la cisterna empezó a salir del agujero de gusano.

El primer problema fue que nuestro primer misil impactó en el centro de la cisterna, no en la popa. Skippy me confesó más tarde que tendría que haberlos programado para que tuviesen en cuenta que las cisternas saldrían del agujero de gusano más lentamente que el inspector y el destructor. El impulso que llevaba hizo que el extremo trasero de la cisterna atravesase por completo el agujero de gusano, pese a que el centro de la nave se había partido. Todo esto pasó en una fracción de segundo, solo nos dimos cuenta luego al reproducir la grabación. El segundo y último misil que se dirigía a la primera cisterna logró darle a uno de los reactores de popa, lo que causó la destrucción de todo un banco de bobinas cargadas, lo que acabó por vaporizar lo que quedaba de la nave.

Por desgracia, para poder darle en la popa, el misil se había visto obligado introducirse ligeramente en el agujero de gusano. Conociendo la configuración de la nave y viendo lo lento que estaba atravesándolo, el misil concluyó que su mejor oportunidad para dar en un punto vital era dar una curva y sumergirse en el agujero de gusano. Pensándolo después, habría preferido que el misil no hubiera estado tan ansioso por obtener un sobresaliente en su informe de desempeño, porque su velocidad de reacción acabó causándonos un serio dolor de cabeza.

Al entrar en el agujero de gusano y causar un estallido de la energía almacenada en las bobinas de salto de la primera cisterna, alertó a la segunda de que algo había ido muy mal con su nave hermana, así que quizá no era tan buena idea saltar al mismo lugar que ella. La destrucción de las bobinas causó un estallido de retroceso en la boca del agujero de gusano, cuyos rayos gamma fueron detectados casi enseguida por la segunda cisterna. La IA que gestionaba su sistema de navegación abortó su propio agujero de gusano antes de que terminase de formarse. La tripulación de la cisterna no perdió el tiempo, redirigió la nave a unas coordenadas alternativas y saltó a un lugar desconocido para nosotros.

—Ups —murmuró Skippy.

Fue mi primera indicación de que algo había ido mal. La destrucción de la primera cisterna había sido demasiado rápida para poder seguirla en tiempo real. Desde mi perspectiva todo iba según lo previsto; las naves enemigas saltaban sin sospechar nada y se convertían en bolas de fuego casi al instante. No podría haber estado más orgulloso; había dado con un modo de destruir al enemigo y asegurar el futuro de la Tierra y la humanidad sin tener que arriesgar mi nave. Todo iba bien y me preguntaba si Simms, pese a las órdenes, tendría oculta una botella de champán en alguna parte.

Me sentía tan seguro de mí mismo que, cuando Skippy habló, creí que sería para quejarse de que uno de los misiles había impactado un nanómetro a la derecha de donde había planeado, algo que solo le habría importado a una IA superinteligente.

—¿Ups? ¿Qué pasa en los mundos de Skippy? —pregunté sin darle más importancia.

Tenía los ojos clavados en la pantalla, esperando con ansia el momento en que saltase la segunda cisterna. Y que fuese destruida.

—Pasa en los mundos de los monos, coronel Joe. Tenemos un problema potencial.

Lancé un rápido vistazo alrededor y vi que todo iba bien con los sistemas del *Holandés*. ¿De qué hablaba Skippy?

—¿Un problema potencial? ¿Ni siquiera sabes si lo es?

—Eso depende de los parámetros de tu misión. Antes de que te pongas a hacer preguntas estúpidas, deja que te lo explique. La segunda cisterna no va a saltar al punto de encuentro. No lo creo, al menos. La primera estalló cuando aún estaba parcialmente dentro del agujero de gusano, aún no había cruzado el horizonte de sucesos por completo. El retroceso de la explosión fue detectado al otro lado, es imposible que la segunda cisterna no lo haya visto.

—Mierda.

Se me quitaron todas las ganas de champán.

—¿Y? —preguntó Simms desde el CIC—. Esperábamos que sobreviviese una de las cisternas, ¿no?, para que les contase nuestra tapadera a los turanios.

—Correcto, comandante. El problema es que no les va a contar que una flota yerapta ha realizado una incursión en territorio turanio, sino algo mucho más interesante. Les contará que alguien ha atacado a una nave cuando aún estaba dentro de un agujero de gusano. El alto mando turanio querrá saber cómo es posible que el enemigo sea capaz de predecir con tal precisión el punto de salida de un salto. Así que van a investigar lo ocurrido, porque todas las especies inteligentes de la galaxia van a querer saber cómo se puede hacer eso, aunque sigan sin saber, de momento, quién lo ha hecho. No queríamos crear un misterio; necesitamos que la destrucción del inspector parezca fruto de una acción bélica de rutina, algo habitual en cualquier guerra y, por tanto, indigno de examinarlo con atención. Hay que encontrar la segunda cisterna. Skippy, sabes dónde estaba la otra boca del agujero de gusano, ¿no? Traza un rumbo en esa dirección.

—Trazado, pero sospecho que la segunda cisterna ha saltado a otro lugar en cuanto ha visto que algo malo pasaba con su nave hermana.

—¡Eso es una mierda, Skippy! Hay que llegar antes de que el nuevo agujero de gusano se desvanezca del todo, de forma que podamos rastrear dónde van. Piloto, salte en cuanto esté lista —le ordené a Desai.

—A la orden, capitán.

Saltamos al lugar desde el que había intentado saltar la primera cisterna, activamos el campo de camuflaje y realizamos un barrido con los sensores para determinar si había más naves en la zona. El campo de camuflaje no solo era para que otras naves no nos detectasen, sino para que nadie viese que el *Holandés* no era en realidad el crucero yerapta que pretendía ser. Los sensores nos dijeron que no había nada cerca. Skippy se puso a escanear en busca de la firma residual de un agujero de gusano y no tardó en dar con uno.

—Me lo temía. La cisterna ha saltado tal como sospechábamos, pero ha usado un protocolo militar para el salto. ¿Recuerdas lo que te comenté de que las naves pueden deformar sus firmas de salto para que una nave lo tenga más difícil a la hora de determinar dónde van? Eso es lo que han hecho; al saltar por el agujero, han desplegado resonadores cuánticos, que sería el equivalente de las rudimentarias contramedidas que usáis vosotros para despistar a los misiles guiados por el calor. Causan una disrupción en las ondas del agujero de salida, lo que hace difícil calcular cuál era la configuración original. Incluso para mí.

—Entonces, ¿no puedes? —pregunté.

En aquel momento era un manojo de nervios. Era la primera vez que en una batalla éramos la nave perseguidora, lo cual exigía un cambio total de mentalidad.

—Puedo, pero no será tan preciso como me gustaría. Por suerte, los turanios siguen bajo la errónea impresión de que los efectos cuánticos son imprevisibles, pensamiento habitual en especies poco desarrolladas. Dado que sé cómo funciona en realidad el universo, puedo mapear la pauta de los resonadores cuánticos, invertir su efecto a partir de la firma residual del agujero de gusano y realizar un cálculo bastante razonable del destino de la segunda cisterna. Y cuando digo razonable, me refiero con un margen de error de seiscientos mil kilómetros.

—¡Genial! —Comprobé el monitor principal y vi que el motor de salto estaba cargado por completo—. Prográmanos un salto y…

—¡Espera! Más buenas noticias, coronel Joe. A causa de eso que los monos llamáis suerte porque no tenéis ni idea de cómo va, la segunda cisterna es precisamente la que infecté cuando repostaban, así que soltará sus drones cuando salte. Eso hace que sea más fácil seguirla. Estoy lanzándoles un bip a los drones. ¡Ajá! Tengo respuesta. Sé exactamente dónde está la nave. Hmmm, interesante, se ha ido a un punto de encuentro secundario; es lo habitual en caso de que haya algún problema en el principal. Seguramente ya ha llegado y debe permanecer allí al menos seis horas. Tras eso, si no aparece ninguna otra nave, la cisterna tiene órdenes de volver a su sistema solar de origen en un rumbo aleatorio. No vamos a poder usar nuestro truquito para predecir exactamente su punto de llegada.

Traté de pensar.

—No. Pero sabemos dónde está ahora mismo gracias al dron, ¿correcto?

—Con un margen de doce mil kilómetros, pero sí.

—Estupendo. Es perfecto. Es mejor que no nos vea usar el truco, por si se nos escapa. He aquí lo que haremos. Saltamos donde está y le lanzamos varios misiles en cuanto hayamos salido del agujero de gusano. ¿Podemos proyectar un campo de amortiguación que impida que la nave salte?

—Uno más bien débil, pero sí. Tuve que desmontar parte del mecanismo para reparar la nave. Hmmm. ¿Estás sugiriendo que nos comportemos como si de verdad fuésemos piratas?

—Algo así.

—¡Me encanta! Rumbo trazado y programado. Misiles preparados.

Casi salió como esperaba. El salto al punto de encuentro secundario transcurrió sin problemas y emergimos a siete mil kilómetros de la cisterna, más cerca de lo que Skippy esperaba. Lanzamos los misiles casi antes de detectar la cisterna, pero resulta que esta estaba preparada para saltar casi sin aviso y activó el motor de salto en cuanto detectó el fogonazo gamma que nos delataba. La pillamos por los pelos con el campo de amortiguación, así que no pudo saltar muy lejos y Skippy contactó enseguida con los drones que había soltado. Dejamos abandonados los misiles, pese a que no nos quedaban muchos y saltamos tras la cisterna cuarenta segundos después que ella.

En esta ocasión no nos arriesgamos a lanzar los misiles a ciegas y decidimos confiar en el campo de amortiguación. Salimos a cuatro mil kilómetros de la cisterna, que intentó saltar, pero a aquella distancia estaba atrapada y seguir con el salto la habría destruido sin que nosotros tuviésemos que mover un dedo. No contaban con la magia de Skippy, que era solo nuestra. Con la cisterna incapacitada para el salto, fue cuestión de ver quién podía más, la cisterna o el carguero reconstruido.

—Fuego a discreción —ordené.

La tripulación del CIC respondió y apuntó los cañones máseres y reventó los escudos defensivos de la cisterna con un par de haces. El escudo y los sensores de proximidad de la cisterna no tardaron en quedar tan dañados que pudimos mandar los misiles. Los sistemas de defensa consiguieron interceptar uno, cosa que impresionó a Skippy, quien no esperaba aquella precisión por parte de los turanios. No les sirvió de nada, el segundo misil dio directo en el reactor y se produjo una impresionante explosión… no sin que antes la cisterna se las arreglase para dispararnos dos se sus misiles.

Estábamos demasiado cerca.

—¡Misiles en curso! —nos avisó Chang desde el CIC.

Me volví hacia el monitor y vi los misiles del enemigo tan cerca que nuestro sistema defensivo ya se había activado por sí mismo. Antes de que pudiera decir nada. Desai dio un microsalto bajo su propia autoridad, siguiendo las reglas del combate espacial. Salimos a ochocientos mil kilómetros de distancia, fuera de alcance de los misiles.

—¿Queda algo de la nave?

Hubo un momento de silencio en el CIC.

—Es difícil detectarlo, capitán. Los tanques de la cisterna han reventado y hay una nube enorme producida por el combustible. Sus tanques están rotos. Hasta que se disperse no podremos…

—Venga, por Dios, que siempre echáis una vida en esto, monitos —se quejó Skippy—. La respuesta es que la parte delantera de la nave está parcialmente intacta, y no hay modo de saber si queda alguien con vida. El núcleo de su ordenador está en esa sección, así que no creo que fuese buena idea irnos dejándolo intacto.

—No podría estar más de acuerdo. Teniente coronel Chang, otro misil, por favor. Limpiemos un poco el estropicio. No podemos dejar media nave por ahí a la deriva, sería un peligro para cualquier navegante.

—Ciertamente, mi coronel —respondió Chang con una sonrisa tensa.

Tras ocuparnos de las cuatro naves, ahora había que encargarse de los registros de vuelo de los drones que habían sido expulsados. Dado que las naves habían sido destruidas sin previo aviso, solo habían podido lanzar unos pocos. La segunda cisterna los había ido dejando, al parecer, a lo largo de toda su ruta; sin duda el capitán estaba convencido de que se había metido en un serio problema. Le pedí a Skippy que localizase uno de los drones de las cercanías.

—Enviando la señal. Tanto esta como el mensaje de respuesta van a la velocidad de la luz, así que no esperes una respuesta inmediata.

—Ya lo sabemos, Skippy.

Seguía pareciéndome rato tener que esperar por algo que viajaba a la velocidad de la luz. A escala humana, esta era algo instantáneo.

—¡Lo tengo! —dijo entusiasmado Skippy poco después—. Estamos demasiado lejos para que pueda piratear el dron directamente. He cargado las coordenadas en el sistema de navegación, piloto.

—¿Capitán? —me preguntó Desai.

—Adelante, piloto —ordené.

Me respondió con el pulgar hacia arriba y vi volar sus dedos sobre los controles. En el pasado, Skippy habría programado el autopiloto para que nos llevase al dron y Desai se habría limitado a pulsar un botón para activarlos. Ahora los monos nos las apañábamos para programar el autopiloto o incluso manejar manualmente la nave, como hacía Desai, lo cual nos venía muy bien como práctica para las maniobras de combate.

Cuando llegamos donde el dron, Desai igualó el rumbo mientras Skippy hacía su truco de magia con el cacharro.

—Listo. Este ya está y ha vuelto al estado de reposo.

—Genial. Piloto, llévenos lo bastante lejos del dron para un nuevo salto.

—¡Ey! Pero ¿dónde vas con tan prisa?

—Hay que saltar a las siguientes coordenadas donde la nave haya soltado un dron.

Me parecía obvio de narices.

—No, no, no. Aún no hemos acabado, taradín. Este solo era uno de los drones. Lo normal es que las naves turanias los suelten en grupos de tres, por si dos de ellos son destruidos por lo mismo que amenaza la nave.

—Joder, ya podías habérnoslo dicho. Espera, cuando mandaste la señal, solo te respondió un dron.

—Claro. Cada dron en el grupo de tres tiene una prioridad, y responden en ese orden. Si el primario no responde, entonces lo hace el secundario y así sucesivamente. Y una vez haya respondido uno de ellos, cualquier otro dron del grupo dejará de responder a la señal original y cambiará sus códigos.

—Genial. Pero tienes esos códigos, ¿no?

—Va a ser que no. No me dio tiempo a descargar un juego completo. Pero cualquier nave turania que venga a recogerlos los tendrá.

—¡Joder! Sí que estamos jodidos. ¿Por qué no nos lo dijiste! —La tripulación del CIC compartía mi cabreo—. Ahora tenemos tres drones, dos de ellos con el registro original de la nave, así que los turanios van a descubrir que alguien anduvo trampeando con el tercero. Ya sé que divagas con facilidad, Skippy, pero esto es imperdonable. No puedes…

—Ay, por mucho que me divierta todo esto, y no me cabe duda de que algún día te darán el premio a la mejor diatriba contra mí, te ruego que te calmes. No mencioné que no tenía los otros códigos porque no los necesito. Los turanios carecen de imaginación y son predecibles hasta el hastío, puedo adivinar sus códigos basándome en sus pautas. Hmmm. Sí, acabo de enviar el segundo código y otro de los drones ha respondido. Su posición está en el sistema de navegación, piloto.

Tenía razón. Me había embarcado en una diatriba sobre su manía de divagar y ahora me sentía como si me hubiese engañado para que le echase la bronca.

—Te encanta dejarme en ridículo, ¿eh?

—Bueno, una pequeña venganza por todas las veces que has conseguido avergonzarme. La venganza es un plato que se sirve frío. *¡Qapla'!* Lo que importa es que podemos encontrar todos los drones y alterar sus registros. Pronto cumpliremos la misión. Qué pena que no nos queden plátanos frescos para celebrarlo.

Localizar los drones fue una tarea tediosa que nos llevó casi cuatro días, hasta que por fin Skippy estuvo completamente seguro de que los habíamos localizado todos.

—Listo —anunció—. El último dron ya contiene una versión modificada de los registros de vuelo. Sugiero que salgamos pitando de aquí, por si acaso hubiera una nave turania en los alrededores buscando al inspector y su escolta. Es improbable, pero no imposible.

—Buena idea. Piloto, rumbo a la Tierra —anuncié con alegría.

—¿Qué? —exclamó Skippy, sorprendido—. No hemos terminado la misión, Joe. Ya sé que…

—Esta misión de las fuerzas especiales se ha terminado, Skippy. El alto mando de la FENU nos mandó en una misión suicida asumiendo que el planeta estaba a salvo porque el agujero de gusano se había cerrado. Ahora sabemos que eso solo ha dejado a la Tierra parcialmente a salvo, no del todo. La FENU y los Gobiernos del planeta deben conocer la situación. Respondo ante ellos, no ante ti. Quiero un rumbo lo más directo posible hacia la Tierra que no nos lleve por ninguna zona problemática.

—¿Y ya está? ¿Lo decides sin tan siquiera consultarme? Pues buena suerte manteniendo calibrado el motor de salto durante todo el viaje sin que os ayude.

—¿Estoy al mando de la nave o no, Skippy?

—Depende...

—El mando debe ser absoluto. Así que o es un sí o un no.

Hubo una pausa mucho más larga de lo que esperaba. No me hizo sentir muy cómodo.

—Sí —dijo al fin.

—Te dije que te ayudaría a encontrar tu radio mágica y eso hemos hecho. Ahora piensa en lo que hemos visto. Un antiguo enclave de los Antiguos con un enorme agujero de origen desconocido donde estaban las instalaciones. Toda una civilización extinguida porque movieron su planeta usando tecnología de los Antiguos millones de años después de que estos hubiesen dejado la galaxia. Un IA de los Antiguos que no es más que un trozo inerte de metal. Un nodo de comunicaciones que no conecta con la red. Una luna completamente vaporizada. ¿Sigue siendo tu prioridad contactar con el Colectivo, o deberíamos intentar dar con algunas respuestas antes de ponerte a llamar a su puerta?

Soltó el suspiro resignado que empezaba a conocer bastante bien.

—Tienes razón. Sí, tengo un montón de cosas que considerar y necesito más información. Y los monos habéis hecho un gran trabajo y os merecéis un cargamento de plátanos frescos.

Incluso cuando intentaba ser agradable, seguía siendo un capullo.

Con la misión cumplida y mi turno en el puente finalizado, me acerqué a la cambusa a por una taza de café. De camino le pregunté algo a Skippy que me llevaba inquietando un buen rato.

—Dime una cosa. ¿Por qué no usamos ese resonador cuántico tan molón cuando nos perseguía el escuadrón de destructores turanios? Tenemos resonadores en la nave, ¿no?

—Sí que los tenemos. No los soltamos porque no nos habría servido de mucho. Solo podíamos dar un microsalto y en ese caso las dos bocas del agujero de gusano están tan cerca que es casi imposible ocultar su conexión. Además, teníamos el motor de salto tan descompensado que cada salto era como anunciar a gritos dónde estábamos para todo el que estuviese cerca. Intentar ocultarlo con los resonadores habría sido como tirar piedras al océano durante un tifón. Sí, crearíamos alguna ondita, pero no afectaríamos las olas.

—Vaya.

—Sip. De haber pensado que era útil, los habría lanzado. Tenemos casi un centenar. Bueno, teníamos casi un centenar. He usado casi todos para reconstruir la nave. Ahora nos quedan tres.

—¿Tres? ¿Nada más?

—¿Querías que arreglase la nave o no?

—No era una crítica. Ya sabes que pienso que hiciste un trabajo de primera.

—Y no lo sabes bien. Tuve que construir dispositivos para extraer materia exótica que vuestros cerebros de mono son incapaces de imaginar. Y sigo esperando esa tarta que me prometiste cuando estábamos en Newark.

Joder, se me había olvidado. ¿Para qué quería una tarta una IA? ¿Se la iba a hacer con helio-3 o qué?

—Lo siento, Skippy. —Últimamente decía aquello demasiado—. Se me olvidó por completo con todo lo que hemos estado pasando. Pero te haré una tarta especial para la cena de esta noche. Ya iba de camino a la cambusa.

—¡Genial! A todo el mundo le gusta una buena tarta, así pueden sentarse alrededor y comentar lo mucho que molo y lo impresionante que soy y apreciar en toda su extensión mi inconmensurable molonidad. Mira, acabo de componer una canción en mi honor.

Se llama *Skippy el Magnífico*. Suena así: «Skippy el brillante, / tan apabullante, / los monos te importunan / cuando piden la luna...»

—¿Qué tal si dejas que los monos disfruten de la tarta mientras comentamos lo mucho que mola que hayamos resistido la tentación de tirarte por una escotilla?

—Eso tampoco está mal.

Y cenamos tarta. Horneé cuatro, suficientes para todo el mundo; dos de chocolate, algo que siempre gusta, una de limón y un rollo de fresa con glaseado de crema pastelera. El rollo duró tan poco que bien podría haber hecho una docena y habría seguido siendo insuficiente. Me ayudaron en la cocina, por supuesto, no quería arriesgarme a estropear las tartas.

Reuní a todo el mundo en la cambusa, salvo los seis de guardia en el puente y el CIC. Todos estaban de buen humor. Se había corrido el rumor de que habíamos completado con éxito la misión y, sobre todo, de que volvíamos a casa.

Le dejé caer a la comandante Simms que no me importaría en el caso de que hubiese ignorado el reglamento y hubiese traído de tapadillo alguna botella de vino o champán. No había bebido champán más que dos o tres veces y no estaba muy seguro de que me gustase, pero parecía adecuado para una celebración. Iba contra las reglas que hubiese alcohol a bordo... siempre que las reglas importasen en una nave alienígena robada que estaba a dos mil años de la Tierra.

Después de modificar el último dron y de ordenar que volviésemos a la Tierra dimos varios saltos y nos encontrábamos a casi dos años de distancia de la zona de combate. Las bobinas estaban a tope de carga, el campo de camuflaje funcionaba a la perfección y nos encontrábamos en medio de ninguna parte. Skippy dijo que las posibilidades de nos topásemos con alguna nave eran tan pequeñas que ni se molestaba en calcularlas. Me sentía a salvo, lo bastante para dejar que tripulación se divirtiera un poco y soltara algo de presión. Habíamos soportado duras condiciones en Newark y desde que habíamos vuelto al *Holandés* habíamos estado ocupados casi sin pausa en prevenir que la nave de inspección llegase a la Tierra.

Simms meneó la cabeza, dando a entender que no había subido alcohol a bordo. Aquello me decepcionó un poco, había contado con que una oficial de intendencia hubiese tenido aquello en cuenta. Enseguida me di cuenta de lo injusto que estaba siendo. Había estado ocupada con cosas mucho más importantes en mitad del barullo que precedió a nuestra partida de la Tierra. Si su comandante en jefe hubiese querido saltarse las reglas, tendría que habérselo dicho entonces. Simms vio mi expresión decepcionada y se apiadó de mí:

—Por supuesto, no he subido nada de alcohol a la nave, mi coronel. —Me guiñó un ojo—. Pero quizás algunas personas lo hayan hecho.

Justo en ese momento, el equipo francés, que se ocupaba aquel día de la cocina, quitó la toalla que había sobre un balde y mostraron cuatro botellas de champán que descansaban en un lecho de hielo.

—Champán, con los mejores deseos de Francia, mi coronel —dijo Giraud—. Siempre, claro, que sea apropiado en una nave espacial de guerra de las Naciones Unidas.

—Capitán —repliqué—, dado que las Naciones Unidas nunca han tenido una nave espacial, creo que podemos iniciar nuestra propia tradición. Creo que, en el futuro, el champán debería ser obligatorio.

Aquello me ganó varios vítores por parte de los presentes. Giraud y Chang descorcharon las botellas y la fiesta dio inicio sin más preámbulos. No había copas, así que tuvimos que usar los vasos de plástico.

En cierto momento, empezaron a pedir un discurso, así que me subí a una silla.

—Por si alguien aún no lo sabe, ¡volvemos a casa! —Más vítores—. Volvemos todos, sin que hayamos perdido a una sola persona. Sea, pues, y no lo olvidemos. —Casi me detengo, era la primera vez en mi vida que decía algo como «sea, pues». Cosa del champán, supongo—. Me gustaría dedicar un momento para repasar cuanto hemos logrado. —Varios gemidos a mi alrededor—. ¡Prometo ser breve! En primer lugar, no hemos destrozado la nave. ¡Aún! —Aquello arrancó unas cuantas risas—. Los turanios casi nos la destrozaron, pero hemos sobrevivido a la primera batalla espacial de la humanidad. Hemos aterrizado en otro planeta, el primero aparte de la Tierra para muchos, y hemos sobrevivido. Hemos cruzado el planeta, en parte a pie, y hemos derrotado a un enemigo que originalmente tenía la ventaja del apoyo aéreo y de la superioridad numérica. —No mencioné que el nodo y la IA que habíamos encontrado estaban muertos, no era el momento para ello—. Hemos destruido una nave kristanga en órbita sin que llegasen a enterarse en ningún momento de que había humanos en el planeta. Y luego, ya en la seguridad del *Holandés*, pensando en buscar otro nodo, hemos descubierto que nuestro planeta estaba en peligro. Me complace anunciar que la amenaza contra la Tierra ha sido eliminada sin poner la nave en riesgo. ¡En mi pueblo a eso lo llaman éxito, muchachos!

Sonó un aplauso estruendoso, en buena parte gracias al champán. Aprovechamos para rellenar los vasos.

—Cuando estábamos en Newark, le prometí a Skippy una tarta. Qué pretende hacer con ella, ni idea. Pero aquí la tenemos, en honor a la inmensa e impresionante molonidad de Skippy. Todo lo que he mencionado antes no habría sido posible sin él. Así pues —alcé el vaso de champán—, un brindis por Skippy, que es mil veces más impresionante e increíble de lo que nuestras mentes de mono pueden imaginar.

Se oyeron gritos de «¡Skippy!» y «¡Viva!», además de varios que no entendí en diversos idiomas.

—¿Te gustaría decir algo, Skippy? —pregunte, seguro de que estaba escuchándonos.

—Eh, vaya —dijo, vacilante—. Esto, pues la verdad es que no se me ocurre nada que decir. Es un pelín embarazoso. No sé, supongo que para ser un barril de monos no oléis tan mal como esperaba.

Aquello arrancó una carcajada de la multitud.

—Nosotros también te queremos, Skippy —respondí.

—Cállate, joder —gruñó—. Ya sabía yo que tenía que haber colgado el cartel de «Monos, no».

EL VIAJE DE vuelta fue largo pero sin incidentes, salvo que contemos como «incidente» el uso del tallo de habichuelas mágicas para reactivar un agujero de gusano de varios millones de años construido por seres de poder inimaginable que habían trascendido el reino de lo físico hacía mucho tiempo. Skippy volvió a cerrarlo en cuanto lo cruzamos.

Durante el viaje no nos detuvimos en ningún sistema solar ni detectamos nave alguna. Skippy afirmaba que la posibilidad de encontrarnos por accidente con otra nave en la inimaginable vastedad del brazo de Orión de la galaxia era demasiado pequeña para calcularla; incluso a él le habría costado trabajo. Lo más cerca que estuvimos de algo así fue cuando detectamos el rastro, casi del todo degradado, de la boca de salida de un agujero de gusano; era del día anterior, según Skippy. Ni siquiera fue capaz de averiguar, a partir de los escasos datos de los sensores, qué tipo de nave era o dónde había ido. Decidí no correr riesgos y nos fuimos de allí en cuanto pudimos.

Por precaución decidimos saltar a la órbita de Neptuno y escanear el sistema con los sensores pasivos. Skippy quería saltar a otro lugar; al parecer, encontraba tremendamente divertido orbitar Urano, chiste que solo tenía sentido en inglés y que, de todos modos, tampoco era tan gracioso. Si me opuse no fue por eso, sino porque en el improbable caso de que hubiera naves kristangas en la Tierra, quería poder saltar sobre ellas por sorpresa y atacar con todo lo que tuviésemos.

No detectamos nada fuera de lo normal, y el radiofaro del canal de guardia de la FENU seguía transmitiendo la señal de «Todo bien». Lancé un suspiro de alivio y ordené que saltásemos a la órbita terrestre. Aparecimos sobre Australia, cuyo contorno resultaba reconocible hasta para el más ignorante de nosotros.

—¡Yuju! ¡Hemos vuelto! —exclamó Skippy—. Hemos estado fuera demasiado tiempo. Tengo que comprobar cómo me va en las ligas de fantasía.

—¿Esa es tu prioridad?

—¿Qué otra cosa quieres que haga en monolandia?

Supongo que no le faltaba razón.

—Vale, como quieras. De paso, ¿podrías…?

—¡No me jodas! Cómo narices… —De pronto se quedó sin habla—. ¡La madre que me parió!

Casi me deja sordo.

—¿Qué pasa?

Chasqueé los dedos y le lancé una mirada a Chang, que sabía perfectamente lo que pretendía y que pulsó el botón de zafarrancho de combate. Desai se volvió a medias hacia mí, con una mano sobre el botón de saltos de emergencia.

—¿Qué ha pasado, Skippy? ¿Tenemos que saltar?

—¿Eh? No, idiota. La nave está bien. Joder, esto es acojonante. ¡Acojonante! ¡Lo han destrozado! ¿Cómo demonios se las ha apañado un montón de monos ignorantes para conseguirlo?

—¿Destrozar el qué? —Chang y Simms alzaron las manos, desconcertados, preguntándose qué habría pasado—. Skippy, sea lo que sea, dímelo.

—Lo han destrozado, Joe, del todo —dijo muy despacio con la voz cargada de tristeza.

Me pasé la mano por la garganta y Chang cortó la alarma de zafarrancho.

—¿Qué han destrozado?

—A mí. Bueno, a mí no, al miniyó que dejé aquí.

—¿Dejaste un miniyó? ¿Cuándo? ¿Dónde?

—Cuándo, antes de dejar la Tierra, genio, ¿cuándo iba a ser? Y no hay un dónde concreto. Creé un miniyó tosco y no muy inteligente y lo subí a internet. ¡Míralo! Lo han dejado hecho unos zorros. ¡Mi pobre miniyó, precioso y delicado! Ni siquiera tuve tiempo de conocerlo bien. Lo reventaron dos meses después de irnos. ¡Joder! Ni siquiera duró una liga completa. Estoy leyendo el *log* del sistema; por lo que se ve, se quedó enganchado procesando tal cantidad de mierda que no pudo con ella. Hubo un vídeo que resulta que fue la gota que colmó el vaso. Pobre criaturita. —Sonaba realmente triste—. ¿Cómo pudo pasar algo así? No tiene sentido. Sabía que tendría que tratar con monos, así que lo creé a prueba de tontos.

—Es imposible crear nada a prueba de tontos, Skippy, son demasiado ingeniosos, los cabrones. Los tontos siempre dan con un modo de joder algo.

—Juro que cuando encuentre el vídeo del gatito que terminó de reventar a mi pobre miniyó las va a pagar.

Su imitación de hablar con la mandíbula crispada no podía ser más convincente.

—No fue culpa del gatito, Skippy.

—¿Seguro?

—Del todo. Estamos hablando de internet, es mucho más probable que fuese un vídeo porno.

—Hmmm. —Consideró la idea un instante—. Puede que tengas razón. No lo entiendo. Con todos los monos que hay en el planeta, ¿por qué en vez de aparearos os pasáis la vida tocándoos en secreto?

—Esto, te lo diría, Skippy, solo que en realidad no sé nada del tema —dije, casi tartamudeando.

Todo el mundo me miraba y algunos estaban esforzándose en contener la risa.

—Venga ya. Todo el mundo sabe que de joven fuiste Masturbador del Mes cuando…

—No tiene ni puta gracia.

Ahora era yo el de la mandíbula crispada.

—Aunque supongo que es mejor eso que hacerlo en público. La verdad es que no tengo muy claro cuál es el protocolo que seguís en estos casos.

Me llevé la cabeza la mano y dije muy despacio:

—¿Te importaría, por favor, si no es mucha molestia, contactar con la FENU?

—Por supuesto, Joe. Solo tienes que pedirlo.

—Mando de la FENU, oficial de guardia —se oyó una voz nerviosa.

—Mando de la FENU, aquí el coronel Joe Bishop a bordo del *Holandés Errante*. ¿Puedo hablar con el oficial al mando, por favor?

—¿El *Holandés Errante*? Gracias a Dios. Vi una nave desconocida en órbita y pensé que… Espere, por favor, lo paso con el general Huang.

Poco después oímos una nueva voz. Al juzgar por el ruido de fondo, no estaba solo.

—Aquí el general Huang. ¿Hablo con el coronel Bishop?

—Sí, mi general. Lamento haberlos sobresaltado. Acabamos de saltar a órbita. De momento todo va bien.

—¿Bien? —repitió Huang con brusquedad—. Estoy viendo una nave en órbita y no se parece en nada al *Holandés Errante*.

—Joe puso a lavar la nave con agua caliente y ha encogido un poco —dijo Skippy—. Le dije que tuviera cuidado, pero nunca me escucha, el muy mamón.

—Tuvimos algún problema en el viaje —expliqué— y hubo que reconstruir la nave con lo que teníamos a mano. El informe de la misión va a ser largo.

—¿Está cerrado el agujero que hay cerca del sistema solar? —preguntó. De nuevo sonó impaciente.

—Sí, mi coronel. Y no hay ninguna cuenta atrás para reactivarlo de nuevo.

Todos oímos los suspiros de alivio.

—Excelente —dijo Huang en un tono mucho más relajado, casi feliz—. Entonces estamos a salvo y podemos tomárnoslo con calma mientras decidimos si mandar de nuevo fuera la nave o no.

Chang y yo nos intercambiamos una mirada de complicidad.

—Eh, verá, mi coronel —respondí—. Quizá no.

NOTA DEL AUTOR

En primer lugar, gracias por leer o escuchar uno de mis libros. Me llevó varios años escribir los tres primeros. Por aquel entonces trabajaba para una empresa informática, así que escribía de noche, los fines de semana y en las vacaciones. Llevaba años pensando en diversas historias, pero la primera que logré terminar se llamaba *Aces* («Ases») y la escribí para mis sobrinas, que en aquel entonces eran adolescentes. Si algún día la leéis, podréis ver que contiene algunas de las características principales de la saga Fuerza Expedicionaria, aunque sea en embrión: situaciones imposibles, resolución de problemas, decisiones inteligentes y humor sarcástico.

Luego escribí un libro acerca de un proyecto que intenta desarrollar el viaje ultralumínico, un relato de aventuras sobre varios astronautas varados en un planeta extraterrestre que intentan avisar a la Tierra de un peligroso fallo en el diseño del motor más rápido que la luz. Me pareció una buena novela y se la envié a varios editores a mediados de la década del 2000. Todos la rechazaron. Al parecer, mi estilo era «sólido», algo que luego supe que significa que a los editores no se les ocurre nada que decir pero no quieren herir los sentimientos de los aspirantes a escritores. Me dijeron que era demasiado larga y querían que la dejase con la extensión de una novela corta y, de paso, que cambiase casi toda la historia. En lugar de desmontar lo escrito y rehacerlo, lo tiré y me puse a escribir otras cosas.

Escribí a la vez *El Día de Colón* y *Ascendant* («Ascendente») allá por 2011, alternando una novela con la otra. La idea de *Ascendant* se me ocurrió tras ver la primera película de Harry Potter, cuando una de mis sobrinas me preguntó qué habría sido de Harry si nadie le hubiese dicho nunca que era mago. Me pareció una excelente pregunta que me llevó a escribir *Ascendant*.

En las primeras versiones de *El Día de Colón*, Skippy era un robotito muy mono que estaba de polizón en una nave cuando los kristangos invaden la Tierra y que ayudaba a Joe a derrotarlos. Me tiré un año con aquella versión antes de decidir que se parecía demasiado a la Película de la Semana de Disney Channel y que era una mierda, dicho en plata. Fue duro tirar un año de trabajo a la papelera, pero lo hice y volví a empezar. En esta ocasión preparé un esquema argumental para el primer arco narrativo de Fuerza Expedicionaria, lo que me permitió ver el panorama completo. Fue una gran idea y he seguido desde entonces ese esquema con pequeñas variaciones con el correr del tiempo.

Fue en el verano de 2015, con *Ascendant* y *El Día de Colón* terminadas y sin conseguir que ningún editor se interesase por ellas, cuando mi mujer sugirió lo siguiente:

1. Intenta autopublicar en Amazon las novelas.
2. Por el amor de Dios, deja ya de quejarte de que nadie te quiere publicar.
3. Recoge el garaje.

Me llevó seis meses de investigación y revisiones tener los libros listos para subirlos a Amazon. Además de reformatearlos para que se adaptasen a su estándar, tuve que contratar unas portadas y abrir una cuenta de escritor en Amazon. Cuando pulsé el botón de SUBIR el 10 de enero de 2016, lo único que esperaba era que alguien, aunque fuese una sola persona, comprase uno de mis libros para dejar de ser un autor inédito. Y, con un poco de suerte, ganar lo suficiente para amortizar las portadas que había comprado *online* y que me habían costado treinta y cinco dólares cada una.

Por aquella primera quincena de enero de 2016, Amazon nos mandó un cheque de 410,09 dólares, y gastamos parte del dinero en una buena cena. Creo que el resto se fue en unos neumáticos nuevos para mi coche.

En el momento en que subí *El día de Colón*, llevaba escrita la mitad del segundo libro de la serie, *Fuerzas especiales*, y seguía escribiendo por las noches y los fines de semana. En abril, las ventas de *El día de Colón* llegaron a un punto en que mi mujer y yo dijimos: «Eh, esto puede ser algo más que un *hobby*». Entonces me tomé una semana de vacaciones para quedarme en casa y rematar *Fuerzas especiales*; me llevó doce horas al día durante nueve días. ¡Unas vacaciones divertidas de verdad! Al hacer eso, me adelanté en el calendario, y *Fuerzas especiales* se publicó a principios de junio de 2016. A mediados de julio, para nuestra absoluta sorpresa, estábamos debatiendo si debería dejar mi empleo para dedicarme a escribir a tiempo completo. En agosto tuve un momento «la vida es demasiado corta», cuando murieron un amigo de la familia y, muy poco después, mi abuela, y decidimos que debería intentar lo de dedicarme en exclusiva a escribir. Antes de dar el preaviso en el trabajo, le enseñé a mi mujer un plan de negocio que listaba los libros que planeaba escribir en los siguientes tres años, con esquemas de los argumentos y fechas de publicación. Esto garantizó a mi mujer que dejar mi trabajo no era una excusa para sentarme en pantalón corto y camiseta viendo películas de ciencia ficción «para documentarme».

En el verano de 2016 le propusieron a R. C. Bray que narrase *El día de Colón*, y estoy seguro de que su primer pensamiento fue: «¿Un libro sobre una lata de cerveza parlante? Bueeenooo. No». Por suerte se lo pensó dos veces, o estaba colocado por la medicación para el catarro, o vio que su mujer le haría pintar la casa si no lo veía ocupado narrando un libro. Fuese como fuese, R. C. grabó *El día de Colón*, volvió a su fabulosa vida de alternar con estrellas de cine y golpear pelotas de golf desde la cubierta de su yate, y probablemente se olvidó por completo de la lata de cerveza parlante.

Cuando supe que nada menos que R. C. Bray iba a ser el narrador para el audiolibro de *El Día de Colón*, mi reacción fue:

—¿R. C. Bray? ¿El mismo que narró *El marciano*? ¿El tipo que tiene un Premio Audie al mejor narrador de ciencia ficción? Venga, bah, ahora en serio, ¿quién va a narrar mi libro?

¡Para rematarlo, el audiolibro de *El Día de Colón* lo petó y quedó finalista en los Audie de aquel año!

Cuando me hicieron una oferta para crear audiolibros de la serie *Ascendant*, me dijeron que el narrador sería Tim Gerard Reynolds.

—Supongo que es alguien que se llama igual, pero no es el narrador de los audiolibros de la saga AMANECER ROJO, ¿verdad? —fue de nuevo mi reacción.

He sido extremadamente afortunado con los narradores de mis audiolibros. Debo dejar claro que fueron ellos los que decidieron trabajar conmigo, que no los «elegí» yo. De haber intentado hablar con ellos directamente, habría entrado en modo fanboy insufrible y pesado y habrían pedido una orden de alejamiento contra mí, estoy seguro. Así que soy muy afortunado de que hayan seguido trabajando conmigo en otros proyectos.

De momento no hay ningún plan en marcha para adaptar FUERZA EXPEDICIONARIA al cine o la televisión, aunque algunos productores y algunos estudios se han interesado por los derechos audiovisuales. Por lo que me han dicho quienes conocen el percal, aunque un estudio o una cadena adquiriese una opción de los derechos, podría pasar un tiempo muy laaargo antes de que la cosa se pusiera en marcha. Lo más probable es que acabase entusiasmándome por nada y la cosa entrase en un círculo vicioso interminable de productores y directores que vienen y van, hasta que de pronto, justo cuando ya me hubiese dado por vencido y estuviera a punto de despeñarme por el Pozo de la Desesperación, sucedería el milagro y el proyecto obtendría luz verde. ¡Guauuu!

Mejor no cuento con ello.

Aunque, por otro lado, Disney va a retirar su catálogo de Netflix el año que viene, y Netflix va a necesitar nuevos contenidos originales...

Podium

DISCOVER MORE

STORIES
UNBOUND

PodiumEntertainment.com